Das Buch

Im Spanien des 16. Jahrhunderts fiel auf Kinder von herausragender Intelligenz leicht der Verdacht, mit dem Teufel im Bunde zu stehen – und so wird der 13jährige Gonzalo Porras, der spätere Schreiber ›Lo Scrittore‹, aus Angst vor der Inquisition von seinen Eltern mit einem Kaufmann auf die Reise in die Neue Welt geschickt. Schnell erlernt er die Sprache der Indios und kommt als Dolmetscher des spanischen Heeres zum Einsatz. Zeuge von Grausamkeiten, Vergewaltigung und Raffgier der Soldaten, wird er zum geheimen Adepten indianischer Weisheit. Als er die Indios zu verteidigen versucht, wird er zum Tod auf dem Scheiterhaufen der Christen verurteilt. Die Flucht gelingt, doch er bleibt stumm – und schreibt.

Nach Jahren des Untertauchens bei den Indios und einer Liebe zur Heilerin Collya packt Gonzalo Porras das Heimweh nach der Alten Welt. Dank seines unvergleichlichen Wissens aus der Neuen Welt gerät er dort in ebenso privilegierte wie brisante Situationen: als Schreiber in Antwerpen, Paris und Venedig, als Geliebter einer Magd, die über unvermutete astronomische Kenntnisse verfügt, und in den Diensten des Inquisitionspapstes Pius V. in Rom ...

Claudia Gudelius hat einen einfallsreichen historischen Abenteuerroman geschrieben. Anhand ihrer farbenprächtigen Schilderung macht sie kulturgeschichtliche Zusammenhänge begreifbar und verknüpft selbst noch Theorien von Leonardo da Vinci und Persönlichkeiten wie Johannes Kepler mit dem abenteuerlichen Geschehen.

Die Autorin

Claudia Gudelius, geboren 1951, Ärztin und Autorin, promovierte in Geschichte der Medizin über indianische Heilkunde, war als Fliegerärztin tätig und beschäftigt sich leidenschaftlich mit Völkerkunde. Sie lebt mit ihrem Mann und ihren vier Kindern in Oberbayern.

»Der Schreiber« ist ihr erster Roman.

CLAUDIA GUDELIUS

DER SCHREIBER

Roman

WILHELM HEYNE VERLAG
MÜNCHEN

HEYNE ALLGEMEINE REIHE
Nr. 01/13050

Das Buch erschien bereits unter dem Titel
»Das Vermächtnis des Gonzalo Porras«

Umwelthinweis:
Das Buch wurde auf
chlor- und säurefreiem Papier gedruckt.

Taschenbucherstausgabe 2/2000
Copyright © 1998 by Wilhelm Heyne Verlag GmbH & Co. KG, München
Printed in Germany 2000
Umschlaggestaltung: Nele Schütz Design, München
Satz: Pinkuin Satz und Datentechnik, Berlin
Druck und Bindung: Presse-Druck, Augsburg

ISBN 3-453-16117-3

http://www.heyne.de

INHALT

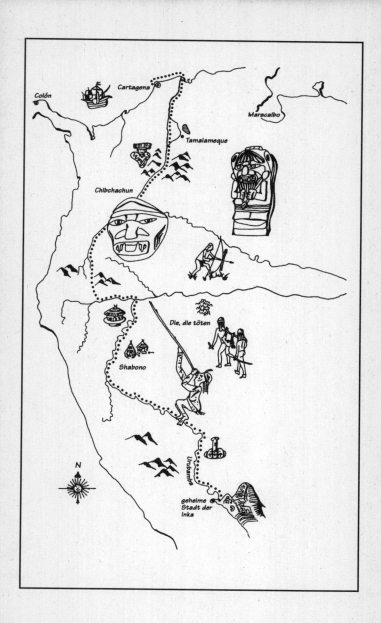

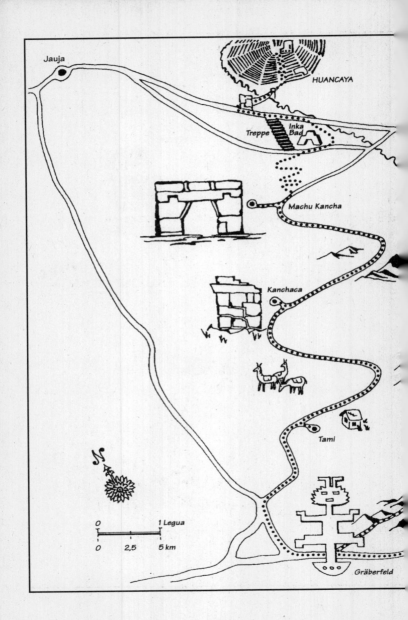

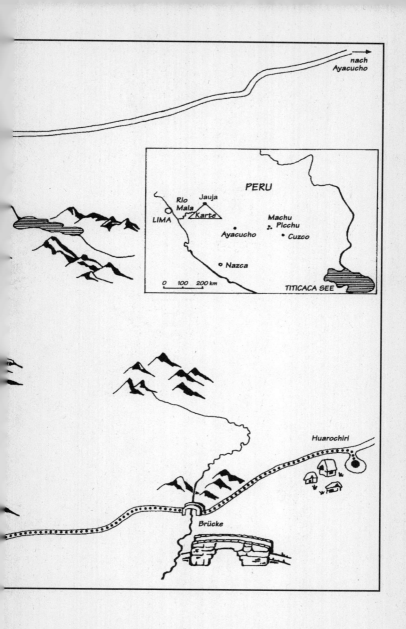

VORBEMERKUNG

Als Francisco Pizarro von 1531–1535 das Reich des Inka Atahualpa eroberte, waren auch Chronisten unter seinen Soldaten. Sie berichteten von der Geschichte der Inka, die mit Manco Capac, dem Gründer von Cuzco, beginnt. Er und seine Nachfolger trugen den Titel *Inka*, Sohn der Sonne.

Die spanischen Berichterstatter beschrieben mit großer Genauigkeit Sitten und Bräuche unter der Inka-Herrschaft ebenso wie den Ablauf der Feldzüge und Schlachten. Aber nicht alles, was die Chronisten dokumentierten, war bei Staat und Kirche erwünscht. Der Obrigkeit lag viel daran, die Unterworfenen als Menschenfresser, Teufelsanbeter und bar jeder Kultur darzustellen. Nur so konnte man die Vernichtung ganzer Völker, Verschleppung in die Sklaverei und Ausbeutung rechtfertigen. Die Berichterstatter riskierten, mit wahrheitsgetreuen Schilderungen öffentlich bloßgestellt zu werden oder den Scheiterhaufen zu erleiden. Deshalb schrieben sie unter falschem Namen, versteckten ihre Berichte in fremden Büchern oder hinter Klostermauern.

Die *Cieza de León* und *Montesinos* dieser Zeit wurden erst nach Jahrhunderten wiederentdeckt. Anhand ihrer exakten Beschreibungen kann man auch heute die Königsstraßen der Inka entlangwandern, als handle es sich um moderne Reiseführer.

An dem gefährlichen Leben eines spanischen Chronisten aus der Zeit der Eroberung orientiert sich die Gestalt des Gonzalo Porras, ein Schreiber im Heer des Pizarro.

PROLOG

Venedig ist eine goldene Fluchtsiedlung, gegründet auf den Rialto-Inseln nach der Vision des heiligen Markus. Der Messeplatz des Erdkreises, das *emporium orbis*, lockt Gelehrte und Geistliche an, Pilger, Diebe und Künstler, Händler, Huren und Halunken.

Um von meiner Herberge zur Bibliothek des Kaufherrn Bruscatta zu gelangen, vergeht so viel Zeit, wie der Henker benötigt, mich hinzurichten. Denn so verfährt man in Venedig im Jahr 1578 mit den Gotteslästerern: Auf einem Karren, der über die Straßen und Plätze gezogen wird, verrichtet der Henker seine Arbeit. Die Strecke über den Campo Santa Maria Formosa ist das Maß für die glühenden Zangen. Die Calle Lunga entlang kommen die feurigen Zwicken zum Einsatz. Und die Calle dell'Ospedaletto hinunter wird die Zunge mit einem Nagel durchbohrt, ehe man den Ketzer verbrennt.

Schreiben ist Dienst an Gott. Wer Geschriebenes schändet, vergeht sich an der göttlichen Ordnung. Doch mein Gott ist die Wahrheit. Und für meinen Gott will ich die Zangen, Zwicken und Nägel riskieren, das straßenlange Sterben hinter den Kuppeln von San Marco.

In den Taschen meiner Beinkleider verberge ich das scharfe Federmesser, Klebstoff, Nadel und Faden, während ich an diesem Frühjahrsabend die Straßen hinuntergehe, der Bibliothek des Kaufherrn Bruscatta entgegen. In eines seiner Bücher, in die *Historia del Perú* will ich meine Seiten einbringen, bereits Geschriebenes durch meine Worte ersetzen, durch die Wirklichkeit, wie ich sie erlebt habe als Schreiber, als Chronist und als Mensch.

»Lo Scrittore«, ruft mich der alte Bibliothekar zwischen den Büchern des Kaufherrn Bruscatta, »Lo Scrittore, Schreiber, bist du hinfällig geworden oder siech?«

Er hat mein Stöhnen gehört, mein angstvolles Keuchen. Mißtrauisch nähert er sich auf dem schmalen Gang zwischen den Regalen, kneift die Augen zusammen, prüfend, sorgenvoll und um seine Bücher bangend.

Wie mag ich wohl aussehen? Angstschweiß auf der Stirne, zitternd und hüstelnd tapse ich die Leiter hinunter, die den Zugang zu den oberen Büchern ermöglicht, schiele hinauf zum Goldrücken der *Historia del Perú*, des Prachtbuches, das ich geschändet habe. Sauber beschriebene Blätter habe ich herausgeschnitten, um sie am nächsten Tag durch meine Worte zu ersetzen. Hab' meinen heiligen Schreibereid gebrochen und ein Buch beschädigt. Kein Abt kann mich von dieser Sünde lossprechen, und der Kirchenbann wäre zu milde für mich. Ich darf nicht hoffen, in das *prigione* zu kommen, in das Gefängnis, wohin man die gewöhnlichen Verbrecher steckt. Auch die *pozzi*, die Kammern für die einfachen Taschendiebe, blieben mir verschlossen, und selbst die *piombi*, die Kerker unter den Bleidächern des Dogenpalastes, wären noch zu gut für mich.

Wenn man mich erwischen würde!

Bei den Händlern am Rialto habe ich die doppelte Buchführung gelernt und um Nachtigallen gefeilscht. Jetzt feilsche ich um das Vertrauen des Bibliothekars.

»Alter Narr«, brummt er versöhnlich, als ich bebend und zitternd wie ein Greis das Täfelchen hervorhole mit den sorgsam geschriebenen Worten: ›Zum Erhalt der Bücher‹. Gleichzeitig biete ich den Silberling dar, die Zaubermünze, die mir erlaubt, hier zwischen den Büchern zu wandeln, mit frommem Blick und böser Absicht.

›Morgen komme ich wieder‹, schreibe ich auf die Tafel.

»Ja, ja, ja«, antwortet er viel zu laut, hält mich für blöd und taub, weil ich nicht sprechen kann. Nicht mehr sprechen kann.

Deshalb muß ich schreiben. Muß die Wahrheit hinaus-
schreiben in die Welt und Sorge tragen, daß sie mich überlebt,
den *scrittore*, den Lohnschreiber, der nicht hoffen darf, die
Gnade des Erdrosselns zu erfahren, ehe man ihn verbrennt.

Die Tür der Bibliothek schließt sich hinter mir, und in der
Ospedaletto, in der Zungendurchbohrer-Straße, schlägt mir
der Abendwind entgegen, der um diese Zeit von der Lagune
her den Geruch nach Brackwasser bringt.

Durch die Calle Lunga gehe ich langsam, wie es dem
Alten geziemt, den ich vortäusche. Auf dem Campo Santa
Maria Formosa, im Schatten des Campanile, wende ich
flink meinen weiten, abgeschabten Mantel mit den Flicken.
Hervor kommt das schwarze Wolltuch, das mich wie einen
Studenten der Artistenfakultät aussehen läßt, wie einen, der
nach der Wahrheit strebt. Vielleicht gelingt es mir so, einen
Verfolger zu täuschen, einen Beobachter, der nach dem
alten Mann im Flickenrock ausschaut.

Der einzige Zeuge meines Tuns ist der Groteskkopf am
Fuß des Glockenturms, das in Stein gehauene Böse. Lüstern,
bestialisch und unmenschlich glotzt er zu mir herüber. Kein
Bewohner Venedigs will im Anblick dieses Monsters den
Schritt verhalten, jeder eilt vorbei, keiner blickt sich um, noch
zur Seite. Der rechte Ort für meinen Mummenschanz, für
meine Maskerade. Als alter, gebeugter Mann trete ich in den
Schatten neben den Groteskkopf und tauche in den Kleidern
eines wohlhabenden Bürgers mit aufrechtem Gang hervor.
Die vielen Leute um mich herum achten nicht auf mein Tun
im Dunkel des Campanile.

Ich werfe dem Groteskkopf, dem steinernen Scheusal, das
mir Schutz gewährt, einen Gruß zu, einen Fratzenblick von
Unhold zu Unhold.

Dann trete ich in das Dämmerlicht einer Schenke. Durch
die Dunstschwaden des Gastraumes sehe ich den Wirt bestätigend nicken, einen bäuchigen Mann mit flinken Augen, von
der Wirtssorte, die oben über der Schenke ein Stübchen be-
reithält für die Lust an der Sünde.

Meine Sünde ist das Schreiben. Daher schicke ich keinen Laufburschen hinüber zum Ponte delle Tette, um mir eines der Weibsbilder zu holen, das dort mit bloßem Oberkörper auf Kundschaft wartet, sondern nehme ein Kerzenlicht und mache mich an die Arbeit.

Mein kleiner Sündenraum über der Gaststube, das frühere Zimmer des Schankkellners, ist angefüllt mit Nützlichem. Ein breiter Tisch steht mitten im Raum, die eine Seite bedeckt mit reinem, weißem Papier, die andere vollgestellt mit Tintenhörnern, Vogelfedern, Federmessern und Kerzenlicht.

Ich schreibe diese Aufzeichnungen nicht zum ersten Mal. Schon einmal hatte ich sie auf den unterschiedlichsten Materialien niedergebracht, auf Leder, Baumrinde und auf regennasses, durchweichtes Papier, auf Fetzen, die ich hier und da ergattern konnte. Ich habe diese Notizen gehütet, sie vor dem Schimmeln und dem Verfall bewahrt, sie in Kalebassen gesteckt und mit Wachs versiegelt. Doch wer hätte sich die Mühe gemacht, die Fetzen aus den Pflanzenkrügen zu fischen, ihre brüchigen Stellen glattzustreichen und zu lesen? Deshalb schreibe ich nun die alte Geschichte auf neues Papier, das ich nicht mehr über reißende Ströme quer durch den Urwald retten muß, sondern die Folterstraßen hinunter und in ein fremdes Buch hinein. Eine Fahrt im Einbaum über die Stromschnellen des Magdalenenflusses in der Neuen Welt wäre leichter gewesen.

›Mag ich brennen‹, so beginnt die erste Seite meines Berichts, ›mich kümmert's nicht.‹ Der Glaube an den Sieg der Wahrheit treibt mich voran, die Pflicht, Zeugnis abzulegen, ist stärker als die Angst vor den Schergen.

Wir schreiben das Jahr 1578. Venedig hat die feuchten Nebel des vergangenen Winters abgeschüttelt und füllt sich wieder mit bunten, lärmenden Menschen. Wo sind die grauen Gestalten, die in der Kälte des Winters durch die Gassen schlichen, bleich und voller Todesahnen? Doch ich muß meine Geschichte von vorne erzählen.

ERSTER TEIL

Kapitel 1

Man nennt mich Lo Scrittore. Seit dem Tag meiner wundersamen Errettung werde ich so gerufen, und ich selbst muß mich immer wieder ermahnen, meinen wirklichen Namen und meine Herkunft nicht zu vergessen.

Geboren wurde ich am 12. Februar 1521 in Estremadura als einziges Kind des reichen spanischen Kaufherrn Francisco Porras und seiner Ehefrau Johanna. Sie tauften mich auf den Namen Gonzalo. An die Kinderzeit, Tage glücklicher Unbeschwertheit, erinnere ich mich bisweilen mit schmerzender Schärfe. Dann steigen Bilder aus dem großen Haus in Sevilla auf, in das meine Eltern umsiedelten, als ich gerade laufen konnte, an Lagerhallen, gefüllt mit den herrlichsten Schätzen fremder Welten. An der Hand meiner Mutter sprang ich in diesen schattigen Gewölben herum, die den Duft exotischer Länder verströmten. Händler von nah und fern waren unsere Gäste und verhandelten in seltsam klingenden Sprachen. Ich lernte von den Fremden, indem ich ihnen auf den Mund sah und ihre Worte nachsprach. Gegen einen günstigen Warentausch blieben sie gerne länger im gastfreundlichen Haus meiner Eltern, unterrichteten mich in ihrer Mundart.

Bald schlüpfte ich in die unterschiedlichsten Figuren. Verhandelte ich auf französisch, so schob ich den Unterkiefer vor und schürzte den Mund, um die Worte zu formen, was immer ein sicherer Lacherfolg war. Sprach ich arabisch, zog ich Kopf und Zunge weit zurück, bildete die Laute tief in meiner Kehle. Meine Mutter versicherte mir, daß sich bei solchen Übungen selbst mein Gesichtsausdruck wandelte, ja meine ganze Körperhaltung arabisch anmutete, was mich entzückte.

Diese unbeschwerte Kindheit ging im Herbst des Jahres 1535 zu Ende.

»Gonzalo«, sagte mein Vater, und ich erkannte, wie schwer ihm die Worte fielen, »deine außergewöhnliche Sprachfähigkeit erregt das Mißfallen der heiligen katholischen Kirche. Deine Mutter und ich haben deshalb beschlossen, dich bei nächster Gelegenheit dem Kaufherrn Santisteban anzuvertrauen. Du wirst ihn in die Neue Welt begleiten und mit seiner und Gottes Hilfe einen Handelsposten gründen.«

Konnte es ein schöneres, ein größeres Abenteuer geben? Die nächsten Wochen verbrachte ich mit Reisevorbereitungen.

»Mutter!« rief ich zwischen Kisten und Truhen, »werde ich ein zweites Paar Stiefel benötigen und den dicken Mantel?« Sie legte das Hemd beiseite, an dem sie genäht hatte, und sah von ihrer Arbeit auf. Ihre Augen waren feucht. »Der Herr sei dein Hirte«, gab sie mir zur Antwort.

Vielleicht wäre ich trübsinnig geworden, je näher der Tag meiner Abreise rückte, hätte mich nicht der alte Händler Valdoro täglich besucht. Er kam von Sanlicar de Barrameda, Sevillas Hafen herauf, brachte Klatsch und Neuigkeiten mit und eines Tages einen wattierten, bunten Rock. Er legte ihn mir über die Schultern, drehte mich zu sich herum und schloß mich in die Arme.

»Du mußt listig sein, Gonzalo, immer listig sein. So bin ich nicht der Jude Joseph Goldtal, sondern der Spanier José Valdoro. Verstehst du das? Es gibt Dinge, die du verbergen mußt vor den Ohren und den Augen anderer Menschen. Sieh her.« Er öffnete meinen neuen Rock und zeigte auf das Futter. An der Stelle, wo der Mantel mein Herz bedeckte, war ein Täschchen angebracht, so fein und sorgfältig in die Naht eingefügt, daß man es kaum erkennen konnte. Blanke Golddublonen steckten darin. Er gab sie mir mit auf die Reise in eine ferne, gefahrvolle Welt.

Ach, meine Unbekümmertheit, meine grenzenlose Unwissenheit! Im Überschwang der Abenteuerlust verließ ich mit vierzehn Jahren das Haus meiner Eltern und betrat am 3. Januar des Jahres 1536 peruanischen Boden.

Als wir Lima erreichten, hatte Pizarro die Neue Welt bereits in ein Schlachthaus, in eine Hölle verwandelt. Blühende Obstplantagen, Gärten, in denen paradiesische Vögel sangen und Blumen exotischer Schönheit gediehen, waren zertreten, kostbare, uralte Aquädukte geborsten, Brücken zerschmettert und Felder verwüstet. Und überall brannte es! Anfangs hob ich noch verwundert den Kopf und hielt nach den Feuern Ausschau, die das Land überzogen. Später preßte ich ein Tuch vor mein Gesicht, um den entsetzlichen Geruch zu mildern und meine Tränen aufzufangen. Denn es roch nach Fleisch, nach verbranntem Menschenfleisch. Dieser ekelerregende Gestank schwelte über dem ganzen Land, so daß ich tagsüber tränenblind durch die Gassen Limas lief und nachts keuchend aus dem Schlaf erwachte. Bald sehnte ich mich in das Haus meiner Kindheit zurück. Doch Nachrichten meiner Eltern ließen den Kaufherrn Santisteban zögern, mich heimzuschicken.

»Verstehst du denn nicht, Gonzalo? Muß ich dich mit Gewalt hier behalten?« schalt er mich. »Begreifst du nicht, daß die Inquisition, das heilige Glaubensgericht, deine Eltern mit Argwohn beobachtet? Wer Fremde beherbergt und einen Sohn hat, der verbotene Sprachen spricht, kann nur des Teufels sein.«

Schließlich begriff ich, sank in mich zusammen, schlich wie der Schatten meiner selbst umher und krümmte mich beim Anblick jeder Dominikanerkutte vor Angst. Die Gottesmänner fürchtete ich mehr als die rohen Landsknechte. Die Inquisition war hinter uns her. Gott stehe uns allen bei!

Ich will es kurz machen. Der Geruch verbrannten Fleisches führte dazu, daß ich bald jede fleischliche Nahrung verweigerte, und das Aussprechen frommer Floskeln verursachte mir Übelkeit. Täglich sah ich Indios auf dem Scheiterhaufen, während ein Mönch im weißen Gewand und schwarzen Tuch ›im

Namen des Vaters‹ betete. Nein, in seinem Namen geschahen diese Greuel nicht, sondern im Namen der Habgier der heiligen katholischen Kirche.

Der Händler Santisteban beobachtete mich scharf, erkannte mein Grauen, meine Abscheu und den Funken Rebellion in meinen Augen. Über diese Dinge sprach er nicht mit mir, aber ich spürte seine Sorge. Er fürchtete um mein Leben, meinen Glauben und meinen Verstand. Deshalb verließen wir Lima und zogen hinauf in die kleine Siedlung Huarochiri, fort von der Stadt und den mordenden Mönchen.

Huarochiri war ein kleines Dorf am Fuß der Anden, ehemals von Indios bewohnt, jetzt aber fast verlassen. Wir zogen in ein gutes, festes Steinhaus gleich neben der Inkastraße. Wer das Haus erbaut habe, wollte ich von Santisteban wissen, doch er hatte nur ein Schulterzucken für mich. Ich wollte ihm helfen, die Handelsstation einzurichten, mußte aber nach wenigen Metern keuchend stehenbleiben.

»Wenn du nichts ißt, wirst du sterben«, sagte der Kaufmann und schob mir ein Stück gebratenes Fleisch hin. Da schwanden mir die Sinne. Als ich wieder zu mir kam, lag ich auf meinem Bett und sah in das besorgte Gesicht Santistebans. »Mach mir keinen Ärger, Gonzalo, um Himmels willen! Deine Eltern würden es mir nie verzeihen.«

Die nächsten Wochen las mir Santisteban jeden Wunsch von den Augen ab. Täglich brachte er neue Früchte, wie ich sie noch nie zuvor gesehen oder gekostet hatte. »Indianische Händler verkaufen sie«, beantwortete er meine Frage. Es dauerte nicht lange, da fühlte ich mich wieder so wohl, daß ich meiner Lieblingsbeschäftigung nachging: Ich lernte eine fremde Sprache, diesmal war es Quechua.

Meine Lehrer waren die kleinwüchsigen indianischen Händler, Männer, Frauen und Kinder, täglich jemand anderes. Anfangs konnte ich ihre Gesichter nicht auseinanderhalten, einer sah wie der andere aus. Aber nach einigen Wochen erkannte ich diejenigen wieder, die besonderen Spaß daran hatten, mich zu unterrichten. Ein Indio, ein alter Mann mit schwieligen Händen und gebeugtem Rücken, lachte schon von weitem, wenn er mich sah. »Was willst du heute wissen?« fragte er mich in bestem Spanisch.

Mit der Zeit lernte ich nicht nur die Sprache, sondern erfuhr auch manches über die Kultur der Inka. »Ich bin ein *mitimaes*«, erzählte mir der Indio eines Tages, verriet mir aber seinen Namen nicht. Mitimaes nannte ich ihn deshalb, und er war einverstanden.

»*Mitimaes* sind Umsiedler«, erklärte er mir später. »Das ist ein Beruf.« Ich muß ihn sehr erstaunt angeblickt haben, denn er fügte hinzu: »Alle, die hier leben, sind *mitimaes*. Vor Generationen befahl uns der Inka, hierher umzusiedeln und den Menschen Quechua und die Sitten der Inka zu lehren. Das ist ein wichtiger Teil der Politik des Inka gewesen. Er war ein kluger, sehr kluger Herrscher.« Ein andermal fragte ich Mitimaes, wer das Haus errichtet habe, das wir bewohnten. »Es ist uralt«, antwortete er, während er mit mir nach hinten in unseren Vorratsraum ging, sich niederkniete und die unteren Wandsteine prüfte. Dann schritt er außen das Gebäude ab. »Man hat auf ein sehr altes Haus ein neues gebaut. Das alte errichteten die weißen, bärtigen Männer, die vor vielen Generationen hierherkamen. Du kannst es an den besonders großen, aber fein bearbeiteten Grundmauern erkennen und an dem Grundriß des Hauses. Sie bauten breite Häuser.«

»Bärtige, weißhäutige Männer?« fragte ich. »Wann war das?«

»Lange vor den Inka«, antwortete Mitimaes. »Die weißen Bärtigen kannten eine Schrift. Im Osten, am Fluß Vinaque stehen noch Häuser mit solchen Zeichen.«

An diesem Tag war ich sehr aufgeregt. Obwohl ich Mitimaes' Erklärung begriffen hatte, traute ich seinen Worten nicht. Vielleicht handelte es sich um eine besondere Redewendung, die ich falsch verstanden hatte? Als ich Santisteban davon erzählte, wurde er ärgerlich. »Heidengeschwätz«, knurrte er. Ich schrieb noch in derselben Stunde einen ausführlichen Brief an meine Eltern, aber Santisteban schüttelte den Kopf. »Wirf ihn ins Feuer«, befahl er mir. »Was wird wohl mit dir geschehen, wenn die Inquisition diesen Brief liest? Heh? Du schreibst, daß du das Haus mit den Schriftzeichen suchen willst, daß du hoffst, es wären griechische oder arabische Buchstaben, die du lesen kannst. Ja, hast du denn vollends den Verstand verloren? Du bringst nicht nur dich in Gefahr, sondern auch deine Eltern und mich. Du bist ein dummer Kerl, so unklug, so abergläubisch.«

Die nächste Zeit verhielt ich mich still und ruhig. Sobald ich aber einen Indio sah, stellte ich ihm bohrende Fragen. Alles, was ich über ihre Geschichte erfuhr, schrieb ich mir auf und verbarg es in der Tasche des Valdoro.

Als erst der Mais und später der Rest der Ernte eingebracht waren und die Indios wie alljährlich begannen, ihre Brunnen zu reinigen, sprach ich fließend Quechua und hatte vieles über die Inka erfahren. Ich war wieder gesund, half Santisteban in unserer bescheidenen Handelsstation und schwätzte mit jedem Indio. Sie dankten es mit ausgesucht schöner Ware, mit frischen Früchten, erlesenen Webereien. Trotzdem waren die Geschäfte eher bescheiden, gemessen an den Verhältnissen in Sevilla. Ich wußte, daß Santisteban mir zuliebe hier oben lebte und auf manche Einnahme verzichtete. Als ich ihn darauf ansprach, tat er es achselzuckend ab: »Ein Menschenleben mißt man nicht in Gold«, sagte er. Dann erzählte er mir von dem schändlichen Handel, den Pizarro mit dem letzten Inka, Atahualpa, getrieben hatte. In seiner unstillbaren Gier hatte Pizarro die Freilassung Atahualpas an einen mit Gold gefüllten Raum geknüpft. Obwohl die Forderung erfüllt wurde, ließ er Atahualpa hinrichten.

Ja, das Leben in Pizarros Nähe war gefährlich, so hörten wir von Händlern und spanischen Landedlen, die nicht weit von uns ihre Felder von Indios bestellen ließen. Wieviel gesünder war es hier oben. Das Klima war angenehm, nie zu heiß oder zu kalt, ein kleiner Fluß führte gutes Wasser, und Ackerfrüchte gediehen auf den Feldern. In aller Frühe hörte ich die Indios einen Singsang anstimmen, mit dem sie den Tag und das Erscheinen der Sonne priesen. Voller Freude über den guten Platz, den Santisteban und ich in der Neuen Welt gefunden hatten, übernahm ich von den Indios das Ritual des Sonnengebets, begann mein Tagwerk erst, nachdem ich die Sonne gepriesen hatte. Ich war zufrieden und sorglos.

Kapitel 2

Kurze Zeit später mußte Santisteban für zwei Wochen nach Lima reisen, und ich vernahm es mit Begeisterung. Nun war ich mein eigener Herr, trug Verantwortung und konnte mir jede Freiheit gestatten.

Er war gerade eine Stunde fort, als jemand sehr laut und fordernd an unsere Tür pochte. Was wäre geschehen, wenn ich mich versteckt hätte? Doch ich öffnete mit einem »Was wünscht Ihr, mein Herr« auf den Lippen und verstummte jäh.

Mehr als drei Dutzend wilde Gesellen machten vor unserer Handelsstation halt, ausgerüstet mit Hellebarden, langen, spitzen Schwertern, Hauen und Messern. Es waren *castellanos* aus dem Heer des Pizarro, spanische Soldaten, die sich zu Fuß und zu Pferde vor unserer Tür aufgebaut hatten. Mitten unter den Soldaten befand sich ein Dominikanermönch.

Kurzerhand wurde ich als Schreiber und Übersetzer rekrutiert. Man befahl mir, Papier und Schreibzeug mitzunehmen, man ließ mich Proviant und Kleidung einpacken. Das ging schneller als die Beichte der Heiligen Jungfrau von Málaga. Ehe ich meine Fluchtpläne hinauf in die schneebedeckten Berge zu Ende denken konnte, trieb mich schon der Speer eines Landsknechts hinaus zu den Soldaten und vor den Dominikanermönch.

»Du kannst schreiben?« fragte mich der Gottesmann, »rechnen und lesen?«

Als ich leise bejahte, warf er dem Hauptmann an seiner Seite einen triumphierenden Blick zu. Dann beugte er sich von seinem Pferd etwas zu mir hinunter und sprach mit weicher, sanfter Stimme: »Nun, mein Sohn, hat dir unser Herr und

Gott in seiner unendlichen Sanftmut gestattet, auch das Stammeln der Heiden zu erfassen?«

Ich bemerkte den lauernden Gesichtsausdruck, das falsche Lächeln, das seine Augen nicht erreichte, diese stechenden, höllenschwarzen Augen im teigigen Gesicht. Wie eine verstaubte Wachsfigur sah er aus, aber mit einem Räuberblick, einem Menschenverbrennerleuchten in den Augen. Auf der Stelle haßte ich ihn mit aller Kraft meines Herzens. Doch ich wollte listig sein, listig wie der Jude Valdoro. Also senkte ich den Kopf und nickte demütig-dümmlich.

Kurz darauf trottete ich ergeben auf einem Maultier im Troß des Heeres mit. Der Tag war grau geworden, grau wie der steinige Weg.

Drei Stunden später befahl der Hauptmann Rast. Wir befanden uns jetzt auf der Königsstraße der Inka, die, aus dem Hochland kommend, hinunter zur Küste verlief. Vor uns schnitt ein kleines Tal unseren Weg. In seinem Grund schäumte ein reißender Bach, nicht breit, aber gefährlich für Roß und Reiter. Offensichtlich hatte früher eine gute Steinbrücke ans andere Ufer geführt, die jetzt geborsten und auseinandergebrochen war. Auch von weitem konnte ich erkennen, wie sorgsam die Blöcke behauen waren, mit glatten Kanten und Oberflächen. Von Mitimaes wußte ich, daß die Inka die Brücken *chaca* nannten, was ›kleiner Bruder der Straße‹ bedeutet. Eine *chaca* konnte eine Hänge- oder Schiffbrücke sein, auch eine Steinblockbrücke mit vorspringenden Trägersteinen. Es gab zahlreiche Brückenarten, und alle waren heilig, auf ihre Beschädigung stand die Todesstrafe. Was mochte hier geschehen sein? Nur eine Katastrophe konnte diese Brücke zerstört haben.

Dann aber wurde ich in meinen Gedanken jäh unterbrochen, als mich eine große Hand packte und zu unserem Hauptmann Mendieta führte.

Ich war noch nie in einem Heerlager gewesen. Ängstlich schielte ich zu den hohen Lanzen hinauf, horchte auf das Schnauben der Pferde und das Klirren der Waffen. Die Soldaten sprachen leise miteinander, tranken rasch einen Schluck aus ihren Wasserschläuchen und bezogen Posten an den Aussichtspunkten. Der Hauptmann beendete seine Mahlzeit und bot mir mit einer freundlichen Geste einen Essensrest an. Es war ein Stück gebratenes Lamafleisch. Als ich den typischen Fleischgeschmack im Mund spürte, mußte ich würgen. Schnell spülte ich den Bissen mit einem Schluck Wasser hinunter.

Die Stille um mich herum beeindruckte mich sehr. Ich hatte gedacht, die Soldaten wären ein lärmender, grölender Haufen, wild und ungebärdig. Statt dessen sprachen sie leise miteinander und beeilten sich, die Befehle auszuführen. Sie behandelten die Reit- und Lasttiere sorgsam, sahen nach wund gescheuerten Stellen und kontrollierten die Hufe. Jeder im Gefolge des Hauptmanns, Mensch oder Tier, bekam seinen Teil an Nahrung und Wasser. Vielleicht ist es gar nicht so schlimm, hier zu sein, dachte ich. Ich fühlte mich aufgehoben.

Hauptmann Mendieta beendete sein Gespräch mit dem Dominikaner und sah mich forschend an. Ich blickte in ein ernstes, aber nicht unfreundliches Gesicht, in sonnengebräunte Züge, die von einem dunklen Backenbart eingerahmt waren. Wie anders sah Diego de Mendoza, der Dominikaner, aus! Sein Gesicht war glatt und faltenlos, dabei weiß wie Kerzentalg. Obwohl er mir sanft und wohlwollend zulächelte, erreichte die dargestellte Freundlichkeit seine Augen nicht, die kalt und hart auf mich hinabblickten. Ich trat einen kleinen Schritt zurück und senkte den Kopf.

Solche bohrenden, stechenden Augen waren mir schon in Sevilla begegnet, im Gesicht eines Händlers, den mein Vater mit kühler Höflichkeit draußen auf dem Hof bedient hatte. »Warum läßt du ihn draußen stehen, Vater?« hatte ich wissen wollen. »Warum zeigst du ihm unser herrliches Tuch nicht, die glänzenden Stoffballen, die Säcke voller Gewürze, duftende Spezereien?« »Weißt du was?« hatte er mir geantwortet, »dieser Händler hat Plünderaugen. Einem wie ihm zeigt man nicht seine wahren Schätze.«

Ich schielte noch einmal zu dem Dominikaner hinüber und nannte ihn fortan Plünderauge. Gott mag mich strafen, wenn ich ihn zu milde beurteile in meinen Erinnerungen! Möge es andere Menschen, bessere Ordensbrüder geben, ja, es muß sie geben, denn kein zweiter hätte es ihm an Bosheit gleichtun können.

Plünderauge legte zwei Finger unter mein Kinn und zwang mich, ihn anzusehen. »Hast du die Maulstarre, mein Sohn? Man sagte mir, daß du ein aufgeweckter Bursche bist und – Gott steh uns bei – vielfältig sprachgewandt, selbst in der Mundart der Araber, Griechen und anderer Fremdlinge. Nun?«

Plünderauge wußte also, wer ich war, woher ich kam! Diese Erkenntnis erschreckte mich so sehr, daß ich rasch den Kopf abwandte und in die Ferne starrte. Ich erblickte einen riesigen Kondor, der fern am Himmel kreiste. Er stieg schraubenförmig in das Blau hinauf und nahm meine Unschuld mit. Als ich den Mund öffnete, wandelte ich mich von einem Kind zu einem durchtriebenen Schurken, heimtückisch, verlogen und bereit zum Verrat.

»Verzeiht mir, Ehrwürdiger Vater, in meiner kindlichen Dummheit plapperte ich wohl einiges nach, wofür ich mich heute schäme.« Geschickt und skrupellos sprach ich die Unwahrheit.

Hauptmann Mendieta befahl mir, ihm hinunter zum Bach zu folgen. Dort errichteten Indiofrauen und einige alte Männer auf den verbliebenen Fundamenten eine schmale Holzbrücke. Die glattpolierten Steinplatten, die ehemals den Bach überspannten, lagen zerschmettert am Grund des Wassers. Jenseits des Wildbaches erkannte ich einen *tambos*.

Mitimaes hatte mir erzählt, daß der Inka entlang seiner gewaltigen Straßen in Abständen von vier *leguas* solche *tambos*, das heißt Straßenraststationen, errichten ließ. Die *tambos* waren Vorratshäuser für Proviant und Kleidung, und viele enthielten auch Unterkunftsräume für Reisende. Die Indios, die im Gebiet solcher *tambos* siedelten, mußten die Lager auffüllen und auch den Straßenabschnitt in Ordnung halten. So verwunderte es mich nicht, als ich Indios an dieser Brücke arbeiten sah. Der Hauptmann stellte ihnen Fragen, die ich übersetzte. Die Indios sprachen leise und gedämpft. Ich vermißte den zwitschernden Singsang, der mir von den Händlern vertraut war. Ihre Worte klangen stumpf.

Schließlich überschritten wir das schwankende Brückenholz. Ich wagte keinen Blick hinunter zum Wildbach. Nur mein fester Glaube, daß die Indios gutmütig waren und ohne Arglist die Brücke flickten, ließ mich gehen. Nach uns kamen die Lasttiere an die Reihe. Man hatte den Pferden und Saumtieren die Augen verbunden und führte sie einzeln über den Steg. Das nahm geraume Zeit in Anspruch, in der ich die Vorräte des *tambos* begutachten und auflisten mußte. Der Hauptmann war überrascht, weil ich viele Dinge beim Namen nennen und auch ihre Verwendung erklären konnte.

In einem großen Sack aus heller, feiner Baumwolle entdeckte ich Quinoa, kleine, gelbe Samenkörner, welche die Indios wie Getreide verwendeten. Erfreut wies ich darauf. »Man muß die Körner erst rösten, dann mit der doppelten Menge Wasser sieden lassen. Das geht ganz rasch, und man braucht dazu kaum Feuerholz. Drei Handvoll genügen, um einen Mann zu sättigen, so daß die Inka auf ihren Reisen nicht jagen mußten«, erklärte ich Hauptmann Mendieta in meinem kindlichen Eifer. Er ließ sich die Orte und Gegenden nennen, aus denen die Waren des *tambos* stammten, soweit ich das von unserer bescheidenen Handelsstation her kannte. Schließlich zeigte er sich zufrieden mit mir, und ich glühte vor Stolz. Er wies seine Soldaten an, die Waren auf unsere Lasttiere zu verladen. Dann befahl er mir, die Indios zu rufen.

Es waren acht Frauen und drei alte Männer, die in einer Reihe vor uns mit gesenkten Köpfen ausharrten. Ich dachte, Hauptmann Mendieta wolle ihnen für die Brücke danken. Statt dessen erschien ein einfacher Fußsoldat, befühlte ihre Arme und Beine, sah in ihre Münder und ließ seinen Blick abschätzend über sie gleiten. Das Ergebnis seiner Untersuchung mußte ich niederschreiben. Die Angaben reichten von ›kraftlos‹ und ›zu alt‹ bis hin zu ›faulende Zahnreste‹. Plötzlich begannen die Buchstaben auf dem weißen Papier zu tanzen und wollten nicht ruhig halten, so sehr zitterte meine Hand.

»Was geschieht mit den alten Leuten?« flüsterte ich angstvoll.

»Sie werden gezählt und begutachtet. Nichts weiter. Es sind Sklaven des Pizarro.« Seine Worte beruhigten mich, und ich wagte eine Frage. »Soll ich mich erkundigen, durch welche Katastrophe die Brücke zerstört wurde?«

»Dummkopf!« schalt er mich. »Pizarro hat die Brücke niederreißen und die Felder verwüsten lassen.« Er deutete auf die Hänge, die terrassenförmig befestigt waren und so der Zerstörung durch Wind und Wasser Einhalt geboten hatten. Die kleinen Schutzwälle waren jetzt geborsten und die Äcker verödet.

»Aber nun brauchen wir die Brücke wieder!« begehrte ich auf. Zu meinem Glück trat ein junger Unterführer dazwischen und meldete die Truppe abmarschbereit.

»Übermittle den Indios meinen Befehl, die Brücke aufzubauen und das Vorratshaus zu füllen«, wies mich Mendieta an.

Da packte mich große Empörung über die spanischen Eroberer, ihren Hochmut und ihre Zerstörungswut.

»Haben solche«, fragte ich die Indios so laut und fest, wie ich es auf quechua konnte, und wies mit dem Kopf auf die hinter mir stehenden Soldaten, »haben solche wie diese hier die Brücke zerstört und eure Felder verwüstet?«

Hinter mir wiesen die Lanzen der Soldaten bedrohlich in den Himmel, warfen spitze Schatten über das Häuflein der Eingeborenen. In meinem Rücken spürte ich die Kampfkraft der Spanier, ahnte Plünderauge mit dem lauernden Blick neben mir und empfand trotz meiner jugendlichen Unterlegenheit ungeheuren Triumph. Ich, nur ich, durfte laut aussprechen, was mich quälte, denn keiner der Spanier verstand meine Worte.

Einer der alten Männer, ein Greis mit fransigem weißem Haar, hob den Kopf und musterte mich staunend. »So ist es«, sagte er tonlos, »sie kamen, meine Söhne zu morden, meine Töchter zu mißbrauchen und meine Enkel zu töten. Verflucht seien sie bis an das Ende der Zeit.«

»Nun, mein Sohn«, forschte Plünderauge, »was hat der Alte erwidert?«

»Gepriesen sei der Herr«, gab ich zurück und schämte mich nicht, aufrichtig in sein Gesicht zu blicken. Plünderauge legte den Kopf leicht zur Seite, lächelte sanft und wohlwollend.

Als wir eine gute Strecke weitergezogen waren, begann ich zu frösteln. Mit Grausen erkannte ich, wie leichtfertig ich mit meinem Leben gespielt hatte. Ich zog den Kopf zwischen die Schultern und wagte nicht, rechts noch links zu blicken.

In niedergedrückter Stimmung und trüben Gedanken nachhängend, hob ich erst wieder den Blick, als mich ein derber Stoß in den Rücken von meinem Lasttier trieb. Ich muß ein rechter Tagträumer gewesen sein, denn erst jetzt sah ich, daß wir den nächsten *tambos* erreicht hatten. Meine Schreibkenntnisse waren wieder gefordert. Der *tambos* erwies sich jedoch als leer. Die noch frischen Ausbrüche in den Steinmauern zeigten mir, daß die Zerstörung der Vorratslager und Unterkünfte nicht lange hersein konnte, und ich vermutete, dieser Umstand war der Unbeherrschtheit Pizarros zu verdanken. Obwohl es jetzt ein ungastlicher Ort geworden war, befahl der Hauptmann, das Lager aufzuschlagen. Nachdem die Tiere versorgt und notdürftig in den Ruinen des *tambos* untergebracht worden waren, rief Plünderauge zum Abendgebet.

Ich rieb mein Maultier mit einem Bündel trockenen Grases ab und nutzte die Gelegenheit, der Andacht fernzubleiben. Ab und zu lugte ich durch einen Mauerspalt, ob man mich unbehelligt ließ. Bei diesem Anlaß musterte ich die betenden Soldaten. Manche standen, andere wieder knieten am Boden. Sie hatten alle den Kopf entblößt, die Hände gefaltet und schienen mit Inbrunst im Gebet vertieft.

»Was treibst du da, Bürschchen?« wieder verspürte ich einen kräftigen Stoß im Rücken, aber da mir das Lügen so leicht von den Lippen kam wie das Vaterunser, antwortete ich rasch: »Ich hüte die Lasttiere.«

Feldwebel Cazalla stapfte weiter, drehte seine Runde um das ganze Ruinenfeld des *tambos*, kehrte zu den Tieren zurück und lehnte sich schließlich an eine halb geborstene Wand. Er mochte 20, höchstens 24 Jahre alt sein, war von großer, derber Statur und sah aus wie ein Bauer aus der Sierra Morena. Ich fühlte mich an die Heimat erinnert, große Sehnsucht überkam mich, und ich fragte ihn weinerlich: »Wir müssen die Heimat schützen, nicht wahr? Die Mauren sind eine schlimme Plage, und auch die Nachbarländer würden nur zu gerne Spanien überfallen.«

Er glotzte mich an, als ob ich den Verstand verloren hätte.

»Gott schütze unser Heer«, schniefte ich und versuchte, die wirren Gedanken in meinem Kopf zu ordnen. »Haben die Inka Schiffe?« forschte ich übergangslos, dabei mußte ich ihn so verstört und furchtsam angestarrt haben, daß er zu mir trat. »Hab keine Angst, Niño«, lachte er, »die Wilden kommen nicht bis Spanien.«

Ich war immer noch ganz durcheinander von all den dummen Gedanken, die in meinem Hirn wie Flöhe im Hundepelz herumsprangen. »Wenn sie nicht bis Spanien fahren, warum kommen dann wir hierher und töten sie?« Nun war sie heraus, die quälende Frage, die mir im Kopf herumspukte.

Cazalla schaute besorgt umher, ob uns einer belauschen könnte. Aber von draußen wehte das Ave-Maria herüber, von rauhen Soldatenkehlen schüchtern angestimmt.

»Das ist Politik«, erklärte Cazalla. »Gott schütze Spanien.« Mit diesen Worten versetzte er mir eine gewaltige Maulschelle, die mich rücklings auf das feuchte Stroh warf.

Dort blieb ich einfach liegen, weinte und schluchzte, hielt die verquollene Backe und wimmerte mich in den Schlaf.

Am nächsten Morgen war ich schon mit dem ersten Stampfen der Hufe auf den Beinen, zitterte in der eisigen Luft, die von den Bergen herabstrich, und wartete auf das Erscheinen der Sonne. Es ist ein schöner, gewaltiger Anblick, wenn sich der höchste weiße Andengipfel erst zögernd, dann immer mächtiger rosa färbt, bis plötzlich gleißendes Licht in den Augen brennt und die Sonne über den Bergen steht. Ich streckte die Hände sehnsüchtig nach Wärme und Licht aus und fühlte ein wohliges Kribbeln in den klammen Fingern. Der Sonnengesang ging mir wie von selbst von den Lippen.

Ein klatschendes Geräusch hinter mir alarmierte mich. Ich war nicht der einzige Frühaufsteher. Im Schatten eines zerfallenen Mauerwerkes entdeckte ich Plünderauge. Er war bis zur Hüfte nackt und geißelte seinen weißen Rücken mit Rutenschlägen. Beim Anblick dieser Selbstzüchtigung fürchtete ich mich und schlich zu meinem Lasttier.

Ich wäre wohl wieder in meinen dumpfen Trübsinn versunken und bis zum Ende des Tages im Heer mitgetrottet, hätte nicht ein gellender Schrei den ganzen Troß gegen Mittag in Aufruhr versetzt. Zuerst dachte ich, wir wären in einen Hinterhalt geraten, aber dann blickte ich verwundert den Soldaten nach, die in wilder Hast ein kleines Tal hinaufstürmten. Einer von ihnen mußte gestürzt sein, denn plötzlich bildete sich ein wirrer Knäuel miteinander ringender Leiber am Boden. Ich hörte Hauptmann Mendieta brüllen, sah, wie er den nächstbesten niederschlug, ehe er selber zu Grund gerissen wurde. Es herrschte ein unglaubliches Chaos. Pferde rannten an mir vorbei ein Stück den Weg zurück, Maultiere schlugen aus, stürmten wiehernd die Straße hinunter. So rasch ich konnte, glitt ich von meinem Reittier und versuchte, es daran zu hindern, mit den anderen in halsbrecherischem Galopp das Weite zu suchen. Schließlich legte sich der Aufruhr ein wenig. Manches Maultier blieb einfach verwirrt stehen, und die von ihren Reitern verlassenen Pferde begannen, grasend zu einer Herde zusammenzufinden. Ich band mein Tier an einem großen Stein fest und ging auf die Soldaten zu. Etwas Schreckliches mußte geschehen sein.

Das Grausige, das ich zu entdecken befürchtete, sah ganz anders aus als vermutet, und ich erblickte es, als ich über den ersten Spanier stolperte, den ich für gestürzt und verwundet hielt. Dieser grinste überglücklich und erfreute sich bester Gesundheit. Ohne auf mich zu achten, wühlte er wie ein Huhn hackend und scharrend im Staub.

Sie hatten Gold gefunden! Fassungslos starrte ich hinunter zur aufgerissenen Erde, auf der die Truppe auf allen vieren herumkroch. In diesem stillen, kleinen Tal hatten die Indios ihre Toten bestattet. Das trockene Klima, das in diesen Wochen herrschte, ließ die Hügelgräber deutlich hell erscheinen. Wie kleine, weiße Berge waren sie von der Straße aus zu sehen. Es handelte sich um Hockgräber von geringer Höhe. Ich zählte mehr als dreißig solcher Grabstätten. Die talabwärts gelegenen Gräber, an denen ich vorbeikam, waren aufgerissen. Buntgewebtes, brüchiges Tuch lag im Staub der Erde zertreten, und allenthalben sah ich Knochen, an denen noch lederartige Hautfetzen hingen. In meiner Empörung stolperte ich keuchend voran, bis ich Plünderauge erreichte, der mit beiden Händen ein Loch in ein Hügelgrab schaufelte. Schließlich war die Höhlung groß genug, und ich starrte – ich gebe es zu – voller Neugierde, jedoch auch schaudernd in sein Inneres.

Den Kopf auf die Knie gelegt, die rechte Hand wie schützend vor das Gesicht gedrückt, hockte die mumifizierte Leiche eines Kindes am Boden. Es war wohl ein Mädchen, denn seine Beine bedeckte ein dunkler Rock mit bunten Stoffbändern an dessen Saum. Plünderauge, unentwegt lateinische Worte murmelnd, zerrte das Kind an das Tageslicht. Dabei fiel die Mumie zur Seite, der rechte Arm brach ab. Ich fuhr wie getreten zurück. So schändliches Tun hatte ich noch nie gesehen. Plünderauge riß den Goldreif vom Oberarm der Toten und scheute sich nicht, unter das Gewand zu langen, um auch die Beine nach Schmuck abzusuchen. Er entdeckte zwei kleine Figuren, die wohl am Boden des Grabes gelegen und sich im Rocktuch verfangen hatten. Beide Figuren stellten ein Lama dar, wobei die größere, vielleicht einen Finger hohe Figur aus purem Gold, die kleine aus roter Keramik war. Er steckte die Goldfigur ein, prüfte das rote Lama auf seinen Wert, dann zerschlug er es auf einem Stein. Die Mumie ließ er liegen. Ich trat zögernd näher und sah den seltsamen Kopfputz des Mädchens, fein geknüpftes, schwarzes Haar, in das vorne über der Stirn weiße und schwarze Federn gebunden waren. Ich hätte sie gerne wieder in die Erde zurückgelegt, doch ich fürchtete mich, sie anzufassen. Als ich sie mit meinem Fuß in ihr Grab zurückschieben wollte, rollte sie zur Seite. Die mir jetzt zugewandte Gesichtshälfte war von heller Hautfarbe und sah aus wie feines, weißes Leder. Die Lippen waren leicht geöffnet. In meiner Verwirrung glaubte ich, das Indiomädchen würde grinsen. Mir grauste. Mit bloßen Händen versuchte ich, etwas von der aufgewühlten Erde über ihr Gesicht zu schaufeln, doch die Brocken zerfielen zu Staub, die der stete Wind davontrug und meine Augen tränen ließ.

Bis zum Abend diesen Tages verweigerte ich den Gehorsam. Ich gab weder Antwort, noch nahm ich eine Mahlzeit zu mir. Nach dem Abendgebet sah ich, wie die Soldaten ihre Fundstücke begutachteten. Plünderauge wandelte aufmerksam durch ihre Reihen. Figuren, die allzusehr nach Teufelsabbildern aussahen, ließ er sich aushändigen.

»Sie müssen alsbald dem Schmelzofen zugeführt werden«, hörte ich ihn sagen. Auch beobachtete ich, wie manch seltsame Figur in den Taschen der dicken Soldatenwämse verschwand, ehe Plünderauge sie entdeckte. Eine gefährliche Stimmung lag über der Truppe, die noch dadurch verstärkt wurde, daß wir den *tambos* an dieser Raststation zerschlagen und seiner Vorräte beraubt vorgefunden hatten. Ich kroch wieder in das derbe, stachelige Horstgras, das dort wie Stroh verwendet wird. Am warmen Leib meines Saumtieres schlief ich ein. Mitten in der Nacht jedoch weckte mich ein lauter Streit. Er schien zwischen Hauptmann Mendieta und Plünderauge entstanden zu sein. Als jemand aufschrie, fantasierte ich, man habe Plünderauge erschlagen. Ich bereue es nicht, in dieser Nacht keimte die Hoffnung auf, er würde ein baldiges, frühzeitiges Ende finden. In meinem kindlichen Unverstand bat ich Gott um Erfüllung dieses Wunsches.

Während ich die Worte hier in Venedig zu Papier bringe, erscheint es mir seltsam, daß ich mich damals so über das Plündern der Inkagräber erregte. Erst vor wenigen Wochen hat die heilige Inquisition das Grab des Kaufherrn Giacomo Dandolo öffnen lassen, um seinen halb verwesten Leichnam noch nachträglich zu verbrennen. Man hat Dandolo nach seinem Tod den Prozeß gemacht und ihn für schuldig befunden. In verwerflichster Weise habe er einen jüdischen Kaufmann unter seinem Dach beherbergt, ihm Gastfreundschaft geboten und sich so der Ketzerei, des Verbrechens wider die heilige katholische Kirche schuldig gemacht.

So schauerlich es auch klingen mag, aber mir erscheint der Gestank eines brennenden Leichnams noch gräßlicher als der frischen Menschenfleisches. Als es der heiligen Inquisition in ihrem Streben, den verlorenen Sünder Dandolo in den Schoß unserer Kirche zurückzuführen, gefiel, den Leichnam zu verbrennen, lag Nebel über Venedig, und Rauchschwaden voller Modergeruch hingen tagelang über der Stadt, krochen nachts in jeden Winkel und würgten die Luft zum Atmen ab.

Als ich im Jahre 1536 im Troß des Hauptmanns Mendieta über die Inkastraßen zog, war ich mir der großen Gefahr nicht bewußt, in der ich mich befand. Hatte man nicht erst am 23. Mai des Jahres 1498 sogar den Dominikaner Savonarola gehenkt und verbrannt, ihn schuldig befunden als Verächter des Heiligen Stuhles? Doch damals schienen diese Ereignisse für einen Knaben wie mich der grauen Vergangenheit, einer anderen Welt, anzugehören.

Ich hätte mich am Morgen nach der Grabplünderung wohl

um mein Leben gebracht, hätte nicht Hauptmann Mendieta fürsorglich meinen närrischen Reden ein Ende bereitet.

Gleich nach dem Morgengebet ließ er mich zu sich rufen. Ich war geschwächt, wankte vor Hunger und Elend und wäre ihm beinahe zu Füßen gefallen. Er befahl mir zu essen. Ich würgte und schluckte, schließlich brachte ich ein paar Brokken hinunter. Heute weiß ich, daß er mir von seiner eigenen Ration gab, denn unsere Vorräte waren knapp geworden. Nach dem Essen ließ er feines, gegerbtes Leder bringen und reichte es mir.

»Ihr habt Handel mit den Indios der hochgelegenen Dörfer getrieben?« Als ich zustimmend nickte, fuhr er fort: »Zeichne eine Karte. Trage jede Siedlung, die dir bekannt ist, ein und benenne jede Ware, die ihr von dort erhalten habt.«

Erstaunt blickte ich ihn an. Wußte man nicht, welche Niederlassungen und Anbaugebiete im Hinterland lagen? Erst sehr viel später wurde mir bewußt, wie oft in der Geschichte der Menschheit es Händler und Kaufleute waren, die Kunde von unbekannten Ländern und Regionen verbreiteten. Ich hatte auf unserer Handelsstation vieles erfahren, was den Vertretungen der Regierung unserer Heiligen Majestät von Spanien verborgen blieb. Vielleicht schonte man mich auch deshalb und trachtete mir zumindest an diesem Morgen nicht nach dem Leben.

Da Mendieta mein Zögern bemerkte, gab er sich sehr mild, und ich konnte keine Arglist in seinem Blick erkennen: »Wir wollen Kunde erhalten vom Leben jenseits der Straßen der Inka. Frater Diego will den Heidenmenschen dort die Frohe Botschaft bringen, damit ihre Seelen gerettet werden vor ewiger Verdammnis.«

Gehorsam begab ich mich an mein Werk. Bevor ich aber mit feinen Strichen das Leder bemalte, fegte ich den sandigen Boden mit der Hand glatt und fertigte eine grobe Skizze im Sand. Ich verbesserte sie mehrmals, bis ich sie getreulich auf die Lederhaut übertrug. War ich anfangs noch zögerlich an mein Werk gegangen, so riß mich das Zeichnen und Schreiben bald fort. Meine Wangen wurden heiß, und mein Kopf glühte. Ich trug jede Ware ein, die ich kannte. Wie ich es von meinem Vater gelernt hatte, stellte ich Schätzungen an über Bevölkerungsdichte und Arbeitskraft, indem ich mich der Kaufkraft meiner damaligen Handelspartner erinnerte. Noch heute glaube ich, daß ich die erste Wirtschaftskarte von diesem Teil der Neuen Welt erstellte.

Schließlich zeichnete ich das Tal von Jauja ein. Dann hielt ich inne. Die wunderbare weiche Wolle, die Indios aus einem Tal nördlich von Jauja lieferten, war mir noch sehr gegenwärtig. Als Santisteban das erste daraus gewebte Kleidungsstück in seinen Händen hielt, hatte er begeistert ausgerufen: »Das ist besser, ungleich besser als spanische Merinowolle! Gonzalo«, hatte er hinzugefügt, »vielleicht ist sie mehr wert als Gold.« So in meinen Erinnerungen forschend, versuchte ich abzuschätzen, wieviel Indios jenseits von Jauja leben mochten. Die wunderbare Wolle, die sie von einer wilden Lama-Art, dem Vikunja gewannen, mußte diesem Stamm Reichtum bescheren. Doch dann dachte ich an die habgierigen Spanier. Traurig betrachtete ich meine schöne Karte und bereute mein dummes kindliches Tun, geschehen aus eitler Prahlsucht.

Hauptmann Mendieta aber war hoch erfreut. Ich erklärte noch einmal die Zeichen und Symbole und versuchte, mein Ergebnis abzuwiegeln: »Es sind nur ärmliche, kleine Dörfer dort.«

»Und jenseits von Jauja?« fragte er, da er mein Zögern bemerkt hatte.

»Nichts«, konterte ich, »dort wird nichts angebaut.« Ich freute mich, denn ich log nicht einmal. Doch er blieb hartnäckig. »Das Tal von Jauja ist berühmt für seine Herrlichkeit. Es gehört zu den schönsten Landschaften Perus. Von dort und seiner Umgebung sollen keine Güter kommen?«

Im nachhinein danke ich dem Schicksal, daß ich meine Karte so wahr wie möglich gezeichnet hatte. Mendieta prüfte mich. Ich schlüpfte in die Rolle des listigen Valdoro, dessen Rock ich noch immer trug. »Ich habe Euch die Wahrheit gesagt. Wir haben keine Waren aus dem Jauja erhalten, und auch nördlich dieser Region wird nichts angebaut.«

»Er lügt«, mischte sich Plünderauge ein. »Das Tal von Jauja soll von mehr als dreißigtausend Inka bewohnt gewesen sein.«

»Das ist nicht wahr«, ereiferte ich mich, sprang sogar vom Boden auf. »Das Tal von Jauja war nie von den Inka bewohnt, sondern von den Huanca. Es stand nur unter der Verwaltung des Inka.«

»So wollen wir Gott danken, da wir mit seiner Hilfe das schöne Tal und das arme Volk von der schrecklichen Geißel des Inka befreit haben. Gelobt sei der Herr.« Plünderauge faltete die Hände.

Als sich das zustimmende Murmeln legte, ereiferte ich mich: »Der Inka war keine Geißel. Er bot den Völkern einen Handel an. Seine Steuern waren gerecht, er ließ den Menschen Land und Leben, niemals verwüstete er ihre Äcker, auch zerstörte er nie ihre Straßen, Bauten oder Tempel. Noch viel weniger fiel ihm ein, Gräber zu plündern.« Ich war dabei, mich um meinen Kopf zu reden, hätte mir Mendieta nicht streng das Wort verboten.

»Genug, sag uns, was du von den Huanca aus Jauja weißt.«

»Ich sagte die Wahrheit, Herr«, flehte ich, nun doch sehr erschrocken, »die Indios erzählten mir nur, es lebten dort einmal über dreißigtausend Indianer, aber«, ich wählte meine Worte jetzt sehr vorsichtig, »es hätte unserer Heiligen Majestät von Spanien gefallen, sie alle zu töten.« In meinem Kopf arbeitete es. Konnte es sein, daß überlebende Huanca in die Berge jenseits von Jauja entkommen waren?

Unverhofft kam mir Plünderauge zu Hilfe. »Das stimmt. Dreißigtausend Heiden starben ohne die Segnungen der heiligen katholischen Kirche, und ihre Seelen heulen und jammern in ewiger Verdammnis, da sie den Herrn nicht schauen dürfen in seiner Herrlichkeit.«

Hauptmann Mendieta hatte aus meinen Angaben seine Schlußfolgerung gezogen. »In einem Tal, das von so vielen Menschen bewohnt war, muß es Gräber geben, auch solche aus alter Zeit, die noch keiner entdeckt hat. Du hast uns sehr geholfen, Gonzalo.«

Unter seinen Soldaten entstand Unruhe. Selbst die Pferde schienen fortzudrängen. Mendieta erteilte einen Befehl und erklärte mir: »Wir brechen nach Jauja auf, du suchst mit Frater Diego und einem Schutztrupp die Dörfer deiner Beschreibung auf. Du schreibst auf, was du an wirklichen Waren vorfindest. Ich stelle dich unter den Befehl des Feldwebels Cazalla. An erster Stelle aber dienst du Frater Diego als Übersetzer. Den armen Indios dort muß die frohe Kunde gebracht werden von unserem gütigen Herrn Jesus Christus.« Mendieta bekreuzigte sich, und wir beeilten uns, es ihm gleichzutun.

Ich schielte zu Cazalla mit den derben Fäusten und blickte den Hauptmann unglücklich an. Lieber wäre ich bei ihm geblieben, aber ich wagte keinen Widerspruch. Mendieta rief eine Anweisung, Lasten wurden neu verteilt, und ein Trupp von sieben Mann versammelte sich um Cazalla. Nur er und Plünderauge waren beritten. Auch ich mußte mein Saumtier abtreten, und so tätschelte ich sein staubiges Fell, um von ihm Abschied zu nehmen. Unter den Soldaten herrschte freudige Erwartung, doch Mendieta bot ihrer Aufbruchsstimmung Einhalt.

»Gonzalo!« rief er mich und hielt mir seine geschlossene Hand hin. »Unter Soldaten wird redlich geteilt«, lachte er, und die Lanzenträger hinter mir murmelten wohlwollend. Er öffnete die Faust und ließ das kleine goldene Lama aus dem Grab des Indiomädchens erkennen.

Voller Entsetzen, aber auch voller Verlangen starrte ich auf die kleine Figur. Wie gerne hätte ich sie besessen! Das Lama war spielerisch gearbeitet, es hätte nicht passender sein können für ein Kind, das seinen Eltern zu früh genommen worden war. Ich dachte an die kleine, verschrumpelte Gestalt mit dem schaurigen Grinsen und wich zurück. Die Soldaten begannen zu murren. In Hauptmann Mendietas Augen zog dunkler Zorn auf. Er steckte das Lama in seine Rocktasche.

»Verzeihung, Herr«, jammerte ich, denn ich wollte ihn nicht kränken, »es ist nur, weil, weil die Indios an das ewige Leben glauben, an ein Fortleben nach dem Tod und weil, nun ja, dieses Mädchen, ich meine, sie hat jetzt nichts mehr, und ihr Arm ist ausgerissen, und ihre Haut war so weiß. Ich denke, ihre Eltern … ich meine, sie haben ihr doch … sie waren sicher sehr traurig, als sie starb, und jetzt liegt sie da, ungeschützt, weil ich sie nicht zurück in ihr Grab schaffen konnte, und ich … ach, ich weiß nicht, Herr.«

»Was redest du da, Schrecklicher, von ewigem Leben? Weißt du nicht, daß es furchtbarer Wahn ist, daran zu glauben? Nur unsere heilige christliche Lehre verheißt das ewige Leben. Unsere Christenpflicht ist es, die Indios zu erlösen von ihrem verderblichen Glauben an das ewige Leben und ihrer schändlichen Anbetung der Götzen und Teufel. Ihre Gräber müssen geöffnet, ja gereinigt, geläutert werden. Ihr goldener Tand muß schmelzen im heilenden Feuer, daß Neues und Frommes daraus entstehe, die Gotteshäuser der Christen zu schmücken zum ewigen Lob unseres Herrn«, donnerte Plünderauge, und die Soldaten bekreuzigten sich. Cazalla entblößte sogar den Kopf und hielt seinen Helm in der Hand.

Klein und verloren stand ich zwischen Hauptmann Mendieta und Plünderauge, der auf seinem Reittier groß und mächtig wirkte. Doch Plünderauge war noch nicht fertig mit mir. »Du scheinst ein wißbegieriges Bürschchen zu sein, das soviel plappert von den lasterhaften Heiden. Zeig uns, ob du unsere Heilige Schrift ebenso kennst. Wirf dich auf die Knie und tue Buße.«

Sogleich sank ich nieder. In meiner Not sprach ich die Stelle aus der Bibel, die meiner Mutter, daheim in Sevilla, so leicht über die Lippen kam, wenn sie Valdoro in unser Haus aufnahm.

»Aus dem Buch Levitikus. Ich bin der Herr. Wenn sich

ein Fremder in eurem Land aufhält, sollt ihr ihn nicht unterdrücken. Er soll bei euch wie ein Einheimischer sein, und du sollst ihn lieben wie dich selbst.«

Die Worte gingen mir noch lange im Kopf herum, als wir längst die Straße bergan schritten und Hauptmann Mendieta in weiter Ferne war. Ohne ihn fühlte ich mich einsam wie nie zuvor.

Erst als es Abend wurde, erblickten wir die wenigen strohgedeckten Dächer der kleinen Ortschaft, des Dörfchens Tami. Einige Häuser waren noch unversehrt, schlossen sich zu einem Rechteck zusammen, die einen Hof umstanden. Doch Bewohner fanden wir vorerst keine. Ich suchte allein das große Vorratshaus des Dorfes auf, in dem die Ernteerträge für das Gemeinwohl gespeichert waren. Ein alter Indio zeigte sich schließlich und ließ mich in das Halbdunkel hinein. Ich beeilte mich, mit abnehmendem Licht die Waren aufzuschreiben. Feldwebel Cazalla, der hinter mich getreten war, sah entweder schlecht oder konnte nicht lesen. Von den großen Ballen gewebten und gefärbten Tuches, die ich nicht notierte, sagte er jedenfalls nichts.

Diese Nacht schliefen wir alle sehr unruhig. Ohne den Schutz der großen Truppe horchten wir auf jedes kleine Geräusch. Wir hatten uns in einem verlassenen Gebäude eingerichtet, und stündlich wurden die Wachen abgelöst. Die Sterne zogen über den Himmel und versanken, ohne daß eine Hand gegen uns erhoben wurde.

Am nächsten Morgen zeigte sich Plünderauge sehr ungehalten. Von der Bevölkerung Tamis war nichts zu sehen. Nur der alte Mann aus dem Vorratshaus und ein noch älteres Weib brachten uns frisch gebackenes Fladenbrot. »Wo sind die anderen?« ließ mich Plünderauge fragen. Wir erfuhren, daß sie weit oben in den Bergen arbeiteten, auf Feldern, die der spanischen Zerstörung entgangen waren, und über Nacht nicht heimkamen. Trotzdem befahl Plünderauge den beiden Indios, das Wort Gottes zu hören.

Ich gab mir größte Mühe, Worte und Begriffe zu suchen,

um die Rede Plünderauges sinngemäß zu übersetzen. Er war sehr sprachgewandt, und als ihn die Begeisterung davontrug, konnte ich seinem Redefluß nicht mehr folgen und kürzte seine Sätze auf das Wesentliche. Die alte Frau hatte sich stumm zu Boden gehockt, wiegte sich mit dem Oberkörper hin und her und lächelte froh. Als ich beschrieb, wie unser lieber Herr Jesus gepeinigt und gekreuzigt wurde, unterbrach mich der alte Indio scharf. »Wie sah er aus?«

Zuerst verstand ich die Frage nicht, wußte mit ihr nichts anzufangen und fragte Plünderauge um Rat. Dieser wurde noch eifriger und rief heftig: »Sieh, die Saat geht auf.« Dann beschrieb er unseren Herrn so ausführlich, daß ich Mühe hatte, ihm zu folgen. Abermals unterbrach der Alte meine Übersetzung. »Er war bleich?« forschte er, »und hatte helles Haar? Und das Blut lief ihm über Gesicht und Rücken, ehe man ihn tötete, ja?«

Der Alte hing an meinen Lippen, und ich bestätigte seine Fragen. Da packte er in seiner Freude Plünderauge, riß ihn mit sich über den Boden und vollführte die ausgelassensten Sprünge. »Das ist schön«, jauchzte er, »*ima sumac*, wie schön. Eure Vorväter haben eine Hellhaut geschlagen und getötet, haben euresgleichen gemordet.«

Mein Mund wurde trocken vor Furcht, doch der Dominikaner hatte nur Augen für den Indio. »Sehet das Wunder, welches der Herr in seiner Güte vollbringt.«

Feldwebel Cazalla kniete feierlich nieder.

»Hat er gestöhnt, euer Mann, da man ihn geißelte?« wollte der Indio weiter wissen. »So wie mein lieber Sohn, als ihn die Spanier in Stücke hieben?« Dabei riß er den Mund auf, rollte mit den Augen und gab ächzende Laute von sich.

Mir war so elend, ich mochte nichts mehr sagen und konnte nur noch nicken. Doch Plünderauge hieß den Alten niederknien und für ihn unverständliche Worte nachsprechen. Er legte den beiden Alten seine kleinen, weißen Hände auf, hob dann segnend das große Holzkreuz mit dem Leib unseres Herrn.

Der Indio hing mit glühenden Augen an der Figur des Gekreuzigten und schnalzte mit der Zunge. »Er hat gelitten, das Gelbhaar, hat gejammert vor Pein. Wie meine kleine Tochter, als man sie weiterreichte unter den Lanzenträgern wie eine Schale voll *mote*.«

»So bekreuzige dich«, ließ mich Plünderauge ihn auffordern, doch der Alte sank plötzlich wimmernd zurück. Er nestelte an seinem Gürtel herum, zog einen kleinen Beutel hervor, nahm etwas heraus und steckte es in den Mund. Schon nach wenigen Minuten war sein Gesicht maskenhaft starr. Er schien seine Umgebung nicht mehr wahrzunehmen. Feldwebel Cazalla drängte fort, aber Plünderauge zwang mich, auf die Alte einzureden. Sie hatte nicht aufgehört, sich auf dem lehmigen Boden der Hütte hin und her zu wiegen.

»Willst du glauben an unseren Herrn Jesus«, mußte ich sie fragen. Sie antwortete wie schon etliche Male zuvor mit einem Wort, das ich nicht verstand. Dabei blickte sie mich lächelnd an, ohne in ihrer Schaukelbewegung innezuhalten. Ich hatte schreckliche Angst und führte ihr das Kreuzzeichen vor, das sie gehorsam wiederholte.

Wir waren bis zum Mittag weitergezogen, und fast schien es, als ob die Geher besser vorankämen als unsere Führer auf ihren Reittieren, als ich plötzlich stehenblieb und lauthals lachte. Wieder und wieder hatte ich bei unserem Marsch auf der Straße nordwärts Richtung Kanchaca gegrübelt, was das Wort der Alten wohl bedeuten möge. Es war auf unserer Reise sehr still um uns gewesen, nur das Scharren der Füße auf steinigem Grund ergab eine seltsame, einlullende Melodie. Während ich so nachsann, wußte ich plötzlich, was die Alte mir gesagt hatte.

»Nun, mein Sohn, ist dein Herz noch angefüllt mit dem Wunder der Bekehrung, die der Herr in seiner Gnade mich vollbringen ließ?« Plünderauges Gesicht glühte im Sonnenlicht.

»Ich danke dem Schöpfer für alle Gaben, die er dem Menschen schenkt«, erwiderte ich kühn und schämte mich nicht meines Frevels. Denn nun wußte ich, was die Alte immer wieder geantwortet hatte: »Ich bin taub, ich bin taub.«

Bei unserer nächsten Rast entfernte ich mich ein wenig von der Gruppe, indem ich vorgab, einem menschlichen Bedürfnis nachzugehen. Außer Sichtweite öffnete ich das Futter meines Rockes, ließ rasch die kleinen Papierbögen in der Weite des Rückenteiles verschwinden und nähte die Stelle mit einigen Stichen zu. Als ich zurück zur Truppe lief, knisterte mein Gewand, doch bald tränkte der Schweiß das Rückenteil und machte das Papier geschmeidig.

»Wir erreichen in Kürze Kanchaca«, erklärte ich einige Stunden später. Mit meiner Berechnung, wo und wie weit entfernt die armseligen Dörfer der überlebenden Indios liegen mochten, war ich der Wirklichkeit nahe gekommen. Als ich jetzt die Hand vor die Augen legte, da wir der sinkenden Sonne entgegenwanderten, erkannte ich einen hohen Turm, einem *tambos* nicht unähnlich. »Es muß der Vorratsspeicher sein, in dem sie ihr Quinoa lagern.«

Man hatte uns bereits entdeckt. Über den Kamm eines Hügels sah ich einen Knaben mit drei Lamas wandern, der zu uns herunterstarrte. »Halt!« rief ich in Plünderauges Auftrag, »wir bringen die Frohe Botschaft.« Als wolle er meine Worte bekräftigen, hob Plünderauge sein großes Holzkreuz. Der Knabe floh, ohne auch nur einen Laut von sich zu geben oder nur einmal nach seinen Lamas zu sehen, die gemächlich den Hang hinabtrotteten.

Am Dorfeingang empfing uns eine kleine Menschenmenge. Es mochten etwas mehr als zwanzig Frauen gewesen sein, in ihrer Mitte einige Kinder. Männer waren keine zu sehen.

»Wo sind eure Männer«, erkundigte ich mich, als ein Schrei ertönte. Der Knabe von vorhin deutete auf mich und rief: »Das ist er.«

Erschrocken fuhr ich zurück, doch bald sah ich, wie sich die finsteren Gesichter erhellten. Langsam glaubte ich in dem Knaben denjenigen wiederzuerkennen, der damals unsere

Handelsstation besucht hatte. Doch im Grunde genommen konnte ich das eine Gesicht kaum von dem anderen unterscheiden.

Sie waren überaus freundlich. Stolz zeigten sie uns ihr herrliches Tuch, in das sie seltsame Muster webten. Plünderauge betrachtete es stirnrunzelnd und mißbilligend, doch Cazalla wußte den Wert einzuschätzen. Auf einem Platz zwischen den Häusern entzündeten die Frauen ein großes Feuer. Kurz darauf zog ein fremder Duft zu uns herüber, der meinen Magen knurren ließ. »*Locro*«, erklärte mir der Knabe, der sich Payo nannte, »ein Festessen.«

Payo folgte uns auch hinauf zum Vorratsturm, den uns die Dorfälteste bereitwillig öffnete. Cazalla befahl, mehrere Säcke aufzuladen. Im feinen Baumwolltuch rieselte das Quinoa wie Goldstaub. »Sie geben euch nichts dafür«, erklärte ich der Alten unaufgefordert. Da sie nicht verstand, redete ich auf Payo ein. »Dies hier sind keine Händler.« Vergeblich suchte ich nach einer Erklärung. »Es sind Diener der Heiligen Majestät von Spanien«, erläuterte ich. Payo winkte ab und sagte nur: »Du bist gut.«

Das Abendessen schmeckte köstlich. Wir saßen um das Feuer, dessen Glut uns angenehm wärmte, und aßen den dickflüssigen Brei, den sie *locro* nannten. Ich konnte gar nicht genug davon bekommen, obwohl er aus *charqui*, dem getrockneten Lamafleisch, und *chuno*, dem Mehl einer Knollenfrucht, gekocht war. Als wir endlich satt waren, gebot Plünderauge den Frauen und Kindern näher zu treten. Bis auf einige Frauen, die uns bedienten, waren sie etwas entfernt um uns herum stehengeblieben.

Mit den nun folgenden Worten aus der Geschichte unseres gütigen Herrn, die ich übersetzte, ging die Sonne unter. Nein, es verdunkelten sich nicht nur die hohen Lehmziegelbauten ihrer Häuser, nicht nur die Schatten zwischen den einzelnen Mauern wurden länger und breiter, sondern die Gesichter der Zuhörer verfinsterten sich wie die hereinbrechende Nacht.

Schließlich schwieg ich. Es dauerte eine ganze Weile, bis auch Plünderauge begriff, daß ich verstummt war.

»Was schweigst du, elender Knabe?« tadelte er mich.

»Ich bin nicht frei«, sagte ich in Quechua. »Diese Männer haben mich in ihrer Gewalt«, versuchte ich den Indios zu erklären, »ich muß tun, was sie sagen.«

Plünderauge, der glaubte, ich spreche vom Evangelium, fuhr fort in seiner Rede und hob schließlich das Kreuz über die eingezogenen Köpfe der Dorfbewohner.

Plötzlich schrie eine Frau. Sie schrie so gellend und laut wie ein Tier in Todesangst.

»Kniet nieder!« befahl Plünderauge, und ich rief: »Seid klug. Seht die schrecklichen Waffen der Spanier. Tut, was sie verlangen. Rettet euer Leben.« Ach, hätte ich nur bessere, weise Worte gefunden!

Die Dorfälteste kam langsam näher. Die Frauen waren jetzt ganz still, nur das Feuer knisterte. »Wir wollen dein Kreuz nicht, Fremder«, sagte sie, doch ich hütete mich wohl, es zu übersetzen. Da sie mein Schweigen bemerkte, wies sie drohend zum Dorfrand. »Wir haben euch Nahrung gegeben. Wir haben euch an unser Feuer eingeladen. Aber wir haben euch nicht gebeten, von euren Göttern zu sprechen.«

»Sie meint, wir sollten jetzt gehen«, brachte ich stockend hervor. Plünderauge zischte Cazalla an, und dieser sprang auf, packte Payo und zerrte ihn zu mir. »Übersetze meine Worte, wenn dir sein Leben lieb ist«, Plünderauges Gesicht glühte vor Eifer. »Bekennt euch zum Herrn.«

»Tut, was er sagt«, flehte ich, ängstlich auf Payos wild flatternde Augen starrend. »Kniet nieder und bekreuzigt euch, sonst muß Payo sterben.«

Die Frauen wandten sich eine nach der anderen um und gingen langsam vom Platz. Keine warf Payo auch nur einen Blick zu. Ich schluchzte leise, Payo blieb stumm. Cazalla hatte ihm eine Schlinge um den Hals gelegt und band ihn am Sattel seines Pferdes fest. Er befahl den Aufbruch. Halb wahnsinnig vor Angst, rannte ich neben ihm her.

»So laßt ihn laufen, Herr. Die Frauen haben meine kümmerlichen Worte nicht verstanden. Es ist meine Schuld!« rief ich immer wieder, bis wir den Vorratsturm erreicht hatten. Plünderauge ließ die hölzerne Tür aufbrechen und Feuer legen. »Erbarmt euch, Frater Diego«, flehte ich.

»Es ist das Heidenkorn, das sie widerstandsfähig macht gegen die Lehre«, wies mich Plünderauge zurecht. »Ihr satter Leib meint, er müsse sich nicht öffnen für die köstliche Nahrung christlicher Worte. Zerstört ihre Vorräte, und sie werden jammern um die Labsal göttlicher Verheißung.«

Heute, da ich dies niederschreibe, wollen mir die gräßlichsten Flüche aus der Feder quellen, die mir damals noch fremd waren, so daß mir nichts anderes blieb, als Plünderauge stumm zu verwünschen. Inzwischen weiß ich auch, daß auf Plünderauges Vorschlag hin ein Gesetz erlassen wurde, welches unter Androhung der Todesstrafe verbot, Quinoa, das ›Heidenkorn‹, anzubauen. Wieviel Hungersnöte werden die Indios heimgesucht haben, seit jener unglücklichen Zeit, da ich im Staub des Trosses wandern mußte?

Nicht ehe das Vorratslager niedergebrannt war, zogen wir weiter. Die Nacht war sternenhell und kühl. Plünderauge und auch Cazalla gingen neben ihren Pferden einher. Anfangs waren wir von Mahlzeit und Rast gestärkt, doch bald wurden meine Beine schwer. Obwohl die Inkastraße mit großen Steinen gepflastert war, kamen wir nur langsam voran. Ich versuchte vorsichtig, auf Höhe von Payo zu gelangen. Ein Fußsoldat, den sie Augustín riefen, bohrte mir seine Lanze in den Rücken. »Trau dich was, Bürschchen«, lachte er, »und du hast ein Loch in deinem hübschen Rock.«

Nach einer Weile begann Payo leise zu singen, und Cazalla fluchte. Sein Faustschlag traf Payo mitten ins Gesicht.

»Er möchte nicht hier sterben«, übersetzte ich rasch, nach einem Ausweg suchend, um den Feldwebel aufzuhalten, »hier ist die Erde schon getränkt vom Blut seines Vaters und seiner Brüder.« Soviel hatte ich aus Payos Worten verstanden.

»Seht das Zeichen des Herrn!« rief Plünderauge dazwischen, und der ganze Troß blieb überrascht stehen. Jenseits eines Steinwalles erhoben sich einfache, hölzerne Kreuze. Ihre dunklen Kanten schnitten wie Schwerter in den Nachthimmel.

»Hier starben sie!« rief Payo, und ich übersetzte. »So«, machte er, um meinen Worten Nachdruck zu verleihen, und breitete dabei die Arme aus, als sei er ans Kreuz geschlagen, warf den Kopf zurück und röchelte. Keiner der Soldaten wagte, sich dieser Hinrichtungsstätte des Pizarro zu nähern. Nicht so Plünderauge. Furchtlos verschwand er in der Dunkelheit. Nach wenigen Minuten befahl er Cazalla, Payo und mich zu sich. Der Feldwebel murrte. Es gefiel ihm hier nicht, und er mochte es nicht, wenn Plünderauge ihm Befehle erteilte.

»Seht her«, sprach dieser mit seiner Predigerstimme und deutete auf Knochen und Splitter, die überall verstreut lagen. »Im Kreuz ist Leben, mein Sohn«, wandte er sich an Payo. Als er mit segnenden Händen auf ihn zuschritt, meinte dieser wohl, er wolle ihn erwürgen. Verzweifelt riß Payo an seiner Fessel. »Erlöse ihn«, sagte der Dominikaner, und er selbst befreite den Indiojungen mit einer raschen Bewegung vom Seil. Noch ehe ich Zeit fand, seine letzten Worte ›Im Kreuz ist Heil‹ zu übersetzen, war Payo verschwunden. Wir hörten einen Stein kollern, dann war alles still.

»O ihr Heiden, ihr wärt alle verloren, würfe nicht das Holz des Kreuzes seinen segnenden Schatten über euch.« Während er in seiner Rede fortfuhr, schritt Plünderauge raschelnd über Knochenreste.

»Wir müssen jetzt gehen«, murmelte Feldwebel Cazalla, wandte sich ab und lief so schnell, daß ich kaum Schritt mit ihm halten konnte. Auf der breiten Straße hinter der Hinrichtungsstätte blickte keiner zu den Kreuzen zurück, um festzustellen, ob Frater Diego uns gefolgt war. Es war ein grausiger Ort, dem wir gerne den Rücken kehrten.

Wie lange wir in dieser Nacht weiterzogen, vermag ich nicht mehr zu sagen. Ich starrte angestrengt zu Boden, um beim matten Sternenlicht nicht über Steine zu stolpern. Mit der Zeit vertraute ich der Inkastraße, die so sorgsam verlegt war, daß der Fuß kaum ins Straucheln geriet. Als Cazalla endlich das Nachtlager anordnete, kroch ich unter meinen feinen, gewebten Wollumhang, den mir manch einer der Soldaten neidete. Ich hatte ihn schon vor Wochen erhandelt und nannte ihn *yacolla*, wie ich es von den Indios gehört hatte.

Zu meinem Glück traute mir Cazalla nicht, oder aber er fürchtete meine Unaufmerksamkeit, jedenfalls teilte er mich nicht zur Wache ein. Zu Beginn der Nachtruhe starrte ich noch mit offenen Augen zum Sternenhimmel empor. Die fremden Lichter erinnerten mich schmerzlich daran, wie fern ich dem Elternhaus war. Ich versuchte, Sternbilder zu benennen, doch ehe ich auch nur ein bekanntes entdeckt hatte, schlief ich ein.

Kapitel 3

Die folgenden Tage verliefen gleichförmig. Unsere Strecke bemaß oft nicht mehr als vier *leguas*. Wir durchwanderten stille, kleine Orte, deren Bewohner sich meist versteckt hielten. Kaum entdeckte Plünderauge Indios, die ihre Felder bestellten, rief er schon von weitem: »Ich bringe euch die Frohe Botschaft!«

Statt zu übersetzen, schrie ich in meinem Übermut: »Flieht, dieser Mann ist böse.« Meist hielt Plünderauge sein mächtiges Kreuz hoch, und falls meine Worte noch nicht genügt hatten, so flüchteten die Indios spätestens beim Anblick des Gekreuzigten. Seit den Tagen des Pizarro hatten sie gelernt, daß Missionierung Hand in Hand mit Ermordung ging.

Während Plünderauge immer verdrießlicher wurde, behandelte mich Feldwebel Cazalla kameradschaftlich. Er schien nicht allzu großen Wert auf eine Begegnung mit den Indios zu legen und klopfte mir anerkennend auf die Schulter, wenn sich meine Voraussagen bestätigten. Wir fanden gefüllte Speicher und Lager vor, die ich gewissenhaft notierte. Zu irgendwelchen Ausschreitungen kam es in diesen Tagen nicht mehr. Einmal verengte sich die Straße und wand sich unter einer glatten Felswand den Hang entlang. Weit über uns bestellten Indios ihre Felder. Mir schien dieser Abschnitt sehr geeignet für einen Hinterhalt; es wäre ein leichtes gewesen, uns mit einigen Felsbrocken, von oben herab geworfen, zu erschlagen. Doch nichts geschah.

Sooft sich eine Möglichkeit ergab, unbeobachtet zu sein, notierte ich flink das Tagesgeschehen auf Papier aus meinem Versteck. Auch achtete ich darauf, den Kalenderstand zu notieren, da ich fürchtete, durch die Jahreszeitenverschiebung in Peru gänzlich den Zeitbegriff zu verlieren. Ich versuchte mir vorzustellen, wie meine Eltern jetzt im August in Sevilla der Gluthitze flohen, während die Nächte hier immer kälter wurden und von der Küste weiße Nebelfetzen über das Land zogen. Schließlich machte ich Cazalla darauf aufmerksam.

»Wir haben jetzt Winter, Herr«, erklärte ich. »Die Nächte werden noch kälter und die Luft trocken. Aber unten am Meer bilden sich Nebelbänke, und schon in wenigen Wochen hoffen die Indios auf ausgiebige Regenfälle, die ihre Saat sprießen lassen.« Während ich dem Feldwebel die Situation erläuterte, deutete ich auf die Felder. »Die Ernte ist längst eingebracht, und dort sind Bauern, die den Acker umgraben oder neu bestellen. Noch sind die Straßen hier oben trocken, aber der Wetterumschwung kann uns täglich überraschen.«

Angesichts einer strahlenden Sonne und des blauen Himmels, der sich über uns ausdehnte, wollte er an diesem letzten Augusttag nicht so recht glauben, was ich ihm vortrug. Und, um bei der Wahrheit zu bleiben, hatte ich den Übergang zur Regenzeit auch noch nicht erlebt, sondern nur die Indios davon berichten hören. Doch ich glaubte an ihre Erzählungen, die mich bisher nicht im Stich gelassen hatten.

»Wie weit ist es noch bis zum nördlichsten Dorf, das wir aufsuchen müssen, eh?« Cazalla hatte sein Pferd bestiegen und blickte von oben auf mich herab.

»Wir könnten Machu Kancha am Nachmittag erreichen«, versuchte ich abzuschätzen. »Doch es lohnt kaum, Herr«, fuhr ich eifrig fort. »Von dort haben wir nur eine dunkle, zähe Flüssigkeit erhandelt, die auch anderenorts zu bekommen ist.« Tatsache war, daß ich der Gesellschaft des mißmutigen Plünderauges sobald als möglich entfliehen wollte und mich geradezu nach Hauptmann Mendieta und mehr noch nach unserer bescheidenen Handelsstation sehnte. Doch Cazalla führte seine Befehle treu aus. Er ließ sein Tier munter ausgreifen, und wir mußten uns beeilen nachzukommen.

Als ich Machu Kancha in steiler Lage am Westhang aus

großer Entfernung erblickte, blieb ich vor Erschöpfung stehen.

Die Straße verbreitete sich und wand sich zwischen terrassenförmig angelegten Feldern aufwärts. An ihrem Ende konnte man ein großes Tor erkennen, welches mich an das Bildnis eines alten griechischen Tempels erinnerte. Aus dem lebhaften Gebaren Plünderauges schloß ich, daß er es ebenfalls für einen unchristlichen Hort hielt. Die vereinzelten Indios, meist Frauen, wie ich an den bunten Röcken sah, beachteten uns nicht. Sie wandten den Kopf nicht nach uns, sondern fuhren gemessen fort, mit einem hölzernen Grabstock, dem *tajllo*, die Ackerscholle zu bearbeiten. Am Ende der Straße angekommen, glitt Plünderauge mit großer Schnelligkeit von seinem Pferd und eilte, das Kreuz wie einen Schild haltend und staubaufwirbelnd, dem Steintor entgegen.

Cazalla teilte seine kleine Truppe, ließ zu beiden Seiten der mächtigen, behauenen Steinquader einen Posten Wache beziehen und gebot mir, dem Dominikaner zu folgen.

Staunend schritt ich durch das wunderbare Tor hindurch, das aus glattpolierten, hell schimmernden Blöcken erbaut war. Obgleich es nicht sehr hoch war, schien es mir gewaltig zu sein, denn es war sehr breit, breiter als die Spanne meiner ausgestreckten Arme. Hinter dem Tor öffnete sich die Anlage zu einem kleinen Rund mit einem hohen Felsblock in der Mitte. Aus dem gewachsenen Fels hatten die Indios ein Monument gleichmäßiger, schlichter Schönheit geschaffen. Rundherum hatten sie den Fels behauen, so daß ein treppenartiges Gebilde entstanden war. Feine Rillen und unterschiedliche Abstufungen bildeten ein harmonisches Muster, das oben in eine Rinne mündete, aus der klares Wasser über den Stein floß, um sich in ein kunstvoll zugehauenes Becken zu Füßen der Formation zu ergießen. Das herrlichste aber war ein alter Baum, der jenseits der gefaßten Quelle seine glatten Äste in das Blau des Himmels reckte. Der Ort war dazu angetan, sich vor Ehrfurcht die Schuhe von den Füßen zu streifen.

Der einzige, der das respektvolle Schweigen durchbrach, war Plünderauge, der, lateinische Verse murmelnd, das Rund durchschritt und, witternd wie ein Hund, hinter Baum und Felsen kroch, als wolle er den Teufel selbst in seinem Versteck aufstöbern. Cazalla befahl mir, das Wasser zu trinken. Damals hielt ich seine Aufforderung für eine ungeheure Begünstigung, heute weiß ich, daß er fürchtete, die Quelle könnte vergiftet sein. Das klare Wasser schmeckte köstlich und erfrischte mein staubiges Gesicht. Oh, wie genoß ich es, kühlende Tropfen über Genick und Arme zu sprengen. Ein Fußsoldat brachte unsere Ledersäcke, um die Pferde zu tränken, ein zweiter füllte die Wasserschläuche. Als wir alle ausgiebig unseren Durst gestillt hatten, befahl Plünderauge, die Quelle zu zerstören. Cazalla starrte ihn dabei mit offenem Mund an.

»Vernichtet die Quelle. Seht, sie speist die unterhalb liegenden Felder und findet hier eine Verehrung, wie sie nur unserem Herrn zusteht.« Ich folgte mit den Augen Plünderauges ausgestrecktem Arm. Tatsächlich verlief jenseits des befestigten Rundes ein steinerner Graben, der sich in viele schmale Gräben teilte, die wiederum zu den einzelnen Feldern führten. In gleichmäßigen Abständen waren hölzerne Schieber angebracht, um das Wasser leiten und aufhalten zu können. Überall dort, wo sich Zugänge zu den Äckern befanden, war der Graben mit großen Steinplatten bedeckt. Ich erkannte auch mehrere tiefe Auffangbecken, in denen sich das Sonnenlicht brach. Alles wirkte überaus sauber und durchdacht angelegt, so daß ich ganz gefesselt war von diesem Anblick.

»Nun«, forschte Plünderauge, »wollt Ihr einen Diener Gottes zwingen, als erster Hand anzulegen gegen heidnisches Tun?«

Feldwebel Cazalla war neben mich getreten und bestaunte ebenfalls die Bewässerungsanlage. Als er sich dem Dominikaner zuwandte, sah er mehr denn je aus wie ein Ackersmann aus der Sierra Morena. Damals dachte ich mir, daß sein bäuerliches Erbe aufschreien mußte, als Plünderauge die Vernichtung der Quelle gebot.

»Das Wasser ist sauber und rein«, murrte er, »es dient der Bewässerung der Felder. Daran ist nichts Schlechtes.«

»Seht Ihr denn nicht, daß die Quelle wie ein Heiligtum gefaßt ist? Wasser als Gottheit zu verehren spottet unserem heiligen Glauben.«

»Verdammter Unsinn«, hörte ich Cazalla knurren, doch er wußte nicht, was er dem Kirchenmann entgegenhalten sollte.

»Wurde nicht auch unser lieber Herr Jesus mit Wasser getauft?« unterstützte ich Cazalla.

Plünderauge starrte mich böse an, doch dann stand plötzlich eine Indiofrau neben uns und musterte uns unerschrocken. Cazallas Hand fuhr zu seiner Waffe. Wie aus dem Nichts war sie hinter dem Felsen aufgetaucht und hatte sich vor Plünderauge aufgebaut.

»Was willst du, Fremder?« fragte sie in einem melodischen Quechua. Sie war keine einfache Arbeiterin, das erkannte ich sofort an ihrem Gewand aus sorgfältig verarbeitetem Alpakagewebe. Es wurde mit einer Schärpe aus buntem Tuch zusammengehalten und reichte ihr bis zu den Füßen, die in Ledersandalen steckten. Ihr langes, schwarzes Haar war zu mehreren Zöpfen geflochten und mit bunten Bändern verbunden, wie ein Umhang fiel diese Haartracht über ihren Rücken. Worauf wir aber alle starrten, war nicht ihr schönes, ebenmäßiges Gesicht, sondern die silberne Nadel, die ihren *tupu*, den Schal über ihren Schultern, zusammenhielt. Auch ihre Ohren waren mit silbernen Pflöcken geschmückt, ich ahnte nichts Gutes.

»Er ist ein böser Mann«, beeilte ich mich deshalb auf quechua zu sagen und deutete auf Plünderauge. »Lauft fort und versteckt Euren Schmuck.«

»Bist du Can?« lachte sie mich an. »Can-Can?«, als ich nicht begriff.

Jetzt verstand ich. ›Dieser da‹ oder auch ›genau der!‹ bedeutet *Can-Can*. So nannten mich wohl die Indios, da sie meinen Namen nicht kannten. Offensichtlich hatte sich meine Tätigkeit als Übersetzer herumgesprochen. Ich bestätigte und forderte sie noch einmal auf, mir zu glauben.

»Was will dieses Weib?« fuhr Plünderauge dazwischen.

Als ob sie uns verstanden hätte, zog die Indiofrau eine kleine Tonflasche aus ihren Gewändern hervor. »Das ist unser Reichtum«, bot sie das Gefäß Plünderauge an. »Andere Werte haben wir nicht.« Die Indiofrau entfernte den Verschluß und ließ uns riechen. Der Geruch war scharf und harzig.

»Das haben wir auf unserer Handelsstation eingetauscht, seht, Herr!« rief ich Feldwebel Cazalla zu. »Die Indios gewinnen es aus dem Harz eines Baumes und meinen, es wäre gut gegen Entzündungen.«

»*Quina-quina*«, bestätigte die Frau und deutete auf den alten Baum. »Ein Mittel, das Fieber senken kann und die schlimmsten Entzündungen vertreibt. Nehmt es als Geschenk.«

Dann erklärte sie, daß man den Baum nur alle zehn Jahre ritzen dürfe, um seinen kostbaren Saft zu gewinnen. Die Rinde könne man, zu Pulver zerrieben, einnehmen, und das ölige Harzgemisch, auf Verbände aufgetragen, würde Geschwüre heilen. Und ich – Gott vergebe mir – übersetzte geschäftig Wort für Wort.

»So hast du Kranke damit geheilt?« hieß mich Plünderauge fragen.

Sie bestätigte lächelnd. Ihre Antworten waren ruhig und klar, genauso, als hätte sie schon oft andere im Umgang mit diesem Mittel unterwiesen.

»Hast du Sieche gesund gemacht und Fiebernde befreit von ihren Leiden? Nennst du dich eine Heilerin?« Plünderauges Interesse schien groß und aufrichtig zu sein.

Da sie auf alle seine Fragen einging und ihm nichts schuldig blieb, hielt er schließlich verwirrt inne, bekreuzigte sich und rief mit Donnerstimme: »Sie ist eine Hexe! Der Teufel wohnt in ihr!«

Cazalla fuhr zurück, wie von einer Schlange gebissen. Die anderen Soldaten wichen scheu bis zum Rand der Felsformation. Einzig die Frau verstand nicht, was geschah. Ich versuchte, es ihr zu erklären, doch meine Worte überstürzten sich. Es dauerte eine Weile, ehe sie begriff. »So ist es euch verboten, Menschen gesund zu machen?« fragte sie mich. Auch wer ihre Worte nicht verstand, konnte den verächtlichen Ausdruck ihres Gesichtes deuten. Sie ging so nahe an Plünderauge vorbei, daß ihr Gewand das seine berührte und er zurückwich. Alle starrten sie an, doch keiner legte Hand an sie.

Damals trübte die Wut auf Plünderauge meine Sinne, und wie im Traum verfolgte ich, was geschah. Heute hingegen frage ich mich oft, warum der Mann so aufgebracht agierte und sein Tun in den Dienst des Bösen stellte. Wahrscheinlich wurde er in seinem Handeln von Neid und Machtgier getrieben, doch verbrämte er es mit kirchlichem Dünkel. Er neidete den Indios die Schönheit ihres Landes, ihrer Bauten, ihrer ganzen Lebensweise. Zudem wollte er sie im Namen des Herrn zu Boden zwingen, um sich selbst zu erhöhen. Er war niemandem wirklich aufrichtig zugetan, und seine Gebete, die er, auf den Knien liegend, vorbrachte, waren so unterwürfig, daß mich der Anblick, den er dabei bot, anwiderte. Auch glaube ich nicht, daß seine Liebe zu Gottes Schöpfung gefördert wurde, indem er sich morgens geißelte. Wie mußte er sich selbst hassen und diesen Haß auf jedes Lebewesen übertragen! Hatte man ihn mit Bedacht nach Peru geschickt? Ich konnte mir nicht vorstellen, daß er bei seinen Mitbrüdern geachtet war, obwohl er es meisterlich verstand, alles im Sinne der katholischen Lehre auszulegen.

Nach ihm habe ich noch manchen Glaubensbruder kennengelernt, der, ähnlich beredt wie er, nicht mit frommen christlichen Worten geizte. Männer wie er, die angeblich nur das Wohl der katholischen Kirche im Sinn hatten, nährten das Feuer der Inquisition. Was man ihnen auch erwidern mochte, wußten sie so hinzudrehen, daß es zu ihrem Wahnsinn paßte. Solche Männer, beschlagen in frömmelnden Auslegungen der Heiligen Schrift und verdreht genug, ihr eigenes heuchlerisches Geschwätz zu glauben, konnten an die Spitze gelangen. Sie schienen geeignet, auch höchste Ämter der Kirche zu bekleiden.

Damals jedoch hatte ich für solche Gedanken keine Zeit. Sprachlos folgte ich dem heftigen Wortwechsel zwischen Plünderauge und Cazalla. Schließlich gab der Feldwebel etwas nach. »So fällen wir den Baum«, befahl er, »damit in Jesu Namen der Ort nicht weiter geschändet wird durch die Verehrung eines Baumes. Doch die Quelle bleibt unversehrt«, wies er seine Männer an. Sein Gesicht wirkte trotzig wie das eines kleinen Kindes. Dieses Mal schien er einen Teilsieg errungen zu haben, doch ich fürchtete um ihn. Wenn er nur nicht Plünderauges Bosheit unterschätzte.

Die ersten Axthiebe verletzten kaum die Rinde, die so fest war, daß sie das Werkzeug zurückfedern ließ. Bald waren die Soldaten schweißbedeckt, und der Baum war fast unversehrt.

»Es ist gutes, wertvolles Holz!« rief ich in meiner Dummheit. »Die Indios schnitzen Figuren daraus. Es ist besonders hart und widerstandsfähig, da es langsam wächst.« Inzwischen hatte ich auch dieses Holz als eine begehrte Handelsware erkannt. Es verströmte Wohlgeruch und hatte eine weiß-gelbe Maserung. Ich kannte diese Art von unserer Handelsstation.

»Sie schnitzen ihre Götzenfiguren daraus!« schrie Plünderauge. »Brennt ihn, brennt ihn nieder.« Sein Gekreische war so abstoßend, daß ich fortrannte.

Als ich jedoch durch das Steintor kam, sah ich mich der Dorfbevölkerung gegenüber, die schweigend unser Tun verfolgte. Plünderauge legte eigenhändig Feuer an den alten, kostbaren Baum. Wenn es jemals den Teufel in Person gegeben haben mag, so muß Plünderauge sein Spiegelbild gewesen sein. Der Dominikaner sprang eifrig um den Baum herum, nährte hier die Flamme mit dürren Ästen und schürte dort das Feuer. Dabei betete er laut von der Liebe des christlichen Gottes, nahm dann sein Kreuz und hielt es den Flammen und dem sterbenden Baum entgegen. Seine Handlung glich eher einer schwarzen Messe als frommem Tun. Ich hoffte, der Himmel würde sich öffnen und ein Blitz diesen Gottesmann niederstrecken, aber nichts geschah. Rauch kräuselte sich und stieg gerade empor, wie beim wohlgefälligen Schlachtopfer Vater Abrahams. Mit den Rauchschwaden verbreitete sich ein scharfer Geruch, der anfangs angenehm, doch dann immer ätzender wurde. Ich keuchte, mußte husten, ich rang nach Luft, und meine Kehle schwoll an. Eine Indiofrau reichte mir einen in Wasser getauchten Lappen, den ich mir vor das Gesicht hielt. Indes blickte die Menge starr auf ihren heiligen Ort, auf den ehrwürdigen, brennenden Baum. In meinen Wangen stieg Gluthitze auf, wie ich sie bis dahin nicht gekannt hatte, und ich versuchte, sie hinter dem Tuch zu verbergen. So, wie ich mich für Plünderauge schämte, so schämte ich mich meiner weißen Haut!

Noch schwelten die Reste des Baumes, als Plünderauge geschäftig neben mich trat, rußverschmiert und mit leuchtenden Augen. »Sprich zu ihnen von der Liebe Jesu Christi«, forderte er. »Sehet, wer an mich glaubt …«

Zuerst war es ein Stöhnen, dann röchelte ich, schließlich ging meine gestammelte Übersetzung in heiserem Gekrächze unter. Ich war sprachlos! Einen schrecklichen Moment lange fürchtete ich, an den frommen Worten zu ersticken, und rang in Todesnot nach Luft. Die Augen schienen mir aus dem Gesicht zu quellen, ich drückte und preßte meinen Hals, schließlich riß ich den Mund weit auf. Meine Zunge schien riesig und geschwollen, doch das schlimmste war ihre Trockenheit. Sie lag wie zusammengepreßter Sand in meiner Mundhöhle, hinderte mich am Schlucken und würgte mir die Luft ab. Die Indiofrau von der Quelle, jene, welche sich Heilerin nannte, flößte mir aus einem eilig herbeigebrachten Becher eine Flüssigkeit ein. Ich sah die Sonne auf ihrer silbernen Nadel funkeln, während mir der Saft süß durch den Rachen rann. Ich konnte wieder schlucken, ich mußte nicht ersticken! Mühsam holte ich Luft, der kühle Hauch reizte mich jetzt nicht mehr so schlimm wie vorhin. Ich wollte mich auf quechua bedanken, wollte ihr erklären, daß sie mich aus Todesnot errettet hatte, doch aus meinem Mund kam nichts als heiseres Gestöhn.

»Fort von diesem Ort.« Feldwebel Cazalla stieß mich vorwärts, ging mit gesenktem Kopf an den Indios vorbei, vermied es, in ihre Gesichter zu sehen. Seine Soldaten schlossen sich augenblicklich an. Vor uns öffnete sich die Menschenmenge zu einer schmalen Gasse. Ich spürte, wie alle Augen auf den Dominikaner gerichtet waren, der an die Spitze unseres Zuges geritten war und das Kreuz hochhielt. Trotz meiner fortwährenden Husterei, die mir Tränen in die Augen trieb, bemerkte ich einen kleinen Jungen, der einen faustgroßen Stein umklammerte, als Plünderauge an ihm vorbeizog. Die Augen des Kindes blickten ernst und entschlossen, was mich sehr erstaunte und auf das höchste alarmierte. Ich fürchtete um unser Leben.

Immer wieder stolpernd, fiel ich bis an das Ende des Zuges zurück. Nur zögernd besserte sich mein Befinden. Einmal, als mich ein schlimmer Hustenanfall packte, blieb ich stehen. Schließlich sah ich zurück nach Machu Kancha. Mir war es, als ob hoch über dem Dorf eine Gestalt hastig die Berghänge hinaufstieg, doch ich war mir nicht sicher. Einmal blieb sie stehen und schien zu uns hinunterzublicken. Ich dachte, es wäre die Heilerin von der Quelle, aber vielleicht war es auch ein weidendes Lama. Ich sah meine Umgebung nur verschwommen, weil meine Augen von einem neuerlichen Hustenkrampf tränten.

»Wartet auf mich«, wollte ich Cazalla hinterherrufen. In meiner Not fühlte ich mich sogar bei ihm geborgen. Ich rang nach Worten, würgte und spuckte, brachte keinen verständlichen Ton heraus. Mir schien, als ob meine Zunge durch den wirbelnden Staub zu einer riesigen Kröte anschwoll. Wie besessen fuhr ich mir an den Hals, riß das feuchte Tuch hervor. Ich saugte jeden Tropfen Flüssigkeit aus dem Lappen, um meine Kehle zu befeuchten. Endlich gelang es mir, die Truppe stolpernd zu erreichen. Niemand hatte sich nach mir umgesehen, keiner vermißte mich. Mit schmerzender Klarheit erkannte ich, wie wertlos ich durch den Verlust meiner Sprache geworden war.

In jener Nacht, als die Kühle der späten Stunde mein Befinden besserte, konnte ich lange nicht schlafen. Sollte ich umkehren und zu den Indios flüchten? Würden mich die Spanier verfolgen und töten? Oder griffen die Indios nach Steinen, sobald sie mich sahen? Wie konnte ich ihnen stumm meine Lauterkeit begreiflich machen, ihnen, die Geschriebenes nicht lesen konnten?

Die trockene Kälte der Nacht wich trockener Kühle am Tag. Jedes Staubkorn schien meinen Hals zu reizen. Cazalla ließ mich vorangehen. Sein Schweigen bedrückte mich, er sprach mit niemandem. Zu Fragen oder Äußerungen Plünderauges knurrte er wie ein gereizter Hund, bis der Dominikaner schließlich verstummte. So trotteten wir alle verbissen schweigend die Inkastraße zur Küste hinunter. Als es Zeit zum Nachmittagsgebet war und Plünderauge Halt gebot, ritt Cazalla einfach weiter. Dabei grunzte und schnaufte er, als ob er lästerliche Flüche verschlucken müßte. Hätte er nur ein aufmunterndes Wort für mich gehabt! Wie sehr sehnte ich mich danach, etwas zu hören.

Ich versuchte es immer wieder, aber ich konnte nicht sprechen. Endlich, gegen Abend, kam mir ein nützlicher Gedanke. Ich zog ein kleines Stück Papier hervor und schrieb: ›Ein *tambos* ist nicht weit von hier.‹ Doch der Feldwebel glotzte erst die Schrift, dann mich an, bis er desinteressiert die Schultern zuckte. Mit Schrecken verstand ich, daß Cazalla nicht lesen konnte. Da er mir seine Schwäche so offenbaren mußte, verfinsterte sich sein Gesicht noch mehr. Aber ich ließ nicht nach. Vor der Truppe herlaufend, kritzelte ich die Zeichnung eines *tambos* auf das Papier.

»Wann?« entlockte ich damit Cazalla das erste Wort seit

vielen Stunden. Ich blickte verzweifelt umher, nach etwas suchend, wie ich mich verständlich machen konnte. Schließlich malte ich den Lauf der Sonne über das Land und markierte den Ort, wo wir uns befanden. Da begriff Cazalla, ließ anhalten und pflanzte seine Lanze in den Boden. Ich scharrte den vermutlichen Sonnenlauf in den Sand. Da er jetzt die Art der Zeitangabe nachvollziehen konnte, hellte sich seine Miene auf. Auch später, als wir den *tambos* erreichten und ihn nur spärlich aufgefüllt vorfanden, behielt er seine gute Laune bei. Wenigstens tat es wohl, hinter schützenden Steinmauern zu liegen, die den eisigen Bergwind abhielten.

Der neue Tag begann für mich mit einem Tritt und verlief weiterhin unerfreulich. Die Soldaten waren bereits abmarschbereit, und ich versuchte, ein paar Bissen hinabzuwürgen. Das Trinken gelang mir jetzt schon wieder besser, doch feste Nahrung wollte in dieser Eile nicht hinabgleiten. Also stolperte ich hungrig voran, während meine Kleidung um meinen abgemagerten Körper schlotterte. Mir schwindelte. Erst als die Sonne hoch stand, befahl Cazalla Rast. Ich stürzte zu Boden und konnte vor Schwäche nicht essen.

Der Feldwebel selbst hielt mir den Wasserschlauch an die Lippen. Vorsichtig saugte ich einige Tropfen.

»Wann erreichen wir Jauja?« fragte er.

Ich schluckte und antwortete in alter Gewohnheit: »Nach sechs oder acht *leguas*.« Erstaunt lauschte ich dem Klang meiner eigenen Stimme. Sogleich wollte ich dem Herrn für sein Wunder danken, doch schon wieder quälten mich Hustenreiz und Atemnot.

»Versagt ihm wieder die Stimme, da er vom Herrn sprechen soll?« Neugierig trat Plünderauge näher.

Cazalla reichte mir erneut den Schlauch. In seinen Augen erkannte ich Furcht.

Im Verlauf der nächsten beiden Tage lernte ich, meine Stimme sparsam zu gebrauchen, und mit großer Anstrengung gelang es mir auch, die Gebete mitzusprechen. Um Plünderauge zu täuschen, formte ich mit den Lippen die frommen

Worte, während meiner Kehle kein Laut mehr zu entlocken war. Das Sprechen strengte mich sehr an und bereitete Schmerzen. Nur zögernd besserte sich mein Zustand.

Eines Nachts schreckte ich von meiner Schlafstatt hoch. Ob mich der beißende Rauch unseres Feuers gequält hatte oder ein schlimmer Traum, vermochte ich nicht zu erkennen. Noch im Halbschlaf gefangen, sah ich Indios um unser Feuer stehen, reglos die Schlafenden musternd. Ich wollte hochfahren, doch schon lösten sich ihre Gestalten auf wie Spiegelbildungen im See und zerrannen. Da träumte und dämmerte ich weiter, sah einen fremd aussehenden Cazalla, in buntes Tuch gehüllt, einen Acker bearbeiten. Er hob den Kopf, blickte mich an und lächelte. Über seine Stirne fiel eine dunkle Haarlocke, ein typisches Merkmal der Inka. Dann wirbelte Staub auf und nahm mir die Sicht auf weiteres Geschehen, doch ich meinte Kinder zu erkennen, die den Hang hinunter auf Cazalla zuliefen. Der Staub würgte mir die Luft ab, und keuchend setzte ich mich auf.

Einen schrecklichen Moment lang glaubte ich, verrückt zu sein. Wie konnte mich Staub würgen, den ich nur geträumt hatte? Von der Atemnot wurde ich endlich wach. Staunend sah ich umher. Um mich herum gab es die Welt nicht mehr. Meine Kameraden schienen verschwunden, der Baum, neben dem wir uns ausgestreckt hatten, entfernt. Nur dichter, grauer Dunst umgab mich. Nach Atem ringend, versuchte ich, irgendeine Kontur auszumachen, doch die Welt blieb verborgen. Endlich, nach bangem Warten wich die Finsternis einem grauen Nebel, der das Licht der aufgehenden Sonne verschluckte und die Stimmen erstickte. Erst als Cazalla dicht vor mir stand, erkannte ich seine Gestalt.

Wir krochen hilflos auf allen vieren umher, tasteten nach Ausrüstung und Kleidung. Brennholz fand sich, doch die Flammen zogen qualmend über den Boden wie Feuerschlangen. Uns war unheimlich zumute.

»Manuel fehlt.« Zuerst wurde es nur so dahingesagt, schließlich schrien die Soldaten seinen Namen in die geräuschlose Welt hinaus, griffen in den Dunst hinein, befingerten Boden und Steine, horchten in das undurchdringbare Grau, flehten ihn an, er möge sich zeigen.

»Er hatte die letzte Wache vor Sonnenaufgang«, überlegte Cazalla.

So wie wir uns tags zuvor eingerichtet hatten, mußten wir uns neben der leicht abfallenden Inkastraße an einem sanft geneigten Hang befinden. Auf Händen und Knien rutschend und mit Seilen verbunden, suchten wir hangabwärts und -aufwärts, während Plünderauge betend im Lager kniete. Stunden später gab Cazalla auf. Verzweifelt wandte er sich an mich: »Was meinst du, Niño?«

»Laßt uns bergauf suchen, dort müßte sich der Dunst lichten. Vielleicht ist er hinaufgegangen und wagt jetzt den Abstieg in den Nebel nicht.«

Bevor wir aufbrachen, legten wir Steine zu einem Pfeil aus, der die Richtung unserer Suche markierte. Bedrückt horchte ich in die Finsternis hinein. Hatte ich nicht Indios in der Nacht am Feuer stehen sehen, oder gehörten sie zu meinem Traum wie das Trugbild des Feldwebels? Sorgfältig suchte ich den Boden um das Lager herum zum letztenmal ab. War Manuel dort überfallen worden, so mußte es Spuren geben. Doch der trockene, steinige Boden schwieg.

Zuerst wanderten wir die Straße ein Stück zurück. Da sie aber nicht aus dem Grau herausführte, suchte Cazalla einen sanften Anstieg den Berg hinauf. Wir kamen nur sehr langsam voran. Die Pferde strauchelten häufig. Immer wieder riefen und lauschten wir in den Nebel hinein. Blieben wir alle stehen, wurde es so still um uns herum, daß mich schauderte. Endlich zeichnete sich ein heller Schimmer in der Ferne ab. Wir eilten darauf zu, tauchten aus unserer Welt empor und schlossen, vor Helligkeit geblendet, die Augen. Über uns wölbte sich ein vollkommen reiner Himmel, unter uns dehnte sich ein endloses Wolkenmeer, das fest und begehbar schien. Von Manuel war keine Spur zu sehen.

Cazalla hieß uns rasten, und wir brachten unsere Ausrüstung in Ordnung. Plötzlich hörte man den Lanzenträger Gómez fluchen. Sein goldenes Beutestück aus dem Inkagrab war verschwunden. Sogleich setzte eine fieberhafte Kontrolle der persönlichen Güter ein. Niemand mußte einen weiteren Verlust beklagen.

»Wußte Manuel von deinem Fund?« befragte Cazalla den aufgebrachten Gómez. Dieser konnte nur hilflos nicken. Wer wochenlang durch Feindesland marschiert, rechnet nicht mit einem Übergriff aus Kameradenkreisen.

»Manuel ein Dieb? Ich kann's nicht glauben, nein, ich glaube es nicht«, wiederholte Cazalla ein um das andere Mal, bis er endlich das Zeichen zum Aufbruch gab.

Jetzt, im heiteren Sonnenlicht kamen wir zügig voran, und unsere Pferde wieherten. Bald erreichten wir eine Straße, die bergauf führte.

»Ich kenne ihren Verlauf nicht, Herr«, konnte ich nur flüstern. Cazalla schätzte die ungefähre Richtung ein und schien zufrieden. Unter uns versank eine fremde Welt immer tiefer in Wolkenbänken, während wir gleich Auserwählten im hellen, klaren Licht über der Düsternis schritten.

Nur kurze Zeit später stießen wir auf ein kleines, mit Stroh gedecktes Steinhaus. Es stand direkt an der Straße und war mit ihr durch steinerne Stufen verbunden. Obwohl der einzige Raum mit dem festgestampften Boden leer und die Feuerstelle kalt waren, glaubte ich, Leben in dieser Behausung zu spüren. Wir fanden keinen Hinweis auf einen Bewohner. Schon eine halbe *legua* später sahen wir das nächste Häuschen am Straßenrand, das dem vorherigen glich.

»*O'kla-cuna!*« rief ich begeistert aus, als ich endlich begriff, worum es sich bei dem Häuschen handelte. »Das ist die Inkapost«, erklärte ich Cazalla. »Alle halben *leguas* ließ der Inka diese Häuschen errichten, in dem zwei Boten im Wechsel Tag und Nacht Dienst taten. Diese Männer waren die besten Läufer ihres Dorfes. Überbrachte ein Bote eine Meldung, so rannte er bis zum nächsten Häuschen, wo er abgelöst wurde. Auf diese Weise durcheilte eine Nachricht das Inkareich mit seinen vielen hundert *leguas* in wenigen Tagen. Wir müßten auch *topos* sehen«, fuhr ich fort und rannte voraus, als ich am Straßenrand einen erblickte. Der *topo* ist der Meilenstein, der alle anderthalb *leguas* neben der Inkastraße errichtet war und mir viel größer und besser schien als ein Meilenstein in Spanien.

»So befinden wir uns auf einer Hauptstraße?« fragte Cazalla.

Ich nickte bestätigend. Wenig später kam mir ein erschreckender Gedanke. Mit jedem Schritt geisterte das neue Problem in meinem Kopf hin und her. Schließlich vertraute ich mich Cazalla leise an. »Habt Ihr solche Posthäuser an der Küstenstraße schon gesehen?« Cazalla beugte sich zu mir, da ich flüsterte. »Nein, warum?«

»Auch an der Küstenstraße gab es die Inkapost. Habt Ihr keine gesehen, so hat Pizarro sie zerstört. Hier aber stehen die Häuser noch. Es kann nur bedeuten, daß das Heer des Pizarro hier nicht durchgezogen ist.« Nach einer Pause des Schweigens nahm ich meine Überlegungen wieder auf. »Wir sind in dieser Gegend ganz fremd, Herr«, gab ich zu bedenken.

»Es ist lange her, daß Pizarro den Inka Atahualpa hinrichtete und seine Truppen zerschlug. Wovor sollten wir uns fürchten?« winkte Cazalla ab. Den Rest des Tages wirkte er nachdenklich und aufmerksam. An einer günstigen Stelle befahl er noch bei hellem Tageslicht, das Nachtlager zu errichten. Er teilte jeweils zwei Mann zur Wache ein.

Mitten im tiefsten Schlaf rüttelte mich der Feldwebel. »Du wachst mit mir«, befahl er. Schlaftrunken torkelte ich hinter ihm her zu dem kleinen Hügel, an dessen Fuß die Truppe ruhte. Wir hatten trotz Dunkelheit einen guten Überblick. Vor Kälte und Müdigkeit klapperten mir anfangs die Zähne.

»Werden wir auf Dörfer oder Siedlungen stoßen?« wollte Cazalla wissen.

»Wir haben lange keinen *tambos* mehr gesehen«, gab ich

zurück. »Deshalb glaube ich, ein Dorf kann nicht mehr weit sein. Brauchen wir Vorräte?« Ich dachte an unsere Säcke mit Quinoa und überschlug, wie lange sie noch reichen würden.

»Kann es sein, daß hier noch Götzentempel stehen?« forschte Cazalla weiter. Endlich verstand ich.

»Ach, Ihr sucht Gold, Herr.« Eine Weile verfielen wir in Schweigen. Als Cazalla schließlich zu sprechen anfing, erschrak ich über seine Aufgewühltheit.

»Du bist Kind reicher Eltern, Gonzalo«, warf er mir vor, »du hast nie Hunger und Not gekannt. Aber ich könnte mit dem Gold der Inka meiner Familie so viel Gutes tun und ihr Leid ein wenig lindern.« Ohne eine Antwort von mir abzuwarten, berichtete er mir flüsternd von seiner Kindheit in der Sierra Morena, dem täglichen Kampf gegen Krankheit und Hunger. Sie waren sieben Kinder gewesen, bis seine Mutter starb. Danach holte sein Vater, ein Bauer, wie ich vermutet hatte, eine neue Frau in die ärmliche Hütte. Sie gebar neun Kinder, bis auch sie mit dem jüngsten im Wochenbett umkam.

»Fragte mich jemand, wie viele Geschwister ich hätte«, sagte Cazalla, »mußte ich erst nachzählen. In jedem Winter starb mindestens eins. Als ich nach Peru aufbrach, ließ ich meinen Vater, zwei Brüder, drei Schwestern, vier magere Ziegen, einige Hühner und eine armselige Hütte zurück.«

Das sanfte Dämmern, das dem Erwachen der Sonne voranging, erleichterte es mir, meine Kleidung abzutasten, bis ich eines der Goldstücke des Händlers Valdoro in der Hand hielt.

»Ich danke Euch für Euren Beistand bei meiner Krankheit«, flüsterte ich und drückte dem erstaunten Cazalla die Münze in die Hand. Er wies sie energisch zurück, doch ich gab nicht nach. »Ich brauche sie hier nicht und erst recht nicht, wenn ich heimkomme.« In meiner Erinnerung an das sorglose Leben im Elternhaus fühlte ich mich schuldig.

Der Tag begann strahlend und schön. Wir standen im hellen Sonnenlicht, und zu unseren Füßen wallte der Nebel wie

Meereswogen. Nach dem Morgengebet spürte ich einen frischen Wind aufkommen, der Wolkenfetzen nach oben riß. Plünderauge kam mit gefalteten Händen auf uns zu.

»Vertraut mir alles Gold an«, wandte er sich an den Feldwebel. »Sollten wir wieder im trüben Gewölk wandern müssen, so ist es bei mir bestens bewahrt vor lüsternen Absichten, auf daß es niemanden in Versuchung führe.« Seine Stimme klang so heuchlerisch, wie sein Vorschlag gemeint war.

Cazalla schien plötzlich sehr beschäftigt. Er schnarrte Befehle, ließ das Sattelzeug überprüfen, untersuchte den Huf seines Pferdes, lief hierhin und dorthin. Nach all der eiligen Geschäftigkeit rief er unvermittelt zum Aufbruch, als hätte er den Dominikaner und sein Anliegen vergessen. Einen Hustenanfall vortäuschend, verbarg ich ein Grinsen in meinen hohlen Händen.

Auch an diesem Tag wanderten wir an Posthäusern vorbei, sahen jedoch weder Ansiedlung noch Menschen. Der Nebel folgte uns mit jedem Schritt bergan. Nach einem bescheidenen Mittagsmahl schwappte er wie Wasser über die Straße. Cazalla versuchte, unsere Richtung anhand des Sonnenstandes zu bestimmen, ehe wir alle in Düsternis eintauchten. Obwohl unser Weg steil bergauf führte, klebte der Nebel an uns, bedeckte Gesicht und Körper mit seinen feuchten Schwaden. Ich fröstelte, als klamme Kälte mich einhüllte. Schließlich blieben die Pferde stehen. Der Dominikanermönch hieb klatschend mit der Peitsche auf sein Tier ein, doch es wich hufescharrend zurück. Cazalla vermutete ein Hindernis und glitt vom Pferd. Als er sich niederkniete, um den Boden zu untersuchen, konnte ich kaum mehr seine Gestalt erkennen. Wir hörten ihn fluchen, dann verschluckte der Nebel auch seine Stimme. Vorsichtig tastete ich mich vorwärts in die Richtung, in der er verschwunden war, strauchelte, fiel über Steine und schlug mir die Knie auf. Ich war über eine Treppe gestolpert. Auf allen vieren kroch ich weiter. Die Stufen führten steil hinauf, waren hoch, ausgetreten und von der Feuchtigkeit schlüpfrig. Aus der Ferne glaubte ich, das Tosen eines Wildbaches zu vernehmen.

»Mit den Pferden können wir unmöglich weiter, und zurück wollen wir nicht«, knurrte Cazalla. Er war ein Stück die steilen Stufen hinaufgeklettert, hatte aber wieder kehrtgemacht, ohne das Ende erreicht zu haben. Zusammen mit Gómez erkundete er in nördlicher Richtung, um die Treppen zu umgehen. Ich mußte mitkommen. Wir stiegen eine sanfte Kuppe hinauf, stets mit größter Vorsicht Fuß vor Fuß setzend. Die Inka hatten nicht umsonst in mühsamer Arbeit Steinstufen in ihre Straße gebaut.

»Sie kannten kein Reittier«, erklärte ich. Jenseits der Kuppe stolperten wir in eine Senke. Mein Fuß versank plötzlich bis über den Knöchel im schwammigen Untergrund. Als ich ihn herauszog, ertönte ein schmatzendes Geräusch. »Sumpf«, warnten wir uns gleichzeitig und tappten behutsam zurück. Ein Geruch nach Fäulnis und Moder blieb an uns haften und nahm noch zu, als sich der Wind gedreht hatte. Wir errichteten ein Lager gleich neben der Straße und banden die Pferde sorgfältig an. Über einem jämmerlichen Feuer rösteten wir unser Quinoa. Niemand sprach. Die Stimmung war so gedrückt, wie die Wolken tief hingen. Zu allem Überfluß wurde es feuchter und kälter. Der Nebel durchtränkte unsere Kleidung, schlich sich in unser Gemüt. Wir rückten näher zusammen.

»Niño?« Der Feldwebel hatte meinen Arm ergriffen. Seine Stimme klang unsicher. Wir waren noch einmal auf den Hügel gestiegen, hatten uns mit einem Seil gesichert und tappten mühsam im Morast umher. Bei jedem Schritt versanken wir tiefer. Jetzt hielten wir beide den Atem an. In der Tiefe des Sumpfes meinten wir ein Licht zu sehen, ein unbeständiges, wankendes Flackern. Dazu vernahmen wir einen Ton, eine kleine Melodie, so lockend und süß, daß mir die Augen feucht wurden.

»Das ist eine Quena, eine Rohrflöte«, wisperte ich. »Wir sind hier nicht allein.«

So leise wie möglich zogen wir uns zurück. Cazalla ließ das kümmerliche Feuer löschen und eine Wache aufstellen.

»Über die Treppen wird man den Sumpf umgehen können. Was machen wir mit den Pferden?« Er hatte halblaut gedacht, doch niemand wußte Rat. Ich summte verhalten den Sonnengesang. Einzig das Licht des Himmelskörpers konnte uns helfen.

Obwohl wir alle dankbar für die längere Rast waren, quälte uns trotzdem der Wunsch weiterzugehen. Die Pferde aber ließen sich auch mit verbundenen Augen nicht über die schlüpfrigen Stufen führen und machten unsere Hoffnung auf ein Fortkommen zunichte. In der kalten Düsternis hockend, kroch die Zeit langsam dahin, und bald schon wußten wir nicht mehr, ob Tag oder Nacht sei. Plünderauge hielt nicht inne in seinen monotonen Gebeten, die uns träge machten. Wir glitten in unruhigen Halbschlaf, gleichermaßen bedrückt von feuchter Kälte wie düsteren Fantastereien.

Irgendwann in dieser schrecklichen Nacht zerflossen meine grausigen Traumbilder, und ich erkannte das Gesicht meiner Mutter, die sich liebevoll über mich neigte. Sie verstrahlte Wärme und Geborgenheit, bis ich plötzlich die Augen aufriß, da ich Sonne auf meinem Körper fühlte. Ich wollte einen jubelnden Schrei ausstoßen, sah aber meine Gefährten noch im Schlummer liegen und rannte den Hügel hinauf. Oben stand Cazalla und bekreuzigte sich. Als ich den Feldwebel erreichte, starrten wir beide auf das Unglaublichste, das wir jemals gesehen hatten.

Kapitel 4

Vor uns türmte sich das mächtige Gebirge mit schneebedeckten Gipfeln auf. An seiner Südflanke erhob sich in der Entfernung von weniger als einer halben *legua* eine Felsenstadt mit Zinnen, Erkern und Türmen, wie ich sie nur aus der Beschreibung arabischer Märchen kannte. Jedoch sah ich nirgendwo das Funkeln goldener Kuppeln, wohl aber leuchtete die Sonne zwischen den Nebelschwaden Torbögen aus und erhellte Wehrtürme. Große Vögel kreisten über der Stadt und verstärkten den Eindruck einer verlassenen, aufgegebenen Behausung. Dunkle Löcher erinnerten an Fenster und Tore, doch sah ich keine Menschenseele. Vor der Stadt erstreckte sich das Sumpfland, aus dem dampfend der Nebel aufstieg, der die Silhouette immer wieder unseren Blicken entzog.

»Herr«, schließlich wagte ich, meine Mutmaßung auszusprechen, »das ist keine Stadt, das sind Felsen, natürliche Formationen, die unsere Sinne täuschen.«

Es dauerte lange, bis Cazalla mir zustimmte. »Mag sein. Ob die Höhlen und Löcher dennoch bewohnt sind? Deine Augen sind schärfer, Niño.«

Und mein Verstand auch, dachte ich bei mir, schwieg aber. Im Wechsel von Sonnenlicht und Dunstschleier versuchten wir, Einzelheiten auszumachen. Manchmal glaubten wir, eine Bewegung zwischen den Zacken, Riffen und Klippen wahrzunehmen. Je länger wir aber hinüberstarrten, desto sicherer war ich, eine natürliche Felsengruppe zu sehen.

»Ich meine, ich hätte davon erzählen hören«, sprach ich meine Gedanken endlich aus. »Die Indios nannten es *Pucara* oder so ähnlich. Wenn das stimmt, dann sind wir weit abgekommen von der Straße nach Jauja.«

Unter uns verhüllten noch immer Wolken den Blick, einzig die Treppe der Inka schien hell erleuchtet und führte in schwindelerregende Höhe.

Nach einem raschen Morgengebet und ebenso flüchtigem Mahl teilte Cazalla die Truppe auf. Er wollte zuerst mit mir ein Stück hinaufsteigen, um sich einen Überblick zu verschaffen, dann zusammen mit Tomás und Gómez den Verlauf der Treppe erkunden, während Augustín, Jorge, Marcos und ich den Sumpf nach Begehbarkeit absuchen sollten. Daß er mir ausgerechnet Augustín, den Grobian, zur Seite stellte, der mir schon einmal den Stiel seiner Lanze in den Rücken gebohrt hatte, erschreckte mich. Doch wagte ich keine Widerrede.

»Du bewachst die Pferde, Pedro«, schloß Cazalla. Mich wies er an, mit ihm ein kleines Stück die Treppen hinaufzusteigen. Unter uns breitete sich eine einzigartige Sumpflandschaft aus, wenn auch der Gesamtüberblick durch Nebelschwaden getrübt wurde. Hie und da funkelte Sonnenlicht in Tümpeln, und aus manchen stieg weißer Qualm auf, wie aus einer Waschküche. Gelegentlich wehte ein Geruch herüber, der mich flüchtig an den Gestank der Gerbergasse von Sevilla erinnerte.

Ich hatte siebenundsechzig Stufen gezählt, dann bildeten zwei besonders große Treppenstufen eine kleine Plattform. Der weitere Verlauf führte um eine Felsnase herum. Wie gerne wäre ich mit Cazalla weitergestiegen! Der Feldwebel zeigte auf das Gelände unter uns. »Vielleicht findest du einen Weg, hart am Rand der Treppenstufen, der uns durch den Sumpf führt. Ich lasse nicht gerne die Pferde zurück. Sie sind zu kostbar.«

Ich strengte meine Augen an, doch konnte ich von hier oben nur Wasser und Schlamm erkennen.

»Ja, Herr.«

»Da ist noch etwas, Niño«, Cazalla räusperte sich und schien nach Worten zu suchen. Als ich ihn ansah, wirkte sein Gesicht mit den breiten, groben Zügen hilflos. »Mein Gold ist verschwunden. Das Goldfigürchen aus dem Inkagrab.«

»Und die Goldmünze?« hakte ich sofort nach.

»Die habe ich noch. Ich hatte sie an anderer Stelle aufbe-wahrt.«

Mit beiden Händen rieb ich mir die Schläfen, als ob dies meine Gedanken beschleunigen könnte. »Manuel, der angeb-liche Dieb, ist fort, das bedeutet, der Spitzbube ist unter uns. Warum laßt Ihr nicht alles durchsuchen?«

»Auch ein Dieb ist beim Gefecht mit den Indios eine Kampfkraft, auf die ich nicht verzichten will. Erst am Ende der Reise, wenn wir auf Hauptmann Mendieta stoßen, kann ich eine Durchsuchung anordnen.«

»Wer hielt vor Gómez Wache, in jener Nacht, als Manuel verschwand?« forschte ich. »Und wer hatte in dieser Nacht vor Euch Wache?«

Cazalla stutzte. »Warum fragst du? Heute nacht weckte mich Pedro, und ich glaube, er hatte auch die Wache vor Gómez, als Manuel verschwand.«

»Wenn ich Euch bestehlen wollte, Herr«, erklärte ich, »so würde ich es tun, bevor ich Euch zur Wache holte. Ich müßte ja Eure Kleider und Taschen abtasten. Würde ich dabei über-rascht, könnte ich vorgeben, Euch wecken zu wollen.«

Der Feldwebel blickte mich mit aufrichtiger Bewunderung an. »Wie scharfsinnig du bist! Dann fällt der Verdacht auf Pedro. Aber was geschah mit Manuel?«

»Vielleicht überraschte er den Dieb.«

»Dann hätten wir nicht nur einen Dieb, sondern auch ei-nen Mörder unter uns.«

Cazalla erblaßte. Er mochte von rauher Natur sein, doch Meuchelmord in seiner eigenen Truppe ließ ihn erschauern. Fast fühlte ich Mitleid mit ihm.

»Es könnte sich auch anders verhalten«, begann ich zag-haft. Neugierig sah er mich an. Seiner ehrlichen Natur war es zuwider, einen Kameraden zu verdächtigen. »Wie sah Euer Goldfund aus?«

»So groß ungefähr«, er zeigte das Maß mit zwei Fingern. »Ich konnte die Figur mit meiner Hand ganz umschließen.

Unten befand sich ein Keil, aus dessen Schaft ein Götze herauswuchs, mit ausgebreiteten Armen und sechszehigen Füßen. Sein Gesicht war von Strahlen umrahmt und, ja, er trug eine Art Helm, aus dem Hörner ragten.«

»Wißt Ihr auch, was Gómez gefunden hatte?«

»Es war ein Armreif mit eingravierten Figuren. Es waren seltsame Zeichen«, versuchte sich der Feldwebel zu erinnern. »Auch sie trugen eine Art Helm mit langen Schnäbeln und Hörnern am Kopf. Um ihren Leib führte ein breiter Gürtel, der sie miteinander verband. Sie sahen aus, als ob sie schweben würden.«

»Würden diese Goldfunde das Mißfallen unserer heiligen katholischen Kirche erregen?«

»Aber gewiß«, lachte Cazalla, »deshalb verbargen wir sie vor Frater Diegos prüfendem Blick.« Das Lächeln erstarb auf seinen Lippen, und er packte mich mit seiner großen Faust. »Bist du verrückt, Niño? Was sagst du da?«

Doch ich schwieg und blickte ihn unverwandt an. Schließlich ließ er mich los und scharrte verlegen mit dem Stiefel ein Muster in die grünbewachsene Felsstufe.

»Vielleicht hat Plünderauge, ich meine Frater Diego, einen Gehilfen«, rutschte mir heraus. Cazallas Mund öffnete sich, doch er wußte nichts zu sagen und starrte mich nur fassungslos an.

»Plünderauge«, grunzte er schließlich, hob seine Riesenpranke und schlug mir lachend auf den Rücken, »du bist mir einer.«

Meine Knie gaben nach. Ich hatte Cazallas Maulschelle von damals nicht vergessen und fürchtete, er wollte mich wieder schlagen. Doch schon sprang der Feldwebel die Stufen hinunter. Er wirkte gelöst, als er sich nach mir umsah: »Plünderauge! Den hol ich mir zur Beichte. Später. Vorläufig haben wir nur einen Verdacht, noch dazu einen häßlichen.« Er drohte mir mit dem Finger, aber in seinen Augen sprangen lustige Funken auf und ab, wie Frösche im Teich.

Den ganzen Vormittag überprüften Augustín, Jorge, Marcos und ich den Moorboden mit Lanzen. Wir hielten uns an den Rand der gewaltigen Treppe, doch gerade hier schien der Saum für Pferde zu schmal. Cazalla würde nicht so bald zurück sein, deshalb entschlossen wir uns, die Straße hinab bis zur Nebelgrenze zu gehen und dort das Ende des Sumpfes auszukundschaften. Wir stocherten gerade im Boden, als ich meinte, Stimmen zu hören. Aber vielleicht täuschten mich auch die gurgelnden Geräusche, die aus den Löchern aufstiegen. Hinter Augustín ging ich um ein kleines Gebüsch herum, als dieser so plötzlich stehenblieb, daß ich in ihn hineinrannte. Vorsichtig hinter seiner Gestalt hervorlugend, erkannte ich jetzt, was ihn fesselte. Hier begannen die ersten schroffen, scharfkantigen Felsen. Mitten durch sie hindurch führten behauene Steinplatten, die aus dem Nebel auftauchten. Wir schlichen voran, umrundeten jetzt trockenen Fußes eine ausgedehnte Wasserlache, bogen um einen Felsen und starrten auf sorgsam behauene Mauern, die ein Bassin umschlossen. Vom Wasser stiegen weiße Schwaden auf. Es war eine jener heißen Quellen, die die Inka fassen ließen und zum Bade nutzten. Vor unseren Blicken wichen zwei erschrockene Indiofrauen zurück. Sie waren vollkommen nackt, nur ihre langen, schwarzen Haare waren gelöst und umflossen ihre Gestalten. Augustín sprang vorwärts, während ich von den anderen Soldaten zu Boden gestoßen wurde, die einer nach dem anderen über mich hinwegtrampelten. Ehe ich mich aufgerafft hatte, hörte ich die Schreie der Indiofrauen. In meiner Not brüllte ich nach Frater Diego, als ich sah, wie die Spanier eine der Indiofrauen zu Boden rissen, um ihr Gewalt anzutun. Die andere Frau rannte leichtfüßig die Treppenstufen hinauf, gefolgt von einem keuchenden Augustín. Ich spurtete hinter ihm her. Vielleicht konnte ich sein Bein fassen und ihn zu Fall bringen. Die Treppenstufen führten auf einen turmhohen Felsen hinauf und endeten im Nichts. Die Indiofrau blieb stehen und wandte sich nach Augustín um. Noch war ich nicht nahe genug, um ihn anzugreifen, da trat er auf die Frau zu. Sie machte einen einzigen großen Schritt rückwärts und verschwand in der Tiefe. Ich hörte weder Schrei noch Aufschlag, stolperte die Treppe hinunter und um den Felsen herum. Sie lag mit verrenkten Gliedern inmitten spitzer Steine. Ich wollte mich zu ihr beugen, doch Augustín schleuderte mich zur Seite. Er knüpfte seine Hose auf. Zuerst dachte ich, er wolle seinen Gürtel lösen, um ihr einen Verband anzulegen, bis ich begriff, was er vorhatte. Schreiend stürzte ich mich auf ihn. Dem Spanier war es ein leichtes, mich mit einem Faustschlag beiseite zu werfen, während er weiterfuhr in seinem schändlichen Tun. In einer Hand einen faustgroßen Stein und unsagbare Empörung im Herzen, wollte ich Augustín angreifen, als Plünderauge erschien. »Frater«, flehte ich ihn an, »verhindert die sündhafte Handlung.«

Die Hände gefaltet, den Blick auf Augustín gerichtet, murmelte Plünderauge einige Verse. Ohne sich abzuwenden, ließ er zu, daß der Spanier die leblose Indiofrau schändete. »Dieser Ort«, unterwies er mich schließlich streng, »ist eine Brutstätte heidnischer Niedertracht. Hier gedeihen die schrecklichsten Verbrechen wider den Anstand. Heidenmenschen stellen ihre nackten Körper in der schamlosesten Art den Blicken dar, um ihren Lastern zu frönen.«

Augustín begann zu stöhnen, bewegte sich immer heftiger auf der Leblosen und ließ schließlich grunzend von ihr ab. Er erhob sich und raffte seine Beinkleider zusammen. Dann zog er sein langes Messer. Schon kniete ich weinend neben der Indiofrau. Doch sie schien tot, zerschmettert von der Wucht des Aufpralls, bis ich ein Flackern in ihren Augen wahrnahm. In diesem Moment drehte Augustín ihren Kopf zu Seite. Er hatte die goldenen Ohrpflöcke entdeckt. Den einen löste er zufrieden summend, am anderen zerrte er vergeblich. Seinen Bewegungen war die Ungeduld anzumerken. Dann nahm er sein Messer und trennte mit einem einzigen Schnitt das Ohr vom Kopf. Ich schrie gellend auf, bis mich sein Faustschlag auf den Mund traf.

Als ich wieder zu mir kam, lag ich neben der Frau und

spuckte Blut. Sie schien zu atmen, ich hörte ein Rasseln in ihrer Kehle, wagte aber nicht, auf ihre bloßen Brüste zu sehen. Schließlich hob ich ihre Lider. »Ich helfe dir«, flüsterte ich auf quechua, doch ihr Blick trübte sich. Jenseits der Felsen hörte ich die andere Indiofrau schreien. Ihr angsterfülltes Rufen vermischte sich mit dem groben Gelächter der Soldaten.

Schluchzend blieb ich knien, flehte: »Herr im Himmel, tue ein Wunder. Mutter Gottes, du Erbarmerin, hilf diesen Frauen in ihrer Not, halte ein das schreckliche Tun. All ihr Heiligen, steht ihnen bei.« Doch so sehr ich mich auch bemühte, der Himmel hörte mein Bitten nicht. Über mir trieben Wolkenschleier, und ich starrte in das dunstverhangene Blau hinauf. Warum öffneten sich nicht die Schleusen der ewigen Gerechtigkeit? Warum verschlang nicht die Erde die furchtbaren Männer um mich?

Als die Indiofrau neben mir stöhnte, wurde mir mein unsinniges Handeln bewußt. Wieviel kostbare Zeit hatte ich verloren! Angst und Wut packten mich, ich fror und schwitzte abwechselnd. Nie mehr, so fluchte ich laut, flehe ich euch an, Mutter Gottes und Heilige dieser verruchten Männer! Ich riß mir das Hemd vom Leib, verhüllte den nackten Körper der Frau, der jetzt von kaltem Schweiß bedeckt war. Da ich sah, wie das Leben aus ihrem Blick wich und dunkle Schatten ihre Augen füllten, stimmte ich bebend den Sonnengesang an. Es war das einzige Gebet in ihrer Sprache, das ich kannte. Mir erschien es unziemlich, sie in der Stunde ihres Todes mit christlichen Sprüchen zu behelligen, mit Worten einer Religion, der Plünderauge und diese Spanier angehörten.

»Was tust du da?« Es war Cazalla, der mich aus meiner Trance riß. Ich hatte versucht, den geschändeten toten Körper mit Gräsern und Erde zu bedecken. »Nimm dein Hemd an dich!« befahl mir der Feldwebel. Ich befolgte seinen Befehl und starrte entsetzt auf die bloßen, verdrehten Beine, auf die dunklen Haare dazwischen, die blutverkrustet waren. Scharfe Gräser, die ich hastig ausriß, schnitten mir in die Finger. Ich versuchte, damit den Leichnam zu bedecken. Dann schleppte ich Steine herbei und schaufelte Erde mit bloßen Händen über die Frau. Ihr Gesicht war noch warm, als ich Gras und Laub darüberbreitete.

»Mißliche Umstände führten den Tod dieser schamlos Verderbten herbei«, erklang es hinter mir. Plünderauge hatte mich schon geraume Zeit beobachtet. Das Ausmaß seiner Selbstgefälligkeit war so groß, daß ich fürchtete, mich übergeben zu müssen. »Besudle dir nicht weiter die Hände mit dem verdorbenen Fleisch einer Sünderin.«

Wenn ich mich heute zurückerinnere, so begreife ich immer noch nicht, mit welch unglaublicher Frechheit Plünderauge das sündhafte Tun der Spanier den Indiofrauen anlastete. Stehen allerdings die Päpste meiner Zeit jenen einfachen Soldaten in ihrem schamlosen Verhalten in irgendeiner Weise nach? Und nicht ihr Tun wird als Sünde dargestellt, sondern man macht die Huren dafür verantwortlich, die sich die Päpste in großer Zahl halten. Diese Männer bekleiden das höchste Amt der Kirche, Männer, die der Hurerei und allerlei Verbrechen zugeneigt sind und sich doch unfehlbar nennen.

Wie ein geprügelter Hund schlich ich hinter Cazalla zum Inkabad zurück. Hätte ich auch nur einen Blick auf Plünderauge und seine salbungsvolle Miene geworfen, wäre ich ihm an die Kehle gesprungen. Ich stolperte und wäre beinahe auf die andere Indiofrau getreten, die zusammengekrümmt am Rande des Beckens lag. Ihre Hände waren gefesselt. Neben ihr stand Marcos, der heftig im Gesicht blutete. Er schien eine schlimme Bißwunde zu haben und versetzte der Bewegungslosen einen Tritt.

»Laß das«, so barsch hatte ich Cazalla noch nie reden hören. Als ich sein weißes, angespanntes Gesicht sah und den Zorn in seinen Augen, wagte ich, mich zu der Frau niederzuknien. Ich drehte sie vorsichtig zu mir und sah in das Gesicht eines Mädchens.

»Herr«, zupfte ich Cazalla am Ärmel, »laßt mich ihr helfen. Sie ist noch ein halbes Kind.« Da er nicht reagierte, flehte ich weiter. »Herr, sie wird sterben. Seht doch nur, wie jung sie ist, sie könnte meine Schwester sein.«

»Ich habe schon manche Schwester sterben sehen«, bellte er gereizt zurück. Eilig tauchte ich mein Tuch in das warme Wasser und wusch ihr das Gesicht. Cazalla verwehrte es mir nicht. »Ich will dir helfen«, flüsterte ich an ihrem Ohr, »wie heißt du?«

Ihre Lippen waren blutig und zerbissen. »Mamacona«, flüsterte sie endlich.

Zunächst meinte ich, sie spräche im Todeswahn, bis ich endlich begriff, daß sie nach ihrer Gefährtin rief. »Mamacona ist nicht hier«, log ich, »wer bist du?« So vorsichtig wie möglich strich ich über ihr feuchtes Haar.

»Shaska«, antwortete sie, »Shaska Cona.«

Hinter mir entstand ein Tumult. Mit Entsetzen starrte ich auf Augustín, der schon wieder seine Hose befummelte. »Ist sie bei Bewußtsein?«

Cazalla zuckte mit den Schultern und wollte ihn gewähren lassen, da kam mir eine zündende Idee. »Ich muß Euch etwas anvertrauen, Herr.« Meinen Blick starr in Cazallas Augen bohrend, versuchte ich, ihm stumm eine Botschaft zu schikken. Er scheuchte Augustín fort und befahl den anderen zurückzutreten. Wieder einmal wunderte ich mich, wie rasch seinen Befehlen nachgekommen wurde.

»Deine Botschaft muß gut sein, Bursche.« Die derben Fäuste in die Seite gestemmt, wirkte Cazalla bedrohlich.

»Sie ist eine Tempeldienerin, Herr«, flüsterte ich. Seine Miene hellte sich nicht auf. »Versteht Ihr nicht«, fuhr ich fort, »sie und ihre Gefährtin sind Tempeldienerinnen, das bedeutet die Bezeichnung *cona* bei ihrem Namen. Hier muß ein Tempel sein, ein Tempel mit Gold.« Das letzte Wort hatte ich nur gehaucht. Cazalla begriff. Er packte mich am Arm, und ich flüsterte eindringlich auf ihn ein: »Stirbt sie, wird sie uns den Weg zum Tempel nicht mehr zeigen können.«

»An so was stirbt man nicht«, er deutete auf ihre entblößten Schenkel, die blutig und zerschunden waren. Der Feldwebel räusperte sich. Sein Blick wurde verlegen und hilflos wie der eines kleinen Jungen. Schließlich ging er zu ihr hinüber. Gemeinsam schleppten wir Shaska zum Inkabad und lösten ihre Fessel.

»Wasch dich«, raunte ich ihr zu. »Du kannst dich freikaufen, wenn du uns zu deinem Tempel führst. Tu, was ich dir sage, ich will dir helfen.«

Ob sie mich verstand, weiß ich nicht, plötzlich tauchte sie unter und verschwand. Cazalla verlor keine Sekunde, stürzte sich noch vor mir in das warme, dampfende Wasser und suchte nach Shaska. Minutenlang sah ich nur eine brodelnde Oberfläche. Schließlich tauchte Cazalla prustend auf. Er trug Shaska aus dem Bad, da sie das Bewußtsein verloren hatte. »Verdammt«, fluchte Cazalla, drehte sie zur Seite, und Wasser floß aus ihrem Mund.

»Das Ausmaß ihrer Sünde ist ungeheuerlich«, predigte Plünderauge, »mit dem schändlichen Versuch der Selbsttötung wollte sie der gerechten Strafe entgehen, der Läuterung, die ihre Seele retten könnte. Denn sie weihte ihren Körper dem Teufel, wie alle diese schrecklichen Heidenmenschen.«

Als Shaska endlich die Augen aufschlug, blickte sie in die derben Züge Cazallas. Hinter ihm erkannte sie ihre Peiniger, die gierig den jungen Körper anglotzten. Ihr Kindergesicht erstarrte vor Furcht. Jetzt war es der Feldwebel, der sein Wams vom Leib riß und sie bedeckte. »Keiner rührt sie an.« Er sagte es nicht einmal drohend, sondern mit seiner gewohnten Befehlsstimme. Doch gerade diese verfehlte ihre Wirkung nicht. Ich jubelte innerlich. Irgend etwas hatte Cazalla angerührt. Mit neuer Hoffnung sprang ich auf, suchte den Rand des Beckens nach der Kleidung der Frauen ab und fand ein ordentliches Bündel feinster Wollstoffe. Ich übergab es Cazalla. Als er es auseinanderfaltete, fielen goldene Spangen, Armreife, Ketten und Ringe heraus. Da er mit dem

Rücken zu den anderen stand, war der Schatz vor den Blicken seiner Leute verborgen. Sekundenlang sah er mich grüblerisch an, dann rief er seine Männer herbei.

»Dieses Mädchen wird uns zum Gold führen. Ihren Schmuck teilen wir am Ende unserer Wanderung unter uns auf.« Er zeigte den anderen seinen Fund und begann, ihn in einer großen Tasche zu verstauen. Die Kleidung warf er dem Mädchen zu. Kaum war sie angekleidet, ging sie unsicher zu Cazalla und sagte: »Gib es mir«, sie zeigte dabei auf eine feine Lederschnur, an der eine kleine Baumwollfigur hing. Ich meinte, einen bunten Vogel mit ausgebreiteten Schwingen zu erkennen. Der Feldwebel war von ihrer Forderung so überrascht, daß er ihr den Anhänger reichte.

Tomás lachte: »Wie dumm sie ist.« Behutsam drückte Shaska das Figürchen an Stirn und Lippen. Es schien ihr mehr wert zu sein als ihr Goldschmuck.

»Da seht ihr, wie verderbt sie sind. Sie verehren Götzenfiguren und behängen sich mit ihnen zum Zeichen ihrer teuflischen Kulte.« Plünderauge beugte sich drohend zu Shaska. Von seinem Hals baumelte die Schnur mit dem kleinen Holzkreuz, an den der Leib unseres Herrn Jesus Christus geschlagen war. Ich starrte bald auf Shaskas Anhänger, bald auf das heilige Symbol. In meinem Kopf rumorte ein schrecklicher Gedanke, und ich preßte die Hand auf den Mund, um ihn nicht laut werden zu lassen.

»Fessel sie«, Cazalla versetzte mir einen kräftigen Schubs. »Sie darf nicht davonlaufen.«

»Bleib bei uns«, beschwor ich Shaska, als ich ihre Hände zusammenband.

Cazalla knüpfte einen Lederriemen daran fest und verband ihn mit seinem Gürtel. »Wohin?«

Ich wiederholte die Frage mehrmals, doch ihre Augen starrten mich blicklos an. Erst wurde ihr Gesicht bleich, dann olivenfarben. Schließlich sank sie einfach zusammen und lag in einer Blutlache.

»Schon wieder versucht sie, uns zu entgehen«, schnarrte

Plünderauge, der längst begriffen hatte, daß Shaska uns gold-gefüllte Tempel zeigen sollte.

»Frater Diego«, bat Cazalla ganz leise, »führt die Männer an diesen Hügel zurück zu unserem Lager. Nehmt ihnen die Beichte ab und laßt sie das Mittagsgebet sprechen.« Seinen Lanzenträgern rief er noch kurze Befehle zu und sah Plünderauge nach, bis er im Dunst verschwand. »Herr, ich danke dir, daß du mich davor bewahrtest, einem Diener Gottes die Faust ins Gesicht zu schlagen«, murmelte er und wischte sich den Schweiß von der Stirn. Dann fragte er leise und hilflos: »Was können wir tun, Niño?«

Selbst heute kann ich nicht mit Gewißheit sagen, ob es Cazallas Erbarmen oder seinem Wunsch nach Gold zu verdanken war, daß Shaska überlebte. Er wich nicht von ihrer Seite, preßte ihr Tücher auf die blutende Wunde zwischen ihren Beinen und flößte ihr Wasser ein. Irgendwann belebte sich das Gesicht des Mädchens. Wir bereiteten ihr ein Lager, und der Feldwebel selbst wickelte sie in seine Decke, als es Abend wurde. Zwischen Wolkenfetzen traten die ersten Sterne hervor.

»Ihr Name bedeutet Langhaar«, begann ich ein Gespräch, als Shaska schlief.

»Warum nur haben sich die Heidenmenschen dem Teufel verschrieben?« fragte Cazalla in die beginnende Dunkelheit hinein. »Warum geben sie sich mit Leib und Seele den schrecklichsten Sünden hin?«

»Tun sie doch nicht«, warf ich ein.

»Du bist ein weinerlicher Knabe, Niño«, wies er mich zurück. »Der Bischof selbst hat es von der Kanzel gepredigt, bevor wir in die Neue Welt aufbrachen. Sie treiben nur das Lästerlichste, essen Menschenfleisch, opfern Kinder, vergehen sich an Wehrlosen. Rief er uns nicht auf, ihnen den Teufel auszutreiben, sie heimzusuchen, damit unser Herr sich ihrer erbarme?«

»SIE vergehen sich an Wehrlosen?« wiederholte ich Cazallas Worte. Und ich wiederholte sie wieder und wieder, bis ich sah, daß er langsam begriff. Trotz der Dunkelheit erkannte ich Cazallas großes Staunen, das sich über seinem Gesicht ausbreitete.

»Du meinst, Niño, wir würden? Ich meine, du sagst, du behauptest, WIR? ... Hör auf!« schrie er schließlich und rannte ein paar Schritte umher. »Aber es sind Heidenmenschen. Es ist doch recht, was wir tun?« Da ich ihm keine Antwort gab, drohte er mit den Fäusten. »Du verdrehst mir das Gehirn. Halt endlich dein schändliches Maul.«

Ich hatte jedoch gar nichts gesagt. So schwiegen wir und wachten abwechselnd, bis der Morgen dämmerte.

Mochte es an den Anstrengungen der vergangenen Nacht gelegen haben oder einfach an meinem boshaften Charakter. Als sich der Feldwebel müde streckte, begann ich zu sticheln: »Schaut Shaska an, Herr. Mit ihrem schwarzen Haar sieht sie in Eurer Decke aus wie ein Mädchen aus der Sierra Morena.« Doch damit nicht genug fuhr ich fort: »Die Indios bewässern ihr Land, säen und bringen die Ernte ein. Wir leben von ihren umsichtig geplanten Vorratslagern, verdanken dem Fleiß dieser Bauernhände unser Wohlergehen.«

»Es sind Heiden«, beharrte der Feldwebel.

»Steckt Shaska in die Gewänder einer Andalusierin, und niemand würde sie als Fremde erkennen, aber hier nehmt ihr euch das Recht, sie zu schänden.« Shaskas Hautfarbe war auffallend hell, was aber auch an ihrer Verletzung liegen mochte.

»Niño, ich sehe nur eines, nämlich dich, und zwar auf dem Scheiterhaufen brennen.« Trotz dieser Drohung klang seine Stimme verhalten, und sein Blick flackerte unsicher. Hinter uns rief Plünderauge zum Gebet. Cazalla kniete nieder, faltete seine derben Hände zu kindlich bittender Gebärde und sprach aus tiefstem Herzen die frommen Worte mit. Ich sah ihm einfach zu und bewegte weder Lippen noch Hände.

»Du betest nicht, Gonzalo?« forschte der Feldwebel nach dem Kreuzzeichen.

»Nein, Herr«, gab ich dreist zurück, »als gestern die Tempeldienerinnen geschändet wurden, habe ich ein Gelübde getan.«

Er murrte und schimpfte vor sich hin, stapfte aber schließlich zur heißen Quelle, um sich zu waschen. Als sein Körper in das Wasser tauchte, glaubte ich, ein Gesicht zu sehen. Es lugte hinter dem turmhohen Felsen hervor, um sogleich wieder zu verschwinden. So sehr ich mich auch bemühte, konnte ich weder Bewegung noch einen Schatten ausmachen. Mit der Zeit redete ich mir ein, ich hätte mich getäuscht.

»Du läufst nicht davon?« fragte ich Shaska und wandte mich von ihr ab, als ich sah, daß sie ihre Notdurft verrichtete. Danach begleitete ich sie zur Quelle. Cazalla hielt den Blick gesenkt, als sie sich wusch. Entgegen seiner sicheren Art wirkte er heute morgen linkisch und verlegen. Gómez brachte uns Quinoa. Als Shaska vom angebrannten Brei kostete, stahl sich ein Lächeln auf ihre Lippen. Im frühen Morgenlicht wirkte ihr Gesicht kindlich und rein. Sie war ein wenig spitz um die Nase herum, und ihre Augen waren eingesunken, doch sie blickte freundlich, und Cazalla brummte vor sich hin.

»Können wir die Pferde mitnehmen?« hieß mich Cazalla das Mädchen fragen.

Nach einigem Hin und Her hatte ich Shaska erklärt, was der Feldwebel von ihr verlangte. Sie schien einverstanden, unsere Führerin zu sein.

Hätte uns Shaska in einen Hinterhalt locken wollen, nichts wäre leichter gewesen, doch sie war ohne jede List. Beim Anblick der Lanzenträger erschauerte sie. Cazalla und ich hatten Shaska in unsere Mitte genommen und schritten dem Zug voran. Sie führte uns ein Stück die Straße zurück. Auch heute wallte wieder der Nebel zu unseren Füßen. An einer Stelle, an der ich keine Markierung erkennen konnte, bog sie scharf nach Norden ab und geleitete uns sicher über Steinplattenwege und Felsen, durch Geröll und an kleinen Wassertümpeln vorbei.

»Was ist, wenn sie uns in die Irre führt?« Ich konnte Cazallas Mißtrauen verstehen. Der Himmel trübte sich wieder ein mit düsterem Grau. Zwischen mannshohen Felswänden hielt Shaska an. Ihr Gesicht war fleckig, der Atem ging flach. Cazalla schickte erst Kundschafter aus, dann stellte er Wachen auf. Pedro, der Cazallas Pferd am Halfter führte, meldete: »Der Rückweg ist markiert.«

Shaska war inzwischen vor Erschöpfung eingeschlafen. Ich grübelte, ob diese junge Frau den Weg zu ihrem Tempel verraten würde. Ich studierte ihr offenes, ehrliches Gesicht. Schließlich gelangte ich zu der Überzeugung, daß sie sich und uns in das Verderben führen würde, um ihren Glauben nicht zu verraten.

Später nahm mich Cazalla zur Wache mit. Gewöhnlich sprach er wenig mit mir, waren wir aber den Blicken seiner Lanzenträger entzogen, holte er meinen Rat ein. »Was hat sie vor?«

»Sie scheint mir ehrenhaft zu sein, Herr. Deshalb denke ich, daß sie ihren Glauben nicht verraten wird. Ich fürchte, sie führt uns in die Irre.«

»Wir haben keine Wahl«, gab er zurück, »die Treppenstufen führen hinauf zu einer grausigen Schlucht, die eine Hängebrücke überspannt. Mit den Pferden gelangen wir dort nicht hin.«

»Versprecht mir, Herr, daß ihr kein Leid geschieht, so will ich aufrichtig sein.« Da Cazalla bestätigend nickte, erzählte ich ihm von jener Nacht, in der ich Indios am Feuer gesehen hatte, von dem Gesicht heute morgen und von meinem Traum. »Ich sah Euch, Herr, gekleidet wie ein Indio auf einem Feld arbeiten«, schloß ich meinen Bericht. »Vergeßt das Gold und laßt uns lieber umkehren.«

Seit langem erhellten sich seine Züge wieder, und er lachte: »Du brauchst eine Maulschelle, Niño.«

Noch ehe die Nacht hereinbrach, hatte sich Shaska erholt und drängte weiter. Ich ging neben ihr und sprach auf sie ein. »Wohin führst du uns? Belügst du uns? Lockst du uns in einen Hinterhalt?«

»Ich bin aus dem Stamm der *Chachapoya*, wie du an meinem Stirnband erkennen kannst. Aus unserem Stamm wählte der Inka die Tempeldienerinnen«, erklärte sie, während ich Cazalla jedes Wort übersetzte. »Wir lügen nicht. Ich bringe euch zu meinem Herrn, Manco Huaca, in den Tempel.« Ihre Worte klangen vollkommen aufrichtig.

»So verrätst du deinen Glauben?« ließ mich Cazalla übersetzen. Doch Shaska verstand ihn nicht. »Manco Huaca gibt euch unseren größten Schatz«, versicherte sie statt dessen. »Wir haben lange auf euch gewartet.«

Jetzt wurde mir aufrichtig bang. »Sie muß verrückt sein«, warnte ich Cazalla, der sich mißmutig den Bart kratzte. Trotz Shaskas Protest befahl er kurzerhand: »Nachtlager!« Sie ließ sich willig Füße und Hände fesseln und streckte sich zwischen mir und dem Feldwebel aus. Ihr Gesicht war entspannt.

»Liegt sie im Fieberwahn?« fragte mich Cazalla später. Ich wußte keinen Rat. Sie schien erschöpft, aber gesund zu sein. Als ich mich niederlegte, bat ich um ein Zeichen, einen Traum, der mein Rätsel lösen würde. Der Nachtwind strich herab und brachte das Tosen des Wildbaches mit.

»Wir gehen in Richtung Schlucht. Unser Weg müßte morgen ansteigen«, flüsterte Cazalla. Er schien genauso ratlos wie ich.

Kurz vor Sonnenaufgang weckte mich Cazalla aus einem bleiernen Schlaf, der mir keine Erquickung gebracht hatte. Er deutete auf Shaska, die leise und drängend auf ihn einsprach.

»Sie will beten, Herr«, erklärte ich. Zu dritt erklommen wir einen mannshohen Felsen. Als die ersten Sonnenstrahlen die Andengipfel beleuchteten, breitete Shaska die Arme aus und rief:

»Das ärmste deiner Kinder, o Schöpfer, die erbärmlichste deiner Dienerinnen fleht unter Tränen, gewähre das Wunder des Wassers, gewähre die Gabe des Regens, uns Dürstenden, uns Geschöpfen, die du schufst.«

So gut ich konnte, übersetzte ich Cazalla ihre Worte, die ihn sehr beeindruckten.

»Jetzt wird die Saat in den Boden gelegt«, erläuterte Shaska. »Wir brauchen Regen.«

»Habt ihr denn einen Kalender, der euch sagt, wann ihr den Boden bearbeiten müßt?« wollte Cazalla wissen.

»Manco Huaca wird ihn dir erklären«, Shaska nickte heftig, zog dann einen vergoldeten Kamm aus ihrer Kleidung und strich und bürstete ihr Haar. Ihre blauschwarze Mähne fiel bis zu den Hüften, das Gold in ihrer Hand funkelte. Ihr Gesicht hatte einen frischen Farbton bekommen. Sie bot einen lieblichen Anblick, und der Feldwebel starrte sie an. Ich war mir nicht sicher, ob sein Interesse nur dem goldenen Kamm galt.

»Wie alt bist du?« wollte er schließlich wissen, doch nahm er seine Frage sogleich zurück. »Sie kann sicher nicht zählen.«

Shaska lachte über meine heftigen Worte, mit denen ich ihr zu verstehen gab, was Cazalla meinte. »Sie sind alle eingebildet, glauben, allein Spanien bringe Kultur hervor«, schloß ich wütend.

»Wenn man Mais anbaut«, antwortete Shaska, »mag man nicht glauben, daß anderswo *cui* gegessen wird.«

Damals wußte ich nicht, was *cui* war, und auch heute fällt es mir schwer, darüber zu schreiben. Auf meiner abenteuerlichen Reise durch die Neue Welt sollte ich bald nach jenem Gespräch mit Shaska *cui* kennenlernen. Es handelt sich um rattengroße Tiere, die wie Haustiere gehalten und, wenn sie kräftig und fett sind, gegessen werden. Diese *cui* kommen in mehreren Farben vor. Oft sah ich welche mit weißem, braunem oder schwarzem Fell, doch die gescheckten waren in der Überzahl. Im Gegensatz zu Ratten haben sie keinen Schwanz und sehen recht possierlich aus. Von Küchenresten und Akkerfrüchten genährt, vermehren sich die Tierchen rasch. Sicherlich gehören sie zu den Nagern, denn ihren scharfen, gelblichen Zähnen ist nichts heilig. In der Alten Welt hatte ich von solchen Haustieren noch nie gehört, auch nicht bei den wilden Turkvölkern.

»Ich bin fünfzehn«, antwortete sie Cazalla, und da er es nicht recht glauben wollte, fuhr sie fort: »Das Jahr ist in zwölf Abschnitte geteilt. Jetzt haben wir die Zeit des *Coya Raymi*, in der man das Fest der Königin feiert, darauf folgt *Auma Raymi*, die Zeit des Wasserfestes, bis schließlich mit *Ayamark'a*, dem Zug der Toten, das Jahr zu Ende geht. Unser Priester wird dich lehren, wie wir das Jahr messen und stets wissen, welchen Tag wir haben.«

»So könnt ihr zählen und rechnen?«

Shaska lachte über seine Frage wie über einen gelungenen Scherz: »Wenn es Nacht wird, zeige ich dir Sterne, deren Lauf wir kennen, die Jahre, die sie benötigen, um die Sonne zu umrunden. Du bist zwar ein Bärtiger, aber kein Wissender.«

»Sterne, welche die Sonne umrunden? Laß den Unsinn nicht Frater Diego hören.« Cazallas Warnung kam nicht von ungefähr. Wir hatten peitschende Geräusche vernommen: Plünderauge geißelte seinen bloßen Rücken.

Die Hände vor das Gesicht gepreßt, flüsterte Shaska ängstlich: »Warum tut er dies?« Da wir ihr nicht antworten konnten, starrte sie auf sein großes Kreuz, das er mit dem spitzen Ende in die Erde gesteckt hatte. Er kniete davor, um sein Morgengebet zu verrichten.

»Was ist dem Mann geschehen?« wollte Shaska wissen und deutete auf unseren Herrn Jesus. Mit wenigen Worten versuchte ich ihr vom Leben und Sterben unseres Herrn zu erzählen. Als ich von seinem Kreuzigungstod sprach, sagte sie zu meinem Entsetzen: »Daran haben sie recht getan. Niemand darf sich Gott nennen.«

Das gute Einvernehmen, das zwischen uns gewesen war, löste sich auf wie der Dunst in den Tälern zu unseren Füßen.

»Sie weiß es nicht anders«, versuchte ich Cazalla zu besänftigen, doch es war Shaska, die hartnäckig weiterstritt: »Wir verehren den Schöpfer allen Lebens, der Erde, des Himmels und der Sterne, welche die Nacht erleuchten. Niemand darf Abbilder des Schöpfers herstellen und anbeten, das ist große Sünde. Auch ist er nicht Mann noch Frau, weder Mensch noch Tier. Er ist die Kraft der Weite um uns herum und der Hauch des Lebens noch jenseits ferner Sterne.«

»Ihr betet doch die Sonne an«, empörte sich Cazalla.

Jetzt rötete sich Shaskas Gesicht vor Ärger: »Wie dumm du bist. Gibt es einen besseren Zeitpunkt, die Stimme zum Gebet zu erheben, als wenn die Sonne aufgeht? Ohne Sonne ist kein Leben möglich. Mit ihren Strahlen zeigt uns der Schöpfer seine Kraft, aber auch Liebe zu uns. In der Sonne erkennen wir seine Macht und danken täglich für ihr Erscheinen.«

»So beten wir zu Jesus Christus«, wehrte Cazalla ihren heftigen Angriff ab.

»Hat *er* die Sonne erschaffen?« gab sie zurück. »Läßt *er* die Feldfrüchte wachsen, die Vögel singen?«

Ehe wir uns hoffnungslos zerstritten, brach ich einfach die Übersetzung ab. Beide, Cazalla und Shaska redeten noch einige Minuten aufeinander ein, starrten sich schließlich feindselig an, und da ich nicht übersetzte, entlud sich ihr ganzes Mißvergnügen auf mich. Sie überhäuften mich mit Verwünschungen, die mich grinsen machten. »Ich lerne die fremde Sprache!« riefen beide, die eine auf quechua und der andere auf spanisch wie aus einem Mund. Währenddessen sprang ich leichtfüßig vom Felsen herab und überließ die beiden ihrem Schicksal. Meine frohe Stimmung wurde jäh getrübt, als ich Plünderauge begegnete.

Das bleiche Gesicht vor Zorn gerötet, die Augen funkelnd auf uns gerichtet, zischte er etwas über lasterhaftes Geplapper heidnischer Art, obwohl er sicher nicht verstehen konnte, worüber wir gesprochen hatten. Als er Shaska das Kruzifix entgegenstreckte, wich sie ihm aus.

»Ist es der Anblick des Getöteten, der ihn so böse macht?« fragte sie mich. Er sei unser Priester und Jesus am Kreuz das Abbild reiner Gottesliebe, versuchte ich, sie zu beschwichtigen.

Sie schüttelte betrübt und, wie mir schien, auch angewidert den Kopf: »Sollen deine Gedanken, deine Worte und Taten sanft und rein sein, mußt du dich mit Schönheit umgeben. Dauernd auf die gräßlichen Wunden zu starren, die dieser Mann am Kreuz hat, sät Haß in dein Herz, macht es hart gegen das Leid anderer Menschen, denn was könnte schlimmer sein als dieser Martertod? Wie mag man Erbarmen zeigen, da man sein Auge und Herz verhärtet hat beim Anblick dieses Geschundenen?«

»Der Kreuzestod ist für uns Sinnbild von Gottes unendlicher Liebe, da er seinen einzigen Sohn für uns geopfert hat.«

»Wie schrecklich«, wich Shaska zurück, »die Liebe eures Gottes zeigt sich in Bluttaten? Sieh den winzigen Vogel dort«, wies sie mich an. »Er ist nichts als ein bunter Federball, ein Hauch in meiner Hand. Sein kleines Leben macht mich lächeln, und sein Lied läßt mich dem Schöpfer danken für alles, was er uns gab.«

Wir hätten wohl noch lange diskutiert, wäre nicht Shaska selbst von großer Unruhe erfaßt worden. Sie drängte uns zum Aufbruch, und bereits auf den ersten Pferdelängen mußten wir keuchen. Der Weg führte steil bergan. Oft genug mußten wir scharfkantige Klippen passieren, so daß Cazalla den Tieren die Satteltaschen abnehmen ließ, um die Engen zu bewältigen. Schließlich war es Shaska, die Rast gebot. Schwitzend und nach Luft ringend, drängte ich zu ihr. »Waren diese bärtigen Soldaten schon einmal hier?« Sie bejahte heftig, und ich ließ es Cazalla wissen. »Pizarro ist hier durchgekommen, Herr. Wir werden kein Gold mehr finden.«

»Wann war das?« wollte er wissen.

Traurig schüttelte Shaska den Kopf. »Ich bin erst am Anfang meiner Ausbildung und kenne nur Teile der Geschichte. Die hellhäutigen, bärtigen Männer waren hier, lange bevor es diesen Pfad gab und lange vor der Herrschaft des ersten Inka. Doch wir haben das Andenken an sie immer bewahrt und von Generation zu Generation weitergegeben. Wir haben aus der Erinnerung unserer Vorfahren Bildnisse geschaffen, damit wir die Fremden wiedererkennen, sobald sie uns heimsuchen.«

Mir blieb fast die Sprache weg, so überraschend waren ihre Worte.

»Manco Huaca wird euch das genaue Zeitalter nennen können, nur er vermag die vielen hundert Jahre zurückzuzählen.« Nach einer Weile fuhr sie fort. »Ihr seid doch die Kindeskinder jener Männer, wißt ihr nicht das Jahr eurer Ankunft bei meinem Volk?«

Mit einem Wink rief mich Cazalla zur Seite. »Verstehst du das, Niño?«

»Ich habe viele Geschichten gehört, Herr, auch eine von bärtigen, weißen Männern. Trotzdem verstehe ich Shaska nicht so recht. Sie scheint von Menschen unserer Art zu sprechen, die lange vor Colón die Neue Welt entdeckt hatten. Ich glaube nicht, daß sie lügt. Sie ist aufrichtig und ohne jede Verschlagenheit.«

»Behalten wir es für uns«, wies mich der Feldwebel an. »Wer weiß, was unser frommer Frater sonst daraus macht.«

Die Pferde vorwärts treibend und ziehend, erklommen wir schließlich den Gipfel des Berges und sahen uns einer gewaltigen Steinsäule gegenüber. An ihr endete die steile Treppe, die man in wenigen Stunden bewältigen konnte, wozu wir mit den Pferden fast zwei Tage Umweg benötigt hatten. Die gewaltige Steinmauer war nichts anderes als ein Stützpfeiler für die größte Hängebrücke, die ich je gesehen hatte.

Shaska, die mit Cazalla und mir bis an den Rand der tiefen Schlucht getreten war, in dessen Grund ein felsenbesetzter Fluß dem Meer entgegentobte, deutete auf die Brücke über uns: »Die Seile sind aus *cabuya* geflochten.«

Wir starrten ehrfürchtig auf die mannsdicken Taue, die einen verläßlichen, stabilen Eindruck machten. Doch der Abstand zum jenseitigen Ufer schien mir gräßlich weit. Mit Shaska hin und her redend, einigten wir uns auf vierzig Pferdelängen grausige Weite, von der Hängekonstruktion in einer Höhe von mehr als sechsundzwanzig Männerhöhen überspannt. Zwischen den Seilen befanden sich geflochtene Matten, und ich zweifelte, ob ich je einen Fuß auf sie setzen wollte.

»Die Matten sind besser als Holz.« Shaska schien meine Gedanken zu lesen. »Sie passen sich dem Tritt an, fangen deinen Fuß federnd ab und können nicht brechen.«

Wir erkundeten die Umgebung. Zu unserer größten Freude führte die Inkastraße jenseits des Stützpfeilers in Richtung Norden, in Richtung Jauja, wie uns Shaska versicherte. »Keine Treppen mehr«, wußte sie.

»So werden wir von hier aus weiterziehen«, ordnete Cazalla an. Er ließ die Pferde jenseits des Stützpfeilers anpflokken und befahl Jorge und Pedro, als Wache zurückzubleiben. Sie führten seinen Befehl aus, warfen sich aber mürrische Blicke zu. Als sie kurz darauf sahen, wie zögerlich die anderen Fuß vor Fuß auf die Hängebrücke setzten, hellte sich ihre Miene auf.

Huaca Chaca, hatte Shaska die Brücke genannt, was ich mit ›verehrte Brücke‹ übersetzen würde. Ich ging vor Plünderauge, der unablässig die Heilige Jungfrau zur Bewahrung seines Leibes und Lebens anrief. Mitten über dem Fluß hielt Shaska an, und gezwungenermaßen kam der ganze Troß zum Stehen. Für den Augenblick eines Gedankens blickte sie erst Cazalla, dann mich an. Ihr Gesicht war angespannt und grüblerisch. Dann glätteten sich die Falten auf ihrer Stirn, und sie führte uns weiter.

Später mußte ich immer wieder an diesen Augenblick zurückdenken. Hätte sich Shaska in jenem Moment entschieden, uns alle oder sich in den Fluß zu stürzen, wäre alles anders gekommen. Statt dessen versuchte sie, in Cazallas und meinen Augen zu lesen. Sie erkannte nichts Böses in ihnen, und Plünderauge, den sie hinter mir kaum sehen konnte, war ihr nicht wichtig.

Keiner, der nicht vor Erleichterung geseufzt hätte, als wir festen Boden erreichten! Im Überschwang meines Glücksgefühls winkte ich sogar Pedro und Jorge am gegenüberliegenden Ufer zu. Auch jetzt wagte ich noch keinen Blick in die schaurige Tiefe. Wollte ich je über diese Brücke zurück, durfte ich mir kein Wissen um das fürchterliche Tosen im gähnenden Abgrund bewahren, den die *chaca* überspannte.

Auf einen Befehl Cazallas ergriffen plötzlich Marcos und Tomás Shaska. »Wo führst du uns hin?«, aus der Stimme des Feldwebels klang keine Verbindlichkeit mehr.

»Zu unserem höchsten Sternenpriester. Er lebt dort oben in Huancaya.« Sie deutete vage einen steilen Berghang hinauf.

»Wer ist bei ihm? Wie groß ist seine Stadt? Wie viele Männer und Frauen gibt es dort? Krieger etwa?« Auf alle Fragen antwortete Shaska rasch und ohne zu zögern. Cazalla wollte ihr nicht glauben, daß allein der Priester, Mamacona und sie auf dem Berg lebten. Mit hochgezogenen Brauen wies sie seine Frage nach Kriegern, die doch sicherlich den größten Schatz der Indios bewachen mußten, zurück.

»Es gibt keine Diebe in unserem Volk, und der heilige Friede von Huancaya ist unantastbar, seitdem hier Menschen leben.«

Wir erfuhren, daß die schmalen Felsenstufen, die hier begannen, einzig zur Behausung des Priesters und zum Tempel führten. Alljährlich sollten hierher Tausende von Pilgern gewandert sein, die einen Blick auf den kostbaren Schatz warfen und wieder gingen. Für das leibliche Wohl der drei Bewohner von Huancaya sorgten milde Gaben ebendieser Pilger, doch bauten Shaska, Mamacona und der Priester selbst an, was Boden und Klima erlaubten.

»Es ist eine Einsiedelei, Herr«, erklärte ich Cazalla. »Ich habe schon öfters von solchen Orten gehört. Alles, was Shaska berichtet, stimmt mit dem überein, was ich weiß.«

Der Feldwebel war noch nicht überzeugt. »Sie mag den Weg und die genaue Position der Gebäude beschreiben.«

Geduldig erläuterte uns Shaska die Anzahl der Stufen, die wir gehen müßten, bis wir zuerst das große Haus erreichen würden, in dem sie und Mamacona lebten und Pilger beherbergten. Dann folgten die gefaßte Quelle, terrassenförmige

Anbauflächen, ehe der Weg steil die Felsen hinauf zum Tempel anstiege. Dort erhöben sich das Haus des Schatzes und dahinter das Rundhaus. Von dort beobachte ihr Priester den Lauf der Sterne.

»Befinden sich Götzen in diesem Tempel?« forschte Plünderauge. Nachdem ich Shaska die Frage erklärt hatte, verneinte sie heftig. Man hätte Figuren aufgestellt, die den bärtigen Hellhäutigen glichen, mehr nicht.

»So betet ihr dort den Teufel an?« Der Dominikaner blieb hartnäckig. Mir war es nicht möglich, Shaska die Frage zu übermitteln. Weder wußte sie, was Teufel, noch, was Götzen oder Dämonen waren. An Cazalla mit einer Lederschnur gefesselt, die er ihr um den Hals gelegt hatte, stieg sie schließlich voran. Dicht hinter den beiden ging Augustín, die Lanze in der Faust. Plünderauge murrte, da er den Schluß bildete.

Nach kurzer, aber anstrengender Wegstrecke wichen die steilen Berghänge zurück und bildeten eine kleine Senke, in der ein großes Haus stand, ganz aus getrockneten Lehmziegeln errichtet. Ich zählte die Fensteröffnungen übereinander und kam auf drei Stockwerke, was mich sehr verwunderte. Die Türöffnungen waren mit einfachen Matten aus Pflanzenfasern verhangen. »Mamacona?« rief Shaska freudig in das Halbdunkel hinein. Die Antwort blieb aus, mußte ausbleiben, und ich fühlte mich elend. Ehe sie weiter nach ihrer Gefährtin forschen konnte, befahl Cazalla seinen Soldaten, das Haus zu durchsuchen.

Ich blieb bei ihm und Shaska. Wir sahen die Männer in das Gebäude stürmen, Plünderauge allen voran. Schließlich kamen sie wieder heraus. Sie hatten niemanden gefunden, weder Pilger noch Krieger. Aber sie waren mit Gold und Silber beladen, zeigten ihren Fund: goldene Kämme, Ketten und Armreife, vergoldete Trinkbecher und silberne Spangen.

Ich sah Shaskas Augen groß und sehr dunkel werden. Leise fragte sie: »Warum tun sie das?« Ich wußte keine Antwort.

Als letzter hatte Plünderauge das Haus verlassen. Seine Hände waren leer. Er zuckte wie bedauernd mit den Schultern, als ob er als einziger keine Beute gemacht habe. Mit schnellen Schritten wollte er an Cazalla vorbei. Shaska trat ihm in den Weg und starrte ihn an. Unter ihrem forschenden Blick bildeten sich rote Flecke auf seinem teigigen Gesicht.

»Du hast meine Goldmaske.« Shaska zeigte auf ihn. »Sie lag in meiner Kammer und war nicht zu übersehen. Du bist ein Dieb, nicht nur an mir, sondern auch an deinen Gefährten.« Ich übersetzte rasch ihre Worte.

Die Soldaten umringten Plünderauge. In ihrer Gier nach Gold, in ihrer Wut über die Unterschlagung rückten sie ihm zu Leibe. Da brüllte Cazalla einen scharfen Befehl: »Zurück! In Marschordnung antreten! Im Gleichschritt – Marsch!«

Wir setzten uns in Bewegung, gingen auf schmalen Stufen an sorgsam angelegten Äckern vorbei, folgten dem Weg um hohe Felsen. Dort führte er als schmaler Pfad an einer jäh in die Tiefe stürzenden Klippe entlang. Der Blick in die Schlucht hinunter hätte beinahe meinen Fuß straucheln lassen, doch ein Lanzenträger hinter mir drängte mich vorwärts. Große Spannung und Erwartung lag über unserem Trupp, einzig ich fühlte mich unsagbar müde und wäre am liebsten unten am Pilgerhaus geblieben.

Kapitel 5

Nie werde ich das Bild vergessen, das sich meinen Augen bot, als ich die letzte Stufe erklommen hatte. Wir standen knapp unterhalb des Berggipfels auf einer sorgsam mit Steinen ausgelegten Plattform. Nach Westen zu befand sich ein einstökkiger, etwa acht Fuß langer und ebenso breiter Bau, zu dem drei breite Stufen emporführten. Auf der obersten wartete eine rotgoldene Gestalt, von solch seltsamem Aussehen, daß wir alle schweigend stehenblieben. Der Mann muß uralt sein, dachte ich bei mir, als ich die kleine, verhutzelte Person sah. Er trat uns zögernd entgegen.

Von Kopf bis Fuß war er in einen roten Mantel gehüllt, in dessen gewebtes Tuch rote Federn eingearbeitet waren. Als er seine Arme hob, breiteten sich die Ärmel aus, als wären es Vogelschwingen. Bei jeder Bewegung klirrte es leise, ein Geräusch, das von den Goldplättchen herrührte, die sich sanft gegeneinander rieben. Diese und in den Stoff eingewebte gelbe Fäden stellten seltsame, herabstürzende Gestalten dar, die mit ausgebreiteten Schwingen herniederzufliegen schienen. Den Kopf des alten Priesters bedeckte eine teils lederne, teils goldene Maske, die ihn wie einen Helm umgab. In Höhe seines Mundes bog sich das Goldblech nach außen, bis es direkt vor seinen Lippen in einem kleinen, abgeplatteten Rund, ähnlich einer unserer Goldmünzen, endete. Ich hielt das für sehr unpraktisch, denn wenn er sprach, hatte er dieses Gerät vor dem Mund. Weiter oben verdickte sich der Helm an den Ohren und erweckte den Eindruck, als ob der Träger Ohrenschützer aufhabe. Nie hatte ich dergleichen gesehen.

Shaska war trotz ihrer Fessel niedergekniet. Was sie dem Alten entgegenmurmelte, konnte ich nicht verstehen, deshalb löste ich mich endlich aus meiner Erstarrung und trat näher. Der Alte half Shaska vom Boden auf, befreite sie wie selbstverständlich von ihrer Fessel. Cazalla machte das dümmste Gesicht auf Erden, als sich der Priester vor ihm verneigte und sprach: »So seid Ihr endlich zurückgekehrt, Herr. Eure bescheidenen Diener haben alles aufbewahrt, was Eurer Väter und Euer ist. Tretet ein und ehrt das Haus durch Eure Gegenwart.«

Gefolgt von den anderen, eilten Cazalla und ich verwirrt und erregt die Treppen hinauf. Der greise Priester, Manco Huaca, schob den feingewebten Türvorhang zur Seite.

Ich blickte in einen viereckigen Raum, den kleine Fensterscharten nur notdürftig erhellten. Als sich meine Augen an das Halbdunkel gewöhnt hatten, packte mich eine unerklärliche Erregung. In die großen Monolithe, aus denen der Tempel errichtet war, hatten die Indios jene herabfliegenden Gestalten eingemeißelt, die auch das Gewand des Manco Huaca zierten. Sie sahen so lebendig aus, daß ich meinte, hier und da eine zuckende Bewegung zu erkennen. In jeweils sechs Nischen an den beiden Längsseiten des Tempels standen graue Steinfiguren von vielleicht zwei Fuß Höhe. Alle trugen einen Anzug, der an Hals, Armen und Beinen dicht abschloß, wie ich an der genauen Steinmetzarbeit erkennen konnte. Dazu den seltsamen Kopfputz, den auch der Priester aufhatte. Dort, wo ihre Augen hätten sein sollen, befanden sich große, runde Scheiben, so daß sie blicklos, wie Ungeheuer, in die Ferne starrten. An ihren Füßen trugen sie nicht die Ledersandalen der Indios, sondern glattes Schuhwerk, das mich an Stiefel erinnerte. Das Absonderlichste aber waren kleine, viereckige Kästen, die an ihrer Seite befestigt waren und mit einer fast armdicken Schnur zu ihrem Helm führten.

Es war Augustín, der mich ungeduldig nach vorne stieß. Jetzt erkannte auch ich an der Stirnseite des Tempels einen steinernen Gegenstand, der wie ein kleiner Sarg aussah. Doch das allgemeine Interesse der aufgeregt hinter mir Murmelnden galt den beiden etwa lebensgroßen Figuren beiderseits dieses Steinmonumentes, die über und über mit Gold bedeckt waren. Cazalla bellte wieder einen scharfen Befehl, als sich Gedränge und Unruhe breitmachten. Nur mir gebot er, mit nach vorne zu kommen. Plünderauge blieb unaufgefordert an meiner Seite, lästig wie ein Insekt.

Vorsichtig streckte Cazalla die Hand aus und betastete die Figuren. Er ließ seine Hände über goldene Helme und Gürtel gleiten, über seltsame Dinge in den Händen dieser Geschöpfe, die wie Waffen aussahen, über kleine, runde Knöpfe und über augengroße Gegenstände, welche die Figuren am Handgelenk trugen. Sie waren so echt und kunstvoll gearbeitet, daß ich meinte, hinter dem Helm oder Gesichtsschutz die Andeutung eines Bartes zu sehen. Doch so sehr ich mich auch bemühte, in den Gesichtern der Statuen Bekanntes zu entdecken, blieben mir die Züge hinter den Masken fremd. Die Köpfe waren lang und schmal, die Gesichter nicht so breit wie die der Indios. Obwohl ich erkannte, daß die Künstler sehr wohl in der Lage waren, Figuren lebhaft erscheinen zu lassen, wirkten diese beiden Gestalten starr und abweisend. Ihre Mienen waren unfreundlich, ja unmenschlich. Hart, unnachgiebig und berechnend starrten sie hinter ihrer ovalen Scheibe, welche die Augen und das Gesicht bis zur Nasenwurzel bedeckten, über unsere Köpfe hinweg nach Osten.

Ob die Figuren ganz aus Gold waren, nur aus Goldblech oder lediglich vergoldet, konnte ich nicht abschätzen.

»Erkennt ihr Eure Väter?« fragte Manco Huaca fast bittend. Obwohl ich seine Worte sogleich übersetzte, reagierte Cazalla nicht darauf. Er hatte den Blick glasig auf das Gold gerichtet, und ich bangte um seinen Verstand.

»Wann waren diese Fremdlinge hier?« nutzte ich die Gelegenheit, den Priester zu fragen.

»Vor langer Zeit«, antwortete er mir, »als die Bewohner dieser Berge noch in Höhlen hausten. Die Bärtigen brachten ihnen das Wissen um Saat und Ackerbau, die Kunde vom Lauf der Sterne und das Geheimnis ferner Sonnen.«

»Was ist unter jenem Stein?« Cazalla war endlich aufgewacht und unterbrach uns schroff. In seiner Barschheit und mit dem starren, abweisenden Gesicht schien er den Goldfiguren nicht unähnlich. Shaska und der Priester bückten sich und schoben zusammen den schweren Steindeckel zur Seite. Auch auf dieser Steinplatte war die mir nun schon bekannte Gestalt einer herabstürzenden Figur mit Helm und großen Augen angebracht. Der Deckel knirschte auf Stein, während Manco Huaca und Shaska gemeinsam eine Formel sprachen: »Wir enthüllen und geben Euch zurück, Herr, was Euer ist.«

Niemals habe ich größere Anspannung erlebt. Ich sah, wie eine Ader an Plünderauges Schläfe dick und blau anschwoll, als wollte sie platzen. Dabei ging sein Atem stoßweise, Speichel tropfte aus seinem Mund.

Unendlich behutsam beugte sich der alte Priester hinab und nahm einen schwarzen Kasten vom Boden der Steintruhe auf. Seine Hände zitterten leicht, als er ihn Cazalla entgegenstreckte. Es war ein viereckiger, schwarzer Kasten, ein *caja negra*, weiter nichts. Cazalla befingerte ihn flüchtig. Er ließ sich nicht öffnen. An der Längsseite dieses vielleicht ein Fuß hohen und einen halben Fuß breiten Kastens entdeckte er seltsame eingravierte Zeichen. Er bedeutete mir, sie anzuschauen. Ich konnte sie jedoch nicht entziffern, mir fiel nur die Ähnlichkeit mit jenen Symbolen auf, welche die Goldfiguren auf ihren Helmen trugen. Der Kasten schien schwer zu sein, demnach zu urteilen, wie der Feldwebel ihn hielt. Als ich über die Zeichen tasten durfte, kam es mir vor, als ob er aus Metall wäre, aber wie mit dicker, schwarzer Haut bezogen. Hinter mir murrten die Lanzenträger.

»Ein schwarzer Kasten, *caja negra*«, stellte Cazalla fest, »doch wo ist der Schatz?«

»Er liegt in Euren Händen, Herr.« Manco Huaca verbeugte sich tief. »Die Väter meiner Väter haben von den Generationen vor ihnen diesen Gegenstand so übernommen und ihn hier aufbewahrt. Vor weit mehr als tausend Jahren bargen unsere Ahnen diesen Kasten, der unter Blitz und Donner aus dem Himmel stürzte. Sie bewahrten ihn auf, um ihn eines Tages den weißen, bärtigen Sternenmännern zurückzugeben. Nichts an ihm wurde entfernt oder verändert.«

Der Feldwebel blickte mich ratlos an. Doch ehe er den Mund öffnen konnte, schrie Plünderauge: »Glaubt dem Teufelsanbeter nicht. Seht doch das Gold, das seinen Tempel schmückt. Mit einer List will uns der Gottlose fortlocken von dem Schatz, damit seine Götzen der Strafe entgehen, eingeschmolzen zu werden zur Ehre unseres Heilands. Auf ihn, entreißt dem Ruchlosen das Gold, werft ihn nieder, den Teufelsdiener.«

Hinter uns brüllten die Soldaten wie eine Herde gereizter Kampfstiere. Als sie nach vorne stürmten, wurde ich umgerissen und sah, wie Cazalla ausweichen wollte, dabei über den Steindeckel stolperte und zu Boden stürzte. Mit unglaublichem Getöse zerbarst eine Steinfigur neben meinem Schädel. Ich glaubte im aufwirbelnden Staub zu ersticken. Als ich mühsam, auf allen vieren kriechend, zum Ausgang tappen wollte, strauchelte ich über ein Hindernis. Ich war so benommen, daß ich Minuten brauchte, ehe ich begriff, daß vor mir Cazalla lag.

»Herr«, rief ich angstvoll, aber er rührte sich nicht. »Herr«, wieder und wieder befühlte ich sein Gesicht, preßte ein Ohr an seine Brust, tastete seinen Körper ab. Er schien unverwundet zu sein und zu atmen, doch als ich seinen Kopf untersuchte, fühlte ich einen münzgroßen Knochensplitter am Hinterkopf, der sich unter der Haut bewegen ließ wie eine Eisscholle auf dem Teich. Blut sah ich nirgendwo. »So öffnet doch die Augen, Herr.« Da er nicht reagierte, hob ich sanft ein Lid empor und blickte in unnatürlich starre, weite Pupillen. Schluchzend drückte ich mich an ihn. Zwar hörte ich jetzt sein Herz leise schlagen, doch ich fürchtete, daß er sterben müßte. Zu tief schien er zu schlafen, weit fort schienen sein Geist und sein Verstand zu sein. In meinem Schmerz vergaß ich die Welt um mich herum, bis mich spitze Schreie aus meinem Kummer wachrüttelten. Über Steinbrocken stolpernd, die im ganzen Tempel verstreut lagen, bewegte ich mich vorsichtig zum Ausgang.

Länger, als ich gedacht hatte, mußte ich im Tempel gelegen haben, denn draußen im Licht der Nachmittagssonne hatten sich die Soldaten um ein Feuer versammelt, das hoch und kräftig brannte. Der Steinplattenboden ringsum war rot, nicht von Blut, sondern vom zerfetzten Gewand Manco Huacas. Barfuß, in seiner bescheidenen Hose und mit dem Poncho wirkte er noch kleiner und zerbrechlicher als zuvor. Er holte keuchend Luft, dann stieß er einen spitzen Schrei aus, um die Lippen sogleich wieder zusammenzupressen. Als ich den Grund für seinen Schmerz sah, stürzte ich vorwärts: Tomás war dabei, dem Priester die Fußsohlen zu versengen. Im Feuer glommen die beiden großen Figuren aus dem Tempel. Sie schienen aus Holz zu sein, obwohl sie nicht richtig brannten und einen stechenden Geruch verbreiteten. Plünderauge, Marcos und Gómez bearbeiteten das Goldblech, mit dem die Figuren verkleidet waren.

»Zeigt ihnen den Weg zum Gold, Manco Huaca«, flehte ich den Priester an, »sonst werden sie Euch töten.« Ich wollte neben ihm niederknien, als sich eine Faust, groß wie ein Pferdehuf, um meinen Hals schloß. Mit rußgeschwärztem Gesicht sah Augustín aus wie der leibhaftige Gottseibeiuns.

»Der Feldwebel liegt im Sterben«, röchelte ich unter seinem eisenharten Griff.

»So ereilt ihn sein Soldatenschicksal. Ein Mann weniger, mit dem wir das Gold teilen müssen.«

Anders reagierte Marcos. Er ließ das Goldblech fahren, als er von Cazalla hörte, und sprang auf. Wir eilten in das Halbdunkel des Tempels zurück und fanden Cazalla unverändert vor. Als wir einen Arm anhoben, fiel dieser schwer und kraftlos nieder, wie der eines Toten. Unser Versuch, ihm Wasser einzuflößen, mißlang. Cazalla schluckte nicht. »Laßt ihn liegen«, Augustín war nun doch zu uns gestoßen, riß den gewebten Türvorhang herunter und half uns, den Feldwebel darin einzuwickeln. Ob Augustín, welcher der Älteste zu sein schien, jetzt die Befehlsgewalt übernehmen würde? Diese Vorstellung jagte mir kalte Schauer über den Rücken.

Das vermeintliche Krächzen eines Vogels unterbrach meine Gedanken. Uns allen war das Geräusch so fremd, daß wir gleichzeitig die Köpfe hoben und lauschten. Ich stieg über die Trümmer der zerschmetterten Steinfiguren hinweg und lugte aus einem schmalen Fensterspalt.

»Nichts«, hörte ich Augustín hinter mir sagen. Mit schreckgeweiteten Augen blickte ich jedoch aus meinem Fensterschlitz direkt in das Gesicht eines Indios. Sein Antlitz war eine weiße Fratze, bemalt mit schwarzen Flecken. Er stand hinter der Tempelmauer und war im selben Moment verschwunden, als ich ihn sah. Sekundenlang rieb ich mir die Augen, vergewisserte mich, daß weder Marcos noch Augustín in meine Richtung blickten.

»Nichts, Herr«, log ich. Und tatsächlich, der steinerne Weg hinter dem Tempel war verlassen bis hin zu dem dichten Urwaldgestrüpp an der Kuppe des Berges.

Zu meiner Verwunderung sah ich Tomás den Weg entlangkommen. Er hielt den Kopf leicht schief, als lauschte er. Mit einem einfachen Zuruf hätte ich ihn warnen können, doch meine Lippen preßten sich fest aufeinander und schlossen sich noch krampfhafter, als wenige Schritte hinter Tomás der Indio auftauchte. Gegen den Spanier wirkte er klein wie ein Kind und gedrungen. Er war nackt, trug weder Kleidung noch Schuhe. Sein Leib war mit hellen und dunklen Farben bemalt und wirkte dadurch konturlos, schien nicht mehr als ein Wechsel zwischen Licht und Schatten zu sein. Jeden Augenblick konnte Tomás sich umdrehen und ihn entdecken. Der Indio hob eine Flöte, das heißt, damals dachte ich, es sei eine Flöte, und blies einmal kräftig, doch unhörbar hinein. Dann verschwand er seitlich im dichten Gestrüpp. Er hatte Tomás nicht berührt, und trotzdem sackte dieser augenblicklich lautlos zusammen. Nicht einmal sein Helm klirrte, als er in die Büsche stürzte. Eine zweite nackte, bemalte Gestalt erschien und zerrte Tomás schnell ins Unterholz.

Augustín drängte mich vom Fensterschlitz fort. »Auch hier nichts«, brummte er. Seine große Hakennase näherte sich meinem Gesicht. »Jetzt ist's vorbei, du Bastard, mit ›Niño‹ und Sonderbehandlung«, spottete er und deutete auf den stummen Cazalla, packte mich und zerrte mich hinaus. Verwirrt und benommen taumelte ich neben ihm her. Ich war gerade Zeuge eines Mordes geworden, einer heimtückischen Tat aus dem Hinterhalt. Ein einziges Wort von mir, ein Schrei hätte vielleicht das Leben eines Kameraden retten können. Eines Kameraden? Ich starrte auf die verbrannten Fußsohlen des alten Priesters, zu dem mich Augustín gestoßen hatte.

»Er weiß nichts von weiterem Gold.« Erschöpft hörte ich endlich auf, den alten Mann zu befragen. Die Ereignisse der letzten Stunden, die Schmerzensschreie Manco Huacas, Cazallas Verletzung, all dies lastete so schwer auf mir, daß ich drohte, hier am Feuer zusammenzusinken. Wo war eigentlich Shaska? Ich wagte nicht, nach ihr zu suchen. Hatte sie die bemalten Indios zu Hilfe geholt? Würden wir binnen weniger Stunden einer nach dem anderen einem lautlosen Anschlag zum Opfer fallen?

»Laßt uns aufbrechen, Herr«, redete ich auf Augustín ein, »laßt uns dieser Stätte den Rücken kehren und über die Brükke zurück zu den anderen gehen.« Ich drängte ihn, versuchte, ihn zu überzeugen. Aber ich sagte ihm nicht, was ich beobachtet hatte. War auch Manuel vor vielen Tagen auf diese Weise verschwunden? Von einer Flöte und einem nackten Indio zu Fall gebracht?

Plötzlich sah mich Augustín scharf an und fragte: »Wo steckt Tomás?«

»Er ist hinauf zum Haus des Priesters.« Ich log, um Manco Huaca zu schützen. Erfuhr Augustín vom Überfall der Indios, würde er den alten Mann sofort töten.

»Laßt uns eilen, Herr. Noch vor Einbruch der Nacht sollten wir zu den anderen stoßen. Die Steilstufen und auch die Brücke sind bei Dunkelheit unpassierbar.«

»Was machen wir mit dem Feldwebel?« fragte Marcos besorgt. Er hatte zusammen mit Plünderauge das Goldblech geklopft und gerollt, damit es leichter zu transportieren wäre. Jetzt überlegte er laut: »Über die Stufen am Abgrund können wir den Feldwebel nicht heben. Und wer trägt ihn über die Brücke?«

Niemand wußte Rat, nur Plünderauge sagte mit sanfter Stimme: »Es ist nicht recht, den Schwerverwundeten den Strapazen eines anstrengenden Rittes auszusetzen. Er mag hierbleiben, bis wir zurückkehren. Wenn es Gott gefällt, wird er ein Wunder an ihm tun.« Dabei hob er den Kopf und sah fromm zum Himmel.

»Ein Wunder?« äffte Marcos ihn nach. »Ihr wollt ihn verrecken lassen.«

»So vertraust du nicht auf die Kraft Gottes? Willst du Unglauben kundtun gegen seine Allmacht? Sprach Christus selbst nicht: ›O ihr Kleingläubigen‹? Willst du anzweifeln, was uns die Heilige Schrift lehrt?«

Da begann der Indio-Priester mit dünner Stimme zu singen.

»Er singt sein Totenlied!« rief ich. Manco Huacas Gesicht war aschfahl geworden, die Augen lagen tief in ihren Höhlen.

»Bring ihn zum Schweigen«, befahl Augustín, und schon zog Gómez sein Messer. Die Kutte ausgebreitet wie die Schwingen des Todesengels, sprang Plünderauge dazwischen, mit einer Behendigkeit, die ihm keiner zugetraut hätte. »Versündige dich nicht, Elender. Nichts darf unversucht bleiben, die Seele zu retten vor dem Tod, sie der heiligen Lehre zuzuführen.«

Neben Plünderauge und Manco Huaca kniend, übersetzte ich, was der Dominikaner ihm predigte. Als ich einen Wasserschlauch an die blutleeren Lippen des alten Priesters hielt, schlug er die Augen auf. »Haltet durch, Manco Huaca«, sprach ich zu ihm anstelle der Worte des Evangeliums. »Ich habe Männer aus Eurem Volk gesehen. Sie werden für Euch kämpfen.«

Der Anflug eines Lächelns huschte über sein Gesicht: »Du redest wirr, mein Sohn. Noch nie hat der Fuß eines Kriegers den heiligen Frieden von Huancaya gestört. Doch bitte diesen geschwätzigen Mann, zur Seite zu treten, daß ich die Berge und das Licht der Sonne sehen kann. Sein Anblick wirft Schatten auf die mir verbliebene Zeit.«

»Fleht er um die Taufe?« forschte Plünderauge neben mir.

»Versteht mich doch, Manco Huaca, Ihr seid des Todes. Tut, was dieser Priester von Euch verlangt, sonst werdet Ihr sterben.«

Jetzt richtete sich Manco Huaca auf, soweit es ihm seine gefesselten Hände gestatteten. »Willst du unser Amt beleidigen, das Amt des Priesters, indem du diesen Schinder so nennst, der anwies, meine Füße zu sengen? Weißt du nicht, daß Priester in jahrelanger Ausbildung erzogen werden, Gutes zu tun?« Vor Empörung sank er wieder kraftlos zurück.

»Schwört er ab dem Teufel, den er im Tempel dort anbetet?« drängte Plünderauge, und ich versuchte zu übersetzen, so gut ich konnte.

»In diesem Haus wurde nicht gebetet. Es war ein Aufbewahrungsort für einen Gegenstand, der nicht uns gehörte, sondern den Sternenmännern, jenen, die herabgestiegen waren auf die Erde, die uns Wissen brachten.« Das lange Sprechen hatte Manco Huaca erschöpft, mit leiser Stimme wies er mich an. »Nimm den *quipu* aus meinem Gürtel.«

Wie befohlen zog ich eine Schnur aus seinem Gürtel, die ich fächerförmig ausbreitete. Einzelne Abschnitte waren durch Knoten markiert, die in verschiedenen Abständen angebracht waren. »Es ist die Knotenschrift der Inka, mit der sie rechnen und weit zurückzählen können in die Vergangenheit«, erklärte ich Plünderauge, ängstlich auf Gómez schielend, der sein Messer noch in der Hand hielt.

»Zähle die Einser, Zehner und Hunderter der äußeren Reihe«, wies mich Manco Huaca an. Halb aufgerichtet überwachte er mein Tun. »Du wirst sehen, daß es fünfhundertvierundachtzig Tage sind, Tage für den Umlauf des Abendsternes um die Sonne.«

So schnell ich konnte, übersetzte ich seine Worte. »Zähle die andere Schnurreihe, und du wirst neunundzwanzig Tage erhalten, die der Mond benötigt, um die Erde zu umrunden, in ihrem gemeinsamen Lauf um die Sonne. Dies haben uns die Sternenmänner gelehrt, und dafür ehren wir sie, doch beten wir sie nicht an. Kann man Zahlen anbeten?«

»So preist der Verruchte nicht nur den Teufel, sondern betreibt auch Zauberei«, empörte sich Plünderauge, ergriff den *quipu* und schleuderte ihn ins Feuer.

»Hat er nicht gelernt, die Sterne zu beobachten? Hat er nicht auf seinen Schulen erfahren, daß man nur über das Wissen um die wahre Natur der Sterne zur Klarheit gelangen kann? Nur wer weiß, daß die Erde nichts als ein Staubkorn ist unter vielen, kann wirklich glauben an den Schöpfer.« Verächtlich fügte Manco Huaca hinzu, als er den *quipu* brennen sah: »Weiß der Schwarzgewandete nicht, daß wer die Sterne zählen will, aber nicht mit den Knotenschnüren umzugehen versteht, es verdient, zum Gelächter des Volkes zu werden?«

»Gott allein kennt das Wissen um die Sterne«, entgegnete Plünderauge. »Bekenne dich zu ihm.«

»Ja«, sprach der alte Priester zu unserem Erstaunen.

»So sprich mir nach«, forderte Plünderauge, »im Namen des Vaters ...«

»Im Namen des Vaters ...«, sagte der Alte.

»... und des Sohnes ...«, fuhr Plünderauge fort, doch Manco Huaca blieb stumm. »Und des Heiligen Geistes«, schloß der Dominikaner drohend.

»Ich kenne nur einen Schöpfer«, erklärte Manco Huaca.

»Elender! Unser Glaube ist rein und heilig, einzig an einen Gott, den Vater, den Sohn und den Heiligen Geist gerichtet und allen Religionen dieser Welt überlegen.«

»Du sprachst von einem Sohn«, warf ihm Manco Huaca vor.

»Das ist Ausdruck seiner Liebe, da er uns seinen Sohn sandte.«

»So sind es zwei«, beharrte Manco Huaca. »Ich bete nur zu einem Schöpfer.«

»Es ist doch nur ein Gott, der Vater, der Sohn und der Heilige Geist.«

»Du nanntest mir drei.« Mit großer Zähigkeit wies ihn Manco Huaca zurück.

»Hört auf«, flehte ich den alten Priester an. »Man wird Euch töten.«

Doch er legte den Kopf in den Nacken und antwortete mir: »Wer nicht zählen kann, der gehe hin, woher er gekommen, lerne aufs neue und erscheine wieder mit klarem Verstand und reinem Herzen.«

»Herr, erbarme dich seiner, Christus, erbarme dich seiner, Heilige Maria Mutter Gottes, erbarme dich seiner. Er ist verloren.« Plünderauge entfernte sich rückwärts gehend von ihm.

Was nun geschah, verwirrt sich in meinem Gedächtnis, und ich bin nicht sicher, alles der Wahrheit gemäß behalten zu haben.

Verdunkelten zuerst finstere Wolken den Himmel, oder rissen Augustín und Gómez zuvor das Dach des Tempels ein? Ich weiß es nicht mehr genau zu berichten, weil ein schändliches Handeln das nächste ablöste. Marcos mußte auf Geheiß von Plünderauge so viele Steinplatten entfernen, bis sich eine flache Grube gebildet hatte, in die sie zu meinem Entsetzen Cazalla betteten. Sie entkleideten ihn bis auf das wollene Unterzeug, verteilten sein Hab und Gut und pflanzten ein schlichtes Holzkreuz zu seinem Haupt. Sie beerdigten einen Lebenden! Ich starrte fassungslos Plünderauge an, der mit salbungsvoller Miene an die Grube trat und betete:

»Gefällt es dir nicht, Herr, in deiner Weisheit ein Wunder zu tun, so empfehle ich die unsterbliche Seele der Barmherzigkeit Jesu Christi.« Dann machte er das Kreuzzeichen über dem hilflosen Cazalla.

Danach hieß er mich, von Augustíns Lanzenspitze ange-trieben, Holzbalken und Stroh im Innern des Tempels zu ei-nem Scheiterhaufen aufzuschichten. Draußen rief man nach Tomás. Man brüllte nach ihm. Schließlich trieb mich Au-gustín zur Behausung des Priesters hinauf. Ich passierte die Stelle, an der ich Tomás stürzen gesehen hatte. Jeden Augen-blick wird mich jetzt mein Schicksal ereilen, dachte ich zit-ternd. Dunkle Wolken jagten über den Himmel, Wind fuhr durch das Unterholz, aber mir geschah nichts. Verstohlen warf ich einen Blick in das Gestrüpp, sah weder Tomás noch einen schwarzweiß bemalten Indio. Natürlich fanden wir auch in der Priesterwohnung keine Spur von Tomás. Auf dem Rückweg stolperte ich über Shaska. Sie war entkleidet und lag auf der Seite, das linke Auge zugeschwollen von einem fürchterlichen Fausthieb. Wer hatte sich in der kurzen Zeit an ihr vergangen? Über unseren Köpfen türmten sich jetzt die Wolken zu Bergen auf. Ich hoffte, Augustín würde dem schlechten Wetter entfliehen wollen und somit Shaska ver-schonen. Aber er griff nach ihr und lud sich den nackten Kör-per auf die Schultern, wie ein geschlachtetes Tier. Wim-mernd torkelte ich neben ihm her, flehte die verborgenen Indios in Gedanken an, einzuschreiten und das gräßliche Tun der Spanier zu beenden.

Als wir zur Feuerstelle kamen, warteten Plünderauge, Gó-mez und Marcos abmarschbereit auf uns. Der Dominikaner schwenkte ein kleines Weihrauchgefäß. Mich überfiel bei die-sem Geruch eine schlimme Vorahnung. Ich dachte an die schwelenden Scheiterhaufen in Lima, an die brennenden In-dios. Der beißende Qualm stieg mir in die Nase und erinner-te mich an den heiligen Baum, den Plünderauge in Machu Kancha hatte verbrennen lassen. Meine Kehle wurde plötz-lich trocken wie Sandboden, und ich mußte schlucken und würgen, um sie zu befeuchten. Nun drängte mich Augustín in den Tempel und warf Shaskas leblosen Körper auf den Scheiterhaufen, den ich selbst errichtet hatte. Er sackte ne-ben Manco Huaca nieder, der, an einen Balken gefesselt, auf der Spitze des Haufens kniete. Seine kleine, alte Gestalt dort jämmerlich zusammengesunken zu sehen entriß mir einen Schrei aus Wut, Mitleid und Verzweiflung.

Weihrauch schwenkend, näherte sich Plünderauge: »Bekennst du dich zu Gott, zu Jesus Christus, zum Vater, zum Sohn, zum Heiligen Geist, ehe die Flammen der Läuterung deinen Körper erfassen?« ließ er mich zum letzten Mal in Quechua fragen. Ätzender Qualm stieg mir in Nase und Rachen, ich versuchte zu sprechen, rang immer mehr nach Luft, je stärker der Dunst des Weihrauchs meine Kehle reizte, doch brachte ich kein Wort hervor.

»Seht, wie der Teufel in den Jungen fährt«, kreischte Plünderauge mit bösem Blick. »Widerrufe dem Satan«, zischte er mich an und hielt sein qualmendes Gefäß noch näher an meinen Mund.

Ich stieß krächzende Laute aus, und die Augen schienen mir aus den Höhlen zu quellen. Ich muß wahrhaftig einen furchterregenden Anblick geboten haben. Mit einer Hand den nach Luft ringenden Mund schützend, schlug ich mit der anderen das Weihrauchgefäß fort. Mit dem großen Kreuz in der Hand, das untere spitze Ende voran, trieb mich Plünderauge in Richtung Scheiterhaufen. Als wäre es eine Lanze, so handhabe er das heilige Symbol. Ich stürzte rückwärts, griff nach einem Halt, erwischte die Kutte Plünderauges und riß ihn nieder. Dabei fuhr mir die Spitze des Kreuzes an die Brust, glitt an der Stelle ab, wo die eingenähten Goldmünzen Valdoros lagerten, und schrappte mit Wucht über meine Kehle. Inmitten des Tumultes um mich herum ertönte ein knackendes Geräusch in meinem Kopf. Gleichzeitig blähte sich mein Hals auf, ich spürte, wie Blut in meinen Mund drang und Luft, gurgelnd wie Regenwasser im Abfluß, in die Lungen gelangte. Ich hustete, spuckte Blut und schloß die Augen.

Als ich sie wieder öffnete, bemerkte ich das Prasseln des Feuers um mich herum. Zu meinen Füßen brannte es. Die ersten

Flammen leckten nach meinen Beinkleidern. Der alte Priester hatte sich auf wunderbare Weise von den Fesseln befreit und kniete neben mir. Hinter ihm sah ich verschwommen schwarzweiß bemalte Gestalten, die mit Matten auf das Feuer schlugen. Der Himmel öffnete seine Schleusen, und kalter Regen brauste auf uns herab. In meinem Hals breitete sich ein unvorstellbarer Schmerz aus. Der alte Priester Manco Huaca beugte sich über mich. »Eure Heiligkeit«, wollte ich flüstern, denn das war die Übersetzung seines Namens. Aber ich konnte weder sprechen noch mich bewegen. Ich fühlte, daß der Tod nahte. Manco Huaca ergriff meine Hände, sah mich an. Der Blick des Sternenpriesters war sanft und fest, er nahm mir die Angst vor dem Tod. So verließ ich diese Welt.

Kapitel 6

Meine Mutter beugte sich über mich, strich mir das schweiß-
nasse Haar aus der Stirn und wechselte den kühlenden Verband um meinen Hals. Ein neuerlicher Fieberanfall ließ mich
zittern und die Zähne klappernd aufeinanderschlagen. Sie
schürte das Feuer nicht, das ich im Hintergrund des Raumes
glimmen sah, wohl wissend, wie Rauch meinen Schlund reizen würde. Statt dessen wickelte sie eine feine Wolldecke fester um mich, hielt meine bebenden Hände in den ihrigen
und sang leise ein Kinderlied.

Als ich das nächstemal erwachte, flößte sie mir tropfenwei-
se mit einem strohhalmartigen Röhrchen eine dickliche Flüssigkeit ein. Der brennende Schmerz in meiner Kehle klang
langsam ab, um einem Gefühl Platz zu machen, als hätte ich
einen ungeheuer großen, scharfkantigen Stein verschluckt.
Unter halbgeschlossenen Wimpern versuchte ich, den Raum
zu erkennen, doch es war dunkel um mich herum, bis auf ein
fernes Kohlenbecken, das angenehme Wärme abstrahlte.
Mein Gesicht schmerzte noch zu sehr, sonst hätte ich gelä-
chelt. Ich spürte, daß mich meine Eltern auf den Boden gelegt hatten, da ich wohl meinem alten Kinderbett entwachsen
war. Nach längerem Dämmern zwischen Schlaf und Erwachen hörte ich die vertrauten Geräusche unserer Stadt: Ein
Wasserbehälter schepperte am Brunnenschacht, Gelächter
mischte sich unter das Zwitschern der Vögel, und bald dröhnte mein Kopf von lauten Stimmen. Es mochte Markt in Sevilla sein, die Sonne glühte selbst hinein in mein Kinderzim-
mer, die schwatzenden Stimmen und dazu die unerträgliche
Hitze peinigten meinen Körper. Endlich strich ein kühler
Hauch, ähnlich der Abendluft, über mein Gesicht, und schon

schüttelte mich ein neues Frösteln. Vater kam, um nach mir zu sehen, zusammen mit dem alten Valdoro, der meine Brust abtastete. Wie gerne wollte ich ihm danken für seine Goldstücke, und als ich versuchte, den Mund zu öffnen, sprach er leise an meinem Ohr: »Bleib ruhig, Can-Can.« Eine lindernde Paste wurde auf meine aufgesprungenen Lippen gestrichen, und ich glitt wieder hinüber in das Traumland.

Kurz darauf erwachte ich mit Entsetzen. Ich fühlte Feuchtes zwischen meinen Beinen herabrinnen und schämte mich. Hinter der kleinen Tür am Kohlenbecken führte die Treppe hinunter zum Hof, die ich nur zu gehen brauchte, um meine Notdurft zu verrichten. Doch Mutter, die neben mir lag, beugte sich jetzt über mich. Ihr dunkles Haar war mit einer feinen silbernen Nadel zurückgesteckt und fing meinen Blick ein. Ich war so gebannt, daß ich ihre Züge nicht wahrnahm, sondern auf das Schmuckstück starrte. Es stellte Sterne dar, die in fremdartigem Muster aneinandergereiht waren. Sie leuchteten so mild, daß mich ungeheure Sehnsucht ergriff. Auf ihren Strahlen glitt ich langsam empor, blickte zurück auf meinen lächerlichen, abgezehrten Körper, flog durch samtige Nacht immer höher, bis ich einen lockenden Ton vernahm. Es war eine Flöte, ich war mir ganz sicher. Vergeblich versuchte ich, dieser süßen, flehenden Melodie zu entkommen, mich loszureißen, um hinauf zu den Sternen zu fliegen. Doch es gelang mir nicht. So sank ich langsam zurück auf mein Lager, fühlte mich schwer und müde, doch nun vernahm ich das Flötenlied immer deutlicher. Hatte ich etwa einen kleinen Bruder bekommen? Neben meinem Lager nahm ich vage die Gestalt eines kleinen Jungen wahr, der seiner Flöte wunderbare Laute entlockte, klar und hell wie Vogelstimmen.

Draußen auf dem Hof zankten sich die Mägde, bald würde mein Vater mit fremden Händlern kommen, mit denen ich mich unterhalten sollte. Nach und nach füllte sich der Raum mit Menschen. Wohl hatte ich sie lange nicht mehr gesehen, doch erkannte ich hier und da eine vertraute Gestalt, eine bekannte Geste, wenn mir auch der Name entfallen war. Wie zu meiner Geburtstagsfeier umringten sie mich, hoben langsam die Arme, sprachen gemeinsam Glück- und Segenswünsche auf mich herab, griffen sich an den Händen und beugten sich vor und zurück. Eigentlich hatte ich jetzt genug von jeder Feierlichkeit, wollte hinaus in den hellen Sonnenschein. So lugte ich über die Köpfe hinweg nach einer Möglichkeit, ihnen zu entwischen.

Ein Fenster stand offen, aber kein Vorhang blähte sich im Wind. Ich sah hindurch und gewahrte in der Ferne die bewaldeten Hügel der Sierra Morena, zu denen ich laufen wollte. Ich mußte hinaus. Vorsichtig näherte ich mich der Öffnung. Niemand versuchte mich aufzuhalten, ich glitt hautnah an einem Körper vorbei, mir schien, ich würde einfach hindurchgleiten, mühelos, so wie ein Blatt im Wind über den See trudelt. Doch als ich endlich auf dem Fenstersims hockte und mit einem federleichten Sprung in den grünen Garten gelangte, rief mein Bruder nach mir. Anfangs war ich verärgert, denn er war kleiner als ich und hatte kein Recht, mich zurückzuhalten. Schließlich gab ich seinem Drängen nach: »Bleib hier, Can-Can«, flehte er ein um das andere Mal, »ich spiele dir auch ein schönes Lied.«

Wieder ließ ich mich von seiner Flöte betören. Wo mochte er das gelernt haben? Ich gab mich ganz den verführerischen Tönen hin, fühlte aber gleichzeitig meinen Körper schmerzend und schwer, als wollte er mich auf der Erde festhalten. Am liebsten wäre ich vor den wiederkehrenden Schmerzen davongelaufen, doch es war Essenszeit, und ich mußte bleiben.

»Noch einen Tropfen«, befahl meine Mutter sanft, aber bestimmt. Gehorsam öffnete ich die Lippen, spürte etwas Kühles und Feuchtes im Mund und schluckte mühsam. Unendlich langsam wichen Schmerz und Schwere, entließen mich in traumlosen Schlaf.

Wenn nur der Eselskarren nicht gewesen wäre! Ich fühlte deutlich, wie ich durcheinandergeschüttelt und über die holprigen Straßen von Sevilla gebracht wurde. Aus der Ferne hörte ich das Kreischen von einigen Kindern, sie lachten über mich, da man mich zum Brunnen trug, um mich zu waschen. Der Wasserguß, der auf mich herabprasselte, erfrischte mich. Unsere Magd goß dampfendes Wasser auf glühende Steine, und ihre Gestalt war ganz verhüllt von den aufsteigenden Schwaden.

»Tief einatmen«, befahl jemand neben meiner Mutter, aber ich fand es unsinnig, den schönen Tag im Waschhaus zu verbringen. Irgendwann entschlüpfte ich und lief davon. Wie ein Spürhund blieb mir mein kleiner Bruder auf den Fersen. Einmal, als ich in der Dunkelheit den Halt verlor und die Stadtmauer hinunterstürzte, war er schnell zur Stelle und legte Stroh aus. Ich spürte ganz deutlich das Piksen frischer Halme, als ich darauf fiel. Wie gerne wäre ich über die Dächer von Sevilla geflogen. Tauben gurrten um mich herum, als ich wieder oben auf der Stadtmauer stand und über die Häuser blickte. Ich dachte, wie leicht es wäre, mit ausgebreiteten Schwingen im sanften Abendwind dahinzugleiten, doch die Flötentöne meines Bruders belehrten mich eines Besseren. Solange er spielte, durfte ich es nicht wagen davonzufliegen.

»Can-Can«, sagte meine Mutter am nächsten Morgen, »setz dich auf und hilf mir bei der Hausarbeit.« Ich fühlte mich ein bißchen gedemütigt, denn sie bewegte mir Finger, Arme und Beine und verlangte, daß ich mich anstrenge. Ich mußte über diesen meinen Körper lachen, der wie ein Hampelmann herumlag und nichts tun wollte.

Die Gestalt Valdoros erschien zu meinem Überdruß in der Türöffnung, er blieb im Halbdunkel stehen, so daß ich sein Gesicht nicht erkennen konnte. Mit seiner Stimme, die es gewohnt war, hartnäckig um Preise zu feilschen, befahl er mir immer wieder: »Du mußt nur wollen, Can-Can. Dein Wille ist es, der dich zurückholt.« Damit ich den lästigen Händler endlich los würde, bewegte ich schließlich einen Fuß. Doch Valdoro trieb mich weiter, die steilen Stufen zum Turm hinauf und wieder hinunter. Als ich mich keuchend an eine Mauer lehnte, trocknete er mir den Schweiß von der Stirn. »Morgen komme ich wieder.« Es klang wie eine Drohung. Ganz deutlich hörte ich, wie Mutter ihn auszankte, doch er ging nicht auf sie ein.

An dem Tag, an dem mein Vater sich verabschiedete, um nach Arabien zu fahren, wollte ich hinunterlaufen zu seiner Kutsche. Doch Mutter erlaubte es nicht, sie hielt mich gewaltsam zurück, und ich hing keuchend in ihren Armen. Später verstand ich, daß die fremden Leute, die mich umgaben, Vaters Geschäfte in seiner Abwesenheit führten. Nach und nach konnte ich ihre Gesichter unterscheiden. Mutter erkannte ich stets an ihrer Sternennadel, denn immer noch war es sehr dunkel um mich herum. Ich wollte sie bitten, mehr Licht zu machen, doch sie bestrich meine Lippen mit Öl und bedeutete mir zu schweigen. Schließlich gab ich es auf. Keiner wollte mir sagen, warum ich im Dunkeln liegen mußte, also zeigte ich auf die Tür. Mein kleiner Bruder hatte sich an diesem Tag verkleidet, um mir einen Schabernack zu spielen. Er sah ganz fremd aus in seinem bunten gewebten Umhang mit der Mütze auf dem Kopf. Auch über Mutter wunderte ich mich. Sie trug einen weiten Rock, der sie größer erscheinen ließ. Endlich wollte ich hinaus. Mühsam und von den beiden gestützt, wankte ich zur Tür.

Was war nur mit Sevilla geschehen? Ach, wir befanden uns sicher in der Sierra Morena, auf einem der Höfe, wo mein Vater den vortrefflichen Schinken einhandelte. Nichts als Grün um mich herum. Schroffe Berghänge und in der Ferne das Tosen eines Flusses. Über ausgetretene Stufen lief Valdoro auf uns zu. Er mußte sich mit den anderen abgesprochen haben und hatte sich ebenfalls verkleidet. Unter dem Arm trug er einen Laib unsres typischen Brots. Als er näher kam, erkannte ich, daß es nur zwei kleine Stöcke waren, die er bei sich hatte, und mein Magen knurrte verstimmt.

Dann endlich erblickte ich Vater am Ende der Stufen. Wie so oft, wenn er von einer Reise heimkam, war er beladen mit buntem Tuch. Diesmal hatte er seinen Körper sogar ganz mit einer Stoffbahn verhüllt, doch mich konnte er nicht täuschen. Freudig wollte ich ihm entgegenspringen, doch Valdoro hielt mich zurück, und auch Mutter ergriff meinen Arm. Da ich nicht gehorchen wollte, trugen sie mich einfach in meine Kammer zurück. In meiner Hilflosigkeit begann ich zu weinen. Endlich spürte ich jemanden an meiner Seite, es war wieder mein kleiner Bruder. Er lächelte und holte seine Flöte hervor. Die jauchzenden Töne, die er schließlich anstimmte, beruhigten mich und machten mich zufrieden.

Das Rauschen des Regens weckte mich. Bei diesem Erwachen war alles anders. Nie zuvor hatte ich solche Wassermassen vom Himmel stürzen hören. Der Raum, in dem ich lag, war kahl und fremd, dämmriges Licht fiel durch eine kleine Öffnung oberhalb meiner Lagerstatt. Ich war ganz allein und begann mich zu fürchten. Der Regen hörte plötzlich auf, als hätte man den Kübel umgedreht, aus dem er gegossen wurde. Kurz darauf hörte ich ein Klingen, das sich anhörte wie die Glocken Sevillas, die zum Gebet riefen. Ich dachte an eine lange Prozession, an die Reihen der Betenden, die andächtig zum Kreuz aufblickten. Auf einmal packte mich wilde Angst, denn Plünderauge fiel mir ein.

Wo war er? Würde er mich hier entdecken? Langsam, ganz langsam wurde es heller um mich herum. Das hereinfallende Licht zeichnete Kreise auf den Boden, und ich schlug die fremdartige Decke aus buntem Tuch zurück. Barfuß und zitternd tastete ich mich zum Ausgang.

Wilde grüne Hänge ragten dampfend vor Nässe zum Himmel empor, über den dunkle Wolkenfetzen zogen. Weit unter mir erkannte ich Äcker und Brunnen, sah Menschen bei der Arbeit. Rundherum stürzte der Berg schroff und steil zu einer dichtbewaldeten Schlucht ab, in der ganz tief unten ein Fluß tobte. Vor Entsetzen sank ich an der Wand nieder. Hatte ich meinen Verstand verloren? Mein Hals schmerzte, und ich tastete zitternd nach meiner Kehle. Ich trug einen dicken Verband.

»Can-Can?« Ein kleiner Junge stand plötzlich neben mir, reichte mir seine Hand. Mich an ihn festklammernd, stolperte ich einige Stufen hinauf auf ein Mäuerchen, auf das ich mich bebend setzte. Ich wollte ihn etwas fragen, doch meine Kehle schmerzte entsetzlich, gab nicht einmal ein Krächzen von sich.

Er legte mir die Hand auf den Mund. Jetzt sah ich ihn richtig an. Sein Gesicht war breit und dunkel. Schwarze Augen lugten unter einem ebenso dunklen Haarschopf hervor, der ihm bis auf die Schultern reichte. Um die Stirn trug er ein gewebtes, buntes Band. Wenn er doch nur mit mir gesprochen hätte! Als ob er die Not in meinem Blick richtig gedeutet hätte, klopfte er sich auf die Brust: »Ich bin Payo.« Mit der kleinen Melodie, die er auf seiner Flöte spielte, beruhigte sich mein rasender Herzschlag. Irgendwie kannte ich ihn und sein Lied, wußte aber nicht, woher. »Du bist Can-Can«, deutete er auf mich.

In meiner Verwirrung sah ich meine Mutter die Stufen heraufsteigen. Doch je näher sie kam, desto fremder wurde sie mir. Ich war sehr zornig, daß mich jene Unbekannte getäuscht und mir das Bild meiner Mutter vorgegaukelt hatte. Leider konnte ich ihr meinen Ärger nicht sagen.

»Wie geht es dir, Can-Can?« Mein wirrer Blick schien sie zu erschrecken. Ich meinerseits fürchtete mich vor der fremden Frau. »Du warst lange krank, Can-Can«, erklärte sie. »Du darfst nicht sprechen, noch nicht. Payo wird dir helfen.«

Lange starrte ich vor mich hin. Also war ich nicht in Sevilla, und mit jedem Gedanken, der durch meinen Kopf irrte, fand ich in die Wirklichkeit zurück. Wie konnte ich erfahren, wo ich war? Was war überhaupt geschehen? Schließlich deutete ich auf die vielen Steinhäuser, auf die Äcker und Menschen tief unter uns und zuckte fragend die Schultern.

»Du bist in der geheimen Stadt der Inka«, erklärte Payo. Inka! Meine unselige Verbannung in das Heer des Pizarro fiel mir ein, Hauptmann Mendieta und Cazalla tauchten vor meinem inneren Auge auf. Plötzlich war die ganze Erinnerung wieder da, klar und schmerzend wie der Schnitt eines scharfen Messers. Irgendwo in diesen Bergen lag Cazalla in seinem Grab, hatten Manco Huaca und Shaska auf dem Scheiterhaufen unendliche Qualen ausgestanden.

»Wir haben dich und den Kranken zu uns geholt.« Nach und nach erzählte mir Payo, was geschehen war. Als ich, zitternd vor Erschöpfung, zu meinem Lager geführt wurde, war mir einiges klargeworden. Payo war mir und den Spaniern den ganzen Weg von Machu Kancha bis Huancaya gefolgt. Die Erinnerung an die Ermordung Tomás' kam zurück, und ich formte meine Hände zu einem Rohr. Payo verstand mich nicht. So rappelte ich mich vom Lager hoch, mimte zuerst Tomás, wie er, den Spieß in der Hand, um den Tempel schlich, ahmte dann die nackte Gestalt nach, die ihm folgte, und schließlich wieder Tomás, als er getroffen zu Boden sank. Begeistert von meiner Vorstellung, hüpfte Payo um mich herum. Abwechselnd spielten wir unsere Rollen, bis ich mich kaum mehr auf den Beinen halten konnte. In dieser Nacht schlief ich so gut wie nie.

In den nächsten Tagen lichtete sich das Dunkel in meinem Kopf. Durch Gesten und gespielte Szenen verständigte ich mich mit Payo. Sobald er feststellte, daß mein Verstand genesen war, lehrte er mich eine Zeichensprache. Obwohl ich sie bald beherrschte, gab es noch so vieles, was ich brennend gerne wissen wollte. Welcher Tag mochte sein? Wie lange war ich krank gewesen? Wo waren die anderen? Um mehr über Cazalla zu erfahren, kratzte ich ein bärtiges Gesicht mit geschlossenen Augen in die Erde und legte mich daneben in eine flache Grube. Endlich verstand Payo. Er bedeutete mir, in der Hütte zu bleiben, und kehrte kurz darauf mit jener Fremden zurück, die ich für meine Mutter gehalten hatte. Ihr besorgter Blick war mir dennoch vertraut, auch sah ich die Sternennadel in ihrem Haar. So war sie es gewesen, die mich die ganze Zeit über betreut hatte, während Payo die Flöte spielte! Ich spürte große Dankbarkeit und verbeugte mich tief vor ihr.

»Ich heiße Collya«, sagte sie, »ich bin vom Stamm der *Callawaya*. Wir sind nicht seßhaft, sondern dafür bekannt, als Heiler umherzuziehen. So bin ich nach Machu Kancha gekommen, wo wir uns an der Quelle am Quinabaum begegnet sind. Kannst du dich daran erinnern?«

Als ich heftig nickte, fragte sie mich: »Bist du auch bereit, jetzt vor den Rat zu treten?«

Obwohl ich nicht genau verstand, was sie meinte, nickte ich wieder. Sie befühlte meine Stirn, überprüfte, ob ich auf eigenen Füßen stehen könne, legte mir einen fein gewebten Poncho um die Schultern und führte mich hinaus. Langsam stieg ich unzählige hohe Stufen empor und glaubte, immer weiter in den Himmel hinein zu klettern. Ringsherum war nichts mehr als eben diese Steinstufen und grenzenloses Blau. Doch dann erkannte ich einen hohen Turm, ja eine Fülle neuer und vielfältiger Gebäude, die am Hang klebten, als wären es Vogelnester am Fels. Collya führte mich in ein hohes, strohgedecktes Haus. Türeingang und Fenster waren trapezförmig aus dem Stein herausgemeißelt. Durch einen Gang betraten wir einen großen Raum.

Um eine wunderbar geflochtene Matte herum saßen Indios, Männer und Frauen, die mich erwartungsvoll anstarrten. Sie trugen ähnlich aussehende wollene Umhänge, aber unterschiedliche bunte Stirnbänder. Ich erkannte einige von ihnen als Angehörige des *Rucanastamms* und erblickte auch Männer der *Caxamarca*. Aber die anderen waren mir alle fremd.

Damals, in unserer Handelsstation in Huarochiri, hatte ich von Mitimaes erfahren, daß unter der Herrschaft des Inka alle unterworfenen Stämme Quechua sprechen mußten, ihre traditionellen Stammesmerkmale aber behalten durften. Sie mußten ein buntes Stirnband tragen, woran man ihre Stammeszugehörigkeit erkennen konnte.

Jetzt blickte ich von einem Gesicht zum anderen und bekam große Angst. Alle Indios waren mir fremd, bei den meisten wußte ich nicht einmal, welchem Stamm ich sie zuordnen sollte. Offensichtlich waren hier, in der geheimen Stadt, unterschiedliche Stämme zusammengekommen, Indios, die vor den Spaniern geflohen waren. Ich sah mich einem bunt zusammengewürfelten Haufen fremder Menschen gegenüber. Welchem Gesetz mochten sie gehorchen?

Endlich erblickte ich in der Mitte der Versammelten einen jungen Mann, der in den Ohren silberne Ohrpflöcke trug. Wie ich von Mitimaes wußte, konnte das nur ein Beamter des Inka sein. Wie alle anderen Indios trug auch er den Wollumhang, die Hose mit dem farbigen *chumpi*, dem Wollgürtel, und Sandalen. Aber ich erkannte, daß sein Gewand aus feiner Wolle gewebt war, was seinen hohen Beamtenstand kennzeichnete. Ich atmete auf. Würde er mich nach dem Gesetz des Inka verurteilen, würde mir vielleicht kein Unrecht geschehen. Ich sah ihn unverwandt an.

Der Inkabeamte fing meinen Blick auf und erwiderte ihn. Ich hatte das Gefühl, als blicke er von meinem Gesicht tief in mein Herz hinein.

»Bist du böse, trägst du Schuld in deinem Herzen?« schien er mich stumm zu fragen.

Nein, signalisierte ich ihm. Da lächelte er und sagte: »Ich bin Rima, der Gesetzessprecher des Inka. Wir halten Gericht über dich. Bist du gesund und bereit, dein Urteil zu hören?«

Ich bedeutete ihm ein Ja.

Rima stand auf. »Hast du gestohlen?« fragte er mich.

Als ich verneinte, befragte er Payo und Collya. »Sie bezichtigen dich keines Diebstahles. Hast du gelogen?« fuhr er fort.

Wieder verneinte ich, doch er befragte auch die anderen.

»Solange er sprechen konnte, sagte er die Wahrheit«, brachte Payo vor. »Er warnte mich sogar vor den Hellhäuten«, pflichtete ihm Collya, die Heilerin, bei. Plötzlich wurde es ganz still. Manco Huaca war in den Kreis getreten. Sein Gesicht war sehr streng, ich sah keine Milde in seinen Augen, und mein Herz begann zu klopfen.

»Dieser Junge sprach zu mir von den Fremdlingen. Ich glaubte, es wären jene, die vor vielen Jahrtausenden von den

Sternen herabgestiegen waren. So beging ich einen großen Fehler.« Ich war betroffen. Mit vielem hatte ich gerechnet, doch nicht mit dieser Anklage.

»Ihre Absichten waren böse, sie gierten nach Gold, und dieser Knabe war der einzige Wissende unter ihnen. Niemals hätte er sie zu mir bringen dürfen.«

Der helle Raum begann sich leicht zu drehen. Rima bedeutete mir, mich zu setzen. Da ich nicht wagte, den Blick zu heben, sah ich direkt auf die geschundenen Füße des alten Priesters. Wie konnte ich erklären, daß ich gezwungen war, im Heer des Pizarro mitzuwandern? Doch vielleicht hatte er recht. Da ich ein erbärmlicher Feigling war, hatte ich willenlos mit mir geschehen lassen, was andere verfügten.

»Wie lautet deine Anklage, Manco Huaca?« hörte ich Rima fragen. Sekundenlang fürchtete ich, mein Herzschlag würde aussetzen, ehe der alte Priester antwortete. Er ließ sich viel Zeit, eine Ewigkeit, wie mir schien, während mir kalter Schweiß über den Rücken rann.

Zuerst hörte ich, wie die Indios ein Wort murmelten, das ich nicht verstand. Doch an dem unheilvollen Zischeln und Wispern begriff ich, daß es etwas Schreckliches sein müßte. Später erklärte mir Payo, die Leute hätten mich der Trägheit beschuldigt, eines Vergehens, das manchmal mit dem Tode bestraft wurde. Aber der alte Priester stimmte nicht zu.

»Wessen Befehl mußte er gehorchen?« fragte er statt dessen Payo. Anstelle einer Antwort legte sich dieser sogleich stocksteif und mit geschlossenen Augen auf den Boden. Die Leute murmelten beifällig. »Kaschalja«, flüsterten sie. Ich verstand, daß sie von Cazalla sprachen. »Und diesem«, fuhr Payo fort. Zu meinem Vergnügen rappelte er sich hoch, faltete die Hände, strich mit demütig zum Himmel aufgeschlagenen Augen durch den Raum, deutete mit weichen, fließenden Bewegungen über die Köpfe der Indios hinweg, bis er einen goldenen Armreif entdeckte. Er eilte auf den Träger zu und simulierte dabei so trefflich das Bild einer wehenden Kutte, daß ich Plünderauge vor mir sah, der nach fremdem

Gold gierte. Payo entriß dem lachenden Besitzer das Schmuckstück, wandelte dann mit gefalteten Händen gottergeben weiter, hob ein unsichtbares Kreuz und segnete die Menge. Die Leute jubelten, tobten vor Begeisterung, selbst ich, gerade dem Tod entronnen und vor Gericht stehend, lachte stumm in mich hinein.

»So klage ich ihn an«, unterbrach Manco Huaca unsere Ausgelassenheit, »des Umgangs mit schlechten Menschen.«

»Erhebe dich und nimm dein Urteil entgegen.« Da ich wankte, half mir Rima selbst auf die Füße. Er trat einen Schritt zurück und hob einen mit bunten Wollbändern versehenen Stab. Damit klopfte er mir erst auf die linke, dann auf die rechte Schulter. »Du bist geschlagen mit dem Urteil. Das *kuraca* befindet dich schuldig des schlechten Umgangs. Deine Strafe sei es nachzuahmen, was Manco Huaca und Collya dir vorleben. Durch ihr Beispiel sollst du anständiges Verhalten lernen. Da du fremd und sprachlos bist, wirst du von Payo unterstützt. Nimmst du das Urteil an?«

Der letzte Satz schien mir nur eine Floskel zu sein, denn er war kaum ausgesprochen, als eine Trommel ertönte und Payo mich mit nach draußen zog. Wie wohl tat mir der Sonnenschein!

Im Laufe meines Aufenthaltes erfuhr ich, daß die Indios diese Form der Strafe oft anwendeten. Es war ihnen selbstverständlich, am Beispiel des anderen zu lernen. Manchmal sah ich Kinder, die einige Tage einem Fremden zur Seite gestellt wurden. Hatten sie ihn verspottet oder beleidigt, mußten sie zusammen mit ihm leben. Sehr schnell wurden sie ruhig und lachten nicht mehr über das, was ihnen vorher noch lächerlich erschienen war. Derart lernten die Indios sehr rasch, sich in die Lage eines anderen zu versetzen. Einmal, als ein Junge aus Mutwillen ein Lama zu schwer beladen hatte, ließen ihn die Indios die ganze Last den Berg hinaufschleppen. Oben angekommen, mußte er warten, bis jedes Lama getränkt war. Als letzter durfte er einen Schluck Wasser nehmen.

Gerne hätte ich meinem Schöpfer für meine Rettung und das milde Urteil gedankt, indes mir fehlte die Sprache. So gelobte ich still für mich, es durch eine gute Tat abzugelten.

Collya verließ das Haus des Rates, warf mir einen prüfenden Blick zu. Sie ließ mir keine Zeit, sondern eilte die Stufen hinunter und bedeutete mir zu folgen. Als wir an einer Hütte aus Stein angekommen waren, mußte ich mich doch kurzatmig niedersetzen. Sie wartete mit ausdruckslosem Gesicht. Schließlich schob sie mich den finsteren Eingang hinein. Sobald sich meine Augen an das Dunkel gewöhnt hatten, schrak ich zurück. Vor mir lag ein Leichnam!

Doch dann sah ich, daß der Körper noch lebte, obgleich ich jeden Moment mit seinem Dahinscheiden rechnete. Voller Grausen beobachtete ich, wie Collya die Wolldecke zurückschlug und eine bis zum Skelett abgezehrte Gestalt entblößte. Ach, wie gerne hätte ich mich abgewandt, statt dessen befahl sie mir, den Halbtoten zu betten. Zögernd näherte ich mich, gleichermaßen voller Mitleid und Ekel. Nie hatte ich etwas Erbarmungswürdigeres gesehen. Schließlich dämmerte mir, daß es Cazalla war. Weinend wollte ich mich niederknien, doch Collya trieb mich an. »Tränen helfen ihm nicht«, versetzte sie heftig. Der Kranke lag auf Stroh, und rasch lernte ich die nötigsten Verrichtungen. Zuerst wurde er auf den Rücken gerollt, etwas erhöht gebettet, dann flößte ihm Collya dicken Brei ein, den er begierig schluckte. Sogar als der aus Holz geschnitzte Löffel leer war und Collya seinen Mund säuberte, versuchte er, an ihren Fingern zu saugen. Das waren seine einzigen Reaktionen. Auch während wir seinen abgezehrten Körper wuschen und auf frisches Stroh betteten, schmatzte und schlürfte er noch auf abstoßende Weise. Dabei wies mich die Heilerin an, ihn bei jedem Betten auf eine andere Seite zu wälzen. Seine Knochen stachen bereits messerscharf hervor, waren nur noch von papierdünner Haut bedeckt, und ich fürchtete, sie könnten jederzeit sein Fleisch durchstoßen. Da wir ihn gerade gebettet hatten wie einen Säugling, stieg ein unangenehmer Geruch auf. Cazalla ließ

Kot und Urin unter sich wie ein sieches Tier im Stall. Doch die Heilerin lächelte: »Du wirst Geduld lernen, Can-Can. Das nächstemal wartest du seine Verdauung ab.«

So vieles lernte ich in den Stunden, die ich mit Collya verbrachte. Den unermüdlichen Payo zur Seite, schleppte ich Stroh und Wasser, breitete Decken zum Trocknen aus, durfte den Brei anrühren und heilende Salben auftragen. Wie schnell erfuhr ich, daß Trockenheit ein kostbares Gut in dieser Bergstadt war. Täglich prasselte der Regen nieder, oft dampfte die Welt um mich herum wie in einem Waschhaus. In dieser feuchten Luft trocknete wenig. Knisterndes Stroh wurde bald zu meinem wichtigsten Anliegen. Es wurde auf dem Rücken der Indios oder der Lamas aus den sandigen Tälern weitab der Stadt geholt und an alle verteilt. Verhielt ich mich ungeschickt, so blieb mir nichts anderes übrig, als von meiner Ration ein Bündel an Cazalla abzutreten, um ihn trockenzuhalten. Eines Tages, da sich mein Gesundheitszustand weitgehend gebessert hatte, eilte ich mit Payo den Strohträgern entgegen. An der untersten Stadtmauer hielt mich Payo zurück. »Bleib hier«, wies er mich sehr ernst an, »du darfst die Stadt nicht verlassen.«

Ich war also ein Gefangener! Diese Erkenntnis traf mich wie ein Schlag. Wähnte ich mich doch unter Freunden, denen ich meine wunderbare Errettung vor dem Scheiterhaufen verdankte, so mußte ich jetzt hören, daß ich nicht frei war. Ich dachte lange darüber nach, denn Zeit zum Denken hatte ich genug. Payo war mir stets zur Seite, erklärte und benannte alles, wonach ich ihn fragen konnte. Doch wie gibt man mit Handzeichen ein ›Warum‹ zu verstehen? Manchmal aber war Payo still in sich gekehrt, sprach nicht und widmete sich einzig seiner Arbeit. Diese Zeiten lernte ich zu respektieren. Er mochte erschöpft sein von der ständigen Anstrengung, meine Gedanken zu lesen.

So verhielt ich mich ruhig, verrichtete konzentriert meine Arbeit. Eine Arbeit übrigens, die mich alle Kraft kostete. Die vorherrschende Meinung der Spanier, der Indio sei träge und faul, fand ich hier nicht bestätigt. Im Gegenteil. Die Indios schufteten von Sonnenaufgang bis Untergang. Trägheit schien ihnen sogar das größte aller Laster zu sein. Obwohl ich vielmals belächelt wurde wie ein täppisches Kind, auf das man Rücksicht nehmen mußte, trieb mich Collya täglich mehr voran. Einmal, als ich müßig in der Sonne saß, wurde sie zornig: »Findest du deine Arbeit nicht selbst? Muß ich sie dir suchen gehen?«

Zu gern hätte ich das Weben erlernt, doch Collya gestattete es nicht. Oft sah ich Frauen und Mädchen am Webrahmen die wunderbarsten Muster erstellen. Diese Kunst schien nicht Männersache zu sein. Doch mich hatten die seltsamen Muster, Drachen und geflügelten Schlangen sogleich fasziniert. Statt den Faden einspannen zu dürfen, verbrachte ich Stunden in unserer Hütte und zerrieb getrocknete Pflanzen, die Collya in einem kleinen Raum aufbewahrte. Unter ihrer Anleitung lernte ich die verschiedensten Wurzeln, Beeren, Rinden und Knollen kennen, um daraus Salben oder Aufgüsse, Schnupfpulver oder feuchte Verbände herzustellen. Mit Freude hätte ich mir alles aufgeschrieben, allein mir fehlte die Zeit.

Eines Abends hatte ich eine Idee. Payo saß nahe am Feuer, Collya war noch nicht zurück von ihrem Dienst am Kranken. Unser einseitiges Gespräch war erloschen. Ich kramte Papier und Stift hervor, rückte näher an das Kohlenbecken, das angenehme Wärme verbreitete und die Feuchtigkeit vertrieb, und wollte Payo das Alphabet lehren. Ich erlebte eine Überraschung!

»Nach dem Gesetz des Inka ist es uns verboten, eine Schrift zu lernen«, warnte mich Payo eindringlich, und ich verstand, daß ich schnellstens meine Papiere verstecken müßte. Auf mein hilfloses Schulterzucken hin erklärte er: »Lange vor deiner und meiner Zeit zeichneten die Weisen unseres Volkes alles mit Hilfe einer Schrift auf. Diese verbreitete sich rasch, und deswegen kamen eines Tages grausame Menschen aus dem Norden zu uns. Sie zerstörten unsere Städte, ermor-

deten das Volk und raubten unser Gold. Da verbot der überlebende Herrscher den Gebrauch der Schrift, da sie solches
Unheil über die Menschheit gebracht hatte.« Sein kindliches
Gesicht war sorgenvoll gefurcht, und ich konnte nicht anders,
als ihm diese Geschichte zu glauben. Von Herzen gerne
hätte ich mehr erfahren, um so mehr empfand ich meine
Sprachlosigkeit als bittere Qual, als Strafe für ... ich weiß
nicht, wofür.

Payo, der Einfühlsame, der mich so oft still ansah und versuchte, meine Gedanken zu erraten, verstand auch diesmal
meinen Kummer. »Du mußt mehr Zeichen lernen.«

Geschäftig, voller Ideen und Einfälle, wie er war, riß er
mich aus meinem Trübsinn und führte mir neue Handbewe-
gungen vor. So krümmte er zwei Finger vor dem Mund und
führte sie rasch vom Gesicht fort. »Das soll SPRICH heißen.
Mit dieser Bewegung kannst du mich auffordern, etwas zu
erklären.«

Ach, Payo, heute so weit von dir, vermisse ich dich in meinen einsamen Stunden und träume von der Zeit, in der wir
lernten, Personen durch knappe, aber eindeutige Zeichen zu
beschreiben. Ich brauchte nur mit dem Daumen gegen meinen Fuß zu deuten, und schon wußte mein Freund, daß ich
von Manco Huaca, dem Sternenpriester sprach, der seit Plünderauges Folter hinkte.

Kaum daß wir tags darauf unsere Arbeit verrichtet hatten,
übten wir uns in der neuen Unterhaltung. Mit Gesten beschrieb ich Personen aus unserer Umgebung. Erkannte Payo
denjenigen, den ich meinte, einigten wir uns auf ein einziges
Merkmal. Da gab es den grimmigen Bauern, der niemals lachte, aber seine Ackerfrüchte wie Kinder hätschelte. Mit beiden
Händen durchwühlte er die Scholle nach der letzten verbliebenen Knollenfrucht. Also formte ich die Handflächen zu einer Art Schaufel; das war von nun an das Zeichen für ihn. In
unserem kindlichen Eifer spielten wir Szenen aus dem täglichen Leben in dieser Stadt nach, und ich hinterfragte vieles.
Eines Tages erfuhr ich, daß alle Spanier in Huancaya entkom-

men waren, bis auf einen. Dieser eine schien auch hier in der Stadt zu sein, doch Payo wollte mir nicht verraten, wo. Ich wiederholte immer wieder mein Fragespiel, und Payo antwortete jedesmal gelassen: »Wir haben Manco Huaca, Shaska und dich aus dem Feuer geholt, den Halbtoten mitgenommen und einen Bärtigen überwältigt. Die anderen flohen über die Brücke. Einer verlor den Halt und stürzte mitsamt dem Gold in die Schlucht, doch die anderen entkamen.«

Stürzte Plünderauge in den Abgrund? Brach er sich das Genick? forschte ich hoffnungsvoll.

»Der Schwarzweiße mit dem gierigen Blick entkam als erster«, belehrte mich Payo. »Er trug den kleineren Anteil des Goldes. Als der nachfolgende Lanzenträger, von einer Schleuder getroffen, stürzte und schrie, blickte er sich nicht einmal um.«

Warum hast du Plünderauge nicht getötet? So gut ich konnte, versuchte ich, meinen Gesten eine vorwurfsvolle Bedeutung zu verleihen.

»In Huancaya darf man nicht töten.«

Ich wollte es nicht glauben. Tomás? forschte ich, indem ich den Pfeilschuß und den zu Boden stürzenden Spanier mimte.

»Kind, das du bist«, lachte Payo. »Ich schoß einen giftigen Pfeil ab, der ihn lähmte.«

Da gab ich mich zufrieden und schloß Payo überglücklich in die Arme. Mein kleiner Bruder, wie ich ihn in Gedanken nannte, war kein Mörder!

Trotz unseres guten Einvernehmens betrieb ich von nun an sehr eigenwillige Dinge. Wann immer sich eine Möglichkeit bot, notierte ich mir heimlich und mit größter Vorsicht, was ich erfahren hatte. Auf diese Weise wurde ich zu einem aufmerksamen Beobachter. Oh, wie lernte ich die Menschen kennen! Schon an der Art, wie jemand ging, konnte ich ablesen, welcher Stimmung er war. Wo immer ich konnte, entlockte ich den Indios Wissen, das sie mir bereitwillig anvertrauten, mir, der nichts weitersagen konnte. Eines aber, das mich brennend interessierte, erfuhr ich nie: den Namen der geheimen Stadt!

Die Stadt befand sich auf einem Bergrücken zwischen zwei dicht bewaldeten, steil aufragenden Gipfeln. Tief unten, in einer hufeisenförmigen Schlucht tobte ein Fluß. Ich schätzte die Einwohnerzahl auf mindestens tausend Indios, die in den zu zwölf Viertel eingeteilten Bezirken wohnten. Bei weitem hatte ich nicht Zugang zu jedem Viertel. Im ostwärts gelegenen Teil befand sich ein Haus der Tempeldienerinnen. Dort sollte Shaska sein, doch ich durfte nicht zu ihr.

»Seit Urzeiten ist diese Stadt die Zuflucht der Menschen«, belehrte mich Payo. Er zeigte mir die gewaltigen Steinblökke, aus denen Häuser errichtet waren. »An den Steinen kannst du ablesen, wie alt die Bauten sind. Seit Jahrhunderten werden nur noch kleine Steine verwendet, nicht mehr die riesigen behauenen Felsen aus unserer Vorzeit. Damals hatte man noch Kunde von der Schrift und wußte auch, diese Steine zu bewegen.«

Gerne hätte ich ihm geglaubt, was er mir erzählte. Doch vieles klang so wunderlich. »Der erste Fürst meines Volkes stammt aus dem Haus mit den drei Fenstern. Dort sah er die Sonne aufgehen, als Tag und Nacht gleich lang waren. Der Strahl fuhr geradewegs an einer Säule entlang und spiegelte sich im Fenster, das ganz mit Gold verkleidet war. Dieses Ereignis wiederholte sich zweimal im Jahr, sommers und winters jeweils an einem anderen Fenster. Als der Fürst durch das Beobachten der Gesetzmäßigkeiten des Himmels und der Sterne weise und bescheiden geworden war, fühlte er sich berufen, unser Volk zu führen. Er war ein guter Fürst.«

Brennend vor Neugierde wollte ich das Haus der drei Fenster und die Säule sehen. Leider blieb mir der Zugang zum oberen Teil der Stadt mit seinen alten Gebäuden und Tempelanlagen verwehrt. Payo verstand meinen Kummer und führte mich nach Osten, Stufe um Stufe hinauf. Knapp unterhalb des verbotenen Tempeldienerviertels bot sich mir ein atemberaubender Ausblick auf die Stadt. Majestätisch erhoben sich der große und der kleine Gipfel, in Harmonie mit den natürlichen Gegebenheiten thronten prachtvolle Bauten fremder und ehrfurchtgebietender Art wie wilde Horste in schwindelnder Höhe. Jeder Bezirk hatte terrassiertes Ackerland, und ich dankte meinem Schicksal, daß ich nicht dort oben an steil herabstürzender Flanke arbeiten mußte. Schmale Wege führten hinauf bis auf den höchsten Punkt.

»Was ist dort?« wollte ich von Payo wissen.

»Dort bist du dem Schöpfer nahe. Ein Ort, vorbehalten der höchsten Andacht.«

Ich konnte mich nicht satt sehen an diesen prächtigen Bauten, weiß schimmernd im dampfenden Grün. Eine mächtige Freitreppe führte über Terrassen und Plätze die Bergkuppe hinauf, während zu ihren Füßen ein großer freier Platz lag. Wie reinlich wirkte alles im Sonnenlicht.

»Unser wichtigster Bezirk, das Viertel der Sonne.« Payo deutete auf einen Hügel am Ostrand der Stadt. Von einem gewaltigen Tempel ausgehend, führte eine kühn geschwungene Treppe über steile Terrassen hinauf zu einem erhabenen Platz. Ich konnte eine sonderbare Säule erkennen. »Der *Intihuatana*, der Schattenwerfer, der die Sonne bindet«, erklärte Payo.

Ein einzelner Indio in dunkler Hose und rotem Poncho stieg die Stufen hinauf. Schnell zog mich Payo zurück in das Gewirr schmaler Gassen. Es war Rima, der Sprecher, auf seinem Weg zum *Intihuatana*. Zu meiner Verwunderung fürchtete ihn Payo. Da er mein Erstaunen bemerkte, deutete er abwärts, auf unseren Bezirk. Collya, Payo und ich sowie der kranke Cazalla lebten tief unten im Südteil. Ich fühlte, daß wir auf niedrigster Sprosse angesiedelt waren. Offensichtlich gab es bestimmte Gesetze, die den Bewohnern der Stadt vorschrieben, in welchen Bezirken sie sich aufhalten durften.

Eines Tages gelang es mir zu fragen: »Was wird aus Cazalla?«

Meine sorgenvolle Frage, die ich durch ›Tot-sein-Gesten‹ bekräftigte, brachte Payo zum Lachen. »Er wird arbeiten und tanzen«, tröstete er mich. »Bald stehen die Sterne günstig, so daß Manco Huaca sein Fasten beenden kann. In Kürze wird er den Kranken gesund machen.«

Das war grausamer Spott. Doch wie sollte ich mich wehren? Ich schnitt das böseste aller häßlichen Gesichter. Um mich ein klein wenig zu rächen, versuchte ich gleich darauf, Payo zu ›verführen‹, so wie ich mein Spiel in Gedanken nannte. Ich fragte ihn nach allerlei Namen, Namen, die ich längst kannte. Je schneller die Abfolge meiner Gesten war, desto unaufmerksamer wurde Payo. »Huayna«, rutschte ihm schließlich heraus, als ich auf den hohen Gipfel über der Stadt deutete.

Seine Strafe war fürchterlich. Kaum daß er seinen Versprecher bemerkte, redete er nicht mehr mit mir. Sein fröhliches Kindergesicht wurde zur undurchdringlichen, abweisenden Maske. In diesen gräßlichen Stunden starrte ich trübsinnig von meiner Arbeit auf dem Acker hinab in das schäumende Wasser tief unter mir. Zum erstenmal dachte ich an Flucht, wollte fort von hier. Ich sehnte mich so sehr, nach Hause zu kommen und die Eltern wiederzusehen, daß ich schluchzend meine Tränen hinunterwürgte. Ein unfreundlicher Stoß des Indios, der neben mir im Boden grub, zwang mich weiterzuarbeiten. Es war die einzige körperliche Zurechtweisung, die ich bei den Indios jemals erfuhr.

Sicher hätte ich mich in meinen Schmerz verloren, wäre nicht Payo die Milde selbst gewesen. Abends legte er seine braune Hand auf meinen Arm. »Was ist, wenn du Lanzenträgern in die Hände fällst und sie dich foltern?« Zuerst begriff ich nicht, doch nach und nach verstand ich die Wichtigkeit der Geheimhaltung. »Die Spanier, die *Puka-kunka*, die Rotnacken, sind Künstler darin, Schmerzen herbeizurufen«, versicherte mir Payo. »Du wirst, ohne zu zögern, die Stadt benennen, und da du nicht mehr sprechen kannst, wirst du ihren Namen mit deinen blutigen Fingern auf deine gefolterte weiße Haut schreiben. Deine Leute bringen selbst Stumme zum Schreien. Deswegen darfst du den Namen der Stadt nicht erfahren, du könntest uns sonst verraten.« An jenem Abend erzählte er mir die Geschichte seiner Familie. Mein Herz wurde schwer, als ich erfuhr, wie ihm zuerst Vater und Brüder, kurz darauf Mutter und Schwester von den Spaniern ermordet wurden.

»Den Vater schlugen sie ans Kreuz«, sagte er ohne Erregung. Sein Gesicht blieb unbewegt, dunkel wie das Holz ihrer Kunstwerke. Ich wagte kaum zu atmen. Was hinderte ihn, Gleiches mir zuzufügen? Am Ende dieses langen Abends verstand ich, daß Payo, Collya, sogar Shaska und Manco Huaca Flüchtlinge aus unterschiedlichen Stämmen waren. Payo trug die einfache Arbeitskleidung eines *puric*, eines Bauern, und das Stirnband eines Quechua-Indianers. Collya gehörte zu den *Callawaya*, den umherziehenden Heilern, und Shaska war eine *Chachapoya*, aus deren Stamm Tempeldienerinnen ausgewählt wurden. Was sie alle miteinander verband, war die gemeinsame Sprache Quechua. Ich bewunderte die Staatskunst des Inka, der Menschen so unterschiedlicher Herkunft in seinem Reich vereinen konnte. Zu gerne hätte ich gewußt, welchem Stamm der alte Priester Manco Huaca angehörte. Seine Kleidung war etwas Besonderes. Er trug meist einen roten Poncho, der wie ein langer Mantel bis zu den Füßen reichte. Diese Tracht sah ich bei keinem anderen Bewohner der geheimen Stadt. Seine Kleidung kennzeichnete sein hohes Amt, aber er trug nicht das Stirnband der Inkapriester, wie ich es aus der Beschreibung von Mitimaes kannte.

Als hätte Payo meine Gedanken gelesen, erklärte er:

»Du stehst unter dem Schutz eines fremden Priesters und einer Heilerin. Beide sind mächtig, doch sie stammen aus Völkern, die der Inka unterworfen hat. Auch sie müssen sich dem Gesetz des Inka beugen. Diese geheime Stadt ist von Quechua-Bauern und Flüchtlingen bewohnt, die ausführen, was ihnen das Gesetz des Inka befiehlt. Rima, der Gesetzessprecher, ist der einzige Amtsträger unter ihnen. Sein Wort entscheidet. Verurteilt er dich zu Unrecht, so ist niemand da, der ihn zur Rechenschaft ziehen könnte. Rima ist ein Alleinherrscher geworden. Niemand wird es wagen, sich gegen ihn zu erheben. Und sein oberster Herr, der Inka selbst, wurde von den Spaniern ermordet. Alle Bewohner dieser Stadt sind von der Gunst Rimas abhängig, die Heilerin Collya genauso wie du und ich.«

Kapitel 7

Wenig später, wie mir schien, rüttelte mich Payo wach. Es war so früh an jenem Morgen, den ich niemals im Leben vergessen werde. Ein Morgen – angefüllt mit Ekel wie ein Topf voller Unrat. Jede Einzelheit hat sich tief in mein Gedächtnis eingegraben, auch ohne jede schriftliche Aufzeichnung.

Unsicher folgte ich Payo die steilen Stufen hinunter und dann zu meinem grenzenlosen Erstaunen über die Stadtgrenze hinaus. Den mit glattpolierten Steinplatten sorgfältig ausgelegten Weg gehend, sah ich, wie die ersten Sonnenstrahlen an den Gipfeln leckten, Payo hingegen hielt nicht an, sein Gebet zu verrichten. Gerne hätte ich ihn gefragt, hatte aber in den vielen Stunden mit ihm gelernt, daß sein Tun zwar oft ausgelassen, jedoch stets überlegt war.

»Ich hafte mit meinem Leben dafür, daß du nicht davonläufst«, ließ er mich endlich wissen, als wir eine gefaßte Quelle erreichten, die mich an die erste Begegnung mit Shaska erinnerte. Zu meiner Verwunderung wartete Collya dort auf uns. Sie trug ein Gewand, das ich noch nie an ihr gesehen hatte, und die seltsamen Zeichen darauf verwirrten mich.

Übermütig planschten wir bald in der heißen Quelle herum, tauchten uns gegenseitig unter oder lagen paddelnd auf dem Rücken, während warmes Wasser die Beine umsprudelte. Um uns herum die im Morgendunst dampfenden Wälder, goldfarbene Gipfelaufbauten im ersten Sonnenlicht. Wohlige Wärme, die mich umfloß, und das einsetzende Morgenlied unzähliger Vogelstimmen verstärkten den lieblichen Eindruck des jungen, unschuldigen Tages.

Allein, für so wohlgefällige Betrachtungen gewährte Collya keinen Raum. Wie immer trieb sie zur Eile an. Mit einem zu Pulver zerstoßenen Wurzelextrakt mußten wir uns einreiben. Der Schaum, der sich daraufhin bildete, roch süß und fein, und mit Begeisterung seifte ich Haut und Haare ein. Als wir endlich sauber genug waren, reichte uns Collya vollkommen neue Gewänder aus leichtem wollenem Stoff. Ich schlüpfte hinein und band mir neue Ledersandalen an die Füße.

»Schweigt jetzt, Knaben«, wies uns Collya an. »Besinnt euch, daß nur helfen kann, wer alle seine Gedanken kraftvoll in Harmonie vereint.«

Von alledem verstand ich nichts. Aber ich fühlte, daß meine fragenden Gesten als störend empfunden worden wären. So verhielt ich mich ruhig, selbst als ich erkannte, daß wir uns Cazallas Hütte näherten. Der schweigsame Zug, der bedächtige Schritt und schließlich der Sternenpriester, der uns vor der Hütte erwartete, machten mein Gemüt schwer und bleiern. Der Ruf der Vogelstimmen klang wie das fordernde Kreischen der Aasgeier, und tiefe Traurigkeit sank auf mich herab.

Waren wir gekommen, um Cazalla zu beerdigen? Hatte Payo vom ewigen Leben gesprochen, als er meinte, der Schwerkranke würde tanzen?

Manco Huacas Gesichtsausdruck war so bedeutungsvoll und feierlich, daß mir wahrlich bang wurde. Er trug ein weißes Gewand mit roten eingewebten Fäden.

Wir betraten die Hütte. An jenem Tag brannten sechs Kohlenbecken in dem Raum und verströmten einen scharfen Rauch. Meine Kehle wurde trocken. Am herb-frischen Geruch des neuen Strohs erkannte ich, daß Cazalla bereits gereinigt und gebettet war. Seine Brust hob und senkte sich regelmäßig, was mich sogleich tröstete, doch dann gewahrte ich ein Bündel neben seinem Kopf. Der Anblick verhüllter Gegenstände machte mir angst.

Der alte Priester stimmte ein Gebet an, welches ich nie zuvor gehört hatte. Es endete mit den Worten: »Gib mir Augen zu sehen und die Kraft zu verstehen, reinige meine Hand von Furcht und meine Sinne von Trägheit, gewähre mir die Fähigkeit des Geistes und Gedanken der Stärke.«

Ob es am aufsteigenden Duft verbrennender Kräuter lag, die Collya in die Kohlenbecken warf und die jetzt den Raum mit scharfen Aromen füllten, oder am schweigenden, geheimnisvollen Tun der anderen, mein Herz raste wie ein Kaninchen auf der Flucht.

Wie befohlen hatten Payo und ich Cazalla auf den Bauch gerollt. Als ich die abgezehrte Gestalt mit meinen Händen berührte, stiegen mir Tränen in die Augen.

Der alte Priester selbst beugte sich hinab, um nach dem Mund des Feldwebels zu sehen. »Achte darauf, daß er nicht erstickt.« Dann schlug er das Bündel neben Cazallas Kopf auf. Ich schielte darauf und hätte geschrien, wäre mir nur eine Stimme geblieben! Im flackernden Licht des Kohlenbeckens sah ich Messer und Äxte. Mit einemmal wußte ich, was geschehen würde. Hatten nicht unsere Priester in der Kirche behauptet, die Inka wären Menschenfresser? Hatten sie nicht wieder und wieder von den gräßlichen Menschenopfern berichtet, von den Greueltaten dieser Völker der Neuen Welt? Waren nicht die tapfersten Männer der Kirche aufgebrochen, die Heiden zu bekehren, ja niederzuzwingen, um sie abzuhalten von ihrem schrecklichen Tun? Hatte nicht Pizarro in heiligem Zorn das Volk der Inka abgeschlachtet, um Einhalt zu gebieten ihren abstoßenden Bräuchen? Auf daß sie sich zum Christentum bekehrten, um Anteil haben zu dürfen am größten Geheimnis der Religion, der allerheiligsten Eucharistie, in der Brot zu Fleisch und Wein zu Blut gewandelt wird? Jetzt sah ich sie vor mir, die gräßlichen Kannibalen, die glaubten, durch den Genuß von Fleisch eines Menschenkindes ihren verlorenen Seelen Unsterblichkeit zu verleihen. Wie grauste mir!

Mir schwindelte vor Abscheu und Entsetzen, ich zitterte, ich bebte so, daß Payo mir die Hand auf den Kopf legte. Doch ich zuckte zurück, als ob das Fegefeuer selbst mich verbrannt hätte. Wie konnte ich Cazalla helfen? Wie konnte ich ihn der rituellen Schlachtung entreißen? Ich starrte die schauderhaften Heiden an.

»Sieh mich an, Can-Can.« Manco Huaca zwang mich, ihm direkt in die Augen zu blicken. »Wenn du mutlos bist, wird er sterben müssen. Du kannst nicht zu ihm sprechen, aber zeige ihm dein Gesicht, leite ihn mit deinen Gedanken. Du mußt ihn festhalten hier auf dieser Welt, damit sein Geist nicht vor seiner Zeit entflieht.« Wohl muß er das Entsetzen in meinen Augen erkannt haben, denn er schloß mit den Worten: »Habe Vertrauen, Can-Can, und laß den fremden Bärtigen dieses Vertrauen spüren, damit sein Körper und sein Geist bei uns bleiben.«

Noch immer war ich von schrecklichen Zweifeln befallen, doch vielleicht war es Payos Flöte, die mich schließlich betäubte und dumpf zur Untätigkeit zwang.

Collya ergriff ein scharfkantiges Messer aus Stein und begann, an Cazallas Kopf herumzuschaben. Danach wusch sie den bleichen Schädel mit eben jenem Pulver, das wir noch vor kurzem so ausgelassen benutzt hatten. Manco Huaca hielt seine Hände in den Rauch verkohlender Kräuter. Seine Augen halb geschlossen, murmelte er Unverständliches. Wahrlich, wie der Höllenfürst selbst schien er mir vor den glühenden Kohlenbecken im flackernden Schein. Sodann kniete er neben Cazalla nieder und ergriff ein Messer. Warum reagierte ich nicht? Wieder war es Payos Lied, das mich lähmte. Collya rückte ein Kohlenbecken näher an uns heran. Mit forschenden Fingern fuhr der alte Priester Cazalla über den kahlen Schädel, anschließend durchtrennte er vorsichtig, doch zügig die Kopfhaut. Blut lief dem armen Feldwebel über die Ohren hinab. Mir wurde speiübel.

Hätte ich nur reden können! Um Cazallas Leben hätte ich gefleht, bei allen Heiligen, meinem Schwur zum Trotz.

Daraufhin ergriff der Sternenpriester zu meinem Entsetzen ein seltsames Beil und hebelte die Kopfhaut auf. Ich spürte, wie mir die Sinne schwanden, doch Collya zischte mir zu: »Sei stark, Can-Can. Du mußt ihm helfen.«

Ich betete, bei Gott, wie nie in meinem Leben. Payos Lied ließ mich nicht in tröstliche Ohnmacht versinken, nein, es zwang mich, mit angehaltenem Atem auf die Hände des Priesters zu starren. Ob er das Gehirn holen würde, um es aufzufressen? Immer noch zweifelte ich beim Anblick seines schauderhaften Tuns, und wieder mußte ich an die Worte unserer heiligen Kirche denken, die das finstere Handeln der Inka anprangerten. Doch was sich hier ereignete, schien weitaus abscheulicher als alles, was unsere Priester von der Kanzel predigten. Ich sah ganz genau, wie Manco Huaca mit seinen Fingern hineinlangte in den Kopf, als sei er eine Schüssel voller Maisbrei, und einen Knochensplitter vom Gehirn löste. Aufmerksam, als ob er dort den Teufel finden könnte, dem er wohl sein gräßliches Vorgehen gewidmet hatte, lugte er hierhin, bald dorthin. Wieder griff er nach einem Beil, meißelte scharfzackige Knochenteile ab, die Cazalla durch seinen Sturz auf den Hinterkopf erhalten hatte.

Dann träufelte der Sternenpriester eine helle Flüssigkeit direkt auf Cazallas Hirn. Erst jetzt merkte ich, daß der Erbarmungswürdige zu stöhnen begann.

Zu meinem größten Erstaunen deckte der alte Priester den vorher zur Seite geschlagenen Kopfhautlappen über das Hirn. Er schob und zog die Haut in ihre vorherige Lage mit dem Geschick eines Schusters, der alte Stiefel flickt. Schließlich hielt er eine Ameise hoch, von solcher Größe, wie ich sie nie zuvor gesehen hatte. Das Insekt verbiß sich in die Wundränder, und der alte Priester drehte blitzschnell ihren Leib ab. Das wiederholte er Ameise für Ameise, bis eine Naht entstanden war, säuberlich, als wäre sie in der Kleidergasse in Sevilla gemacht. Ich war kurz davor zu erbrechen, als ich merkte, daß Cazalla den Mund öffnete. Wie staunte ich über das Wunder, da ich meinte, ein spanisches Wort zu hören, das erste seit so langer Zeit, gebabbelt aus dem Mund des Feldwebels.

»Dreh ihn zur Seite«, forderte mich Collya auf, und ich tat, was sie mich schon so oft angewiesen hatte. »Schüre die Becken«, befahl sie Payo.

Manco Huaca hatte sich tief über den Kranken gebeugt. »Es liegt jetzt an dir, Can-Can. Zeige ihm dein Gesicht, öffne seine Augen, zwinge seinen Geist, wieder wahrzunehmen, was um ihn herum geschieht. Zeige ihm Dinge, die ihm helfen, zurückzufinden in diese Welt, jenseits seiner Träume. Und du, Payo«, drehte er sich nach dem Jungen um, »laß deine Flöte die lieblichsten Lieder singen, daß sein Gemüt heiter werde und ihm helfe, die Krankheit zu überwinden.«

Er ging. Ich starrte ihm mit offenem Mund nach. In der Türöffnung, die wie alle Türen dort nach Osten zeigte, stieg strahlend und hell ein neuer Tag herauf. Tränen flossen über mein Gesicht, Tränen unendlicher Erleichterung und Scham. Manco Huaca hatte Cazalla geholfen! Wie gut, daß ich nicht sprechen konnte. Was hätte mein dummer Mund, gefangen in einer noch dümmeren Vorstellung, dem Helfer gesagt! Noch wagte ich nicht, an ein glückliches Ende zu glauben, blickte bebend auf die dösende Gestalt des Cazalla, dem Collya ein wenig Flüssigkeit einträufelte. »Er braucht jetzt sehr viel zu trinken und deine ganze Kraft, Can-Can. Laß ihn nicht aufspringen oder sich heftig bewegen. Sanft und friedlich muß er ruhen.«

Sich bewegen? Cazalla war doch gelähmt? Doch die nächsten Stunden und Tage brachten unendliche Überraschung. Wie oft Manco Huaca nach ihm sah, weiß ich nicht mehr zu benennen. Er und Collya fütterten und bewegten den Kranken, klopften seine Brust ab, zogen an Armen und Beinen, als ob sie mit ihm fortlaufen wollten. Als ich sah, wie Manco Huaca sein Ohr an Cazallas Brust legte und kurz darauf zufrieden hinaushumpelte, glaubte ich Valdoro zu erkennen, den Valdoro der Anden, der auch an meinem Krankenbett gewacht hatte. Ob Payo jemals aufhörte, seine Flöte zu spielen? Wie oft die Sonne auf- oder unterging, ehe Cazalla zum erstenmal die Augen aufschlug, weiß ich nicht mehr. »Niño?« flüsterte er. Tränen der Dankbarkeit strömten mir übers Gesicht.

Tage großer Freude reihten sich einer an den anderen. Mit

jedem Mal, da ich ihn erblickte, schien Cazalla gesünder zu werden. Nie wieder sah ich so leuchtende Augen wie jene von Manco Huaca, als er sicher war, daß sein Werk gelingen würde. Nur selten verließen Payo und ich die Hütte; keiner von uns wich von der Seite des Feldwebels. Bald verlangte dieser, seine Notdurft allein verrichten zu dürfen. Doch wie jämmerlich war der Mann noch. Obwohl kaum mehr als ein Gerippe, stützte er sich schwer auf uns beide und wäre fast in die Kloake gefallen. Trotzdem trieben ihn Collya und Manco Huaca täglich voran, zwangen ihn, die Beine zu bewegen, schwangen seine Arme hin und her. »Sein Blut darf nicht stocken«, erklärte mir Collya, und von Herzen gern glaubte ich ihr alles, was sie mich lehrte. Cazalla selbst sprach wenig, doch eines Tages richtete er sich zaghaft zum Sitzen auf. »Was ist geschehen, Niño?«

Vergeblich rang ich nach Luft und konnte doch nichts sagen.

»Bist du stumm, Niño?« fragte er, ehe er sich schweißnaß zurückfallen ließ.

Ihn würde ich das Schreiben lehren, dachte ich bei mir, als aber der Feldwebel bei Kräften war, wehrte er ab: »Ich hab' es früher nicht gebraucht und brauch' es schwerlich jetzt.«

Trotzdem stellte er mir hundert Fragen, die ich nur kläglich beantworten konnte. Rasch lernte er ähnlich Payo, Fragen auszusprechen, die ich dann bejahte oder zurückwies. Payo – wie ich vom Arbeitsdienst befreit, um Cazalla beizustehen – lehrte ihn die ersten Worte Quechua. Bald konnte er einfache Dinge benennen. Einmal hörte ich ganz verwirrt ihrer Unterhaltung zu. Cazalla bezeichnete die Dinge um ihn herum mit Wörtern aus der Quechua-Sprache. Es verwunderte mich nicht, denn obwohl die Gegenstände den unsrigen in Spanien ähnlich waren, wiesen sie zugleich Unterschiede zu ihnen auf. Oft genug hätte mir das rechte spanische Wort gefehlt. Jedoch horchte ich auf, als er plötzlich mit mir sprach und *hurin* sagte, was ›unten‹ heißt. Natürlich verstand ich ihn, da ich ja Quechua verstand, doch war Cazalla das spanische Wort für ›unten‹ entfallen, und ich – ich konnte es ihm nicht nennen. Immer öfter verwischte sich seine Sprache, doch nicht nur seine!

Morgens, wenn Cazalla das reichhaltige Essen sah, das Payo ihm reichte, rief er froh: »Hola, schon wieder ein Tag ohne Hungersnot.« Eines Abends, als wir von einem kurzen Gang zurückkamen und Cazalla hungrig war, fragte ihn Payo: »Soll ich Hola bereiten?« Wir lachten herzlich, doch war es kaum möglich, Payo den Zusammenhang darzustellen. Cazalla fehlten dafür die Worte und mir die Sprache.

»Sie leben sehr reinlich«, staunte der Feldwebel schließlich, als wir ihn durch die Gassen der Stadt führten. Es kam nicht oft vor, daß er von Spanien sprach. Beim Essen, das ihm wohl mundete, sagte er jedoch ein um das andere Mal: »Es ist vielleicht ihr größtes Geheimnis, daß ein solches Volk nicht hungern muß.« Tatsächlich hatten wir immer genug zu essen. Ich zog die fremden Früchte vor, die es in Hülle und Fülle gab und die süß und pfeffrig zugleich auf meiner Zunge brannten – köstliches gelbes oder rotes Fruchtfleisch mit dem Duft reifer Pfirsiche. Cazalla hingegen liebte das Fleisch. Am meisten schätzte er *cui*. »Wie zartes Ferkel«, lockte er mich, doch mir grauste, und ich empfand Mitleid mit den kleinen, flinken Felltieren. Einmal, als ich eine ihrer fremden Früchte in der Hand hielt, grün wie unreife Birnen, doch sättigend wie eine Kelle voll Öl, mimte ich das Fragezeichen und deutete über die Baumwipfel.

»Wir holen diese Früchte im Tausch aus den Tiefen der Wälder. Dort leben unzählige Völker bis an die Grenze zum großen Wasser.« Payo zählte sie mir auf, bis ich abwehrend die Hände hob. Wie sollte ich mir die fremden Namen merken, da er sie herunterbetete wie den Rosenkranz?

Payo meint wohl die Meeresküste, die man von Lima aus erreicht, dachte ich bei mir und zeigte gegen Westen. Doch er drehte mich in genau die entgegengesetzte Richtung. Ich blickte nach Osten. Also wußte Payo, daß es dort ein Meer gab? Ich war sehr verwirrt. Wenn er sein Land so gut kannte, hätte er mir unschwer sagen können, wo wir uns befanden. Wie so oft drängte ich ihn, mir aufzuzeigen, wo die geheime Stadt lag. »Jenseits von Jauja«, war seine unerschütterliche Auskunft, die durch nichts zu untergraben war.

Für den Feldwebel, der eine Heimat kannte, in der die Menschen gewöhnlich an Hunger oder Seuchen starben, schien das Leben bei den Indios paradiesisch zu sein.

»Kennen sie keine Krankheit?« fragte er mich. Mit Collyas Erlaubnis zeigte ich ihm die vielen Salben, Aufgüsse und Pulver. Allzu gerne hätte ich ihm benannt, wozu sie verwendet wurden.

Schon forschte Cazalla weiter, denn er hatte bemerkt, wie sorgfältig die Indios Abfall beseitigten. Der tägliche Regenguß wusch hier alles rein, hätte aber auch schlimmen Schaden angerichtet, wären Kot und Abfall nicht rechtzeitig fortgeschafft worden. Ungeziefer sah ich selten. Die Böden der Hütten wurden gefegt, die Steinplatten duldeten keine Fäulnis. Cazallas Interesse galt vor allem Werkzeug und Ackergerät, mehr als der Häuslichkeit. Bald drängte er selbst darauf, arbeiten zu dürfen. Am ersten Morgen, als wir drei wieder auf den Acker zogen, breitete sich frohe Stimmung aus. Cazalla lernte sehr rasch, daß hier auf den terrassierten Feldern im steten Wechsel angebaut werden konnte. Das Klima schien so günstig, daß wir immer eine Frucht hatten, die dem Boden anvertraut wurde. Es gab persönliche Felder, die einer Hausgemeinschaft zugeteilt waren. Darüber hinaus bestellten wir Äcker, die dem Allgemeinwohl dienten. Die Indios nannten sie *allyu*. Sie wurden gemeinsam betreut und bearbeitet. Der Ertrag wurde aufgeteilt. So hatte ein solcher *allyu* uns ernährt, in der Zeit, als wir allein der Krankenpflege dienten. Diesen *allyu* stand ein gewählter Führer vor, unterstützt von einem Rat alter Männer. Aufmerksam lauschte Cazalla den Anweisungen, befolgte getreulich die Hinweise zur Bebauung und Erhaltung des Ackers. Obwohl er, ohne je zu murren, mühselig Terrassen neu befestigte und sich mit den Steinen plagte, begeisterte er sich vor allem am Setzen und

Ernten der Knollenfrucht. Es gab sie in unzähligen Varianten, wie mir schien. Der Feldwebel grub liebevoll nach ihnen, hielt sie in den Händen wie ein Nest voller Küken.

»Das Gold der Inka«, nannte er sie, wenn er mit erdverklebten Fäusten abends heimkehrte.

»Du stinkst«, rümpfte Collya schließlich eines Tages über ihn die Nase, geradeso wie es meine Mutter in den von Unrat übersäten Gassen von Sevilla tat. Die Heilerin trieb Cazalla hinunter zur heißen Quelle. Ich war in Sorge, ob Cazalla nicht entfliehen würde, doch er sprach nicht von seinem Leben außerhalb der geheimen Stadt, warf keinen forschenden Blick über die Mauern hinweg auf den brausenden Fluß. Er wusch, seifte sich ein und schabte sich den Bart. Sein Kopfhaar war noch kurz, stand wie Borsten vom Haupt. Als er die neue Hose anzog und den Poncho überstreifte, den Collya ihm reichte, sah er aus wie ein *puric*, wie der einfache Bauer der Inka. Ich mußte lächeln.

Letztlich ging diese unbeschwerte Zeit zu Ende. Cazalla arbeitete von morgens bis abends, und obwohl seine Leistung nicht dem Tagwerk eines Indios entsprach, wuchs neue Kraft in ihm.

»Werden wir eines Tages von hier fortkommen?« fragte er mich schließlich, sah mich sehr nachdenklich an, »wollen wir fort?«

Das konnte ich ihm nicht beantworten, beobachtete aber, wie still und eingekehrt er wurde. Wieder fragte er mich nach allem, was geschehen war, denn er hatte wohl vieles vergessen. Payo erzählte ihm, was er berichten konnte. Von seinem Leben in der Alten Welt allerdings wußte Payo nichts, und selbst ich kannte kaum etwas. »Bin ich Spanier?« fragte mich Cazalla eines Tages, und ich wußte nicht, ob er Spaß trieb.

So schnell, wie er seine Muttersprache vergaß, so sehr vergaß er Teile seiner Vergangenheit. Von Hauptmann Mendieta sprach er nie, und ich hütete mich, ihn an die Lanzenträger zu erinnern.

»Ich bin Bauer, Niño. Lieber ringe ich mit der Erde denn

mit Menschen«, entschuldigte er sich. Im stillen betete ich
für seinen Seelenfrieden. Doch ich – ich wollte fort! Wie oft
starrte ich hinunter zu den schäumenden Fluten oder hinüber
in das unüberschaubare Grün der Wälder. Mich lockte das
ferne Blätterdach, das irgendwo weit am Horizont an das Blau
des Himmels stieß. Ich wollte den Fluß hinabfahren, hinaus
in die grünfarbene Welt jenseits der Stadt, und nicht zuletzt
sehnte ich mich zurück in die Heimat.

Mit freundlicher Aufmerksamkeit sah Manco Huaca nach
dem Feldwebel. Eines Tages zeigte er ihm das Beil, das seinen Kopf von dem schrecklichen Knochensplitter befreit hatte, der auf sein Gehirn drückte. Wie bewunderte ich das fein-
gearbeitete Werkzeug mit seiner breiten, scharfen Klinge und
dem Griff. Dieser stellte eine Figur dar, und ich dachte, es
handle sich um einen ihrer Götzen. *Tumi* nannte Payo das
Beil und belehrte mich, daß der Griff einen ihrer Sternenmänner abbildete, dem sie die Kunst der Schädelöffnung ver-
dankten. Ich wollte es nicht glauben. Zu absonderlich schien
mir die Geschichte.

Sooft wir auch an Häusern vorbeikamen, die der Andacht
bestimmt waren, nie erblickte ich ein Abbild ihrer Götzen
oder Idole. Vergeblich schielte ich hinein in die steinernen
Räume, sah weder Gold aufblitzen noch Steinfiguren. In der
ganzen Stadt war nichts dergleichen zu sehen, und ich wunderte mich sehr. Hatten nicht die Priester daheim in Spanien
erzählt, daß die Inka zahlreiche Götzen und Teufel anbete-
ten, Idole aus Gold und Stein anfertigten, die sie verehrten
wie Gott selbst? Bestürzt rief ich mir eine Kirche aus der
Heimat in mein Gedächtnis zurück, ihr Inneres angefüllt mit
Heiligenfiguren, Statuen und Abbildern Gottes. Mir schien
fast, als ob mein Geist sich verwirrte und ich die Dinge ver-
drehte. Schließlich gelang es mir recht gut, mich an die Kirche Unserer Lieben Frau zurückzubesinnen. Schweifte damals nicht mein Blick vom Hochaltar, den die Apostel Petrus
und Paulus flankierten, ab zu den Statuen der Gottesmutter
mit Jesus in den Armen? Prangten nicht die Gestalten der

Heiligen Drei Könige vom Seitenaltar? Ja doch, jetzt fiel mir ein, daß meine Mutter mir einen Stups verpaßte, wenn ich, den Kopf weit in den Nacken gelegt, zur Heiligen Dreifaltigkeit am Deckengewölbe starrte und hoffte, daß Gott Heiliger Geist, der dort in Gestalt einer goldenen Taube hing, die Schwingen ausbreiten würde, um durch das Kirchenschiff zu fliegen. Dergleichen hatte ich hier bei den Inka noch nicht gesehen, wollte aber nicht vorschnell urteilen. Sicherlich war der große Tempel oben in der Stadt, dem ich mich nicht nähern durfte, überfüllt mit ihren Idolen und Götzen.

Unser Leben war beileibe kein Müßiggang. Der Tag bei den Inka begann früh, endete nach mühevoller Arbeit mit kurzen Pausen. Mit jeder Scholle, die Cazalla beackerte, schien seine Kraft zu wachsen. Seine Brust war breiter geworden, wenn er auch gegen die kleinwüchsigen Indios, die mit ihren mächtigen Brustkästen um so kleiner wirkten, schmal aussah. Doch er wühlte begeistert im Erdreich. Mehr als einmal sah ich Augen, die wohlwollend auf ihm ruhten.

Unmerklich waren die Nächte klarer geworden, leuchteten die Sterne heller. Zogen noch vor Tagen Wolkenbänke über den Abendhimmel, schien mir jetzt die Nacht wie reingefegt. Staunend blickte ich empor zu den fremden Lichtern und bedrängte Payo mit dem ›Sprich‹-Zeichen. Er lief davon, ließ mich verstört zurück. Als er zurückkam, recht geheimnisvoll tat, einen weiten Poncho über mich warf und mich in den Ostteil der Stadt führte, wurde mir unheimlich. Hatte ich etwas falsch gemacht?

»So bist du gekommen«, sagte Manco Huaca nicht ohne Erregung. »So ist doch das Erbe vergangener Zeiten in dir.«

Ich fühlte mich nicht wohl mit dem, was er andeutete, indes hatte ich inzwischen gelernt, daß sein Handeln besonnen und seine Worte weise waren.

Eine neue Zeit begann für mich. Wie lernte ich die klaren Nächte lieben! Der alte Priester wurde nicht müde, mir Stern um Stern zu benennen. Mich beeindruckte seine Augenschärfe, bis er mir ein seltsames Instrument reichte. Es war hergestellt aus reinem Gold, doch zum Schutz gegen das helle Funkeln der Sterne mit einer Haut bezogen, die ich nicht näher zu beschreiben vermag. Dieses Werkzeug bestand aus gekreuzten Stäben, fein mit einem Bolzen verbunden, so daß man die Stäbe verschieben konnte. Nie wieder sah ich solches Kunstwerk. Stellte man die Stäbe gekreuzt auf einen Stern ein, so wirkte er näher und größer als zuvor. Auch erkannte ich, daß im Rundhaus, dem Aufenthaltsort des alten Priesters, kleine Vertiefungen in den Fensteröffnungen waren, in welchen man die Stäbe fest verankern konnte. Im Rundhaus folgte ich Manco Huaca Stufen hinab in ein finsteres Gemach, in ein Verlies, wie mir schien, mit zahlreichen Scharten oben in der Wand. Hier unten war es still und sehr dunkel. Der Sternenpriester wies mich an, den Abendstern durch die gekreuzten Stäbe zu betrachten. Bebend vor Eifer, erklomm ich das Holztreppchen vor dem schmalen Fenster, das einer Schießscharte glich. Ich war atemlos, als es mir endlich gelang, die gekreuzten Stäbe auszurichten und hindurchzublicken. Nahe, nahe wie nie zuvor funkelte der Stern am Nachthimmel. Fast meinte ich, geblendet die Augen schließen zu müssen.

»Siehst du das ferne Feuer, erkennst du sein Glühen?« Manco Huacas Stimme war die Erregung über die Wunder jenseits unseres Horizonts anzumerken. Leidenschaftlich war er seinen Sternen ergeben.

Doch warum vertraute er mir diese Geheimnisse, dieses Wissen an? So viele Mirakel durfte ich schauen in jenen Nächten. Ich starrte hinauf zu *Saramanca* und *Cocamanca*, dem Mais- und Cocatopf, mit denen die Indios ein Sternbild beschrieben, daß die Spanier Kreuz des Südens nannten. Ich erkannte die Lamaherde, den *Orcorara*, den ich besonders liebte. Wußte ich doch, daß dieses Bild auch in meiner Heimat zu sehen war, in den klaren, kalten Nächten des Winters. In Spanien nannte man ihn den ›Hirten‹. Wie verwundert aber war ich, als ich erfuhr, daß Abend- und Morgenstern ein und derselbe waren. Ich wollte es nicht glauben, doch Manco

Huaca zeigte mir die Bahn auf, kratzte den Lauf des Sternes in den Staub seiner Türschwelle, und schließlich beugte ich mich seiner Weisheit, ohne ihn zu verstehen.

Tagsüber war ich jetzt oft sehr müde, deshalb begriff ich nicht ganz, was um mich herum vorging. Hin und wieder spürte ich Aufruhr in der Stadt, doch es kümmerte mich nicht weiter. Payo, der Collya nun viel mehr zur Hand ging als ich und ihr folgte, wenn sie einen Kranken aufsuchte, wirkte ernst.

»Was ist los, Niños«, forschte uns Cazalla einmal aus. Ich wußte von nichts, und Payo schwieg beharrlich. Eines Morgens fuhr ich auf, als ich die Unruhe vernahm, schlich mich aus dem Haus und stieg auf eine Mauer. Schweren Herzens erkannte ich, daß Krieger siegreich von einem Feldzug zurückkamen. Dieselben Bauern, die sonst neben mir den Acker bestellten, waren unter den Kriegern, aber auch Männer aus dem Stamm der *Campa*, die für ihre Schießkunst und Treffsicherheit beim spanischen Heer berühmt und gefürchtet waren. Sie waren mit Helmen und Lanzen beladen, die sie spanischen Soldaten abgenommen hatten. Obwohl ich herzlich wünschte, sie hätten das bittere Los der spanischen Willkür abgeworfen, erschrak ich. Lanzenträger ließen sich ihre Waffen nicht ohne Gegenwehr nehmen. Was würde geschehen, wenn Cazalla davon erfuhr?

Meine zwiespältigen Gefühle blieben dem Sternenpriester nicht verborgen. »Es ist keine gute Zeit für Menschen«, sagte er und starrte zum Himmel. »Allein das Wissen um deine Kleinheit läßt dich Mensch werden, nicht der Ruhm tapferer Kämpfer.«

Ob Rima dies hören durfte, dachte ich bei mir. Längst schien der alte Priester meine Gedanken lesen zu können. »Laß es nicht Rima wissen, den großen Führer. Er ist ein *apu*, ein Beamter, nur dem Inka verantwortlich, den wir *Sapay Inka*, mein einziger Inka, ansprechen mußten. Doch unser *Sapay Inka* ist gemordet. Wer fordert nun Rechenschaft von Rima, da er keinen Richter mehr hat? Die alten Werte sind zerschlagen, die guten Gesetze zerbrochen. Ich bin nichts als ein greiser Mann, der Wissen bewahrt, das niemandem von Nutzen ist. Hat mein Wissen die Lanzenträger abgehalten? Konnte es unser Land schützen vor der Verwüstung? Wer wird heute noch auf die Schulen unserer Weisen geschickt, um jahrelang Zahlen und Sterne zu studieren und fremde Welten jenseits der unsrigen? Niemand«, beantwortete er selbst seine Frage. »Es gibt sie nicht mehr, weder die Weisen noch die Schulen. Schickt Rima etwa Lernbegierige zu mir, um meinen Worten zu lauschen? Nein, er stählt sie nur, die Knaben und Männer, um sie den Lanzenträgern vorzuwerfen in unsinniger Hoffnung auf Sieg. Alles ist zerstört, es ist alles vorbei.«

Noch ehe Cazalla in jenen Tagen bemerken konnte, was sich in der geheimen Stadt ereignete, traf uns ein neuer Schicksalsschlag. Obwohl der Feldwebel immer wieder nach seinen Kameraden gefragt hatte und Payo ihm erklärte, was sich ereignet hatte, wurde weder ihm noch mir mitgeteilt, wo sich der andere Spanier, der andere Gefangene, befand. Bis zu jenem Tag, da zwei Krieger in unserer Tür erschienen und ihren Schatten in unsere friedliche Behausung warfen. Ich erschrak über ihr Aussehen, die seltsame Rüstung, die sie trugen, und wähnte mein Ende gekommen. Sie verbanden mir die Augen, ohne mit mir zu sprechen, führten mich viele Stufen hinauf und stießen mich schließlich in einen Raum. Dort befreiten sie mich von meiner Binde. Wie staunte ich, als ich die Ratsversammlung sah, Rima, den Sprecher, Cazalla und – zu meinem Entsetzen – Augustín!

Er sah gut aus, doch ja, er sah gesund und kräftig aus, nur sein rechter Arm hing verkrüppelt, schief und kraftlos herab. Man führte ihn vor. Meine Kehle schnürte sich zusammen.

»Hat er getötet?« Die erste Frage war an alle gerichtet, und niemand gab Antwort. Rima befahl Cazalla, vor den Rat zu treten und auszusagen. Als Augustín staunend auf den fremden, wiederauferstandenen Cazalla in der Kleidung eines *puric*, eines Bauern, starrte, zischte er: »Hundesohn«.

»Dieser Mann ist Krieger«, erklärte Cazalla laut, wenn auch nicht fehlerfrei in Quechua. Zu meinem Erstaunen war damit die Frage abgetan.

»Hat er gelogen?«

Cazalla verneinte heftig: »Er sprach immer richtig.«

»Er sprach immer die Wahrheit«, verbesserte ihn Payo.

Gütiger Gott, dachte ich, Augustín hat das Gericht überstanden. Jedoch stand die letzte Frage noch aus. »Hat er gestohlen?«

Ein einfacher Indio trat vor, legte einen goldenen Ohrpflock zu Boden und ein verschrumpeltes braunes Etwas, in dem ein Ohrpflock steckte. Ich erkannte das Ohr von Mamacona und mußte würgen. »Das fand ich bei ihm«, sagte der Indio.

Einsetzendes Murmeln bestätigte meinen Verdacht. Man hatte Mamaconas Leichnam entdeckt, an dem ein Ohr fehlte, und man reimte sich die Geschichte zusammen. »Hat er sie getötet?« fragte Rima nun. Mein Herz schlug bis zum Hals, als ich vortrat. Mit bittenden Gebärden rief ich Payo zur Hilfe. Gemeinsam spielten wir vor, was damals geschah. Payo schlüpfte in die Rolle der Mamacona, ich langte nach ihr, so wie einst Augustín, und Payo stürzte rückwärts zu Boden. Danach war es lange still.

Das nun folgende Ritual kannte ich. Rima hob den Rechtsstab und sprach den Urteilsspruch: »Du hast gestohlen und dich an einer Wehrlosen vergriffen. Nun sollst du wehrlos sein.«

Augustín stieß lästerliche Flüche aus und fürchtete um sein Leben. Ich jedoch war heiter, denn ich kannte das milde Urteil der Inka und freute mich über den Spruch. Am liebsten hätte ich es Augustín mitgeteilt, doch ich dummes Kind täuschte mich.

Sie führten uns hinaus in den hellen Sonnenschein. Wir standen auf dem hohen freien Platz hoch oben in der geheimen Stadt. Zum erstenmal konnte ich ungehindert zu jener Steinsäule hinaufblicken, die sie *Intihuatana* nannten. »Was um Himmels willen haben sie vor?« flüsterte Cazalla an meiner Seite.

Inzwischen hatten zwei *puric* Augustín nackt ausgezogen. Er schlotterte vor Kälte und wohl auch vor Angst. Ich weinte jetzt vor Mitleid. Die Krieger traten zurück, bildeten einen Kreis um den Spanier. Cazalla ergriff meine Hand, sie war schweißnaß. Rima trat vor, hob ein Rohr an seine Lippen und schoß einen winzigen Pfeil in Augustíns Brust. Augenblicklich sackte dieser zusammen.

Die Indios traten zurück, verbanden uns die Augen und führten uns fort, zurück an unsere Arbeit.

»So sind sie also doch nichts weiter als Barbaren«, murmelte der Feldwebel den ganzen Tag über, während wir sorgenvoll hinaufschauten zum großen Platz, auf dem Augustíns Körper lag. Da Cazallas Gesicht immer finsterer wurde und ich fürchtete, er könne handgreiflich werden gegen den Bauern an seiner Seite, klopfte ich auf die Stelle seines Kopfes, die eine rote Narbe aufwies. Daraufhin sagte er nichts mehr.

Gegen Abend hoben zwei *puric* Augustín auf und trugen ihn fort.

»Was geschieht mit ihm«, fuhr Cazalla Payo heftig an, als dieser an unser Kohlenbecken trat.

»Sie bringen ihn zurück.«

»Was?« Dem Feldwebel blieb der Mund offen.

»Sie bringen ihn zurück, hinunter auf die Straße«, beharrte Payo, »doch sein Verstand hat gelitten.«

Cazalla drang so lange in Payo, bis dieser erklärte. »Sie haben mit Gift auf ihn geschossen. Wir nennen das Gift: ›Wen es trifft, der fällt‹. Er war bewegungslos und nackt. Nur sein Verstand konnte wandern gehen, zu der Leiche von Mamacona oder wohin auch immer er seine Gedanken schicken wollte. Darüber hat er die Vernunft verloren und lallt nun wie ein kleines Kind.«

»So habt ihr ihn verrückt gemacht, in den Wahnsinn getrieben!« schrie Cazalla.

»Seine Taten haben ihn in den Wahnsinn getrieben«, wehrte sich Payo, »er mußte nur fürchten, die Greuel zu erleiden, die er selbst verrichtet hat. Und das raubte ihm den Verstand.«

»Wie grausam ihr seid«, empörte sich Cazalla. Payo blickte ihn nachdenklich an, erwiderte jedoch nichts. Da Payo und ich seit jener wundersamen Heilung des Feldwebels in dessen Hütte schliefen, hörte ich nachts Cazalla schluchzen. Ich weiß nicht, was der Grund für seine Tränen war, doch ich fühlte mich unendlich einsam und fern meiner Heimat.

Am nächsten Tag wollte Cazalla nicht arbeiten. Er hockte bleich am Feuer und verweigerte die Nahrung. »Hola«, heiterte ihn Payo auf. »Iß und arbeite. Deine eigene Verurteilung steht noch aus.«

Was für eine angst- und sorgenvolle Zeit begann nun! Die Tage krochen dahin, die Nächte wollten nicht entfliehen unseren düsteren Träumen. Was konnte ich tun? Durfte wahr sein, daß die Indios Cazalla pflegten und hätschelten, um ihn dann dem Tod oder Wahnsinn auszuliefern? Er war mir lieb geworden wie ein Bruder. Als er eines Tages außer Sichtweite war, kniete ich vor Payo nieder, machte das Zeichen für Cazalla und flehte um sein Leben. »Was fürchtest du dich?« lachte mich Payo aus. »Ist er ein guter Mann, bekommt er ein gutes Urteil. Ist er schlecht, so verdient er dein Mitgefühl nicht. Wieso zitterst du vor der Gerechtigkeit?« Bei diesen Worten blickte mich Payo so gelassen an, daß ich gerne zuversichtlich gewesen wäre, aber plötzlich war mir die Welt der Inka unverständlich und fremd, unendlich fremder als noch vor Wochen.

Warum verbanden sie uns anderntags die Augen? Als die finsteren Krieger erschienen, mußte ich wieder die Stufen hinauftappen, bis mir im Haus des Rates die Binde abgenommen wurde.

»Ich werde sterben wie ein Spanier«, sagte Cazalla fest, doch sein fahles Gesicht im Poncho eines Quechua-Bauern ließ ihn hilflos aussehen, verloren in einer anderen Welt. »Sei ein Mann, Niño« waren seine letzten Worte, als sie ihn zur Seite führten.

Unruhe entstand um uns herum, verstohlen folgte ich den neugierigen Blicken der Anwesenden. Manco Huaca betrat den Raum, gefolgt von Shaska!

Mein Blut wallte heftig auf, als ich sie erblickte, gerne wäre ich zu ihr geeilt, doch ihre verhüllte Gestalt und das totenbleiche Gesicht hielten mich ab.

Rima erhob sich und verkündete: »Ich bin der Gesetzessprecher des Inka, ich bin *apu rima*. Nach dem Gesetz hat Shaska als Tempeldienerin gefehlt. Sie hat versäumt, Hand an sich zu legen, als ihr Körper geschändet wurde. Sie unterließ, sich selbst das Leben zu nehmen, da keine Tempeldienerin von einem Mann berührt werden darf. Darauf steht der Tod.« Mit einer einzigen Bewegung zog er Shaskas Umhang herunter, und wir sahen, daß ihr Leib groß und mächtig war. Erbarmen, sie ist schwanger, dachte ich.

Shaska schaute über die Köpfe hinweg. Ihre Augen blickten fest und ruhig in die Ferne. Nur ihr geschwollener Leib zuckte, als würde er gestoßen. Mir war übel vor Angst.

»Alle Tempeldienerinnen unterstehen direkt dem *Sapay Inka*«, fuhr Rima fort, »unser *Sapay Inka* ist tot. Nur ein Priester kann entscheiden, was mit ihr geschehen soll.« Rima trat zur Seite und machte Manco Huaca Platz.

Der alte Priester trug einen roten, wollenen Umhang, in den fliegende Wesen, Vögel oder Dämonen gewebt waren. Darin wirkte er groß und mächtig. Als er zu sprechen begann, stockte mir der Atem.

»Ich bin vom Stamm der *Nazca Yarovilca*. Der *Sapay Inka* hat mich persönlich auserwählt, den Tempel von Huancaya zu bewachen.« Manco Huaca spitzte die Lippen zu einem Luftkuß, einem *mocha*, die höchste politisch-religiöse Ehrfurchtsbezeugung, mit der er den toten Inka ehrte. »Wie könnte ich anders entscheiden als allein nach dem Gesetz des Inka? Als Manco Capac, der erste Inka, den Völkern unseres Landes seine Kultur und seine Sprache brachte, haben wir uns alle dem Gesetz des Inka unterworfen, denn dieses Gesetz ist weise, klug und gerecht. Deshalb wird das Gesetz des Inka an Shaska Cona vollzogen werden.«

Ich wollte es nicht glauben. Wie konnte der gütige Priester Shaska zum Tode verurteilen!

Als Rima den Gesetzesstab heben wollte, bedeutete ihm Manco Huaca, noch einen Moment zu warten. »Die Tempeldienerinnen heißen *mamacona*, diesen Titel tragen sie, wenn alle Gelübde abgelegt und alle Prüfungen bestanden sind. In ihrer Ausbildungszeit tragen sie ihren Namen und den Titel *Cona*, der besagt, daß sie im Tempel arbeiten. Aber die höchsten Weihen erhalten sie erst, wenn sie würdig sind, den Titel *mamacona* zu tragen. Die Angeklagte heißt Shaska Cona. Ihre Ausbildung hatte erst begonnen, sie war noch nicht geweiht. Deshalb lege ich ihre Verurteilung zurück in die Hände des Gesetzessprechers Rima. Das Gesetz des Inka werde an ihr vollzogen, wie es einer jungen Frau zusteht.«

»*Hu*, Manco Huaca, recht so«, riefen die versammelten Indios. Ich fing einen Blick Cazallas auf, der mich angsterfüllt anstarrte. Was würde mit Shaska geschehen?

Rima trat auf Shaska zu und hob den Stab: »Da du keine *mamacona* bist, kann ich dich nicht anklagen des Versäumnisses der Selbsttötung. Aber ich schicke dich zurück zu deinem Volk, den *Chachapoyas*. Ich verstoße dich aus der Gemeinschaft unserer Stadt.«

Was würde dieses Urteil wohl bedeuten? Shaska allein und schutzlos zurück in ihre Heimat zu schicken, schien mir grausam und hart zu sein. Sie würde verhungern oder von wilden Tieren zerrissen werden, wenn sie nicht gar Spaniern in die Hände fiel. Ihre Niederkunft war nicht mehr fern, das erkannte ich an ihrem gewölbten Leib. Ich starrte Rima böse an. Er hob den Blick und sah mir direkt in die Augen. Dort schien er alles erkennen zu können, was ich dachte und fühlte. Er lächelte und zwinkerte mir blitzschnell zu, so wie mein Vater, wenn er mich bei einem Streich ertappte und dennoch gütig reagierte. Wurde ich von meinem eigenen Wunschdenken genarrt? Als Rima den Feldwebel zu sich rief, sah ich wieder das Funkeln in seinen Augen, als hätte er Spaß mit uns und dem Gericht, als treibe er einen Schabernack mit uns Fremden. Spott kräuselte die dunkle Haut unter seinen Augen, aber mir traten Schweißperlen auf die Stirne.

»Hast du getötet?« begann er sein Verhör.

Cazalla verneinte. Seine Stimme war hell und klar.

»Hast du gestohlen?« fuhr Rima fort.

Nun war es vorbei. Wußte ich doch, daß er Shaskas Schmuck an sich genommen hatte. »Er nahm Shaskas Eigentum«, klagte ihn Payo an, ausgerechnet Payo. Meine Zuneigung zu ihm gefror. »Doch er gab es zurück, als sie danach verlangte«, fuhr Payo fort. Er mußte uns beobachtet haben, den ganzen langen Weg hinauf Richtung Jauja. Mein Herz hüpfte nicht an seinem gewohnten Platz, sondern sprang in meiner Kehle herum, trieb mir Wasser in die Augen.

Ein Indio breitete alle Habseligkeiten des Feldwebels vor Rima aus. Mein Hals schnürte sich erneut zusammen, doch dann fiel mir ein, daß Cazalla ja beraubt worden war, und zum ersten und einzigen Mal pries ich die Gier Plünderauges! Rima legte die Goldmünze vor, die ich Cazalla gegeben hatte. »Gehört sie dir?«

Als der Feldwebel bejahte, schob Rima Cazalla den Haufen zu. »Das ist dein«, sagte er.

»Hast du gelogen?« fragte er abschließend, und mein Herz wollte tanzen vor Freude. Wessen wollte man den Feldwebel anklagen, ihn, dessen Mund nie die Unwahrheit gesprochen hatte?

»Hin und wieder«, antwortete Cazalla zu meinem Schrekken, »daheim in meinem Land.«

Das einsetzende Geschrei war ohrenbetäubend. Lüge wurde unter der Herrschaft der Inka zuweilen mit dem Tod bestraft. Wieso nur hatte ich ihn nicht gewarnt mit Gesten oder Payos Hilfe, wie auch immer. Wie ich meine Dummheit verfluchte, mein hirnloses Verhalten! Sollte Cazallas Ende tatsächlich von einem Vergehen herbeigeführt werden, das in unserer Heimat kaum einen Beichtvater erröten ließ? Es dauerte eine Weile, bis sich Rima Gehör verschaffen konnte. »Warum?«

»Um Nahrung zu erhalten oder Kleidung«, erklärte Cazalla ruhig, und ich verwünschte ihn ob seines verdammten Stolzes.

»Hat man dir keine Kleidung noch Nahrung gegeben?« Zum erstenmal schien Rima völlig überrascht und fassungslos zu sein. »Konntest du keine Klage vorbringen dem Amtsinhaber, nicht dem *Conka Kamayoq* deine Bedürfnisse melden, kam kein *Tucui-Rucuc* zu dir, jener, der alles sieht und der solches Unterlassen rügt? Konntest du dir nicht nehmen aus dem Haus der Gemeinschaft an Nahrung und Kleidung, wessen du bedürftig warst?«

Langsam dämmerte mir, welche Strafe Shaska erwartete. War sie von der allgemeinen Sorge ausgeschlossen, mußte sie alles selbst beschaffen, vom Stroh bis zu den Ledersandalen! Doch gebannt lauschte ich der Erklärung des Feldwebels: »Diese Einrichtung gibt es nicht bei uns. In meinem Land erfrieren die Menschen und sterben den Hungertod.«

Ungläubiges Raunen ging durch den Raum, verbreitete sich sogar außerhalb des Hauses, bis die Stimme Rimas vernehmlich ertönte: »So verkünde ich dein Urteil. Du mußt lernen, Sorge zu tragen für die Gemeinschaft, den *allyu* und dich selbst. Zu deiner Strafe befehle ich dir, die *ojotes* zu tauschen. Nimmst du das Urteil an?«

Cazallas Bestätigung ging in Trommelklang unter, der erst verebbte, als Manco Huaca neben Rima trat.

Was mochte der Sandalentausch bedeuten? Fast wollte Freude sich meiner bemächtigen, denn hinter diesem Spruch konnte sich kein Übel verbergen. Andererseits verbot ich mir hoffnungsvolle Gedanken, denn die Erfahrung, die ich mit Augustín gemacht hatte, hielt mich zurück. So erbleichte und glühte mein Gesicht im Wechsel bei dem nun vollzogenen Urteil.

Man befahl Cazalla, die Sandalen auszuziehen. Payo trat

vor und überreichte ihm ein Paar kleiner Riemenschuhe aus feinstem Leder. Ich hatte Payo daran arbeiten sehen, und zum erstenmal ahnte ich, daß die Indios einen unglaublichen Schabernack mit uns trieben. Wie konnte Payo wissen, wie das Urteil ausfallen würde? Oder handelte es sich um eine spezielle Folter? Mußte Cazalla in zu kleinen, engen Schuhen seine Arbeit tun? Hin- und hergerissen zwischen Pein und Frohlocken beobachtete ich das weitere Geschehen. Shaska trat vor, barfuß und mit Sandalen in der Hand. Sie kniete sich nieder, streifte diese Cazalla über die Füße und forderte ihn ein um das andere Mal auf, das gleiche zu tun. Endlich begriff er, nahm die kleinen Sandalen und bekleidete ihre Füße. Schwatzend und lachend drängten die Indios heran, jeder wollte sehen, wie der große Bärtige mit zitternden Fingern die Riemen verknüpfte. Die ausgelassene Stimmung, die Zurufe um uns herum, all das konnte nichts Böses verheißen. Ich arbeitete mich zu Payo vor, denn alles bewegte und drehte sich, wirbelte umher. Doch dieser entwich meinen fragenden Gesten, sein Gesicht dunkel und ausdruckslos wie ein Gebirgssee im Herbst. Schließlich erhaschte ich einen Blick von Rima, sah den Spott in seinen Augen, gemischt mit Heiterkeit. Es war eine schreckliche Folter, da ich nicht wußte, was kommen würde. Manco Huaca forderte Shaska und Cazalla auf, sich die Hände zu reichen. Hilfesuchend blickte mich der Feldwebel an: »Was soll das heißen, Niño?«, doch ich zuckte jetzt grinsend die Schultern. Die Fröhlichkeit hatte mich angesteckt und riß auch Cazalla fort, als ihn die Menge singend und kichernd nach draußen schob.

Wie fröhlich sind die Indios! Das Fest dauerte bis weit in die Nacht. Es wurde getanzt, in wilden Sprüngen oder auch in anmutigen Bewegungen. An ihren Fußgelenken befestigten die Tänzer Schneckenklappern, die sie *churu* nannten und die ihre Tanzbewegungen rasselnd begleiteten. Dazu bliesen einige Männer die unterschiedlichsten Flöten und Muschelhörner. Letzteren entlockten sie durchdringende Töne, deren Einförmigkeit erregend wirkte wie ein berauschendes

Getränk. Speisen wurden in großer Zahl aufgetischt zusammen mit einem Trank, der mich leicht und froh stimmte, unbeschwert wie nie zuvor. Cazalla war der munterste aller Feiernden. Irgendwann nahm er mich zur Seite und zeigte verstohlen auf Shaskas gewölbten Bauch: »War ich das, Niño?«

Ich mußte kichern, was mir gleich einen Hustenanfall bescherte, heftig schüttelte ich den Kopf. »Tomás, Gómez?« rätselte er weiter. »Wenn es nur nicht Plünderauge war, bin ich's zufrieden«, grinste er endlich. Leicht torkelnd folgte ich ihm auf den Platz an seine Ehrentafel. Ein Indio nach dem anderen trat vor und legte ein Geschenk zu Füßen der beiden Neuvermählten. Denn daß Shaska und Cazalla ein Paar waren, darüber hatte ich keinen Zweifel mehr. Ein ganzer Hausrat, Ackergerät und Saatgut türmten sich vor den beiden auf, selbst eine kleine Herde *cui* wimmelte in einem Korb. Meine Rührung war so groß, daß mich Trauer befiel. Doch ehe ich dieser melancholischen Stimmung beim Anblick dieses Festes nachgeben konnte, zerrte mich Payo in eine Tanzreihe, und ich versuchte mit großem Ernst den nickenden Bewegungen und den kleinen Trippelschritten meiner Gegenüber zu folgen. *Way-Yaya* nannten sie den Tanz, bei dem mich das unangenehme Gefühl beschlich, am spanischen Hof zu sein. Allzu vertraut wirkten einzelne Tanzfiguren, ähnlich derer, die mir manchmal meine Mutter zu Hause vorgeführt hatte. Sicherlich lag es an meinem Geisteszustand, an dem Nebel in meinem Kopf, der mich krächzend und kichernd hinter Payo in unsere Hütte taumeln ließ. Ich fiel in das Stroh und fand es ungeheuer belustigend. Fast wäre ich an meinem Glucksen erstickt.

»Ich muß Abschied nehmen, Niño.« Noch benommen von der Nacht, starrte ich anderntags in das Gesicht des Feldwebels. »Ich verstehe nicht alles, was sie sagen, doch eines ist mir klar: Ich muß mit Shaska noch heute fortziehen. Sie geben uns Land, eigenes Land.«

Der Schreck machte mich hellwach, rasch schlang ich kalten Brei hinunter und zog mich an. Vor unserer Tür warteten zwei *puric* mit ihren hochbeladenen Lamas. Shaska trug eine Last auf dem Rücken, und auch der Feldwebel griff nach seinem Bündel.

Wie schwer fielen ihm die Worte: »Warum wir sofort gehen müssen, weiß ich nicht, doch ich denke, daß es Shaskas Zustand ist. Sie bringen uns fort, die Berge hinunter, Richtung Norden. Dort gibt man uns Land, eigenes Land.« Cazalla wiederholte, was er bereits berichtet hatte, mit großen, aufgerissenen Augen. Seine Sorge galt dem zukünftigen Akkerland. »Werde ich es bebauen können? Werde ich diesem Land Ertrag abringen können, genug, um Frau und Kinder zu ernähren? Werde ich überhaupt eines Tages verstehen, was mit mir geschieht? Man hilft uns, eine Hütte zu errichten. Dort auf unserem Land sollen auch Angehörige aus Shaskas Familie leben.«

Alles war so überstürzend für mich. Cazalla bebte, als er mich fest umschlungen hielt. Schließlich drückte er mir das Goldstück in die Hand. »Solltest du zurückkommen in die Heimat«, und nun wurde seine Stimme doch heiser wie Krähengeschrei, »bringe es dem Vater, den Brüdern oder Schwestern.«

Ich wollte ihn nicht gehen lassen, doch er machte sich los. »Ich denke, ich habe gestern mein Wort gegeben, nicht wahr, Niño?« Stumm nickend sah ich ihn davonziehen. Als sie weit unten die Straße erreicht hatten, konnte ich nur noch an der Größe auseinanderhalten, wer Cazalla war. Sonst unterschied er sich durch nichts von den Indios. Schweren Herzens flüsterte ich tief in meinem Innern das Sonnengebet.

Kapitel 8

Man ließ mir keine Zeit, in Traurigkeit zu versinken. Wie sehr mir auch der Feldwebel fehlen mochte, jeden Abend fiel ich erschöpft auf meine Lagerstatt und schlief sogleich ein. Selbst das heimliche Aufschreiben mußte ich unterlassen, um nicht mit den Notizen in der Hand einzunicken. Hatten wir unser Tagwerk vollbracht, mußten Payo und ich Collya zur Hand gehen, die nicht müde wurde, Salben, Pulver und Tinkturen herzustellen. Ob es viele Kranke in der Stadt gab? Nach einem erschöpfenden Wettlauf mit Payo auf der Straße unten am Bad der Inka verstand er endlich meine fragenden Gesten nach den vielen Arzneien. »Es kommt eine schlimme Zeit«, sagte er. »Du mußt gut vorbereitet, dein Körper muß gestählt und der Acker bestellt sein. Schüttelt dich erst das Fieber, kommt jede Arbeit zu spät.«

Mit der Zeit verstand ich, daß die Bewohner der Stadt den Ausbruch einer Krankheit befürchteten, die sie offensichtlich periodisch überfiel.

Seit Cazallas Fortgehen durfte ich mich freier in der Stadt bewegen als bisher. Eines Tages, als ich Stroh in den Ostteil hinaufbringen sollte, ging ich eine schmale Gasse entlang und blickte in einen großen Hof, in dem junge Mädchen auf dem Boden knieten. Sie boten einen lieblichen Anblick, wie sie – frisch und hübsch in ihren sauberen, bunten Gewändern – eine Mahlzeit einnahmen, so dachte ich. Nach und nach erkannte ich, daß sie kräftig auf etwas herumkauten, um es dann in einen schönen doppelgriffigen Krug zu spucken. Schon wollte ich mich angewidert abwenden, als Payo mir erklärte: »Sie stellen *chicha* her.« Ich muß ihn recht dümmlich angeglotzt haben, denn er lachte: »Du hast doch *chicha* schon getrunken, damals beim Sandalentausch. Es ist das berauschende Getränk, das einen lustig macht und die Sorgen forttreibt. Nur die jüngsten und schönsten Mädchen dürfen *chicha* für unsere Feste herstellen.«

Oh, wie grauste mir! Mit welcher Begeisterung hatte ich von dem gegorenen Maisgetränk einen Becher nach dem anderen geleert, und welchen Ekel empfand ich jetzt. Dies paßte nicht zu meiner Vorstellung von den reinlichen Indios, wie ich sie bisher kennengelernt hatte. Sie wurden mir so fremd, je mehr ich über sie erfuhr. »An drei Tagen im Monat arbeiten wir nicht«, fuhr Payo fort, »und oft feiern wir große Feste, besuchen die Märkte, spielen und tanzen. Doch in diesen Zeiten, wo überall Lanzenträger lauern, dürfen wir es nicht wagen, die herrlichen Märkte unten in den Tälern aufzusuchen.«

Ich mußte die gesetzlich vorgeschriebenen Feiertage wohl verschlafen haben. Wahrscheinlich hatten wir, gebunden durch die Pflege Cazallas, nichts davon mitbekommen.

Bei den sportlichen Übungen, zu denen mich Payo zwang, begegnete uns immer wieder Rima. Während er Payo meistens übersah, betrachtete er mich – wie mir schien – liebevoll. Als wir eines Tages nach der Anstrengung ein Bad nahmen und nackt aus der warmen Quelle stiegen, sah er mich lange mit leuchtenden Augen an. Irgendwann senkte ich verlegen den Kopf, denn ich wurde mir meines entblößten Körpers bewußt, den er so wohlwollend betrachtete.

»Rima plant Schlimmes mit dir.«

Manco Huaca stand neben mir und ließ mich auf einer Zahlentafel die Umlauftage des Morgensternes markieren. Meine Finger verhaspelten sich, als er zu mir sprach. Hatten mich nicht schon dunkle Ängste geplagt, da ich immer wieder an die Worte des Bischofs von Sevilla denken mußte, der in den gräßlichsten Beschreibungen das lasterhafte Leben der Indios darstellte, wo Männer es mit Knaben trieben, sich Kinder hielten, um ihre Lust zu befriedigen, ja nicht einmal zurückschreckten, Tiere auf ihre Lagerstatt zu schleppen? Hatte damals nicht die ganze Kirchengemeinde offenen Mundes seinen donnernden Worten gelauscht, gebannt und mit höchster Aufmerksamkeit seinen Beschreibungen horchend? Hatte nicht Seine Eminenz von einem Sodom und Gomorrha der Neuen Welt gesprochen, das die Kirche in heiligem Auftrag niederbrennen müsse, so wie damals der Allmächtige die Sündenstädte vernichtete?

»Zu Recht zittert deine Hand, Can-Can«, fuhr Manco Huaca fort. Meine Gedanken galoppierten davon wie ein wilder Esel. Schon sah ich mich von Rima ergriffen, meiner Kleider entblößt und auf sein Lager gezwungen.

»Er hat deinen Körper gesehen, der kräftig geworden ist, mit breiter Brust und langen Beinen. Das gefiel ihm gut, sehr gut sogar. Nun möchte er dich zu seinem *chasqui* machen.«

Der helle Stein, mit dem ich das Jahr der Venus markieren sollte, rollte auf den glatten Boden des Priesterhauses. *Chasqui* – so nannten sie also ihre Lustknaben, dachte ich.

Als Manco Huaca mein Erschrecken bemerkte, versuchte er mich zu beruhigen: »Nun, es ist eine große Ehre, *chasqui* zu werden. Nur diejenigen mit dem geschmeidigsten Körper, die sich rasch und heftig bewegen können, dürfen *chasqui* werden. Rima würde dich stets bei sich haben, liebevoll betreuen, mehr fast als die Mutter seiner Kinder. Dein Lager wäre fortan bei ihm, damit du ihm jederzeit dienen könntest. Deine Zweisprachigkeit«, führte der Priester aus, »ist von großem Nutzen. Als sein *chasqui*, das bedeutet als sein Bote, sein bester Läufer, könntest du vieles verstehen und doch nichts weitertragen als nur den *quipu*, die Knotenschrift. Doch auch wenn dieses Leben ruhmreich sein mag, endet es irgendwann in den Händen unserer Feinde. Ich erinnere mich gut, Can-Can«, sagte der Alte und deutete auf seine verstümmelten Füße, »daß auch ich geweint habe vor Schwäche, als die Lanzenträger und ihr Folterknecht im schwarzweißen Gewand es so vortrefflich verstanden, Fragen zu stellen.«

Wie lange ich mit gesenktem Kopf zu Boden starrte, um die dunkle Schamröte zu verbergen, die meine Backen glühen ließ, weiß ich nicht mehr. Ich war dankbar, stumm zu sein. Welch schreckliche Vermutung hätte ich andernfalls angedeutet? Wie kam es nur, daß meine Fantasie die Indios gemeinster Dinge verdächtigte, sobald ich eine Handlung, eine Absicht nicht verstand? Mein Hirn mußte voll sein mit den schrecklichsten Vorstellungen über diese Menschen, voll wie eine Kloake. Der Gedanke, daß die Erzählungen in Spanien über die sündhaften Indios meinen Geist angesteckt hatten wie Eiter aus einer Pestbeule, wollte mich nicht trösten. Längst hätte ich doch gefeit sein müssen gegen die giftigen Worte des Bischofs von Sevilla.

Nicht nur Manco Huaca schien besorgt. Am selben Abend noch ließ mich Collya wissen: »Rima sieht dich an der Spitze seiner *chasqui*, doch ich sehe dich vielmehr aufgespießt auf den Lanzen der Spanier, sobald sie deiner habhaft werden.«

Mehr als je zuvor bemühte ich mich fortan, das Leben der Indios zu verstehen. Ich lernte sie als sehr wechselhafte Menschen kennen. Einerseits waren sie ernst und fast andächtig bei ihrer Pflichterfüllung, und dann gebärdeten sie sich wieder ausgelassen und übermütig wie Kinder in ihren freien Stunden. Ihre größte Leidenschaft war es zu necken, jemanden in die Irre laufen zu lassen, um das Opfer dann mit beißendem Spott zu überhäufen. Sie konnten sehr geschickt täuschen, sich andererseits genauso begeistern, wenn sie selbst einer Täuschung aufgesessen waren. Oft spielten Payo und ich ihnen Szenen aus ihrem Tagesablauf vor, die lustig oder lächerlich überspitzt waren, und sie liebten uns dafür und unsere kleine Theaterwelt. An diesen Abenden fiel mir auf, daß ich nur wenige Kinder sah. »Wo sind die Kinder?« fragte ich Payo in unserer Zeichensprache. »Kinder können nicht schnell laufen. Kinder sind unbeholfen«, wies er mich mit düsterem Gesichtsausdruck ab. Doch ich ließ nicht locker. Schließlich röteten sich seine Wangen vor Zorn, was ich bisher noch nie an ihm gesehen hatte. »Nun«, keuchte er und war kaum zu verstehen, »die Kinder konnten den Lanzenträgern am schlechtesten entkommen. Sie wurden als erste aufgespießt.«

In dieser Nacht fand ich keinen Schlaf. Ich hörte, wie auch Payo sich hin und her wälzte. Dachte er an seine Geschwister? An die Freunde aus den Nachbardörfern? Und warum hatten die Indios mich leben lassen, mich, das weiße Kind? Wieso hatte man nicht Shaska den Leib aufgeschnitten, um das Kind eines Spaniers zu töten, das sie dort trug? Leise erhob ich mich und schlich hinauf zu Manco Huaca.

»Sieh zu den Sternen, auch sie sind Sonnen ferner Welten«, forderte er mich auf, und widerstrebend folgte ich seiner Anweisung. »Wer die Sterne verstehen lernt, kann demütig sein im Erkennen seiner Kleinheit.« Das Bild, wie der Alte neben mir stand, seine Hände gegen den matt schimmernden Nachthimmel emporgereckt, brannte sich in mein Gedächtnis ein bis zum heutigen Tag.

In dieser Nacht fielen unzählige Sternschnuppen vom Himmelszelt. Während ich mich begeisterte, zuckte der alte Priester bei jedem Lichtblitz zusammen und schien in die Dunkelheit zu lauschen und zu starren. »So sind die Bärtigen herniedergefahren auf die Erde in gleißenden Lichtblitzen am Anfang der Zeit«, murmelte er. »Was werden sie vorfinden, wenn sie heute wiederkommen, wie sie versprachen? Wie werden sie mich richten, da ich ihr Wissen verwalten sollte und schmählich gescheitert bin?«

Die nächsten Tage dachte ich lange über Manco Huaca und seine seltsamen Worte nach. Langsam schlich sich eine Überlegung in meinen Kopf, die immer mehr Form annahm. In meinem Unverstand hatte ich Manco Huaca mit ›Eure Heiligkeit‹ übersetzt, denn ich hielt ihn nur für einen Priester. Da ich nicht fragen konnte, verglich ich in Gedanken immer wieder den Begriff *huaca* mit ›heilig‹ und stellte fest, daß dieses Wort sehr häufig verwendet wurde. So nannte man einen Verstorbenen ebenfalls *huaca*, ja sogar den Gipfel eines Berges. Mir schien es nicht logisch zu sein, jeden Toten, jede Bergspitze als heilig zu bezeichnen. Immer mehr kam ich zu der Einsicht, daß ich einige Worte der Indios nicht übersetzen konnte, weil ich ihren Sinn nicht begriff. Mochte Manco Huaca ›Bewahrer höchsten Wissens‹ bedeuten oder ›Höchster, der mit dem Wissen des Jenseits in Verbindung steht‹? Ich fand keine befriedigende Erklärung, nur eines schien mir jetzt offensichtlich: Ein Priester in dem Sinn, wie wir unsere Priester verstanden, war der Alte nicht, eher ein Weiser, ein Bewahrer uralten Wissens. Ich erinnerte mich an unsere arabischen Händler, die mir von den alten Priestern ihrer Heimat erzählt hatten, die Sterne deuten und den Lauf der Gestirne am Himmel ablesen konnten. Manch arabische Sternenbezeichnung wie Beteigeuze oder Al Dabaran fiel mir ein. Diese Namen hatte ich zu Hause niemals auszusprechen gewagt, wußte ich doch, daß unsere heilige Inquisition im Erforschen des Himmels abscheuliche Sünde witterte und die arabischen Sternkundigen mit dem Satan im Bund wußte. Wie gerne hätte ich jetzt Manco Huaca die arabischen Namen genannt! Fast schien es mir, als ob eine Art Verwandtschaft bestünde zwischen dem Sternenpriester hier in der Neuen Welt und jenen arabischen Weisen, von denen ich gehört hatte.

Wer mochten die Heiligen Drei Könige gewesen sein, grübelte ich, jene Sternkundigen aus dem Morgenland, die dem Jesuskind ihre Aufwartung gemacht hatten? Damals zu Christi Geburt wurden Sternkundige geduldet, ja sogar hoch verehrt. Aber nun jagte die katholische Kirche Sternkundige, verbot Weisen die Beschäftigung mit dieser Wissenschaft, bezichtigte sie der Ketzerei und verbrannte sie. Wie war es dazu gekommen? Warum fürchtete die Kirche ihr Wissen? Wieder quälte ich mich mit Gedanken, schwer wie Grenzsteine: War es nicht so, daß unsere heilige katholische Kirche seit Jahrhunderten immer mehr in die Irre lief? Schließlich betete ich den Sternengesang, um mein Hirn zu reinigen, wie Manco Huaca mich gelehrt hatte: »Den Tag und die Nacht hast du vollendet, o Schöpfer, der du ausgerichtet hast diese Völker auf Erden und die Sternenvölker in den Weiten der Himmel.«

Es sollten nicht mehr viele Nächte sein, die mir an der Seite Manco Huacas vergönnt waren. Oft zogen nachts Regenwolken über den Himmel und verdunkelten die Sterne. Tagsüber war es schwül und stickig. »Die schlimme Zeit ist da«, hörte ich die Indios sagen. An Collyas Seite eilten wir durch dunkle Gassen, brachten Fiebernden Arzneien, hielten Wache an ihren Lagern und wuschen die glühenden Körper. Einmal, als eine alte Frau besonders heftig vom Fieber geschüttelt wurde, wies mich Collya an, *quina-quina zu* verbrennen. »Zusätzlich zum Pulver des Quinabaumes, das du ihr gibst, verbrenne auch die Rinde und laß die Kranke den Rauch tief einatmen.«

Ich tat wie geheißen, doch kaum glomm das Rindenstück, befiel mich ein entsetzlicher Hustenreiz, der mich beinahe erstickte. Collya, die mich bis in die nächste Gasse keuchend und bellend um Luft ringen hörte, rannte, daß ihr bunter Rock um ihre Füße flog, und riß mich hinaus ins Freie. Sie bog meinen Kopf zurück, träufelte mir eine Flüssigkeit in den Rachen, der rauh und trocken war wie eine Sanddüne. »Niemals mehr darfst du diesen Rauch einatmen«, warnte sie mich. »Dein Körper reagiert darauf, als sei es tödliches Gift.«

Von nun an sollte ich den ungesunden Ausdünstungen der Kranken fernbleiben. Da Payo nun auch noch meine Krankenpflege übernehmen mußte, war ich oft allein, und es zog mich zu Manco Huaca. Der Alte war mild gestimmt und recht freundlich, deshalb wagte ich, ihn nach jener *caja negra* zu befragen, die das ganze Unheil ausgelöst hatte. Doch es bedeutete mehrere Stunden Arbeit an den darauffolgenden Tagen, ehe ich ein kleines Modell der *caja negra* aus Holz geschnitzt und schwarz gefärbt hatte, um ihm damit meine Frage zu verdeutlichen.

»Du wärst ein ordentlicher Goldschmied oder Töpfer geworden«, lachte Manco Huaca, als er die kleine Abbildung sah, »und in dir steckt noch viel mehr als nur ein Handwerker. Du trägst verborgenes Wissen.« Jetzt wurde der Alte ernst und sah mich eindringlich an. »Unsere *amautas* unterrichteten auf den Hochschulen, den *yachahuani*, die Klügsten aus unserem Volk, vier Jahre lang in Sprachen, Religion, Sternenkunde, Geschichte und der Lehre der Zahlen. Im letzten Jahr wurden die Schüler einzig im alten Wissen um die Sterne unterrichtet. Doch es gab nur wenige, die aus diesen Schulen hervorgingen und so viel Verständnis in sich trugen wie du. Wäre meine Zeit nicht vorbei und dein Weg ein anderer, ich würde dich unterrichten in der Lehre unseres Volkes.«

Soviel Lob gefiel mir, auch wenn es mich verlegen machte, sobald ich an die unsinnigen Vorstellungen dachte, die mir immer wieder durch den Kopf spukten.

»In deinem Geist hat sich altes Wissen angereichert, und ich beklage den Verlust deiner Stimme! Wieviel Wertvolles könntest du erfahren und weitergeben.«

Manco Huaca fuhr fort, freundlich mit mir zu sprechen, doch eine Antwort auf meine ursprüngliche Frage bekam ich nicht. Schließlich deutete ich hartnäckig auf die *caja negra*, den kleinen schwarzen Kasten. »Niemand versteht sein Geheimnis, doch wurde ich beauftragt, es zu bewahren, aufzuheben bis zu dem Tag, da es zurückgegeben werden muß, denn es ist nicht unser. Wie dürfte ich es dir anvertrauen?«

Entgegen meiner Sorge war Manco Huaca nicht böse mit mir, sondern blieb herzlich und aufgeschlossen. Ich drehte den kleinen schwarzen Gegenstand in meiner Hand, und einer Eingebung folgend, kratzte ich Zeichen just an die Stelle, die der des Originals entsprach, an der ich damals fremde Zeichen entdeckt hatte. Da ich wußte, daß es den Inka verboten war zu schreiben, begann mein Herz wild zu pochen, als der alte Sternenpriester mir die kleine *caja* aus der Hand nahm.

»Als es unserem Volk noch nicht untersagt war zu schreiben, als wir noch niederbrachten auf Leder, getrockneten Blättern, Stein und Holz Zeichen für Zeichen unserer Sprache, war niemand kundig zu lesen, was uns die Bärtigen hinterließen. Kannst du es deuten?«

Das Gespräch nahm eine Wendung, die mir den Atem raubte. Mich, einen dummen, unwissenden Knaben, fragte der höchste Weise seines Volkes um Rat. Doch nur zu gut erinnerte ich mich daran, daß ich damals im Tempel von Huancaya nichts hatte entziffern können. Ich verneinte.

Als ich am nächsten Abend wiederkam, war meine kleine *caja* verschwunden. Manco Huaca verwehrte mir den Eintritt, schickte mich ohne jede Erklärung fort. Wieder und wieder suchte ich sein Haus auf, sobald sich der Himmel schwärzte, doch jedesmal vergeblich. Nach Tagen bangen Wartens ließ er mich endlich rufen. Er stand tief im Innern seines Rundhauses und befahl mir, seine Schwelle nicht zu übertreten. Ich fürchtete, etwas Unrechtes getan zu haben, und machte wiederholt um Verzeihung bittende Zeichen. Fast zornig rief er mir zu: »Nicht du hast gefehlt, sondern ich! Wieso habe ich dich nicht gelehrt, was es zu erfahren gibt? Wieso habe ich dich nicht auserwählt? Bin ich denn nichts als ein dummer alter Mann? So trage das Wissen weiter, trage weiter, was ich dir sagen werde, und der Schöpfer möge dir einen Weg aufzeigen, es kundzutun, so wie er mir den Pfad wies, den ich in meinem Eigensinn nicht erkennen wollte.«

Ich war sehr erschrocken und gänzlich verwirrt. Leuchteten die alten Augen im Wahnsinn? Manco Huaca befahl mir, sein Haus zu verlassen. Draußen wies mich seine Stimme aus der Tiefe des Gebäudes an, die Hände zu heben und mit höchster Konzentration auf meine erhobenen Finger rechts vor meinem Gesicht zu blicken, die Augen zu schließen und diesen Vorgang so lange zu wiederholen, bis ich auch mit geschlossenen Augen meine Hände zu sehen glaubte. Danach sprach er: »Du wirst jetzt diese Geste mit den Worten verbinden, die ich dich lehre, so daß du immer bei eben dieser Haltung meiner Anweisung gewahr wirst. Der Spruch, den du jetzt hörst, ist Teil meines Vermächtnisses. Gib du dieses Wissen an einen geeigneten Menschen weiter. So wird es bewahrt und vererbt, bis eines Tages ein kluger Mensch hierher zurückkommt. Wer den Lauf der Sonne kennt und weiß, wie wir ihn im Jahr messen, wird den Spruch verstehen und herausfinden, wie viele Stufen er emporsteigen muß, um den Ort des Ursprungs zu finden, den Ort, wo die Geschichte der Inka mit Manco Capac begann und der schwarze Kasten aufbewahrt wird. Nichts an meinem Spruch darfst du verändern. Und nun sprich mit aller Kraft in deinem Herzen nach.«

Manco Huaca machte eine kurze Pause, dann erklang seine Stimme gänzlich fremd aus dem Inneren des Hauses: »Beuge dein Knie, sooft es der Erde zusteht, in der Umarmung der Sonne, ehe du wieder hinabsteigst zum Beginn der Zeit. Dort, am weißen Felsen, findest du das Zurückgelassene aus dem Zeitalter der Bärtigen, als sie uns lehrten, wann die Sonne den Stein durcheilt, das Jahr zu markieren. Damit wir uns begreifen als niedrigsten Teil unter den Sonnen.«

Ich war wie in Trance und glitt langsam in eine Traumwelt hinüber. Mal starrte ich mit geöffneten, mal mit geschlossenen Augen auf meine Finger rechts oben und grub Manco Huacas Worte in mein Gedächtnis ein. Er wiederholte sie, bis ihr Echo in meinem Kopf hallte und ich glaubte, ich selbst sei wieder der Sprache mächtig. Irgendwann verstummte er, und ich wankte benommen auf mein Lager.

In dieser Nacht träumte ich von dem Schattenwerfer, dem *Intihuatana*, glaubte zu erkennen, wie der erste Strahl der aufgehenden Sonne die Kante des Steines traf und genau hinüber zum weißen Felsen des Tempels zeigte, den ich nicht betreten durfte. Dazu hallten die Worte des Sternenpriesters in meiner Erinnerung.

Ein grauenhafter Ton riß mich aus tiefstem Schlaf. Zuerst dachte ich, die Erde berste, bis ich erkannte, daß es der Klang des *potóto*, des mächtigen Muschelhorns, war, geblasen von einem Indio hoch über der Stadt.

Ich stand ganz allein vor unserer Hütte in finsterer Nacht. Oben am Gipfel des Berges, der über der geheimen Stadt wachte, leuchtete ein Licht auf und verlosch. Noch einmal erklang das Muschelhorn, dann verstummte es, wie das Leben um mich herum. Kein Nachtvogel schrie, und kein Wind strich durch die Gassen. Mich schauderte. Plötzlich erhoben sich rechts und links, vor und hinter mir dunkle Gestalten vom Boden. Es waren Indios, die auf der Erde gelegen hatten. Payo schob mich rasch in die Hütte. Hatte ich einen Frevel begangen?

Schließlich erbarmte sich Payo, da er mein ratloses Gesicht sah: »Nun geht er allein die Sonnenstraße entlang, allein zu den kleinen Sternen.«

Tiefe Traurigkeit überfiel mich. Von wem sprach er? »Manco Huaca«, sagte Payo ohne jede weitere Erklärung.

Ist er tot? deutete ich durch eine heftige Gebärde.

»Noch nicht«, erklärte Payo, »einen Tag und eine Nacht brauchte er, um dort oben hinaufzugelangen. Jetzt tritt er die Reise an, zurück, woher er gekommen. Niemand wird erfahren, wann sie beendet ist.«

Mein ganzes Wissen über Sterben und Tod der Inka geriet durcheinander. Wurden sie nicht feierlich beerdigt, ja als Mumien konserviert, mit allem, was im Alltag wichtig war, bestattet, damit es ihnen im ewigen Leben an nichts fehle?

Wieso ließ man Manco Huaca allein in seiner Krankheit? War er überhaupt krank? Ich hatte doch noch in dieser Nacht seine Worte gehört?

Alle meine stummen Fragen blieben unausgesprochen. Konnte ich nicht zu dem Alten eilen, ihm beistehen? Etwas um mich herum geschah, was ich nicht verstand. War ich verrückt? Ich dachte an meine Fieberträume vor nicht allzu langer Zeit. Wurde ich krank? Sprich, Payo, sprich, flehte ich ihn immer wieder an, bis er sich müde aufsetzte und das Kohlenbecken schürte.

»Verrugas«, begann er, »es sind Verrugas. In den schlimmen Zeiten, wenn das Fieber um sich greift, wenn die Erde dampft vor feuchter Schwüle, schlüpfen oben in den höchsten Wäldern der Anden Fliegen aus ihren Eiern und verbreiten den Tod. Sie bringen den Tod all denen, die aus dem Tiefland kommen oder von der Küste. Ihre Stiche sind giftig und lassen dein Blut sprudeln, bis es dir aus den Augen schießt. Von allen Todesarten ist dies die grausamste.«

Ich sprang auf, machte das Zeichen für Manco Huaca, ergriff Salbe und Pulver und zog Payo hoch.

»Nein«, wehrte er heftig ab, »einer, den der Fliegentod holt, stirbt allein. Niemand berührt ihn mehr. Er ist unrein.«

Wie grausam, wie entsetzlich, dachte ich, diese Barbaren lassen den armen Kranken alleine sterben. War ich nicht auch ein Todgeweihter? Hatte mich die Krankheit befallen wie ein giftiger Pesthauch, da ich erst in der Nacht mit Manco Huaca gesprochen hatte?

Angstvoll deutete ich auf mich, machte die erforderlichen Zeichen.

»Du bist nicht krank, Can-Can«, lächelte Payo schwach. »Als Manco Huaca spürte, daß sein Körper getroffen war, rief er dich zu sich und versetzte dich in einen Heilschlaf. Du hast länger geschlafen als je zuvor. Sieh doch deine Gestalt«, forderte er mich auf, »wie dünn du bist. Die tödlichen Fliegen werden nur angelockt von jemandem, dessen Blut heiß durch die Adern rinnt, der schwitzt und ißt. Du aber hast dagelegen wie ein Toter, da dich Manco Huacas Geist niederzwang auf dein Lager, deinen Atem würgte und alles lähmte in dir, auf daß dein Körper sich verstelle und entziehe der tödlichen Bedrohung.«

Nach allem, was ich hier bereits erfahren und gehört hatte, schien mir das die unglaublichste Geschichte zu sein. Doch ich dachte an die Schädelöffnung, die Manco Huaca an Cazalla vollzogen hatte, und schielte an meinem abgezehrten Körper hinunter. Wahrscheinlich war alles wahr und einzig ich zu dumm, es zu verstehen. Mich packte heftige Trauer um Manco Huaca und seine Weisheit.

»Es ist nicht recht, wenn du unter Tränen an ihn denkst«, schien Payo meine Gedanken zu lesen, »stärke ihn mit Erinnerungen an das Gute, das er dir getan, schenke ihm durch deine Kraft Mut, die Stunden zu vollbringen, die ihm noch bleiben. Sende Freude und Zuversicht zu ihm hinauf, nicht Gedanken der Schwäche.«

Obwohl ich nicht verstehen konnte, was Payo von mir verlangte, zwang ich meinen Geist, voller Freude an Manco Huaca zu denken. Irgendwann in den nächsten Tagen mußte er dort oben auf dem höchsten Gipfel einsam gestorben sein. Niemand sprach von ihm, und mir schien, daß auch keinerlei Zeremonie für ihn stattfand. Immer dann, wenn mich Zweifel über dieses mir fremde Verhalten befallen wollten, zwang ich mich, voller Freude an den alten Sternenpriester zu denken. Nach einigen Wochen lächelte meine Seele wieder, und ich war kraftvoll und zuversichtlich. Kaum hatte ich mich von diesem Erlebnis erholt, traf mich ein neues, unerwartet wie ein Schwall kalten Wassers.

Mit verbundenen Augen führten mich zwei Krieger hinauf zur Ratsversammlung. Sie reagierten nicht auf mein ›Sprich‹-Zeichen, und selbst Payo wies mich zurück. Als man mir die Binde von den Augen nahm, erschrak ich sehr. Der Raum war angefüllt mit fremden, wilden Gestalten, deren Gesichter durch Farben und Zeichen entstellt waren und wie böse Fratzen aussahen. Ich sah Bogenschützen vom Stamm der *Campa* und Männer, die als *Lupaca* angesprochen wurden. Sie schienen mir besonders wild und fremd zu sein, denn ihre nackten Körper waren bemalt und mit Fellen und Federn geschmückt. Sie sahen aus wie Dämonen aus dem Urwald. Sie betrachteten mich neugierig, aber nicht wohlwollend, und auch Rima, den ich als einzigen erkannte, sah über meinen Kopf hinweg. Die Indios sprachen in einer Mundart, die ich noch nie gehört hatte. Schließlich trat einer der *Lupaca* vor und legte mir den blutverkrusteten Waffenrock eines Spaniers zu Füßen. Sein Quechua hatte einen sonderbaren Klang, als er mich aufforderte: »Wie viele Krieger befehligt ein Mann in diesem Tuch?« Mit Hilfe eines Zahlenbretts gab ich Antwort, soweit ich mich im Heerlager der Spanier auskannte. Er zeigte mir viele Dinge, und ein jedes erinnerte mich an die Heimat und ließ mein Herz schwer werden. Als meine Hand zitternd über ein Hemd fuhr, dessen Kragen vor Blut strotzte, ahnte ich, was man mit mir vorhatte. Ich sollte zum Verräter an meinem eigenen Volk werden. Mittels meines Wissens wollte dieser fremde Krieger die Stärke der Spanier auskundschaften. Mit meinen Informationen würde er erfolgreich einen Hinterhalt legen.

»Er wird wie ein kleiner Vogel im Netz flattern und die Lanzenträger ablenken«, lachte der *Lupaca*.

Als ich glaubte, das verstanden zu haben, warf ich Rima einen flehenden Blick zu. Bis jetzt hatte er sich kaum eingemischt, jede Frage hatte er dem fremden Anführer überlassen. Über seinen Augen lag ein Schleier, der mir keinen Einblick in seine Gedanken gestattete.

Irgendwann hatte ich das Verhör überstanden. Der fremde Sprecher schien zufrieden mit mir. Er war ein großer, stattlicher Mann in einer Kleidung, wie ich sie noch nie gesehen hatte. Er trug über seinem bloßen Oberkörper einen Rock, an dem kleine Metallplatten wie Schuppen befestigt waren. Mir schien das eine vortreffliche Rüstung zu sein. Arme und Beine waren nackt, aber mit Federbändern geschmückt. Vom rechten Oberarm zog sich eine blaue Narbe bis über die Schulter. Der Muskel war in zwei Teile gespalten, und bei jeder Bewegung wanden sich die Muskelstränge über seinen Arm wie zwei miteinander ringende Schlangen. Seine Nase war groß und kräftig, aber ziemlich abgeplattet, was seinem Gesicht einen unangenehmen Ausdruck verlieh. Kurz und gut, er sah zum Fürchten aus. Jetzt trat er zu mir und reichte mir den letzten Gegenstand. Ich erkannte schon von weitem den Helm eines Spaniers, doch als er ihn mir vor das Gesicht hielt, sah ich darin den abgeschlagenen Kopf eines Soldaten.

Vor Grauen um Luft ringend, hob ich die Hand, und eine alte Angewohnheit bemächtigte sich meiner – ich bekreuzigte mich.

Augenblicklich wurde es totenstill. Dann erhob sich unwilliges Murmeln, das zu einem Sturm empörter Schreie anschwoll. Meine rechte Hand glühte, als hätte sie in einem Kohlenbecken gelegen.

Rima stand auf, hob seinen Urteilsstab und rief laut und drohend: »Es gab Augenblicke, da sehnte sich mein Herz danach, dich an die Stelle meines Sohnes zu erheben. Doch heute erkenne ich, daß das Böse noch in dir ist, wie in alten Zeiten. Warum beleidigst du uns mit dem Zeichen des Tötens? Führen nicht alle eure Krieger dieses Zeichen aus, ehe sie die Lanzen erheben, unsere Frauen und Kinder abzustechen? Ist nicht unser *Sapay Inka* erdrosselt worden, während eure schwarzweißen Kuttenmänner unentwegt dieses Zeichen über seinem Körper machten?«

Was konnte ich tun? Mit Entsetzen erkannte ich, wie recht er hatte. Unsere Soldaten bekreuzigten sich vor jeder Schlacht und, gläubig, wie sie waren, auch vor jedem Raub- und Mordzug. Aus der Sicht der Indios mußte dies schlimmer wirken als jede andere bedrohliche Geste. Doch ich fühlte mich gänzlich unschuldig. Das bittere Unrecht, das an mir jetzt verübt werden würde, trieb mir die Tränen in die Augen. Gerade wollte ich durch den Dunstschleier meiner Tränen hindurch Rima zu verstehen geben, daß ich nichts Böses getan hatte, doch als unsere Augen sich trafen, sah ich, wie sehr die seinen glühten in, ja, in was? Ungläubig starrte ich ihn an. Er sah aus wie Valdoro, wenn er mir ein besonders hübsches Spielzeug überreichte.

Er hob den Urteilsstab: »Niemand vermag aus einem Alpaka ein wildes Vikunja zu machen, auch wenn man es aus dem Stall fortführt und in die Berge treibt, so bleibt es nichts als ein gezähmtes Lama mit stumpfer Wolle. Deshalb verbanne ich dich aus unserem Volk, vertreibe dich aus unserer Stadt. Du bist nicht länger würdig, bei uns zu sein.«

Mit zitternden Beinen ließ ich mich vor unserem Haus auf die Knie fallen. Die Verachtung in Rimas Worten hatte mich mehr getroffen als ein Todesurteil. Bebend kniete ich am Boden, verfluchte mich und meine Stummheit. Wäre mir eine Sprache geblieben, wie leicht hätte ich das Mißverstehen klären können. Endlich schlich ich hinauf zum Ostteil, starrte auf diese schöne, fremde Stadt, hob den Blick zum Gipfel. Wie konnte ich all dies verlassen? Was würde mit mir geschehen?

Collyas Hand packte mich unsanft. »Unnützer, warum beeilst du dich nicht? Wir müssen noch heute fort.« Sie stieß

173

mich in unsere Hütte, belud mich mit meinem Bündel, schulterte Payo mehr auf als mir und eilte die Treppen hinab.

Unten am Bad warteten zwei einfache *puric*. Zu meinem Erstaunen trat plötzlich Rima auf mich zu. Er sah mich eindringlich an, dann legte er beide Hände auf meine Schultern und sprach den Segensspruch, den ein Vater seinem Sohn mitgibt: »*Ama sua, ama llulla, ama chekla* – stiehl nicht, lüg nicht, sei nicht träge.«

Er blickte mich so wohlwollend an, daß ich sein Verhalten nicht begreifen konnte. Hoch über unseren Köpfen formierten sich die fremden Krieger zu einem langen Zug. »Beeile dich«, wies mich Rima an, »ehe die anderen meine List durchschauen.«

Was war ich nur für ein Esel, für ein Maultier, für eine Ausgeburt unsäglicher Dummheit! Jetzt verstand ich, daß Rima mir die Freiheit geschenkt hatte, verpackt in einen Urteilsspruch, um seine eigenen Krieger zu überlisten. Damit ich nicht zum Verräter an meinem eigenen Volk werden mußte, ließ mich Rima frei. Doch so wollte ich nicht gehen! Sein ganzes Gesicht lachte, als er sah, daß ich endlich begriff. Meine Gedanken rasten. Was konnte ich ihm geben? Ich hatte nichts. Allerdings glaubte ich nun, die Indios gut genug zu kennen. Ich machte Payo das ›Sprich‹-Zeichen. Er trat neben mich und sah mir aufmerksam zu.

Ich zeigte auf meine Brust, machte mich klein, schleppte mich am Boden dahin.

»Ich kam zu euch, als ich krank und schwach war«, sprach Payo meine Gesten aus.

Dann richtete ich mich zu meiner vollen Größe auf, deutete auf meinen kräftigen und gesunden Körper, fügte das ›Danke‹-Zeichen hinzu und schritt langsam rückwärts.

»Ich verlasse euch jetzt, gesund an Körper und Geist«, übersetzte Payo. »Ich gehe, aber meine Dankbarkeit bleibt bei euch.«

Einen letzten Blick warf ich auf die verborgene Stadt der Inka, ehe mir Rima die Augen verband. Die beiden *puric* fesselten meine Hände auf den Rücken, dann führten sie mich hinunter zur Schlucht, bis das Toben des Flusses meine Sinne zu betäuben schien. Obwohl niemand mir etwas erklärte, fügte ich mich willig in ihre Anordnungen. Sie legten mich auf den Boden eines Bootes. Sekundenlang fürchtete ich, wegen meiner gefesselten Hände bei einem möglichen Kentern ertrinken zu müssen. Als Payo und Collya vor und hinter mir die Paddel ergriffen, wie ich aus ihren Zurufen hörte, und das Boot davonschoß gleich einem galoppierenden Pferd, verspürte ich trotz der Augenbinde und Fessel keine Furcht. Alles, was mir bisher durch die Indios geschehen war, war gut geschehen. Heftige Wogen trugen mich nun fort.

Kapitel 9

»Der Fluß spricht Unheil«, sagte Payo.

»Und der Wald verkündet Geborgenheit«, hätte ich am liebsten entgegnet, aber ich konnte noch immer nicht sprechen. Gerade hatten wir müde und dumpf von unserer letzten Tagesreise, die uns durch die Tiefe des Urwaldes geführt hatte, den herbeigesehnten Fluß erreicht, als Payo den Kopf zur Seite legte und einer Sprache lauschte, die ich nicht verstand.

Ich hatte gelernt, seinen Anweisungen zu vertrauen. Raschelnde Blätter, Abdrücke flüchtender Tiere im Uferschlick oder plötzlich hereinbrechende Stille schienen ihm die neuesten Nachrichten zu übermitteln. Manchmal war Collya nicht seiner Meinung, und sie stritten heftig über das, was ihnen ein Busch zuflüsterte, meistens jedoch deutete sie ebenso wie er, was mir fremd und geheimnisvoll verborgen blieb.

Als ich so verdrießlich und müde auf den Fluß starrte, dessen sanft dahingleitende Wasser uns um so viel leichter ans Ziel tragen würden, als jeder Pfad im Dickicht es vermochte, gewahrte ich einen Schwarm rotblau gefärbter Krummschnäbel. Die Vögel, vielleicht nicht größer als meine Hände, turnten kopfüber eine Liane hinunter. Ich wußte sehr wohl, wie gerne sie vom Lehm des Ufers nahmen, um ihre Verdauung anzuregen, doch erkannte ich, daß keiner der Vögel wagte, seinen Fuß auf den Boden zu setzen. Da die Liane nicht weit genug herunterhing, veranstalteten sie allerlei Verrenkungen, um an den Lehm zu gelangen, und ich fühlte mich an die Gaukler von Sevillas Jahrmarkt erinnert. Plötzlich verstand ich das Verhalten der Vögel. Vor Aufregung verhaspelte ich mich in meiner Gestik, doch nun hatte auch Payo den Vogelschwarm entdeckt und begriff mich rasch.

»Du hast ihre Sprache gehört«, lobte er mich. Mir tat seine Anerkennung wohl, wie einem Schüler, der fehlerlos das Alphabet aufsagt. Aber es galt, keine Zeit zu verlieren! Wieder einmal eilte uns Collya voran, suchte uns einen Weg, der uns vom Fluß fort nach Norden führen würde. Erst als wir schweißbedeckt eine *legua* zwischen uns und das Wasser gebracht hatten, erlaubte sie, das Boot abzusetzen. Den Kopf geneigt, lauschten wir einem fernen Ereignis, das die Wassermassen plötzlich anschwellen ließ, die erbarmungslos mit sich fortrissen, was sie zu fassen bekamen. Ob die Vögel deshalb nicht gewagt hatten, das Ufer anzufliegen? Es mußte wohl so sein, und ich wähnte sie ungleich klüger als uns.

»Es ist der Übergang zur Regenzeit«, erklärte Collya. »Die Flüsse wachsen innerhalb kurzer Zeit zu tödlichen, reißenden Strömen. Wir müssen noch vorsichtiger werden und sorgsam der Sprache des Waldes lauschen.«

Mit der Ankündigung der Regenzeit wurde mein Gemüt düster wie das Licht in den Tiefen des Blätterdaches. Jeder Tag, den ich, triefend vor Nässe und Feuchtigkeit, erblicken durfte, wurde von einem heftigen Regenguß getrübt. Die Nässe ließ meine Schuhe schimmeln und weichte meine kostbaren Papiere zu Moder auf. Schließlich erbarmte sich Collya und verwahrte sie in einem Topf, den sie sorgfältig verschloß. Es regnete täglich. Sollte es noch schlimmer kommen?

Wir waren seit Wochen – oder mochten es Monate sein? – unterwegs. Anfangs hatte ich täglich eine Kerbe in mein Zeitmaß geritzt, bis ich kurz darauf meinen ›Kalender‹ verlor, als ich dieses kostbare Holz nach einer Riesenechse schleudern mußte, die mich über den Rand unseres Bootes hinweg zu verschlingen drohte.

Vieles lernte ich in jener Zeit und verstand rasch, daß ich ohne die Hilfe meiner Freunde kaum einige Stunden überlebt hätte. Die am Körper faulenden Kleider hatten wir bald abgelegt. Ich hatte mich an den Anblick der Nacktheit gewöhnt, genauso wie daran, meinen Unaussprechlichen mit einer dünnen Pflanzenschnur am Leib hochzubinden, solchermaßen, daß Käfer, Ameisen oder anderes Getier nicht über die Harnröhre in meinen Körper eindringen konnten. Collyas wippende Brüste interessierten mich nicht mehr als die Zitzen einer Ziege, und ihre Rückseite, glänzend und ausladend wie die Hinterbacken eines Maultieres, wies mir lediglich den Weg nach Norden.

Was würde die Regenzeit an Ungemach bringen, wenn schon die Trockenzeit, in der wir uns noch befanden, das Ausmaß des Erträglichen beinahe überschritt?

Mißmutig in Gedanken versunken, rammte ich die Spitze des Bootes, das ich trug, fast in Collyas Rücken, als sie ohne Vorwarnung stehenblieb. »*Shabono*«, hauchte sie, doch es war zu spät.

Shabono nannten die Bewohner dieser tiefen Wälder, durch die unsere Reise führte, ihre Siedlungen und Dörfer. Meist schien es uns ratsam, einer solchen Ansiedlung auszuweichen, statt blindlings in sie hineinzulaufen. Diesmal aber hatte Collya den Weg falsch gewählt. Ein Pfeil, scharf und tödlich zugespitzt, schwirrte an meinem rechten Bein vorbei und bohrte sich fingerbreit entfernt neben meiner nackten Zehe in den weichen Boden. Ich hatte gelernt, auf dieser Reise der Überraschungen zu erstarren und nicht zurückzuzucken. Die Art der Begrüßung konnte durchaus freundschaftlicher Natur sein, doch als ich die weißschwarz bemalten Gestalten erblickte, schwand meine Zuversicht.

Von Speeren und Pfeilen bedroht und von Kriegern flankiert, wurden wir in die Mitte der Siedlung getrieben, genau in ein großes, auf Pfählen ruhendes Rundhaus hinein, dessen Dach mit trockenen Blättern und Gras gedeckt war. Ich erkannte, daß wir mitten in eine feierliche Handlung gestolpert waren, und vermutete, man würde uns dies übel anrechnen. Wie so oft täuschte ich mich. Die wilden, bemalten Gesichter schienen nicht freundlich zu blicken, doch Collya verhandelte eindringlich mit einem Mann, dessen muskulöser Körper bemalt und mit bunten Federn geschmückt war. Collya, die aus einer Gegend weit im Norden dieser Wälder stammte, war in ihrem Amt als Heilerin wiederholt durch diese Gebiete gezogen und kannte das Verhalten ihrer Bewohner. Sie bot eines ihrer trefflichen Heilmittel als Geschenk an, tauschte eine fettige Salbe gegen fremde getrocknete und zerstoßene Pflanzen und schien durchaus zufrieden.

»Wir haben einen Sonnentag«, ließ sie mich wissen, was Glück bedeutete. Entspannt setzte ich mich an das fremde Feuer. Doch wie erschüttert starrte ich in den Topf über der Glut.

Der brodelnden Flüssigkeit entstieg ein lieblicher Geruch, der im krassen Gegensatz zu dem stand, was uns der federgeschmückte Mann mit einem großen Holzlöffel hervorzog. Es war die verschrumpelte, gargekochte Hand eines Kindes!

Unter meinem lang gewordenen Haar mußten meine Augen mit solchem Entsetzen auf Payo geblickt haben, daß er rasch erklärte: »Mein Bruder hat einen feierlichen Schwur getan, kein Fleisch zu essen.«

Obwohl unsere Gastgeber nicht gut verstanden, was Payo vorbrachte, waren sie vornehm genug, mir Früchte zu reichen, die köstlich mundeten. Es war nicht ungefährlich, ihr Essen zurückzuweisen, und richtig, tadelte mich alsbald Collya: »Du bringst uns in Gefahr. Warum überwindest du dich nicht unserem Wohl zuliebe und kostest von diesen Geschöpfen?« Damit zeigte sie auf Affen, die kreischend in den Bäumen turnten. Obgleich ich einräumen muß, daß ich ihr gerne glauben wollte, jene Hände in der Suppe seien Affenglieder und nicht von Menschen stammend, erinnerten sie mich doch zu sehr an die kleinen Fäuste eines Kindes. Ich mußte oft eine rechte Plage für Collya und Payo gewesen sein!

Ohne jede Gegenwehr nahm ich folglich von einem leicht berauschenden, gegorenen Getränk, wohl ahnend, daß es eben jene zarten Füße zu Brei getreten hatten, die jetzt im Rundhaus den Boden stampften zum Klang der Trommeln.

Wenig später saßen wir dicht gedrängt im Rundhaus. Ich schätzte die Zuschauer auf mindestens hundert Leute. Während die Tänzer immer wilder herumwirbelten, klopften die Trommler ihre Instrumente mit solcher Heftigkeit, daß sich mein Herzschlag den rasenden Klängen anpaßte und meinen Atem stoßweise gehen ließ. Plötzlich verstummte die Welt um mich herum. Die eben noch wild sich gebärdenden Tänzer hockten sich keuchend und schwitzend vor uns in einem Rund auf den Boden. Es waren allesamt junge Männer, kaum älter als ich, wie mir schien, und ich zählte die Köpfe mit dem langen, schwarzen Haar. Als ich beim zwölften Haupt angelangt war, spürte ich die große, erwartungsvolle Stille im Rundhaus. Schließlich begann erst eine, dann eine zweite Trommel zögernd zu locken, bis wohl ein Dutzend weiterer Gestalten, vollkommen nackt, einzig von Kopf bis Fuß mit schwarzen und weißen Streifen bemalt, das Rund betrat.

Längst war es Nacht geworden. Vor dem Tanzhaus brannten in gleichmäßigen Abständen Feuer und erleuchteten die bloßen Gestalten mit zuckendem Schein. Es waren junge Frauen oder Mädchen, was die Bemalung nicht verbergen konnte. Als sie wippenden Schrittes näher kamen, stieg Gluthitze in meine Wangen. Zu anmutig waren ihre geschmeidigen Körper, ihre Bewegungen von fremdartiger Schönheit.

»Es ist die Nacht der Erwählung«, konnte mir Payo zuraunen, der wie ich offenen Mundes auf die Tänzerinnen starrte. »Sie bestimmen heute, wer ihre Hütte teilen wird, wem sie die *hamaca* flechten. Knaben und Mädchen haben tagelang gefastet, sich durch Entsagung und Gebet vorbereitet auf die wichtigste Stunde, wenn sie die Elternhütte verlassen und eine eigene Familie gründen. Nicht die Knaben, die Mädchen treffen die Wahl.«

Letzteres erschien mir so ungeheuerlich, daß ich anfangs meinte, ich hätte Payo mißverstanden. Der erst sanfte, dann wirbelnde Tanz belehrte mich rasch eines Besseren. Ich saß schräg hinter einem der jungen Männer von kräftiger Gestalt und erkannte, daß nicht nur eine, sondern sogar zwei der Tänzerinnen ihre Darbietungen auf ihn konzentrierten.

»Wenn er ein gewandter und mutiger Jäger ist, wird er zwei Frauen versorgen können. Es ist eine große Herausforderung für ihn und auch Ehre«, flüsterte Payo. »Doch muß er doppelt so schnell und ausdauernd, auch doppelt so kraftvoll sein. Wenn ich zurückkomme von meiner Reise in den Norden, werde ich überprüfen, ob er noch Fleisch auf den Knochen hat oder aber wie ein Hund mit eingesunkenen Flanken um die Hütten schleicht«, kicherte mein Freund.

Der Klang der Trommeln änderte sich, verwandelte sich in ein rhythmisches Auf- und Abschwellen der Töne. Die Tänzerinnen waren vor den Erwählten stehengeblieben, schwangen ihre Hüften vor und zurück, vor und zurück, bis mir schwindelte. Der Auserwählte vor mir blickte tatsächlich auf zwei jugendliche Körper, die sich ihm lockend näherten, um sogleich wieder zurückzuweichen. Aus den Augenwinkeln erkannte ich, daß keiner der Männer leer ausging, doch war der Mann vor mir der einzige, um den sich zwei bewarben. Die Stöße ihrer Becken wurden immer heftiger, und mein Mund dörrte aus wie ein Flußbett im Sommer. Einen Wimpernschlag lang fürchtete ich, einen meiner Erstickungsanfälle zu erleiden, doch der einsetzende Trommelwirbel ließ mich alles vergessen. Immer heftiger federten die Tänzerinnen vor und zurück, bis alle plötzlich wie auf ein geheimes Kommando ein Bein anhoben und es über den Kopf des Auserwählten schwangen. Obwohl mir diese Handlung zutiefst schamlos erschien, starrte ich unverdrossen auf dieses Schauspiel, das sich wiederholte, bis der Mann aufstand und unter dem Beifall der Umsitzenden die Wahl annahm. Jener aber vor mir schien mit sich zu ringen, denn er hoffte wohl, eine der Tänzerinnen würde aufgeben. Statt dessen aber trieben sie sich gegenseitig an, und keine wollte vor der anderen weichen. Wie vernarrt starrte ich auf die dunkle Wölbung zwischen ihren schlanken Beinen, dachte weder an Beichtvater noch Sünde, noch Vergebung derselben, sondern hing mit weit aufgerissenen Augen an dem Anblick weiblicher Geheimnisse.

Endlich, da ich meinte aufspringen und selbst eine der Tänzerinnen ergreifen zu müssen, erhob sich der junge Mann vor mir, und ich bewunderte seine geschmeidigen Bewegungen, seine Muskeln, die unter der dunklen Haut auf und ab sprangen. Doch wie aus einem Traum erwachend, wurde ich mir plötzlich meiner eigenen Nacktheit bewußt und, noch viel gräßlicher, einer frechen Laune meines Körpers. Schamüberflutet wagte ich nicht, den Blick zu senken, spürte überdeutlich das allgemeine Interesse, das nunmehr ganz alleine mir galt, und aller Augen, die sich wie Feuerglut auf meinem Körper sammelten, gerade dort, wo mein Unaussprechlicher wie ein verrücktes Pferd gegen die Fessel bockte, die ihn an den Körper zwang. Heute könnte ich fast darüber lachen, damals jedoch war mir das Weinen näher, als die Schnur zerriß und jedermann sehen konnte, was mein dreister Körper trieb. Nicht genug der Folter, allen Blicken so preisgegeben zu sein, johlten die Waldbewohner, schienen mich sogar zu beglückwünschen, umringten mich, traten heran und überprüften die Festigkeit meiner dargestellten Männlichkeit, während ich gleichermaßen verzückt und entsetzt auf die Tänzerinnen starrte, die mich lachend ansahen.

Später habe ich lange darüber nachgedacht, was sich nun ereignete. Hielt ich es manchmal für ein Zeichen vollkommener Verruchtheit und Sittenlosigkeit der Indios, neige ich heute immer mehr dazu, es ihrer Natürlichkeit und Freundlichkeit anzurechnen, was sie mit mir geschehen ließen. In ihren fröhlichen Gesichtern stand nichts Schlechtes oder gar Verderbtes, als mich der junge Jäger aufforderte, ihm in seine Hütte zu folgen. Obwohl ich voller Angst und Scham war, schien mein Körper allen Fährnissen zum Trotz auf seiner Standfestigkeit zu beharren. Die Indios lobten mich deswegen. Zwar war mir meine Unsicherheit wohl deutlich in mein Gesicht geschrieben, doch weder diese noch die Peinlichkeit meiner Regungen brachte mein Schiff zum Sinken, wenn ich das, was mich auch jetzt noch in Verlegenheit bringt, so beschreiben darf.

»Wage es nicht, die Einladung abzuschlagen«, raunte mir Collya warnend zu.

Über einen ausgetretenen Pfad folgte ich dem Jäger und seinen Gefährtinnen zu einer neu errichteten Hütte. Ohne jede Erklärung schürten sie das Feuer und hängten eine zweite Matte zwischen den Pfosten der Behausung auf. Der junge Mann gestattete es sogar, daß mir beide seiner Tänzerinnen zurück in die Matte halfen, da ich bei meinem ungeschickten Versuch aus dieser herausgefallen war. Dann wurde es still, bis auf leises Getuschel. Schließlich war es der Jäger, der einen Befehl sprach. Eine seiner Gefährtinnen erklomm die *hamaca*, die zitternd mit mir auf- und abschwang.

Seit jener Nacht gerate ich beim Geruch eines bestimmten Pflanzenfaserseiles, aus der die Matte, die sie *hamaca* nannten, geknüpft war, in heftige Erregung, und ich gestehe, daß ich später, in der Kälte der abendländischen Heimat, immer wieder sehnsuchtsvoll an einem Seil geschnuppert habe, als könne allein der Duft dieser Fasern heraufbeschwören, was damals geschah.

Der Abschied vom *shabono* fiel mir nicht leicht, und auch die kommenden Tage und Wochen belegten mich mit schweren Prüfungen. Ich wagte es nicht mehr, Collya anzusehen, blickte an ihrer Nacktheit hilflos vorbei, um doch jede Gelegenheit zu nutzen, heimlich ihren Körper mit meinen Blicken abzutasten. Damals erfuhr ich, daß sie als *kaílala*, als Heilerin, frei von jedem ehelichen Zwang war und auch Payo, der ihre Nachfolge antreten sollte, in dieser Haltung unterwies. Ob sie das Gelübde der Keuschheit abgelegt hatte, wußte ich nicht, doch schien es wichtig, daß ein Heiler durch keine familiäre Gebundenheit behindert wurde. Ich hingegen war ein ganz gewöhnlicher Mann geworden, ›einer, der jagt und niederzwingt, um Leben zu nehmen und zu geben‹, ließ mich Payo lächelnd wissen. Collyas und auch Payos Ungezwungenheit konnte ich indes nicht teilen. Zu sehr empörte sich jetzt die alte Erziehung in mir beim Anblick unbekleideter Körper, und da ich es vermied, Collya anzusehen, suchte mein verrücktes Hirn Formen in der Natur, die mich berauschten. Noch heute verstehe ich nicht, welche Verwirrtheit mich ergriffen hatte, als ich beim Anblick einer fremden Blume erschauerte. Sie hatte die Blütenblätter geöffnet, und ich starrte voller Verlangen und Sehnsucht in ihren purpurfarbenen, samtenen Grund, bis mir Collya einen Stoß versetzte. »*Shabono*«, sagte sie nur, änderte die Richtung unseres Weges und lieferte mich im nächsten Dorf ab.

Was sie dem Ältesten anvertraute, wollte und konnte ich nicht recht verstehen. Er umkreiste mich, prüfte tastend die Festigkeit meiner Muskeln, beklopfte meine Schultern und schien sehr zufrieden. Als er ein winziges Stückchen weißer Haut unter meinem langen, schwarzen Haar entdeckte, gab er sich regelrecht entzückt. Payo, mein guter Freund, der meinen fragenden Gesten entnahm, daß ich fürchtete, verkauft zu werden, klärte mich rasch auf.

»Diese Dörfer hier sind viel einsamer und abgelegener als jene meiner Heimat. Damit ihre Nachkommen nicht krank und schwach werden, begrüßen sie freudig jedes neue Blut, um ihren Stamm aufzufrischen.« Nachdem ich immer noch nicht begriff, fuhr er fort: »Wir machen es mit unseren Lamaherden genauso. Wenn sich immer nur dieselben Tiere paaren, werden sie bald schwach und kränklich. Deshalb treiben wir die weiblichen Tiere in die Berge hinauf, daß sie einem wilden Vikunja begegnen. Ist das Tier trächtig, fangen wir es wieder ein.«

In diesem Dorf also sollte ich das wilde Vikunja sein. Die Indios schienen mich zwar für einen Fremden unter den Ihrigen, jedoch für einen ihrer Rasse zu halten.

Auf unserer Wanderung nach Norden habe ich diese Verhaltensweise der Waldbewohner, die mich bereitwillig in ihre Hütten und *hamacas* einluden, noch öfter erlebt. Was mir seinerzeit ganz unvereinbar mit unseren Sitten daheim erschien, wurde mir später im Laufe meines Lebens zunehmend verständlicher. Als ich Jahre später spanischen Adeligen gegenüberstand und versuchte, ihre mannigfaltigen Gebrechen durch meine bescheidene Heilkunst zu lindern, dachte ich oft, daß ein ›wildes Vikunja‹ diesem spanischem Geschlecht recht gutgetan und sein Blut aufgefrischt hätte. Rückblickend erschienen mir die Indios sehr weise und ihre Handlung nicht sündhaft. Trotzdem gebe ich zu, daß gerade die anerzogene Befangenheit und das Wissen um die Ungeheuerlichkeit meines Tuns mich zu Leistungen reizte, die ich wohl unter dem Joch einer Ehe niemals erbracht hätte.

Collya und Payo nutzten diese ›Zeiten der Erneuerung‹, wie sie es nannten, um allerlei einzuhandeln oder selbst anzufertigen. Auch ich trieb sportlichen Wettkampf mit den Männern der *shabonos*, durch deren Gebiet wir zogen. Obwohl ich es ihnen an Geschicklichkeit im Umgang mit Speer oder Pfeil nicht gleichtun konnte, war ich ein kräftiger Ringer, und niemand überholte mich im ausdauernden Lauf. Nach solchem Wettkampf umringten uns Frauen und Kinder, beglückwünschten uns oder zankten lachend die Unterlegenen aus. Mein Körper gedieh, meine Beine wurden lang und geschmeidig. Gerade hatte ich einen ganzen Schwarm kräftiger Läufer hinter mir gelassen und auch den ausdauerndsten unter ihnen deutlich besiegt, als wir keuchend und schwitzend den Wettkampf abbrachen. Ich aber hatte noch nicht genug, spürte heißes Blut durch meinen Körper wallen und forderte einen nach dem anderen zum Ringkampf. Je mehr ich das Ende meiner Kräfte kommen spürte, desto stärker berauschte ich mich an meiner Erschöpfung, ging an meine Kraftreserven, um sie gänzlich auszuschöpfen.

Schließlich hatte ich alle besiegt und niedergezwungen. Ich stolzierte umher, feurige Blicke austeilend, während perlender Schweiß meinen Körper glänzen ließ. Das ganze Dorf umringte uns und jubelte mir zu. Ich sah weder Neid noch Feindseligkeit. Im Gegenteil. Eine anmutige junge Frau, deren *hamaca* ich schon häufig aufgesucht hatte, trat vor, betastete meine Beine, verglich sie in Worten und Gesten mit jenen deutlich kürzeren der männlichen Dorfbewohner, deutete erst auf uns beide und schließlich stolz auf ihren sanft gerundeten Leib. Während das Dorf in Jubel ausbrach, verlor ich meine Fassung wie ein Hahn seine Federn und rannte fort an den Fluß, zutiefst aufgewühlt. War ich doch nichts als ein lächerlicher, eingebildeter Zuchtstier, und Scham stieg in mir hoch. Gleichzeitig sehnte ich mich zurück in die Geborgenheit der friedlichen Dörfer, in die Wärme der Umarmung und erschrak, da mir die Folgen meines Tuns bewußt wurden.

Wir brachen früh am nächsten Morgen auf. Niemand betrauerte unser Fortgehen, selbst die zärtlichen Gefährtinnen, die ich gefunden hatte, lächelten. Schwatzend wünschten sie Jagdglück, trockene Pfade und allzeit Feuerholz. Der einzige, wie mir schien, dessen Herz vor Verwirrung und Kummer, vor Weglosigkeit, so möchte ich meinen, in Stücke brach, war ich.

Meine Gedanken wanderten zu den vielen Stationen meines Daseins zurück, wo ich Zuneigung und Herz gelassen hatte, von meinen Eltern über Valdoro zu unserer Handelsstation, zu Cazalla und natürlich Rima, bis sie schließlich wehmütig bei Manco Huaca, dem alten Priester, ankamen.

»Du bist voller Trauer«, sagte Collya neben mir. Zum erstenmal seit langem war ich dankbar für die Wärme ihres Körpers, für ihre Nähe, als sie am Abend jenes Tages neben mir am Feuer kauerte. Ich weinte an ihrer bloßen Schulter, klammerte mich an sie, als sei sie meine leibhaftige Mutter und ich ein täppisches Kind. Erneut lernte ich, Freundschaft zu schätzen und nichts als die Freundschaft.

Während wir, Flüsse überquerend und hin und wieder einem Wasserlauf folgend, nordwärts zogen, reifte ich an Körper und Geist. Tagelang begleitete ich Payo und Collya bei ihrer Suche nach seltsamen Kräutern, stieg über Würgelianen in den Hohlraum ausgesaugter Bäume, um winzige Frösche zu fangen, und sammelte armdicke Pflanzen im ersten Morgenlicht. »Vergib mir, daß ich dich nehme«, lernte ich zu denken. »Ich tue dies nicht aus Übermut, ich bitte, daß du mich heilst. Ich nehme nur so viel, wie ich brauche.«

Willig ging ich Collya zur Hand, nahm vom Reichtum ihres Wissens. Vertiefte ich mich aber allzusehr in den Anblick eines wilden Blumenkelches, trübte sich mein Blick, sobald ich Collya ansah; oder zitterte gar meine Hand, wenn ich sie versehentlich berührte, übergab sie mich dem nächsten *shabono*. Ich lernte, sehr behutsam zu sein mit allem Guten, das mir entgegengebracht wurde, und ich versuchte, nicht Kummer in das Herz der Menschen zu senken. Nun war ich erwachsen geworden, und die Glut der ersten Leidenschaft schien dahin.

Wären wir einem Spanier begegnet oder irgendeinem anderen Bewohner der Alten Welt, niemand hätte vermutet, daß ich kein Indio sei. Mein Haar, lang, glatt und schwarz, trug ich mit einem bunten Pflanzenband an der Stirn zurückgehalten, meine Haut war bronzefarben und fast so dunkel wie die meiner Begleiter. Ich bewegte mich leicht und lautlos, wie mir schien, stand bewegungslos im Wasser, den Speer stoßbereit, um einen Fisch zu erlegen, suchte abends am Feuer die Fußsohlen meiner Begleiter nach Dornen ab und ihre Haare nach Ungeziefer, so wie sie ihrerseits meinen Körper überprüften. Pflanzen und Tiere sprachen zu mir, warnten oder ermunterten mich. Bestimmte Urwaldlaute ließen mich aufhorchen und schlagartig erstarren. Verstummte aber der Wald gar, konnte ich plötzlich nichts als Stille vernehmen, wurde ich zu einem bewegungslosen Schatten im Dunkel des Blätterdaches, denn das beklemmende Schweigen zeigte an, daß sich Gefahr näherte. Meist handelte es sich um eine der großen Katzen, die ich nur vom Abdruck ihrer Pfoten im weichen Boden kannte, oder um eine der riesigen Würgeschlangen, die wir manchmal sahen. Gingen diese Räuber zur Jagd, schwieg der Wald; Totenstille jedoch breitete sich aus, wenn sich Menschen näherten. Ich lernte das Schweigen von der Lautlosigkeit zu unterscheiden.

»*Waika* kommen«, flüsterte mir Collya eines Tages bei solch ängstlichem Lauschen zu, »die, die töten.« Wir hatten das Gebiet friedlicher Bewohner längst hinter uns gelassen, kämpften uns über immer mächtigere Ströme. »Die großen Flüsse sind wie breite Pfade. Auf ihnen kommen die *Waika* heraufgezogen, die räuberischen Jäger mit ihren mannshohen Pfeilen. Das hier lebende Volk der *Kili* fürchtet sie, und auch wir tun gut daran, eine Begegnung zu vermeiden.«

Ein Hokko, ein großer Vogel, floh durch die Äste neben uns, ihm folgten zwei oder drei Klammeraffen. Wir standen völlig reglos jenseits des Pfades. Payo, der nur wenige Schritte neben mir sein mußte, verschmolz mit dem Muster aus Licht und Schatten dermaßen, daß ich ihn nicht mehr sehen konnte. Ich glaubte, ganz allein wie ein bunter Vogel im Wald zu stehen, den Jägern leuchtend sichtbar und willkommene Beute. Doch sie zogen beinahe unbemerkt an uns vorüber. Einzig sanft hin und her schwingende Blätter verrieten die lautlos Schleichenden. Außer hellen und dunklen Flecken im Urwald, die plötzlich zwischen den Ästen und Blättern auftauchten, konnte ich nichts von ihren Gesichtern und Körpern ausmachen. Ich verlagerte vorsichtig mein Gewicht von dem einen auf den anderen Fuß. Immer stand zu befürchten, ob die Jäger nicht umkehren würden. Einzig unsere Beharrlichkeit, im Versteck zu bleiben, mochte uns schützen. Ich spürte den weichen Boden unter meinen bloßen Füßen und ein alarmierendes Kribbeln am rechten Unterschenkel. So behutsam wie möglich senkte ich den Blick und sah eine große, halbfingerlange Ameise an mir emporkrabbeln. Obwohl ich um die Schmerzhaftigkeit ihres Bisses wußte, zwang ich mich zu absoluter Ruhe. Sobald sie über meine Körpersäfte meine Angst riechen würde, würde sie zubeißen. Also ließ ich meine Gedanken wandern in ferne, liebliche Gegenden, zurück in die Geborgenheit dunkler Hütten. Das Insekt hatte jetzt meine Leiste erreicht, tastete hierhin und dorthin, um genau an der Stelle, wo die Haut besonders dünn ist, zuzubeißen. Ich riß die Ameise aus meinem Fleisch, preßte eine

Faust in meinen vor Schmerz aufgerissenen Mund, um nicht laut aufzukeuchen. Der Biß durchzuckte mich, brennend und stechend wie tausend glühende Nadeln, die sich in mein Fleisch bohrten.

Doch ich war kein Kind mehr, das weinend den Schmerz beklagt. Meine Augen füllten sich nicht mit Tränen, aber Schweißbäche rannen über meine Stirn, und ich knirschte laut mit den Zähnen. Collya schob mir ein Blatt in den Mund, das ich nun zwischen den Zähnen zermahlte und zerrieb. Es schmeckte fettig, und das widerwärtigste war, daß es wohl in Sand oder Asche gelegen haben mochte, wie mir mein Geschmackssinn verriet.

Ein seltsames Gefühl stellte sich ein: Der Wald um mich wurde licht, der Boden hob und senkte sich sanft, als würde er atmen. Ein nie gekanntes Glücksgefühl überkam mich, und ich spürte mit jedem Atemzug, wie ich eins mit dem Wald wurde. Ich war Teil dieser geheimnisvollen Welt, und nichts konnte mir feind sein. Collya und Payo folgten mir, da ich furchtlos den Pfad überquerte und jenseits in die Tiefe des Urwaldes eindrang. Wie von selbst öffneten sich Gassen und Wege vor mir. Einmal, als ich nicht weiterwußte, hob ich den Kopf und erkannte zu meiner Freude Manco Huaca nicht weit von mir neben einem Baum stehen. Natürlich ahnte ich, dies war ein Wunschbild meiner Träume, fuhr aber freudig erregt zusammen, als ich seine Hand auf meinem Unterarm spürte und er mir den richtigen Pfad wies. Da ich nicht ergründen konnte, was um mich geschah, vertraute ich Manco Huaca und der geheimnisvollen Welt aus Dunkel und Grün. Manchmal blickte ich zu meinen Begleitern zurück, die mir stumm folgten, obwohl es Abend wurde. Weder Müdigkeit noch Hunger plagten mich, deshalb schien es mir ein leichtes, fortzuwandern ohne Rast.

»Je mehr Wald zwischen uns und den *Waika* ist, desto besser« war das einzige, was Collya in diesen vielen Stunden unseres Marsches sagte. Payo schwieg, kaute wie ich auf einem Blatt, das uns Collya hin und wieder in den Mund schob.

Die meiste Zeit schritt Manco Huaca neben mir her. Gelegentlich hob ich unsicher den Blick, da ich doch wußte, daß nicht sein konnte, was ich zu sehen glaubte. In solchen Momenten zerrann sein Bild mit den dunklen Konturen des Dickichts, doch überdeutlich spürte ich dann das Gewicht seiner Hand auf meiner Schulter. In Gedanken sprachen wir über die Ereignisse in der verborgenen Stadt der Inka. Immer wieder forderte mich Manco Huaca auf, alles zu beherzigen, was er mich gelehrt hatte, und mit dem stummen Aufsagen der großen Geheimnisse der Sternenwelt verging die Nacht, ohne daß wir einmal angehalten hätten. Aus unerklärlicher Sorge spürte ich, daß Manco Huaca mit dem Licht des neu anbrechenden Tages gehen würde, deshalb plagte ich ihn in meinen drängenden Gedanken mit Fragen über den seltsamen schwarzen Kasten, über die *caja negra*, deren Geheimnis Manco Huaca so wichtig war, daß er mir den Aufbewahrungsort als Vermächtnis anvertraut hatte. Verzehrende Neugierde packte mich, da er das Geheimnis nicht lüften wollte, und bald wurde aus dieser Gier Gereiztheit und Angriffslust. Manco Huaca, der wohl erkannte, wie es um mich stand, lächelte mir begütigend zu. Natürlich wollte ich meinen Zorn nicht an dem alten Priester auslassen, deshalb ergriff ich einen großen Ast und schlug auf den nächsten Baum ein. Payo fiel mir wütend in die Arme, und ehe wir uns versahen, wälzten wir uns beide am Boden, hieben so heftig aufeinander ein, daß warmes Blut über mein Gesicht rann.

Es war Collya, die uns schließlich auseinanderriß. Sie schlug ein behelfsmäßiges Lager auf, verwies uns wie ungezogene Hunde an unsere Plätze. Gerade als meine *hamaca* verzurrt war und ich sie erklomm wie ein Ertrinkender das rettende Floß, spürte ich ungeheure Müdigkeit, die mich aller Sinne beraubte.

Nie zuvor war ich mit so viel Unmut und Verdruß erwacht. Stetiger Regen tropfte durch das notdürftig errichtete Blätterdach, floß über meine bloßen Arme und Beine und ließ mich frösteln. Warum nur kroch ich hier in diesem verdammten Stück der Welt herum, weshalb hatte das Schicksal mich dermaßen gestraft? Noch ehe mein Selbstmitleid wachsen konnte, trieb mich Collya zur Arbeit.

In den kommenden Tagen bauten wir eine feste Hütte auf Pfählen, mit trockenem Holzboden, einer Feuerstelle auf Lehm und feuchten Blättern und darüber ein dicht geflochtenes Dach. Ohne auf Payo oder meine Laune zu achten, beschäftigte uns Collya bis zur Dunkelheit, um uns beim ersten Tageslicht wieder hinauszutreiben. Mit jedem Schweißtropfen, den ich vergoß, fielen Trübsal und Mißmut von mir ab wie Zecken und blutsaugende Würmer, die ich morgens von meinem Körper schüttelte. Viele für mich unverständliche Verrichtungen mußte ich erfüllen, das Sonderbarste aber schien mir, daß wir hier mitten im Wald Feuerholz horten und Lebensmittelvorräte anlegen mußten. Collya lehrte uns, aus den großen, lanzettenförmigen Blättern Kisten zu flechten, die erstaunlich dicht waren und Feuchtigkeit sowie Ungeziefer abhielten. »In der Regenzeit verhungern die Menschen hier manchmal oder erfrieren in der Kälte des Wassers.«

Obwohl ich mir diese Schrecken kaum vorstellen konnte, führte ich willig aus, was sie anordnete.

Regen, Regen, Regen … Morgens, wenn du dich erhebst, dampft der Wald wie eine Waschküche im Winter, steigt das Wasser bis zu deinen Knöcheln und treibt dir deine eigne Notdurft wieder zu. Du kannst weder im Boden nach Wurzeln graben noch abgebrochene Äste sammeln. Alles ächzt unter der Flut, die in den eintönigen Tagen gleichermaßen vom Himmel zum Boden drängt, wie auch umgekehrt. Oft genug konnte ich nicht unterscheiden, ob das Wasser von oben die Flüsse anschwellen ließ oder die Flut, welche aus dem Grund emporstieg.

Wir hatten viel Zeit.

Collya verwehrte es mir nicht, stundenlang an meinen Notizen zu arbeiten, die ich sorgsam trocknete, ehe ich sie wieder in meinem Krug aufbewahrte. Ich dachte häufig an das Erlebte zurück. War alles nur Zufall, was mir geschah? Im nachhinein schien mir doch manches, was ich in der geheimen Stadt der Inka als plötzlichen Schicksalsschlag empfunden hatte, sorgfältig geplante Handlung gewesen zu sein. Die Indios waren so fintenreich, vorausschauend und meiner Naivität weit überlegen. Noch jetzt mußte ich lächeln, als ich an Rimas List dachte, mir die Freiheit zu schenken. Manchmal, wenn ich in unserer düsteren Hütte den Kopf hob, stand Manco Huaca am Eingang, oder ich sah einen Zipfel seines Gewandes gerade eben im Dickicht verschwinden. Schloß ich die Augen, konnte ich im steten Tropfen des Wassers seinen humpelnden Schritt vernehmen, wie er, sorgsam um unser Wohl bedacht, die Hütte umrundete. Ich fühlte keinerlei Angst bei diesen Eindrücken, auch war es mir gleichgültig, ob sie meinen Träumen oder der Wahrheit entsprachen. Da ich ja auch zuvor, als Manco Huaca noch lebte, nur gedanklich mit ihm verhandeln konnte, machte der jetzige Zustand keinen großen Unterschied zur Vergangenheit. Ich konnte ihn nicht mit Fragen bedrängen, sondern mußte dankbar nehmen, was er mir mitteilen wollte. Ich gewöhnte mir an, nach jedem Erwachen aufzustehen, die Hände auszustrecken, wie er mich angewiesen hatte, und meinen Spruch im Geiste aufzusagen. Obwohl ich nicht begreifen konnte, wie diese Worte jemals Klarheit um das Geheimnis der *caja negra* schaffen sollten, vertraute ich auf das Schicksal, das einen Weg finden würde, meinen Spruch zur rechten Zeit weiterzuleiten, wie es vorgesehen war.

Auf diese Weise gehorsam und einsichtig geworden in einen Lebensweg, den ich zwar beeinflussen, aber nicht allein bestimmen konnte, bot mir Collya eines Tages eines jener Blätter an, von denen sie mir nach dem Ameisenbiß eines gereicht hatte. Freudig wollte ich rasch danach greifen. Nur zu gut erinnerte ich mich an die herrliche Unbeschwertheit, an die Leichtigkeit des Lebens, an das Gefühl großer Stärke und Unbesiegbarkeit. Doch war mir auch offensichtlich geworden, daß dem Glücksgefühl ein Zustand folgte, der durchaus mit jenem zu vergleichen war, der Trinker durch finstere Gassen lärmen und poltern ließ, den besten Freund niederschlagend, bis der Trunkenbold Gesicht unten in der nächsten Kloake liegenblieb. Also wies ich ihr Angebot dankend ab.

»Du wärst eines *chasqui* würdig gewesen«, Stolz und Wehmut im Blick, ließ sie das Blatt verschwinden und kramte statt dessen zwei winzige Vasen aus purem Gold hervor. Rechts und links an den schlanken Gefäßen waren Henkel angebracht, durch die eine Lederschnur führte. Sie hängte Payo und mir eine Goldvase um den Hals. Ich nahm das Gefäß andächtig in die Hand. Es war länger als mein Mittelfinger, ohne jede Verzierung gearbeitet, aber mit einem Korken verschlossen.

»Allein dem Inka, seinen schnellen Boten, den *chasqui*-Läufern sowie den Priester-Heilern war es erlaubt, *huaca* zu nehmen, wann immer sie es brauchten.«

Vielleicht hatte ich die Bezeichnung nicht richtig verstanden, denn wieder schien es nur *huaca* zu heißen, was ich bisher mit heilig übersetzt hatte. Doch wegen meiner Stummheit konnte ich nicht nachfragen.

In einem Lederbeutel händigte uns Collya getrocknete Blätter aus.

»Kommt ihr in große Bedrängnis, so nehmt ein Blatt in den Mund zusammen mit dieser Asche, die ihr in eurem Goldgefäß immer bei euch führen müßt. Das heilige Kraut macht euch stark und schnell, läßt euch verborgene Dinge sehen. Aber wie alle großen Geheimnisse ist es stets mit Vorsicht zu behandeln. Läßt die Wirkung nach, steigt Bosheit in euch auf, Mißmut und Angriffslust. Behandelt ihr das heilige Mittel nicht mit größtem Respekt, so wird es euch zerstören, euer Gehirn auffressen, bis ihr den Tod herbeisehnt als kleineres Übel. Habt ihr aber in einer besonderen Gefahr davon genommen, so bedient euch anschließend dieses Gegenmittels.« Wieder überreichte sie uns ein Ledersäckchen. Als ich es öffnete, fand ich darin einen kleinen Laib Brot, dazu das Gaumenbein eines Fisches. Ratlos sah ich Collya an. Ihr Gesicht hatte wie immer den konzentrierten Ausdruck, wenn sie Payo oder mich unterrichtete. »Dies ist das Gaumenbein des Fisches *pirarucú*. An ihm reibst du *guaraná* zu feinem Pulver, das du in deinem Getränk auflöst. Es reinigt deinen Kopf, gibt dir klaren Verstand zurück und regt deine Unternehmungslust an. Verwahre es gut. Es ist kostbares Handelsgut von einem Volk weit im Osten von hier.«

Da ich noch viel mehr über die heilenden Kräuter erfahren wollte, machte ich das ›Sprich‹-Zeichen. Geduldig erläuterte mir Collya, daß *guaraná* aus einer Pflanze gewonnen wurde, die sie ›Augenliane‹ nannte. Die Pflanze wurde getrocknet, zu Pulver zerrieben und mit Wasser zu einem Teig vermengt, anschließend formte man Brotlaibe daraus, die man trocknen ließ. Die Brote führten die *Mauké* als Handelsware mit sich, doch sie dienten ihnen auch dazu, weite Strecken ohne Nahrung zurückzulegen.

»Das aber ist unser begehrtestes Handelsgut«, wieder hielt Collya die Blätter hoch, deren Namen ich nicht verstanden hatte. »Der Inka, der um die Gefahr des heiligen Krautes wußte, belegte es mit hoher Steuer. Du hast doch unsere Brücken gesehen, nicht wahr, Can-Can? Dort wurde die Steuer eingetrieben, denn jeder, der aus den Bergen kommt, muß die Brücken passieren, um auf die Märkte zu gelangen. Das Wissen um das Geheimnis dieser Pflanze ist gefährlich, und sie könnte ein Volk zugrunde richten, hätte nicht der Inka in seiner Weisheit den Gebrauch geregelt.«

Ich war sehr beeindruckt und dachte lange über alles nach. Ob diese Pflanze wild im Wald wuchs? Als hätte Collya meine Gedanken erraten, fuhr sie fort: »Das heilige Kraut wird in den Andentälern angebaut und ist unser wichtiges Gut für den Handel mit den Völkern dieser Wälder. Es stellt ganz besondere Forderungen an Licht und Boden, so wie es auch von uns größte Achtsamkeit in der Handhabung verlangt.«

Ich dachte nicht ohne Häme an die Goldgier der Spanier, sah sie die Felder der Inka niedertrampeln bei ihrer Suche nach Schätzen. Dabei bemerkten sie die dort wachsenden Pflanzen nicht. Welchen Ruhm hätte Pizarro mit diesem Kraut erlangen können? Welche Kraft hätte es den Soldaten des spanischen Heers verliehen, nicht nur hier, sondern auch im Kampf gegen unsere Feinde daheim? Minutenlang sann ich darüber nach, dann unterbrach Collya meine Träume. »Es gibt noch sehr viele Möglichkeiten, diese Pflanze anzuwenden, aber du wirst das Wissen darum nicht benötigen. Doch erinnere dich an die Öffnung des Schädels deines Freundes. Ohne den ›großen Schmerztöter‹, wie wir unser heiliges Kraut auch nennen, hätte Kaschalja niemals überlebt.«

Mit diesen interessanten Ausführungen verging der Tag wie im Flug, und auch die folgenden gingen rasch vorbei. Collya wurde nicht müde, uns in den Gebrauch ihrer Heilkräuter einzuweisen, auch verbot sie mir nicht, meine Erfahrungen niederzuschreiben. Da ich in der Hütte Licht zum Schreiben brauchte, schürte ich das Feuer kräftig, was mir das Atmen erschwerte. Es war schon spät an diesem Abend und eigentlich längst Zeit, in unsere *hamacas* zu schlüpfen. Payo, der rascher ermüdete als ich, verkroch sich. Das sanfte Auf- und Abschwingen seiner Matte hörte bald auf, und Collya und ich saßen allein am Feuer. Trotz unserer Umsicht war das Holz nicht trocken genug und rauchte. Auch die großen, feuchten Blätter, auf denen unsere Feuerstelle errichtet war, fingen an zu schwelen. Je schlechter das Feuer brannte, desto näher mußte ich an es heran, und um so mehr Rauch geriet in meine Lunge. Ich würgte und hustete, räusperte mich und hustete erneut, bis aus meiner Brust ein alarmierendes Pfeifen kam.

Collya beobachtete mich erschrocken, drehte rasch ein getrocknetes Blatt, so daß es wie ein Stab aussah, entzündete es und wies mich an, es in den Mund zu stecken. Ich war ganz verwirrt. Meinen Mund ausräuchern, das wollte ich nun wirklich nicht. Sie rückte näher zu mir, drehte ein zweites Blatt, entzündete es an seinem äußersten Ende, sog am anderen und hielt den Rauch lange im Mund fest. Es dauerte eine Weile, bis ich begriffen hatte. Zusammen verbrauchten wir beide mehrere Blätter, die meine gereizte Lunge auf die wunderbarste Art entkrampften und Collya lächeln ließen. Entspannt und zufrieden nahm ich meine Aufzeichnungen auf, wobei meine Schrift immer kleiner und feiner werden mußte, da mein Vorrat an Papier sich dem Ende zuneigte. Plötzlich aber sprangen mir die verlockendsten Ideen durch den Kopf, und vorbei war es mit der Konzentration. Ich blickte Collya an. Sie saß neben mir, auf ihrem bloßen Oberkörper tanzte der Feuerschein. Sie lächelte wissend, und die Befürchtung, sie könne ahnen, was in mir vorging, brachte mich in Verlegenheit. Also versuchte ich mich wieder an meiner Arbeit, doch bald schon starrte ich mit geschlossenen Augen vor mich hin, bis mir ein leises Stöhnen entkam.

Collya half mir, meine Notizen sorgfältig zu verstauen, denn an Schreiben war kein Denken mehr. Als sich unsere Hände berührten, brach mir der Schweiß aus, und große Hitze durchströmte meinen Körper. Beschämt blickte ich zu Boden. »Es ist die Wirkung des *chamico*-Rauches«, beschwichtigte sie mich, »nichts weiter, Can-Can.« Doch wie gerne hätte ich ihr widersprochen. Du bist eine Frau, die große und wunderbare Geheimnisse kennt, hätte ich ihr sagen wollen, du bist gütig und weise, hast mein Leben mehr als einmal gerettet und …

Wie immer rieb ich vor der Nacht meinen Leib mit einem Pflanzensaft ein, der die Insekten abhielt, die sonst zu Hunderten an unseren Körpern saugten. Meine Bewegungen waren grob und fahrig, fast ekelte es mich, meinen Körper zu berühren. Schließlich bestrich Collya meinen Rücken mit dem Sud, wie jeden Abend. Bei ihren sanften, kreisenden Bewegungen durchlief mich ein Schauer. Ich dachte, meine Haut stünde in Flammen. Als eine lange Haarlocke Collyas über meinen Rücken fiel, mußte ich die Hände zu Fäusten ballen und die Zähne zusammenbeißen, um stillzubleiben. Nun war ich an der Reihe. Mit trockenem Mund tauchte ich meine Finger in den Pflanzensaft und bestrich damit Collyas Rücken, rieb sorgfältig ihre Schultern ein und fuhr die Wirbelsäule entlang, vielleicht ein Stück zu weit hinab. Mein verrücktes Hirn gaukelte mir allerlei Bilder vor, und unvermutet litt ich an meinen Vorstellungen so sehr, daß ich die Lippen aufeinanderpreßte.

»Es ist nur die Wirkung des *chamico*«, wiederholte Collya, doch ihre Stimme klang heiser, und ich sah, wie sich winzige Härchen auf ihrer Haut aufrichteten.

Um den Anblick ihres bloßen Rückens zu verdrängen, schloß ich hilflos die Augen. Das war ein großer Fehler. Nun, da ich nur noch ihre warme Haut unter meinen Fingerspitzen spürte und den Duft ihres Körpers einatmete, verstärkte sich noch die Kraft meiner Wünsche, und ohne daß ich es verhindern konnte, preßte ich mich an sie, bis die Pflanzenschnur an meinen Lenden riß.

»Du mußt lernen, sehr sorgsam mit unseren heiligen Kräutern umzugehen«, sagte Collya Stunden später, als ich endlich von ihr lassen konnte. Bevor Scham über mein Tun oder Reue hochkommen konnten, fuhr sie fort: »Für eine Heilerin gibt es viele Wege zu helfen. Dieser hier war ausgefallen, aber nötig. Sind deine Gesundheit, dein Wohlbefinden wiederhergestellt? Ist dein Geist jetzt klar und dein Körper müde?«

Ich lächelte sie dankbar an.

Auch in den darauffolgenden Tagen vermied Collya alles, was mich in Verlegenheit hätte bringen können. Sie verhielt sich wie immer, behandelte mich wie einen Schüler, ohne mich herauszufordern oder zu demütigen. Um wie vieles war sie mir an geistiger Stärke überlegen, und meine Verehrung für sie wuchs.

Eines Tages, als der Regen merklich nachgelassen hatte,

wies sie uns an: »Wir werden bald aufbrechen können, in eine Gegend, wo ein fremdes Volk lebt, das andere Gewohnheiten hat als die Menschen hier in den Wäldern. Wir müssen uns Kleidung machen.«

Bald sah es in unserer Hütte aus wie in einem Kramerladen in Sevilla. Wir mußten viel lachen, wenn Payo und ich an uns Maß nahmen, aus getrockneten Baststoffen, die wir in Pflanzensaft einfärbten, Schurze herstellten und etwas flochten, das einem kurzen Rock glich und für Collya gedacht war. Den Oberkörper trugen wir unbedeckt, doch lehrte uns Collya einen Umhang zu knüpfen, der sich als erstaunlich guter Regenschutz erwies. Gelegentlich zog Payo seine Flöte hervor und begleitete unsere Arbeit mit seinen Melodien. Ich verbrauchte sehr viele Pflanzenfasern, bis ich geschickt genug war zu flechten, ohne die Faser zu spalten oder zu verletzen. Irgendwann stapelten sich Kleidung, Körbchen und Behälter in unserem Raum. Gewissenhaft teilte Collya unser Hab und Gut auf. Endlich gab sie Antwort auf meine stummen Fragen. »Du und Payo, ihr werdet bald alleine weiterziehen müssen. Ich begleite euch nur noch ein kurzes Stück.«

Die Sorge, plötzlich allein zu sein, ohne die Umsicht Collyas, machte mich niedergeschlagen und ließ mich keinen Schlaf finden. Sie blieb jedoch bei ihrem Beschluß, und auch Payos ängstliches Bitten konnte sie nicht umstimmen.

Da ich allzusehr den Kopf hängen ließ und lustlos meine Arbeit verrichtete, fragte sie mich eines Tages: »Willst du für immer bei meinem Volk leben?«

Heftig verneinend schüttelte ich den Kopf.

»So mußt du lernen, ohne mich zurechtzukommen. Payo wird dich noch eine Weile begleiten, aber den allerletzten Weg mußt du alleine gehen.«

Abend für Abend beschrieb sie uns den wochenlangen Marsch, der vor uns lag. »Eines Tages werdet ihr den großen Fluß erreichen, der stetig nach Norden fließt. Dann seid ihr ganz auf euch gestellt. Ich kenne den Verlauf des Flusses nicht. Das Volk, das dort wohnt, nennt sich *Muisca*, was ›Mensch‹ bedeutet.«

Vielleicht war es gut, daß ich meine Fragen nicht in Worte kleiden konnte. Mit tausend Ängsten hätte ich sie sonst bedrängt und gezeigt, was für ein jämmerlicher Feigling ich im Grunde meines Herzens war. Manchmal sah ich mich in Tagträumen allein durch die Wälder irren, von Raubtieren und wilden Jägern verfolgt, der Unbill des Wetters gnadenlos ausgeliefert.

Gegen solche Bangigkeit halfen Collyas weise Ratschläge. Alles, was ihr wichtig erschien, wiederholte sie so oft, bis ich es in Gedanken aufzählen konnte. Sie zeigte mir eßbare und giftige Pflanzen, schilderte Krankheiten und beschrieb mir, wie man sie behandeln konnte. Um mein Wissen zu überprüfen, legte sie unterschiedliche Pflanzen vor mir auf den Boden und forderte mich auf, die jeweilige Pflanze der von ihr geschilderten Krankheit zuzuordnen. Sie stellte mir auch Fragen, die ich mit Nicken oder Kopfschütteln bejahte oder verneinte. Sie war eine gute Lehrerin.

Eines Tages erschien Payo, von Kopf bis Fuß mit senkrechten Strichen bemalt. Es war mein letzter Prüfungstag, wie ich später feststellte. Ich erkannte sofort, welche Szene mir dargestellt werden sollte.

›Kopfjäger‹, dachte ich, Payo symbolisiert einen Kopfjäger. Mit größter Achtung zeigte ich Payo meine leeren Handflächen vor, um die Friedfertigkeit meiner Absichten darzustellen. Dann öffnete ich meinen Faserkorb und bot dem Krieger eine wunderschöne Federkette an. Während ich dies tat, führte ich schnell die Hand zum Mund und gab vor, vom heiligen Kraut zu nehmen.

»Du hast vergessen, dein Federzepter hervorzuholen«, schalt mich Collya. »Wenn es dir nicht gelingt, den Kopfabschneider mit Federzepter und Kette zu beschwichtigen, wirst du dein Haupt verlieren. Auch die Einnahme des heiligen Krautes kann dich nicht retten. Denke daran: das Federzepter, das ich dir anfertigte, ist eines großen Führers würdig. Damit wirst du die Jäger verunsichern können, Zeit gewinnen, um zu fliehen. Bei deinem Lauf durch den Wald allerdings nimm vom heiligen Kraut. Die Kopfabschneider sind wendig, flink und vor allem lautlos. Scheue dich nicht, wie ein Tier auf der Flucht durch das Unterholz zu brechen. Allein deine Schnelligkeit kann dich retten.«

»Müssen wir durch das Gebiet der Kopfabschneider wandern?« fragte Payo endlich. »Läßt sich kein anderer Weg finden?«

»Ihr seid nicht aufmerksam genug bei meinen Unterweisungen. Nur durch bösen Zufall gelangt ihr an die Kopfjäger. Sie jagen in Richtung aufgehender Sonne. Ihr Gebiet ist nicht hier. Trotzdem mag es geschehen, daß ihr ihnen begegnet. Ihr dürft keinen Wimpernschlag zögern, sondern alle Kunst einsetzen, um ihnen zu entkommen.«

Collya war sehr unzufrieden mit unserer bescheidenen Leistung. Ich schämte mich ein wenig.

»Merkt euch noch eines, Knaben. Solltet ihr je in die Hände der Kopfabschneider gelangen, so gebt euch als erbärmliche Memmen. Vielleicht lassen sie euch dann laufen. Da sie selbst tapfere Krieger sind, vergreifen sie sich nicht an Feiglingen. Denn sie ehren ihre Feinde, indem sie deren Köpfe abschneiden, präparieren und aufbewahren. Nur der Häuptling kennt das Geheimnis, wie man den abgeschlagenen Kopf präpariert und vor dem Verwesen bewahrt. Und der vergeudet seine Künste nicht auf die Köpfe jämmerlicher Feiglinge.«

Wohl um mich abzulenken oder etwas aufzuheitern, fragte mich Collya nach einigen Krankheiten und Gebrechen, und ich deutete auf die richtigen Pflanzen, zeigte auf Wasserkessel und Reibebrett, auf Mörser oder Salbengefäß, stellte dar, wie Tinkturen gewonnen oder Breiumschläge angewendet werden mußten. Schließlich seufzte sie sehr tief und endgültig, so wie meine Mutter, als sie mich das erstemal über die Straße zum Markt schickte, um Brot zu holen.

Bevor wir am nächsten Tag aufbrachen, warf ich Payo einen heimlichen Blick zu. Hast du auch Angst? signalisierte ich ihm.

»Wir sind nicht allein«, beruhigte er mich, »Pflanzen und Tiere um uns herum werden uns warnen, Zuflucht bieten und unterstützen.« Seine Augen blickten fest und zielsicher in die Zukunft. In ihnen sah ich große Gelassenheit.

Kapitel 10

Eine seltsame Zeit begann. Plötzlich befand ich mich in einem Zustand heftiger Erregung, mein Ziel, die Küste zu erreichen, war nicht mehr fern. Gleichzeitig zitterte ich jeden Abend, dies könnte der letzte in Collyas Schutz sein. Aber sie begleitete uns noch eine Weile. Eines Tages befahl sie uns, das Lager früher aufzuschlagen als gewöhnlich. Als wir gerade ihre *hamaca* unter das Blätterdach hängen wollten, winkte sie ab, nahm ihre Last auf den Rücken und ging. Zuerst verstand ich nicht. Als ich aber später mit Payo am Feuer saß und er sehr still und in sich gekehrt in die Glut starrte, begriff ich. Collya war gegangen, ohne Lebewohl, ohne sich ein einziges Mal nach mir umzudrehen. Der Schmerz, sie für immer verloren zu haben, schnürte mir die Kehle zu, trieb mir das Wasser in die Augen. Ich war hilflos und zutiefst verletzt.

Diese Nacht werde ich nie vergessen. Wir löschten das Feuer, sobald uns klar wurde, daß Collya für immer verschwunden war. Dann krochen wir in unsere *hamacas* und lauschten ängstlich in die Dunkelheit hinein. Beim geringsten Laut, bei jedem Urwaldgeräusch schreckte ich hoch. So vertraut waren mir doch die Stimmen des Waldes gewesen, die mir jetzt Angst bereiteten. Als endlich der Morgen dämmerte, war ich etwas gefaßter. Was hätte eigentlich Collya, die mir an Körperkraft unterlegen war, ausrichten sollen, wenn uns Gefahr gedroht hätte? Solchermaßen beschwichtigte ich mich. Ich war schnell und stark. Tief in meinem Innern aber wußte ich, daß es die Macht von Collyas Persönlichkeit war, das große Wissen dieser weisen Frau, das uns fehlte. Waren wir nicht zwei dumme Knaben, die beim ersten Dämmern des heraufziehenden Morgens schon jedermanns Beute werden konnten?

Wir hatten kaum unser Lager abgebrochen, als ich bereits in Verwirrung geriet. Über unseren Pfad nach Norden kreuzte ein dunkler Strom von Millionen Ameisen unseren Weg.

Payo sprang zur Seite, riß einen Teil der Ausrüstung fort, der den Krabbeltieren im Weg gelegen hatte. »Treiberameisen«, warnte er mich. Seine Stimme klang ängstlich.

Obwohl mich Collya über diese Sorte Ameisen belehrt hatte, sah ich zum erstenmal, was mit dem Wort ›Treiberameise‹ gemeint war. Der Strom der Krabbeltiere walzte einfach alles nieder, was ihm in den Weg kam. Das Ereignis war selbst für den großen Wald so bedeutend, daß zu beiden Seiten des Ameisenstromes Vögel lauerten, die sich die aufgescheuchten Kleintiere, auch Echsen, Frösche und Schlangen schnappten, die aus ihrer Deckung unter dem Laub des Bodens zur Seite flohen. Trotz meiner Furchtsamkeit mußte ich dem Geschehen gebannt zusehen. Ich konnte mir ausmalen, was stattfinden würde, stünde ich diesen Ameisen im Weg. Schneller als ein Kopfabschneider meinen Schädel ausstopfen könnte, wäre mein Körper bis zu den Knochen abgenagt.

Für lange Zeit war die Begegnung mit den Treiberameisen das Aufregendste unserer Reise. Payo und ich verdoppelten unsere Wachsamkeit. Waren wir früher unbeschwert hinter Collya einhergestapft, blickten wir jetzt forschend in alle Richtungen, ehe wir einen Pfad überquerten oder gar eine Lichtung. Payo blieb sehr oft stehen, sah aufmerksam über die Schulter zurück. »An dieser Kreuzung muß ich den richtigen Weg einschlagen, der zu dem Dorf führt, in dem Collya auf mich wartet, wenn ich von der Reise zum Nordstrom zurückgekehrt bin.«

Das schien mir ganz unmöglich. Wie sollte Payo jemals in Wochen oder gar Monaten zu der Stelle zurückfinden, an der Collya uns verlassen hatte?

Bereits am nächsten Tag stieg das Gelände an, und der Wald lichtete sich ein wenig. Auch war es nicht mehr ganz so schwül und drückend. Ich begriff, daß uns Collya nur einige Tage Fußmarsch vor der nordwestlichen Begrenzung des Regenwalds verlassen hatte. Vielleicht würde es Payo tatsächlich gelingen, zu ihr zurückzufinden. Ich wünschte es ihm von Herzen. Gleichzeitig mit diesen Überlegungen keimte ein schlimmer Gedanke in mir auf. Was würde geschehen, wenn Payo meiner überdrüssig würde? Wer hinderte ihn, einfach eines Tages lautlos im Dickicht zu verschwinden? Ging er seine Notdurft verrichten oder Feuerholz sammeln, blickte ich ihm ängstlich nach. Wie erleichtert war ich, wenn ich seine kleine Gestalt erneut ausmachen konnte. Ich gab mir die größte Mühe, ein angenehmer Weggefährte zu sein. Lieber hätte ich meine rechte Hand hergegeben, als ohne Payo weiterziehen zu müssen!

Das Gelände führte jetzt stetig bergauf. Es kostete uns große Anstrengung, unsere Tagesstrecke zu schaffen. In dieser Phase der Erschöpfung, in der wir keuchend einen schmalen Pfad verfolgten und weder vor- noch zurückblickten, geschah das Entsetzliche. Payo stockte, als hätte ein Pfeil seinen Schritt gelähmt. Vor ihm stand ein unbekleideter Krieger, entblößt bis auf den Lendenschurz, nackt bis auf die gräßliche Langstrichbemalung, die ihn als Kopfjäger kennzeichnete. Anfangs hoffte ich, mein ängstlicher Geist gaukle mir ein Trugbild vor, aber Payo und seine Demutsgebärden, mit denen er den Jäger beschwichtigen wollte, waren deutliche Zeichen der Wirklichkeit. Ich steckte das heilige Kraut in den Mund, nahm Asche aus meiner kleinen Goldvase, die mir um den Hals baumelte, und kaute mit Inbrunst. Der Pfad vor und hinter uns füllte sich mit Jägern. Sie traten lautlos aus dem Wald, weder sprachen sie ein Wort, noch bedrohten sie uns, sondern standen regungslos um uns herum.

Das heilige Kraut wirkte so rasch, daß ich alles vergaß, was Collya mir eingeschärft hatte. Der kostbare Federzepter lag unangetastet in meinem Korb, den ich nach wie vor auf dem Rücken trug. Ich dachte nicht daran, irgendwelche Demutsgebärden auszuführen, sondern starrte verzückt in die Ferne.

Klar und deutlich sah ich eine mächtige Stadt aufragen, weiß schimmernd mit hohen Bauten, Plätzen und gewaltigen Steinstufen, die hoch in das Blaugrün des Blätterdaches zu führen schienen. Ganz oben auf den Stufen konnte ich Manco Huaca ausmachen. Er trug sein rotgoldenes Gewand und deutete auf die Sterne. Wie gebannt hob ich die Arme, schritt, auf den Abendstern starrend, der in funkelndem Glanz über Manco Huaca aufging, die vielen tausend Stufen immer höher hinauf, ohne ein einziges Mal innezuhalten. Erst ein eisiger Wind, der mich schüttelte, bis meine Zähne klappernd aufeinanderfuhren, ließ mich straucheln.

»Wir dürfen nicht anhalten, Can-Can.« Payos kleine Hand stemmte sich gegen meinen Körper, zwang mich, die Stufen jenseits der Stadt hinabzusteigen, bis ich irgendwann liegenblieb. Nie wieder wollte ich aufstehen.

Payo zerrte an mir wie ein Muttertier, das sein Junges wegschleppt. Endlich hatte er mich auf alle viere gehievt, und es war ihm gelungen, mich hinter einen Felsen zu schieben. Der Hang war steil und abschüssig, so daß mein Körper an die kalte Felsenwand rollte.

Ohne Payo hätte ich diese Nacht nicht überlebt. Er entfachte ein Feuer, bedeckte mich mit jedem Kleidungsstück, das wir bei uns hatten, und flößte mir unablässig heißen Wurzelsud ein, in dem er das Gegenmittel des heiligen Krautes auflöste.

»Du bist einfach durch sie hindurchgegangen«, kicherte Payo ein um das andere Mal. »Du bist durch eine Horde von mehr als dreißig Kriegern hindurchgegangen. Als sie ihre Lanzen auf dich richteten, bist du mit weit aufgerissenen Augen um die Breite einer Pflanzenfaser an ihnen vorbei, starr in die Ferne blickend und mit ausgebreiteten Armen, wie einer Vision folgend. Keiner der Kopfabschneider wagte Hand an dich zu legen. Im Gegenteil; die letzten Krieger wichen scheu vor dir zurück.«

Irgendwann in dieser schrecklich kalten Nacht hatte ich die Kraft, Payo ›wie lange?‹ zu fragen. »Oh«, überlegte er,

»wir sind den ganzen Tag und die halbe Nacht gegangen. Wir haben den Paß überschritten und befinden uns auf dem Abstieg nach Westen. Niemand ist uns gefolgt. Seit vielen Stunden sind wir die einzigen lebenden Wesen in dieser Wüstenei. Nur der schneidende Wind ist bei uns und Sternenglanz.«

Es regnete nicht mehr. In meiner Bewußtseinstrübung bemerkte ich weiße Wolken am Himmel. »Schnee auf den Bergen«, sagte Payo. Es dauerte lange, bis ich begriff. Wir sahen schneebedeckte Gipfel. Ich schauderte. Wie gewaltig wirkte das heilige Kraut, wie sehr verwirrte es den Geist. Ich konnte mich nur daran erinnern, daß ich Stufen um Stufen zu Manco Huaca hinaufgestiegen war. Wie gefährlich war das heilige Kraut! Ich schwor bei mir, es nur in größter Not zu verwenden, denn ich verstand, daß es mich bis an den Rand der Erschöpfung getrieben, meinen Körper belogen und getäuscht hatte.

Gegen Morgen rüttelte mich Payo. »Wir müssen fort und einen sicheren Platz finden, ehe die Wirkung nachläßt und die bösen Folgen kommen.«

Wie recht er hatte. Schon spürte ich äußerste Gereiztheit, allein das Gegenmittel dämmte die Spitzen meines Verdrusses. Wir stolperten und taumelten den Berg hinunter, zerschnitten unsere Füße an scharfkantigem Gestein, bis ich endlich eine große Steinplatte entdeckte, die wie ein Stalldach über hohen Felsen lag. Mein Begleiter zögerte lange Zeit, schließlich folgte er mir in das Innere. Ich war viel zu erschöpft, um mir Gedanken zu machen, und sammelte statt dessen ein wenig trockenes Gras, um den Boden zu polstern. Tatsächlich schien dieser Raum einstmals ein Stall gewesen zu sein. Ich nahm Dunggeruch und Moder wahr und meinte, behauene Felsnischen auszumachen. Das bescheidene Feuer spendete uns ein wenig Licht und Wärme, während draußen der bitterkalte Wind brausend über die abweisende Landschaft fuhr. Wir nahmen den kostbaren Federzepter auseinander und stopften damit unsere Kleidung aus. Ich gab Payo den wattierten, aber in Fetzen hängenden Rock Valdoros, da er mir selbst viel zu klein geworden war. Wir rückten eng aneinander, wie junge, verängstigte Hunde, um uns gegenseitig zu wärmen. Aneinandergeschmiegt, fanden wir Schlaf und Erholung, bis der nächste Tag dämmerte. Als mir klar wurde, daß wir am Rande des Todes gewesen waren, hob ich wie so oft die Arme der aufsteigenden Sonne entgegen. Mit ihren Strahlen durchfloß neue Kraft meinen geschundenen Leib.

Payo zählte die Blätter des heiligen Krautes und verwahrte sie sorgsam. Wir hatten uns darauf geeinigt, daß nur einer die Blätter besaß, so daß wir gegenseitig Kontrolle über uns ausüben konnten. Allzu groß war nämlich die Versuchung, heimlich aus dem Vorrat ein Blatt nach dem anderen in den Mund zu stecken. Seit Tagen zogen wir über die windgepeitschte Landschaft, die uns kaum Schutz in der Nacht und keine Nahrung bot. Einmal erlegte Payo mit seiner Schleuder ein Tier, ähnlich einer großen Ratte. Meine Gier nach Nahrung war so gewaltig, daß ich beinahe meine Zähne in das bluttriefende Fleisch geschlagen hätte. Payo enthäutete das Tier und brachte den Kopf auf einem Stein dar. »Verzeih uns«, sprach er feierlich, »daß wir dein Leben nahmen, um das unsere zu erhalten. Wir danken dir für die Kraft, die du uns gibst.«

Ich war sehr beschämt. Sein Hunger mochte nicht geringer sein als der meinige, doch hätte ich kaum daran gedacht, dem Tier Ehre zu erweisen. Welchen Respekt flößten mir Payos Sitten ein!

Das Fleisch schmeckte köstlich. Wir leckten uns die Finger ab und saugten an ihnen, um auch den letzten Tropfen Fett noch aufzunehmen. In den folgenden Stunden fanden wir nichts mehr zu essen. Deshalb nahmen wir heiliges Kraut. Wir fühlten uns leicht und schwerelos vor Hunger und Berauschtheit.

Allenthalben sahen wir große Steinplatten, die Dächer über nahe beieinander stehende Felsen bildeten. Obwohl

Payo dabei nicht glücklich war, stimmte er doch zu, daß wir in einer dieser Behausungen nachts vor dem schneidenden Wind Zuflucht suchten. Tiefes Schweigen hüllte uns in jenen Nächten bei klammer Kälte ein. Da ich nicht sprechen konnte, verstummte auch Payo oft nach wenigen Worten.

Plötzlich schrie Payo auf. Seine Stimme war so sehr mit Entsetzen erfüllt, daß es mich grauste: »Es sind Gräber, Can-Can. Es sind Gräber, in denen wir Zuflucht suchen.« Er vergaß seine Umsicht, stieß sich Kopf und Glieder an, um der dunklen Felsenkammer zu entfliehen, schlug auf dem modrigen Boden nieder. Ein eisiger Schauer fuhr über meinen Rücken, als habe mich der Toten Hauch an meiner bloßen Haut gestreift. Jetzt, da auch ich begriff, an welchem Ort wir uns befanden, wollte ich noch vor Payo dem schaurigen Platz entkommen, drängte über seinen Körper hinaus, stolperte und fand mich am Boden wieder.

»Wir brauchen unsere Ausrüstung«, Payo rappelte sich auf und starrte zurück in die Finsternis, in der unser kleines Feuer glomm. Keiner von uns wagte den ersten Schritt, dann erhoben wir uns gemeinsam, tasteten uns bebend Schritt für Schritt zurück, als könne der Boden sich öffnen und uns für immer verschlingen. Der weiche Grund zu unseren Füßen mochte nichts anderes sein als Reste von Laub, Erde und den zu Staub zerfallenen menschlichen Leibern. Ängstlich lugte ich in die Dunkelheit der Mauernischen. Blinkte dort nicht hell ein Stein, der auch ein Totenkopf hätte sein können? Unsere Finger rafften hastig zusammen, was unser war. Mit einem Span leuchtete Payo umher: »Wir dürfen nichts übersehen, denn noch einmal kehre ich nicht zurück.« Etwas abseits stehend, sah ich, daß sich hinter Payo ein Felsengang anschloß, der tiefer unter die Erde führte. Mit Gebärden machte ich ihn darauf aufmerksam. »Mir ist nicht danach, ihn zu erkunden. Laß uns eilen, Can-Can, nicht daß sich das Grab schließt über uns, da wir gefrevelt haben.«

Welche Bangigkeit ergriff mich da. Schon meinte ich, Poltern zu vernehmen, sah den Ausgang zusammenstürzen und uns auf ewig unter der Last der Felsen begraben. Als wir endlich im Freien standen, heulte der Wind durch die Spalten, stöhnte und klagte. Mit kleinen, zögernden Schritten tasteten wir uns bergab durch die kalte, abweisende Nacht. Welches Volk mochte dort auf den garstigen Bergeshöhen gehaust haben, in einer Landschaft, die keinen Schutz gewährte? Als endlich die Sonne aufging, lobten wir den Schöpfer, dankten für die Wärme seines Himmelskörpers. Alsbald folgte Payo einem Duft, den nur er wahrnehmen konnte, schnupperte und schnüffelte wie ein Hund auf der Fährte und entdeckte eine Quelle.

Unterhalb der Felsenspalte, aus der frisches Wasser sprudelte, fanden wir einen Rastplatz und tranken von dem kühlen Naß. Blumen von ungekannter Schönheit erblühten nahe der Quelle. Ein gelbes Gewächs, leuchtend wie Safran und von der Form winziger Pantöffelchen, erfreute mein Auge. Welche Pracht entfaltete sich an einem solch verborgenen Winkel, wo der schneidende Wind die Krume nicht forttrug und Wasser im Erdreich gebunden blieb. Ich konnte mich nicht satt sehen, auch Payo schien sehr erfreut, jedoch aus anderem Grund. »Hier wird es Bienen geben.«

Es dauerte nicht lange, und schon hatte er sie ausgemacht, griff in einen Felsenspalt und raubte ihnen den Honig. Staunend sah ich zu, doch fürchtete ich, den wütend Brummenden als Opfer zu dienen. »Sie sind stachellos«, erklärte mir Payo, eine Wabe in der Hand und den Mund mit Honig verschmiert. Welche Überraschungen barg diese fremde Welt.

Je weiter wir bergab und nordwärts wanderten, desto angenehmer wurde die Landschaft und üppiger unser Speisezettel. Wir kosteten von den wilden Früchten oder aßen Fische und Vögel, die wir mit Netzen fingen. Wenn immer es möglich war, verzichtete ich auf jedes Fleisch, denn mein Erbarmen mit den hilflosen Tieren in unseren Schlingen war groß.

Manchmal, wenn wir aus dem Tal die Bergflanke hinaufsahen, entdeckten wir Felsansammlungen, die wir für Steingräber hielten. Doch weder Payo noch ich wollten unsere Vermutungen überprüfen. Eines Abends schürten wir das Feuer, flochten und knüpften an unserer Ausrüstung, besserten unsere Tragkörbe aus und die Netze, waren recht eifrig am Werk. Das Licht wurde schon spärlich, da ertastete meine Hand in der Tiefe meines Korbes etwas Hartes, steinähnliches, jedoch geschmeidiger. Staunend zog ich den faustgroßen Klumpen hervor. »Ich weiß nicht, was das ist«, schüttelte Payo den Kopf. Wir sahen uns ratlos an. Vorsichtig daran schabend, merkten wir, daß sich der Klumpen verformen ließ. Hier und da konnte man schwarze und bräunliche Masse abkratzen, bis meine Finger auf etwas Hartes stießen. Ich löste einen kleinen, vielleicht erbsengroßen Stein heraus und drehte und wendete ihn. An einer Stelle, an der ich den Stein blank gerieben hatte, brach sich das Licht unseres Feuers, und ein Strahl, weiß und blendend, schoß mir in die Augen. Payo sprang auf, murmelte in großer Aufregung gänzlich unverständliche Worte.

Schließlich holte er Wasser herbei, wärmte es in einer Tonschale über dem Feuer und hieß mich, den Stein zu baden. Ein schlimmer Geruch stieg auf, als sich die dunkle Masse löste, Pflanzenfasern oder Haare schwammen in der Brühe, und Ekel packte mich. Doch dann fischte Payo den Stein heraus. »Tränen der Erde«, sagte er. Ehrfürchtig betrachtete ich den Stein. Er schien von edler Art, hell und klar. Wenn man ihn ins Licht hielt, so funkelte er. »»Tränen der Erde‹ sind das Wertvollste, was du finden kannst. Es heißt, einstmals wären die fliegenden bärtigen Männer, die *Chibchachun*, gekommen, hätten Felsen und Berge aufgerissen, um nach diesen Steinen zu graben. Das Volk, das sie hinabtrieben in die unterirdische Finsternis, erblickte nie wieder das Licht der Sonne. Die Tränen dieser armen Menschen tropften zu Boden, sickerten durch Fels und Geröll bis hinab zur Mitte der Welt. Dort erstarrten sie zu hellem Stein. Deshalb findet man diese Kostbarkeiten auch nur tief unten im Erdenschlund, dort, wo die Masse des ganzen Landes über dir ruht.«

Wie mochte der Klumpen in meinen Korb gelangt sein? Wir schabten noch eine Weile daran herum und zogen Stein um Stein hervor. Schließlich befreiten wir sogar eine kleine Kette aus purem Gold von den Erdklumpen.

So saßen wir am Feuer, den kostbaren Fund in den Händen und blickten uns an.

»Du mußt ihn aufgelesen haben, als wir in Hast und Angst aus dem Grab flohen.« Mit diesen Worten sammelte Payo sorgsam ein, was er an Haaren und Fasern fand. »Bei manchen Stämmen werden die Toten einbalsamiert, bevor man sie bestattet. Vielleicht ist der Klumpen, in dem die Steine waren, ein Teil einer Mumie.«

Bei seinen Worten wollte mir das Blut in den Adern gefrieren. »Hilf mir«, trieb er mich an und zerstückelte zu meinem Entsetzen den Rest der Masse. Als Payo alles rein gewaschen hatte, schnüffelte er neugierig an der schwärzlichen Brühe. »Es sind Haare darunter, doch weder Knochen noch verwesendes Fleisch«, tröstete er mich und sortierte die gefundenen Steine sorgfältig. Die Schale mit dem Sud stellte er zur Seite. »Wir haben gefehlt, doch ohne Absicht. Was sollen wir tun?«

In meiner Angst deutete ich auf die fernen Berghänge. »Den Schmuck zurückbringen in die schauerliche Stätte? Niemals. Laß uns schlafen. Das Tageslicht wird uns helfen, unsere Sorge zu vertreiben.«

Bald schon hörte ich seine gleichmäßigen Atemzüge. Ich aber war ruhelos, schrak auf und zitterte, und die Dunkelheit gaukelte mir gräßliche Bilder wankender Skelette vor, die ihr Hab und Gut zurückforderten. Wie beneidete ich Payo um die Gelassenheit, die ihm das Wissen gab, daß wir uns nicht absichtlich des Schmuckes bemächtigt hatten!

Am nächsten Morgen war er sehr geschäftig. Zu meinem großen Staunen verdampfte er den Sud, bis nichts als eine dunkle, klebrige Masse übrigblieb, in die er die Steine bettete. »Ein vortreffliches Versteck«, lobte er sein Werk und vergrub Stein für Stein darin. Dann hielt er mir den Klumpen hin: »Es ist dein. Hüte es gut, denn die Steine sind kostbar.«

Ich wollte widersprechen und machte schließlich das ›Teilen‹-Zeichen, aber Payo blieb hartnäckig. »Ich kann nicht ermessen, welch seltsame Fügung dir diesen Fund bescherte, doch mir würde es bestimmt übel angerechnet, nähme ich davon.«

Als ich endlich nachgab, hieß er mich, mich auszukleiden und zu reinigen. Anschließend mußte ich niederknien. Zusammen verbrannten wir Blätter des heiligen Krautes und verstreuten die Asche in alle Himmelsrichtungen. »Zürnt uns nicht, Ihr mächtigen Geister der Toten«, sprach Payo, dem ich in Gedanken von Herzen zustimmte, »laßt uns unseres Weges ziehen, verfolgt nicht unseren Pfad mit Zorn und Rache. Nichts Unrechtes taten wir und flehen um Verzeihung. Erbarmt Euch unser, die wir unwissende Knaben sind.«

Erst als die Mittagssonne hoch am Himmel stand, glaubte Payo, daß wir nun weiterziehen könnten. Der dunkle Klumpen in meiner geschulterten Last wog plötzlich schwer und schien mich niederzwingen zu wollen. Das Sinnen, ihn loszuwerden, und die Freude, ihn behalten zu können, wechselten einander ab.

Unser Weg führte sanft bergab. Die Tage verliefen gleichförmig und ruhig. Da wir immer wieder fischen und jagen mußten, kamen wir nur langsam voran. An den Regen, der einmal täglich unter Blitz und Donner vom Himmel rauschte, hatten wir uns gewöhnt. Die dunkle Nacht schreckte uns nicht mehr, und wir fürchteten auch keine fremden Krieger. Wie lange unsere Wanderung dauerte, vermag ich nicht mehr zu sagen. Ein ereignisloser Tag reihte sich an den nächsten, und jeder einzelne schien endlos zu sein.

Eines Tages stockte Payos Schritt. »Wir sind an einem entscheidenden Punkt unserer Reise angekommen«, sagte er einfach. Wir standen mitten im dichten Wald, und ich glotzte ihn blöd an. »Auf dieser Landschwelle führen Ströme nach Osten, nach Westen und nach Norden. Wählen wir den Fluß nach Westen, so erreichen wir die äußerste Grenze des Inka-reiches, gehen wir nach Osten, kommen wir in die tiefen Wälder, zurück zu den Jägern und *shabonos*, folgen wir aber dem Fluß nach Norden, wirst du die Küste erreichen.«

Nur zu gut erinnerten wir uns beide, daß wir von nun an in gänzlich fremdes Land vorstießen. Kein mahnendes Wort von Collya begleitete uns mehr. Jeder Schritt war ein Tritt in das Unbekannte.

Wir hatten unsere Essensvorräte mit Dörrfleisch und ge-trockneten Früchten anreichern können und viel Zeit mit der Ausbesserung unserer Ausrüstung verbracht. »Irgendwo wer-den wir auf fremde Völker stoßen«, sagte Payo einfach, »es ist besser, gerüstet zu sein.«

Unser Weg nach Norden führte durch dumpfe Wälder, aber auch über karge Bergrücken. Es gab eine Vielzahl von Bächen, wir folgten dem größten von ihnen ein Tal hinab. Als wir beide gleichzeitig ein seltsames Klingen zu hören schienen, wie das einer fernen Trommel, wich Payo zurück. »Es kommt aus der Erde.« Er preßte sein Ohr, das viel feiner war als meines, auf den weichen Untergrund. Tatsächlich ver-nahmen wir beide deutlich, wie tief im Innern die Erde stöhn-te. Entsetzt rannten wir ein Stück zurück, schräg den Hang hinauf und kauerten uns angstvoll nebeneinander.

»Ob die Erde aufbricht?« flüsterte Payo. Ich wußte mir keinen Rat. Wir wären noch lange unbeweglich auf dersel-ben Stelle hocken geblieben, hätte sich nicht plötzlich ein Ge-witter mit großer Heftigkeit entladen. Der Regen, der wie aus einem Faß über uns ausgeschüttet wurde, verbarg die Welt um uns hinter einer Wand aus niederstürzendem Wasser.

Sorgfältig die Stelle der ›sprechenden Erde‹, wie Payo sag-te, meidend, schlichen wir schräg am Hang entlang talab-wärts. Doch ein Gurgeln und Brausen, ein Klingen tief unter unseren Füßen ließ uns immer wieder den Schritt verhalten und wie erstarrt stehenbleiben. Es erinnerte mich sehr an die

Gassen von Sevilla, wenn Regenbäche über die gepflasterten Straßen stürzten und gurgelnd im Abfluß verschwanden. Dieser Gedanke ließ mich nicht mehr los, und je mehr ich darüber nachsann, desto einleuchtender schien mir mein Einfall zu sein: Wir gingen über einem unterirdischen Wasserlauf. Wie sollte ich armer Krüppel, des Sprechens nicht mehr mächtig, mich Payo verständlich machen? Alle meine Versuche schlugen fehl, und er drängte mich, lieber einen Platz für die Nacht zu suchen, als unsinnig zu gestikulieren. Im Wald dämmerte es bereits, zu unseren Füßen gurgelte und klang es bisweilen. Wir blickten forschend umher, als Payo einen spitzen Schrei ausstieß und mir ein Stöhnen entfuhr.

Nur einige Armeslängen entfernt stand ein riesiger Krieger. Seine Augen funkelten im verschwindenden Tageslicht. Eine Keule, mächtig wie das Bein eines Pferdes, reckte er drohend empor. Von seinem Gürtel hingen Totenköpfe herab. Gleichzeitig, als wären wir nur eine Person, machten wir beide einen Satz rückwärts und ... verschwanden in der Tiefe.

Einer meiner gräßlichen Träume plagt mich, so hoffte ich, als ich erwachte und Kopf und Glieder schmerzten. Indes, je wacher ich wurde, desto klarer erinnerte ich mich an den Anblick des gewaltigen Kriegers und unseren Sturz. Unseren? Wo war Payo? Um mich herrschte Finsternis. Angespannt lauschte ich in die Dunkelheit hinein, konnte aber nur Wasser tropfen hören. Da ich nicht rufen konnte, würde ich ein Licht entzünden und nach Payo suchen. Mühsam tastete ich nach meinem Korb. Auf ihn war ich gefallen, doch wo befand ich mich? Sorgsam tastete ich den Boden um mich herum ab. So weit ich greifen konnte, fühlte ich feuchten, harten Untergrund. Konnte es sein, daß ich auf einem Felsvorsprung lag und jählings in die Tiefe stürzen würde, sobald ich mich bewegte? Nach einiger Zeit gelang es mir, mich aufrecht hinzusetzen. Ich konnte nichts erkennen und wollte nach meinem Feuerstein greifen, als ich Schritte hörte. Hoch über meinem Kopf vernahm ich ein schlurfendes Geräusch, ein

Getrappel und Getrampel, dann ein Schnaufen. Waren es Menschen? Waren es Raubtiere? Die eine Möglichkeit war so schlimm wie die andere, und ich beschloß, mich nicht zu erkennen zu geben, zumal ich mich sehr eindringlich an den schrecklichen Krieger mit seiner Kopftrophäe erinnerte.

Unendlich lang wurde mir die Nacht. An Manco Huaca richtete ich all meine drängenden Bitten, doch er ließ mich allein. Gelegentlich vernahm ich ein Gurgeln und Sausen aus der Tiefe, ein Dröhnen wie von fernen Trommeln, und einmal glaubte ich, weit hinter mir einen schwachen Lichtschein auszumachen. Um nicht den Verstand zu verlieren, sagte ich alles auf, was mich Manco Huaca gelehrt hatte, und langsam, unendlich langsam dämmerte der Morgen herauf.

Ein mattes Licht brach hoch über meinem Kopf herein, erhellte ein wenig den grausigen Grund, in dem ich mich befand. Glatte Felswand ragte über mir auf, wohl mehr als fünf Manneslängen hoch. Der Gang, in dem ich kauerte, war breit genug, zwei Mann nebeneinander gehen zu lassen, und führte in die Tiefe. Nirgendwo war eine Spur von Payo zu sehen. Nach ihm rufen konnte ich nicht, und in meiner Verzweiflung schoß mir ein entsetzlicher Gedanke in den Kopf. Waren wir Gefangene? Hatte man meinen Gefährten gefunden und fortgeschleppt? Sogleich hob ich den Kopf und starrte durch das Loch über mir, durch das ich wohl hinabgestürzt war. Glotzte nicht jemand dort auf mich hinab? Es schienen nur helle und dunkle Flecken zu sein, die ich erkennen konnte, aber ich verkroch mich trotzdem geräuschlos in den Schatten. Dort tastete ich meinen Körper ab und erfühlte eine große Beule am Hinterkopf, Abschürfungen an Armen und Beinen, aber meine Ausrüstung fand ich unversehrt vor. Was sollte ich tun?

Mühsam entfachte ich ein winziges Feuerchen, brachte mit großer Geduld einen Ast zum Glimmen, der mir als Fackel dienen sollte. Ich folgte dem Gang bergauf. Langsam und stetig stieg dieser an. Als ich ganz tief in der Finsternis stand, schauderte es mich, und Tränen der Angst befeuchteten meine Wangen. Zitternd kehrte ich um. Wie wohlig, ja heimelig wurde mir, als ich den Platz unter dem lichten Himmel erreichte, wo ich hinabgestürzt war. So kann in der Not der eine gräßliche Winkel noch Zuflucht sein vor dem Raum des Schreckens, der unbekannten, allumfassenden Finsternis.

Ich stärkte mich mit einer Trockenfrucht, nahm auch einen Schluck aus meinem Wasserschlauch. Dann schritt ich zögerlich hinab in den Abgrund. Bald fühlte ich Treppenstufen unter meinen Füßen, ich leuchtete den Boden aus und sah, daß behauene Steine abwärts führten. Als ich so zitternd weiterschlich, spürte ich zu meiner Rechten einen kühlen Lufthauch. Hier zweigte ein Gang ab. Lange überlegte ich, dann kniete ich nieder, kratzte einen Pfeil in den Untergrund und schritt weiter geradeaus. Bald jedoch machte der Gang eine Biegung, dann wieder eine und noch mehrere. Viele Seitengänge bogen jetzt ab, und mit größter Sorgfalt markierte ich meinen Weg. Schließlich kam mir eine Idee. Im Staub und feuchten Moder müßte ich Payos Spuren erkennen. Suchend leuchtete ich umher, doch der Boden um mich herum war unberührt. Ich tastete mich zurück, verfluchte mich ob meiner Dummheit. Als ich meinte, an der ersten Abzweigung angekommen zu sein, sah ich Spuren im Boden, aufgewühlte Erde, doch ob sie von mir oder Payo stammten, konnte ich nicht feststellen. In meine Verzweiflung hinein glaubte ich Stimmen zu vernehmen. »Can-Can«, meinte ich zu hören, doch ich konnte meinem durch tiefe Furcht verworrenen Geist nicht mehr trauen. Stunden mochten vergangen sein, da erklang ein Lied, so süß und rein, daß mein Herz leicht wurde und die Bedrängnis von mir abfiel. Allein Payo konnte solche Töne seiner Flöte entlocken, und ich folgte ihrem Klang wie durch Zauberkraft gezogen.

An einer Weggabelung mußte ich anhalten. Zwar war das Lied mir jetzt ganz nahe, doch wußte ich nicht recht, ob es vor oder neben mir erschallte. Schließlich entschied ich mich, geradeaus zu gehen, als es mit einemmal verstummte. Lauschend blieb ich stehen. Das kleine Licht in meiner Hand flackerte. Leise, ganz leise kollerte ein Stein zur Seite. Mein Herz brauste gegen meine Rippen. Ich steckte rasch den Fakkelstummel in den Boden, kroch zurück, weg von der entlarvenden Lichtquelle. Ein riesiger Schatten erschien an der Felswand, flackerte mit dem Feuerschein auf und nieder. »Can-Can?« fragte Payo, und ich warf mich ihm stöhnend in die Arme.

Er legte einen faustgroßen Stein beiseite, preßte sich an mich. »Wir sind in einem der alten Gänge gelandet; es sind Anlagen, wie auch mein Volk sie hatte. Doch laß uns achtsam sein, wir sind hier nicht allein.«

Ich bedeutete ihm mit heftigen Gebärden, daß wir nach draußen gehen sollten. »Dort gelangen wir nicht hinaus. Ich glaube, ich habe hier einen Ausgang gefunden, wollte dich suchen, als ich Schritte hörte. Deshalb lockte ich dich mit meiner Flöte, weil ich hoffte, daß du mein Signal verstehst.«

Payo zog sein Feuergefäß hervor. Die Tonschale mit Dekkel, in der Fett und allerlei Harz vor sich hinglommen, gab wenig Licht. Meine Fackel löschten wir. Wie stark fühlte ich mich, als ich hinter Payo einherschritt. Konnten mich halbzerfallene Gänge dermaßen schrecken? Der kleine Kerl ging zügig voran, lauschte an jeder Weggabelung und folgte einem nur ihm bekannten Ziel. Schließlich sah ich ein fernes, mattes Licht. »Das ist nicht der Ausgang, Can-Can«, warnte er mich. Er ergriff meine Hand, gemeinsam schlichen wir vorwärts. Dann betraten wir den seltsamsten Raum, den ich je erblickt hatte.

Ein großes Gewölbe aus gewachsenem Fels erstreckte sich vor mir. In regelmäßigen Abständen waren Nischen in den Fels eingebracht. Aus ihnen drang ein schwaches Licht. »Schächte, die nach oben führen«, hauchte mir Payo zu. Zitternd vor Aufregung, tappten wir zu einer dieser Nischen. Das Licht, das von oben kam, war verlockend. Doch der Schacht war glatt und viel zu schmal. Die Trostlosigkeit des Raumes und die Angst, hier für immer eingesperrt zu sein, bedrückten mich. Payo hielt mich fest. »Sieh«, wisperte er. Den Fels entlang von Nische zu Nische führte ein Fries, in den seltsame Figuren und Zeichen gehauen waren. Neugierig sah ich mir die Zeichen genauer an, die sich als Lurche und Frösche entpuppten, daneben waren aber auch deutlich menschenähnliche Gestalten zu erkennen. Viele dieser Wesen hatten sechs Finger und Glotzaugen. Bei manchen waren die männlichen und weiblichen Geschlechtsmerkmale übergroß dargestellt. Dann wieder sah ich nur Sterne und Kugeln, bis ich endlich auf Schriftzeichen stieß. Keuchend kniete ich neben Payo, fuhr mit meinen Fingern die fremden Buchstaben nach, versuchte zu rätseln, was sie bedeuten mochten. Das griechische Alphabet fiel mir ein, dann jenes der Araber. Mir schienen diese fremdartigen Zeichen eine Mischung aus beiden zu sein, doch konnte ich kein einziges Symbol enträtseln.

Während ich den Fries fasziniert untersuchte, drängte mich Payo: »Das Gewaltigste hast du noch nicht erblickt.« An seiner Hand taumelte ich tiefer in den Raum hinein, hinter Payos Lichtquelle her, die einen riesigen Felsblock beschien. Als wir näher kamen, konnte man erkennen, daß dieser Block rechtwinklig behauen war. Durch das Licht warf er einen scharfen Schatten auf den Boden. Wohin sollte ich zuerst blicken? Vor dem Steinsockel häuften sich Knochen an Knochen. Totenschädel grinsten mich aus ihren dunklen Augenhöhlen an, und überall verstreut lagen die kostbarsten Goldketten und Geschmeide aus funkelndem Stein. Wir setzten vorsichtig Fuß über Fuß, um auf keinen der Gegenstände zu treten, bis wir erkannten, daß sich rings um den Steinsockel eine Inschrift zog, gleich jener an den Wänden. Mich schauderte plötzlich. Ich konnte nicht verstehen, daß Payo weiter, die Stufen hinaufdrängte, auf welchen jener Felsen ruhte. Es mußte wohl ein Sarg ungeheuren Ausmaßes und kein gewachsener Fels sein, wie ich nun erkannte. Payo nahm meinen Kopf in die Hände und drehte ihn so, daß ich auf das obere Ende des Sarges mit der glattgeschliffenen Steinplatte blickte. Dort, im steinernen Sargdeckel, war das Bild eines Mannes eingraviert, mit Helm, Bart und großen runden Augen, wie ich ihn aus dem Tempel des Manco Huaca kannte. Er kniete in einem seltsamen Boot, umgeben von Kästen, die jener *caja negra* glichen. Auf einen dieser Kästen starrte er mit großer Aufmerksamkeit.

»Glaubst du mir jetzt?« flüsterte Payo, »Dies ist einer der bärtigen Männer, der *Chibchachun* in seinem fliegenden Boot, das von den Wolken herabstieg. Vertraust du nun unseren Erzählungen?«

Ich nickte heftig und konnte mich nicht losreißen von diesem Anblick. Payo, der zuerst so wissenshungrig erschien, drängte plötzlich. »Das ist ein geweihter Ort hier, beeile dich.« Da ich die Dringlichkeit seiner Aussage nicht verstehen wollte, tauchte er meinen Finger in eine dunkle Flüssigkeit auf den Stufen. »Blut«, hauchte Payo an meinem Ohr, »und es ist noch nicht sehr alt.«

Wir huschten über die Knochenreste zurück, mieden die erleuchteten Winkel des Raumes und deckten sorgfältig unser kleines Licht ab. Lautlos wie Raubkatzen stiegen wir langsam Stufe für Stufe hinauf. An einer Stelle, da der Gang jäh um die Ecke bog, wollte ich aufkeuchen, doch Payo preßte mir seine Hand auf den Mund. Ein wuchtiger Steinkoloß ragte vor uns auf, gut dreimal so groß wie Payo. Er glich dem schrecklichen Krieger, der mich so erschreckt hatte, schwang eine fürchterliche Keule und hatte lange Reißzähne, die über seine wulstigen Lippen hinausragten. In seinen Augenhöhlen glitzerten Edelsteine, an seinem Gürtel hingen Menschengestalten, klein und mit aufgerissenen Mündern. Ihr in Stein gehauener stummer Schrei erschütterte mich. Noch mehr Entsetzen packte mich, als Payo den Boden zu Füßen der Statue beleuchtete. Dort hockten oder lagen Skelette, an denen noch Haar, Haut und Kleiderfetzen hingen. Vertrocknete Blumen raschelten, als wir daran vorbeischritten und muffigen Staub aufwirbelten. »Vielleicht ist dieser der Hüter des Geheimnisses, und man opfert ihm«, sprach Payo seine Fragen so leise wie möglich an meinem Ohr aus.

Ein milder Schimmer in der Ferne lockte uns. Mit unendlicher Vorsicht näherten wir uns dem Flecken hellen Tageslichts. Der Gang wurde enger. Zum Schluß krochen wir auf allen vieren, den Kopf immer wieder am Gewölbe anstoßend, einen steilen Flur hinauf. Plötzlich weitete sich der Fels. Wir befanden uns in einer behauenen künstlichen Höhle. Die Wände waren aus massigen Steinen gebildet und stellten Figuren dar, wie wir sie im Innern gesehen hatten. Auf ihren Köpfen trugen sie eine große Steinplatte. Zwischen den Gestalten leuchtete helles Tageslicht hinein. Mein Herz machte einen gewaltigen Freudensprung, und ich wollte hinauseilen in den Sonnenschein. Payo aber zwang mich zu Boden. Lange Zeit kauerten wir unter der schweren Felsenplatte, meinten Schritte zu hören, auch Stimmen, die sich näherten und wieder verschwanden.

Als es länger ruhig blieb und die Vögel lieblich sangen, flüsterte Payo: »Niemand ist in der Nähe. Die Vögel singen ohne Furcht.« Wir krochen behutsam ins Freie, sahen uns zu unserem Entsetzen in einem weiten, offenen Gelände, in dem Steinhöhle an Steinhöhle stand und Monumente grausigen Ausmaßes, Abbilder gräßlichster Gestalten in den Himmel ragten. Auf unserer Flucht in den Schutz des Unterholzes hinein stießen wir allenthalben auf Riesenhäupter, die wie geköpft umherlagen, mit weit aufgerissenem Rachen und rollenden Augen. Am meisten aber erschreckten uns jene Statuen, die Felsenkammern bewachten und ein Menschlein in ihren Fängen hielten und es sogleich aufzufressen schienen. Die Botschaft, die sie uns vermittelten, war eindeutig: ›Wer sich hier hineinwagt, ist des Todes.‹ Immer nach Norden fliehend, durcheilten wir Stunde um Stunde diese grausige Gegend, sahen uns unvermutet in Stein gebannten Ungeheuern gegenüber, Wesen, halb Tier, halb Mensch, Wesen mit unbekannten, furchtbaren Waffen in den Händen, menschlichen Gesichtern und riesigen Vogelschwingen. Endlich fanden wir in Büschen einen Unterschlupf, wagten nicht, ein Feuer zu entzünden, und hielten uns bebend umschlungen.

»So ist es wahr, was man erzählte«, erschauerte Payo. »Einst kamen gräßliche Wesen aus dem Norden, stiegen wie Vögel gleich vom Himmel herab, gruben hier nach Gold und kostbaren Steinen und verschlangen das Volk, das hier lebte. Immer dachte ich, dies sei eine Geschichte, um kleine Kinder zu erschrecken, um sie bei Einbruch der Nacht in die Hütten und *hamacas zu* scheuchen. Jetzt muß ich erkennen, daß wahr ist, was unsere alten Leute berichteten.«

Eine unserer *hamacas* hatten wir unter uns ausgebreitet, die andere zogen wir, ich gestehe es, über unseren Kopf. Das gab uns ein Gefühl der Geborgenheit. Ich dankte vor dem Einschlafen dem Schöpfer für Payos Nähe, den ich leise schnaufend an meiner Seite spürte. Seine Wärme tröstete mich.

Kapitel 11

Beim ersten Morgengrauen eilten wir, furchtsam über die Schulter blickend, das Tal hinunter und erreichten einen Bach, der bald zu einem Fluß anschwoll. Noch immer sorgsam die Umgebung nach Spuren menschlichen Lebens absuchend, beruhigten wir uns schließlich soweit, daß wir kurz Rast machten. Danach stand ich Wache mit Payos Flöte am Mund, um ihn durch einen schrillen Pfiff warnen zu können, während er kleine Baumstämme fällte und ein Floß baute. Es war sehr kümmerlich, doch würde es seinen Zweck erfüllen. Als wir so eine gute Strecke vorangekommen waren, gingen wir erneut an Land und stellten mit viel Eifer und Hingabe ein großes, achtbares Floß her. Der Fluß war nun zu einem Strom geworden, der gemächlich nach Norden floß. Viele Tage zogen wir träge dahin, erholten uns von den Schrecken der Vergangenheit, schliefen, während der andere steuerte. Von allen Seiten strömten Bäche und kleine Flüsse zu unserem Wasserweg.

»Wir haben den Nordstrom gefunden«, meinte Payo, der sorgsam nachts am Sternbild unsere Richtung überprüfte. Sandbänke zogen vorbei, auf denen große Echsen im Sonnenschein badeten, Schlangen begleiteten unsere Fahrt. »Ein wendiger Einbaum wäre sicherer«, überlegte Payo laut. Wir beide sahen uns außerstande, einen herzustellen, deshalb hofften wir auf Menschen und bangten gleichzeitig davor, mit ihnen zusammenzustoßen. »Die Tiere werden uns rechtzeitig warnen«, tröstete mich mein Gefährte.

Gelegentlich mußten wir Stromschnellen umwandern und das Floß mit langen Pflanzenseilen vom Ufer aus mitziehen. Als wir wieder einmal an Land stakten, weil uns lautes Rauschen alarmierte, bestand Payo darauf, jeden Ausrüstungsgegenstand auf den Rücken zu nehmen. Ich reagierte träge, denn wir hatten großes Geschick erworben, das Boot mit Pflanzenseil und Stangen zu dirigieren. Payo, der mehr als zwei Kopf kleiner war, versperrte mir den Weg. Ein Teil meiner Ausrüstung lag noch auf dem Floß, und dort sollte sie auch bleiben. Payo sagte nichts, sah mich nur gelassen an. An mir kommst du so nicht vorbei, las ich in seinen Augen. Er war breit und stämmig wie ein Baum, das Erstaunlichste aber war seine ruhige Hartnäckigkeit. Ich wäre ihm körperlich überlegen gewesen, doch fürchtete ich mich vor seiner absoluten Halsstarrigkeit. Verärgert stampfte ich durch das hüfttiefe Wasser und holte knurrend die Ausrüstung.

Ob das, was kurz darauf geschah, meiner Mißstimmung zuzuschreiben war oder der Gewalt des Flusses, weiß ich nicht. Das Floß tauchte plötzlich tief hinab, schnellte hoch, riß mir das Seil aus der Hand und trieb hinaus auf das schäumende Wasser. Bis ich Payo zu Hilfe eilen konnte, der das zweite Pflanzenseil hielt, lag er, von der Wucht umgeworfen, bereits am Boden, und die Schnur schnitt tief in seine Hand. Das Floß riß sich vollends los, trieb in einem auf- und abhüpfenden Kreistanz auf die Stromschnellen zu, tauchte unter, wurde hochgerissen und zerbarst an den Felsen.

Ich verband Payos Hand. Zuerst zerkleinerte ich Asche und heiliges Kraut in meinem Holzmörser, dann bestrich ich damit die blutende Strieme. Es war ein tiefer Schnitt quer über seine rechte Handinnenseite, und ich wußte, wie gefährlich sich die Wunde entzünden konnte. Nachdem ich die Hand gesäubert und gleichzeitig seinen Schmerz gestillt hatte, legte ich einen festen Verband aus Pflanzenfasern an.

»Laß uns noch vorsichtiger sein«, preßte Payo zwischen zusammengebissenen Zähnen hervor. »Verbergen wir die kleinen Goldvasen vor neugierigen Blicken und teilen wir wieder das heilige Kraut auf. Es könnte sein, daß einer unserer Körbe naß wird, verlorengeht oder geplündert wird. Wir müssen dann im anderen Korb von unserer Ausrüstung die

Hälfte haben.« Ich wälzte also unsere Goldvasen im feuchten Schlamm, umwickelte sie fest mit trockenen Gräsern, bis kein verräterisches Funkeln mehr zu sehen war. Danach teilte ich das heilige Kraut auf. Wir kontrollierten gemeinsam, ob wir unsere Ausrüstung halbiert hatten. Als Payo zufrieden war, trieb er zur Eile. Immer am Ufer entlang, kamen wir nur mühsam vorwärts. Wie schnell wären wir mit dem Floß gewesen.

Nach vielen Stunden scheuchten wir eine Horde Affen auf. Sie tobten über uns in den Baumwipfeln und schimpften. »Sie haben Angst vor uns«, erklärte Payo, »das bedeutet, hier sind irgendwo Menschen.« Als ob sie ihn bestätigen wollten, ergriffen sich die Affen bei den Pfoten. Dann begann die ganze Kette hoch im Baumwipfel zu schaukeln, bis der unterste Affe durch den ungeheuren Schwung, den er bekam, einen tiefhängenden Ast am gegenüberliegenden Ufer erreichte und die ganze Horde mitzog. »Affenschaukel«, sagte Payo. Ich dachte, ich könnte meinen Augen nicht trauen. Die Tiere mußten um vieles klüger sein, als ich bisher angenommen hatte.

Kurze Zeit später stießen wir jenseits einer Lichtung auf einen schmalen Pfad, der immer breiter wurde und uns schließlich in ein Dorf brachte. Wir marschierten mit bloßen Händen dort hinein, mitten in eine aufgeregte Schar kreischender Kinder. Schließlich war das halbe Dorf um uns versammelt, und man öffnete eine Gasse für uns, damit wir das große Rundhaus betreten konnten. In ihm befanden sich die Ältesten des Dorfes. Als sie uns einluden, ihnen gegenüber Platz zu nehmen, uns etwas zu trinken und gesalzenen Fisch reichten und sich meine Augen endlich an das Halbdunkel gewöhnt hatten, meinte ich, mein Herz bliebe stehen. Es befanden sich Spanier unter ihnen!

Ein Teil der Männer trug einen schwarzen Schnauzbart, dazu ein Kinnbärtchen, wie es eben in Spanien Mode war, als ich die Heimat verließ. Auch schien sich ihre Gesichtsform von jener der Indios, die ich kannte, zu unterscheiden. Das Gesicht war weniger flächenhaft, die Nase hob sich scharf und groß ab, und die hervorstehenden Backenknochen und die hohe Stirn verliehen ihm markante Züge.

»*Muisca*, Menschen«, flüsterte Payo, der Schreck bebte noch in seiner Stimme mit, »erinnere dich der Höflichkeit und höre auf, sie anzustarren!«

Wir verbrachten mehrere Tage im Dorf dieser Menschen. Zu unserer Erleichterung sprachen einige von ihnen ein fehlerhaftes Quechua. Diese Sprachgewandten schienen zwar mit unseren Gastgebern verwandt, jedoch keine Dorfbewohner, sondern Händler zu sein, die Salz nach überallhin, auch an die Inka lieferten. Ich bewunderte sehr das Geschick der Dorfbewohner, jegliche Nahrung durch Salz haltbar zu machen. Wasser war im Überfluß vorhanden, so daß wir gierig gesalzene Nüsse, gesalzenes Fleisch, ja sogar gesalzene Wurzeln in uns hineinstopften. Das Salz war der Reichtum einiger Bergvölker, so erfuhren wir. Sie gewannen es nicht am Meer, sondern bauten es am Berge Zipa-quirá ab, »im Salzland, wo die Eingeweide der Gebirge weiß von Salz sind und wo zahlreiche Salzpfade in viele Stammesgebiete führen«, erklärten uns die Händler. Das ›weiße‹ Gold wurde zu Ziegeln gepreßt oder in Körbe und Keramikschalen gefüllt.

Die Dorfbewohner betrachteten uns mit großer Zurückhaltung. Sie waren nicht unfreundlich, ließen uns aber für alles, was wir erbaten, bezahlen. »Händlervolk«, flüsterte mir Payo einmal verächtlich zu. Am meisten staunten wir über ihre Kunstfertigkeit. In einer Hütte waren Männer und Frauen versammelt, die aus feinen Golddrähten die wunderbarsten Kunstwerke herstellten. Sie fertigten Figuren aus Goldblech, auf welches sie Golddrähte auflöteten. »Sie bezahlen damit das Salz. Die Salzleute haben einen heiligen Schwur getan, alles Gold ihrem bärtigen Gott darzubringen.«

Irgendwie gelang es mir, ungesehen von den anderen, ein Gesicht mit Bart in den Staub zu ritzen und Payo zu der Frage zu bewegen: »Wie heißt dieser Gott der Salzleute?« »*Chibchachun*«, antworteten uns die Dorfbewohner freimütig. In der Dunkelheit des hereinbrechenden Abends griff Payo nach meiner Hand. »Wie viele Tagesreisen von uns entfernt lebt dieses Volk?« »Fünf Tagesreisen«, antwortete man uns, »der Weg führt beständig nach Nordwest.«

Später in unserer Hütte, die man uns überlassen hatte, flüsterte Payo: »Ich traue ihnen nicht. *Chibchachun* erinnert mich zu sehr an die alten Geschichten, die wir in der Verkörperung der steinernen Ungeheuer sahen. Ich halte die Menschen hier nicht für harmlose Waldbewohner, vielmehr für die Nachfahren jenes grausamen, Menschen verschlingenden *Chibchachun*. Sieh doch nur ihre Bärte. Vielleicht folgen sie immer noch dem Brauch, Menschenopfer darzubringen, zu Ehren ihres Gottes.« Nach einiger Zeit fügte er hinzu: »Es kann nicht sein, daß sie nicht von jener Schauerstätte im Norden wissen, Can-Can. Sie brauchen doch nur flußaufwärts zu gehen. Unter ihnen befinden sich Händler, die Quechua sprechen. Diese müssen die Stelle der Steinungeheuer kennen, wenn sie zur Grenze des Inkareiches vorstoßen, um mit Salz zu handeln.« Ich kratzte ein kleines Steinmonster in den lehmigen Hüttenboden, dann einen Fluß, der westwärts führte.

»Ich verstehe«, nickte Payo, »du glaubst, sie fahren westwärts den Fluß hinab und umgehen so das Gebiet? Das mag sein, aber etwas macht mich mißtrauisch.« Da ich ihn fragend ansah, erklärte er: »Spürst du nicht, daß sie für ein großes Fest rüsten? Allenthalben werden gegorene Getränke hergestellt, werden Goldfiguren geformt und Lebensmittel eingesalzen. Uns zu Ehren, um ihre Gastfreundschaft darzustellen, sicher nicht. Wir müssen doch für alles bezahlen.«

»Sondern?« stand so überdeutlich in mein Gesicht geschrieben, daß Payo fortfuhr.

»Vielleicht feiern sie bald ein Fest für den bärtigen *Chibchachun* mit uns als Opfergabe.«

Beim ersten Morgenlicht waren wir abmarschbereit. »Wir brauchen einen Einbaum«, beharrte Payo. »Entwenden mag ich ihn nicht, denn dann machen wir uns schuldig. Ich werde ihn erhandeln.«

Der Dorfälteste wies Payo ab und deutete mit der Hand auf den Urwald.

Mein Freund zeigte seine ausdruckslose Miene, griff in seinen Tragekorb und zog einige Wurzeln hervor. Bei ihrem Anblick leuchteten die Augen des Dorfältesten auf: »Zwei mal zehn«, forderte er. Payo wies ihn lachend ab. Sie feilschten eine Weile, bis wir für den Preis von zwölf Wurzeln einen guten Einbaum bekamen. »Canoa«, sagte der Alte und wies auf ein schnittiges Boot. Ich hatte diese Bezeichnung noch nie gehört. Ohne Zeit zu verlieren, stießen wir vom Ufer ab. Das halbe Dorf schlief noch, niemand blickte hinter uns her.

Payo beobachtete das Ufer sehr aufmerksam. Als der Fluß immer breiter wurde und zahlreiche Nebenarme, unter herabhängenden Ästen verborgen, in den Strom mündeten, befahl mir Payo hinter der nächsten Biegung an Land zu paddeln. Er trieb mich zu größter Eile an. Wir versteckten unseren kostbaren Einbaum. Ohne jede Erklärung hieß mich Payo, an das jenseitige Ufer zu schwimmen. Unsere Ausrüstung auf dem Kopf balancierend, trieb er mich voran. »Eile dich, unser Leben hängt davon ab.« Wir zogen uns vom Wasser aus an einem Uferbaum hoch und stiegen in den hohen Wipfel. Mit Pflanzenseilen banden wir uns am Stamm fest.

Es dauerte nicht länger, als bis du mit trockenem Holz bei Windstille ein Feuer entfacht hast, als der erste Einbaum den Fluß herunterkam. Es war ein besonders großes *canoa*, und in ihm saßen acht Krieger. Ihm folgten zwei kleinere Boote. Während das große, angetrieben durch kräftige Paddelschläge, vorwärts schoß, fuhren die kleinen Boote langsam die Ufer ab. »Schließ die Augen, wenn sie uns passieren«, hauchte mir Payo zu, »und denke friedlich, sonst warnst du sie mit der Kraft deiner Einbildung.«

Wir blieben fast zwei Tage auf dem Baum hocken, bis die drei Boote mit allen Kriegern wieder an uns vorbei flußaufwärts zogen. Sie hatten weder erlegtes Wild noch Handelsgut an Bord. Kaum waren sie verschwunden, flohen wir in der Dunkelheit auf dem träge fließenden Strom in unserem *canoa*, so schnell wir konnten. »Es ist sehr gefährlich, nachts den Fluß zu befahren«, warnte mich Payo, »doch noch gefährlicher ist es, ›Gott‹ *Chibchachun* zu begegnen.«

Ohne das heilige Kraut hätten wir alle diese Strapazen niemals ertragen. Dieses und Payos Scharfsinn ließen uns den Menschen entkommen, von denen ich bis zum heutigen Tage nicht weiß, wer sie waren und was sie uns antun wollten. Das Paddel gleichmäßig in die Fluten tauchend, fiel mir plötzlich etwas ein. Mit großen Gesten, die beinahe das *canoa* zum Kentern gebracht hätten, gelang es mir, Payo nach der kostbaren Wurzel zu fragen, gegen die er unseren Einbaum eingetauscht hatte. »Azorella«, erklärte er, »ein Strauch, der nur in großer Höhe auf trockenem Boden in der Wüste des südlichen Inkareiches gedeiht. Die Wurzeln liefern beim Verbrennen eine solche Hitze, daß man damit Gold schmelzen kann. Niemand außer den Inka handelt damit, da nur sie über diese Sträucher verfügen.«

Der Mond füllte sich beinahe das zweite Mal, als wir am Ufer des Nordstromes Zeichen menschlicher Siedlungen bemerkten. Wir hielten uns in der Mitte des riesigen Flusses, doch trotz unseres aufmerksamen Spähens konnten wir kein Lebenszeichen ausmachen. Schließlich erkannten wir Reste einer Besiedelung, Fischreusen und Anlegestellen. Payo rief den Friedensgruß über das Wasser, doch kein Hund kläffte am Ufer, noch füllte sich der Strand mit neugierigen Kindern. Mit größter Vorsicht legten wir an und folgten einem ausgetretenen Pfad hinauf in das Rund eines Dorfes. Ein übler Geruch schlug uns entgegen, und wir stolperten ängstlich vorwärts. Allerlei Urwaldtiere flohen vor unserem Schritt, Vögel kreischten auf und erhoben sich schwerfällig.

Der Dorfplatz war übersät mit Leichen. Frauen, Kinder, Männer lagen hingestreckt mit zerschlagenen Gliedern, manche auch enthauptet. Schwärme von Fliegen stiegen auf. Wir rannten über den Platz, wollten fliehen, da sahen wir das Zeichen. Mitten auf einem kleinen Hügel am Rand des Dorfes erhob sich ein einfaches Kreuz. Zögernd gingen wir darauf zu. Am Kreuzfuß waren zwei Gräber aufgeschüttet. Obenauf lag jeweils ein spanischer Helm.

»Du bist zu Hause«, sagte Payo.

Vorsichtig erkundeten wir die Umgebung. »Die Spanier sind vom Wasser gekommen«, meinte mein Freund, und ich stimmte ihm zu. Allzu deutlich erkannten wir die Schleifspuren eines mächtigen Floßes am Ufer und die Abdrücke zahlreicher Stiefel. Da es noch früh am Tag war, wagten wir uns zurück in das Dorf des Grauens, um die Leichen zu bestatten. Nachdem wir die erste Grube ausgehoben hatten, banden wir uns Tücher vor das Gesicht und näherten uns dem nächstgelegenen Toten. Als wir die Leiche anfaßten, flohen Käfer, Tausendfüßler und Ameisen hervor. »Drei Tage«, sagte Payo, »so lange dauert es, bis die Kleintiere ihr Werk getan haben. Dieses Gemetzel ist höchstens einen Tag alt.« Mit entsetzlichem Widerwillen drehten wir die Leiche herum, weil wir sie nicht mit dem Gesicht nach unten über den Sandboden schleifen wollten. Zu unserem Grauen erkannten wir, daß es eine Frau war, deren Unterleib mit einer scharfen Klinge aufgeschlitzt worden war. Ein Ungeborenes hing aus dieser klaffenden Höhle, schwärzlich verfärbt. Payo sprang zurück, ich erbrach mich gleich neben der Toten, dann flohen wir hinunter zum Fluß.

Ich stieß den Einbaum hinab ins Wasser, stieg ein und hielt ihn mit dem Paddel fest, damit Payo einsteigen konnte. Mein Entschluß war gefaßt. Ich würde mit ihm zurück in das Land der Indios fahren.

Wie erstaunt war ich, als Payo dem *canoa* einen gewaltigen Tritt versetzte. Schwankend schoß es mit mir hinaus auf den Fluß, wo es sogleich von der Strömung erfaßt wurde. »Ich fürchte die Wüstennächte nicht und die großen Steingräber, weder die Raubtiere im Urwald noch die Kopfabschneider. Ja, nicht einmal den Gott *Chibchachun*«, schrie er mir über das Wasser zu. »Aber das fürchte ich«, damit hielt er zwei

Äste wie ein Kreuz hoch, »das hat unserem Land das Böse gebracht.«

Verzweifelt tauchte ich mein Paddel ein, kämpfte gegen die Strömung. Als es mir endlich gelang, das Boot an das Ufer zu lenken, war Payo verschwunden. Keine Spur wies auf die Stelle hin, wo er gerade noch gestanden hatte. Ich wollte an Land springen, doch eine Echse, größer als alle, die ich zuvor gesehen hatte, platschte vor mir ins Wasser. Ich wich ihr aus, kannte ich doch den tödlichen Hieb ihres Schwanzes, mit dem sie ein Boot zum Kentern bringen konnte. Als sie mich und mein schwankendes *canoa* ein Stück verfolgte, paddelte ich, so schnell ich konnte, den Fluß hinunter, um mein Leben.

So wurde ich vertrieben aus dem Land der Indios.

Kapitel 12

Anfangs dachte ich daran, mich in das Wasser zu stürzen. Dann sah ich auf meine Ausrüstung, sah, mit welcher Sorgfalt und Hingabe Collya versucht hatte, mich auszustatten, und verwarf den Gedanken der Selbsttötung. Es war völlig unmöglich für mich umzukehren. Wenn Payo nicht zu mir kommen wollte, so war er im Urwald für immer verborgen. Schließlich dachte ich an meine Eltern. Mit jeder Welle, die mich nach Norden trug, packte mich die Sehnsucht nach ihnen so mächtig, daß ich das Paddel mit nie gekannter Gewalt ins Wasser tauchte, unermüdlich die Fluten teilend, trotz wunder Hände und Kummer im Herzen.

Gegen Abend sah ich das Schiff. Es ankerte in der breiten Flußmündung, rollte mit dem Strom auf und ab. Mit aller Macht stemmte ich das Paddel in die Strömung, meinen Einbaum anzuhalten, um erst beobachten zu können, um welches Schiff es sich handelte. Doch ich wurde förmlich zu ihm hingerissen. Ich sah Wachen auf Deck und die spanische Flagge. Hätte ich jubeln können, mein Schrei wäre lauter gewesen als alle Urwaldstimmen zugleich. Ich hatte es geschafft, ich war gerettet!

An einer Strickleiter kletterte ich an Bord. Zwei Matrosen streckten mir hilfreich die Hände entgegen. Ihre kräftigen Fäuste packten mich, ich lachte sie überglücklich an, und sie … verdrehten mir die Arme auf den Rücken, stießen mich mit solcher Wucht an Deck, daß mein Gesicht aufschlug und ich Blut warm über den Mund rinnen spürte. Ich wollte mich aufbäumen, doch ein Fußtritt in den Nacken preßte mich auf die Planke. »Was machen wir mit dem verdammten Heiden«, hörte ich die ersten heimatlichen Worte.

»Runter mit ihm«, ordnete eine ruhige Stimme an. »Wir haben wieder Platz für Frischfleisch.« Man zerrte mich hoch. Aus den Augenwinkeln erkannte ich spanische Seeleute. Doch wie hätte ich mich verständlich machen sollen? Ehe ich einen Gedanken fassen konnte, wurde ein Lukendeckel geöffnet, und ich stürzte eine Leiter hinunter in stinkende Finsternis. Unten packte man mich, legte mir Eisen an Händen und Füßen an und band mich an einen Schiffsbalken. Voller Entsetzen sah ich, daß um mich herum Menschen dunkler Hautfarbe ebenso wie ich angekettet waren. Manche hingen so elendiglich in ihren Fesseln, daß ich glaubte, sie wären tot. Gelegentliches Stöhnen, das ihnen entkam, belehrte mich eines Besseren. Als man mich allein ließ, wagte ein schwarzer Mann neben mir zu fragen: »Du Menschenfresser?«

Ich hing in meinen Ketten und war dermaßen erschüttert, daß ich weder Schmerz noch Hunger spürte. Irgendwann hörte ich weit über meinem Kopf Kommandos hallen, dann Schritte und eiliges Hin und Her. Schließlich vernahm ich das Ave-Maria. Jetzt verstand ich, was Payo mir Stunden zuvor gesagt hatte: Ich war daheim, daheim in spanischem Hoheitsgebiet mit spanischen Bräuchen.

In meinem Elend bemerkte ich, daß sich das Schiff in Bewegung setzte. Die Luft hier unten war stickig, heiß, stank nach Kot, Urin und Erbrochenem. Hinzu kam ein süßlicher Duft wie faulendes Obst. In dieser Gegend setzt die Verwesung rasch ein, das wußte ich, deshalb hielt ich Ausschau nach einem Toten. Doch wie zuvor konnte ich die grotesk in ihren Ketten hängenden Menschen nicht von Toten unterscheiden.

Wir wurden auf Deck getrieben. Wer gehen konnte, stützte einen Kameraden aus dem finsteren Verließ. »Du beißt mich nicht?« kicherte der Schwarze von vorhin an meinem Ohr. Er hing schwer auf mir, denn sein linker Fuß schien verkrüppelt. Als wir jedoch auf Deck waren, hielt er sich aufrecht, und nur ein genauer Beobachter konnte sehen, wie mühsam ihm das Gehen war. Man hatte unsere Füße aneinandergebunden und die Arme vor dem Körper so eng gefesselt, daß das Blut zu stocken begann. Ich taumelte.

»Immer schön aufrecht«, raunte der Negro. Er war ein hünenhafter Mann, und der Anblick seines rabenschwarzen Körpers jagte mir Furcht ein. »Du darfst keine Schwäche zeigen, sonst wirst du Fischfutter«, ermahnte er mich. Da ich wieder stolperte, stützte er mich von hinten, indem er sich ganz an mich heranschob. »Armer Kerl, verstehst mich wohl nicht.« Ich aber verstand jedes Wort, auch wenn mir die Sprache seltsam vorkam. Als er später, in der Dunkelheit des Schiffsbauches, wieder das Wort an mich richtete, fiel mir auf, daß er Spanisch und Arabisch vermischte.

Nun mußten wir einzeln an einem Herrn vorbeigehen. Ich erkannte ihn als spanischen Kaufmann und hätte aufgeschrien, wäre mir eine Stimme geblieben, so vertraut war mir der Anblick dieser Zunft. Als er meiner ansichtig wurde, fluchte er: »Verdammter Indio. Der verreckt uns, ehe wir an Land gehen.«

Einer nach dem anderen hielt seine Hände auf, und man schüttete uns gekochte Hirse in die hohlen Handflächen. Dann mußten wir uns hinabbeugen, um aus den Händen zu fressen, wie Schweine aus dem Trog. Anschließend zog die Kette gefangener Männer an einem Wasserfaß vorbei. Jeder durfte den Kopf in das Faß stecken und so viel saufen, wie er mit einem Zug nehmen konnte. Ich verschluckte mich beim ersten Ansatz, da Essensreste und Erbrochenes auf dem Trinkwasser schwammen. Danach traten wir an die Reling. Wir waren vielleicht achtzig Männer, so schätzte ich. Ein zweiter Kaufmann gesellte sich dazu und ein Franziskanermönch. Sie schritten aufmerksam an uns vorbei. Ein junger Bursche, der sich nicht mehr auf den Beinen halten konnte, wurde ausgesondert. Man schloß ihm die Fesseln auf, und ich war dankbar für den ersten Akt von Menschlichkeit. Der Franziskaner bekreuzigte zuerst sich, dann ihn, und sogleich wurde mir wieder bang. Ich hatte von den Indios gelernt, das Zeichen zu fürchten. Und richtig, zwei Matrosen hoben den

Keuchenden empor und warfen ihn in die Fluten, in denen er, ohne einen Laut von sich zu geben, unterging.

»Siehst du«, flüsterte der Hüne hinter mir, »das sollen sie nicht mit mir machen. Ich will mein zerschlagenes Bein auf das gottverdammte Land dort vorne setzen.«

Wir befanden uns auf See, segelten träge gegen Westen, die Küste entlang, die ich vor so langer Zeit bereits befahren hatte, auf meinem Weg nach Peru. Das ›gottverdammte Land‹ zog sich als grüner Strich am Horizont dahin. Ich glaubte, tiefe Wälder erkennen zu können. Irgendwo in ihnen war Payo verborgen. Zum erstenmal seit meiner Rückkehr in die Zivilisation konnte ich still in mich hineinlächeln. Da er den Weißen entkommen war, würde ihm kein Ungeheuer dieser Welt mehr etwas anhaben.

Die schwarzen Männer zogen ihre Lendenschurze herunter, hockten sich knapp an die Reling und entledigten sich ihrer Notdurft. Abwechselnd mußten sie Eimer über Bord lassen, Wasser schöpfen und mit bloßen Händen und dem Meerwasser wegschrubben, was auf den Holzplanken liegenblieb. »Willst du wohl scheißen«, schrie der spanische Kaufmann hinter mir. Ich konnte nicht. Ich fummelte an meinem Lendenschurz herum, doch ich war so gedemütigt, daß ich nicht einmal urinieren konnte. Der Hüne neben mir pinkelte einen weiten Strahl über Bord. Danach packte er seinen Unaussprechlichen, dehnte ihn zu erstaunlicher Länge, wickelte eine Schnur vorne um die Spitze und zog ihn zwischen den Beinen nach hinten durch. Dort band er ihn an der hinteren Befestigung des Lendenschurzes fest, was mit seinen gefesselten Händen einem Kunststück gleichkam. Er sah aus wie ein Weib. »Du mußt deinen Schwanz zwischen den Beinen verbergen«, belehrte er mich, »dann nimmt er nicht so viel Schaden, wenn sie dich prügeln.« Weil ich jedes Wort in seiner seltsamen Sprache verstand, nickte ich zustimmend. »Ha, Menschenfresser«, grinste er, »Schwanz versteht jeder. Das begreifen auch sofort die weißen Frauen.« Er kicherte sein eigentümliches, hohes Lachen.

»Frater Lorenzo, nun seht Euch das an«, der Kaufmann zeigte mit seiner Stockspitze auf einen riesigen Haufen Kot, den ein Schwarzer mit den Händen von Deck schrubbte. »Es sind eben doch keine Menschen. Sie fressen wie die Schweine, und sie scheißen wie die Schweine. Habt Ihr je zuvor einen solchen Haufen gesehen?« Ich blickte mich nach dem Franziskaner um. Es war ein junger Bursche, kaum älter als ich. Sein Gesicht war jugendlich unreif, doch es lag weder Verschlagenheit noch Gier in seinen Zügen. »Es sind alles Geschöpfe Gottes. Auch die Schweine«, brachte er zu unserer Verteidigung hervor. Seine Stimme klang dünn, als ob er sich ihrer nicht ganz sicher wäre.

Ich blickte dem Kaufmann freimütig ins Gesicht. Ich bin aus Sevilla, wie du, signalisierte ich ihm, doch er verstand mich nicht. »Wirst du wohl den Blick senken, du Ausbund an Frechheit.« Sein Stock hieb über meinen Schädel, daß ich kurz in die Knie ging. »Übe dich in Demut, mein Sohn, verbanne das Aufsässige aus deinem Blick, damit du in Ergebenheit vor deinen Herrn treten kannst, wie uns schon die Heilige Schrift lehrt«, raunte Frater Lorenzo an meiner Seite, doch stützte er mich, bis ich wieder mein Gleichgewicht erlangte. »Ihr werdet vor lauter Gutmütigkeit noch daran zugrunde gehen, mit Verlaub gesagt«, tadelte ihn der Kaufmann. Frater Lorenzos Gesicht glühte auf, als er sagte: »Was ihr dem Geringsten meiner Brüder getan habt, das habt ihr mir getan.« Seine Stimme klang fest und sicher, und er wandelte, gestärkt durch das Ausmaß seiner Verdienste um die Menschlichkeit, über Deck.

Wir hatten unsere Aufgabe ›Fressen und Scheißen‹ beendet, wie es die Kaufleute nannten, und sollten den Frauen und Kindern Platz machen, die nach uns kamen. In dem erbärmlichen Haufen entdeckte ich vier Frauen hellerer Hautfarbe. Im Gegensatz zu den Schwarzen trugen sie ihre Haare lang und glatt, obgleich sie von Blut und Erbrochenem verfilzt und strähnig waren. Es mußten Indios sein. Ich versuchte in ihre Augen zu sehen, und richtig, unsere Blicke trafen sich über die

Entfernung hinweg. »Flieht«, sprach ich in Gedanken ein um das andere Mal. Unsere ›Unterhaltung‹ wurde jäh gestört, als die ersten Frauen den Kaufmann passiert hatten. Eine dicke, schwarze Sklavin trug ihr Kleinkind im Arm, das, nach Atem ringend, den Mund aufriß. Ich ahnte, was kommen würde. Frater Lorenzo wurde gerufen. Obgleich die Mutter auf Knien um ihr Kind flehte, schleuderte man es in das Meer. Mit einem Schrei, der nichts Menschliches hatte, erklomm sie die Reling und stürzte sich hinterher. In diesen Tumult hinein drängten die Indiofrauen vor, und eine nach der anderen sprang ins Wasser. Sie flogen, fast möchte ich sagen, mit anmutigen Bewegungen vom hohen Deck herunter. Als die Indiofrauen ins Meer tauchten, glichen sie tanzenden Delphinen.

Matrosen und Kaufleute fluchten, was die Heilige Schrift und die fromme Lehre hergaben. Ich blickte nicht auf die Seite, wo die Frauen untergegangen waren, sondern lugte heimlich nach backbord. Kannte ich doch die listenreichen Indios. Und siehe da, der erste schwarzhaarige Kopf erschien lautlos, um sogleich wieder hinabzutauchen.

»Sollen wir das Beiboot zu Wasser lassen?« Zum erstenmal sah ich den Kapitän, an den diese Frage gerichtet war. Ich meinte ihn zu kennen, aber er blickte an mir vorbei über die Wasserfläche. »Das lohnt nicht. Die Gewässer wimmeln hier vor Seeungeheuern und Haien. Sie sind schon tot. Haben sich das Genick gebrochen oder sind ersoffen.«

Wie viele Seeleute konnte auch dieser Kapitän nicht schwimmen und wußte nichts von den Indios, die in jedem Element zu Hause waren, das ihnen ihre Heimat bot. Es wurde rasch dunkel, trotzdem glaubte ich, Köpfe über der Wasseroberfläche auszumachen, bildete mir sogar ein, das Kraushaar der schwarzen Mutter zwischen zwei Glattköpfen zu sehen, ehe diese wieder untertauchten.

»Haie!« schrie der Matrose im Ausguck. Wir fuhren herum und sahen scharfkantige Flossen das Meer zerteilen. »Gott sei ihnen gnädig. Jesus erbarme dich der Sünderinnen, da sie ohne die Gnade deiner Taufe hinabfahren müssen in ewige Verdammnis.« Frater Lorenzo, nicht weit von mir, betete still und voller Inbrunst. Ich lächelte befreit hinüber zur sinkenden Sonne, ohne auch nur einen verräterischen Blick zu den Frauen nach backbord zu werfen. Es waren keine Haie, sondern ›singende Brüder‹, wie ich von Payo wußte: Delphine, von den Indios geachtet wie ihresgleichen. Ich war mir sicher, die Frauen hatten die Delphine zu Hilfe gerufen. Abendelang hatte mir Payo von dieser wunderbaren Beziehung zwischen Mensch und Tier erzählt.

Zwar wurden wir nun mit Fußtritten und Stockhieben malträtiert, als Bestrafung für die Entflohenen, doch bemerkte ich dies kaum. Ich hatte nur großes Mitleid mit den verbliebenen schwarzen Frauen. Sie waren nach wie vor ungefesselt. Ihr stumpfer Blick verriet mir, wie sehr sie um die Gefährtin litten. Gerne hätte ich ihnen Trost zugesprochen.

Doch die schwarzen Sklaven schufen sich kurz darauf Erleichterung in ihrer Seelenpein, als wir wieder an die Schiffsbalken gekettet waren. Die Männer stimmten ein Lied an, dessen Worte ich nicht verstehen konnte, dessen Klang mich aber tief berührte. Nach gewisser Zeit antworteten ihnen die Frauen. Ihre klaren Stimmen drangen durch die Holzwände zu uns. So ging es hin und her. Ich meinte, nie etwas Schöneres gehört zu haben. Und niemand verbot ihnen dieses Singen.

In der Nacht erschien Manco Huaca. Erst glaubte ich in meinen Träumen zwischen Wachen und Schlaf, ich sei mit Payo auf der Flucht, dann erkannte ich, daß ich in meinen Fesseln hing, halb hockend, halb liegend.

»Du mußt ihnen ein Zeichen geben«, sagte der alte Priester. Er trug sein rotgoldenes Gewand und sah prächtig aus. »Zeige ihnen, daß du einer von ihnen bist, gib dich zu erkennen.«

»Ich bin keiner von ihnen. Ich gehöre nicht zu diesen Menschen«, erwiderte ich ihm trotzig.

»Es sind deine Brüder, es ist dein Volk. Zeige ihnen, daß du zu ihnen gehörst.« Manco Huaca verschwand wieder.

»War das dein Freund, dein großer Zauberer?« fragte der Hüne neben mir. Ich fühlte, wie meine Kopfhaut prickelte; wie konnte er gesehen haben, was ich zu träumen glaubte?

»O ja, ich kenne viele Zauberer, große und schreckliche«, lachte er mit gedämpfter Stimme. »Ich kenne auch viele Götter, große und schreckliche.« Seine Worten klangen so scharf wie das Zischen einer Schlange. »Zuerst kommen die Araber«, sagte er, »sie plärren, Gott ist groß, und schlagen deine Kinder tot. Dann kommen die Christen. Sie schreien, Gott ist groß und Jesus ist sein Sohn, der Allerbarmer. Darauf töten sie deine Frauen oder deinen Freund am Strick neben dir, wenn er sich nicht weiterschleppen kann. Und jetzt kommt dein mächtiger Zauberer, was will er tun, sich erbarmen, uns mit geweihtem Wasser besprengen oder uns fünfmal täglich zu Allah beten lassen?«

Ich konnte nur stöhnen, so fuhr er fort zu erzählen: von seiner Heimat jenseits des großen Wassers, von seinem Volk, dessen Führer er gewesen war.

Bis wir am Morgen auf Deck durften, ›Fressen und Scheißen wie die Schweine‹, war ich gänzlich ausgedörrt. Ich hatte bei seiner monotonen Erzählung während der Nacht alle Tränen aus meinem Leib geweint.

Nach ungefähr drei Tagen, es mögen auch vier gewesen sein, liefen wir Cartagena an. Ich ahnte, daß in Cartagena ein Teil der Sklaven im Tausch gegen andere Waren ausgeladen würde, die dann entweder zurück nach Europa oder weiter nach Nombre de Dios transportiert werden sollten. Schon auf meiner Reise nach der Provinz Peru vor so langer Zeit wurden von Cartagena aus Güter nach Margarita, Santa Marta oder Riohacha gebracht. Was würde mit mir geschehen?

Beim vorletzten ›Fressen und Scheißen‹ auf See stieß der schwarze Hüne ein überraschtes Keuchen aus, als er hinter mir hockte und meine Blöße sah. »Mann o Mann«, stöhnte er, »Menschenfresser, dein Hintern ist weiß wie der Arsch seiner Heiligsten Majestät von Spanien.« Fast erschrocken blickte ich an mir herunter. Tatsächlich hatte ich doch einige Zeit meine untere Hälfte mit einem Lendenschurz bekleidet gehabt. Weiße Striemen, wie sie zustande kommen, wenn man teils bekleidet, teils unbekleidet der Sonne ausgesetzt ist, bildeten eine scharfe Trennungslinie. Ich wurde weiß!

Kaum waren wir unter Deck und ungestört, nahm mich der Schwarze ins Verhör. »Bist du ein weißer Hurensohn?« Beschämt nickte ich, worauf er lange Zeit verbissen schwieg. Ich war in seiner Achtung gesunken, und ich gestehe, es tat mir bitter weh. Heimlich beobachtete ich ihn. Seine dunkle, glänzende Haut reflektierte das wenige Licht, das durch Ritzen zwischen den Planken fiel. Er hatte ein langes, schmales Gesicht mit einer hohen Stirn und einer sehr geraden Nase. Sein Kraushaar lag ihm wie eine Krone um den Kopf. In Gedanken nannte ich ihn längst Melchior, denn so, wie er aussah, hatte ich mir in meinen kindlichen Vorstellungen den Mohren der Heiligen Drei Könige ausgemalt. Was mußte das für eine Zeit gewesen sein, da Christus selbst zuließ, daß ein Schwarzer ihm huldigte, wo doch heutzutage die Kirche bezweifelt, daß dieses Volk eine Seele hat!

Melchior also grollte mir, und ich konnte mich nicht erklären. Meine bittenden Gesten aber schien er dennoch zu verstehen. »Na schön«, brummte er, »niemand kann sich den Farbtopf aussuchen, in den er fällt. Wie bist du in Gefangenschaft geraten?«

Natürlich konnte ich nicht antworten, deshalb bot er mir verschiedene Lösungen an. Schließlich nickte ich bei einer seiner Vorstellungen: »Davongelaufen und dann im Urwald untergetaucht.« Daß ich mir nichts zuschulden hatte kommen lassen und die Spanier mich völlig grundlos gefangenhielten, glaubte er mir sofort: »Wärst du ein Meuchelmörder, ein gemeiner Dieb oder Verräter, hocktest du nicht hier, sondern am spanischen Königshof, oder besser noch, mit einem großen Ring am Finger in irgendeiner Kathedrale«, faßte er sein Bild der spanischen Welt zusammen. Ich fragte mich, woher Melchior so genaue Kenntnisse hatte. Er war wohl schon seit Jahren Sklave, das bemerkte ich auch an der hohen Achtung, mit der die anderen Mitgefangenen ihn bedachten. Wer die Sklaverei mehr als zwei Jahre überlebte, galt bald als Magier.

Stunden später wurde Melchiors Stimme leise und eindringlich: »Ich will dich was fragen, Menschenfresser.« Er blieb bei seiner Bezeichnung, doch ich fühlte mich nicht gekränkt. »Du hast den Urwald durchwandert? Wenn du mich verrätst und sie kriegen mich wieder am Arsch, sag ich's deinem großen Zauberer, also wenn du nicht dein verfluchtes weißes Maul hältst ...« Er blickte mich so heiß an, daß ich unter seinem Blick schrumpfte, mich klein und verletzlich fühlte. Schließlich fuhr er fort: »Wie kann ich entkommen? Wohin kann ich fliehen?«

Wieder dauerte es einige Zeit, bis er mir eine Reihe genauer Fragen gestellt hatte, die ich mit Ja- oder Nein-Nicken beantworten konnte. »Cartagenas Hinterland ist Sumpf? Das ist gut, das kenn' ich.« Trotz meiner gefesselten Hände war es mir gelungen, mit den Fingernägeln Bilder in die Holzplanke zu kratzen. Meine einfachen Symbole verstand er nach einigem Hin und Her. Ich deutete fragend auf die anderen Mitgefangenen. »Keiner von ihnen will fliehen. Denen hat man schon vor langem das Denken herausgeprügelt. Und weißt du auch, warum?« Sein dunkles Gesicht war jetzt gänzlich schwarz. Ich konnte nur noch das Weiß seiner Augäpfel erkennen und die hell schimmernden Zähne. »Weil ihr Hirn im Hintern saß.«

Ich war enttäuscht, daß er so verächtlich von seinen Schicksalsgenossen sprach. Andererseits mußte ich ihm ein klein wenig recht geben. Die Sklaven waren den ›Herren‹ zahlenmäßig so überlegen, daß ein gezielter, vereinter Stoß genügt hätte, sich zu befreien. Doch wohin hätten sie gehen sollen? War es den Spaniern gelungen, die angestammte Bevölkerung dieses Landes auszurotten, um wieviel leichter hätten sie Treibjagd auf kranke, schwache Sklaven machen können, am Strand einer fremden Welt? Ich wurde sehr betrübt, als mir klar wurde, daß Melchior nicht eine *legua* zurücklegen könnte, da hätte man ihn schon eingefangen und zu Tode geprügelt. Ich ließ den Kopf hängen, bis er mich leise ansprach: »Hör zu. Ich weiß, wie diese Schinder reagieren.«

Die halbe Nacht hindurch sprach er von seinem Plan, und ich begeisterte mich immer mehr daran. Melchior mußte wirklich der Führer eines bedeutenden Volkes gewesen sein. Nichts ließ er unbedacht, und ich hoffte, daß er recht behalten würde.

Wir liefen in den Hafen von Cartagena ein. Ich roch den typischen Geruch des Hafenbeckens, noch ehe ich an Deck durfte. Wie seltsam war es, eine spanische Ansiedlung als Sklave zu betreten. Anstelle der armseligen Hütten, die ich in Erinnerung hatte, erstreckten sich jetzt einige ansehnliche Häuser, viele Schuppen und dahinter zahlreiche Bauten, die nur nach der Wetter- und Sonnenseite hin geschlossen waren. In einen solchen Unterstand brachte man uns.

Als es Abend wurde, entzündete man hinreichend Feuer, um die Sklaven zu bewachen. Die spanischen Kaufleute hatten ihre Waren gelöscht und kehrten zurück auf unser Schiff, das noch am selben Abend auslief. Einige andere Kaufherren erschienen. Denjenigen, dem ich ›gehörte‹, beobachtete ich mit gesenktem Blick. Sollte er mich kennen, würde unser schöner Plan mißlingen. Aus Gesprächen erfuhr ich, daß alle Sklaven für eine Goldmine bestimmt waren, einen Bergbau, den man nicht weit von Cartagena eröffnet hatte. Ich verstand auch den Namen meines neuen Besitzers: Hernando Maldonado. Oh, wie erschrak ich. Alle unsere Fluchtversuche waren nun unmöglich geworden. Niemals, nie im Leben durfte ich mich diesem Kaufherrn zu erkennen geben als Gonzalo Porras. Obwohl ich Maldonado nur vom Namen kannte, wußte ich doch, daß unsere Familien seit Generationen in erbitterter Feindschaft miteinander lagen. In erschreckenden Bildern konnte ich mir ausmalen, welches ›Lösegeld‹ er von meinen Eltern erpressen würde, sobald er wußte, wer ich war.

Ich mußte nicht fürchten, daß er mich erkennen würde, denn von Angesicht zu Angesicht waren wir uns nie begegnet, doch an seiner grandiosen Unredlichkeit durfte ich keinen Moment zweifeln. Zähneknirschend senkte ich den Kopf. So würden Melchior und ich in die Goldminen wandern, begraben werden unter Tage, Staub zu Staub werden lange schon vor unserer Zeit.

»Bist du bereit, Menschenfresser?« Kummervoll blickte ich in Melchiors Gesicht, sah, wie es an Ausdruck und Ausstrahlung gewonnen hatte, da er ein Ende seiner Versklavung herbeiführen wollte. Durfte ich trotz der neuen Schwierigkeiten aufgeben? »Heute ist ein guter Tag, etwas zu wagen«, sprach plötzlich Payo aus meiner Erinnerung in meinen Trübsinn hinein. Mit diesem Spruch pflegte Payo morgens aufzubrechen, geschickt jedes Hindernis zu umgehen und das Schicksal zu meistern. Mir wurde heiß, mir stieg das Blut zu Kopf und brauste wie ein Wirbelsturm in meinem Denken umher. Ich würde keinen enttäuschen! Weder Melchior noch Payo und auch nicht mich.

Ich würgte, grunzte und keuchte, was mein verstümmelter Kehlkopf hergab. Gleichzeitig brüllte Melchior auf, steigerte seinen Schmerzensschrei zu den höchsten Fisteltönen.

Der Aufruhr war groß.

»Menschenfresser!« schrie Melchior im schönsten Spanisch, »er versucht mich aufzufressen bei lebendigem Leib.«

Rasch füllte sich der Sklavenplatz mit Spaniern. Manche hatten Peitschen oder Knüppel in der Hand, befürchteten sie doch einen Aufstand der Sklaven. Unser neuer Herr näherte sich mit einem Aufseher.

Es geschah alles so, wie Melchior es vorausgesagt hatte. Man führte mich an einen Pfahl, der bereits vorsorglich im Mittelpunkt des Sklavenmarktes stand. Dort wurde ich so festgebunden, daß ich den Pfahl umkreisen, aber nicht fliehen konnte. Melchior hingegen löste man die Fuß- und Handfesseln und gab ihm eine große Peitsche. Die Sklaven mußten sich im Halbkreis um uns versammeln, der andere

Raum wurde von neugierigen Zuschauern eingenommen. Ich zerrte, schrecklich brüllend, an meinen Fesseln und versuchte um den Pfahl herumzulaufen. Melchior umkreiste mich wie ein Raubtier, scheinbar alle seine Sinne darauf gerichtet, mich zu erlegen mit seiner Peitsche. Allein wir beide wußten, daß wir nach einer Lücke spähten, nach der besten Position, die ich einnehmen würde, damit er mich ›schlagen‹ konnte. Wir verständigten uns mit Blicken und Gesten. Mit dem Geifer vor dem Mund muß ich ausgesehen haben wie ein Tollwütiger, und Melchior schlich geduckt und angespannt wie ein Wolf. Einige der Spanier schienen sich die trockenen Lippen zu lecken vor Begeisterung über das herrliche Schauspiel, über das Blutbad, das sie erhofften. Doch ich bemerkte auch die stumpfen Augen der anderen Sklaven. Wollten sie nicht aufschauen zu uns, so hielt ihnen der Aufseher die Peitsche unter die Nase. Über diese Qual, die den armen Menschen bereitet wurde, geriet ich so in Wut, daß ich Melchior anfletschte und nach ihm schnappte wie ein Hund. Die Spanier jubelten Beifall. Welch angenehme Zerstreuung würden wir ihnen bieten. Zwei Heiden, die sich gegenseitig zerfleischten. Ein fetter, schnaufender Mann drängte sich durch die Gaffer, bot Wein aus dem Krug an.

Wir gaben unser Bestes. Melchior hieb mit der Peitsche zu und um Haaresbreite an mir vorbei. Ich stürzte zu Boden, wälzte mich, so gut es ging, keuchend im Sand und entdeckte die Stelle, die für uns geeignet schien. Ich spuckte in diese Richtung, und Melchior grölte auf, als Zeichen, daß er mich verstanden hatte, so wie wir es abgesprochen hatten in unseren Stunden im Dunkel des Schiffbauches. Etwas abseits, doch nicht so fern, daß ihnen das Spektakel entgehen könnte, standen drei Mönche. Frater Lorenzo war unter ihnen. Das ›Volk‹ hielt zu beiden Seiten Abstand zu so viel geballter Christlichkeit. Melchior grinste, als er erkannte, was ich meinte, spielte aber weiter den grimmigen Verfolger.

Doch ich sah, ahnte noch etwas, nein, ich will es eine plötzliche Eingebung nennen. Schräg hinter den Mönchen vermutete ich eine Indiofrau. Ich sah nur ihre großen, glühenden Augen. Am Boden liegend, starrte ich in ihre Richtung und versuchte, ihr eine Botschaft zu schicken. So lange hatte ich unter ihnen gelebt, daß es mir nicht schwerfiel, mich mit ihr zu verständigen. Das stumme Flehen: Hilf mir, verstand sie sofort, doch als ich auch Melchior in mein Bitten mit einbezog, schien sie verwirrt. Wieder einmal schlug er mit der Peitsche nach mir, wie getroffen heulte ich auf und rollte zur Seite. Ich röchelte und würgte, die Spanier grölten: »Zieh ihm die Haut herunter«, und Melchior näherte sich mit gebleckten Lippen. Freund, er ist mein Freund, signalisierte ich der Indiofrau. Ich meinte in ihren Augen ein verständnisvolles Funkeln zu erkennen. Mir geht es gut, deutete ich mit meinen gefesselten Händen, während die Umstehenden denken mußten, ich würde um Gnade ringen. Als ich glaubte, der beste Moment wäre gekommen, erhob ich mich auf alle viere und kroch unter dem Jubel der Zuschauer weiter. Melchior hob die Peitsche: »Ja, jetzt schlag zu«, stöhnten die Spanier vor Wollust. Melchior war jetzt der ganz große König, richtete sich auf, ließ die Peitsche und die Muskeln seines Armes spielen, hielt einen Moment inne, um die Spannung ins Unerträgliche zu steigern, sprang dann vor, griff nach mir und zerriß meinen Lendenschurz. So gut ich konnte, stellte ich meinen weißen Hintern zur Schau.

»Er ist weiß«, brüllte Melchior.

Aus meiner gebückten Stellung sah ich, wie er langsam, ganz sachte zurücktrat in die dunkle Lücke zwischen Indiofrau und Mönch. Diese machte einen Schritt nach vorne. Sie stand jetzt neben Frater Lorenzo und bildete mit ihm eine geschlossene Wand, eine Mauer, die keinen Durchschlupf mehr erkennen ließ. Melchior wurde von der Nacht verschluckt, verschwand lautlos und schwarz in die Finsternis um uns herum.

»Er ist weiß«, kreischten die Negersklaven, »weiß wie ein Schwein.« Tränen der Rührung überkamen mich. Sie riskierten Prügel, doch taten sie brav, was Melchior ihnen aufgetragen hatte. Ein geschlossener Kreis Menschen bewegte sich auf mich zu, als sei ich die Mitte des Universums.

Nun, ich muß gestehen, schließlich war es ein Frater, Frater Daniele, wie ich später erfuhr, der mich an den Schultern hochzog. »Es ist wohl unziemlich, so auf seine unbedeckten Körperteile zu starren.«

In dem unbeschreiblichen Wirrwarr, das jetzt entstand, gelang es mir, der Indiofrau zu signalisieren: »Ich kann nicht sprechen …«

Die Nacht dehnte sich ins Unendliche. Ein aufgebrachter Kaufmann Maldonado verfluchte mich und den Kapitän unseres Sklavenschiffes, das bereits die Anker gelichtet hatte. Die drei Franziskaner bestürmten mich mit Fragen, nein, nur zwei von ihnen. Frater Lorenzo hielt sich abseits. Er vermied einen Blickkontakt mit mir, als wäre es ihm plötzlich peinlich, am Sklavenhandel beteiligt zu sein. Kaufmann Maldonado, der mich gekauft hatte, erkannte mich nicht als Sohn seines Erzrivalen. Trotzdem hatte sein Blick etwas Lauerndes, Abschätzendes. Als ich mich endlich verständlich gemacht hatte und eine Tafel gereicht wurde, schrieb ich in sauberen Lettern: Soy Español. Frater Daniele pries die Heilige Jungfrau, und ich schrieb nieder, was mir über meine Heimat einfiel. Ohne daß mich einer aufgefordert hätte, beschrieb ich Sevilla, notierte Daten aus Spaniens Geschichte, ja Kunstwerke und Gedichte, die niemals ein Ausländer wissen konnte.

»So bist du der aus den Sümpfen Wiedergekehrte?« fragte mich der älteste der drei Franziskaner, Frater Paolo. Er war klein, rundlich und hatte ein freundliches Gesicht, doch seine Augen blickten scharf und aufmerksam. »Sümpfe?« fragte ich zurück auf meiner Tafel. In dem Hin und Her gelang es mir, einen zeitweiligen Gedächtnisverlust vorzutäuschen. Schließlich einigten wir uns auf das tragische Unglück, das eine Galleone östlich von Cartagena vor der Küste ereilt hatte. Sie war in einem Wirbelsturm an den Klippen zerschmettert worden, und kein Überlebender wurde je gesehen, bis auf mich.

»Indios nahmen mich auf«, schrieb ich nieder, »freundliche, friedliche Menschen, Tairona aus der Sierra Nevada de Santa Marta.« Alles, was ich niederbrachte, wurde laut vorgelesen, damit auch die Umstehenden hören konnten, welch Wunder sich hier ereignete. Ich erhaschte einen Blick auf die Indiofrau, die grinste und lachte.

»Das arme Geschöpf Magdalena freut sich, daß unser Herr Jesus ihr Volk Gutes tun ließ an einem Christenmenschen. Gepriesen sei der Vater, der Sohn und der Heilige Geist«, sprach Frater Paolo freudig erregt. Solch ein Mysterium vollbrachte der Herr, und er durfte dies miterleben.

Ich biß mir auf die Lippen. Magdalena zeigte mir ihr unverschämtes Feixen, denn sie wußte, daß ich log. So umging ich weitere Beschreibungen eines mir gänzlich unbekannten Volkes wie das der erwähnten Tairona und beschränkte mich auf Geschichten über ein Flußvolk am Nordstrom. Den großen Strom, den Payo so genannt hatte, bezeichneten die Spanier als Rio Magdalena. Daher der Name der Indiofrau, die von dort stammte, oh, ich armer Narr, schoß es mir durch den Kopf. Bald verfange ich mich in meinem Lügengestrick wie ein Fisch im Netz. Natürlich erwähnte ich nichts von bärtigen Männern oder gar Gold. Ich hielt meine Berichterstattung am Alltäglichen, verschwieg unterirdische Gänge, Gräber mit Diamanten oder goldene Opfergaben. Nichts konnte belangloser, gewöhnlicher und langweiliger sein als der tiefe Urwald am Nordstrom. Magdalena schwieg dazu.

Irgendwann hatte die Fragerei ein Ende. Da ich vorgab, mich nur erinnern zu können, daß ich aus der Nähe von Sevilla stammte, mich meines Namens, auch meines Geburtstages jedoch nicht mehr entsinnen konnte und ich statt dessen aus der Heiligen Schrift zitierte, gab man endlich nach mit drängenden Fragen. Weil ich ja schon getauft war, wollte man mir keinen neuen Namen geben. »Es könnte sein, daß unsere heiligste Kirche es als Unrecht ansähe«, wie Frater Paolo zu bedenken gab. Irgendwie mußte ich aber doch gerufen werden, deshalb schlug Frater Lorenzo vor: »Seht doch, wie er schreiben kann. Wie ein Bruder vom allerschönsten Stehpult unserer Büchersammlung daheim in Florenz.«

»Lo Scrittore«, sagte Frater Daniele. Jetzt wurde mir klar, was mich an ihrer Aussprache, an manchem Wort bisher so stutzig gemacht hatte. Die Franziskaner kamen aus Italien. Mir konnte dies nur recht sein, und willig stimmte ich der neuen, italienischen Bezeichnung ›Lo Scrittore‹ zu.

Unbewußt spürte ich, wie mir von Kaufmann Maldonado Widerwillen, wenn nicht gar Haß entgegenströmte. Ich beeilte mich, auf die Tafel zu schreiben: »Da ich Euch um die ›Ware‹ gebracht habe, möchte ich wohl gerne, wenn Ihr es gestattet, meinen ›Wert‹ bei Euch abarbeiten. Ich könnte allerlei Schreibarbeit verrichten oder was sonst Ihr mir auftragt.« Beifälliges Murmeln setzte ein, Maldonado schien's zufrieden.

»Doch er soll bei uns wohnen«, schlug Frater Paolo vor, »damit wir einwirken können auf sein christliches Gemüt, welches so lange Zeit fern unserer heiligen Kirche dürsten mußte wie ein Wanderer in der Wüste.«

Nun gut. Ich fügte mich.

Noch hatte keiner Melchior vermißt. Man schnatterte aufgeregt, Wein machte die Runde, endlich wurden die Stimmen gedämpfter, dann schlurften die ersten heimwärts. So folgte ich den Franziskanern zu ihrer ärmlichen Hütte und mußte dabei an Magdalena vorbeigehen. Sie war groß, von aufrechtem Wuchs und stolzer Körperhaltung. Gekleidet war sie wie eine Spanierin. Wegen der Hitze der Nacht hatte sie die Ärmel ihres Gewandes zurückgeschoben. Feine bläuliche Streifen zogen die Arme hinauf. Das war keine Bemalung, erkannte ich, sondern ein in die Haut geritztes, mit Kräutersaft eingeriebenes Schnitzwerk, ein Muster, das erst mit dem Tod vergehen würde. Ob außer mir jemand wußte, welche Bedeutung die Zeichen auf ihrer Haut hatten?

Während gewöhnliche ›Krieger‹ sich nur bemalen durften, stand es allein dem Führer zu, sich die Haut auf immer zu ritzen, einem Führer, der mehr als siebzehn ›Köpfe‹ besaß.

»Fürchte sie, Can-Can«, hatte Collya mir eingeschärft, »fürchte sie heftiger als die großen, gefräßigen Echsen der Ströme und die wilden Männer vom Fluß. Unter all diesen Tötern gibt es Frauen, die sich besonders hervortun. Kein Mann könnte ihnen an Verwegenheit, Mut und unstillbarer Rache die Stirn bieten. Wir nennen sie die Königinnen der Kopfabschneider. Ama-Zuruna.«

Magdalena Ama-Zuruna raffte ihre Röcke, als sei sie zum Tanz gefordert. Ihre schlanken Beine zeigten ein feines bläuliches Kunstwerk länglicher Linien. Sie reichte Kaufmann Maldonado die Hand, und er führte sie, die lautlose Jägerin in der Finsternis des Waldes, hinweg über die Unebenheiten des Lehmbodens, daß ihr Fuß nicht strauchle. Ganz wie es einer Edeldame gebührt.

Was für ein Land!

Kapitel 13

Zu meiner großen Erleichterung hatte man mir mein bescheidenes Hab und Gut ausgehändigt. Als ich es tastend einer ersten Prüfung unterzog, fand ich es unversehrt. Weder die kleine Goldvase noch die ›Tränen der Erde‹ hatte man entdeckt. Also hängte ich, wie ich es gewohnt war, meine Pflanzenmatte an die Hüttenpfosten und kroch hinein. Die Franziskaner tuschelten miteinander. »Laßt ihn«, hörte ich Daniele sagen, »zu lange hat er unter den Heiden gelebt, nun vergißt er das Abendgebet. Doch wollen wir ihm gnädig sein, da uns der Herr zeigte, wie groß Seine Gnade ist.«

Unter mir raschelte es. Aus feuchtem, muffigem Stroh errichtete man ein Lager für Lorenzo. Bald hörte ich seine gleichmäßigen Atemgeräusche. Und ich? Durfte ich mich nicht glücklich schätzen, zurück in der Zivilisation zu sein, ein Dach über dem Kopf und einen festgestampften Lehmboden unter den Füßen zu haben?

Da ich den unangenehmen Geruch nicht gewaschener Körper mit jedem Atemzug einsog und das Ächzen und Grunzen der Franziskaner im Schlaf hörte, vermißte ich die Frische des Urwaldes. Also suchte ich das Freie, nahm meine *hamaca*, fand im Sternenlicht zwei geeignete Bäume und schaukelte zufrieden im Nachtwind. Über mir trieben Wolken am Himmel, doch es regnete nicht. Im nahen Wald hörte ich die Stimmen der Tiere, und leise huschte ein kleiner Nager durch modriges Laub. An welchem Ort der Welt hätte ich besser schlafen können?

Früher als jeder andere Bewohner von Cartagena erhob ich mich am nächsten Morgen. Ich verrichtete das Sonnengebet, wusch mich am nahen Fluß, bereitete ein schlichtes Mahl und machte mich daran, einen zweiten Lendenschurz anzulegen. Das Tuch, das man mir am Abend zuvor über die Hüften geworfen hatte, wollte ich zurückgeben. Doch so einfach wie begonnen, sollte der Tag nicht verlaufen. Frater Paolo zeterte mich wegen meines Aussehens und der *hamaca* aus, auch hatte er mich beim Morgengebet vermißt. Und Kaufmann Maldonado befahl, mir die Haare zu schneiden und mich ›angemessen‹ zu kleiden.

Am Abend dieses Tages hatte ich allerlei gewonnen. Mein Haar war wieder kürzer, was ich ganz praktisch fand, da mir ein Payo fehlte, der mich entlauste. ›Angemessene‹ spanische Kleidung hatte ich jedoch erfolgreich zurückgewiesen. Wamse und Gürtel zwickten mich, Stiefel oder Spitzenhemden wies ich schaudernd von mir. Ich trug eine weite Hose aus einfachem Baumwolltuch, ein weites Hemd und Sandalen. »Wenn Lo Scrittore wie ein Maultiertreiber aussehen möchte, soll er seinen Willen haben«, säuselte Maldonado und strich sich über den gepflegten Kinnbart.

Vertieft in Abrechnungen und Listen, errechnete ich zuerst den Preis, den ich Maldonado zurückerstatten wollte. Angeblich hatte der Kaufmann vor ihm mehr als hundert portugiesische Scudos auf den Kapverdischen Inseln für einen Sklaven bezahlt, dessen Platz ich eingenommen hatte. Auf diesen Preis schlug Maldonado noch Lizenzgebühr darauf und setzte einen Preis für Nahrungsmittel und ›Zuwendungen‹ während der Reise und schließlich den Betrag für Hemd, Hose, Sandalen und die Tafel auf die Rechnung.

Ich hätte alles bezahlen oder abarbeiten können, aber ich dachte gar nicht daran. Statt dessen vertiefte ich mich in seine Bücher, um Vergleiche anzustellen, und feilschte mit ihm, als gälte es mein Leben. Das einzige, was einem spanischen Kaufherrn imponiert, sind nicht etwa fromme Sitten oder Wohlerzogenheit, sondern gnadenloses Handeln. Ich war so außerordentlich hartnäckig, daß Maldonado Schweiß von seiner Stirn wischte und mich böse anfuhr: »Gut, dann einigen wir uns eben auf den armseligen Preis von fünfundachtzig, wenn du glaubst, dein Wert wäre nicht höher als einige Sack schimmelnden Getreides.«

Seine Augen straften seine Worte Lügen. Er bewunderte mein Verhandlungsgeschick und achtete mich insgeheim. Als er endlich den Lagerraum verlassen hatte, schlug ich im Kalender zitternd die Seite des damaligen Tages auf. Es war der 21. Februar im Jahr des Herrn 1539. Seit meiner Einschiffung nach Peru waren drei Jahre vergangen. Zwar wollte ich es nicht glauben, doch bestätigten mir die säuberlich beschriebenen Blätter, was ich las.

Ich arbeitete bis spät am Abend, eilte dann aus der Stadt hinaus zur armseligen Hütte der Franziskaner. Ohne Abendessen zu mir zu nehmen, verschwand ich in der einsetzenden Dunkelheit und kehrte alsbald mit jungen, kräftigen Bäumchen zurück, die ich entastete, entrindete, schälte und schabte. Dann knüpfte und flocht ich ein einfaches Gestell zum Aufhängen für die *hamaca*. Danach schnitt ich große Blätter zu Streifen, hing sie zum Trocknen auf, legte frischen Fisch auf das Feuer, warf Knollen in meinen Tontopf und kredenzte den völlig verblüfften Brüdern im Herrn schließlich ein schmackhaftes, sättigendes Gericht. Sie starrten mich an wie eine Erscheinung, nahmen aber schließlich das Dargebotene und aßen bald mit großer Begeisterung.

Während meiner Arbeit an jenem Tag hatte ich anhand der gelieferten Waren erkannt, daß Cartagena fast am Verhungern war. Die Siedlung befand sich am Rande des reichsten Landes der Erde und hatte nichts zu essen. Der Grund war ein simpler: Über den Seeweg eingeführte Lebensmittel waren erschreckend teuer, kamen bereits verdorben an oder schimmelten in kurzer Zeit. In diesem Land, das Nahrung in Hülle und Fülle bot – man brauchte doch nur die Hand auszustrecken, und schon fand man eine köstliche Frucht –, liefen die weißen Menschen mit eingefallenen Wangen und geblähten Bäuchen herum. Weshalb? Sie waren zu stolz und zu ungebildet, um anzunehmen und zu verwerten, was ihnen das Land schenkte. Statt dessen sollte hier ein zweites Spanien entstehen, eine getreue Kopie. Ich hatte nicht die Absicht, den jämmerlichen Zustand der hungernden spanischen Bevölkerung hier zu dulden, soweit das in meiner Macht stand.

»Doch das Beten, Lo Scrittore«, mahnte mich Frater Paolo, als er seine Schale beiseite schob und sich noch einmal leckend über die Lippen fuhr, »und das Beichten und das Dienen ...«

Unhöflich oder nicht, ich wandte mich ab, zog meine Tafel heraus. »Ich bin ein freier Mann, und mit dem Einsatz meines Lebens werde ich für diese Freiheit kämpfen.«

Auch am zweiten Abend schlief ich nicht in der muffigen, faulenden Hütte, suchte mir vielmehr einen Platz unter dem Sternenhimmel.

So ging es tagelang. Als erster munter, schuftete ich von früh bis spät. Die Spanier hier litten sehr unter dem heißen Klima, jammerten und klagten. Ich ersetzte zwei, wenn nicht drei Arbeitskräfte. Kaum war mein Werk beim Kaufmann getan, baute ich den Franziskanern eine angemessene, das heißt eine indianische Unterkunft. Waren sie noch erschrocken über mein forsches Tun gewesen, fand ich bald ihre tatkräftige Unterstützung. Beim ersten schweren Regenguß halfen sie mir, Pfähle in die Erde zu senken und unser blättergedecktes Haus darauf zu errichten. Ich hatte ihnen *hamacas* geflochten, die jetzt hoch über dem Boden schaukelten. Dadurch wurden wir das faulende Stroh los, mit ihm einen Haufen Ungeziefer und Frater Daniele seinen schlimmen Rücken. »Lo Scrittore«, lächelte er mich freundlich an, »seitdem ich dort oben schlafe, peinigt mich mein Rücken nicht mehr wie das Fegefeuer die armen Sünder.«

Von den dreien war er der aufgeschlossenste. Mir fiel es schwer, sein Alter zu schätzen, doch mochte er jünger als mein Vater sein. Sein Gesicht war kantig und knochig, seine Gestalt mit den derben Händen grobschlächtig. Er griff gerne zu, interessierte sich schließlich für alles, was ich tat. Da Cartagena teils von sandigem, teils sumpfigem Gelände umgeben war, mußte ich sowohl für Entwässerung als auch Bewässerung des Feldes sorgen, das ich anzulegen begann. Wie ehemals in der Stadt der Inka zog ich beim Morgentau hinaus, schleppte Steine, errichtete Mäuerchen und Kanäle und achtete darauf, daß ich nur Pflanzen nebeneinandersetzte, die Brüder waren. Daniele folgte wenig später nach seiner Morgenandacht, fragte mich wißbegierig wie ein Schüler. Warum ich Blumen, Stinkblumen, wie er sie nannte, neben diese Frucht pflanzte?

»Der Geruch der Pflanze hält Ungeziefer fern«, kritzelte ich eilig nieder.

Wer mag denn das da essen? deutete er auf den angebauten Mais.

Gott hat diesem Land Mais und nicht Roggen gegeben, also werden wir Mais essen, gab ich ihm schriftlich. Bald lechzte er nach meinen Erklärungen, und bald fürchtete er meinen scharfen Stift, wie er sagte. Letztendlich fragte er mich: »Sag an, aus welchem Land kommst du, mit deinem großen Wissen um Hausbau, Acker und Heilkräuter, mit deiner Fertigkeit, zu töpfern und zu flechten, Ungeziefer fernzuhalten und Nahrung zu beschaffen?«

»Ich komme aus dem Land der Indios«, schrieb ich, wie schon so oft zuvor, legte die Tafel beiseite und arbeitete weiter.

Natürlich gab es Tage, da stand ich nachdenklich am Hafen, betrachtete die Schiffe, die in die Heimat fuhren. Längst hatte ich alle Schuld bezahlt, hatte genug verdient, um meine Überfahrt nach Spanien begleichen zu können, doch den Schwur, den ich geleistet hatte, den hatte ich noch nicht erfüllt. Also riß ich mich los vom verlockenden Anblick eines ablegenden Schiffes und ging zurück an mein Werk. Frater Daniele, der jetzt mit großer Hingabe Feld und Garten bestellte, war wie gewöhnlich im Kräutergarten, den ich mit allerlei Heilpflanzen bebaut hatte. Die meisten hatte ich im Wald oder am Flußufer gesammelt; einige Samen hatte ich einem spanischen Kaufherrn abgehandelt, der sie ›als Kuriosum, das beweist, wie närrisch und abergläu-

bisch die Indios damit umgehen‹, in die Alte Welt mitnehmen wollte.

Kurzum, unsere Unterkunft war die einzig saubere, frei
von Ungeziefer, dicht bei Regen und dem Sturm trotzend,
der manchmal vom Meer an die Küste brandete, da sie leicht
gebaut war und den Elementen gerade genug nachgab, ohne
zu bersten. Unser Land brachte reiche Ernte und ernährte
nicht nur uns, sondern auch andere Menschen aus Cartagena, obwohl viele von ihnen zu dünkelhaft waren, den ›Fraß
der Indios‹ anzunehmen. Das waren jene, welche dann kurze
Zeit später, bleich und dem Tode nahe, nach uns schickten,
›ein Werk der Barmherzigkeit zu tun‹, wie sie es nannten.
Frater Daniele folgte mir stets, achtete auf jeden Handgriff,
den ich verrichtete. Oft genug hatten solche Kranke verdor-
bene Nahrung zu sich genommen, waren durch Hunger geschwächt und durch unsaubere Lebensweise von Ungeziefer
befallen. Ich konnte vielen helfen. Als das ›schlimme Fieber‹
kam, riet ich, bestimmte Kräuter zu verbrennen, damit Stech-
mücken ferngehalten wurden, und verabreichte den abge-
kochten Sud des Quina-Quinabaumes. Leider drohte dieser
Vorrat zu Ende zu gehen, so daß ich recht geizig nur Tropfen der kostbaren Medizin austeilte.

Eines Tages stellte ich eine Liste auf, die ich dem nächsten
Kaufmann anvertrauen wollte, der nach Peru reiste. »Verwegener«, rügte mich Frater Paolo, »wer könnte diese Schätze
bezahlen?« Ich deutete mir auf die Brust, zog jedoch sofort
meine Tafel hervor. »Ich knüpfe eine Bedingung daran. Laßt
uns ein Haus errichten, das Zuflucht und Hilfe den Sklaven
bietet, die geschwächt hier an Land gehen und, wenn sie zu
krank sind, um in die Minen zu ziehen, in die See gestoßen
werden. Mit Frater Lorenzos Halleluja«, schrieb ich boshaf-
terweise hinzu.

Das aufgeregte Schnattern begleitete mich noch, bis ich
den Rand unserer Gärten erreichte, jedoch kümmerte ich
mich nicht darum. Mit meiner Hartnäckigkeit und völlig un-
nachgiebigen Haltung erreichte ich schließlich, was ich mir

geschworen hatte: Cartagena sollte ein Vorposten der Menschlichkeit werden.

»Wäre nur dein Christensinn so ausgeprägt wie dein Mitleid mit den Negern; deine Andächtigkeit so groß wie dein Drängen, allerlei fremdes Kraut anzubauen«, seufzte Frater Lorenzo eines Tages auf dem Feld. »Die Wahrheit ist, daß du in lästerlichster Weise allen frommen christlichen Dingen fernbleibst, was die Seele meiner Mitbrüder belastet und sie klagen läßt bei jedem Gebet.«

Ich tat, als ob ich ihn nicht verstanden hätte, spuckte in meine Hände und ergriff eine Hacke, mit der ich inbrünstig die Scholle bearbeitete, auch noch, als Frater Lorenzo schon heimwärts ging, der Andacht beizuwohnen.

Bald war das Haus der Zuflucht fertig. Da wir an einem Tag des heiligen Patto damit begonnen und letzte Hand am Tag des heiligen Bonifatius daran gelegt hatten, stellten die Franziskaner es unter den Schutz dieser beiden Heiligen und weihten es auch ihrem Ordensbegründer. Wie immer hatte ich vor, diesem Fest fernzubleiben, was Frater Daniele zu einem Stoßseufzer bewegte: »Senke die Flamme der wahren Menschenliebe in sein Herz, o Jesus Christus, stärke den Sünder in deinem Glauben, der Gehorsam im Schoß der katholischen Kirche fordert.«

Trotz all dieser Seufzer und leidenden Blicke, die mir die Franziskaner überbrachten, ließen sie mich gewähren. Auch brachte mir meine Haltung Achtung beim Kaufmann Maldonado ein. In meiner Gegenwart unterließen es spanische Händler, ihre Sklaven zu peitschen, und oft schob man den Negern ein Wasserfaß zu, wenn ich auf dem Sklavenmarkt erschien und den Aufseher lange genug anstarrte. Dieses Gefühl der Stärke paßte mir recht gut. Tatsache war, daß beim Ausbleiben eines Schiffes die Siedlung sogar in gewisse Abhängigkeit geriet, nicht nur von mir, sondern auch von Magdalena.

»Sie trat aus dem Wald, war vollkommen nackt bis auf ihr schwarzes Haar und die seltsamen Zeichen auf ihrer Haut und unterwarf sich sogleich meinen Anordnungen, der Kirche und der Krone von Kastilien«, hatte mir Maldonado eines Tages anvertraut. Ob er ihr ernsthaft zugetan war, konnte ich nicht beurteilen. Wirklichkeit war, daß er sie herausputzte, sie hervorholte und herumzeigte wie einen exotischen Vogel. Ich begegnete ihr nicht oft, doch als das Schiff noch länger ausblieb als gewöhnlich, änderte sich dies.

Der Wald lag im Morgendunst, Cartagena schlief noch, ich ging, nur angetan mit meinem Lendenschurz und das Haar zurückgehalten von einem Pflanzenband, zur Jagd. Ein Flußschwein wollte ich erlegen und danach angeln gehen. Mir ging es vor allem darum, einigen Sklaven, die sich im Haus der Zuflucht befanden, Nahrung zu liefern.

Am Fluß stieß ich auf Magdalena. Als sie mich kommen sah, warf sie ihren albernen Fächer zur Seite, den sie sonst trug, entledigte sich ihres Kleides mit großer Unbekümmertheit und stand nackt vor mir. Sie war groß, sehnig und muskulös. Aus dem Gebüsch zog sie einen Einbaum, ergriff Speer, Pfeil und Bogen und gebot mir, sie zu begleiten. Ich schreibe absichtlich ›gebot‹, denn mit ihrer Kleidung hatte sie alles abgelegt, was sie in Cartagena zur Schau stellte. Dort mochte sie eine Frau sein, hier war sie der Jäger. Wir erlegten das Flußschwein, angelten Fische und wollten zurück, als eine riesige Echse vor uns die Strömung nutzte, sich hinuntertreiben zu lassen, einer von der Frühsonne beschienenen Sandbank entgegen. Ich war dankbar, dem gefährlichen Tier entgangen zu sein, nicht aber Magdalena. Leise, doch scharf wie ein Peitschenhieb wies sie mich an, was zu tun sei. Die Echse kroch auf die Sandbank, Magdalena sprang ihr nach. Als das Tier den Angriff bemerkte, wendete es mit großer Schnelligkeit den Leib und stürmte vorwärts. Magdalena grub ihre Füße in den Grund und blieb stehen. Ihre Hautritzungen, die über den ganzen Körper zogen, blitzten in der Morgensonne, geheimnisvolle, tödliche Zeichen. Sie wartete, und ich fürchtete um unser Leben, als sie plötzlich einen Satz nach vorne machte und den Speer durch ein Auge in das

Gehirn der Echse trieb. Noch lange wütete und peitschte der riesige Leib mit mörderischen Schlägen hin und her, denen Magdalena geschickt auswich.

Endlich war das grausige Geschehen vorbei. Ich mußte ihr helfen, die Echse auszuweiden und zu zerlegen. »Wasserschwein«, sagte sie, »du mußt ihnen nur erzählen, es wäre ein Wasserschwein, und schon fressen sie dir aus der Hand. ›Hat meine kleine Jägerin mir ein Oink-Oink mitgebracht‹«, äffte sie Maldonado nach und scharwenzelte um mich herum, wie er es bei ihr tat, »haben die zarten Händchen auch nicht Schaden gelitten?« ergriff sie meine Fingerspitzen und führte sie zum Mund. Ich mußte herzhaft lachen. Wir wickelten das Fleisch in große, pelzige Blätter, um es vor Zersetzung und Ungeziefer zu schützen. Danach wuschen wir uns im Fluß. Ich wollte das *canoa* zu Wasser lassen, als mich Magdalena zu sich rief. Sie hielt das rosige Hirn der Echse in ihren Händen und bot es mir an. Grauen packte mich, doch ihr Blick war noch bedrohlicher als der des erlegten Ungeheuers. Mit Abscheu schluckte ich die Hälfte, die sie mir in den Mund schob. Sie schien zufrieden, doch dann befahl sie mir, mich auf die Sandbank zu legen. Ich war noch so verstört, daß ich gar nicht verstand, was sie verlangte. Schließlich setzte sie sich auf mich. Ich starrte auf ihre Körperritzung, auf die Linien, die sich, vom Hals beginnend, über die Brust zu ihren tiefdunklen Brustwarzen zogen. Mit ihren Bewegungen tanzten sie auf und ab.

Als sie von mir ließ, war ich immer noch ganz benommen darüber, welche Gewalt sie über mich hatte, doch wagte ich, sie in der Zeichensprache zu fragen: »Wer bist du? Woher kommst du?« Sie sah mich an wie einen Fisch, den sie gerade ausnehmen wollte. Es war nichts, absolut nichts Friedfertiges in ihrem Blick: »Habe ich dir erlaubt, mich dies zu fragen? Habe ich dir erlaubt, mich überhaupt irgend etwas zu fragen?« Einen Wimpernschlag lang fürchtete ich, sie würde mich schlagen. Doch sie hieß mich, ihr zum Fluß zu folgen und ihr zu helfen.

Wir waren spät dran an diesem Morgen. Es herrschte schon allerlei Betriebsamkeit. Gemeinsam trugen wir unsere Beute zum Haus der Franziskaner. Dort teilten wir redlich, wie ich zugeben muß, und ließen uns erst ablenken, als Frater Lorenzo einen spitzen Schrei ausstieß. Ich hatte wieder meinen Lendenschurz umgebunden, doch Magdalena war nackt. Als er, alle Heiligen anrufend und drohend, auf sie zugelaufen kam, ging sie ihm entgegen mit wippenden Brüsten und federnden Schrittes. Sie machte ein Zeichen über seinem Kopf, das ich nicht verstand, doch Lorenzo wankte Schritt für Schritt rückwärts.

Von diesem denkwürdigen Tag an jagten wir gemeinsam, und ich fürchtete nur eines noch, nicht die große Echse oder die schnappenden Fische, die dir das Fleisch von den Knochen nagen, ehe du amen sagst, sondern Magdalena. Es war nicht ratsam, ihre Mißgunst zu erlangen, und zum erstenmal fühlte ich mich wirklich versklavt. War die Jagd beendet, meine Pflicht auf einer Sandbank, am Flußufer oder mitten im Wald erfüllt, verwandelte sie sich in eine Frau. Sie zog das Kleid über den Kopf und trippelte zu Maldonado. Einmal hörte ich ihn zetern, da sie am hellichten Tag unbekleidet zu sehen gewesen war, bis sie ihre Beute verstaut hatte und sich in größter Ruhe vor den gaffenden Blicken der Spanier ankleidete. Nach diesem Geschrei sah ich Maldonado zwei lange Tage nicht. Schließlich war er sehr still und blaß, als er mich traf. »Ach, Lo Scrittore« war alles, was ihm einfiel. Was sie ihm angetan hatte, konnte ich nicht ermessen, zumal ich rein äußerlich keine Verletzung erkennen konnte.

Die Franziskaner übergingen den ›Sündenfall der Magdalena‹, ohne ein Wort darüber zu verlieren. Frater Lorenzo aber drängte Abend für Abend: »Ich muß fort, Brüder im Herrn. Unser Auftrag ist, weiterzuziehen und nicht eher zu ruhen, bis wir auch dem letzten Heiden die Frohe Botschaft verkündet haben. Da ihr jetzt hier seid als zuverlässige Anlaufstelle für alle, die Zuspruch und Trost bedürfen, könnt ihr mich entbehren, so daß ich meiner Pflicht nachkomme.«

Frater Paolo gab ihm recht, auch wenn ich ihm ansah, wie ungern er ihn gehen ließ. Daniele ließ wie oft seinen Gedanken freien Lauf: »Was willst du Heiden bekehren gehen? Wir können genug Predigt tun unter den Spaniern in Cartagena, wo mehr lästerliche Sitten, Gottlosigkeit und Sünde Einzug halten, als Wolken am Himmel sind.«

In der Nacht hörte ich seltsame Geräusche. Ich schlief noch immer unter freiem Himmel, suchte auch bei Regen nur den Schutz meines Blätterdaches, deshalb blieben mein Gehör fein und mein Geist aufmerksam. Ich erwachte also und eilte in den Raum, aus dem das Stöhnen kam, und sah, wie sich Frater Lorenzo am Boden hin und her wälzte. Schlangenbiß, durchfuhr es mich, und ich sprang ihm zu Hilfe. Er aber erschrak fürchterlich, versuchte zu verbergen, was seinen Körper bewegte, lag schließlich auf den Knien und flehte: »Erlöse mich, Herr Jesus, von dieser Hexe, von diesem Weib in Schlangengestalt, die du mir gesandt hast zur Prüfung der Reinheit meines Herzens. Ich habe gefehlt, kann nimmermehr vor dein Antlitz treten ...«, so hörte er nicht auf zu jammern, und ich war peinlich berührt von seiner öffentlichen Beichte.

Ich hielt ihm die Tafel zum Lesen hin: »Es ist die Natur der Dinge, so wie Gott uns schuf. Nichts Schlechtes ist daran, da Ihr jung seid und nicht leugnen könnt, was uns der Schöpfer an Manneskraft in seiner Weisheit verlieh.«

Er wollte nicht auf mich hören. Am Morgen brach er auf. »Keine legua«, ließ ich ihn wieder mit Hilfe der Tafel wissen, »kommt Ihr voran in dem wilden Wald. Dann haben Euch die Raubtiere erlegt, ehe Ihr auch nur die Spur eines Indios seht.«

Bekümmert starrte ich seiner kleiner werdenden Gestalt nach. Frater Lorenzo, Narr in Gottes Namen.

Tags darauf kam er wieder. Dort, wo ein schlammiger Fluß neben dem Hafenbecken mündete, hatten ihn Seeleute hervorgeholt. Sie trugen ihn heim zu Frater Paolo und Daniele, die ihn beweinten wie einen Bruder. Es war die einzige Andacht, an der ich teilnahm. Mein Herz war angefüllt mit Kummer über Lorenzo, seine große Dummheit, die ihn gefangen hatte in einer Moral, die das Auspeitschen nackter Sklaven duldete, aber verbot, beim Bild eines bloßen Frauenkörpers in Erregung zu geraten. Unsere Trauer war heftig, aber kurz, weil dort die Verwesung mit Gewalt einsetzt. Frater Daniele, der Wissensdurstige, fragte mich: »Kannst du uns sagen, welch Untier aus den Wäldern seine sterbliche Hülle so zugerichtet hat?«

Da ich ihn nicht verstand, hob er sanft das Tuch, welches man über Lorenzo gelegt hatte. Allein meine ›indianische Erziehung‹, möchte ich sagen, verhinderte, daß ich keuchend zurücktaumelte. Starr blieb ich stehen und blickte auf den Toten. Das Geschlechtsteil war abgetrennt, und der Kopf fehlte. Das große Kreuz, das Lorenzo um den Hals hatte, hing noch immer am Rumpf. Ich zeichnete eine Echse auf meine Tafel, obwohl ich anderes vermutete. »So mußte er nicht leiden?« forschte Paolo mit feuchten Augen. Nein, schrieb ich. Ich log von Herzen und überzeugend.

Ich hatte mir angewöhnt, nach meiner Arbeit bei Maldonado noch im Haus der Zuflucht vorbeizuschauen, um danach das einzige Wirtshaus von Cartagena aufzusuchen. Wirtshaus ist ein schmeichelnder Ausdruck für den sauer riechenden Schuppen mit dem Lagerraum dahinter. Der ›alte Ponce‹, der Wirt, war mein liebstes Studienobjekt. Da ich ja der Siedlung Nahrung lieferte, kannte ich sehr wohl die Eßgewohnheiten der Bewohner. Nun wußte ich recht genau, daß der Alte nur Schweinefleisch aß. War mir seine Leibesfülle schon aufgefallen, so meinte ich jetzt zu sehen, wie sich sein Mund rüsselartig vergrößerte und vorschob, während seine Augen fast gänzlich in Fettwülsten verschwanden. Sein Nacken versank in massigen Schultern, so daß ich oft genug vergeblich nach der Grenze spähte, wo der Hals endete und der Rücken begann. Am interessantesten aber waren seine Hände. Weil ihn recht oft die Gicht plagte, hatte ich sie schon mehrmals behandelt und meinte, von Anfall zu Anfall zu sehen, wie sich die Finger klauenartig verkrümmten. Kurzum stand er knapp davor, sich in ein riesiges Schwein zu verwandeln, und ich wartete auf den Tag, an dem er, nach Wurzeln grabend, unseren Acker durchwühlen würde. Trotzdem ging ich gern zu Ponce, denn sein Wein war gut. Hinzu kam, daß jedermann, der ein wenig Zerstreuung suchte, zum alten Ponce fand, war er doch der einzige Schankwirt in dieser Gegend.

Meine schweigsame Anwesenheit an den rohen Holztischen machte mich zum unfreiwilligen Zuhörer mancher Geschichte. Die einen beachteten mich überhaupt nicht, dachten vielleicht, wer stumm sei, sei auch taub, und erzählten ihre Abenteuer ohne Scheu. Die anderen rückten zu später Stunde, wenn der Wein die Zunge lockerte, näher zu mir, berichteten von ihrer Seelenpein, was ihnen widerfahren war, was sie bedrückte, dies und das, wohl wissend, daß ich es kaum weitertragen würde. Waren alle Gäste gegangen, holte der alte Ponce einen Krug aus dem Lager und schüttete sich viel und mir ein wenig ›Heimat‹ ein. Dann schwatzte er über die Leute, gab wieder, was ihm zu Ohren kam, ob ich es hören wollte oder nicht. Er hielt mich für einen Menschen, bei dem man sich erleichtern konnte, für einen stummen Diener, dem man Dinge sagte, die man kaum dem Beichtvater anvertraute.

»Mein Laden kam an dem Abend in Schwung, als man dich auspeitschen ließ«, lachte Ponce mir einmal zu. »Seitdem trifft man sich hier, um das neue Wunder zu betratschen. Den schwarzen Schweinehund hat man nie erwischt. Na ja, vielleicht war's besser so.« Ein andermal erfuhr ich: »Der Gründer von Cartagena war jüngst zugegen, der große Ehrgeizling. Das ist ein rechter Spanier, brachte Pläne mit, hier eine schöne Kirche zu errichten, dem Heiland zur Ehre, doch wurde er abgelenkt, unser Hauptmann Pedro de Heredia. Er bekam Kunde von einem Fluß Sinú, westwärts von hier, der goldene Steine ins Meer schwappe. Es war natürlich übertrieben, wie so vieles, Tatsache ist, daß er Gräber im Flußtal fand, die noch reicher als die Goldfunde von Peru sein sollen. Er verschob also den Bau der Kirche und befaßte sich mit großer Befriedigung damit, den Indios vom Sinú erst die Gräber und dann die Bäuche aufzuschlitzen. Gold kam aus letzteren nicht heraus«, grunzte der alte Ponce, »doch der Fluß färbte sich tagelang rot, und jetzt gibt es dort keinen heidnischen Hund mehr. Und das Gold … nun ja, ich sagte schon, er ist ein tüchtiger Spanier. Heredia gab einen Großteil der Kirche, und die Indios können sehen, mit welcher Hingabe wir unserem gütigen Heiland dienen und der Heiligen Jungfrau. Ihnen zu Ehren ließ er das Gold aus den Gräbern einschmelzen und die Amulette und Broschen, die Ketten und Ohrpflöcke, die das Heidenvolk an sich hängen hatte, ehe man ihnen den Kopf abschlug, die Hand oder das Bein abhackte. Ah, ein braver Spanier, dieser Heredia, wie stolz können wir sein auf den Gründer von Cartagena.«

Tage später, als er den kostbaren Wein aus dem Keller brachte, erklärte er: »Letztes Jahr war's, daß Diego de Mora Weinstöcke in Ica in Peru anbaute, und nun behauptet er, der Wein gedeihe prächtig. Viele Trauben sind geerntet worden, aber wie der Wein schmecken wird, weiß noch keiner zu sagen. Deshalb bleibe ich lieber bei meinen Fässern aus der Heimat, solange Galleonen fahren.«

Eines Abends, als Kaufmann Maldonado gerade gegangen war und wir allein in der Wirtsstube zurückblieben, erfuhr ich: »Maldonado war dabei, als eine Expedition in den Osten aufbrach zum Maracaibo-See und der armseligen Stadt gleichen Namens, die man vor zehn Jahren gründete. Diesmal wollte man einen Weg durch den Urwald suchen. Gleich hinter Tamalameque stießen sie auf Indios, die mitten im Wald mit Harpunen jagten.«

Ich schüttelte ungläubig den Kopf. »Na, so was Ähnliches wird's wohl gewesen sein. *Macana*, glaub ich, nannten die Spanier die Waffe, und dank des himmlischen Beistands unseres gütigen Herrn Jesus Christus konnten sie die Wilden bestrafen und vernichten.«

Ich hatte die Augenbrauen fragend hochgezogen, also fuhr er in seiner Erklärung fort: »Die Indios wollten das Gold nicht hergeben, obwohl man ihnen Glasperlen dafür anbot, und dann schossen sie so eine *macana* ab, und die hinterließ eine klaffende Fleischwunde, als man sie dem armen Pedro Godoy herauszog. Das durfte nicht geduldet werden, und sie leisteten saubere Arbeit, unsere Spanier. Hieben und schlugen und stachen, was das Zeug hielt, und zum Schluß brannten sie noch das Dorf nieder, da sich die Indiobrut, die kleinen Bastarde, in die Hütten geflüchtet hatte. Ha, das muß ein Spaß gewesen sein, doch das Beste kommt noch.« Genießerisch schlürfte der alte Ponce seinen Wein, ließ mich eine Zeitlang recht zappeln: »Als sie sich gerade mächtig ins Zeug legten, da trat plötzlich dieses Weibsstück aus dem Wald, du weißt schon, die Magdalena, in die Maldonado ganz vernarrt ist. Er war sogleich geblendet von ihr, daß er doch einige Indios laufen ließ. Seitdem haben wir die Schlampe hier, und glaub mir's, das wird noch ein böses Ende haben mit ihr. Eines Tages ist er ihrer überdrüssig und vertreibt sie von seinen Fleischtöpfen, dann wird sie mitten auf der Straße verhungern und erfrieren.«

Ich senkte meinen Blick in den Becher, um das Feuer zu verbergen, das in meinen Augen brannte. Wollte ich noch mehr erfahren – und ich wußte, daß ich dem Alten noch vieles entlocken mußte –, durfte er nichts von meinem Haß entdecken, der bei seiner Erzählung erst wie ein Flämmchen züngelte und jetzt wie eine lodernde Flamme zum Himmel schoß. Ich hätte das alte, fette Schwein auf der Stelle zum Fluß schleppen und den Echsen zum Fraß vorwerfen mögen.

Leicht torkelnd, nicht nur des Weines wegen, sondern auch aufgrund des gewaltigen Aufruhrs, in den mich der Wirt versetzt hatte, floh ich alsbald zu meiner *hamaca*. Durch das dichte Blätterdach erspähte ich einen Stern am Himmel. Manco Huacas weises Gesicht erschien mir im Halbschlaf. Wie wohl tat mir der Anblick seiner Güte.

Die nächsten Tage vertiefte ich mich in Maldonados Bücher. Trotz der intensiven Handelsbeziehung, die er zu Spanien unterhielt, konnte ich nirgendwo einen Hinweis auf meinen Vater entdecken. Vielleicht vermied er es, mit meinem Vater – und sei es nur über Dritte und Vierte – ein Geschäft abzuschließen. Seitdem ich in Cartagena war, hatte ich nicht gewagt, jemanden nach meinen Eltern oder Kaufmann Santisteban in Peru zu befragen. Zu leicht hätte man meine wahre Identität erraten können. Ich mußte mich hüten, Argwohn, oder besser, noch mehr Argwohn zu erregen.

Meine Kenntnisse in der Kräuterkunde waren ungewöhnlich, und manche Behandlungsmethode, die ich von Collya gelernt hatte, bewirkte Aufsehen. Allein der Umstand, daß ich stets von Daniele begleitet wurde und die Heilpflanzen im Franziskanergarten wuchsen, ich sozusagen den Segen der Kirche hatte, sprach mich von dem Verdacht frei, ich sei mit dem Teufel im Bunde. »Er ist gewissenhaft und überaus vorsichtig«, verteidigte mich Frater Daniele immer wieder, »wären nur alle Quacksalber der Alten Welt von seinem Format.« Einmal, als wir abends müde nach Hause gingen, legte mir Daniele seinen Arm schwer auf die Schulter. »Wann wirst du endlich begreifen, daß du allein durch die Gnade unseres Herrn Jesus Christus Kranken helfen darfst? Wann wirfst du dich endlich auf die Knie, ihm zu danken?« Ich schüttelte seinen Arm unwillig ab und ging fort. An den folgenden Tagen herrschte Zwietracht im Haus der Franziskaner. Ich bemühte mich keineswegs, diesen Zustand zu verbessern, sondern brachte auch noch eine Tafel im Haus der Zuflucht an, mit der ich zu Spenden aufrief.

»Das Gebot der Armut ist uns höchste Tugend und heilig!« entrüsteten sich Daniele und Paolo gleichzeitig.

»Ich werde nicht für immer bei Euch bleiben und Euch mit Nahrung versorgen können«, schrieb ich und verwies auf den jämmerlichen Zustand ihrer Mission vor meiner Ankunft. Brummend willigten sie schließlich ein, Spenden zum Erhalt des Hauses der Zuflucht anzunehmen.

Unsere Feldfrüchte gediehen. Oft beobachtete ich, wie liebevoll Frater Daniele von Pflanze zu Pflanze ging, mal lobte, dann aufmunternd zusprach, immer wieder tröstende Worte fand. Er sprach mit den Keimlingen, Kräutern und Gewächsen wie ein Lehrer zu seinen Zöglingen in der Schule. Ach, die Schule, dies war ein weiteres Problem. Frater Paolo träumte von einer kleinen Schule, in der er die Heidenkinder im rechten Glauben, in frommen Sprüchen und im Gebet unterrichtete. Nun gab es aber zu seinem Leidwesen die nördliche Küste entlang, also in einem Gebiet, das vier- bis fünfhundert *leguas* lang ist und der Entfernung Gibraltar–Barcelona–Gibraltar entspricht, keine Indios mehr. Wer von den Spaniern nicht niedergemetzelt wurde, war in die Sklaverei verschleppt, und wer beiden Schicksalen entkommen war, versteckte sich in den Wäldern. Frater Paolo konnte die Frohe Botschaft nicht loswerden, weil seine Schäfchen längst von den Wölfen zerrissen waren. Fast hätte ich darüber lachen können, wäre mir das Weinen nicht viel näher gestanden. Paolo lamentierte, stand am Feldrand und starrte auf den dunklen Wald. »Wir müssen sie hervorlokken aus den Wäldern, die Kleinen von ihren Eltern entfernen, damit sie nicht weiter gefangen bleiben in heidnischem Tun. In ihrem schrecklichen Aberglauben meinen sie, der Wald sei voll böser Dämonen und Geister. In Nacht und Schatten sehen sie schwarze Gesellen, in Fluß und See Hexen und Unholde.« Er seufzte von Herzen, was mir Zeit gab, ihm meine beschriftete Tafel zu zeigen: »Nicht einen Indio hörte ich von Dämonen oder Geistern reden. Auch fürchten sie weder die Nacht noch Schatten, schon gar nicht Flüsse oder Seen.«

»So fürchten sie nicht den Teufel?« erschrak er.

»Sie kennen den Teufel nicht.«

»Dann sind sie restlos verloren. Wer nicht an die Macht des Bösen glaubt, meint, er müsse nicht Schutz suchen im Schoß der katholischen Kirche, dessen Weg führt ins Verderben. Christus hat uns vor dem Bösen gerettet durch seinen Opfertod. Wer den Teufel leugnet, leugnet auch Christus.«

Ich erwiderte nichts, sondern löschte meine Tafel. Christus als Erlöser existiert nur dank des Bösen? Das war mir eine interessante Darstellung. Je länger ich darüber nachdachte, desto weniger gefiel sie mir. Schließlich mußte ich Paolo doch noch etwas entgegnen und schrieb: »Ich halte es für grobes Unrecht, Kinder ihren Eltern zu entfremden, sie in Schulen zu locken, zu lehren, was ihrer angestammten Erziehung widerspricht.«

»Wir sehen doch in den vielfältigen Berichten, die uns aus Mexiko erreichen, wie bitter nötig die Indios die hilfreich ausgestreckte Hand haben, die sie aus der Verwahrlosung, aus der Sittenlosigkeit reißt und ihnen neben der vornehmsten Aufgabe, der Verkündigung der Frohen Botschaft, Anweisung gibt, sich schicklich zu kleiden und den Körper rein zu halten. Traurigste Almosenempfänger lungern um die mexikanischen Missionen herum, Menschen, die kaum verdienen, so genannt zu werden, flehen die frommen Brüder um jegliche Unterstützung an. Nichts können die Indios aus eigener Kraft vollbringen. Sie sind schwächlich und wankelmütig im Geiste und ohne jeden Halt, jede Kultur und Sitte.«

»Alles, was Ihr sagt, Frater Paolo«, schrieb ich so deutlich ich konnte, »ist schlimme Lüge. Gut tätet Ihr daran zu beichten, um nicht Eure Seele weiter damit zu belasten. ICH habe unter den Indios gelebt und bin keinem reinlicheren Volk begegnet von solch hoher Sitte und Moral. Gibt es jetzt solche unter ihnen, die niedrigste Almosenempfänger sind, so ist es unsere Schuld. Wir haben ihnen alles genommen, was ihnen heilig war: den Glauben, die Kultur und das Land. Jetzt wollt Ihr hingehen und den Eltern die Kinder fortführen in die Abhängigkeit einer Mission.« Meine Tafel war vollgeschrieben und mein Mund trocken vor Empörung. Ich ließ ihn meine Zeilen lesen, um danach Zuflucht in dem fernen Wald zu suchen, der wie eine lockende Heimat auf mich wirkte. Erst das vertraute Dunkel der Bäume besänftigte mein Gemüt. Ich wollte nicht länger in Cartagena bleiben. Ich wollte heim, so bald als möglich.

Der Unfrieden hielt an. Frater Paolo mied mich, lief mit bläßlichem Gesicht umher, und auch Daniele brummte und grollte. Schließlich wandte sich Paolo an mich: »»Mach mich zum Werkzeug deines Friedens‹, verkündete der heilige Franziskus. Allein ihm verdankst du, daß wir dich weiter dulden unter unserem Dach, daß du teilhaben darfst an unserer Speisung. Wer so Schlechtes und Lästerliches verbreitet wie du, sollte nicht das Essen mit uns einnehmen dürfen.«

Daniele klapperte heftig mit seinem Werkzeug. Er besserte gerade die Halterung seiner *hamaca* aus und räusperte sich. Er krächzte und hüstelte, bevor er endlich sagte: »Es muß heraus, Bruder in Christo, andernfalls könnte es sein, daß ich daran ersticke. Wir sind diejenigen, die unter seinem Dach leben, das er errichtet hat und besser, weit besser ist als alles, was wir zustande brachten. Und es ist auch seine Nahrung, die er für uns erjagt und vom Feld heimbringt. Er greift niemals zu Fleisch, sondern labt sich an den Früchten, die er aus dem tiefen Wald holt. Er ist sittsam und bescheiden, wenn er auch das Beten scheut. Ich könnte noch manches zu bedenken geben, würde nicht allzuviel Reden unsere Gemüter noch weiter erhitzen.«

»Ich werde mich bald einschiffen«, schrieb ich den beiden Franziskanern auf, »zankt Euch nicht wegen mir.«

Im Laufe der nächsten Tage trafen Waren aus Nombre de Dios ein, darunter auch die lang ersehnten Samen und Kräuter, die mir ein findiger Kaufmann erhandelt hatte. Freudig eilte ich zu Daniele, um ihn teilhaben zu lassen an unserem Überfluß. Unsere kleine Sammlung getrockneter Vorräte war arg zusammengeschrumpft, und nun konnten wir sie um die Mittel ergänzen, welche wir entbehrt hatten. »Das ist gut«, lobte er, »das schlimme Fieber geht wieder um, und nichts hilft so sehr wie *quina-quina*. Nicht einmal die Indianermedizin.« Ich freute mich sehr, daß er von *quina-quina* sprach, gleichzeitig wunderte ich mich über den Begriff ›Indianermedizin‹ und schrieb dieses Wort auf die Tafel, versehen mit einem großen Fragezeichen.

Daniele kruschte herum, babbelte etwas Unverständliches und wollte mir keine Erklärung geben, bis ich ihm den Weg versperrte. »Nun ja«, wand er sich, »es ist sicherlich nicht tugendsam, aber sie zerstückeln Indios, denn sie glauben, nichts hülfe gegen das schlimme Fieber mehr als gegarter Indio, zu feinem Pulver zerrieben und dann in Wein eingenommen.«

Ich war fassungslos, glotzte ihn an, starrte auf sein Gesicht, das abwechselnd blaß und rot wurde. »Habt Ihr von dieser Medizin?« wollte ich wissen. Er hob abwehrend die Hände: »Gott steh mir bei. Ich habe davon reden hören, mehr nicht.«

»Das ist es, was Ihr den Indios vorwerft und was ich sie niemals tun sah«, schrieb ich so fest, daß mein Stift kratzte, »das ist Menschenfresserei!«

»Sicher, sicher, nun beruhige dich wieder. Sieh, der Herr weiß, daß das Böse unter uns ist, deshalb schenkt er uns seine Gnade und Erlösung. Bete nur fleißig zum Herrn, und auch du wirst in sein Reich gelangen können.«

Mir schwindelte, mein Herz pochte, mein Magen rebellierte. Hatte ich nicht wieder und wieder die Behauptung gehört, die Indios seien Menschenfresser? Und was erfuhr ich nun in dieser angeblich zivilisierten Stadt? Welch abscheuliche Taten wurden hier von Christen verübt? Sie fingen Eingeborene, um sie zu Medizin zu verarbeiten, um sie aufzufressen. Warum empörte sich niemand darüber, warum liefen nicht all die frommen Brüder und Schwestern auf die Straße und schrien das Unrecht heraus, das den Indios geschah? Warum entrüstete sich keiner unter den Geweihten und Ehrwürdigen der Alten Welt? Und was tat Seine Heiligkeit, der Stellvertreter Christi auf Erden?

Meine Zeit war um. Ich wollte mit aller Macht Cartagena entfliehen.

Indes, es war noch viel zu tun. Ich sah nach unserem Feld, schrieb für Daniele nieder, was wuchs, neu angepflanzt oder als Keimling gezogen werden mußte. Wir bauten *huarango* an, eine Frucht, kleiner als Puffbohnen, die sich zu Mehl verarbeiten und zu Brot backen ließ. Rührte man den feingemahlenen Samen in Wasser, erhielt man ein Mittel gegen Durchfall. Ferner gediehen auf unserem Feld Guanabanas und Caimitos, auch Maniok und unsere Kostbarkeit: calejutischer Pfeffer. Obwohl man damit nur sparsam würzen durfte, war diese Pflanze überaus begehrt. Wir tauschten sie gegen andere Waren.

»Wir werden damit nicht Handel treiben können, wenn du fort bist«, bedauerte Daniele, »uns ist es verboten, Güter zu besitzen.« Ich konnte den Franziskanern nicht helfen. Sie hatten sich das Joch der Armut auferlegt, ob es nun sinnvoll war oder nicht.

Zu guter Letzt vertraute ich Daniele noch meine Cacahuetes-Büsche an, Pflanzen, die ich ganz besonders schätzte. Aus weißlich-gelben Blüten wuchsen lange Stiele, so weit, bis sie wieder das Erdreich berührten, sich dort verankerten und Früchte bildeten, die Nüssen ähnelten. Ich liebte ihren milden Geschmack und aß sie roh oder geröstet. Sie waren äußerst nahrhaft, und eine kleine Menge sättigte wie ein Stück Fleisch. Unseren Kranken im Haus der Zuflucht gaben wir davon. Manchmal hatten wir nicht mehr als eine Handvoll für jeden, und doch versicherten uns die Kranken, daß sie sich satt und wohl fühlten. Ich überlegte, diese Früchte mit in die Heimat zu nehmen, doch ich fürchtete, sie würden das rauhe Klima in Spanien nicht überleben.

Ging ich erst einmal von Cartagena fort, so würden mir und den Franziskanern die Schätze der Wälder fehlen. Papaya hatte Collya die saftigen, länglichen Früchte genannt, und Ananá die süßen mit den spitzen Blättern. »In ihnen verbergen sich Frösche, aus denen wir tödliches Gift gewinnen«, lehrte sie mich. War ich fort, wer sollte dann die winzigen Frösche zurück in den Wald bringen? Berührte man die kleinen, bunten Hüpfer mit bloßer Hand, konnte man sterben. Je länger ich über den Reichtum und auch den Zauber des

Waldes nachdachte, desto betrübter wurde ich. Konnte ich das Land der Indios überhaupt verlassen?

Ob ich Frater Daniele in das Geheimnis einweihen sollte, wie man reichlich Fische fing? Von Payo hatte ich gelernt, mit Barbascowurzel den Fluß zu vergiften, um mühelos die betäubten Fische einzusammeln. Ohne Barbasco hätten wir unsere lange Fahrt die Flüsse stromabwärts nicht überlebt. Doch ich entschied mich dagegen, verschwieg diesen Kunstgriff, so wie ich Daniele auch nicht in den Gebrauch der wirklich mächtigen Kräuter einwies. Ich fürchtete, ein Unrecht zu begehen, ein Sakrileg gegen die Weisheiten der Indios.

Desgleichen lehrte ich ihn nicht, die kleine Raubechse mit dem langen Peitschenschwanz zu jagen. Dieser Iguána, wie ihn die Indios nannten, war schmackhaft wie zartes Huhn. Seine großen Artgenossen jedoch waren fast ungenießbar. Das hatte ich erfahren, als Magdalena den Spaniern davon gab. Die große Raubechse schmeckte ranzig und schal, aber ganz Cartagena aß davon. Die Geschmacksnerven der Spanier schienen stumpfer zu sein als jene der Indios. Wer würde nun den Mönchen den zarten Iguána bringen oder den Tapir, der vierhundert Pfund fettes Fleisch lieferte? Magdalena? Würde sie die Franziskaner versorgen und unser Haus der Zuflucht?

Am nächsten Abend saß ich beim alten Ponce, musterte die Kapitäne der eingelaufenen Schiffe und spitzte die Ohren, wenn sie von ihren Fahrten erzählten. Sie schienen verwegene Männer zu sein, die nicht nur den Atlantik überquerten, sondern auch die Flüsse hinauffuhren, um Gold zu finden. Der Name eines Piraten, Francisco de Castro, war in aller Munde. »Ein Ungeheuer der Karibischen See«, schrie einer, »ich will ihn hängen sehen.« – »Ein roher, wilder Gesell, der sich am Blut der Feinde berauscht«, brüllte ein anderer, »ein Gottseibeiuns in Menschengestalt.« Sein Versteck befände sich auf Cubagua, hörte ich, einer wild zerklüfteten und menschenleeren Insel. Die ursprüngliche Bevölkerung habe er in die Sklaverei verschleppt oder niedergemetzelt.

Jetzt gehöre Cubagua allein De Castro. O ja, dachte ich bei mir, er hat den ›wilden‹ Indios die Zivilisation gebracht.

Gegen Mitternacht brach ein Tumult vor der Schenke aus, und man rief nach mir. Unten am Hafen hatte man einen Toten gefunden, jetzt sollte er zur Aufbahrung in das Haus der Zuflucht geschafft werden. Mißmutig trat ich hinaus. Schon wieder Tod und Verderben, gab es nichts anderes mehr in dieser Welt?

Der Leichnam war in eine Decke gehüllt und verströmte üblen Verwesungsgeruch. Mir graute davor, das Tuch zurückzuschlagen, doch die aufgebrachte Menge forderte es von mir, als sei ich der Leichenbeschauer. »Schau dir an, Lo Scrittore, was man ihm angetan hat, und setze ein Schreiben auf an die Obrigkeit. Sollen wir noch länger schutzlos dem Seeräuber De Castro ausgeliefert sein, der seinen Feinden den Kopf abschneidet?«

Ich blickte auf den Enthaupteten. Der Kopf war recht säuberlich abgetrennt. Ein schlimmer Verdacht keimte in mir auf. Wurde Cartagena nicht nur von Piraten, sondern auch von Kopfjägern bedroht?

»Das war De Castro«, rief die Menge. »Doch wer kennt den geheimnisvollen Toten? Gott steh seiner armen Seele bei.«

Der nackte Leichnam war mir unbekannt, aber ich entdeckte eine große, gezackte Wunde an seiner Hüfte, die kaum verheilt war. Ponce, der geschäftige Wirt, erschien schnaufend neben mir. Er stellte den Krug ab, aus dem er Wein an die Gaffer verkaufte, wischte sich die Hände an der Schürze und spreizte die Finger: »Heilige Jungfrau, das ist Pedro Godoy, der Harpunierte, der in beispielhafter Weise die Indios in ihre Schranken zurückhieb.«

»Ein kopfloser Leichnam«, rief ein Kapitän, »ist das Zeichen des De Castro, des Seeräubers, der nach unserer Ware giert und keinen Gott und kein Erbarmen kennt. Er schickt uns damit eine Drohung. Er will uns einschüchtern.«

Rufe nach einer Obrigkeit, nach einem Herrn, der das Seeräubergesindel ohne jedes Zögern auf den Grund der Karibischen See versenke, wurden laut. Jetzt sollte ich dieses Gesuch formulieren, sollte einen Gouverneur fordern, einen Beschützer mit einer Flotte.

Am nächsten Tag befand sich die Stadt in Aufruhr. Gerüchte über Perlenfunde im Meer, über Geisterinseln, die erschienen und wieder verschwänden, gingen um und vermischten sich mit wahren und erfundenen Nachrichten. Die Küste vor Cartagena berge kostbare Schätze, hieß es, und De Castro würde kommen, um sie sich samt der Stadt einzuverleiben. Die Menschen von Cartagena, die keinen Indio des Hinterlandes mehr fürchten mußten, fühlten sich von See her bedroht.

Ein gewaltiger Regenguß jagte die Leute zurück in ihre Häuser und ließ die Segel der Schiffe schwer und schlapp werden. Am nächsten Morgen waren die schlammigen Flüsse aufgewühlt und die Fische verschwunden. Magdalena fuhr mit mir auf die bleigraue See hinaus, um zu fischen.

Im Osten färbte sich der Himmel rosa, die letzten dunklen Wolken trieben nach Norden. Als die Sonne aufging, verwandelte sich die graue See in einen blauen Edelstein. Die Schuppen großer Plattfische glänzten wie Gold, als wir diese schmackhaften Tiere in unser Boot zogen. Ein einziger Fisch brachte dreißig bis vierzig Pfund, doch sie waren nicht leicht zu jagen. Magdalena maß sich gerne an ihnen, da sie außerordentlich schnell und wendig schwimmen konnten. Als sie genug gefischt hatte, befahl Magdalena mir, nach Westen zu paddeln; sie kniete am Bug des Bootes nieder und schaute in die Tiefe. »Heute weicht das Wasser, weil der Mond Gewalt darüber hat«, sagte sie endlich. Es war Ebbe, soviel verstand ich. Wir waren mitten auf blauer, glitzernder See, als sie mir ein Zeichen machte. Ich ahnte nicht, was sie vorhatte.

Plötzlich stieß mein Paddel auf Grund. Zuerst hielt ich es für eine Sinnestäuschung, dann sah ich tatsächlich unter mir im Wasser den Boden näher kommen. Mit dem Sand, der sich emporhob, tauchten Pfähle auf und Steine, wie mir schien, nein, Mauerreste. In maßlosem Erstaunen stolperte ich alsbald aus dem Boot, folgte Magdalena mitten im Meer über Dünen, die dem Wasser entwachsen waren. »Hier hat früher ein Volk gewohnt, auf Pfahlbauten, mächtig, stolz und reich«, erklärte Magdalena. Sie, die kaum mit mir sprach, schien jetzt überaus mitteilsam. »Die ganze Küste entlang herrschte dieses Volk. Seine Macht beruhte auf den großen, einzigartigen Perlen und Muscheln, die es hier fand. Doch eines Tages hatte ein Häuptling zuviel genommen von den Gaben des Meeres, hatte in seiner Gier nach Macht und Ruhm das Meer beraubt und ausgebeutet. Da erhob sich ein gewaltiger Hurrikan, ein Sturm«, sagte sie, da ich ihr zu verstehen gab, daß ich das Wort nicht kannte, »der die Wasserfluten um sich herum sammelte und die Maßlosen vernichtete. Einzig ein kleiner Stamm dieses einstmals mächtigen Volkes wurde verschont. Bis zur Ankunft der Spanier lebten seine Angehörigen auf Pfahlbauten im Maracaibo-See.« Natürlich, dachte ich bei mir. Die Spanier hatten dieses Land um den Maracaibo-See deshalb Klein-Venedig, Venezuela, genannt.

Ich blickte auf den Boden zu meinen Füßen und sah Scherben zerschlagener Gefäße, die durch eine Welle freigelegt wurden, ehe die nächste sie wieder zudeckte. Ich hätte Magdalena gerne gedankt für dieses Wunder, in das sie mich einweihte.

Den ganzen Tag über war ich wie berauscht von diesem Erlebnis. Sinnend saß ich bei Maldonado, über Zahlen und Notizen, ohne wirklich auf sie zu achten. Schließlich erwachte ich aus meinem Tagtraum und bemerkte die aufgeregte, frohe Stimmung in Maldonados Lager, das geschäftige Hin- und Hereilen, als sei man in Vorbereitung zu einem großen Fest. Man wolle, begriff ich endlich, Maldonado zum Beschützer Cartagenas ernennen, bis Spanien einen Gouverneur einsetze. Man versammelte sich in der Gaststube des alten Ponce und hoffte auf eine Erklärung Maldonados.

Ich blieb allein in seinen Räumen zurück, hatte viel Muße, seine Bücher nach einem Hinweis auf meinen Vater durchzusehen. Und endlich stieß ich auf eine Grundstückseintragung, die mich stutzig machte, einen Handel, der ein kleines Weingut in den Bergen der Sierra Morena betraf. Verwundert las ich, daß Maldonado dieses Gut der Kirche abkaufte, obwohl es zu den Olivenhainen meines Vaters gehörte, wie ich aus der Flurnummer wußte. Ich sah mir die Karte dazu an, erkannte die alten Eintragungen und den Namen Porras. Er war durchgestrichen.

Dieses kleine Weingut, um das es hier ging, liebte meine Mutter ganz besonders. Als ich noch ein Kind war, war sie mit mir den sanften Hang hinaufgestiegen und hatte in die Ferne gewiesen. »Ist es nicht ein einzigartiger Blick von hier oben?« Sie deutete auf die Hügel, graue Silhouetten, die sich aneinanderreihten wie die Rücken einer gemächlich grasenden Schafherde. Was mochte geschehen sein? Warum war der Name meines Vaters durchgestrichen, der Besitz an die Kirche übergegangen und an Maldonado veräußert worden?

Die Unruhe ließ mich in dieser Nacht nicht schlafen. Meine Vorbereitungen, Cartagena zu verlassen, waren abgeschlossen. Frater Paolo quittierte es mit grimmiger Genugtuung, doch Daniele wirkte besorgt. »Wie wird es dir ergehen, da du dich deines Namens nicht entsinnen kannst? Wohin willst du denn laufen, wenn du das Haus deiner Eltern nicht wiederfindest?« Er verrichtete unsinnige Tätigkeiten, schob hin und her, was bereits am rechten Platz lag, ehe er mir den Namen seines Bruders diktierte. »Pasquale Marcello, Kaufmann in Venedig«, schärfte er mir ein. »Er wird dich aufnehmen, wenn du ihm diesen Brief hier vorweist.« Danieles Sorge um mich rührte mich zutiefst, und ich dankte ihm aufrichtig mit Gesten. »Wolltest du nur zurückfinden zum wahren Vater, zu Jesus Christus, unserem Herrn. Auch der Herr, unser Gott, würde dich aufnehmen wie den verlorenen Sohn, wolltest du ihn nur darum anflehen. Aber ich erkenne den Starrsinn in deinem Blick, das trotzige Sichabwenden von unserer heiligen Kirche. Nichts von Demut ist in dir, nichts von Unterwerfung unter das Gesetz der heiligen Lehre.«

An diese Worte mußte ich denken, als ich abends unterwegs war zum alten Ponce, fest entschlossen, eine Überfahrt auszuhandeln, mit welchem Kapitän auch immer. Ob ich Manco Huaca so getreulich gelauscht hätte, hätte er Demut und Unterwerfung verlangt? Lechzte ich nicht vielmehr nach seinen Worten, seiner Lehre, weil er mich überzeugte, mir vorlebte, was ihm Glauben war? Wie konnte man mich zur Seligkeit zwingen, wenn ich diese nicht erreichen wollte? Hätte ich einmal erlebt, daß Manco Huaca anders handelte, als seine weisen Worte es predigten, sicherlich wäre ich voller Abscheu zurückgeschreckt vor ihm, so wie mich Plünderauges Dünkel und seine Gier nach Gold abgestoßen hatten.

So voll wie heute abend hatte ich die üble Schenke noch nie erlebt. Der alte Ponce winkte mich zu sich: »Du kannst dir deinen Wein verdienen.« Er drückte mir die Karaffe in die Hand, und ich half ihm willig beim Ausschank. Auf diese Art kam ich in der ganzen Gaststube herum, konnte jedem in das Gesicht sehen und manches Wort aufschnappen, das nicht für mich bestimmt war. Die erwartungsfrohe Stimmung steigerte sich, man hoffte auf Maldonado, spähte über den Dunst zur Tür hinüber. Gegen Mitternacht kam Unruhe auf, Unwillen, daß Maldonado so lange auf sich warten ließ. Ich verhandelte gerade mit Cristobal de Liego, dem Kapitän der Santa Juanita, der mich nicht auf seinem Schiff mitnehmen wollte, sosehr ich ihn auch mit meinem Geld lockte.

»Damit überzeugst du mich nicht«, schob er die Münzen beiseite, »ich brauche keinen weiteren Passagier, verstehst du das nicht? Was mir fehlt, ist ein Schiffsjunge, jemand, der dem Koch zur Hand geht.«

»Dann heuer ich als Schiffsjunge an«, schrieb ich in meiner Not. Cristobal de Liego schlug ein. »In ein, zwei Tagen stechen wir in See. Melde dich mittags an Bord.« Plötzlich fühlte ich mich leicht und frei, hätte am liebsten gesungen und gescherzt.

»Lo Scrittore?« schallte es durch die Schenke. »Weißt du, wo Maldonado steckt?« Mehr als ein Dutzend Männer schaute in meine Richtung, forderte von mir, daß ich auf der Stelle den Kaufmann Maldonado herbeizauberte, als sei ich sein Leibwächter. Ich ließ mich nicht bedrängen, schrieb aber auf, wann ich ihn das letztemal gesehen hatte. Mir lag selber daran, ihn zu treffen, denn ich wollte trotz der Unstimmigkeit zwischen unseren Familien nicht ohne Lebewohl gehen.

Schließlich ergriffen wir Fackeln, machten uns auf zu seinem Haus, skandierten seinen Namen. Nur Magdalena erschien auf das fordernde Rufen. Ihr Haar war zerzaust, ihr Gesicht wirkte schlaftrunken. »Er ist vor Stunden schon zum Ponce gegangen«, erklärte sie und schlug uns die Türe vor den fragenden Gesichtern zu.

Wir warteten auf ihn bis weit nach Mitternacht. Er kam nicht. Als die letzten Gäste die Wirtsstube verlassen hatten, fegte ich den Raum aus, leerte abgestandene Weinreste in die Gosse und winkte dem Alten einen Gruß zu. Draußen ging ein Gewitter nieder, Blitze fuhren aus den Wolken herab, züngelten zu Boden und erfüllten die Luft mit dem Geruch nach Schwefel. Ein heftiger Wind peitschte das Meer, trieb Salzwasser, vermischt mit Sandkörnern, bis hinter die Barakken und begleitete meinen Weg mit winselndem Heulen.

Ich fuhr noch vor dem Morgengrauen aus tiefem Schlaf hoch und glaubte zuerst, ein Traum suche mich heim: Es war Magdalena, die mich rüttelte. Ich hatte sie nicht kommen hören, so fest war mein Schlaf oder so lautlos ihr Gang gewesen. »Wir müssen das große Flußschwein zerlegen«, befahl sie mir. Ich war verschlafen und lustlos. Nach meiner Schätzung war der Morgen noch weit, doch einen Streit mit Magdalena wagte ich nicht.

Der Himmel war jetzt wieder blank und rein, nur Wolkenfetzen trieben über dem Meer. Im sanften Mondlicht folgte ich Magdalena, deren Haar mit Federn und Perlen geschmückt war. Als sie sich umdrehte, entdeckte ich weiße Muschelscheiben in ihren Nasenflügeln. Ihr Gesicht wirkte wild und fremd.

Unten am Fluß ließ ich den Einbaum zu Wasser, hielt ihn

fest und half Magdalena beim Einsteigen. Das *canoa* hatte mehr Tiefgang als gewöhnlich. Am Boden lagen Gerätschaften und ein großer Sack. Ich paddelte den Fluß hinunter, und bald schaukelten wir dem Meer entgegen. Magdalena hieß mich, nach Osten zu fahren, dem ersten Schimmer des Tages zugewandt. Konnte man hier Flußschweine jagen? Sie erklärte mir nichts, als sie mich anwies, einem kleinen Flußlauf landeinwärts zu folgen.

Mit zunehmender Helligkeit stiegen Vogelschwärme auf, flogen mit klatschendem Flügelschlag zum Greifen nah an uns vorbei. Eine Sandbank im Fluß wurde unsere Lagerstatt. Wie so oft schloß ich die Augen, dachte bei meiner morgendlichen Pflichtübung an andere, zärtlichere Gefährtinnen und konzentrierte mein Tun ganz auf frühere Erlebnisse, um vollbringen zu können, was Magdalena mir befahl. Als sie mich freigab, taumelte ich zum Wasser und fühlte mich wie zerschlagen.

»Vergiß deinen Lohn nicht.« Ich glotzte dumm, doch sie lachte mit blitzenden, weißen Zähnen. Sie hatte wie ich ein Bad genommen, wischte Wasser vom Körper und langte in den Einbaum. Zögernd kam ich näher. »Unsere Wege trennen sich heute«, sagte sie. In ihrer Hand lagen fünf matt schimmernde Perlen, größer als Erbsen und vollendet gerundet. »Nimm«, forderte sie, »bei meinem Volk werden Männer für Liebesdienste entlohnt.«

Ich war also käuflich, käuflich wie eine Schlampe in den Gassen der Stadt. Magdalena sah mich eindringlich an. Ihr harter Blick duldete keine Ablehnung. Ich verstaute die Perlen in meinem Gürtel. »Hilf mir mit dem Flußschwein«, befahl sie.

Bereitwillig lud ich den Sack aus, dessen blutgetränktes Ende bereits Fliegen anlockte. Das aufdringliche Brummen zahlreicher Insekten in den Ohren, achtete ich nicht sonderlich auf Magdalena. Sie griff in das *canoa*, nahm ihren Speer heraus, stieß ihn in den Boden unserer Sandbank. Dann hängte sie Kalebassen daran auf, wie sie es manchmal tat, wenn sie

Teile der Jagdbeute kochte und zerkleinerte, um sie einer mir unbekannten Verwendung zuzuführen. Wie oft verstand ich nicht genau, was sie von mir verlangte. Wahrscheinlich sollte ich das Flußschwein, das sie bereits erlegt hatte, ausnehmen und zerteilen. Ich öffnete den Sack, ging zurück an sein Ende, zog und zerrte, um die Jagdbeute hinauszubefördern. Es mußte ein Prachtexemplar sein, denn es war sehr schwer. In Gedanken berechnete ich, wieviel Pfund Fleisch es liefern würde, und freute mich, die Franziskaner noch Tage nach meiner Abreise mit Nahrung versorgt zu wissen. Da ich nicht so recht vorankam, griff Magdalena mit an. Schnaufend und schwitzend schüttelte ich den Kadaver aus dem Sack, den kopflosen Kadaver eines Menschen!

Ich sprang zurück. Sogleich spürte ich einen Punkt an meinem bloßen Rücken brennen, dort, wo der Pfeil, wenn er richtig abgeschossen wird, am Schulterblatt vorbei von hinten das Herz durchbohrt. Noch war kein Geschoß sirrend durch die Luft gefahren, was ich aber mit jedem Atemzug erwartete. Langsam, ganz langsam, um nicht eine reflexartige Handlung bei ihr auszulösen, drehte ich sacht den Kopf herum. Magdalena stand wieder neben ihrem Speer. Das, was daran baumelte, waren nicht Kalebassen, sondern Köpfe. Das Gesicht Frater Lorenzos grinste mit dem des Pedro Godoy um die Wette. Der Maldonados war noch frisch, erkannte ich mit seltsamer Ruhe, die mich erfaßt hatte. Seine Augen waren weit aufgerissen, blickten noch immer fragend zu etwas hinauf, das er nicht verstanden hatte. Später, so wußte ich, würden die eingefallenen Augenhöhlen mit Perlmutt und Muschel ausgelegt werden, um ihnen wieder Glanz und den Schimmer von Leben zu geben. Den älteren Köpfen, die klein und verschrumpelt wirkten, war eines gemeinsam: Die Haare waren im Verhältnis zur Kopfgröße viel zu lang, und die Münder waren aufgerissen.

Es war jetzt heller Tag, Vögel schwirrten über den Fluß, und Insekten umkreisten Maldonados Haupt, auch seinen Leichnam, der halb im Wasser, halb auf der Sandbank lag.

Ich ging sachte zurück, setzte behutsam einen Fuß hinter den anderen, wandte auch dann den Blick nicht von Magdalena, als mir das Wasser über die Knie stieg. Nackt, mit dem Speer in der Hand und ihren Trophäen, sah sie beeindruckend aus, Magdalena Ama-Zuruna, die sich dem Spanier unterwarf, als Hure und Schlampe, um ihrer Rache zu leben, zu vergelten, was man ihrem Volk getan hatte. Vor dem Grün des Waldes, reglos wie ein Denkmal, war sie wahrhaftig eine Königin. Ich machte nicht einen übereilten Schritt, nicht eine falsche Bewegung. Erst ganz zum Schluß, als ich das jenseitige Ufer erreichte und mich rückwärts gehend das ansteigende Gelände hinaufarbeitete, verbeugte ich mich vor ihr. Es war kein Hohn in meiner Geste. Sie regte den Arm, der den Speer hielt. Frater Lorenzo kam dadurch in eine schiefe Lage, und sein abgetrenntes Haupt neigte sich Magdalena zu und berührte ihren bloßen Oberkörper. Jetzt hetzte ich durch den Wald, floh wie ein Hirsch, der den Jäger gehört hat. Kaum hatte ich Buschwerk und einen kleinen Sumpf zwischen mich und die Kopfjägerin gebracht, kroch ich in einen ausgehöhlten Baumstumpf, der von einer riesigen Würgeliane fest zusammengehalten wurde. In der Dunkelheit meines Verstekkes sah ich mich einer Schlange gegenüber, die züngelnd an mich heranglitt, meinen Kopf, den Hals, die bebende Brust einer Prüfung unterzog und schließlich zurückwich. Mit jedem Herzschlag in meinem Leib fürchtete ich, Magdalenas wildes Gesicht zwischen den Zweigen auszumachen, hörte schon das Schwirren ihres Speeres. Doch es blieb lange ruhig, so lange, daß ich sanft und still mein Versteck verließ und heimging. Ich war keine lohnende Beute, weder für das Reptil noch für Magdalena. Hätte diese das Ende meines Daseins beschlossen, hätte sie es längst herbeigeführt. Es war kindlich von mir, zu glauben, ich hätte ihr entkommen, mich vor ihrem Blick verbergen können.

Die Zeit in Cartagena reichte gerade für ein letztes Lebewohl bei den Franziskanern. Selbst Frater Paolo schien mein Fortgehen zu bedauern, auch wenn er es mit Ruppigkeit zu verbergen suchte. Dem guten Daniele wurden sogar die Augen naß. »Gekommen bist du wie ein Wilder, und fort gehst du von uns wie eben den Wäldern entsprungen. Wenn es denn möglich ist, siehst du trotz deiner kurzen Haare mehr denn je aus wie ein Indio.« Obgleich er reichlich tadelte, wischte er sich über die Augen und segnete mich. Ich ließ die wenigen Fische zurück, die ich geangelt hatte, nahm meine Habseligkeiten und trat an Frater Lorenzos Grab, das ein einfaches Holzkreuz zierte. Ich soll dich von deinem Kopf grüßen, durchfuhr es mich in unerklärlicher Albernheit, derer ich mich gewaltig schämte, aber nicht erwehren konnte. Daniele gab ich eine meiner Perlen. Der Versuch, mich mit Zeichen verständlich zu machen, mißlang so sehr, daß ich doch noch die Tafel hervorholte und schrieb: »Setzt ihm einen Gedenkstein, wie er es verdient hat.« Der Kopflose, fügte ich in Gedanken hinzu, der seinen Kopf in dem Moment verlor, als er Magdalena ansah, begehrte und verwünschte.

ZWEITER TEIL

Kapitel 1

Nun sollte man glauben, ich hätte erfahren, auf was für einem Schiff ich mich befand, wieviel Mann Besatzung es hatte und wie viele Passagiere an Bord waren. Mitnichten! Das einzige, was ich die ersten Tage sah, war eine jämmerlich kleine Kombüse, vollgestopft mit Kesseln und Kannen, stets dampfend und rauchend; ein meist in Schwaden gehülltes Loch, wo es nach Geschmortem, Gesottenem, Gebratenem, kurzum nach Gerichten aller Art roch. War das eine Prüfung für mich! An die Freiheit der Wälder gewöhnt, war ich nun eingesperrt zwischen rohen Holzregalen und der Pflicht, unentwegt Essen zu beschaffen. Zwar bescherte mir das Schlingern unter meinen Füßen heftige Übelkeit, doch ließ die Arbeit es nicht zu, an mich selbst zu denken und mich zu übergeben. Als ich endlich zwischen den fettigen Schwaden, die von unserer Kochstelle aufstiegen, beständig wie Nebel im Herbst, die Person ausmachen konnte, die mich so gnadenlos antrieb, befanden wir uns auf hoher See, zwischen dem vierzehnten und fünfzehnten Grad nördlicher Breite.

»Du hast dir deinen Tee verdient«, lobte er und befahl mir, mich niederzusetzen auf ein Faß, das unseren Vorrat an Trinkwasser für diesen Tag enthielt.

»Wir nennen ihn Schu-schu«, hatte mich der Kapitän wissen lassen, und das war alles, was ich bisher erfahren hatte. Schu-schu war ›irgendein Schlitzauge‹, wie mir ein Matrose zugerufen hatte, und ich rätselte herum, ob er wohl Chinese wäre. Da er nicht lesen konnte, zumindest nicht, was ich schrieb, war unsere Unterhaltung äußerst einsilbig. Oft genug sprach Schu-schu in einer mir gänzlich unbekannten Sprache und ließ mich nur teilhaben an seinen Ausführungen, wenn er wollte. Ich hatte jeden Zeitbegriff auf See verloren, zwang mich, so oft es ging, dazu, meine Notizen zu machen, sonst wäre mir beinahe auch die Erinnerung an die Neue Welt abhanden gekommen.

Schu-schu stand vor der großen, gußeisernen Pfanne, die anders als die Gerätschaften, die ich kannte, wie ein Topf hochgezogen war, und prüfte die Hitze des Fettes. »Du mußt einen Holzlöffel frisch und unbenutzt in das Fett halten. Zeigen sich kleine Bläschen, so ist die Hitze gerade richtig.« Ich lernte viel. »Es ist alles eine Frage der Soße«, erklärte Schu-schu. Gehorsam reichte ich ihm kleingehacktes Fleisch. »Wir wären längst verhungert, hätte nicht ein weiser Fürst unseres Landes befohlen, alles Fleisch bis zur Unkenntlichkeit«, und dies betonte er, »bis zur Unkenntlichkeit zu zerkleinern. In gutem Fett gebraten, mit schmackhafter Soße angerichtet, schmatzen deine Gäste vor Wohlbehagen und verlangen nach mehr.« Sein braunes Gesicht mit den schmalen Augenschlitzen und dem kurzen, glatten, schwarzen Haar legte sich in Lachfalten, »ah, wie sagt man? Wenn die Katze fort ist, kommt die alte Ratte hervor.«

Alle an Bord nannten ihn Schu-schu. Er hatte ein so liebenswertes Wesen, einen so grundgütigen Charakter, daß er beim Ausnehmen eines Fisches klagte. »O Schu-schu, es tut mir so leid.« Alles war Schu-schu. Er jagte Schaben mit Schu-schu aus der Küche, nahm sich mit ganzem Herzen eines kranken Huhnes an, das er liebevoll pflegte, ehe es in den Topf wanderte, wobei er leise singend »Schu-schu« trällerte. Abends, wenn die Kombüse für die Nacht geleert und gereinigt war, legte er seine Köder aus. Er präparierte verschiedene Lebensmittel mit einer mir gänzlich unbekannten schwarzen Paste und wartete geduldig, bis die ersten Ratten kamen. Fraßen sie von diesen Ködern, wurden sie so albern und närrisch, daß sie jede Furcht vergaßen und sogar bis in unsere Taschen krabbelten auf der Suche nach Eßbarem. Unter vielerlei Schu-schu tötete der Koch die Tiere, enthäutete sie und legte sie in Weinessig. »Ah, das nimmt ihnen den herben Geschmack.« Am nächsten Tag wanderten sie kleingehackt, mit Reis angerichtet, in die Mägen der Mannschaft. Wie gesagt, es war alles nur eine Frage der Soße. Sonderbarerweise graute mir nicht davor. Zu ähnlich waren sie den *cui*, und gebraten verströmten sie Gerüche, die mich an die verborgene Stadt der Inka denken ließen.

Schu-schu war nicht entgangen, daß ich jedes Fleisch mied. »Das ist gut, mein Sohn, sehr sogar«, lobte er mich. »Kennst du die Geschichte von Soja, der lieblichen Prinzessin? Kein Fleisch, kein Fisch und trotzdem frisch wie die Morgenröte nach klarer Nacht?«

Wir hockten beim Schein einer Petroleumlampe in der Kombüse und tranken Tee. Ich hatte mich an die abendliche Tasse Tee gewöhnt, obwohl mich das grünliche Getränk anfangs eher befremdete. »Sie fuhr auf einem Boot den Fluß hinauf und geriet in ein gräßliches Unwetter. Tagelang wütete ein Sturm mit solcher Macht, daß der große Fluß dem wilden Meer glich, mit Wellen, hoch wie ein Berg, und sprühender Gischt. Kein Fisch war zu fangen und der Reis längst aufgebraucht. Als sich der Sturm endlich legte, sahen Prinzessin Soja und ihr Gefolge, daß das ganze Land überschwemmt und alles zerstört war, was von Menschen je geschaffen. Sie glaubten, sie müßten jämmerlich zugrunde gehen. Doch der Koch, ein Koch vielleicht wie ich«, lächelte Schu-schu, »sah sich die Essensvorräte an. Natürlich war alles vom Wasser verdorben, doch siehe da! Alle Vorräte an Linsen, Mungo- und Sojabohnen hatten zu keimen begonnen, zeigten gelbliche Triebspitzen oder grünliche Keimlinge mit winzigen Blättchen. In seiner Not zauberte der Koch daraus ein Essen. Es gab Keimlinge als Gemüse, als Suppe, als Salat, und … es mundete allen, ja, eine einzige Handvoll Keimlinge machte sie so munter wie ein Topf voller Schweinefleisch. Weißt du warum?« Natürlich schüttelte ich den Kopf. »Diese Keimlinge bergen die Lebenskraft der Pflanze in sich, die es ermöglicht, Blätter und Wurzeln zu bilden und sich zu vermehren. Kannst du dir etwas Gesünderes vorstellen? Nun ja, seit diesem Tag ißt unser Volk Keimlinge.«

Selbstverständlich aßen auch wir Keimlinge. Unser Kapitän fragte niemals nach, woher wir die Fülle an frischen Salaten und Gemüsen hatten. Tatsache war, daß alle auf der Santa Juanita gesund und wohlgenährt schienen.

Schließlich hatte ich mich an den Trott in der Kombüse gewöhnt, fand auch bei stürmischer See und schwachem Licht die Tiegel und Töpfe, hackte und schabte, rührte und knetete. »Ai, ai, ai«, jammerte Schu-schu, wenn ich trotz allem Eifer etwas verdarb. »Sieben Hände, acht Füße, hinaus aufs Deck.«

Solchen Aufforderungen kam ich gerne nach.

Auf Deck begegnete ich vielen Passagieren, da überall an Bord drangvolle Enge herrschte und sich jedermann nach oben flüchtete, sobald das Wetter es gestattete. Zwei Dominikaner waren auch unter den Reisenden, die ich tunlichst mied, selbst wenn es mich mehr als einmal verlangte, nach Plünderauge zu forschen. Unter den Passagieren befand sich eine Frau, die sich still und zurückgezogen verhielt. Mit Freude hätte ich ihre Bekanntschaft gemacht, war ich doch voller Neugierde und empfänglich für jede Abwechslung. Allein, Sitte und die Ordnung an Bord verhinderten dies. Da ich sie aber weiterhin beobachtete, stellte ich bald fest, daß sie zu einer Gruppe gehörte, die fließend, wenn auch recht seltsam spanisch sprach. Einer unter diesen Reisenden, ein stiller, sehr ruhiger Mann mit weißlichem Haar, doch von rüstiger Gestalt, notierte sich, was immer er an Bord sah, prüfte den Wind, interessierte sich für jeden Fisch und fragte unseren Kapitän de Liego nach vielerlei Dingen.

Manchmal, wenn ich der Kombüse entfliehen konnte, nahm ich einen Teil meiner Notizen mit und las sie im hellen Schein der Sonne. So kam es, daß mich jener fremde Mann eines Tages ansprach. Erstaunt wich er von mir zurück, als ich ihm meine Tafel entgegenhielt mit der kurzen Erklärung, ich könne nicht sprechen, aber schreiben. Wie schon öfters geschehen, begann er daraufhin mich anzuschreien, dem Irrtum aufsitzend, wer nicht sprechen kann, höre auch nicht, sei überhaupt wirr im Kopf und zurückgeblieben. Geduldig hielt ich erneut meine Tafel hoch: »Ich höre recht gut.«

»Ja, so ist das«, sagte er in seiner fremdartigen Aussprache, »sobald wir etwas erfahren, machen wir uns ein Bild, das wir dann nur noch unter Mühe richtigstellen können, wenn überhaupt.«

Nach diesem Erlebnis begegnete er mir mit Aufmerksamkeit, ja fast mit Höflichkeit. Ich erfuhr, daß er sich Peter Hekker nannte, während er mich wie alle an Bord nur ›Lo‹ rief.

»Mein Name tut weh in spanischen Ohren«, lachte er, »nenn mich einfach Pedeco, wie ich in Spanien gerufen werde.« Nach einer Weile verbesserte er sich: »Was rede ich da? Du wirst mich kaum ansprechen können.« Verlegen ob seines Ungeschickes berichtete er mir von seinem Leben.

Er komme aus Coro, erzählte er, »einer Hafenstadt östlich des Maracaibo, sicher vor Wirbelstürmen und englischen Seeräubern.« »Spricht man dort solches Spanisch?« schrieb ich nieder. Da schmunzelte er und klopfte mir freundlich auf die Schulter: »Hast du ein wenig Zeit? Dann erzähle ich dir, was mich dorthin verschlagen hat.«

In den folgenden ruhig verlaufenden Tagen gestattete mir Schu-schu öfter als sonst, an Deck zu gehen. Sobald Pedeco mich sah, berichtete er von seiner Reise. Alles, was er erzählte, hörte sich so abenteuerlich an und auf das seltsamste verwickelt mit den Geschehnissen am Königshof. Ich sperrte Mund und Ohren auf, hing begierig an seinen Lippen, wollte ich doch vieles erfahren von Kaiser, König und ihren Machenschaften.

»Begonnen hat alles mit 141 000 Dukaten. Ganz recht«, wiederholte er, da er mein Staunen bemerkte. »Als Karl I., Sohn Philipps des Schönen und Johannas der Wahnsinnigen, junger König wurde und gerade in Valencia weilte, erfuhr er vom Tod seines Großvaters Maximilian. Mit dem Ableben der Majestät war der Thron des Kaisers des Heiligen Römischen Reiches freigeworden. Natürlich meldete Karl Ansprüche auf diesen Thron an, doch wie sollte er sie verwirklichen? So brach er nach Deutschland auf und fand dort Unterstützung bei den Kaufleuten. Aus rein merkantilen Gründen wollten ihm zwei bedeutende Kaufmannsgeschlechter Beistand gewähren. Die sehr reichen Fugger liehen ihm eine hohe Geldsumme, und auch die Welser unterstützten ihn mit 141 000 Dukaten. Dank dieser Summen gelang es Karl I., die Kurfürsten zu überzeugen, und so wurde er zum Kaiser Karl V. gewählt. Am 12. Juli 1520 kam es zu einer dramatischen Begegnung ...«

Pedeco berichtete weiter, daß zwei Gesandte des Hernán Cortés dem neuen Kaiser Teile des aztekischen Goldschmukkes präsentierten. Von nun an, glaubte der Kaiser, sei die Neue Welt eine wahre Goldgrube, ein Garten Eden, dessen kostbare Früchte nur gepflückt werden müßten. »Ausschlaggebend war der Sohn eines Goldschmiedes«, belehrte mich Pedeco voller Eifer. »Dieser Goldschmiedsohn nannte sich Albrecht Dürer. Als Kenner edler Schmuckstücke begutachtete er den Aztekenschatz und ließ dazu vermerken: Ich habe in meinem ganzen Leben nichts gesehen, was mein Herz so erfreute wie diese Dinge.«

Pedeco sah mich nachdenklich an und holte schließlich seine Notizen hervor, um mir vorzulesen: »Dürer sagte also beim Anblick des Indianerschatzes: ›Ich sah erstaunlich künstlerische Gegenstände, und ich wunderte mich über die feine Erfindungsgabe der Menschen in diesen entfernten Ländern. Ja, ich kann nicht genug Lobendes über die Dinge sagen, die ich vor mir hatte. Sie waren so kostbar, daß man ihren Wert auf 100 000 Gulden schätzte.‹« An dieser Stelle hielt Pedeco inne, und wir sahen beide träumerisch auf das blaue Meer hinaus. Worüber er nachsann, weiß ich nicht, doch ich grübelte, ob meine kleine Goldvase, meine ›Tränen der Erde‹ und Magdalenas Perlen wohl sorgsam genug in meinem Korb verstaut waren?

Im Laufe der Stunden und Tage erfuhr ich so viel, daß ich

mir schließlich die Geschichte vorstellen konnte. Die Welser waren im Gegensatz zu den Fuggern zwar kaisertreu, doch nicht so rechte Katholiken. »In Ulm an der Donau«, flüsterte mir Pedeco zu, da nicht weit von uns die beiden Dominikaner an Deck wandelten, »in unserer Reichsstadt, finden viele Reformierte Zuflucht, die von der Kirche als ›luteranos‹ bezeichnet und auf eine Stufe mit den Türken oder sogar Luzifer gestellt werden. Einer der Welser verlor wegen solcher Glaubensdispute seinen Kopf.« Pedecos Mund war jetzt nahe an meinem Ohr. »Am 3. Januar 1528 unterschrieben die Welser den berühmten Vertrag von Burgos, die Capitulación«, zischelte er, »in diesem Vertrag wird den Welsern die Statthalterschaft über Venezuela zuerkannt.«

»Ich verstehe nicht ganz«, kritzelte ich auf meine Tafel.

»Nun, als Sicherheit für die 141 000 Dukaten, gab Karl V. dieses Land den Welsern zur Ausbeutung und unterwarf sie den gleichen Bedingungen wie die Spanier. Was sollten die Welser tun? Sie durften froh sein, daß er ihnen nicht Abtrünnigkeit oder Schlimmeres anlastete. Aber was rede ich da, es wird dich nicht interessieren, daß dererlei in Sevilla in der Casa de Contración ausgehandelt wurde und man festlegte, daß dieses Land erobert, besiedelt werden durfte, regiert von einem Gouverneur und Generalkapitän, mit dem Recht, die Indianer zu versklaven, das Land auszubeuten und jedes Jahr mehr als eintausend Negersklaven einzuführen und so weiter.«

Er lehnte sich über die Reling und starrte in die dunkle Tiefe des Wassers. Die Dominikaner waren uns recht nahe gekommen, deshalb deutete er hinunter. »Wie tief mögen die Fluten dort sein?« Ich wagte nicht, etwas zu schreiben, sondern blickte gleichfalls hinab, bis die Kutten mit leisem Rascheln an uns vorübergestrichen waren.

»Schließlich fuhr auch ich in diese Neue Welt, zusammen mit meinem Herrn, Nikolaus Federmann aus Ulm, dessen Geschichtsschreiber ich werden sollte.«

Voller Aufregung trat ich von einem Bein auf das andere.

»Federmann ist ein tugendsamer, aufrechter Mann, alle Spanier sind mit ihm zufrieden: Todos con Federmann iban contentos, sagen sie, was viel bedeutet für einen Rotbärtigen aus Ulm. Um es kurz zu machen, Lo«, fuhr Pedeco fort, »die Stadt Coro, von den Welsern gegründet, ist eine abscheuliche Ansiedlung, errichtet auf den Leichen erschlagener Indios. Die Erde dort ist mit ihrem Blut getränkt. Das Markanteste an dieser Stadt, das Wahrzeichen sozusagen, ist der Galgen, an den die Indios geknüpft wurden. Weißt du, warum?« fragte er mich nach längerer, nachdenklicher Pause. Ich schüttelte verneinend den Kopf.

»Ah, wir wollen abwarten bis die Dominikaner am jenseitigen Deck angelangt sind.« Wieder suchte er in seinen Notizen nach einer Stelle, um mir vorzulesen. Als wir endlich unbeobachtet waren, begann er leise: »Es ist so schaurig, daß ich es wohl auswendig weiß, doch gleichbedeutend auch so wichtig, daß ich nichts Falsches berichten möchte.« Er räusperte sich, dann zitierte er: »Nach dem Reglement, dem jede Stadt unterworfen wurde, mußte ein Notar den Indianern vorlesen, warum fortan ihr Land ihnen nicht mehr gehöre. Sowohl König als auch Kaiser leiten ihren Anspruch auf Indianerland von Papst Alexander VI. ab, der durch sein von Christus verliehenes göttliches Recht dem weltlichen Herrscher die rechtliche Grundlage erteile. Unterschrieben im Vertrag von Tordesillas. Nun«, sprach er sehr gedämpft weiter, »wurde dies den Indianern auseinandergesetzt. Nicht wenige unter ihnen brachten folgenschwere Erwiderungen hervor, die ihr *kazike* solchermaßen formulierte: ›Wenn das so ist, dann muß euer Papst trunken und euer König ein Hohlkopf sein.‹«

Als er seine Notizen zusammenlegte, erhaschte ich einen flüchtigen Blick darauf, konnte aber nichts verstehen, da sie in einer fremden Sprache verfaßt waren. »Ach«, meinte Pedeco erklärend, »es sind die Notizen, die ich im Auftrag Federmanns machte, ehe ihn der Goldwahn befiel.«

»Goldwahn?« schrieb ich zurück.

»Ein andermal, Lo. Ich sehe den Koch nach dir Ausschau halten. Gerade ihn möchte ich nicht verärgern. So trefflich weiß er Gesundes und Abwechslungsreiches zuzubereiten.«

Mit den Erzählungen Pedecos wurde mir der Tag nicht lange, und ich brannte darauf, immer mehr zu erfahren. Welche Fügungen des Schicksals brachten fremde Menschen hier in die Neue Welt? Mir schwirrte der Kopf. Noch vielmehr brummte er, als ich schließlich erfuhr, was es mit diesem Goldwahn auf sich hatte. »El Dorado, der Vergoldete«, nannte man diese schier unglaubliche Geschichte, die man sich mit allerlei Ausschmückungen erzählte, die aber im Kern immer dieselbe Aussage enthielt: Die Indios berichteten von einem Land weit im Westen, einem Land, aus dem auch Schafe kamen, so reich an Gold, daß ein über und über mit Goldstaub gepuderter Häuptling von einem goldenen Floß in den See sprang, um seinem Gott dort zu opfern. Pedeco erzählte mir die verschiedensten Variationen, und ich dachte lange darüber nach. Nie hatte mir Payo von solchen Bräuchen berichtet. Vielleicht aber war auch die Geschichte um *Chibchachun*, den weißen und bärtigen Gott, dem alles Gold des Volkes geopfert werden mußte, eine Variante jener Sage.

Nach langem Sinnen war ich zu einer Meinung gekommen und teilte diese Pedeco auf meiner Tafel mit: »Das Goldland, von dem Ihr spracht, ist Peru, weit im Westen von hier. Dort hält man auch eine Art Schafe, die aber eher dem Kamel gleichen und Lama genannt werden. Von den Indios, bei denen ich lebte, habe ich nie die Geschichte von El Dorado vernommen.«

Natürlich konnte ich nicht ahnen, in welch ungeheuerlichen Aufruhr ich Pedeco versetzte. »Junge«, rief er, »so behauptest du, im Westen schließe sich das Land Peru an? Das bedeutet ja, unser Suchen nach einer Wasserstraße zur jenseitigen Küste ist vergeblich? Befinden sich nicht unüberwindliche Bergketten in Peru? Der große Urwaldstrom, ist er nichts als ein Fluß? Ist er nicht eine Meerenge, die uns nach Westen führt? Weißt du, wie wichtig deine Aussage sein könnte? Und wenn es das Goldland nicht gibt, so irren Hunderte von tapfersten Männern vergeblich durch die Hölle der Wälder?« Er konnte sich vor Aufregung kaum mehr beherrschen, so daß ich mich zu fürchten begann. Zu meinem Glück erschien Schu-schu wie gerufen.

»Lo? Warum bist du nicht dort, wo du Arbeit hast? Habe ich dir nicht befohlen, den Reis zu kochen? Habe ich dir nicht hundertmal gesagt: Denke an den Reistopf wie an deinen eigenen Kopf und glaube, daß das Waschwasser für den Reis dein eigenes Leben ist? Hinab mit dir, Elender.«

Unentwegt vor sich hin schimpfend, stieß er mich vorwärts in die Kombüse. Dort kochte kein Reis, auch war es gar nicht Essenszeit. »Schu-schu-schu«, tadelte er mich, »ist dir nicht zu sehr deine Zunge über die Tafel gerutscht? Hast du nicht Aufruhr und Erregung bemerkt?«

Zu meiner Erleichterung erwies sich Pedeco als äußerst verschwiegen. Es dauerte sogar einige Begegnungen lang, ehe er mich wieder ansprach: »Hieß es nicht von dir, du wärst an der Küste vor Cartagena gestrandet und nur einige Stunden Fußmärsche im Landesinnern gewesen? Du klingst eher so, als hättest du Wochen bei den Indios gelebt. Hast du vielleicht etwas zu verbergen?«

Ohne meine Tafel zu nehmen, um etwas aufzuschreiben, zeigte ich auf die beiden Dominikaner. Hatte vorher Pedecos Stirn in Falten gelegen und ich gedacht, er würde aufbrausend Rechenschaft von mir fordern, so strich er sich jetzt wie erleichtert über das Gesicht. »Ach, das ist's, die Hunde des Herrn sind hinter dir her.«

Von dieser Zeit an behandelte er mich wie einen Verbündeten. Er schenkte mir sogar einige Bogen Papier und wollte sie um nichts auf der Welt bezahlt haben. Doch ein Zwischenfall sorgte dafür, daß wir vorerst zu keinem weiteren Gespräch kamen.

Schu-schu und ich angelten einen Vorrat an Pagros, Meerbrassen, einem sehr wohlschmeckenden Fisch mit rosigem Fleisch. Als wir genug davon hatten und eben unser Angelgerät einziehen wollten, fingen einige Matrosen und Passagiere an, den Fischen mit Harpunen nachzujagen. Der Koch wurde ganz aufgeregt. »Schlechtes tut ihr. Wir haben genug für eine Mahlzeit.«

Doch sie lachten uns aus. Da sie sahen, wie leicht sich die Fische jagen ließen, warfen sie die noch zappelnden Fische wieder über Deck, um neue Beute hereinzuholen, die wir nicht benötigten.

»Die Fische werden einander erzählen davon«, quiekte Schu-schu, »sie werden sich warnen, kein Fisch wird uns mehr an die Angel gehen.«

Da ich gleichermaßen die Not des Kochs und der Fische sah und mich groß und kräftig fühlte, ging ich zum nächsten Matrosen, nahm ihm die Harpune aus der Hand, so, wie man einem Kind das unerlaubte Spielzeug fortnimmt. Es wurde sehr still um mich. Der Matrose, den ich Kraushaar nennen will, da ich seinen Namen nie erfuhr, ging drei Schritte zurück. Sehr genau konnte ich seinen breiten Brustkorb studieren, den kleinen Kopf mit den dunklen, zu Schlitzen verkniffenen Augen. Seine Augenbrauen bildeten einen geraden Strich über den Augen, er sah dumm und gemein aus. Ich lächelte ihn an.

»Lo«, schrie er weiß vor Wut, »der sprachlose Trottel? Dich werde ich singen lehren, jaulen sollst du wie ein geprügelter Hund.«

Schon raste er auf mich zu, ungestüm und überschäumend vor Kraft und Wut. Ich machte einen winzigen Schritt zur Seite, stand plötzlich hinter ihm, umschloß seinen Brustkorb mit den Armen und hob ihn hoch. Hatte ich nicht jeden Indio niedergerungen? Hatten mir nicht die Frauen und Kinder der *shabonos* zugejubelt? Heiß kam die Erinnerung daran zurück. Den wild Strampelnden trug ich auf seinen Platz und ließ ihn unerwartet auf den Boden plumpsen, so daß es einen dumpfen Schlag gab. Kraushaar schrie auf, brüllte, tobte, schlug mit den Fäusten wie mit Dreschflegeln, ohne mich auch nur ein einziges Mal zu berühren. »Willst du wohl stillhalten, du Hundesohn, du Küchenschabe«, raste er in seinem Grimm. Was war er für ein Stümper, verglichen mit den Indios aus den Wäldern. Bei ihnen mußte ich immer eine List fürchten, mußte den Ringer fest im Blick behalten, um eine Tücke vorauszuahnen, doch dieser Matrose hier führte sich auf wie ein Rasender, ohne zu denken, ganz so, als sei ihm sein kleiner Kopf abhanden gekommen. Bei seinem nächsten Ansturm tauchte ich unter ihm hinweg, warf mit der Zehenspitze blitzschnell einen verendeten Fisch vor seine Füße, so daß er ausrutschte und schwer mit Kopf und Körper auf die Planken krachte.

Der Kapitän machte der Auseinandersetzung ein Ende. So schnell, wie die Matrosen erschienen waren, verschwanden sie, auch ich hätte mich gerne unsichtbar gemacht. Das war nicht möglich. Doch de Liego schien ein gerechter Mann zu sein. Er fragte die Umstehenden nach dem Vorgefallenen, schließlich wollte er von mir wissen, warum man keine Fische zum Spaß fangen sollte.

»Entreißt man dem Meer seinen Reichtum aus reiner Habgier und Freude am Töten, werden seine Gaben ausbleiben«, wiederholte ich Magdalenas Belehrungen. Meine mit diesen Worten beschriebene Tafel wanderte von Hand zu Hand und brachte mir von allen, die lesen konnten, erstauntes Kopfschütteln ein.

»Welch ein verderblicher Aberglaube«, rief der ältere der beiden Dominikaner aus, »seht den Raufbold an, der meint, er müsse andere schlagen, um seinen verruchten Aberwitz durchzusetzen. Sag an, wer hat dich solches gelehrt? Ist nicht der Mensch die Krone der Schöpfung und erhaben über jedes Getier?«

Wieder war es Schu-schu, der mich aus meiner gefährlichen Lage rettete: »Das Essen, Herr«, sagte er dem Kapitän, »es verdirbt an der Sonne.« Mit diesen Worten wies er auf unsere Fische.

Später in der Kombüse jammerte und klagte er in einem fort. »Was muß ich dich noch alles lehren, du Hitzkopf, der du übergehst wie ein Topf voller Reis. Mußt du wieder die Aufmerksamkeit auf dich lenken? Habe ich dir nicht oft genug von meinem neunten, ehrwürdigen Onkel Shuai erzählt, der da sagt: ›Nicht auf das Gras schlagen, sonst kommen die Schlangen hervor‹ Ai, ai, ai, nun haben die Verstopften die Augen auf dich geworfen, gierig, dich bei nächster Gelegenheit zu zerreißen und zu verschlingen.«

Die Verstopften? Bei allen guten Geistern, wer mochte das jetzt wieder sein? Unglücklich, weil ich Schu-schus Gespräch nicht folgen konnte, lief ich zu ihm und blickte ihm direkt in die Augen, wobei ich mich bücken mußte. Der Koch versuchte, in meinem Blick zu lesen. »Ah, du verstehst nicht. Ja, die Verstopften«, er kicherte und hüstelte und hackte geschwind, wie eine Ratte Getreide frißt, die Fische klein. »Alles in ihrem Kopf ist verstopft, groß ist ihre Beengtheit, sie haben keinerlei Verständnis für das Geistige außerhalb ihrer Welt, sie kleben an ihrem Dünkel wie Fliegen am Honigtopf.«

Ich nahm ihm das Messer aus der Hand und versperrte ihm die Sicht auf seinen Hackfisch. Wer? Flehte ich ihn an.

»Du bist ein Garnichtswisser, ein Dummkopf, hohl wie ein leerer Topf nach der letzten Hungersnot. Habe ich dir nicht erzählt von Chakras, den Energiepunkten unseres Körpers, wo Kraft, Weisheit und göttliche Einsicht zusammenfließen? Habe ich dich nicht angewiesen, Vollendung und Erkenntnis anzustreben durch Übungen, die ich dich lehrte, eh?«

Bekümmert senkte ich den Kopf. »Hier oben sitzt ein Chakra«, erklärte Schu-schu, legte seine Finger auf meine Stirn und den Scheitel. Seine kleinen Hände waren weich und warm. Ich schloß die Augen, meinte, nach einer Weile tief in meinem Innern, hinter meiner Stirn, einen dunklen Raum zu sehen, in dem eine Flamme brannte. »Das ist es, Lo«, flüsterte der Koch, »was bei den Dominikanern verstopft ist. Das Chakra, der Zugang zu Kräften und Erkenntnissen außerhalb ihrer kleinen christlichen Welt. Das macht sie böse und hinterhältig, immer auf der Suche, Andersdenkende zu erjagen, hinzurichten, auszurotten. Denn tief in ihrem Herzen ahnen sie ihre Beschränktheit, deshalb müssen sie vernichten, was sie eines Besseren belehren könnte.«

Noch am selben Tag unterwies mich Schu-schu in seinen Übungen. Erst prüfte er sorgfältig, »Ob nicht Staubwolken am Horizont das Herannahen räuberischer Heere ankündigen«, und sah nach, ob uns keiner beobachten könne. Dann lehrte er mich niederzusitzen und »ruhevolle Kraft« zu sammeln. Kurz nach unserer Übung bemerkten wir eine gespenstische Stille. Der Wind legte sich, und Wolken zogen über den Himmel wie bleigraue Schuppen. Die Segel hingen schlaff herunter, es herrschte brütende Hitze.

Am zweiten Tag der Windstille warf mir de Liego einen prüfenden Blick zu und wandte sich dann an den Koch: »Die Fische wollen nicht anbeißen. Das sehe ich aus unserer Speisekarte. Nur Dörrfleisch und Gemüse. Was soll das? Habt ihr das Angeln verlernt?«

»Die Fische haben einander gewarnt«, flüsterte Schu-schu mir zu, als wir erfolglos an der Reling hockten. Die Matrosen machten einen Bogen um mich, aber ich hörte sie flüstern. Verwünschungen klangen zu mir herüber. Hexer, hörte ich sie zischen. Mir wurde heiß und kalt bei diesem Getuschel. Auch Pedeco erkannte, wie nahe mir der Galgen war. Die Dominikaner sahen erst auf die bleigraue See, dann auf die leeren Netze. Sie schlichen um uns herum, leise betend, das Böse abwendend, während mir bei ihren gemurmelten Worten Schweißperlen von der Stirne rannen. Unser Trinkwasser schmeckte plötzlich fad und muffig, die Ratten mieden die Kombüse, und die Keimlinge begannen zu schimmeln.

»Habe ich dir von meinem siebenten Onkel erzählt, dem großen Hai-Shi? Ja? Im Westen lärmen und im Osten angreifen?« Flüsternd erläuterte mir Schu-schu seinen Plan, den er sogleich umsetzte. Er meldete sich krank, das heißt, er meldete sich nicht nur krank, sondern bestand darauf, daß ich ihn in der Kombüse ersetzte und ihm die verschiedensten Wickel, Umschläge und Breibehandlungen verpaßte. Solchermaßen beschäftigt, war ich erst einmal abgeschirmt vom allgemeinen Interesse an meiner Person, ja man freute sich, da es mir gelungen war, den »schrecklichen Anfall beginnender Blutstürze, die mich niederreißen wollten«, wie Schu-schu dem Kapitän weismachte, aufzuhalten und abzuwenden. Wie erleichtert zeigte man sich, als ich trotz meiner Unerfahrenheit Eßbares auf den Tisch brachte, was natürlich alles unter der Leitung des Kochs erfolgte, der sich, sobald wir allein waren, bester Gesundheit erfreute. Er hatte den Kapitän von meiner Wichtigkeit überzeugt, indem er sich leidend stellte und das Unheil abgewandt hatte, das mir bereits mit Blicken gedeutet worden war. Als nach bangen Tagen der Wind wieder auffrischte und die Segel sich blähten, schien jeder Verdacht der Zauberei gegen mich zerstreut zu sein.

»Endlich, Lo«, empfing mich Pedeco mit einem heiteren Lächeln, als ich wieder an Deck kam. Doch er war in seinen Gesprächen noch vorsichtiger geworden. »Si Dios quiere, wenn Gott will«, flocht er völlig zusammenhanglos in seine Reden ein, sobald sich die Dominikaner näherten. Auch strapazierte er den Namen der Heiligen Jungfrau mehr als gebührlich und vergaß nicht, den heiligen Dominikus anzurufen.

Irgendwann waren wir ganz unbeobachtet an Deck. Vorsichtig nach allen Seiten schielend, griff Pedeco in seine Tasche und legte mir ein goldenes Schmuckstück in die Hand. Staunend blickte ich auf das seltsame Gebilde. Es war nicht länger als mein ausgestreckter Mittelfinger, doch fein und zierlich gearbeitet – der Künstler hatte größte Sorgfalt walten lassen. Und ein Künstler mußte gewesen sein, der das geschaffen hatte.

Zuerst dachte ich, dies sei ein Vogel mit ausgebreiteten Schwingen. Doch dann erschien mir das Tier seltsam leblos, starr. Wußte ich doch, wie sehr die Indios verstanden, ihren Werken Leben einzugeben. Was konnte es sein? Dort, wo der Kopf des sonderbaren Vogels war, sah ich – wie hinter einer Fensterscheibe – ein behelmtes Gesicht. War es ein Vogelauge? Nein, es saß gerade dort, wo sich ein Steuermann befunden hätte, wäre es denn ein Schiff gewesen. Völlig verwirrt drehte und wendete ich den sonderbaren Gegenstand, entdeckte am Bauch, wo ich eigentlich die Greifer des Vogels vermutete, kleine runde Gebilde, die mich an Räder erinnerten. Schließlich gab ich das Wunderding zurück.

»Nun?« forschte Pedeco mit vor Aufregung heiserer Stimme.

»Eine Maschine?« schrieb ich nieder, »eine Maschine, mit einem Steuermann darin?«

Begeistert zupfte Pedeco an seinem Bart, zerrte ihn hin und her. »Dazu muß ich dir etwas erzählen, Lo«, flüsterte er schließlich. »Indios am großen Strom berichteten uns, vor langer Zeit wären Männer gekommen, weiße, bärtige Männer. Sie hätten alles Gold für sich gewollt, dafür Wissen und Kultur gegeben.«

»So kamen sie auf diesen Schiffen den Fluß hinauf?« kritzelte ich.

»Ganz recht«, jetzt war Pedecos Stimme nur noch ein Hauch, »doch sie kamen nicht gefahren, sondern in Schiffen geflogen! Ja, sie kamen geflogen aus den Tiefen der Himmel und stiegen hinab zur Erde. Sie brachten Wissen und versprachen, eines Tages wiederzukommen. Sie raubten das Gold und alle Bodenschätze, die das Land ihnen bot. Die Indios lebten in solcher Furcht vor ihnen, daß sie Andenken schufen an ihr Aussehen, um Kinder und Kindeskinder warnen zu können vor diesen Gesellen.«

Ich dachte sofort an die herniedersteigenden ›Sternenmenschen‹ des Manco Huaca und sah die Bilder des Tempels vor mir! Ungeduldig drängte mich Pedeco. »Kannst du dir Maschinen vorstellen, die fliegen können? Wissen wir doch, daß herabstürzen muß, was schwerer als ein Vogel ist!«

Erneut langte er in seine Rocktasche und holte einen Stein heraus. Er war nicht größer als mein Handteller, von dunkler, bläulicher Farbe und über und über mit Zeichen bedeckt. Schriftzeichen, wie mir schien.

»Man sagt, die Indios hätten keine Schrift«, flüsterte Pedeco. »Nun betrachte dieses. Wie gerne würde ich lesen können, was dort steht.«

»*Rumi*«, schrieb ich nieder, denn so hatte Manco Huaca die beschrifteten Steine genannt.

»Meinst du nicht Runen mit *n* wie *nunca?*« forschte Pedeco. »Runen sind alte Zeichen, gefürchtet und verboten von der heiligen katholischen Kirche, Zeichen, die unsere Nordmänner machten. Und wahrlich, viele von ihnen waren wagemutige Segler. Mag sein, daß einer von ihnen das Meer überquert und in der Neuen Welt einen Runen-Stein zurückgelassen hat?«

Bei all seinen Fragen konnte ich nur hilflos die Schultern zucken, bis ich niederschrieb: »Auch ich habe etwas gesehen, das den herniederstürzenden Menschen, die von fremden Sternen kamen, gehörte.« So gut ich konnte, zeichnete ich die *caja negra* auf.

»Du mußt mir mehr darüber berichten, Lo«, forderte Pedeco. Seine Zurückhaltung war verschwunden, seine Wangen glühten. »Komm zu mir nach Ulm, dort, wo wir sicher sind, wirst du mir getreulich aufschreiben, was du erfahren hast.« Er hätte mich noch weiter bedrängt, hätte ich nicht die Gunst der Stunde genutzt und verlangt: »Erkundigt Euch nach einem Kaufmann Porras aus Sevilla. Seid vorsichtig!«

Bange Zeit verstrich. Schließlich begegneten wir uns wie zufällig an Deck, und Pedeco sagte beiläufig. »Dieser spanische Kaufmann dort drüben läßt etwas höchst Verwunderliches ausrichten.«

Ich erhaschte einen Blick auf den Spanier, konnte aber nichts Bekanntes in seinem Gesicht entdecken. »Bei meiner Frage nach Porras wandte er sich scheinbar gleichgültig ab, doch zischelte er mir im Vorbeigehen zu: Hay moros en la costa.«

Für einen Ausländer, und sei er auch der spanischen Sprache mächtig, mochte die Aussage, ›es sind Mauren an der Küste‹, oder kurz gesagt, ›Mauren in Sicht‹, nichts bedeuten. Mir aber raubte der Spruch meine Fassung, ließ mich bleich und zitternd nach der Reling tasten. Mauren in Sicht! Das war eine Warnung unter Seeleuten und Kaufleuten, ein Alarm, ein Notruf in höchster Gefahr. Was war meinem Vater geschehen? Was hatte sich ereignet, daß man es den Mauren, den Heiden, den Vernichtern des Abendlandes gleichsetzte? In größter Bestürzung ließ ich einen fassungslosen Pedeco zurück, rannte hinunter in die Kombüse. Schu-schu zwang mich, die Übung »kraftvolle Ruhe« zu machen. Anfangs wehrte ich mich dagegen, dann war ich einsichtig. Nichts konnte ich tun, als so bald als möglich heimzukehren, besonnen und stark.

Die folgenden Tage zogen an mir vorbei, ohne daß ich sie wahrgenommen hätte. Wir segelten nordwärts über die Inselgruppe der Azoren, auf einem anderen Weg als vor so langer Zeit, als wir die südliche Route, an den Kanaren vorbei und über die Kapverdischen Inseln genommen hatten. Mag sein, daß uns hier im nördlichen Atlantik Stürme und Gewitter, später auch Kälte heimsuchten, in meiner Sorge um die Eltern bemerkte ich es kaum. Ich dachte nur an sie, auch wenn Schu-schu mich zur Gelassenheit ermahnte. »Du kannst den Sonnenuntergang nicht aufhalten«, tadelte er mich, »du kannst dich nur für die Nacht rüsten.«

Ein andermal paßte mich Pedeco ab. »Nimm«, flüsterte er und steckte mir ein Schreiben zu. »Wenn es dir möglich ist, suche unsere Handelsniederlassung in Antwerpen auf. Das Schreiben wird dir weiterhelfen.«

Er bot mir keine Unterstützung in Sevilla an. Ich verübelte es ihm nicht. Zu gewaltig, zu schrecklich mußte sein, was meinem Vater widerfahren war, wenn es selbst einen ausländischen Kaufmann aus dem Haus der Welser bedrohen konnte.

Beim Anblick des spanischen Festlandes, nach mehr als vierzig Tagen Überfahrt, traten mir Tränen in die Augen. Ein Befehl des Kapitäns erschreckte mich. »Du gehst zusammen mit acht Matrosen in Sanlúcar de Barrameda von Bord.«

Anfangs war ich maßlos erstaunt, bis ich erfuhr, daß wir

spanische Seeleute an Bord nehmen mußten, die sich einzig darauf spezialisiert hatten, den großen Strom, den die Mauren Guadalquivir nannten, bis Sevilla zu befahren. Das waren Bestimmungen, die ich noch nicht kannte. Wohl wußte ich, daß man nur bei Flut in Sevilla ab- oder anlegen konnte, doch schien mir dies eine Verschärfung der Sitten. Es kam noch schlimmer. Wir hatten gerade das Schiff vertäut, als Abgesandte des Hofes, Notare, an Bord kamen und nach Lizenzen forschten. Im Niedergang des Schiffes kam mir Pedeco keuchend entgegen. »Bei allem, was mir wichtig ist! Sie kontrollieren unsere Güter.« Er drängte sich hinter einen Balken, zog mich mit. »Nimm meine Schätze, ehe sie der Krone in die Hände fallen und zur höheren Ehre Gottes eingeschmolzen oder zerstört werden. Vielleicht kannst du mit ihnen entkommen und mir diese einzigartigen Zeugnisse fremder Kunst wiedergeben, doch wichtig ist vor allem, zu verhindern, daß diese Barbaren sie vernichten. Hör doch, wie sie über Deck trampeln. Genauso sind sie über die indianischen Kulturen getrampelt, in blinder Gier und Zerstörungswut. Ah, und die Dominikaner sind bei ihnen. Ich vernehme ihre frommen Sprüche.«

Ehe ich mich's versah und mich wehren konnte, schob er zwei Gegenstände unter mein Hemd. Vermutlich handelte es sich um die goldene Flugmaschine und den beschrifteten Stein, doch er ließ mir keine Zeit nachzusehen oder zu protestieren. Überrumpelt und verängstigt schob man mich von Deck, als Teil der Mannschaft, die nicht weiter überprüft wurde. Ich stolperte an Land, blickte zurück und sah Schuschu, klein, gedrungen, doch mit einem feinem Lächeln auf den Lippen mir nachschauen.

Kapitel 2

Willkommen daheim! Ein kalter Wind rüttelte meine dünne
Gestalt, wirbelte Lumpen und den Geruch nach Kloake auf.
Am Kai lungerten Bettler. Einer streckte mir seine schmutz-
starrende Hand entgegen, mager wie eine Vogelklaue. Ein
anderer schien eingeschlafen für immer, lag reglos und seltsam verdreht in einem Rinnsal. Dies war nicht das Land der
Inka! Ein bitterer Schmerz, die plötzliche Wiederbegegnung
mit Not und Armut der andalusischen Bevölkerung schnür-
ten mir die Kehle zu. Schließlich war es der Wind, der mich
vorantrieb. Die Matrosen waren längst vorübergeeilt, und
auch ich beschleunigte den Schritt. Wie im Traum folgte ich
meinen Erinnerungen aus Kindertagen, bog, ohne zu zögern,
nach links und rechts ab, schritt durch einen kleinen finsteren Torbogen, bis ich endlich an der altvertrauten Tür mit
dem messingfarbenen Klopfer rüttelte. Wie oft hatte Valdoros Gesicht aus dem schmalen Fenster gelugt, die Augen hinter Hunderten von Lachfältchen verborgen. Diesmal kam er
nicht durch den Gang geschlurft, um ächzend die große Tür
zu öffnen, alles blieb still. Es war die große, vollkommene
Stille, die mir angst machte. Selbst aus der schmalen Gasse,
die durch das Judenviertel hindurch hinunter zum Südtor
zog, drang kein Laut, kein Kinderlachen, kein Hundegebell.
Ich setzte mich auf die Türschwelle und wartete. Irgendwann
würde Valdoro die Gasse hinaufgehumpelt kommen, den
rechten Fuß leicht nachziehend und alle Dutzend Schritte
stehenbleibend. Je länger ich in das Halbdunkel des Torwe-
ges starrte, desto sicherer war ich mir, den Takt seines
Schrittes zu vernehmen und die vertraute Silhouette auszumachen.

Es wurde Mittag. Einmal ließ mich ein Geräusch in der Gasse den Kopf wenden, doch schienen es nur Ratten zu sein, die sich jagten. Danach war alles wieder still.

Ich mußte wohl eingenickt sein, denn plötzlich fühlte ich mich beobachtet, hob alarmiert den Kopf. Ein altes Weib und ein kleines Mädchen betrachteten mich scheu.

»Hast dich verlaufen, Matrose?« Ich konnte die Alte kaum verstehen. Ihr zahnloser Mund vernuschelte die Worte. Das Kind verkroch sich ängstlich hinter dem Rock der Alten. Mit aufgeregten Gesten zeigte ich auf das Haus, hoffte die Frau würde verstehen, wen ich suchte. »Den Juden suchst du? Halte deine Nase in den Wind, dann kannst du ihn finden.« Wie das Keckern eines Vogels klang ihr Lachen, schwankend sah ich sie im Dämmern der Gasse verschwinden, das Mädchen drehte sich zu mir um, schnitt mir im Schutz der Alten eine lange Nase.

Lopi … Lepi … Lepiorz, fiel mir endlich der Name eines Händlers ein, eines Kaufmanns von recht zweifelhaftem Ruf. Mit ihm hatte mein Vater hin und wieder ein Geschäft abgeschlossen. »Besser ist es, ihm unverdienterweise etwas zukommen zu lassen, als seine Mißgunst herauszufordern«, hatte er mich damals wissen lassen. Nachdenklich blieb ich hinter dem Südtor stehen und versuchte, mich mit der Erinnerung an Kindertage zurechtzufinden. Wegen der Mittagsstunde schien die Stadt verlassen zu sein und alles Leben verborgen hinter abweisenden Mauern. Ich vermißte das Treiben und Werkeln in den Gassen, das ich so lebhaft in Erinnerung hatte. Gleichwohl fand ich das Geschäft des Schusters wieder, den alten Weinkeller mit dem Tonnengewölbe und dahinter die verschlossene Tür des Lepiorz.

Niemand wollte mir öffnen. Ich roch gebratenen Fisch, vernahm das Klappern von Töpfen. Schließlich wurde ein schwerer Riegel stückweise zurückgezogen. Zusammen mit einem Schwall feuchter, kühler Luft erschien ein bärtiges Gesicht in der sich öffnenden Tür. »Santa Maria«, ein Schrei, ein Kreischen, schon wollte man mir den Eingang verwehren, doch ich war schneller, hatte meinen Fuß in den Türspalt gesetzt und drängte hinein.

»Bei allen Heiligen«, Lepiorz hob flehend die Hände, wich zurück, bis sein Rücken die Mauer berührte. Ich blieb ruhig stehen, gewöhnte meine Augen an das Dämmerlicht. Irgendwo im Haus zankten Frauen.

Der alte Kaufmann, der jetzt gefaßter wirkte, winkte mir zu folgen. »Schnell, niemand darf dich sehen.« Er huschte den Hausgang hinunter, bog nach rechts, eilte eine Treppe hinab und öffnete mit klirrenden Schlüsseln den Weinkeller. Ein mattes Licht erhellte das Gewölbe notdürftig. Der Händler verschloß sorgfältig die Tür. Noch immer staunend und aufgeregt, näherte er sich mir mit solcher Vorsicht, als sei ich ein tollwütiges Tier.

In den nächsten Stunden, die wir schreibend und erzählend im Keller verbrachten, liefen mir Schauer über den Rücken, die mich schüttelten wie im Fieberkrampf, bis ich schließlich auf meinem Schemel zusammensank. Schweren, kostbaren Wein flößte mir Lepiorz durch die zusammengebissenen Lippen ein, so lange, bis mein Kummer endlich aus mir herausbrach und ich hemmungslos weinte.

Lepiorz hatte mich für meinen Vater gehalten, war zu Tode erschrocken, da er glaubte, ein Geist stünde vor ihm. Schließlich erkannte er meine Jugend und begriff, daß ich nur sein Sohn Gonzalo, der Verschollene, sein konnte.

»Wann geschah es?« wiederholte ich meine Frage mit zitternder Hand auf der Tafel.

»Am Tag des heiligen Alfonso im Jahr des Herrn 1538 verbrannten sie deine Mutter, zusammengefesselt mit dem Juden Valdoro. Erst als ihr gekrümmter Leib zu einem Haufen schwelender Masse niedergebrannt war, zündeten sie deinen Vater an, der bis dahin alles mitansehen mußte. Vergeblich hatte er versucht, deine Mutter zu verteidigen, der man vorwarf, einen Juden beherbergt zu haben. ›Sevilla lebt von jenen Fremden, von den Händlern jenseits unserer Welt‹, rief er ein ums andere Mal. ›Seht doch nur die Kunstwerke, die uns die Mauren hinterlassen haben, die Bewässerungssysteme, die unser Land fruchtbar machen. Die Könige von Kastilien wohnen im Palast von Alcázar, nicht fremd genug konnte ihnen sein, was an Handwerkern und Künstlern an den Hof geholt wurde. Geschmückt sind Gärten und Prunkbauten der Herrscher mit fremder Kunst. Hat nicht die katholische Königin selbst im Alcázar den männlichen Thronfolger geboren, in einem Palast, erstellt von Fremden? Und wollt ihr jetzt dieses Unrecht tun, nicht bedenken, daß Sevilla erblüht ist durch den Handel mit diesen Menschen anderer Kultur, anderer Religion?‹ So rief dein Vater über das Knistern des Feuers hinweg, doch die Inquisitoren waren nicht geneigt, ihn zu hören. ›Sei verflucht Sevilla‹, waren seine letzten Worte, als er deine Mutter sterben sah, ›dein Niedergang beginne, du Hauptstadt des Welthandels. Der Guadalquivir versande, deine Landschaft veröde. Möge nichts mehr bleiben von dieser aufstrebenden Stadt, außer dem Ruhm fremdländischer Bauten. Allein dieser soll noch jahrhundertelang über Spanien leuchten, als einziger Schmuck!‹ Auf der Plaza de San Francisco hat man sie verbrannt, und ich schwöre es dir, Gonzalo: Der stickige Rauch zog mitten hinein in die Kathedrale, ließ die Priester husten und keuchen und die Gläubigen würgen. Tagelang ging das so, bis die Schwaden den Alcázar erreicht hatten, wo sie wie fettiger Dunst an den Kacheln hängenblieben und den Prunk verschleierten. Bei Gott, dein Vater hat Sevilla verflucht.«

»Wie kam es zu der Anklage?« konnte ich endlich niederschreiben.

»Oh, das ging ganz rasch. Ein Dominikaner überbrachte die schlimme Nachricht von deinem Tod. Du seist von heidnischen Menschen im Tempel geopfert worden. Ich glaube, er sprach von den gräßlichen Bräuchen der Inka. Kurze Zeit später ersuchte der Erzbischof deinen Vater um eine Spende. Er meinte, da nun kein Erbe vorhanden wäre, sei es recht und billig, seinen Besitz der heiligen katholischen Kirche zu vermachen. Er, der Bischof, wolle auch Messen zur Linderung deiner Qualen lesen lassen, da du ja ohne die Segnungen der Kirche vor deinen himmlischen Richter treten mußtest. Dein Vater reagierte sehr aufgebracht, deine Mutter wurde überaus heftig. Sie glaubte nicht an dein Ableben, wollte den gräßlichen Geschichten über Menschenfresserei kein Gehör schenken. Man munkelte sogar, dein Vater versuchte, Teile seines Vermögens zu veräußern, um es zur Seite zu schaffen. Ehe ihm dies gelang, wurden er und deine Mutter der Ketzerei angeklagt.«

Endlich zeichnete sich in meinen wirren Gedanken ein Muster ab. »Wer war der Dominikaner, der meinen Eltern die Botschaft brachte?«

Bedauernd hob Lepiorz die Schultern. »Seinen Namen habe ich nie erfahren. Ich sah ihn nur auf der Plaza predigen.«

Obwohl mir nicht zum Scherzen zumute war, stand ich auf und ahmte Plünderauges Gehabe und seine Gesten nach.

»Madonna«, rief Lepiorz aus, »dein Geschick, ihn darzustellen, ist so groß, daß ich fast meine, er stehe persönlich vor mir und spreche von Christus' allumfassender Liebe.«

Zu gerne hätte Lepiorz meine Geschichte erfahren, doch ich hielt es für ratsam, ihn nichts wissen zu lassen. Der gute Mann war sich nicht im klaren, daß man ihn der Ketzerei, der Mithilfe anklagen würde, bekäme man mich zu fassen. Die Inquisition würde mich ergreifen lassen, sobald sie von meiner Ankunft in Spanien erfuhr. Um ihre reiche Beute nicht in Gefahr zu bringen, würde das Heilige Gericht schnell eine Anklage finden, schneller als ein Priester die Beichte abnimmt.

Lepiorz war mir sehr behilflich. Bis zum Abend hatte er mir alles eingekauft, wessen ich bedürftig war, sogar einen Maulesel, beladen mit meiner Habe, hielt er in einer Nebengasse bereit. Als ich einen meiner Diamanten zum Tausch gegen Münzen hervorholte, schlich sich ein gieriger Ausdruck in sein Gesicht. Er ging fort und blieb lange aus. Ich verbarg mich hinter der Tür und legte mir den Schemel als Waffe zurecht. Es hätte mich wenig überrascht, wäre er mit

Häschern zurückgekehrt, um sich meiner Schätze zu bemächtigen. Als ich den Schlüssel im Schloß hörte, hielt ich den Atem an und den Schemel schlagbereit. Doch Lepiorz war allein. Er sah den wachsamen Ausdruck in meinem Gesicht.

»Gott steh mir bei. Ich werde mich nicht an einem so armen Teufel versündigen. Der Fluch deines Vaters genügt mir. Schon müssen eigens dafür ausgebildete Seeleute den Guadalquivir befahren, weil seine Untiefen an Gefährlichkeit zunehmen. Mag auch Sevilla noch im Glanz der Schätze aus der Neuen Welt erstrahlen, so ist bereits der Stern von ihrem Hafen Sanlúcar im Sinken. Cristóbal Colón brach 1498 von hier zu seiner dritten Fahrt in die Neue Welt auf, und Magalhães erwählte Sanlúcar 1519, um seine Weltumsegelung zu beginnen. Doch heute? Meiden nicht schon große Seefahrer die unsicheren Verbindungen von Sanlúcar nach Sevilla? Wird der Fluch deines Vaters Sevilla vernichten, den Mittelpunkt des Handels, aber auch des Ketzergerichtes? Wird dieser Stadt das Böse widerfahren, das die Inquisition den Fremden antut und jenen, die ihnen wohlgewogen sind? Glaube mir, Gonzalo, alle Händler leben von den Waren aus fremden Ländern, fragen nicht nach Religion oder Bekenntnis, sondern wollen Handel treiben mit Schönem und Nützlichem.«

Ob ich ihm bedingungslos vertrauen konnte, wußte ich nicht. So war Eile geboten, von hier fortzukommen, eine Dringlichkeit, die Lepiorz nur recht war. »Je eher du nur noch flüchtige Erinnerung bist, nicht zu greifen wie ein Trugbild, desto besser für mich«, ließ er mich wissen, da ich ihn lobte, mit welchem Geschick und welcher Vorsicht er mir meine Reise ermöglichte.

»Gibt es noch etwas, das ich von meinen Eltern wissen sollte?« fragte ich ihn mit deutlichen weißen Buchstaben auf der schwarzen Tafel.

»Freilich«, sagte Lepiorz nach langem Sinnen, »dein Vater sprach davon, dir einen Gedenkstein zu errichten. Ob er dies noch verwirklichen konnte oder ob die heilige Kirche es ihm untersagte, wer weiß?«

»Wo?« drängte ich auf meiner Tafel mehrfach, unnachgiebig, hartnäckig.

»Er hat's mir nicht verraten, doch ein Steinmetz sprach von einem Auftrag in der Sierra Morena. In Sevilla steht dein Gedenkstein sicher nicht. Auch würde ich dir nicht raten, dich dort blicken zu lassen. All dein Erbe ist jetzt im Besitz der Kirche, und du selbst trägst das Erbe deiner Eltern in deinem Gesicht. Verhülle dich, ehe man dich entdeckt und du brennen mußt.«

Ich wollte ihn reichlich belohnen, doch Lepiorz wich zurück. »Wie werde ich Geld nehmen vom Sohn meines Freundes! Der Himmel selbst würde mich strafen. Flehe vielmehr die unsterbliche Seele deines Vaters an, den Fluch zu mildern, der uns alle hier bedroht. Eile von hier, behalte wohlwollendes Andenken in deinem Herzen und bringe nicht noch mehr Fluch auf diese Stadt des Fremdenhasses. Gehe mit Gott.«

Wie beschrieben fand ich in einem Hof weit unterhalb des Castillo de Santiago den Maulesel beladen und leise schnaufend vor. Ehe ich durch die nächtlichen Gassen der Stadt zog, umwickelte ich seine Hufe mit Lappen, die mir Lepiorz eigens zu diesem Zweck besorgt hatte. Niemand sollte durch Hufeklappern aus dem Schlummer gerissen werden. Ich wanderte die ganze Nacht, verbarg mich beim ersten Tageslicht weit oberhalb der Straße und verbrachte die Stunden im Schutz alter Bäume und großer Felsen, manchmal auch nur verborgen im Gebüsch. So hielt ich es, bis ich südlich von Sevilla einen anderen Weg einschlug, der mich die Stadt umgehen ließ. Selbst den ›Großen Fluß‹, den Guadalquivir, überquerte ich im Schutz der Dunkelheit. Mein Maulesel verweigerte mir niemals den Gehorsam. Anfangs war ich erstaunt ob seiner Willfährigkeit, denn ich kannte den Starrsinn dieser Geschöpfe. Schließlich begriff ich, daß es an der Behandlung lag, die ich ihm zuteil werden ließ. Lange hatte ich die Lamas der Inka geführt und beladen, hatte von den Indios gelernt, mit diesen überaus dickköpfigen Tieren in

Güte umzugehen. Wie konnte mich da ein andalusisches Maultier schrecken! Mein Brauner schien auch überrascht. Bald schwenkte er bei meinem Nahen die Ohren, knabberte an mir herum und forschte mit aufmerksamer Eselsmiene in meinem Gesicht nach neuen Aufträgen, die ich ihm in meiner Stummheit nur mit sanftem Tätscheln und Klapsen übermitteln konnte. So zogen wir in großem Einvernehmen und Frieden dahin. In Frieden, um den ich jede Stunde flehte und betete, wollte mir doch immer von neuem das Herz zerreißen vor Gram um meine Eltern.

Als wir die Ausläufer der Sierra Morena erreichten, war mir ein kurzer Vollbart gewachsen. Zwar störte mich der Haarwuchs, doch konnte ich so einen Teil meines ›Erbes‹ vor neugierigen Blicken verbergen. Wachsam näherte ich mich dem Weinberg, der einst meinem Vater gehörte. Als hinge mein Seelenheil davon ab, bangte ich darum, den Gedenkstein zu finden. Obgleich nur kalter Stein, war er das letzte Andenken an meine Eltern.

Tagsüber sah ich andalusische Bauern den Weinberg bestellen. In der Abendkühle kamen zwei Dominikaner hinzu, das Tagwerk zu besichtigen. Meine Fäuste kribbelten. Mein Versteck hinter dichtem Buschwerk schien plötzlich heiß wie ein Backofen, und ich begann zu keuchen. Da wallten sie, die frommen Brüder. Sanftmütig hierhin und dorthin deutend, ganz erfüllt von der Liebe des Herrn. Sie waren nicht unschuldig, überlegte ich, durch ihren denkfaulen Gehorsam unterstützten sie die Verbrechen wider die Menschlichkeit. Wäre Plünderauge unter ihnen gewesen, nichts hätte mich halten können, Hand an ihn zu legen. Die beiden Dominikaner näherten sich dem Aussichtspunkt meiner Mutter. Dort mußte etwas am Boden liegen, denn sie machten kehrt. Ich sah ihnen nach, wie sie davonzogen, die Männer der Inquisition, die Schande unseres Herrn Jesus Christus.

Sehr lang wurde mir der Abend. Erst bei dunkler Nacht holte ich den kleinen Feuertopf hervor, suchte ein sicheres Versteck für den Maulesel und schlich in den Weinberg. Wie von selbst fanden meine Füße den Weg und wären beinahe über einen Felsen gestolpert, der just an der Stelle lag, die meiner Mutter lieb war. Hatte man den Stein umgestoßen, ihn in Eile nicht sorgsam genug errichtet? Ich weiß es nicht. Das Licht meiner Lampe huschte über die bearbeitete Oberfläche. Gonzalo Porras: es war mehr ein Ertasten der Buchstaben, als daß ich sie lesen konnte. Tränen der Rührung nahmen mir die Sicht, aber ich schalt mich einen weinerlichen Knaben und fuhr die in Stein gemeißelte Inschrift entlang. Weder mein Geburtsdatum noch das Jahr meines Verschollenseins waren eingeritzt, nur mein Name, gerade so, als wollte mein Vater mich rufen. Anfangs konnte ich nicht ein Wort entziffern, bis ich endlich begriff, daß die Inschrift in Latein verfaßt war.

Voller Aufregung kritzelte ich auf die Tafel, was ich auf dem Stein zu lesen glaubte:

NIHIL EST DETESTABILIUS DEDECORE
NIHIL FOEDICUS SERVITUTE
AD DECUS ET AD LIBERTATEM NATI
SUMUS AUT HAEC TENEAMUS AUT CUM
DIGNITATE MORIAMUR

Deutlich erkannte ich, daß manche Buchstaben größer als andere dargestellt waren, was ich auf meiner Tafel vermerkte. Ein Geräusch ließ mich aufhorchen. Sofort duckte ich mich hinter die dornigen Sträucher, die den Stein umrankten. Alles blieb still. Nach langem Warten holte ich den Feuertopf und die Lampe hervor, die ich unter meinem Umhang verborgen hatte, und betrachtete den Stein aufs neue. Ich erkannte ein großes Kreuz, das den Rahmen zur Inschrift bildete. Eigentlich war dies nichts Ungewöhnliches, doch ließ mich die Form des Kreuzes stutzen. Sie war unüblich. Dunkel erinnerte ich mich, dieses Kreuz schon irgendwo gesehen zu haben. In der Aufregung, in der ich mich befand, wollte es mir jetzt nicht einfallen. Ich suchte den ganzen Stein ab, fand aber nichts weiter. Schließlich beleuchtete ich noch einmal die Inschrift. Erst jetzt erkannte ich, daß manche Buchstaben ausgeschmückt waren, durchaus gebräuchliche Verzierungen, die bisher meiner Aufmerksamkeit entgangen waren. Der erste Buchstabe, das N des Nihil, war in eine steinerne Rose gebettet, ganz ähnlich wie Anfangsbuchstaben zu Beginn einer Seite von symbolhaftem Zierat umgeben sind. Auch der letzte Buchstabe der ersten Zeile, ein E war in eine solche Steinrose geschlagen.

Peinlich genau zeichnete ich die Rosen ab. Schließlich schlich ich leise und schnell zurück in mein Versteck.

An Schlaf war nicht zu denken! Zuerst übertrug ich alles auf ein Stück Papier, schalt mich einen Narren, daß ich nicht gleich so gehandelt hatte. Bei dieser Schreibarbeit wälzte ich die lateinischen Worte in meinem Kopf hin und her und glaubte mich fern an etwas erinnert, das ich einmal gelernt hatte. Als ich stockend endlich die erste Zeile übersetzt hatte, fiel mir der Rest wie von selber zu. Es war ein lateinisches Zitat, das mich meine Mutter hatte auswendig lernen lassen:

> *›Nichts ist quälender als die Kränkung*
> *menschlicher Würde,*
> *nichts erniedrigender als die Knechtschaft.*
> *Würde und Freiheit sind uns natürlich.*
> *Also wahren wir sie oder sterben wir mit Würde.‹*

Ich überprüfte die Worte, bis ich mir sicher war, den Sinn der Inschrift erfaßt zu haben. Dabei rollten Tränen meine Wangen hinunter und tropften in meinen Bart. Ein trockenes Schluchzen ließ meine Kehle brennen. Das war die Botschaft meiner Eltern! Vor Erschöpfung und Kummer frierend, kroch ich zu meinem Maultier, dem einzigen Wesen, dessen Zuneigung ich noch hatte. Ich weinte wie nie zuvor.

Endlich hatte ich keine Tränen mehr. Ich nahm einen kleinen Schluck Wasser und überdachte mein weiteres Vorgehen. Ich fühlte, dies war nicht alles, was meine Eltern mir hinterlassen hatten. Noch einmal betrachtete ich die Buchstaben, die hervorgehoben waren, und kringelte sie ein.

Schließlich hatte ich ein seltsames Muster vor Augen, das

keinerlei Sinn ergab. War dem Steinmetz die Hand unsicher gewesen, oder hatten unterschiedliche Künstler daran gearbeitet? Bei aller Trauer hatte mich auch brennende Neugierde erfaßt. Wie ich aber auch die hervorgehobenen Buchstaben anordnete und setzte, es ergab keinen Sinn. Müde und traurig legte ich mich endlich nieder.

Unzählige Vogelstimmen weckten mich, als die Tiere kreischend und zwitschernd in den Weingarten einfielen. Obwohl ich nur wenige Stunden geschlafen hatte, fühlte ich mich erfrischt und tatendurstig. Nach einem einfachen Mahl zog ich mein Papier hervor. Jetzt, im hellen Sonnenlicht, kam mir mein nächtliches Abenteuer doch recht kindisch vor. Auch traute ich den Aufzeichnungen der vergangenen Nacht nicht mehr. Es mochten Dunkelheit und Aufregung gewesen sein, die mich zum Narren hielten.

Noch während ich grübelte, flohen die Vögel über meinen Kopf hinweg nach Süden. Ich war lange genug durch die Wälder der Indios gewandert, deshalb verstand ich den warnenden Vogelschrei. Und tatsächlich sah ich Bauern in den Weinberg ziehen.

In meinem Versteck fühlte ich mich sicher; ich wollte dort bis zur nächsten Nacht bleiben und die Inschrift überprüfen. Bei Nacht, bei unsicherem Licht? Ich überlegte hin und her, dann wurde mir klar: Ich mußte den Stein bei Tageslicht sehen! Was, wenn mich jemand entdeckte? Würde man mich als Gonzalo Porras entlarven? Es gab nur zwei Menschen hier in Spanien, die von mir wußten. Der eine war Lepiorz, der unter der Folter alles verraten würde. Ich glaubte allerdings nicht, daß die Inquisition ihn schon geschnappt hatte. Und der zweite war Plünderauge. Ahnte er vielleicht, daß ich damals im Tempel nicht verbrannt war? Dann mußte er fürchten, ich könne ihn der Lüge und des Mordanschlages überführen, ihn eines Tages entlarven. Was würde er tun? Unter einem Vorwand konnte er mich suchen und verhaften lassen. Wie würde er mich beschreiben? In den Vormittagsstunden entwarf ich in Gedanken ein Bild von mir, wie Plünderauge mich sah:

»Der Sünder Gonzalo, dem unser Herr Jesus Christus in seiner Barmherzigkeit gestattete, am Leben zu bleiben, trotzt wider den Herrn und die heilige Kirche. Um seinen schrecklichen Verdrehungen und teuflischen Auslegungen der Heiligen Schrift endlich Einhalt zu gebieten, nahm ihm der Herr seine Stimme. Gonzalo nutzte jede Gelegenheit, Unglaubwürdiges von den Indios zu berichten, denen er mehr zugetan schien als der Christenheit.«

Er würde einen jungen Mann suchen lassen, der nicht mehr sprechen konnte, der bei den Indios gewesen war und ihre Sprache verstand. Den jungen, stummen Indianerfreund, der den Gottesdienst mied und den Weihrauch scheute ... er würde nach mir suchen!

Sosehr ich mich auch bemühte, mich zu beruhigen, es nützte nichts. Mein Verhalten, meine Stummheit, meine Tätigkeit in Cartagena, meine halbwahre Geschichte, die ich an Bord erzählt hatte, meine Nachforschungen über Kaufmann Porras, alle diese Dinge, die ich die letzten Wochen getan und gelebt hatte, machten mich so auffallend wie einen bunten Vogel in einem Schwarm von Krähen. Meine Fußsohlen begannen zu kribbeln.

Diese Not trieb mich zu großer Kühnheit. Noch sah ich keine Dominikaner oder Soldaten Christi herankommen. Also mußte ich jetzt handeln, schnell und sofort.

Gegen Mittag, als die Sonne senkrecht herunterbrannte, sah ich die Bauern fortgehen. Ohne lange zu überlegen, ging ich rasch hinauf in den Weingarten und betrachtete den Inschriftenstein bei gleißendem Sonnenlicht. Ich überprüfte jeden Buchstaben, verglich das Kreuz mit meiner Zeichnung und suchte schließlich den Stein nach weiteren Hinweisen ab. Dann trat ich zurück und ließ das ganze Monument, das etwa meiner halben Körpergröße entsprach, in aller Ruhe auf mich wirken. Da!

Ich fuhr mir über die Augen, zwinkerte, blickte noch einmal genau hin. Nun war ich mir sicher. Dieser Stein zeigte grob vereinfacht die Karte Spaniens. Vor Aufregung stolperte ich, als ich noch weiter rückwärts trat, um einen besseren Gesamteindruck zu haben. Was ich für ungenaue Steinarbeit gehalten hatte, war die nordöstliche Grenze zu Frankreich. Nordosten? Ich kniete nieder, sah mir ganz genau die Rosen an, die Zierbilder für N und E. Das waren keine Blumen, sondern Windrosen – N für norte und E für este –, und sie wiesen mir den Weg: hoch hinauf in den Nordosten meiner Heimat, an den Fuß schneebedeckter Berge. Mein Jubel war groß, ich vergaß jede Vorsicht und sprang wie verrückt von einem Fuß auf den anderen. Ich war jetzt ganz sicher, daß Kreuz und Buchstaben einen weiteren Schlüssel bildeten. Doch ich konnte die Botschaft nicht entziffern. Schließlich drängte es mich fortzukommen. Ich nahm Abschied, preßte Hände und Wangen an den kühlen Stein, mochten ihn Vater oder Mutter just an dieser Stelle berührt haben. Ich erhob mich, eilte zurück zu meinem Maultier. Noch in derselben Stunde wanderte ich fort Richtung Süden.

Richtung Süden!

Wie schwer fiel mir jeder Schritt, wie weh war mir. Rief und lockte mich doch die Botschaft im Norden, wollte sogar mein Fuß wie von selbst kehrtmachen und genau entgegengesetzt ziehen. Was nützte es. Eine Verpflichtung drückte schwer auf mich, hätte mir vielleicht die Luft zum Atmen genommen, gelänge es mir nicht, mich ihrer zu entledigen. »Bring es dem Vater, dem Bruder oder den Schwestern«, hörte ich laut und deutlich Cazalla sagen in der fernen Stadt der Indios, als er mir seinen ganzen Besitz, sein Gold anvertraute.

Ja, ich hätte dies gerne vergessen in meinem Drang, nach Norden zu kommen. Ich sann und überlegte, wie ich den Auftrag umgehen könnte, während mich mein Gewissen vorantrieb nach Süden, auf dem Weg zu Cazallas Hütte.

Spätabends rastete ich in einem verwilderten Olivenhain und zog meine Notizen der Inschrift hervor. Ach, nichts wollte mir dazu einfallen. Verärgert schob ich den Zettel fort. »Erst das Fett erhitzen, dann das Bratgut hineintun«, hatte Schu-schu mich gelehrt. Gut, so wollte ich auch hier eines nach dem anderen tun. Cazallas Gold abliefern und noch in derselben Stunde nach Nordosten aufbrechen. Auf dem Weg dorthin würde ich nach dem seltsamen Kreuz forschen, den Spruch entziffern und eins nach dem anderen enträtseln. Aber die Inschrift ließ mich nicht los. Ich stocherte im staubigen Boden herum, kritzelte die Buchstaben hinein und schimpfte in Gedanken mit meinen Eltern. Hätten sie ihre Botschaft nicht leserlicher hinterlassen können? So leserlich, daß ich sie sofort verstand, doch sonst keiner? Oh, wie wurde ich zornig. Hatte mir nicht schon Manco Huaca einen rätselhaften, geheimnisvollen Spruch anvertraut, und nun foppten mich meine Eltern, quälten mich über ihren Tod hinaus?

»Wie hättest du dir eine Nachricht hinterlassen?«

Ich sprang auf, griff mir vor Überraschung an die Kehle.

Nichts war dort im beginnenden Dunkel zwischen den Bäumen zu sehen. Mein Brauner graste friedlich, Zikaden füllten die Abendluft mit ihrem schrillen Zirpen. Und doch? Dort hinter dem alten Baum mit den weit herab hängenden Ästen? Ein Tier? Ein Mensch vielleicht? Nur ein Dunstschleier, ein wenig aufgewirbelter Staub zogen vorbei. Ich nahm mein einfaches Steinmesser, schritt meinen Lagerplatz ab, um nach verborgenen Feinden zu suchen, wie ich es mit Payo oft getan hatte. Ich war ganz allein, so sehr allein, daß es weh tat.

Später hängte ich meine *hamaca* zwischen zwei Olivenbäumen auf. Die Nacht war still, der Himmel klar. Sterne zogen über meinen Rastplatz. Wie hätte ich eine Botschaft hinterlassen?

Ich setzte mich so ruckartig auf, daß ich beinahe hinausgefallen wäre. Ich war der Lösung nahe.

»Laß uns Raten spielen«, hatte mich meine Mutter früher aufgefordert. Viele feuchtkalte Abende hatten wir so an einem knisternden Feuer verbracht, während der Sturm heulte und die Ziegel klappern ließ. »Nun, Gonzalo? Versuche doch, dich in meine Gedanken zu versetzen«, hatte sie mich damals ermuntert, »dann bist du der Lösung nahe.«

Hastig kramte ich jetzt meinen Zettel hervor, schloß die Augen und ließ Rätselspiele der Kindheit in Gedanken an mir vorbeiziehen wie eine stolze Handelsflotte. Welches Spiel würde mir bei der Entzifferung der Inschrift weiterhelfen?

Ich betrachtete wieder die hervorgehobenen Buchstaben. Wenn ich sie hintereinander las, ergaben sie keinen Sinn. Ich mußte die Buchstaben ordnen, aber nach welchem System?

Ich numerierte nun die Worte meiner Inschrift fortlaufend. Nihil bekam die Nummer 1 und Moriamur die Nummer 21. Die Worte mit den hervorgehobenen Buchstaben waren die Nummer 3, 4, 5, 6, 12 und 17. Darüber dachte ich lange nach. Was bedeuteten die Zahlen in unserer Familie?

Als erstes fiel mir das Geburtsdatum meines Vaters ein, der am 4. Dezember das Licht der Welt erblickte. Ich betrachtete die hervorgehobenen Buchstaben des vierten und zwölften Wortes. RRA las ich. Damit konnte ich nichts anfangen. Ich ordnete jetzt den Geburtstag meiner Mutter, die am 3. Juni geboren war, den Buchstaben aus dem dritten und sechsten Wort zu und las DE FE. Ich wurde ganz aufgeregt. Diese vier Buchstaben konnten einen Sinn ergeben. Ich probierte noch lange Zeit herum, setzte mein Geburtsdatum ein und wieder das meines Vaters und zu guter Letzt den Monat und das Jahr der Hochzeit meiner Eltern. Dieses Datum fiel mir ein, als ich intensiv an meine Mutter dachte. Sie hatte mir so oft vom Tag ihrer Hochzeit erzählt, daß ich bei der Erinnerung daran meinte, ihre Stimme zu hören:

»Wir haben im Jahr des Herrn 1517 geheiratet«, hörte ich meine Mutter in Gedanken sagen, »es war ein schrecklich heißer Tag, obwohl es noch Mai war, und trotzdem, Kind, habe ich gezittert wie im tiefsten Winter. So kalt wurde mir vor Aufregung, als ich deinen Vater sah und fürchtete, es könne alles nur ein Traum sein, ein schöner Traum, der mit dem Aufstehen endet.«

Als ich die hervorgehobenen Buchstabengruppen nach den Geburtstagen meiner Eltern und dem Monat und Jahr ihrer Hochzeit ordnete, hatte ich die Lösung. Im Grunde genommen war das Rätsel überaus einfach gewesen. Wie lange würde ein Fremder brauchen, um es ebenfalls zu lösen?

Doch diesen Gedanken verdrängte ich rasch. Ich war so glücklich, die Inschrift enträtselt zu haben! Ich fuhr mir über die verquollenen Augen und las: De Ferrante. Ferrante, das war ein junger Herzog, den mein Vater verehrte, obwohl er ein Fremder war. Ferrante von Gonzaga, Herzog von Mantua, Geladener in Sevilla, Mäzen arabischer Sterndeuter, eingeweiht in geheimstes Wissen ... und oft Gast in einer kleinen Burg im Nordosten Spaniens, in Navarra? Genau wußte ich nicht, wo sich die Burg befand, doch ich würde es herausfinden. Tief befriedigt legte ich mich nieder. »Wenn Ihr mich denn hören könnt, so seid gewiß, daß ich Euch verstehe und ausführe, was Ihr mir aufgetragen«, dachte ich vor dem Einschlafen. Ich fühlte mich getröstet. Erst mußte ich die Cazallas finden und dann nach Nordosten eilen, die Burg des Ferrante suchen.

In den nächsten Tagen zog ich immer südwärts, durch lichte Eichenwälder, wo man den Kork gewinnt, vorbei an bebauten Feldern und Olivenhainen. Ich suchte kleine Schenken auf, hörte allerorts von den Cazallas, den ›Conversos‹, oder schlimmer, den ›Alumbrados‹ oder ›Erasmistas‹. Mit der Zeit verstand ich, daß es sich um weitverzweigte Familienstämme handelte, mit aufsässigen, protestantischen Neigungen. Gelehrte unter ihnen hatten Erasmus gelesen, sie nannten sich Humanisten und brachten das Gerüst der katholischen Glaubenslehre ins Wanken. Unter den Cazallas gab es solche, die ›Fremde, gar die Eingeborenen der Neuen Welt‹ für menschliche Wesen hielten.

Als Pizarro im Januar des Jahres 1534 seine Galleone Santa Maria del Campo am Kai von Sevilla vertäut hatte, den Schatz an Bord, den er Atahualpa, dem letzten Inka, abgepreßt hatte, war ein Erasmistas, ein Cazalla, unter den Gaffern. »Sündhaft ist, mit diesem Blutgold die Kathedrale von Sevilla zu schmücken«, hatte er laut gerufen.

Seit dieser Zeit, diesem verbrecherischen Ausruf gegen das Tun der heiligen Kirche, weisen die Cazallas ununterbrochen auf Gott den Allmächtigen hin, rufen nach jedem dritten Satz die Heilige Jungfrau um Beistand an, um der Inquisition nicht Vorwand zu liefern, sie der Gottlosigkeit anzuklagen. Schnüffle die Inquisition doch schon ohne Unterlaß im Alltagsleben der Bewohner hier herum, ständig bemüht, ›falsche Christen‹ auszuspähen und mit dialektischen Finessen dem Scheiterhaufen zu überführen, hörte ich abends den Schankwirt erzählen.

Gleichermaßen gewarnt und unterrichtet zog ich also der armseligen Hütte ›meines‹ Cazalla entgegen, erreichte sie in der Glut eines wolkenlosen Nachmittages und verhielt in Sichtweite meinen Schritt, um mein nächstes Tun abzuwägen. Ich trank einen Schluck Wasser, ließ den Maulesel das magere Gras rupfen und ruhte mich aus.

Die Hütte war erbärmlicher, als ich angenommen hatte. Ein Strohdach deckte den Bau, der über eine einzige Türöffnung und ein winziges Fenster verfügte. Eine magere Ziege und drei Hühner durchsuchten den Staub. Ein kleines Vordach, von krummen Knüppeln gestützt, schützte den Eintritt vor der Sonne. In diesem Schatten lehnte ein alter Mann an der Mauer. Es war ein jammervolles Bild, ein Anblick so ohne Leben und Hoffnung. Was würde das Goldstück ausrichten? Genügte es, die Hütte zu flicken, den Alten zu speisen, zu kleiden? Noch zögerte ich vorzutreten, dann gab ich mir selbst den Befehl: Geh hin, liefer das Gold ab und mach dich heute noch auf den Weg nach Nordosten!

Langsam näherte ich mich dem Greis und las in seinem Gesicht. Er hob die halbblinden Augen, während er unverständliche Worte sabberte und den Kopf wieder schwer auf die Brust fallen ließ. Ja, er sah Cazalla ähnlich! Ein junger Mann erschien im Hütteneingang, einen Prügel in der Hand, den er zögernd senkte, als er mich sah. »Wir haben unsere Abgaben geleistet. Mehr als wir gegeben haben, können wir der Majestät und der Kirche nicht geben. Erbarmt Euch doch, Herr«, flehte er, da er mein Schweigen mißdeutete. »Nehmt uns nicht die letzte Ziege fort. Seht, ich muß für drei Weiber sorgen, den alten Vater und zwei Kinder.« Bei diesen Worten erschienen die Frauen. Zwei von ihnen konnte ich unschwer als Cazallas Schwestern ausmachen, die dritte hatte ein abgezehrtes, bleiches Gesicht. Ihr Leib war rund und geschwollen. Auf dem Arm trug sie ein Kleinkind, ein anderes hing am ausgefransten Rock. Flugs zog ich meine Tafel hervor: »Ich komme als Freund«, schrieb ich so leserlich, wie ich konnte.

Sie starrten mich an. Sie konnten nicht lesen.

Verzweifelt machte ich Zeichnungen von Schiffen und Soldaten, die hinauszogen in die Neue Welt. Scheu wichen die Cazallas vor mir zurück. »Ist er besessen?« hörte ich die junge Frau flüstern. Cazallas Bruder war es, der mich schließlich in den Schatten holte: »Wir verstehen Euch nicht, Herr. Setzt Euch und nehmt Wasser. Es wird Euch helfen.«

In seiner Güte ließ er mir Wasser reichen und einen Kanten altes Brot. Mit großen Augen blickten die Kinder darauf. Ich führte mein Maultier in den kargen Schatten hinter der Hütte, holte Brot, Käse und Dörrfisch hervor, teilte reichlich aus, was in meinen Satteltaschen war. Die Kleinen streckten zuerst die Händchen aus, dann nahmen auch die Großen.

Nachdem wir alles verzehrt hatten, stand ich auf, bestieg mein Maultier und zog davon. Sie riefen und lachten hinter mir her. Als es Abend wurde, kehrte ich zurück. Die Kleinen liefen mir kreischend entgegen, zögernd folgte der Vater. Am Strick führte ich fünf Ziegen und warf den Staunenden einen großen Laib Brot zu. So zog ich ein in die Familie des Cazalla, die mich mit offenen Armen empfing.

In dieser Nacht schlief ich wie immer im Freien, entkam so der drangvollen Enge in der Hütte und dem üblen Geruch nach Abfall und Schmutz. Bevor ich einschlief, dachte ich voller Zufriedenheit daran, daß ich anderntags mein Versprechen einlösen und nach Norden weiterziehen würde.

Der Morgen brachte eine böse Überraschung.

Ich hatte wieder meine Tafel zu Hilfe genommen, um den Cazalla zu zeichnen, den ich aus Peru kannte, dazu spanische

Soldaten und Schiffe, die über das Meer fuhren. Cazallas Bruder starrte mich an und schüttelte den Kopf. Da ich ihn aber ungeduldig mit meiner Zeichnung bedrängte, lief er schließlich weg, auf den Acker hinaus zu seiner Arbeit. Das blieb auch die nächsten Tage so. Je mehr ich ihn mit meinen Zeichnungen bedrängte, desto scheuer wurde er. Ich mußte sein Vertrauen aufs neue gewinnen.

Jetzt, im nachhinein glaube ich, daß dies damals die größte Geduldsprobe war, die mir das Schicksal auferlegte. Obwohl ich jeden Morgen nach Norden aufbrechen wollte, zog ich immer wieder mit der Familie auf den Acker. Bald erkannte ich, daß ich der einzige kräftige und gesunde Arbeiter war und ganz anders zulangen konnte als die armen unterernährten Menschen.

In einer Arbeitspause lächelte mich Cazallas Bruder freundlich an: »Schickt Euch der Himmel, Herr?« Als er sah, daß ich wieder nach meiner Tafel griff, erbleichte er. »Beruhigt Euch doch, Herr.«

Er hielt mich für verrückt. Um ihm das Gegenteil zu beweisen, besserte ich das Bewässerungssystem aus, das noch aus der Zeit der Mauren stammen mochte und seinen Acker mit Wasser versorgt hatte. Die Art, ein Feld zu bewässern, die vielen kleinen Kanäle, das ganze wohldurchdachte System, das jetzt geborsten und teilweise verschüttet war, erinnerte mich sehr an die Anlagen in der geheimen Stadt der Inka. Deshalb konnte ich sie problemlos instand setzen. Cazallas Bruder sah mir dabei zu.

»Hernando!« rief seine Frau aus der Hütte, »Hernando, das Essen ist zubereitet.«

Endlich war meine Stunde gekommen. Ich packte Hernandos Hand und führte seinen Finger in die feuchte Erde. »Hernando«, schrieb ich und deutete auf ihn. Als er endlich begriff, holte ich die Tafel hervor und schrieb auch dort seinen Namen. Am Abend hatte Hernando die Angst vor mir und meiner Tafel verloren.

Leider war er kein guter Schüler. Jeden Tag übte ich mit

ihm, jeden Morgen hoffte ich, ihm die Geschichte seines Bruders aufschreiben, um gleich danach fortziehen zu können, aber Hernando machte nur kleine Fortschritte. Um ihm zu beweisen, daß ich auch wirklich bei Verstand war, besserte ich das Hüttendach aus, baute einen Stall für das Vieh und legte einen kleinen Garten an.

»Macht es nur nicht zu schön, Herr«, sagte Hernando einmal, »ein schmuckes Häuschen, sattes Vieh und gute Ernte locken die Herren vom Hof Seiner Majestät oder der Kirche an wie Aas die Schmeißfliegen. Dann nehmen sie uns alles fort, was sich tragen läßt.«

Das Rechnen fiel Hernando leichter als das Schreiben und Lesen. Um mir sein Vertrauen zu erhalten, zügelte ich meine Ungeduld und übte täglich nur wenig mit ihm. Manchmal, wenn er gar nicht lesen wollte, hätte ich ihm am liebsten die Goldmünze Cazallas vor die Füße geworfen und wäre ohne weitere Erklärung davongeritten. Mit Mühe beherrschte ich mich.

Aber eines Tages war es endlich soweit. Hernando las laut die Geschichte seines Bruders vor, die ich ihm so einfach wie möglich auf die Tafel schrieb. Natürlich war es damit jetzt nicht getan. Nun war Hernando der Ungeduldige, der gar nicht genug über seinen Bruder in Erfahrung bringen konnte, um so mehr, als ich ihm endlich die Goldmünze aushändigte. Da ich ja nur mit Geschriebenem auf seine vielen Fragen antworten konnte, deutete er von der Schreibtafel zur Goldmünze und lachte: »Das Lesen, Herr, ist Gold wert.«

Anderntags zog ich endlich fort.

Jahre später sollte ich immer wieder von Hernando Cazalla aus der Sierra Morena hören, der sich gegen Willkür und Unterdrückung wehrte, am Markttag Anordnungen der Obrigkeit vorlas und ihren Sinn anderen Bauern erklären konnte. Man sprach von dem ›frechen Bauern aus der Sierra Morena, des Lesens kundig‹.

Kapitel 3

Seit Wochen war ich nun mit meinem Maultier unterwegs, folgte einer alten Römerstraße, überquerte den Guadalquivir an der Stelle, wo er scharf nach Süden abbog; erklomm nicht das Tafelland, die Meseta, sondern zog an ihren Ausläufern entlang. Hier war die Welt so staubig und trocken, die Wasserläufe ohne erfrischendes Naß und die Tage lang unter glühender Sonne. Kaum ein Strauch spendete Schatten, kaum ein Brunnen lieferte Wasser. Seit einigen Schritten aber trug mein Brauner die Nase hoch. Er folgte einem herrlichen Geruch, dem Geruch nach Wasser, und ich eilte mich nachzukommen.

Das mußte der Fluß Júcar sein aus der Sierra de Cuenca, der hier in einem Bogen nach Osten strömte. Ich sah das träge dahinfließende Wasser, trank davon wie mein Maultier, planschte und vergnügte mich darin, bis ich endlich abgekühlt war und erfrischt an Land kroch. Auch diesmal folgte mir das treue Tier, ohne zu zögern, über die Furt, ließ sich willig beladen und zog nordwärts.

Tage später sah ich die Gipfel der Sierra de Cuenca, die nicht näher kommen wollten, sosehr auch mein Brauner und ich darauf zustürmten. Die Nächte wurden kühler, die Sonne brannte nicht mehr, sie wärmte nur. Es wurde Herbst. Meine Vorräte waren aufgebraucht, mein Mais war verzehrt. Mein Mais?

Vor Wochen dachte ich, ich dürfte meinen Augen nicht trauen. Über die Ausläufer der Sierra Morena wandernd, war ich an Maisfeldern vorbeigekommen. »Das Korn taugt nichts, das wir auf Geheiß der Oberen anbauen müssen«, ließ mich ein erboster Bauer wissen. »Wie soll man es denn bereiten? Mögen die Heiden und Teufelsanbeter in der Neuen Welt es vertilgen. Hier kannst du es nicht einmal deinen Schweinen verfüttern. Der Schinken, ich sage dir, der Schinken hat einen anderen Geschmack, wenn das Schwein Mais gefressen hat. Sind wir nicht berühmt für unsere schwarzen Schweine mit ihrem unvergleichlichen Schinken, eh?« fuhr er mich an, da ich nicht antworten konnte. »Wir brauchen kein fremdes Gewächs hier, das unsere Schweine verhext und den Käufer verprellt«, schimpfte er. Schalt mich gar einen verdammten Narren, als ich ihm so viel Mais abkaufte, wie mein Brauner tragen konnte. »Bist wohl maulfaul, was«, grummelte er hinter mir her.

Meine Stummheit, sie war eine arge Last. Einerseits fiel ich auf dadurch, andererseits übersah man mich, konnte ich mich ja nicht schreiend durchsetzen. Mit stummen, leisen Gesten kommt man nicht weit in dieser Welt. Und wer konnte schon lesen? So gab es keinen Gedankenaustausch, keinen Dialog zwischen mir und der Welt um mich herum. Nur mit meinem Braunen focht ich Dispute aus, wenn er ruhen, ich aber fortziehen wollte. Die Stille um mich war mir mal Bedrängnis, mal angenehmer Umstand. Jetzt mußte ich sie verlassen, um meine Vorräte aufzufüllen. Würde ich hier einen Händler finden, der mir gegen Perlen oder Diamanten Waren tauschen würde? Das war völlig ausgeschlossen. Also mußte ich Arbeit suchen. Zu verlockend schien mir das nicht, denn was konnte ich tun? Weit und breit gab es keine Einrichtung, der ich meine Schreibkünste hätte anbieten können, keinen Kaufmann, kein Kloster. Sollte ich Schweine hüten?

Ein Schweinehirt war Pizarro gewesen, nichts weiter, fuhr es mir durch den Kopf. Ein rotznäsiger, barfüßiger Schweinehirt, der eines Tages Cristóbal Colón in Trujillo über den Weg lief und offenen Mundes seinen Geschichten über Westindien lauschte. Daraufhin hatte er sein schmutzstarrendes Gewand abgelegt und war in den Dienst Ihrer Majestät getreten, jener Pizarro, der das Inkareich unterwarf. Das Gewand mochte er abgestreift haben, hatte er damit auch den

Sinn geändert? Hatte er die Inka nicht wie Tiere behandelt, ausgenutzt, abgeschlachtet, verhöhnt? Nein, ein Schweinehirt wie Pizarro wollte ich nicht werden. Verdrießlich stapfte ich weiter.

In den folgenden Tagen und Nächten grimmte mir der Magen, und auch mein Brauner warf mir zwischen harten, trockenen Grasstengeln, die er lustlos von einer Backe in die andere schob, vorwurfsvolle Blicke zu.

Eines Tages, als ich bemerkte, daß sein Fell stumpf wurde, schalt ich mich einen bösen Menschen, der schlecht für sein Vieh sorgt, und wanderte hinab zum nächsten Dorf. Die allerletzte Münze tauschte ich ein gegen einen Sack Hafer, ein wenig Gerste und ein Stück Käse. Mein Brauner war der Genügsamere von uns beiden. Er hatte noch mehr als die Hälfte seines Hafervorrates, während der Gerstenbrei längst gegessen und der Käse verzehrt waren. In meiner Not nahm ich ein heiliges Blatt, dazu ein wenig Asche aus meiner Goldvase, löschte das kleine Feuer, an dem ich gesessen hatte, rollte mich dann in meine *hamaca* und starrte zu den Sternen empor. Was sollte aus mir werden? Die bange Frage pulsierte mit den Säften des Heiligen Krautes durch meinen Körper.

Ich sah die Sterne zur Erde stürzen, sah sie zurückfliegen in die Tiefen des Himmels und wandte meinen Kopf leicht, da mein Brauner unruhig schnaubte. Manco Huaca tätschelte ihm die Kruppe, beruhigte ihn und blieb neben ihm stehen. Gerade wollte ich aus meiner *hamaca* hervorfahren, doch als ich mich bewegte, war Manco Huaca verschwunden. Mit pochendem Herzen hoffte ich, er würde wiederkommen. Ich wartete vergeblich. Bald hatte ich jedes Zeitgefühl verloren, bewegte mich in Gedanken in der Vergangenheit, sprang über die Treppenstufen der geheimen Stadt der Inka oder lauschte im Wald Collyas Erklärungen. Bei all diesen Reisen zu Rima, Santisteban, Payo oder auch Frater Daniele wirbelte mir so vieles durch den Kopf, daß ich ganz wirr wurde.

»Menschenfresser«, sagte plötzlich Melchior, der Negro,

zu mir, und erstaunt blickte ich auf. Er trug einen goldenen Mantel, saß hoch oben auf einem Kamel und folgte einem hellen Stern. Schließlich verschwand sein Bild in der Ferne, statt dessen erschien Manco Huaca wieder, der einen schwarzen Kasten in Händen hielt und gemessenen Schrittes folgte. Diese feierliche Prozession wurde von Schu-schu gestört, der, eine kleine Herde *cui* treibend, dazwischenwuselte. Als sich der Rummel endlich legte, wagte ich, die Hände von den Augen zu nehmen, die ich schützend dagegen gepreßt hatte. Ich wurde verrückt.

Leise begann es zu nieseln, schließlich regnete es beständig, und als der Morgen graute, fühlte ich mich naß, hungrig und zutiefst entmutigt. Ich schlürfte eine dünne, heiße Kräutersuppe, in der ich das Gegenmittel auflöste, und rollte meine nasse *hamaca* zusammen. Mein Brauner hob müde den Kopf, doch wehrte er sich nicht, als ich ihn belud. Neben ihm stand Manco Huaca: »So viele Menschen haben deinen Weg gekreuzt, Can-Can, gute und böse. Alle sind Teile deines Pfades. Du mußt das alte Wissen, das du in dir trägst, weitergeben, wie es Vorsehung ist, damit es kommenden Generationen zum Wohle gereiche.«

»Halt, Manco Huaca«, rief ich in Gedanken, wollte nach ihm greifen, doch blieb ich alleine zurück mit ausgestreckten Armen.

Endlich hörte es auf zu regnen, und die Sonne schaute hervor. Gleich sah die Welt freundlicher aus. Ich begrüßte die Wärme der Sonne, ihre liebkosenden Strahlen – wunderbare Berührung nach feuchtkalter Nacht – und begann das Sonnengebet. Danach machte ich die Übung ›kraftvolle Ruhe‹. Obwohl es mich drängte fortzuziehen, kramte ich meine Notizen hervor, las die weisen Worte des Manco Huaca und wiederholte im Geist seine Gebete. Jetzt fühlte ich mich besser. Ich schüttelte meine Verzagtheit ab wie die Regentropfen aus meinem Haar. Hätte ich singen können, so wäre mir ein munteres Lied über die Lippen gekommen, als ich mich auf den Weg begab, der Zukunft entgegen. Meine frohe Laune übertrug sich auf den Braunen. Er hielt den Kopf hoch, wedelte mit den Eselsohren und schnaubte.

Die Sonne hatte den höchsten Stand noch nicht erreicht, als ich ein Staubwölkchen sah und wenig später einen Troß von Menschen, einen lärmenden, schreienden Haufen in Lumpen gehüllter Frauen, Männer und Kinder. Zuerst dachte ich, es wären Zigeuner, doch beim Näherkommen erkannte ich, daß es Erntearbeiter waren auf der Suche nach neuem Brotverdienst. Sie warfen fragende Blicke auf mein Maultier, zuckten dann die Schultern und nahmen mich in ihre Mitte, ohne nach dem Woher und Wohin zu fragen, und ließen mich mitziehen. In diesem Haufen fiel ich nicht auf, war ich doch genauso ärmlich gekleidet und mager wie sie.

Um die Mittagszeit erreichten wir ein kleines Dorf, wo wir am Brunnen haltmachten. Der Wirt der einzigen Schankstube wies uns ab, ließ uns nur draußen unter alten Bäumen Platz nehmen, da wir ›liederlich und diebisch‹ seien, wie er schimpfte. Trotzdem wagte sich der eine oder andere in die Gaststube, kaufte sich einen Krug Wein, der unter viel Gejohle draußen geleert wurde. Um die dreißig Personen mochte dieser Zug zerlumpter, armseliger Menschen wohl zählen, und ich befand mich mitten unter ihnen, als die Menge plötzlich verstummte. Hufegeklapper ertönte, und große, drohende Stille erfaßte das Dorf.

»Verflucht sind sie«, zischelte ein altes, schmutziges Weib neben mir, »die Soldaten des Königs, die Blutsauger.«

Da ich an der Außenwand der Gaststube hockte und die Erntearbeiter nur noch flüsternd miteinander sprachen, konnte ich jedes Wort aus der Kneipe verstehen.

»Langt nur tüchtig zu«, ermunterte der Wirt die Soldaten. Ich hörte Stühle rücken, Plätschern und verlockendes Glucksen, wenn Wein die Kehlen hinunterrann. Bald zog der Duft frisch gebratenen Fleisches und ofenwarmer Brote in meine Nase.

Sie sprachen mit vollen Backen, so daß manches Wort vernuschelt wurde. Was ich aber erlauschte, jagte mir Angst ein.

»So habt Ihr ihn nicht gesehen«, rief einer der drei Soldaten, »den jungen Mann, der nicht sprechen kann?«

»Warum sollte der Stumme einen Mord begangen haben«, vernahm ich die ölige Stimme des Wirtes. »Hier sucht Ihr ganz vergeblich nach ihm.«

»Unterschätzt ihn nicht. Lange Zeit soll er bei den Heiden gelebt haben, und man sagt, er sei mit dem Teufel im Bund.«

»Was kümmert's uns, was er dort trieb.«

»Den Bischof selbst kümmert's. Ließ doch die Familie des Erschlagenen einen hohen Preis aussetzen für seine Ergreifung.«

»Nehmt vom zarten Lamm«, drängte der Wirt, »es wird Euch besänftigen.«

»Der Kerl ist ein Hohlkopf«, knurrte einer der Soldaten. Ich hatte jemanden fortgehen hören und nahm an, sie sprächen vom Wirt. »Hola, hola«, rief dieselbe Stimme kurz darauf erfreut. Ich hörte noch mehr Wein fließen.

»So erzählt mir doch alles«, bat der Wirt. Ich hörte erneut, wie Stühle gerückt wurden, dann wurde es ruhig. In diese Stille hinein mußte ich pfeifend Luft holen, ich war kurz davor, einen Erstickungsanfall zu bekommen. Deshalb preßte ich meine Hände vor den Mund und lauschte.

»Was soll's, wenn Ihr den Maldonado nicht kennt.«

»Sag's ihm trotzdem, Pedro«, rief eine junge Stimme dazwischen.

»Die Maldonados, das sind die mächtigsten Händler in Sevilla, der Kirche und der Majestät in großer Demut ergeben. Ein Dummkopf ist, wer sie nicht kennt. Ein Maldonado sollte Gouverneur werden in Cartagena, nein, nicht hier an der Küste, sondern im neuen Cartagena, drüben in der Neuen Welt, da lauerte ihm der heimtückische Stumme auf. Natürlich war ein Weibsbild daran schuld, wie könnte es anders sein.«

»Weiter«, drängten mehrere Stimmen, »erzählt doch.«

»Ei, das hören sie alle gern. Nun, es hieß, dieser Maldonado habe in seiner christlichen Barmherzigkeit ein armes Heidenmädchen aufgenommen, drüben in Cartagena, ihm ein Dach und Nahrung geboten ... eh, lach nicht, Sebasto«, hörte ich den Soldaten grölen.

»Und dann?« forschte der Wirt.

»Da kam dieser Stumme. Lange, zu lange hatte er unter den Wilden gelebt, die ihn wohl auffressen wollten, als er in ihre Fänge geriet. Doch unser gütiger Heiland ließ ihn entkommen. Nur, wie dankte er es! In gräßlichster Weise hatte er die soeben gerettete Seele des Heidenmädchens verführt und verdorben, sie geschändet. Bis Maldonado es nicht mehr mit ansehen konnte und ihn zum Zweikampf forderte. Doch der heimtückische Stumme hatte zu lange unter den Indios geweilt, hatte das Böse von ihnen aufgesogen wie ein Schwamm. In jener Nacht mußte er den armen Maldonado verhext haben. Niemand hat diesen seitdem gesehen. Aber die Einwohner von Cartagena hören ein schauerliches Klagen und Heulen, sobald der Wind vom Südmeer weht.«

Stuhlbeine knarrten über den Boden, vermutlich rückte man enger zusammen.

»Der Bischof sagt, wenn man den Stummen brennen würde, wäre Maldonados Seele erlöst.«

Der Wirt schien doch viel gescheiter, als ich angenommen, denn nach einer Weile fragte er: »Was treibt sich der Kerl bei uns herum? Spracht Ihr nicht von der Neuen Welt?«

»Ah, ich vergaß's. Ein Matrose hat Arges erzählt von ihm. Unwissentlich nahm ihn ein Schiff mit zurück in die Heimat, und statt sich dankbar zu erweisen, verhexte er die Fische.«

»Die Fische?«

»Sie wären fast Hungers gestorben, hätten sich nicht Dominikaner auf dem Schiff befunden, die das Schlimmste verhütet haben. In Sanlúcar schließlich ließ ihn der Kapitän aussetzen, ach, hätte er ihn nur gleich ersäuft. Ein altes Weib sah ihn im zerstörten Judenviertel. Sie schwört, er sei wilden Blicks gewesen, bleich wie der Tod. Als sie, alle Heiligen anrufend, zurückgewichen sei und sich bekreuzigt habe, da habe er sich an die Kehle gegriffen und sei zu Boden gewankt. Vor ihren Augen ist er auf allen vieren davongekrochen, geifernd wie ein tollwütiger Hund, und seine Finger seien nichts als schwarze Klauen gewesen.«

Ich hörte allerlei Gebete murmeln.

»Was soll er bei uns?« fragte der Wirt, ein Mann, der recht fest im Leben zu stehen schien.

»In ganz Andalusien, Kastillen und Aragonien wird nach ihm gefahndet. So weit wie einer eben in diesen Wochen kommen kann.«

»Sucht ihn nur auch in Frankreich und jenseits des Römischen Reiches. Ist er mit dem Teufel im Bund, reitet er Euch durch die Lüfte davon.« Spöttisch klang die Stimme des Wirtes und auch verärgert. »Der Preis für Maldonado muß ja hoch sein, daß ich Euch hier sehe, auf der Suche nach einem Gespenst. Wo wart Ihr denn, als Räuber aus der Sierra meine Gaststube verwüsteten und den Bauern das Vieh fortführten? Ah, die Gerechtigkeit, sie kennt kein Ende. Macht, daß Ihr fortkommt, ehe der Wein schal wird.«

»Du glaubst uns nicht?«

»Ich hörte schon besseren Vorwand meine Töpfe zu plündern und die Weinfässer zu leeren.«

»Sollen wir deine elende Hütte in Brand setzen? Hat nicht die Familie Maldonado Golddukaten ausgesetzt, dreiund …«

An dieser Stelle riefen die Männer unter den Ernteleuten zum Aufbruch. Einer plötzlichen Eingebung folgend, hob ich meine Nachbarin, die alte Marguerita, auf das Maultier, nahm es am Strick, öffnete und schloß den Mund, gerade so, als ob ich es antreiben wolle. Im Lärm des Aufbruches erkannte niemand meine Stummheit.

»Schert euch fort, ihr Lumpenpack, Gesindel«, grölte einer der Soldaten, als wir ganz nahe an ihm vorbeigingen. Er entledigte sich seiner Notdurft und richtete seinen Strahl knapp vor meine Füße. Mein Brauner und ich zogen unbeachtet fort.

Wie die Vögel, die wir in den Weingärten aufscheuchten,

zogen wir weiter über das Land, von Weinberg zu Weinberg. Gering war der Verdienst, und keiner unter den Ernteleuten legte je etwas zurück für den Winter. Täglich stießen andere, neue Grüppchen zu uns und andere, die noch gestern mit uns gezogen waren, gingen fort. Die Menschen unseres Haufens wechselten nach einem mir unbekannten Muster. Selten sprach mich einer an, noch seltener verlangte er eine Antwort. Das alleinige Sehnen und Hoffen war, irgendwo auf einem Gut einen Unterschlupf, eine Bleibe zu finden, den Winter am Hof eines Landedelmannes verbringen zu dürfen, als Küchenhilfe, Stallbursche oder Waschfrau. Wer jung, kräftig und ohne Familie war, fand als erster Arbeit für die kalte Zeit. Selbst mir hatte man oft schon einen Platz angeboten, den ich ablehnte. »Ah, der sehnt sich nach seiner Liebsten«, foppte man mich, »den hält's hier nicht.« Schließlich schrumpften wir zusammen zu einem Häufchen Alter, Kranker und Frauen mit drei und mehr Kindern. Unter diesen war ich der einzige kräftige Mann.

Die Tage wurden kürzer, die Nächte schon kalt. Morgens drängten wir uns um mein spärliches Feuer. Als ein schlimmer Husten sich ausbreitete, der vor allem die Kinder packte, machte ich Breiumschläge, sammelte Feuerholz und flocht Umhänge aus trockenem Schilf. Hätte ich nur meine Perlen tauschen können! So aber war der Hunger unser steter Begleiter. Wie oft dachte ich zurück an das Reich der Inka, in dem jeder, der fleißig war, mit Nahrung und Kleidung versorgt wurde. Arbeitswillig waren auch die ärmlichen Leute um mich herum. Sobald es hell wurde, krochen sie in die Weinberge und schafften bis zur Dunkelheit. Der kärgliche Lohn reichte kaum aus, um auf dem Gut Brot zu kaufen. So bewegten wir uns in ständiger Not. Nicht geborgen, wie ich es in der Wohlfahrt der Indios gewesen war, fürchtete ich den nahenden Winter.

Nach einem frühen, klirrenden Nachtfrost, der den kargen Boden erstarren ließ, hoben wir eine kleine Grube aus für den ersten Toten. Die Mutter seufzte nur ein wenig, krümmte sich in einem neuerlichen Hustenanfall, als sie Erde auf den Leichnam ihrer kleinen Tochter warf. »Ein Esser weniger«, tröstete sie ein altes Weib, das vom Grab forthumpelte, ehe der Erdhügel festgetreten war.

Vielleicht war es gut, daß ich meine Stimme verloren hatte. Andernfalls wäre ich an den Hof geeilt und hätte mich nicht abhalten lassen, der Majestät Kunde zu tun, von der Weisheit der Inka, von ihrem vortrefflichen Staatswesen, in dem ich niemanden des Hungers hatte sterben sehen. Nur, was hätte ich erreicht damit? Der Scheiterhaufen wäre noch schneller entzündet worden, waren ja Gelehrtheit und Güte Ihrer Majestät unantastbar wie das Allerheiligste.

Santillán hieß das Gut am Südwesthang der Sierra Moncayo, das uns willig aufnahm, den ersten ›Eiswein‹ zu ernten. Da viele Erntearbeiter schon Unterschlupf gefunden hatten und der Winter dieses Jahr früher kam, schien man erfreut über unsere emsige, wenn auch schwächliche Hilfe. Der Verwalter überließ uns sogar einen alten Schafstall und erlaubte uns, den Winter über zu bleiben, solange man Reisig und späte Ackerfrüchte sammeln konnte. Das wenige, was wir zu essen erhielten, reichte mir aus, mich rasch zu erholen. Bald war ich wieder kräftig genug, noch vor den Erntestunden den Schafstall zu flicken, neue Streu unten am Fluß zu schneiden und manchen Fisch zu angeln. Als die ersten kalten Regenschauer niedergingen, wärmte uns ein Feuer, hielten dauerhafte Wände den schneidenden Wind ab und ein geflicktes Dach die Nässe. ›Mulo‹, ›Maultier‹, nannten mich die sieben Männer, die fünf Frauen und mehr als ein Dutzend Kinder, weil ich ohne Unterlaß arbeitete und mich nicht schonte. Daß ich nicht mit ihnen sprach, kümmerte sie wenig. Sie selbst fanden kaum zusammenhängende Worte, sondern stammelten nur abgerissene Sätze, sei es, wenn sie elend und krank waren oder glücklich und trunken.

Sie kannten weder Sitte, noch Kultur und Sauberkeit. Hatten sie genug Wein, so soffen sie ihn wie das liebe Vieh Wasser und lagen besinnungslos im Unrat, Männer wie Frauen,

Kinder wie Greise. Nun war ich selbst kein Heiliger, doch entsann ich mich recht gut der strengen Sitten der Indios. Nach und nach gelang es mir, den Erntearbeitern den spärlichen Lohn abzunehmen, mit dem ich an ihrer Stelle Nahrung beim Gutsverwalter erhandelte. Ich feilschte schweigend und nur durch Gesten, ohne mich abweisen zu lassen. An diesem Ort fiel meine Stummheit nicht auf, war fast jeder der Ernteleute ein Krüppel und Hinkender, schieläugig, zahnlos, siech und lahm. Ein Stummer wie ich gereichte dem Gesindel hier schon zur Ehre.

Der Gutsverwalter war redlich. »Wenig Wein, viel Brot, das laß ich mir eingehen.« Die Hirse, die ich eintauschte, bedachte er mit schiefem Blick: »Schweinefutter? Na ja, vielleicht hast du recht, Mulo.«

Zuerst murrten die Ernteleute, mit der Zeit nahmen sie gierig an, was ich ihnen zubereitete. Ein junges Weib, dasselbe, das sein Kind verloren hatte, drohte mir mit der Faust, versuchte mir zu entkommen, als ich sie zwingen wollte, sich zu waschen. Sie lief vor mir her, stolperte über das Stroh, stürzte hin. Die Ernteleute kreischten vor Freude, dachten, ich würde ihr Gewalt antun, etwas, das die Gutsherren gerne schamlos in aller Öffentlichkeit trieben. Ich schleppte die Frau zu einem Waschzuber, tunkte sie ein, bis Haar und Gesicht endlich feucht waren, zerrte ihr einen Teil der Kleider vom Leib und rieb sie und ihre Lumpen mit Seifenkraut ein, bis es schäumte. Kichernd und frierend hockte sie am Feuer, warf mir schelmische Blicke zu. Wie stank das Weib immer noch! Mit Grausen wusch und wrang ich ihr Kleid. Wie reinlich waren die Indios gewesen, süß duftend ihre Haut. Einmal, zweimal täglich nahmen sie ein Bad im Fluß, kämmten und flochten, wuschen und pflegten ihr Haar, bis es lang und glänzend über ihre schimmernde Haut fiel. Die Ernteleute und auch die Knechte am Gut hatten grindige Schorfhaut, Krätze, Schwindflechte und Schwären, das Haar voller Ungeziefer, stinkenden Atem und hitzige Blasen. Stöhnend hielt ich den Kleiderlumpen von mir.

Die alte Marguerita, die auf meinem Maultier gesessen hatte, verstand mich schließlich. »Laß mich es machen.« Mit verkrüppelten Fingern wusch und reinigte sie zu Ende, was ich begonnen.

Mit der Zeit zog ein wenig Sauberkeit im Schafstall ein. Aus Stroh hatte ich eine Matte geflochten und zeigte den Kindern, wie sie es machen sollten. Bald hatte jeder eine trockene Unterlage, eine ebensolche Matte, um sich zu bedecken.

Niemand hinderte mich, Vögel und Fische zu fangen. Kam ich morgens von meinem Jagdzug in den Schafstall zurück aus der reinen, klaren Luft der Sierra, packte mich Grausen beim Anblick meines verwahrlosten Haufens. In solchen Momenten wäre ich gerne geflohen, hätte die wirklichen ›Wilden‹ am liebsten ihrem Dreck und Unrat überlassen, ihrem Suff und ihrer Sittenlosigkeit. Statt dessen kochte ich Hirse mit Wurzelsud und Fischstückchen und schlug jedem die Mahlzeit aus, der sich nicht waschen wollte.

Bei den Indios hatte ich gelernt, junge Zweige des Mollebaumes nach dem Essen durch die Zahnzwischenräume zu ziehen, eine Reinigung, die mir bis dahin unbekannt war. Hier in der Sierra fand ich natürlich keinen Mollebaum. Deshalb pflückte ich junge, biegsame Weidenruten, schälte sie, wie es die Indios mit den Mollezweigen taten, und führte sie meinem Haufen vor. Es dauerte nicht lange, da begriffen diese verkommenen Menschen, daß meine Maßnahme Mundfäule und Zahnjammer vorbeugte. Bei aller Abneigung, die ich gegen sie empfand, gegen ihre Dummheit, ihr schmutzstarrendes Leben, muß ich doch zugeben, daß sie willig ausführten, was ich ihnen vormachte.

Natürlich wäre ich gerne weitergezogen, hinauf in den Nordosten. Jedesmal wenn ich meinen Braunen beladen wollte, kamen die Kleinen angelaufen und sahen mich fragend an, denn sie schienen zu ahnen, daß ich fort wollte. In solchen Momenten fühlte ich mich als Verräter, nahm das Maultier am Strick und belud es unten am Fluß mit Steinen und Weidenruten. Dann wurde ich jubelnd begrüßt, wenn ich ›heim‹ kam, und ich verschob meine ›Flucht‹ auf den nächsten Tag.

Wir hatten jetzt einen Herd. Zwar hatte ich in der Stadt der Inka nicht gelernt, einen Herd zu bauen, aber das Wissen um ihre Baukunst nützte mir dabei. Nach einigen Fehlschlägen war der Herd errichtet, und ich buk das erste Fladenbrot. Alle saßen abends zu später Stunde noch um dieses Wunderwerk aus Flußsteinen. Die Hitze, die der Herd verströmte, war ungleich größer als die eines offenen Feuers und verschlang viel weniger Holz ... und dazu ... der Duft nach Brot!

Was mochten sie uns oben im Gutshof oder unten im Dorf unter das Brot mischen? Ich nahm Weizen- und Gerstenmehl, Salz und Wasser und hielt duftende Fladen in den Händen, die anders, ganz anders schmeckten als Brot aus dem Dorf. Niemand von uns, der sich an einem Stein den Zahn ausbiß oder Sägemehl ausspie, nein, jedermann bettelte um einen frischen Fladen, gierte nach dem wohlriechenden Brot. »Mulo«, sagte eines Tages die alte Marguerita, »Mulo, ich liebe dich.«

Der erste Schnee, der fein wie Mehl durch Ritzen und Luftlöcher drang, brachte uns neue Schwierigkeiten. Zwei unserer Frauen hatten sich als Wäscherinnen verdingen können, und drei der alten Männer arbeiteten im Holz. Für alle anderen gab es keinen Verdienst mehr. Weder konnte man Reisig sammeln noch die letzten Ackerfrüchte auflesen oder die Scholle umgraben. Mit jeder Flocke, die vom grauen Himmel fiel, sank auch mein Mut. Man würde uns forttreiben.

Am selben Tag noch erschien der Verwalter. In ihrer Not warfen sich die Ernteleute auf die Knie. Allein ich blieb stehen. Mir war dieses Verhalten so ungewohnt, daß ich mir meines Vergehens nicht bewußt wurde. Statt vor dem Herrn das Knie zu beugen, griff ich zu meiner Tafel. »Ich kann schreiben, Herr. Alle Schreibarbeit will ich gerne für Euch tun, nur laßt die armen Menschen hier.«

Seine Verblüffung war grenzenlos, er schnappte nach Luft und machte einen unbeholfenen Schritt rückwärts.

»Der nahende Winter hielt mich ab, Herr«, log ich dreist, »Zuflucht in meinem Kloster zu suchen, wo ich mein Brot als Lohnschreiber verdiene.«

Lange Zeit saßen wir in bangem Schweigen still am Boden. Ich warf meinem Braunen einen prüfenden Blick zu. Er war beladen und abmarschbereit. Zwei Knaben hielten Wache, lugten durch die Ritzen. Würde der Verwalter mit Häschern wiederkommen?

»Er kommt allein, nur sich allein«, schrien die Kinder in ihrer gräßlichen falschen Sprache.

Kapitel 4

Der Verwalter kam und forderte mich auf: »Folge mir.«

Der Schnee, der unter meinen Füßen knirschte, verkündete eine kalte, froststarrende Nacht. Meine Augen waren Payos Augen und meine Ohren die eines Indios. Mit Nase und offenem Mund, mit hellwachen Blicken und geschärftem Gehör spähte ich in die beginnende Dämmerung eines Winternachmittages hinein, ob Gefahr lauere, versteckt hinter kahlen Hecken im ersten Schnee. Vier, fünf oder mehr Krähen saßen hoch oben im Geäst und lugten zu uns herunter mit schiefgehaltenem Kopf. Kein Häscher verbarg sich in den Büschen, ließen mich die Vögel wissen. Lächelnd betrat ich das Gutshaus.

»Nun?« sagte Doña Rosanna, ohne sich zu mir umzuwenden.

Über eine breite Freitreppe war ich hinaufgeführt worden in ein helles, freundliches Zimmer mit großen Fenstern hinaus nach Süden. Regale, angefüllt mit Büchern, zogen sich an der Wand entlang und reichten bis unter die Decke, flackernd beleuchtet von einem hellen Feuer, das im Kamin brannte. Die Schriftwerke ließen mein Herz bis zum Hals schlagen, weckten Sehnsucht und Verlangen, wie nach einer fernen Geliebten.

»Ich kann schreiben, Herrin.« Ich wies auf meine Tafel.

Der Verwalter hatte uns verlassen. Doña Rosanna beugte sich über meine Tafel, musterte jedoch mehr meine Gestalt und mein Gesicht denn das Geschriebene. Ein lang vergessener reiner Duft wehte sacht zu mir herüber. Das Feuer brannte heiß und hell, Schweißperlen traten mir auf die Stirn, als sie mich huldvoll aufnahm in ihren Dienst.

»Liebste Rosanna«, formulierte ich in Gedanken, »mögt Ihr auch noch so verlockend sein in Eurer Mädchenhaftigkeit, noch so süß in Eurer Einsamkeit, da der Don zur Jagd auf fremden Burgen weilt, alles an Euch erinnert doch allzusehr an Magdalena Kopfabschneider, und diese, mit Verlaub gesagt, hatte mehr Feuer im Leib, als Euer geschnürter Rock mit dem engen Mieder vorzutäuschen vermag. Und außerdem, liebste Doña, ist mir ein satter Kindermagen hinten im Schafstall mehr willkommen als Eure weißen Fingerspitzen, die Ihr mir zu küssen erlaubt. Sie duften wohl nach Rosen, vermögen aber nicht, mit jener hinreißend zarten Kraft über den Körper zu streichen, wie ich es in den *shabonos* erfuhr, können wohl keine *hamaca* flechten und die Stromschnellen am großen Fluß meistern wie meine Gefährtinnen in den *canoas*. Ach Rosanna, hättet Ihr je die Hüfte schwingenden Tänzerinnen gesehen, in ihren heißen, wilden Rhythmen, könntet Ihr wohl verstehen, daß mir Euer ausladendes Hinterteil weniger gefällt, als die verläßlichen Backen meines Maultieres. Gebt mir das Hirn einer Echse zur Speise, die Ihr mit einem sicheren Speerwurf durchbohrtet, so will ich Euch gerne besteigen, doch lockt Ihr mich nicht mit Eurem spitzen Mund. Sah ich Euch nicht Essen fortwerfen, was Eurem zarten Gaumen nicht mundete, und Kinder hungern derweil unten im Schafstall?«

Ich sah mich vor. Ein falsches Wort auf meiner Tafel, ein Zuviel, ein Zuwenig konnten mich meinen Kopf kosten.

Anfangs erschrak ich, wenn Doña Rosannas Beichtvater Ihre Gemächer betrat, sobald ich dort arbeitete. Mit der Zeit aber war ich froh, wenn ich ihn erblickte. In seiner Gegenwart mußte Rosanna ihr Temperament zügeln. Frater Domenico erkannte recht bald, daß ich reinen Herzens war und nicht gewillt, der Doña zu dienen, mehr als es schicklich gewesen wäre.

»Erlaubt mir, Herrin«, schrieb ich eines Tages nieder, »daß ich es hinunter in den Stall bringe.« Süßes Obst, das sie in meinen Mund schieben wollte, Backwerk und Näschereien, die sie auf meinen Teller häufte, wollte ich den Kindern abgeben.

»Der barmherzige Hirte«, höhnte sie.

Am nächsten Tag bestand sie darauf, mich zum Stall zu begleiten. Auf die schamloseste Art nutzte sie diese Gelegenheit, während der kurzen Wegstrecke in meine Arme zu sinken und sich fest an mich zu klammern.

»Bei allen *shabonos*, Magdalena, Königin der Kopfabschneider!« rief ich in Gedanken in meiner Not, spürte ich deutlich meinen Unaussprechlichen rumoren wie einen Dachs im Frühling. Rosanna war mir zuwider, und trotzdem konnte ich die freche Regung nicht unterdrücken. Der eisige Wind war's, der durch meine dünne Hose pfiff und mich schließlich erlöste.

Die Magd, die einen schweren Korb schleppte, teilte Naschwerk aus, während Rosanna schaudernd den Stall betrat. »Hier darfst du nicht länger bleiben.«

Sie warf der einzigen jungen Frau einen mißbilligenden Blick zu und rümpfte die Nase. Ihre Verachtung machte mich wütend. »Warum gebt Ihr ihnen Naschwerk, Tand?« schrieb ich nieder. »Schafft ihnen sauberes Tuch herbei, Öl, Getreide oder Fleisch. Behaltet Euren Zucker.«

Rosanna starrte mich böse an. Knie im Staub vor mir, Elender, las ich deutlich in ihrem Blick.

Es war ein Knäblein, vielleicht sieben, acht Jahre alt, das sie umstimmte. »Nicht fortgehen, Mulo«, schluchzte es, klammerte sich an mein Bein und hielt mich fest, so gut es konnte.

»Will er denn fort?« fragte ihn Rosanna.

»Immer, immer will er fort, jedes Früh, jedes Nachts«, jammerte der Kleine mit aller Offenheit eines Kindes.

»Und warum tut er es nicht?« fragte sie mich.

Der Jude Valdoro schlich sich in meine Gedanken, beschwichtigte mein aufbrausendes Gemüt und lenkte meine Hand, um listig niederzuschreiben: »Kräfte, die stärker sind als mein Wille, halten mich hier fest.«

Rosanna neigte leicht den Kopf.

Die hellen Stunden des Vormittages verbrachte ich in Rosannas Raum, schrieb Briefe, die sie mir diktierte. Sie hatte sich angewöhnt, bei dem einen oder anderen Satz, der ihr nicht so recht gelingen wollte, meine Zustimmung abzuwarten oder einen Verbesserungsvorschlag zu prüfen, den ich ihr rasch auf die Tafel kritzelte. Oft, wenn ein Bote die Antwort brachte, schmunzelte sie, ließ mich aber nie wissen, warum. Rosanna war eine gelehrte Frau, die sich auch mit der Politik beschäftigte. An wen sie ihre zahlreichen Schreiben sandte, konnte ich nicht ermitteln, denn die einleitenden Worte schrieb sie stets selbst.

»Ich bin eher geübt in der Kunst des Zeichnens«, ließ sie mich eines Tages wissen. In ihrer Büchersammlung befanden sich nur fromme Schriften, Heiligenlegenden und Worte ehrwürdiger Männer. Rosanna selbst hatte manches Buch abgeschrieben, doch sie liebte es mehr, es kunstreich zu verzieren, mit allerlei Schnörkel auszustatten, mit Blumen, Bäumen und auch Tieren die frommen Sprüche einzufassen. So dankbar ich war, eine Aufgabe erhalten zu haben, so langweilig wurde sie mir bald. Auch wurde ich den Verdacht nicht los, Rosanna bräuchte mich gar nicht, sondern duldete mich nur aus Gutwilligkeit.

Seit meiner Zurechtweisung schickte sie hin und wieder abgelegte Kleidung ihrer Mägde und Knechte hinunter in den Schafstall, sonntags sogar ein Stück geräuchertes Fleisch, vier, manchmal auch sechs Eier sowie einen Krug Milch. Ich hätte ihr dankbar sein sollen und bemühte mich um eine freundliche Miene, aber jeden Morgen ging ich lustloser hinauf in ihr Zimmer, um stundenlang langweilige Briefe niederzubringen oder Heiligenlegenden abzuschreiben.

An einem grauen Wintertag wies sie mich an, zahlreiche beschriebene Blätter sorgsam zu verpacken, sie in Wachstuch zu wickeln und in einer Kiste zu verstauen.

»Du bist neugierig«, zankte sie mich aus, »das Wieso und das Wohin stehen dir allzu deutlich in dein Gesicht geschrieben. Ich will dich erlösen. Sieh her, Mulo«, sie zeigte mir eine

Liste. »Diese Bücher erhalte ich morgen. Ich schreibe sie ab, versehe sie mit meinen Zeichnungen, gebe diese ›rohen‹ Bücher zurück nach Zaragoza, wo sie gebunden und der Bibliothek von Barcelona oder Pamplona überstellt werden. Nein, das ist kein Broterwerb«, schüttelte sie lachend den Kopf und beantwortete damit meine unausgesprochene Frage, »das ist meine Leidenschaft.«

So verbrachten wir viele ruhige Stunden. Frater Domenico kam seltener, und Rosanna schien verändert. Sie arbeitete jetzt oft neben mir, behandelte mich mit Zurückhaltung und ohne mich herauszufordern. Ich wurde nicht so ganz schlau aus ihr, aber vor allem langweilte ich mich schrecklich.

Mit meinem Lohn hatte ich im Dorf einiges Werkzeug erhandelt, auch Tuch, Wolle und Garn, Materialien, die ich den Ernteleuten zukommen ließ. Da mehr als zwölf Kinder, drei Frauen und vier Männer im Schafstall herumlungerten und den lieben langen Tag nichts zu tun hatten, tat Abhilfe Not. Erstaunlicherweise war es Marguerita, die als erste begriff. Sie verstand die Einteilung, die ich vornehmen wollte, und war mein Sprachrohr, obwohl ich mich mit ihr nur mittels Gesten verständigen konnte.

Eine Gruppe aus einem Erwachsenen und vier Kindern mußte täglich den Stall säubern, die andere ebenso zusammengesetzte Gruppe ging auf Suche nach Holz. Der alte Pedro, der einigermaßen genesen war, übernahm das Brotbacken und auch die Zubereitung der Nahrung. Mit drohenden Gebärden wachte Marguerita über ihn, prüfte, ob seine Hände sauber und sein Gesicht rein wären. Alfonso erwies sich als geschickter Korbflechter. Als er sich von seinem schlimmen Fieberanfall erholt hatte, nahm ich ihn mit hinunter zum Fluß, zum Ruten schneiden. Wie von selbst lernten einige Kinder das Handwerk von ihm, ja, ihre winzigen Finger flochten bald allerliebste Muster. Am Markttag unten im Dorf Moranda de Campo konnten sie zum erstenmal ihre Ware gegen Lebensmittel eintauschen. Mit dem Material, das ich vor einigen Tagen mitgebracht hatte, glich der Schafstall einer Werkstatt, in der fleißig geschnitzt, geflochten, gehobelt, gestrickt und genäht wurde. Wie gerne hätte ich den Ernteleuten Schreiben und Rechnen beigebracht, es interessierte sie aber nicht. Wegen meiner Stummheit scheiterte auch mein erster kümmerlicher Versuch, sie zu belehren. Ich gab es auf, kritzelte auf meiner Tafel herum und rechnete schnell etwas nach, was wir auf dem Markt erhandelt hatten. Anna, die junge Frau, die ich gezwungen hatte, sich zu waschen, kam zu mir und verfolgte mein Tun auf der Tafel mit wachem Verstand. Da ich Anna jetzt meine ganze Aufmerksamkeit schenkte, gab sie sich große Mühe, auszuführen, was ich ihr zeigte. Besonders gerne ließ sie sich von mir auf der Tafel die Hand führen. Ich verstand, daß ihr meine Beachtung gefiel, und ich nutzte dies aus.

Zwei Tage später hatte ich ihr ein Rechenbrett gebaut, das demjenigen der Inka glich. Mit geschnitzten Holzkügelchen lernte sie rasch umzugehen. Ich nahm sie zu jedem Einkauf mit, selbst zum Gutsverwalter. Es dauerte nicht lange, und Anna lernte Rechnen.

Mit den Erinnerungen an diese kleinen Erfolge tröstete ich mich, wenn es bei Rosanna allzu eintönig wurde und ich sehnsüchtig den Wolken nachhing, die dunkel und grau nach Norden zogen.

Meinen Platz im Schafstall hatte ich nicht aufgegeben. Wie immer schlief ich nahe bei der Tür in einem abgetrennten Pferch, den ich mir mit dem Maultier teilte. Wenn alle fest schliefen, knüpfte ich meine *hamaca* an die Pfosten, um sie morgens zu entfernen, noch ehe jemand erwachte. Allzu leicht hätte mich diese seltsame ›Schlafstatt‹ verraten können.

In einer Neumondnacht, in der sich nur die dünne Schneedecke hell gegen die dunklen Mauern und Büsche abzeichnete, hörte ich leises Wiehern, einen unterdrückten Fluch und Hufegetrappel. Sofort war ich auf und griff nach meinen Sachen, die ich jeden Abend fluchtbereit zurechtlegte. Ich belud den Braunen, ließ ihn aber vorerst im Stall und schlich hinaus in die Dunkelheit. Im Gutshof von Santillán brannten zwei Fackeln, drei vermummte Gestalten bewegten sich flink und leise auf dem Hof. Geduckt näherte ich mich. Einer führte zwei Pferde am Halfter hinter das Waschhaus und hinein in einen Schuppen. Ich war maßlos überrascht, denn ich wußte nicht, daß dort ein Stall war. Zwei dunkle Gestalten schleppten eine schwere Truhe die Treppe hinauf. Deutlich hörte ich Rosannas Stimme: »Eilt euch doch, so eilt euch doch.« Sie hielt ihnen die Tür auf, löschte die Fackeln. Danach war alles still und unbeleuchtet wie zuvor. Nach einigen Minuten schlich ich zum Waschhaus. Ich spähte durch die Ritzen, folgte schließlich zwischen Ballen gelagerten Strohs meiner Nase, bis ich zwei Pferde von großer Anmut entdeckte. Zu ihren Füßen schlief ein Bursche, den ich nie zuvor gesehen hatte. Die Pferde schnaubten leise, senkten aber ihre Köpfe wieder hinab in die Futterraufe. Ihre Körper waren mit Stroh abgerieben worden, das erkannte ich an einzelnen Halmen, die sich im Fell verhangen hatten. So edel wie sie auch sein mochten, sie schienen einen harten, scharfen Ritt hinter sich zu haben. Leise stieg ich über den Pferdeknecht und zog mich so unauffällig zurück, wie ich gekommen war.

Am nächsten Tag gab sich Rosanna wie immer. Weder in ihrem Gemach, noch unten im Speiseraum konnte ich Anzeichen für Fremde oder Gäste erkennen. Der Tag versprach wieder öde und schal zu werden.

»Du langweilst dich, nicht wahr?« Rosanna hatte mich scharf beobachtet, trat wie früher ganz dicht an mich heran und schien mir etwas anvertrauen zu wollen. Statt den Mund zu öffnen, kniff sie die Augen zusammen und wandte sich ab. Ich wartete. Schließlich schüttelte sie den Kopf und befahl mir, ihr zu folgen.

»Ich habe andere Arbeit für dich«, war alles, was sie mir erklärte. Wir gingen einen langen dunklen Gang hinunter, stiegen eine schmale Stiege empor und betraten ein winziges Zimmer mit einem einzigen Stehpult an einem sehr großen Fenster. »Heize ein«, wies sie mich an, verschwand durch eine unauffällige Tür in der Holzvertäfelung im

Nebenraum und kehrte mit allem zurück, was ich zum Schreiben benötigte.

»Ich erwarte von dir, daß du mit aller Genauigkeit wiedergibst, was du hier aufgeschrieben findest, und darüber Stillschweigen bewahrst. Dieser Mann«, damit zeigte sie auf das Titelblatt, »ist am Hofe in Ungnade gefallen, aber das braucht dich nicht zu kümmern, setze nur sorgfältig Buchstabe an Buchstabe.«

Im hellen Tageslicht entzifferte ich: »Das Bordbuch des Cristóbal Colón.«

Meine Knie wurden weich. Unendlich vorsichtig nahm ich das erste Blatt ab und vertiefte mich so sehr in die Beschreibung der Entdeckung von Westindien, daß ich Rosanna nicht bemerkte, die mir ein Papier reichte, geschmückt mit einer ihrer akkuraten Zeichnungen. Es stellte die Santa Maria dar, wie ich aus der Unterschrift entnehmen konnte, das Schiff, welches Colón sicher an die Küste des Landes gebracht hatte, welches wir heute die Neue Welt nennen. Mein Herz raste, mein Kopf dröhnte, von Schwindel ergriffen, tastete ich nach Halt am Stehpult. Endlich kramte ich meine Tafel hervor. »Das Segel, Herrin …«

»Was soll mit dem Segel sein, Dummkopf?«

»Ich meine das Kreuz in dem Segel.«

»Ein Kreuz, nichts weiter«, fauchte Rosanna und ließ mich stehen. Ich starrte auf ihre Zeichnung. Das Kreuz im Segel des Colón glich jenem auf meinem Gedenkstein!

Vielleicht konnte ich im Bordbuch des Colón Erklärung für dessen Rätsel finden? Als ich meine Hände wieder unter Kontrolle hatte, fing ich an, mit größter Aufmerksamkeit abzuschreiben:

»Bevor ich die erste Zeile niederschreibe, weihe ich dieses Buch der allergnädigsten Jungfrau Maria«, begann Colón. »Möge sie meine Gebete erhören und mich das finden lassen, was ich suche: INDIEN.«

Erst als das Tageslicht abnahm und auch die Kerze niedergebrannt war, legte ich die Feder zur Seite. Ich hatte sieben

Doppelblätter beschrieben, Zeile an Zeile zwischen das Rankenwerk gesetzt, das Rosanna schon vorbereitet hatte. Nur ein einziges Mal hatte ich einen unrechten Federstrich getan, den ich sorgsam mit einem kleinen Messer herausschabte. Vollkommen ausgelaugt wankte ich zum Schafstall, bemerkte erst jetzt, daß ich das Mittagsmahl vergessen hatte, das mir im Gutshof zustand. Zu benommen, zu erschüttert war ich, welch seltsame Zufälle sich ereigneten, daß ich kaum Schlaf fand und am nächsten Morgen, früher noch als sonst, wieder am Stehpult stand. Die Eintragungen reichten vom 6. August 1492 bis zum 27. April des darauffolgenden Jahres. Manchmal las ich nur, blätterte die Seiten durch, sie gierig mit den Augen verschlingend, anstatt sie abzuschreiben. Wie sehr ich auch suchte, nirgendwo fand ich einen Hinweis auf das seltsame Kreuz. Das entmutigte mich nicht, bestärkte mich vielmehr, auf mein Schicksal zu vertrauen, das mich zu gegebener Zeit leiten würde.

Obwohl ich viel arbeitete, schlief ich nachts unruhig. Noch dreimal beobachtete ich das nächtliche geheime Treiben. Jedesmal wurden Kisten transportiert und Pferde in versteckten Ställen abgestellt. Was mochte in Santillán vor sich gehen? Ich grübelte hin und her, bis ich an einem grauen Nachmittag eine erstaunliche Entdeckung machte.

Ich war auf der Suche nach Rosanna, als ich ihr Zimmer betrat. Mehr aus Langeweile ließ ich meinen Blick umherschweifen und kletterte die kleine Holztreppe hinauf, die es ermöglichte, an die oberen Bücherregale zu gelangen. Im Unterschied zu den Bibliotheken, die ich aus meiner Kindheit kannte, waren diese Bücher hier nicht angekettet, auch hatte niemand Zugang zu ihnen, außer der Besitzerin und ihrem Schreiber. Ich ergriff den Band, den Rosanna zuletzt wohl in der Hand gehabt haben mußte, da er rasch und flüchtig zurückgestellt worden war. ›Vom Leben und Sterben des heiligen Rodrigo‹. Ohne wirkliches Interesse blätterte ich durch die sattsam bekannte Heiligenlegende, sah Rosannas Zeichnungen und hätte fast das Buch fallen lassen. Nach drei in Spanisch verfaßten Seiten über die Tugenden des Heiligen war das Buch weitergeschrieben in Arabisch!

Ich lauschte, nichts, niemand näherte sich dem Zimmer. Flüchtig begann ich am Buchende zu lesen, da die Araber die Sitte haben, von unten nach oben und von hinten nach vorne zu schreiben. Ich verstand kaum etwas. Die Sprache war mir fremd geworden, und die Wortzeichen wollten mir nicht mehr so recht einfallen. Immerhin begriff ich, daß die Seiten nichts mit dem Leben des heiligen Rodrigo oder irgendeines anderen Heiligen zu tun hatten.

Da alles still blieb um mich herum, nahm ich noch das eine oder andere Buch heraus. Siehe da, in den obersten Regalen, unschuldig in Heiligenlegenden verpackt, befanden sich die seltsamsten Schriften, teils lateinisch, arabisch, manche sogar griechisch verfaßt. Ich hatte genug gesehen. Ich verstand.

In meinem Zimmer machte ich mich sogleich wieder an die Arbeit. Anfangs bebte meine Hand ein wenig, als aber später Rosanna neues Papier, versehen mit Rankenmustern brachte, konnte ich ihr ruhig und gefaßt in die Augen blikken. Rosanna vervielfältigte und bewahrte verbotene Schriften, das war mir klargeworden. Sie frevelte im höchsten Maß, versteckte ihr Schmuggelgut in harmlosen Heiligenlegenden, die einer oberflächlichen Überprüfung vielleicht standgehalten hätten. Nun war ich mir sicher, daß die nächtlichen Aktionen allein dazu dienten, geheime Bücher herbeizubringen oder fortzuschaffen. In Gedanken verneigte ich mich voller Hochachtung vor Rosanna. Der Scheiterhaufen wäre ihr gewiß.

Frater Domenico, der hin und wieder in Rosannas Zimmer weilte, ihr schönes Rankenwerk lobte, mit dem sie die Legenden versah, sprach eines Tages: »Es freut mich sehr, Euch so arbeiten zu sehen. Schreiben ist Dienst an Gott.«

»Daß ER mich gut schreiben mache, bitte ich den Allmächtigen«, antwortete Rosanna sanft, während ich zum obersten Regal schielte und fürchtete, der heilige Rodrigo würde herabstürzen. Nichts dergleichen geschah. Als ich in mein Schreibkämmerchen zurückkehrte, erlebte ich die nächste Überraschung.

»Sonntag, den 14. Oktober«, schrieb ich ab aus dem Bordbuch des Colón und weiter: »Es gibt hier so viele Inseln, daß man sie nicht zählen kann. Wir kreuzten den ganzen Tag zwischen ihnen hin und her, gingen aber nirgendwo an Land, obwohl uns die Eingeborenen durch Gesten und Zurufe dazu einluden. Einige schwammen auf uns zu und fragten uns, ob wir geradewegs vom Himmel kämen. Wir ließen ihnen diesen Glauben, denn er kann uns nur zum Vorteil gereichen …«

Hatte ich anfangs bei meinem Aufenthalt bei den Indios geglaubt, die Geschichte der vom Himmel herabsteigenden Bärtigen wäre nichts als Legende, so war ich jetzt doch sehr erstaunt, daß bereits Colón bei seiner ersten Fahrt von diesem Glauben berichtete. Natürlich war kein einziger Eingeborener von diesen Inseln, die Colón entdeckte, mehr am Leben, keinen konnte man dazu befragen, doch ich glaubte, was Colón niedergeschrieben hatte. Welchen Grund sollte er haben, Falsches zu berichten?

Tage später, als ich seine Notizen vom 3. Dezember 1492 abschrieb, stieß ich wieder auf eine ähnliche Stelle: »Zehn Spanier würden, käme es zu einem Kampf, tausend Indianer in die Flucht schlagen. Vielleicht ist ihre Angst aber nur deshalb so groß, weil sie glauben, daß wir vom Himmel herabgestiegen sind.«

An einem milden Wintertag, an dem ich gern hinunter an den Fluß geeilt wäre, jedoch brav mein Brot in Rosannas Schreibstübchen erarbeitete, stieß ich auf die dritte Notiz: »Er, der Häuptling eines Stammes, glaubte mir nicht, sondern blieb dabei, daß wir keine gewöhnlichen Sterblichen, sondern im Himmel zu Hause seien …«

Wie gerne hätte ich diese Dinge mit Rosanna ›besprochen‹. Selten genug bekam ich sie zu sehen, und wenn, dann hastete sie an mir vorbei, wie von großer Unruhe getrieben.

»Quälen Euch Sorgen?« fragte ich sie einmal, da wir unbeobachtet waren und nur sie meine Tafel zu Gesicht bekam.

»Es wird ein wenig eng werden«, war alles, was sie mir antwortete, doch einen Augenblick lang drückte sie fest meine Hand, als wolle sie Kraft schöpfen. In dieser Stunde war sie mir nicht zuwider, und ich bereute meine häßlichen Gedanken zu Beginn unserer Bekanntschaft. Gerne hätte ich ihr beigestanden.

Die Gelegenheit bekam ich früher als vermutet. Noch in derselben Nacht beobachtete ich zwei Reiter und vier Träger, die auf langen Holzstangen eine Art Sänfte oder Kiste trugen. Wieder war es Neumond, der Boden war aufgetaut und schneefrei, Wolken zogen über den Himmel. Obwohl ich das Schauspiel schon kannte, trieb mich meine Neugierde hinaus, das sonderbare Treiben zu sehen. Wenig später, zurück bei meinem Maultier, hörte ich nahende Schritte. Kamen die Häscher? Ich stellte mich neben die Stalltüre und packte den finsteren Gesellen, kaum daß er den Kopf in unsere Behausung hereinsteckte. Es war Rosanna! Ich ließ sie fahren und verbeugte mich tief. »Schnell, komm mit mir«, befahl sie.

Im Gutshaus huschte ich hinter ihr die Stufen hinauf und in meine kleine Schreibkammer. Zu meiner größten Verwunderung legte sie mir dort eine Binde um den Kopf, so daß ich nichts sehen konnte, nahm mich bei der Hand und führte mich treppauf, treppab. Schließlich spürte ich Wärme und Helligkeit, die von einem Kaminfeuer herrührten, wie ich bemerkte, als sie mir das Tuch abnahm.

»Ich hörte soviel Wundersames von dir sagen – Fieber, das du vertrieben hast, Wunden und Grinde, die du geheilt hast, kannst du hier helfen?«

Ein großer, überaus bleicher Mann lag ausgestreckt auf einem schmalen Bett und schien mehr tot als lebendig. Sein Gesicht, bedeckt von einem dichten, grauweißen Vollbart, war schmerzverzerrt. Rosanna schlug die Decke zurück. Eine klaffende Wunde zog sich quer über die Brust des Mannes; sie war bräunlich verfärbt und roch nach Verwesung.

»Ich brauche meine Kräuter«, schrieb ich ihr auf, worauf wir den gleichen mühsamen Weg zurückeilten. Dann wurde ich von ihr in der kleinen Schreibstube empfangen und zum Kranken geführt.

Die Wunde war tief und breit, ein Axthieb schien sie verursacht zu haben. Das Schlimme aber war das Wundfieber, das den Mann ergriffen hatte, die Schmerzen, die ihn an den Rand des Todes trieben.

Was hatte Collya mir gesagt? Cazalla hätte niemals überlebt, wenn wir nicht den Sud des Heiligen Krautes in seine Wunde geträufelt hätten? Ohne lange nachzudenken, nahm ich Blatt und Asche in den Mund, spuckte das Ergebnis meiner heftigen Kautätigkeit in die Hand und rieb damit behutsam die Wunde ein. Kurze Zeit darauf bemerkte ich, wie sich der Kranke entspannte und zurücksank in friedlichen Schlaf. Ich ließ mir das kleine spitze Federmesser bringen, reinigte die Wundränder von allem faulen Fleisch und wusch schließlich die aufgerissene Brust mit Seifenkraut. Der Kranke wurde wieder unruhig, verzog schmerzgequält das Gesicht. Ich war jetzt recht unsicher. Was sollte ich tun? Rieb ich die Wunde erneut mit ausgespucktem Heiligen Kraut ein, so verschmutzte ich sie, andererseits glaubte ich fest daran, daß nur durch Kauen der schmerzlindernde Saft freigesetzt werden könne. Lange Zeit schloß ich die Augen, dachte an Manco Huaca und wagte die Behandlung schließlich erneut. Nachdem ich die Wunde mit meinem Speichelbrei bestrichen hatte, atmete der Kranke wieder ruhig und tief.

Ich lächelte Rosanna an. Bleich wie der Verwundete stand sie neben seinem Bett und betrachtete ihn mit bangem Blick. Aus meinem Kräutervorrat nahm ich *Rilastaub* und streute das rote Pulver direkt auf das zerfetzte Muskelgewebe. Die Wirkung war ungeheuerlich und überraschte auch mich. Einmal hatte ich gesehen, wie Collya den verletzten Fuß eines Mädchens im *shabono* damit behandelt hatte. Hier aber war die Wunde um vieles größer, so daß auch die Wirkung um vieles überraschender war. Sobald das Pulver mit der feuchten Wunde zusammengeriet, schäumte es auf, als ob es kochen würde, quoll wie ein Brotteig und schloß sich schließlich zu einer gleichmäßigen, festen Masse. Ich wies Rosanna an, diese jetzt mit sauberen Tüchern zu bedecken. Auf einer kleinen Flamme kochte ich *quina-quina*, wobei ich darauf achtete, den aufsteigenden Dampf nicht einzuatmen.

»Sobald er schlucken kann, flößt ihm davon ein. Es senkt das Fieber.«

Bei all meinen Handlungen hatte Rosanna weder gezögert noch sich bekreuzigt. Sie schien mich nicht für einen Zauberer zu halten. »Bleib hier«, bat sie.

Den Rest der Nacht verbrachte ich wachend am Bett des Kranken. Es mochte um die dritte Stunde gewesen sein, da fürchtete ich, das Leben würde ihm entfliehen, doch zu meiner Erleichterung atmete er gegen Morgendämmerung wieder gleichmäßig, und seine heiße Stirn kühlte ab.

Die folgenden Tage verbrachte ich teils schreibend, schlafend oder um den Kranken bemüht. In der dritten Nacht begann er zu sprechen. Jedesmal, wenn er den Mund öffnete, verbot ihm Rosanna das Wort. Dies kränkte mich ein wenig, andererseits konnte ich ihr Mißtrauen verstehen. So entfernte ich mich vom Bett gerade so weit, wie es der kleine, fensterlose Raum gestattete, und bedeckte meine Ohren. Rosanna lächelte dankbar und flüsterte: »Wie geht es meinem Gatten, wird er bald hier sein?« Jetzt preßte ich die Hände fest gegen meinen Kopf, so daß ich weder Frage noch Antwort verstand.

Der Kranke erholte sich, wenn auch nicht so rasch, wie ich gehofft hatte. Trotzdem nahm mich Rosanna beiseite und drückte mir ein paar Goldmünzen in die Hand. Die Geste ermutigte mich zu einer Bitte, die mir schon lange am Herzen lag: »Könntet Ihr mir Geld gegen eine Perle tauschen?«

Sie starrte erst mich, dann die Perle an, fragte aber nichts, verschwand und überreichte mir kurz darauf eine Summe, die diejenige, die mir Lepiorz gegeben hatte, weit übertraf. »Nichts«, wies sie mich ab, »nichts will ich davon zurück. So ist es recht, das ist ein guter Preis für solch eine Perle von vollendeter Schönheit.«

Wohl erkannte ich Neugierde in ihrem Blick, doch die Umstände ließen es nicht zu, daß sie mich ansprach. Sie eilte davon, schmal geworden in ihrem Kummer. Wartete sie auf ihren Gatten? Vermißte sie ihn? Die Geschichte, er sei zur Jagd, glaubte ich nun schon lange nicht mehr. Was mochte sich alles hinter dem geheimnisvollen Kommen und Gehen verbergen? Bei all meiner Neugierde vergaß ich nie meine Vorsicht. Verließ ich den Schafstall, so stand mein Brauner abmarschbereit im Pferch, legte ich mich zur Nacht, belud ich ihn, als gälte es, jeden Moment zu fliehen. Niemals näherte ich mich dem Gutshaus, ohne auf verräterische Zeichen zu achten. Das Dorf mied ich seit langem. Anna tätigte alle Einkäufe und ließ sich nicht betrügen.

An einem wolkenverhangenen Tag Mitte Dezember sah ich einen Reiter in den Gutshof stürmen. Sogleich schnürte mir Angst die Kehle zu. Ich legte die Feder beiseite, die gerade die Worte des Colón geschrieben hatte: »… daß eine Insel vor uns liegt, ist sicher. Ich kreuzte die ganze Nacht vor ihr …«

Fast wie erwartet, stürmte Rosanna in das Zimmer, riß mich mit sich fort, gerade noch die Augenbinde über den Kopf ziehend. »Schnell beeile dich, sieh nach ihm.« Der Kranke schien in guter Verfassung zu sein, hob erstaunt den Kopf und ließ sich gehorsam abtasten. »Was ist geschehen?« fragte er.

Ich fuhr mit meinen Fingern die gut verheilte Narbe entlang, hinauf bis unter die linke Achsel. Als der Verwundete den Arm anhob, erkannte ich knapp unter seiner Achselhöhle das Kreuz, das seltsame Kreuz vom Segel des Colón, das dem meiner Inschrift glich, eingeritzt in die Haut.

»Sie suchen dich«, sagte da Rosanna, packte mich grob am Arm: »Wird der Kranke genesen?« Benommen nickte ich und wollte auf das Kreuz deuten, meine Schreibtafel hervorziehen. »Eile, du Unglückseliger«, sie streifte schon die Binde über meine Augen, schob und zerrte mich hinaus. »Hast du nicht verstanden? Sie suchen dich, den Stummen.«

Ich griff nach meinem Umhang und stolperte verwirrt an ihrer Hand die Treppe hinunter. Rosanna rannte mir voran durch die Küche, in der sich kein Bediensteter mehr aufhielt, riß einen Beutel Getreide, Käse, einen Laib Brot vom Tisch und stopfte es noch im Laufen in einen Sack. »Halte dich am Fluß entlang und gehe immer nach Norden. Nach zwei *leguas* kannst du ihn überschreiten. Es ist die einzige Stelle. Dort werden sie dir auflauern, wenn du nicht schnell genug und vor ihnen da bist. Gott schütze dich, Mulo«, rief sie hinter mir her.

Ohne auch nur einmal zurückzublicken, stürmte ich zu meinem Braunen, sah die aufgerissenen Augen meiner Ernteleute und rannte zum Fluß hinunter, das Maultier hinter mir herziehend. Ich hatte nur eine Wahl. Meine Häscher waren beritten. Mit meinem Braunen konnte ich ihnen nicht entkommen. Deshalb mußte ich zu Fuß weiter, wollte hier den eisigen, reißenden Fluß überqueren und das Tier zurücklassen. Vielleicht würde sie das in die Irre führen. Ich entkleidete mich in fliegender Hast, schnürte mein Korbbündel auf den Kopf und drückte zum letzten Mal meine Stirn an das Fell des treuen Gefährten.

Das eisige Wasser nahm mir fast den Atem, und mein Herz krampfte sich zusammen. Mehr aber schnitt mir das Schreien meines Maultieres in die Seele, das am Fluß auf und ab rannte. Ich kämpfte mich durch das brusthohe Wasser. Es war weniger reißend als vermutet, doch die Kälte raubte mir nahezu die Besinnung. Als ich das andere Ufer erklomm, war ich steif und unbeweglich wie eine Holzpuppe. Die Kleider wollten nicht über die nasse Haut rutschen, also torkelte ich fort, die Böschung hinauf, bis der Wind meine Haut trocken geblasen hatte. Sobald ich stehenblieb, um mich anzukleiden, schlug ich klappernd die Zähne aufeinander und verfehlte das Hosenbein mehrmals vor Zittern und Schütteln. Lautes Platschen ließ mich auffahren. Nahten die Häscher? Mein Brauner war es, der, zögernd Fuß vor Fuß setzend, den Fluß überquerte. Ich hatte manch rührselige Geschichte von einem edlen Pferd gehört, das seinem Herrn folgte, treu wie ein Hund. Das häßliche Maultier aber, das jetzt naß und schnobernd bei mir stand, die großen Eselsohren wie Windmühlenflügel schwenkend, ließ mich aufschluchzen.

Es galt keine Zeit zu verlieren. Der Boden hier und jenseits des Wassers war hart und steinig. Niemand würde meine Spuren sehen können. Niemand? Payo hätte sie gelesen wie in einem aufgeschlagenen Buch. Ein spanischer Soldat aber, hoch zu Roß, würde nicht absteigen und Steinchen wenden, nach Wassertropfen suchen und nach Trittspuren im Bachbett. Ich hatte Vorsprung. Anstatt nach Norden zu gehen, wo ein breites Tal den Übergang über die Sierra Moncayo bildete, führte ich den Braunen geradewegs nach Osten. In einem weiten Bogen wollte ich das Gebirge überschreiten.

Kapitel 5

Die Flucht verlief reibungsloser, als ich je zu träumen gewagt hätte. Trotzdem war der Weg steil und beschwerlich, und mein Brauner und ich froren im schneidenden Wind. Oben im Gebirge schienen karge, felsige Bergkuppen einen dichten Riegel zu bilden, ein unüberwindliches Hindernis. Doch nach einigen Versuchen fand ich einen Übergang und den Abstieg hinunter nach Norden. Schneegestöber fegte um meine Beine, senkte sich dann still auf meine Spur. Die Natur konnte mich nicht schrecken. Hatte ich nicht ganz andere Höhen genommen in der Neuen Welt, meine Nächte in Gräbern verbracht und den Tag auf reißenden Strömen gemeistert? Nie sah ich einen Verfolger, trotz des verräterischen Verhaltens der großen, schwarzen Vögel, die mich umkreisten und nach Futterresten Ausschau hielten. Jeder Indio hätte an diesen Begleitern abgelesen, daß dort oben in den Bergen Ungewohntes vor sich ging. Die spanischen Soldaten aber, so schien es mir, konnten die Zeichen nicht deuten und fürchteten die Unwegsamkeiten der Bergwelt.

Das Heilige Kraut bescherte mir manch seltsamen Traum, manche Vision, die ich mich nicht niederzuschreiben getraue. Ich ahnte wohl, daß mein Hirn Sehnsucht und Vorstellungen barg, die in nüchternem Zustand tief vergraben waren. Der gleiche Pflanzensaft, der mich Hunger, Schmerz und Angst vergessen ließ, öffnete Türen zu meinem Innersten, die ich lieber geschlossen sah.

Wie von selbst fand mein Brauner nur wenige Tage nach meiner Flucht zurück in die Geborgenheit anderer Lebewesen. Ein Schäfer zog mit seiner Herde an der Schneegrenze entlang, ein ärmlicher, verlauster Mann, der abends eine Hekke aufsuchte, die ihn und die Herde vor der Nacht, den Wölfen und der Kälte schützte. Ihn störte meine Stummheit nicht, »hältst wenigstens das Maul«, war das einzige, was er mir sagte. Die wenigen Befehle an seinen Zottelhund waren sein ganzes Gespräch. Meistens unterhielt er sich mit dem Hund auch nur durch Gesten, stumm und in Gedanken. Mein Brauner schien ihm willkommen. Auf seinem Rücken schleppte ich Feuerholz herbei, errichtete aus Steinen und Ästen einen guten Pferch, eine kleine, überdachte Hütte für den Schäfer und mich. Erst schüttelte er unwillig den Kopf, kroch aber eines Nachts, als Schneeflocken, scharf wie Messerspitzen über das Land trieben, willig hinein. Gewöhnlich hockte er aber in seinem dichten Mantel aus gewirktem Schafhaar mitten unter seinen Tieren, geborgen in seinem eigenen winzigen Zelt.

Bald waren die Heuvorräte aufgebraucht, wobei mein Brauner kräftig mitgehalten hatte. So zogen wir fort. Ich half ihm, die Schafe zu hüten, und flocht Körbe und Matten aus Weidenruten und Stroh. Ich gab mir Mühe, ein angenehmer Gefährte zu sein, sammelte Feuerholz und kochte Getreidebrei und Kräutersud. Dafür durfte mein Brauner weiden, und der Schäfer gab mir von seinem Schafskäse, der wohlig sättigte.

Eines Tages sahen wir einige Hütten und tief unten im Tal ein Dorf. Ohne zu zögern, übergab ich dem Alten eine Münze. Er starrte lange auf den Taler in seiner Hand, dann schaute er mich an, bevor er den Blick in Richtung Dorf wandte. Mit heftigen Gesten bedeutete ich ihm, daß wir Hunger hätten. Endlich grinste der Alte, pfiff seinem Hund und stieg bedächtig den Berg hinab. Vier Tage und Nächte hütete ich die Herde, half einem Lamm an das Licht der Welt und glaubte fast, den Alten nie wieder zu sehen. Als ich ihn, torkelnd und immer wieder stehenbleibend, den Hang hinaufkeuchen sah, eilte ich ihm mit meinem Maultier entgegen und lud ihn auf wie einen nassen Sack. Noch immer trunken, schleifte ich ihn hinauf zu seinen Schafen, bettete ihn neben das Feuer und flößte ihm von meinem Gegenmittel ein. Und siehe da. Er schlug die Augen auf, stieß einen schrecklichen Rülpser aus und verlangte nach Essen. Ich gab ihm dünnen Getreidebrei. Als er laut schnarchend schlief, inspizierte ich seine Taschen. Oh, wie erboste mich, daß das alte stinkende Scheusal alles versoffen hatte. Zu guter Letzt fand ich doch noch ein Säckchen mit Mehl und einen Kohlstrunk. In dieser Nacht stürzte ein Schaf, brach sich das Bein. Mit Kummer im Herzen tötete ich das Tier und brachte seine Eingeweide voller Dankbarkeit auf einem Stein dar, ganz so, wie ich es von Payo gelernt hatte. Dann verköstigte ich den Alten und mich, fütterte den Hund und dörrte verbliebenes Fleisch über dem Feuer.

Es kostete mich noch einige Münzen, bis der Schäfer vorsichtiger damit umging und schließlich mit immer größeren Vorräten wieder hinauf zu seiner Herde gestiegen kam. Eines Tages, es mag im Januar, vielleicht sogar im Februar gewesen sein, hatten wir eine Grenze erreicht. Ich sah nur einen kleinen, unscheinbaren Steinwall, doch der Schäfer kehrte um, zog weiter hinunter in das Tal, um mit seiner Herde zurück nach Süden zu wandern. Nach allerlei Zeichengebärden gelang es mir, fünf Schafe zu erwerben, mit denen ich nordwärts zog. Der Alte wünschte mir kein Lebewohl, sah nicht einmal zurück zu mir, sondern schlurfte nur weiter den Berg hinab. Das Freundlichste an ihm war sein Hund. Zottel zögerte, lief ein paar Schritte mit mir, schnüffelte an meiner Hand, zog dann den Schwanz ein und rannte zu seinen Schafen zurück.

Als Schäfer getarnt, kam ich unbescholten weiter, immer Richtung Norden. Bald mischte ich mich unter andere, ebenso schweigsame, sonderbare und menschenscheue Gesellen, tauschte Schafe oder Münzen gegen Nahrung, Ziegen und Kleidung und zog schließlich zusammen mit einer riesigen Herde von über sechshundert Schafen und Ziegen, neun Hunden und acht Hirten über den Ebro. Frisches Grün sproß im Tal, als wir die sacht ansteigenden Hügel jenseits des Flusses hinauftrieben, uns aufteilten, wieder zusammenfanden oder mit anderen Gruppen vereinten.

Diese große Ruhe, dieser Frieden, die Gleichförmigkeit unseres Tagwerks ließen mich die Sorge, gefaßt zu werden, verdrängen wie einen bösen Traum. Ein dichter Bart schützte mein Gesicht vor neugierigen Blicken. Längst hatte ich einen Schafhaarmantel erworben, ich ging, sah aus und roch wie ein Schäfer. Als wir einmal an Soldaten vorbeitrieben, riefen sie uns an. Keiner der zahlreichen Hirten wendete den Kopf, nicht einer gab Antwort, und in dem Blöken der Schafe schien alles andere unwichtig.

Seit Tagen malte ich Burgen auf meine Tafel, hielt sie den Schäfern zur Ansicht hin, die oft nicht einmal hinsahen. Sie wiesen mich wortlos ab, stützten sich auf ihren Stab und blickten über die Rücken der Herde. Ein einziger gab mir eine Antwort, fluchte, »bist ein Wirrkopf.«

Daß er mit mir sprach, gab mir Mut. An ihn trug ich nun alle meine Fragen heran: Eine Burg, geschmückt mit dem Banner des Herzogs Ferrante, ein Schloß mit dem Wappen des Gesuchten und prächtiger Kutsche davor. Es war zum Verzweifeln: Nichts von dem, was ich zeichnete, verstand der Mann.

Die Sonne schien wieder warm und hell vom Himmel, als wir auf Hirten stießen, die aus dem Osten kamen. Wie stets bei solchen Treffen wurde abends ein großes Feuer entfacht und ein Schaf geschlachtet. Für die genügsamen Menschen war dies ein Fest, ein Schmaus und ein Austausch wichtiger Informationen. Ich hörte die Hirten miteinander sprechen. »Wie war der Winter?« fragte der eine. »Drei Muttertiere und fünf Lämmer hat's gekostet, ehe der Wind nachließ«, war die Antwort, oder: »Keine Nacht ließ mich der Graue schlafen, als der Frost klirrte, aber am Morgen fehlte mir kein einziges Tier.«

Bei solch lebhafter Unterhaltung, wagte ich meine Burg herumzuzeigen. Die Hirten waren satt und gut gelaunt. Einer der fremden Männer sah mich nachdenklich an: »Bist ein *sarabatillo*?«

Es wurde still um mich. Ein *sarabatillo*, das ist eine Stange mit mehreren Widerhaken, ein ungutes Gerät also, das überall aneckt, bei dem man sich leicht Kratzer und kleine Wunden zuziehen kann, ein schlechtes Stück Holz, dazu angetan, Splitter abzusondern, die im Fleisch steckenbleiben und eitern. Mit dieser unrühmlichen Bezeichnung charakterisierte man Ausgestoßene, solche, die sich vor König, Kirche und dem Gesetz verbergen mußten, die nicht gern gesehen waren in Schankstuben oder am Brunnen. Trotz dieser Bezeichnung fuhr der Mann alsbald fort: »Die Burg hier«, dabei zeigte er auf meine Tafel, »gewährt allen Zuflucht. Sie wird auch einen Taugenichts wie dich aufnehmen, schreckt sie doch nicht einmal vor den *marranos* zurück.« Nur mühsam konnte ich meine Erregung verbergen. *Marranos* fanden Aufnahme dort, Schweine also? Natürlich dachte ich nicht an die Tiere, sondern an diejenigen, die man seit den Tagen der Inquisition als *marranos* bezeichnete: Juden und Araber. Scheinbar nachdenklich stierte ich in die Glut, stocherte ein bißchen hier und dort, täuschte ein Gähnen vor. Als ich meinte, meine Miene und den aufgeregten Ausdruck meiner Augen unter Kontrolle zu haben, wagte ich aufzuschauen. *WO*, flehte ich stumm, wie komme ich dorthin?

Zu meinem großen Erstaunen beschrieb mir der Sprecher den Weg ohne jeden Umschweif, ohne nach meinem Woher und Warum zu fragen und schien kein Interesse an meinen mutmaßlichen oder tatsächlichen Sünden zu haben. Seine Worte schlugen mich so in Bann, daß ich weder auf sein Gesicht noch auf irgend etwas anderes achtete. Was er sagte, war mir so wertvoll wie ein Klumpen reinen Goldes. Als er geendet hatte, taumelte ich fast trunken vor Glück auf mein Lager. Endlich konnte ich den letzten Teil meiner Reise antreten. In aller Frühe zog ich am nächsten Tag fort.

Vier Tage lang dauerte meine Reise nach Norden. Ein sanfter, lauer Regen fiel, und die Hügel schimmerten wie grüner Samt. Vogelschwärme zogen über das Land, aus tausend Kehlen drang jubelndes Singen. Das Glöckchenklingeln der

Herden begleitete mich. Wäre mir eine Stimme geblieben, ich hätte den Freudengesang überstimmt.

Mit großem Eifer tauschte ich allerlei Güter in einem Dorf um, bei Händlern, die geschäftig Waren hervorholten und anpriesen. Meine Schafe und Ziegen gab ich fort, erhielt einen guten Preis für ihre runden Leiber, das dichte Fell und die prallen Euter. Nur das Maultier sollte bei mir bleiben, und ich lehnte bestimmt ab, es zu verkaufen, sogar, als man mir einen ausgezeichneten Tausch anbot. Der Händler wirkte verärgert, erhöhte den Preis noch, und als ich beharrlich ablehnte, fluchte er mir. Was soll's, dachte ich bei mir, zog unbekümmert fort, mit Ideen und Flausen im Kopf wie ein Knabe, der barfuß durch die Pfützen springt.

Am Abend dieses vierten Tages nutzte ich die Abgeschiedenheit meines Lagerplatzes. Zuallererst zog ich das Spiegelglas hervor, das ich erstanden hatte. Wild funkelnde Augen begegneten mir in dem handtellergroßen Stück, ein braunes Gesicht, eingerahmt von einem schwarzen, dichten Bart. Ich bettete es auf einen großen Stein und kniete gar davor nieder. Mit einer rostigen Messerklinge rupfte und schnitt ich mir Löcher in Haupthaar und Bart, als hätten die Motten darin gehaust. Noch warme Asche rieb ich in das Haar, bis der Bart grau und verfilzt war. Ach, was freute ich mich über mein Aussehen. In meinem dicken Schäfermantel, staubig und gerupft wie ein Huhn, schlurfte ich mit schleppendem Schritt einher. Ich war vernarrt in meine Verwandlung: ein alter Mann, nicht mehr recht hell im Kopf und ohne Gefahr für jedermann. So konnte ich die Burg des Ferrante aufsuchen, mich vorsichtig umhorchen und auskundschaften, ehe ich mich als Gonzalo Porras dem Burgherrn anvertrauen und mein Erbe entgegennehmen würde. Ich lachte bei dieser Vorstellung. Die Schatten der Vergangenheit wurden schmäler.

Ganz verzückt betrachtete ich mich im Spiegelglas. Obwohl ich nicht recht fürchtete, hier oben im Norden noch gesucht zu werden, konnte ich sicher sein, daß mich kein Scherge erkennen und der Inquisition ausliefern könnte.

Der einzige, der sich nicht täuschen ließ, war mein treuer Brauner. All meine Verkleidung, mein närrisches Gehabe kümmerten ihn nicht. Er stand mit gespreizten Beinen da, ließ den Kopf hängen und döste.

Stunden später, als ich noch einmal den kleinen Sack überstreifte, in dem mein Hab und Gut verborgen war und den ich nun so einseitig auf meinem Rücken befestigte, daß er einen Buckel bildete, schrak ich hoch.

Das Maultier stand am selben Platz wie vorhin, die Beine in den Boden gestemmt, den Kopf gesenkt. Ich sprang auf. Das kostbare Spiegelglas rutschte mir aus der Hand, zerbrach an einem Stein mit lautem Klirren. Ich stürzte zu meinem Braunen, hob seinen Kopf hoch und versuchte, ihm in die Augen zu sehen. Sein Blick war grau wie die Asche in meinem Haar.

Meine Gedanken sprangen umher, Hände und Beine wollten nicht stillhalten. Ich rannte und holte Wasser, ich schüttelte den Futtersack, schürte das Feuer, kochte Medizin, preßte das Ohr an die bebende Brust des Tieres, fiel auf die Knie und flehte stumm um Hilfe. Doch als die Nacht dem ersten Sonnenstrahl wich, war das Maultier schwer keuchend zu Boden gesunken, mit gespreizten Beinen lag es dort. Als sich endlich die Stille des Todes über uns senkte, biß ich mir die Lippen auf vor Schmerz.

Mein lächerlicher Mummenschanz, mein selbstsüchtiges Verhalten und meine Albernheit stiegen mir vom Herzen in die Kehle und brannten dort. Unaufmerksam war ich gewesen, nicht sorgsam genug hatte ich auf den treuen Gefährten geachtet, der mich so lange begleitet hatte.

Irgendwann hatte ich genug Äste beieinander, um den Kadaver zu bedecken, dann schulterte ich mein Gut und wankte davon. Mein dumpfer Zustand wollte sich nicht bessern. Ich gab mir die Schuld am Tod meines Begleiters, litt um das Tier wie um einen guten Freund. Was hatte ich in meiner Dummheit übersehen? Sachte, ganz sachte dämmerte mir die Erinnerung an den Händler, der so versessen auf das Tier gewesen war. Hatte ich nicht Maultiere in diesem Dorf gesehen? Ein paar jämmerliche Tiere fielen mir ein, die am Brunnen dösten, am selben Brunnen, aus dem mein Brauner getrunken hatte. Ich schalt mich einen Narren, einen Tor. Er hatte verdorbenes Wasser getrunken, und ich hatte dies zugelassen.

In all den Stunden, die ich bis zur Abenddämmerung nach Norden wankte, geißelte ich meine Seele. Der lange Schatten, den meine Gestalt warf, kroch, gebückt wie ein Greis, voran.

In der Nacht fieberte ich. Wilde Träume jagten durch mein Hirn, ließen mich schaudernd hochfahren. Schreckliche Krämpfe durchzuckten meinen Leib, und ich gab alles von mir, was ich gegessen hatte. Als endlich der Morgen kam, fühlte ich mich elend und mutlos. Widerwillig schleppte ich mich weiter.

Der letzte Anstieg über schroffe Hügel hinauf zu der ersehnten Burg dauerte, bis die Sonne den Zenit überschritten hatte und tief im Westen stand. Als ich schwer keuchend langsam zur Ruhe kam und den Blick heben konnte, um mein Ziel zu sehen, versagten mir die Beine. Ich stürzte zu Boden. In meiner Schwäche, in meiner Verwirrtheit hatte ich mich verlaufen. Die Burg war nicht dort, wo sie sein sollte, oder ich war nicht dort, wo die Burg war. Der hohe Hügel, den ich erklommen, drehte sich unter meinen Füßen und neben der Sonne wankte und zuckte ein helles Licht. Bedächtig, ganz langsam schwankten die Hügel und Bäume zurück auf ihren festen Platz. Ich krallte die Finger ins Gras, verzog das Gesicht zu einer stöhnenden Grimasse und keuchte, um den Schmerz hinauszulassen, der mich zu ersticken drohte. Meine Burg war nicht mehr! Der Ostturm stand noch, doch auch er war geborsten, ragte wie ein Skelett in den sich rötenden Abendhimmel.

Auf Händen und Füßen kroch ich zur Ruine, wühlte in den rauchenden, verkohlten Trümmern mit den bloßen Händen. Schließlich legte ich mich nieder. Ich umklammerte einen

Balken, barg mein Gesicht an dem rußigen Holz und wollte sterben.

»Alter«, sagte nach einer Ewigkeit ein stämmiger Kerl zu mir, der leicht mein Vater hätte sein können. »Gib es auf, du findest nichts mehr.«

Nur ungenau erinnere ich mich daran, wie er mich fortzog von den rauchenden Trümmern dieser Burg, die einmal das Triebwerk meiner Reise, meiner Flucht durch die ganze Weite meiner Heimat gewesen war.

»Lang ist's noch nicht her, daß sie die Burg niederbrannten«, erklärte mir der gleiche Kerl, der mit anderen zerlumpten Gesellen in einem Schlupfwinkel jenseits des Flusses hauste. Obwohl mir nichts an einem Fortleben lag, saugte mein Mund begierig das kalte Wasser, das er aus einem Becher an meine Lippen hielt.

Erst später erkannte ich, daß ebendieser Becher aus Silberblech getrieben war, wenngleich auch jetzt verbeult und rußgeschwärzt.

Ich lag auf einem Hügel am Eingang einer kleinen Felsennische. Im Morgengrauen sah ich den Nebel vom Fluß aufsteigen und die Ruinen meiner Burg in Schwaden hüllen. Oft genug gaukelte ich mir vor, alles sei nur eine meiner gräßlichen Wahnvorstellungen und gleich würde die Burg auferstehen im Morgenglanz. Allein, die gnadenlose Sonne brannte nieder auf die schwarzen Trümmer, beleuchtete gesprungene Mauern und von der Glut des Feuers geborstene Treppen. Wer mochte Hand an diese prächtigen Bauten gelegt haben? Wessen Zorn war es, der die Türme und Wehrgänge, die Ställe und Kammern zerstörte?

Da niemand mit mir sprach, mußte ich selbst nach einer Antwort suchen. Ich beobachtete die zerlumpten Männer, die mir Gastfreundschaft gewährten. Jeden Morgen zogen sie aus, wühlten in den Trümmern oder schlugen fremde, mir unbekannte Pfade ein, kehrten abends heim mit vollen Taschen und scheuem Blick, sobald sie mich sahen. Zu meinem Glück war ich so sehr von Krankheit und Kummer geschwächt und spielte den alten, gebrochenen Mann so trefflich, daß niemand Anstoß an mir nahm. Tatsächlich verspürte ich etwas von christlicher Barmherzigkeit. Dieses Diebes- und Räubergesindel teilte Wasser und Brot mit mir, duldete mich an seinem Feuer, ohne nach dem Lohn zu fragen. Niemand durchwühlte mein Gepäck, keiner legte Hand an mich. Ob das Räubervolk einst in der Burg gehaust hatte? Ob Edelleute unter ihnen waren?

Eines Abends lieferten sie mir Antwort auf meine stummen Fragen. »Halt's Maul«, knurrte der stämmige Kerl, der mich aufgelesen hatte, einen Kameraden an. »Mir dröhnt der Kopf noch vom Geschrei der Kinder und Weiber, als sie mitansehen mußten, wie ihre Männer und Väter verbrannt wurden. Ich kann keinen mehr schreien hören, am wenigsten ein Kind.«

»Hättest ihnen ja helfen können«, gab der Zurechtgewiesene keck zurück.

Ein *jarro* machte die Runde, ein glasierter Weinkrug, den sie an mir vorbeireichten, nicht weil sie mich ausschlossen, sondern weil sie mich schlafend wähnten. Ich verhielt mich ganz still, atmete tief und ruhig. Vielleicht erfuhr ich so, was ich dem Gesindel sonst nie entlocken konnte.

»Wie klug du doch bist«, äffte schließlich der Stämmige. »Hat je einer die Soldaten Christi besiegt? Eh? Was wäre geschehen, wenn sie mich ergriffen hätten? Vielleicht hätten sie mich nur in den Fluß gestoßen wie die Frauen und Kinder, doch eher hätten sie mir wohl die *coraza* übergezogen, die Mütze, die man zum Scheiterhaufen trägt. Oh, wie bist du gescheit! Vielleicht hätte Seine Eminenz persönlich das glühende Eisen auf meinen Leib gehalten zu meiner Läuterung, damit ich singe von unserem Versteck, wo wir unser Diebesgut verbergen.«

»Was sich der Kerl nur einbildet«, rief ein Dritter dazwischen. »Hat die heilige Inquisition jemals Räuber aufgegriffen oder Diebe, Wegelagerer gar oder Mordgesellen? Allein am Adel ist ihnen doch gelegen und an den Reichen, den wohlhabenden Händlern und Bürgern. Ist dein Blick mordgierig und dein Wams zerlumpt, bist du nicht auffällig. Ist dein Haus aber groß, dein Gewand rein, wird sich bald ein Soldat Christi bei dir melden, dich ermutigen, den *Familiaren* des Heiligen Officiums beizutreten, oder dir die *Sardunnia*, die Brüderschaft, antragen. Und lehnst du das eine ab und das andere, dann findet sich schnell ein Teufelchen, das in dich fährt und Glaubensverwirrung stiftet, und rasch kommt die Inquisition daher, um dich zu befreien von deinem sündhaften Denken ...«

»En cosas de inquisición, chiton!« plärrten die Männer durcheinander.

Über Angelegenheiten der Inquisition schweigt! bedeutete dieser Ausruf des Schreckens, der Furcht, ein Schrei, der in Spanien verbreitet war, mehr als das Vater Unser. Rechte Gesprächigkeit wollte unter den Zerlumpten nicht mehr aufkommen. Bald hörte ich ihr Schnarchen.

In dieser Nacht erlitt ich einen Rückfall. Obwohl mir die Zerlumpten den Mantel gelassen hatten, bebte ich unter seinem Tuch, während mir gleichzeitig kalter Schweiß über die Stirn rann. Allzu deutlich sah ich die zerstörte Burg jenseits des Flusses, hörte die gräßlichen Schreie der Ermordeten. Viel schlimmer als alles aber war das Wimmern eines Kindes. Ganz klar nahm ich die kleine Gestalt wahr, die sich am Bein des Vaters festklammerte, als er auf den Scheiterhaufen geschleppt wurde. Das jämmerliche Heulen klang dicht an meinem Ohr. Ein deftiger Fußtritt öffnete mir einen Bruchteil lang die Augen. »Wenn du nicht still sein kannst, Alter, dann scher dich fort.« Der Stämmige war es, der meinem qualvollen Traum ein Ende gemacht hatte.

Der nächste Morgen brachte keine Besserung. Gepeinigt wälzte ich mich hin und her, verbarg den Kopf in den Händen, um die Schreie der Ermordeten nicht hören zu müssen, die mich seit der Nacht mit ihrem Jammer verfolgten. Schließlich glitt ich hinweg, verlor den Bezug zu mir und meiner Umgebung.

War alles still um mich, oder ächzten die Männer auf dem Scheiterhaufen? Angespannt lauschte ich in den Tag hinaus. War die Welt stumm, oder hatte sich die Erde geöffnet zu einem einzigen riesigen Schrei? Das Dröhnen und Hämmern in meinem Kopf wollte nicht aufhören.

Ich nahm einen kleinen Stein in die Hand und ergriff einen anderen. Schlug ich sie gegeneinander, so entstand ein Geräusch, dessen Ursache ich erkennen konnte. Das half mir zurück in die Wirklichkeit und vertrieb das Heulen in meinen Ohren. Ich lächelte und schlug die Steine. Wieder und immer wieder.

Kapitel 6

Schließlich erholte ich mich ein wenig. Das Räubergesindel, das mich aufgegriffen hatte, als ich verwirrt in den Ruinen umherstolperte, stellte mich eines Tages auf die Füße und trieb mich fort.

Obwohl ich immer noch Diamanten und Perlen in meinem Gepäck hatte, wanderte ich wie ein Bettler zur Küste und lebte von den Almosen barmherziger Menschen. Ich war ohne jeden Antrieb, saß manchmal stundenlang am Straßenrand und starrte vor mich hin. Irgendwann gelangte ich in den Hafen von San Sebastián, sah den Schiffen zu oder beobachtete Möwen, die sich um Fischabfälle stritten. Eines Nachts, es muß im Sommer des Jahres 1541 gewesen sein, versuchte ein zerlumpter Geselle, mein Gepäck zu stehlen. Da besann ich mich, dachte an das Versprechen, das ich Pedeco gegeben hatte und bemühte mich anderntags um eine Heuer. Wenig später gelangte ich an Bord eines Schiffes, das Richtung Antwerpen in See stach. Ja, ich hatte mir wieder ein Ziel gesetzt, eine neue Aufgabe gestellt. In meiner Lebensunlust wollte ich zumindest noch eine Schuld begleichen, nach Antwerpen gelangen und das Goldfigürchen abliefern, wie ich es Pedeco schuldig war. Tatsächlich faßte ich mich etwas, als ich mich an diese Pflicht klammerte, doch es nützte wenig.

Noch im selben Jahr erreichte ich Antwerpen und suchte nach Pedeco. Da ich ihn selber nicht antraf, hinterlegte ich seinen Schatz und fand auch Anstellung im Handelshaus der Welser. Ich hatte wieder Arbeit, eine Kammer zum Schlafen und mein Auskommen, aber ich trieb durch die Tage, Wochen und Jahre ohne Ziel und Sehnsucht.

Erst jetzt, da ich hier in Venedig Zeile um Zeile zu Papier bringe, werde ich gewahr, daß ich an die zwanzig Jahre meines Lebens in Antwerpen verbrachte, die so ereignislos und trist verliefen, daß ich mich nicht mehr recht an sie erinnern kann.

Einmal allerdings, es muß um 1550 gewesen sein, begann ich aufzuschreiben, was ich über die Inquisition in Erfahrung gebracht hatte. Ich begeisterte mich sogar so sehr an meiner neuen Beschäftigung, daß ich wieder schwungvoll durch die Gassen schritt, überzeugt, diesem Verbrechertum das Handwerk zu legen, und gälte es, den Großinquisitor selbst zu morden. Stirnrunzelnd saß ich eines Abends über meine Listen gebeugt. Zwanzigtausendvierhundertachtunddreißig Unschuldige hatte der Generalinquisitor bis zum Jahre 1545 verbrennen lassen, zweihundertsiebzehntausendsechshundertfünfundachtzig Menschen auf die Galeeren verbannt und …

Ich sah mein nicht mehr junges, graues Gesicht im Widerschein des Fensters, das mein Arbeitszimmer von der Außenwelt abschirmte. War ich gänzlich verrückt geworden? Wie konnte ich das Ungeheuer stoppen, das sich durch die Alte und die Neue Welt fraß? »Mönch«, hatte Isabella von Kastilien den Inquisitor Torrequamada gerügt, »Mönch, vergiß nicht, daß ein königlicher Befehl die Inquisition einführte und daß ein königlicher Befehl sie auch aufheben kann.«

Hatte das etwas genützt? Konnte die Königin die Mordlust stoppen, dem Wahn ein Ende bereiten? Wenn ihre Gewalt nicht ausreichend war, was sollte ich bewirken? Erschüttert von dieser Erkenntnis, verlor ich wieder allen Mut und jede Lebenslust. Ich wurde wieder ein Schattenmann, ein Wesen, noch atmend, doch schon gestorben, das durch das Leben huschte, ein Schatten seiner selbst.

Manchmal erwog ich gleichermaßen, mich in die Neue Welt einzuschiffen oder mich einfach in das faulig riechende Wasser des nächsten Kanals zu stürzen. Doch zu beiden fehlte mir der Mumm.

Ich war ein Heimatloser, ein ziellos Wandernder im Auftrag der Welser. O ja, ich zog von einer großen Stadt zur nächsten, im Jahr darauf auch wieder zurück. So schnell ich blanke Dukaten verdiente, gab ich sie auch wieder aus, für … ich weiß nicht mehr, wofür. Wohl mehr als ein halbes Dutzend Liebschaften, verstreut im ganzen Reich, hielt ich mir warm, kannte den Klatsch und Tratsch der Handelshäuser. Sprach man aber von den Indios und den Ereignissen jenseits des großen Meeres, hörte ich weg, sah über die Köpfe der Sprecher und ergriff die Flucht, sobald man etwa von den neuesten Opfern erzählte, welche die Kirche ermorden ließ. Ich tat einfach, als ginge mich das nichts an, schlurfte weiter, wenn am Marktplatz ein Scheiterhaufen loderte und weißgewandete Kuttenmänner im schwarzen Skapulier Hexen durch die Gassen jagten. Ich war ein Hohlmensch, wie die Indios sagten, ein Schattenmann. Oben schüttete ich Nahrung hinein, deren unverdauliche Reste alsbald unten wieder ausgeschieden wurden. Zu meinem Befremden lief diese Maschine ordnungsgemäß durch die Straßen, füllte Seite um Seite in wohlgesetzter Schrift und führte die Hand mit dem Weinbecher an die Lippen. Mehr als zwanzig Jahre also taumelte ich seelenlos durch mein Leben und hätte es gerne weggeworfen, wie man einen Stein zur Seite tritt, wenn ich meine Trägheit hätte überwinden können.

Freilich war auch dieses Leben nicht nur Jammer und Pein. Manch guter Tropfen spendete Trost und ließ den Mut wieder aufflackern. Doch war es nicht leicht, Erkundigungen einzuziehen. Ein leises Wort zu später Stunde einem Vertrauten zugeflüstert, was konnte dies schon verraten? Am nächsten Morgen wußte man eh nicht, ob man wachte oder träumte, wenn man sich den dröhnenden Kopf hielt nach durchzechter Nacht. Ein Wort, eine Frage aber, säuberlich niedergeschrieben auf Papier, das waren Zeugnisse, denen man nachgehen, die man verfolgen konnte. Ich wußte nicht, wie ich Erkundigungen einholen sollte, ohne mich gleichzeitig zu verraten. Wohl fiel ich nicht sehr auf unter den zahlreichen

Schreiberlingen des Handelshauses. Da wir unsere Arbeit bei Tageslicht verrichteten, blieb keine Zeit für ein Schwätzchen. Auch verlangte unsere besondere Tätigkeit Schweigen und Konzentration. Manch einer der Schreiber erfuhr erst nach Jahren, daß ich gar nicht sprechen konnte. Sie wähnten keinen des Mordes an Maldonado Angeklagten, keinen von der Inquisition Verfolgten in mir. Doch ein Gesuch, niedergeschrieben von meiner Hand, nach Porras oder Ferrante fragend, was hätte das alles verraten! Ich erwog dies und das, schließlich entschloß ich mich, meine Fragen nur auf der Tafel zu formulieren, auf der sich ein eben Geschriebenes rasch löschen ließ.

Auf diese Art erfuhr ich, freilich eher zufällig, einiges, was mir in diesen Momenten bedeutsam erschien, mich aber nicht mehr berührte, sobald eine Nacht darüber vergangen war. Im Gegenteil. Am anderen Tag fragte ich mich oft, wie lange ich noch in kindlicher Dummheit an den Verheißungen eines fernen Manco Huacas oder dem Wunschdenken an den letzten Gruß meiner Eltern kleben wollte. Verärgert und kummervoll schob ich beides zur Seite, so lange, bis ich plötzlich ein Gitterwerk ahnte, das mein Leben durchzog und mich leitete bis hin in diese Stube in Venedig, wo ich alles niederschreibe, was mir widerfuhr. Auch heute kann ich nicht ermessen, was wohl das Bedeutendste und Wichtigste daran ist, doch im Vertrauen auf mein Schicksal und im Glauben an die Vorherbestimmung lasse ich nichts unerwähnt.

Meine Notizen hatte ich in jener Zeit meines Jammers wohl gehütet und in den Jahren meines Dahintreibens sorgsam verstaut. Sie waren mir, dem Heimatlosen, letzter Halt, Zuflucht, Erinnerung und Zuhause. In ihnen war mein Leben verankert. Las ich von Payo oder Magdalena, nahmen die beiden Gestalt an, sprangen mit dem Glimmen des Feuers um mich herum. Trat ich dann hinaus in die feuchten Schwaden einer Gasse, glaubte ich, den fernen, regennassen Urwald zu riechen. In solchen Momenten war ich glücklich und lachte mit den Gefährten der alten Zeit.

Doch ich will versuchen, geordnet zu erzählen, was mir nun nach dieser langen Zeit des Kummers und der Trägheit widerfuhr.

Mein Brotherr schätzte meine Arbeit als Schreiber, auch wußte er meine Verschwiegenheit zu würdigen. In seinen Angelegenheiten arbeitete ich nicht nur in der Schreibstube, sondern reiste vielmehr in den Landen umher, ganz wie ein echter Kaufmann. Oft genug begleitete ich auch Handelsleute auf ihren gefahrvollen und beschwerlichen Wegen. Damals waren die Straßen in einem beklagenswerten Zustand, die Pferde staken bei schwerem Regen im Morast, die Wagen brachen. Wie oft erinnerte ich mich da der vortrefflichen Straßen der Inka! Ich besann mich auch auf vieles, was ich damals im Land der Indios gelernt hatte. So kam es, daß ich zu jeder Zeit, sei es bei Sturm oder Regen, ein Feuer entzünden konnte, mit Heilkräutern nicht nur Reisende, sondern auch Pferde gesund pflegte und mich überall nützlich machte. Am meisten aber kam mir wohl meine Umsicht zu gute. Wegelagerer, Räuber und Mörder lungerten überall herum. Mehr als einmal wurden wir auf unseren Reisen in ein Scharmützel verwickelt. Obwohl ich von nicht allzu großer Gestalt war, konnte ich mit dem Degen umgehen, und auch ein Ast, eine Handvoll Schlamm, selbst Pferdedung dienten mir zuweilen als Waffe. Da ich das Gelände, durch das wir zogen, recht gut einschätzte, ahnte ich manchen Hinterhalt im voraus und verblüffte die Räuber mit einer einfachen List. Dumm und abergläubisch wie sie waren, war es ein leichtes, sie zu übervorteilen. Mit der Zeit vertraute mir das Handelshaus der Welser seine größten Schätze an. Natürlich wußte ich oft nicht, was sich in manchem Lederbeutel, in mancher Kiste befand, doch wann immer es galt, ein besonders wertvolles Gut zu transportieren, war ich zur Stelle. Ich war vorsichtig, aber unerschrocken. Was hatte ich zu verlieren? Es muß der Glanz in meinen Augen gewesen sein, der die Räuber zurückfahren ließ. Kein Weib wartete auf mich, keine muntere Kinderschar würde mir lärmend entgegenlaufen, kein Ort der Welt war mein Zuhause. So prügelte und schlug ich mich gerne, wäre auch selbst vielleicht Räuberhauptmann geworden, hätte das dumme, mörderische Volk nur lesen können.

Im Jahr 1561 wurde ich eines Tages zu meinem Herrn gerufen, dessen Namen ich aus gutem Grund verschweigen muß.

Sein Gesicht, verborgen hinter einem rötlich-grauen Vollbart, wirkte angespannt. In den Händen hielt er eine kleine Lederschatulle, nicht größer als mein Handteller.

»Ein ganz besonderer Auftrag wartet auf dich«, sprach er mich an.

Diamanten, überlegte ich, was sonst konnte so wertvoll sein?

»Kein Schatz von dieser Welt«, lachte mein Brotherr, »doch so wichtig für uns, daß ich ihn nicht dem Seeweg anvertrauen kann, einzig dir.«

Sein Vertrauen schmeichelte mir, um so mehr, als ich vor vielen Jahren eine herbe Enttäuschung erlebt hatte. Damals, nach meiner Flucht aus Spanien, hatte ich Pedecos Schatz, das Goldfigürchen und seinen *rumi*-Stein, für ihn hinterlegt. Ich wartete wochenlang auf eine Reaktion. Monate später, als ich selbst in Ulm weilte, wollte ich das Haus des Pedeco aufsuchen. So oft ich ihn anschrieb oder selbst vorbeikam, nie war er da, nie antwortete er mir, bis schließlich mein jetziger Brotherr, aus dem Haus der Welser, mir zu verstehen gab: »Aus Gründen, die er nicht erläutern will, läßt dir ein Peter Hecker ausrichten, du möchtest nicht länger nach ihm fragen.«

Ich war wie vor den Kopf geschlagen, fühlte mich zurückgewiesen, aufs tiefste verletzt. Ich hatte ja viel Zeit nachzudenken und glaubte mit den Monaten zu verstehen, daß Pedeco der einzige war, der meinen Namen Porras kannte, der mich in Cartagena an Bord gehen gesehen und sicherlich die Geschichte von Maldonados angeblichem Mörder gehört hatte. Freilich wollte er damit nichts zu tun haben, fürchtete sich oder wollte mich gar schützen. Trotzdem litt ich unter dieser Abweisung, denn andere Zeitgenossen, die ich zu meinen Freunden hätte zählen können, hatte ich nicht.

Um so eifriger wollte ich nun meinem Herrn, einem Mann, der kaum älter war als ich, einen außergewöhnlichen Dienst erweisen, der mit Gefahr verbunden war. Bei aller freudigen Erregung, die mich ergriffen hatte, verstand ich doch das Handeln vortrefflich. Also schrieb ich auf meine Tafel: »Wenn ich mein Leben wagen soll für Euch, so knüpfe ich Bedingungen daran.« Mein Dienstherr lächelte freudlos: »Du wirst einen Sonderlohn erhalten.«

Ich schüttelte nachhaltig den Kopf, wies die dargebotenen Münzen zurück. »Was befindet sich in der Schatulle? Zeigt mir den Schatz, allein das soll mein Lohn sein.«

Mein Dienstherr war höchst erstaunt. »In deinem Alter noch von solcher Neugierde geplagt? Doch was soll's, Lo Scrittore, du wirst nichts Rechtes damit anfangen können.« Er bestellte mich für den gleichen Abend zu sich.

Den Rest dieses Tages hing ich meinen Gedanken nach, malte zwar Buchstaben für Buchstaben auf das Papier, ohne jedoch bei der Sache zu sein. Was mochte die Schatulle verbergen?

Es war ein kalter Dezemberabend, als ich von meiner bescheidenen Unterkunft, unweit vom Ufer der Schelde, lautlos wie ein Schatten durch die Nebelschwaden strich. Am Hintereingang, den mir ein Diener öffnete, umfing mich sogleich liebliche Wärme und der Duft frisch zubereiteten Essens. Mein Brotherr hatte mich zu einer Mahlzeit geladen. Wein aus kostbaren Gläsern, edle Speisen und die vielen Kerzen, die in seinem mit Wandteppichen behangenen Zimmer mildes Licht verbreiteten, stimmten mich feierlich. Als wir unser Mahl begannen, erhob sich ein Flötenkonzert, dargebracht von drei noch recht jungen Burschen. »Damit uns die Leere der fehlenden Unterhaltung versüßt wird«, lächelte mich mein Dienstherr an. Mir stiegen Tränen in die Augen. Lag es an der Herzlichkeit dieser Geste, an der Wärme des Hauses oder an den Flötenklängen, die mich allzusehr an Payo denken ließen? Nach einem üppigen Mahl schob mir mein Dienstherr die Schatulle zu. »Nun, still deine Neugierde, Lo Scrittore.«

Behutsam öffnete ich die Schatulle. Ein Stein lag darin, poliert und nicht unähnlich meinem Spiegelglas. Er war rund geschliffen, vielleicht so groß wie das Rund meines Weinglases, schwarz und glänzend. Als ich ihn vorsichtig umdrehte, sprang mir das Abbild eines bärtigen Mannes in die Augen, eingerahmt von seltsamen Schriftzeichen. Es sah genauso aus wie jene Bilder, die ich im Heiligtum des Manco Huaca gesehen hatte. Mein Herz pochte gegen die Rippen, mein Atem kam stoßweise. Behutsam legte ich die Kostbarkeit zurück, griff nach meiner Tafel: »Woher habt Ihr den Bärtigen?«

»Was kümmert's dich«, winkte mein Dienstherr ab. Da ich ihn aber bedrängte, ließ er mir eine dürftige Erklärung zukommen. »Nun, einem aufmerksamen Handelsmann gelang es, die Platte«, mein Dienstherr nannte den Stein ›Platte‹, »vor den kritischen Blicken gewisser kirchlicher Oberhäupter zu verbergen. Sie ist nicht von tatsächlichem Wert, doch für einen Liebhaber, wie mein Freund in Leyden es ist, von unschätzbarer Qualität. Er sammelt die größten Kuriositäten aus der Alten und Neuen Welt und fürchtete mehr als einmal, für sein Teufelszeug auf den Scheiterhaufen zu kommen.«

»Doch wo habt Ihr den Stein her, aus welchem Land stammt er«, forschte ich ungeduldig.

»Ach, aus der Neuen Welt ist er herübergekommen mit allerlei Tand. Ein Indio wird sich einen Spaß gemacht haben.«

»Der Stein ist alt, Herr«, schrieb ich auf, »sehr alt und vermutlich aus Nephrit. Er erzählt die Geschichte von den bärtigen Männern, genauso wie die Indios sie berichten. Er ist von unschätzbarem Wert, zeigt er doch Schriftzeichen – und wie man behauptet, können die Indios nicht schreiben ...«

»Genug«, wischte mein Dienstherr meine Worte von der Tafel, »was schwafelst du da. Doch wisse eines: Diese Platte muß nach Leyden, denn mein Freund dort will mir die Schulden einer Schiffsladung erlassen, erhält er nur die Platte.« Er lachte zufrieden und auch ein wenig trunken. »Das nenne ich einen Tausch! Also sieh zu, daß du sie dem Freund in Leyden unversehrt übergibst. Er mag ein Träumer sein wie du, denn als ich ihm eine Zeichnung zukommen ließ vor Monaten, gebärdete er sich so närrisch wie du heute abend. Aber was soll's. Eine Schiffsladung ist eine Schiffsladung. Also nimm die Kutsche und mach dich bei Morgengrauen auf den Weg.«

Mein Dienstherr hatte laut und unbekümmert gesprochen, während Diener die Speisen abtrugen, neuen Wein brachten und die Flötenspieler entlohnt wurden, es war ein Kommen und Gehen. Ungesehen entfernte ich die Platte aus der Schatulle, schob sie in meinen Wams, dann schrieb ich nieder: »Schickt die leere Schatulle mit einer Kutsche nach Leyden und sprecht darüber, als enthalte sie diesen Schatz. Ich aber nehme mir ein Reittier und werde die Platte Eurem Freund in Leyden sicher zustellen.«

Da er mich verständnislos ansah, fügte ich hinzu: »Ihr seid zu unvorsichtig gewesen, zu deutlich laßt Ihr jedermann von dieser Platte erfahren. Glaubt mir, sie ist von Wert, und sei es nur als Kuriosum. Die Kirche mag sich dafür interessieren, legt sie doch Zeugnis ab von einer fremden Geschichte, die man allzu gerne leugnen würde. Und abgesehen von dieser Bedrohung, läuft genug Diebesgesindel herum.«

Mein Herr willigte ein, auch wenn er nicht recht verstehen wollte.

Erst als seine Kutsche mit der leeren Schatulle tags darauf in einen Hinterhalt geriet, der Kutscher ermordet in einem Graben gefunden wurde und von der Schatulle jede Spur fehlte, begriff er meine Worte. Ich aber lieferte Tage später die Kuriosität unangefochten in Leyden ab, wurde empfangen und dem Freund vorgestellt.

Mehr als eine Woche durfte ich in Leyden sein Gast sein. Aus seinem großen Erstaunen über mein Interesse und auch mein Wissen entstand eine kurze, herzliche Beziehung. Einige seiner Schätze zeigte er mir. Gemeinsam rätselten wir über manchem Stück und fanden keine Erklärung. Doch unterstützte ich ihn darin, diese Dinge verborgen und geheimzuhalten. Schnell hätten sie Mißfallen erregen können, wären als Teufelswerk der Vernichtung anheimgefallen.

Nun, dies war die eine der seltsamen Begegnungen in meinem Leben. Ich dachte in den folgenden Tagen viel darüber nach. Mit meinen Grübeleien war ich nicht alleine. Mein Dienstherr ließ mich rufen: »Was ist los mit diesen Kuriositäten? Was lohnt den Verrat in meinem eigenen Haus, den Überfall auf meine Kutsche? Oder war es nichts als ein lächerlicher Zufall?«

»Es muß kein Verräter unter Euren Dienern gewesen sein, auch mag die Kutsche zufällig überfallen worden sein, konnte doch jeder ahnen, daß eine prächtige Kutsche mit Eurem Wappen Reichtümer beförderte. Doch ich denke«, fuhr ich auf der anderen Seite meiner Tafel fort, »daß dem Geist der heutigen Zeit in unserem Lande einiges nicht behagt. Deshalb läßt man Wundersames lieber verschwinden, zerstört dabei Denkmäler einzigartiger Kulturen und möchte die Beweise, daß jenseits der christlichen Welt auch Menschen leben, der Schrift, des Denkens und der Wissenschaften mächtig, vernichten.«

Mein Dienstherr schüttelte den Kopf. »Unsinn«, brummte er. Damit war dieses Kapitel vorläufig abgetan, und die Wochen und Monate verliefen in Gleichförmigkeit. Eine Reise nach Padua sollte mich demnächst für lange Zeit aus Antwerpen fortführen. Der Dienstherr veranschlagte mehr als ein Jahr dafür.

In diese geschäftigen Vorbereitungen hinein erreichte mich mehr zufällig eine Nachricht aus Spanien. Bei einem heftigen Disput, den mein Dienstherr mit einem Kaufmann austrug, hörte ich den Namen Cazalla. Sogleich war ich hellwach, paßte einen günstigen Moment ab und flehte auf meiner Tafel: »Ich bitte Euch, Herr, welche Bewandtnis hat es mit Cazalla?«

Unwillig schüttelte er den Kopf, dann lenkte er ein. »Nicht Cazalla, sondern Bibero y Cazala. Na schön, ich sehe, du wirst nicht ruhen, ehe du alles erfährst. Es handelt sich um Eleonore von Bibero y Cazala, eine Edeldame, gestorben als gute Katholikin. Vor einem Jahr aber verbrannte die heilige Inquisition bei einem Autodafé in Valladolid unter den Augen des Prinzen Don Carlos und der Prinzessin Johanna die Gebeine und die Statue der längst Verstorbenen.«

»Man verbrannte den Leichnam?« fragte ich nach.

»Aber sicher! Der Inquisition ist nichts heilig, nicht einmal das Grab!« Mein Dienstherr schluckte, spürte, daß er in seiner Erregung zu laut geworden war, und fuhr deshalb leiser fort: »Sie wurde tatsächlich nach ihrem Tode angeklagt – durch Zeugen, denen man unter der Tortur Geständnisse entrissen hatte –, überführt, ihr Haus in Valladolid den Lutheranern geliehen zu haben, um daselbst die Zeremonien des protestantischen Kultus zu feiern. Deshalb erklärte man sie als in der Ketzerei gestorben, verurteilte ihr Andenken bis in ihre Nachkommenschaft zur ewigen Schande, konfiszierte ihre Güter und machte ihr Haus, unter dem Verbote, es jemals wieder aufzubauen, dem Erdboden gleich. An den Trümmern dieses Hauses errichtete man ein Mahnmal mit einer Inschrift, welche sich auf diese ihre Sünden bezieht.«

Meine Augen mußten den Glanz angenommen haben, den die Räuber zu fürchten gelernt hatten, denn mein Dienstherr wich einen Schritt zurück. Eilig, ehe er entweichen konnte, formulierte ich eine Frage und gab sie ihm zu lesen. »Mag die ›Leydener Platte‹ aus dem Besitz der Edeldame Cazala stammen?«

Er hob verwundert den Blick. »Was spukt nur in deinem Kopf herum? Was bist du, eh? Ein Schreiberling oder ein Hakamati, ein Geschichtenerzähler, wie die Araber sagen?«

Wenig später, als ich alleine am Schreibpult stand, kam er vorbei und schlug mir vertraulich auf die Schulter. »Du bist ein rechter Glückspilz, weißt du das?« Da ich den Kopf verneinend schüttelte, fuhr er fort. »Weil du bereits stumm bist. Die Inquisition wird nicht mehr Hand an dich legen, um dir die Zunge herauszureißen.«

Er kicherte über seinen Scherz, mir aber wurden die Beine schwach. Trüb und grau floß der Tag dahin, das Packen und Aussondern, das Treiben und Tun, das einem Aufbruch immer vorausgeht, berührten mich nicht mehr. Hingegen rumorte in meinem Geist irgendein dummer Gedanke, ein Ahnen drohender Gefahr. Erst gegen Abend gelang es mir, das Tatsächliche, was mich ängstigte, einzukreisen und zu benennen. Ich eilte zu meinem Dienstherrn.

»Nun?« Wie stets um diese Stunde stand ein wohl gefülltes Weinglas vor ihm. Er war ein ruhiger, behäbiger Mann, den der Verlust einer Fracht nicht sogleich erschüttern konnte. Nachdem er gelesen, was ich geschrieben hatte, sprang er auf. »Lo Scrittore, was faselst du da?« Wütend wollte er die Worte auf meiner Tafel verwischen.

»Falls meine Vermutung stimmt und die Kuriosität über das Haus der Cazala an den Leydener Freund gelangt ist, müßt Ihr ihn warnen. Es geht um sein Leben.«

Schon wollte er mir die Tür weisen, doch ich blieb halsstarrig: »Versteht, es gibt ein Geschlecht der Cazala in Spanien, eine weit verzweigte Familie, die der heiligen Kirche ein Dorn im Auge ist. Zu viele Luteranos mögen schon Zuflucht bei ihnen gefunden haben, auch glauben manche unter den Cazallas, daß Völker anderer Hautfarbe Menschen sind, ja, ich habe einige unter ihnen sagen hören, daß sogar Neger eine Seele haben. Was könnte es Schrecklicheres für die katholische Kirche geben, als Mutmaßungen und Hypothesen so lästerlichen und sündhaften Ausmaßes?«

»Was sollte all dieses meinen Freund in Leyden scheren?«

»Jeder, der mit Abtrünnigen wie den Cazallas in Verbindung steht, macht sich verdächtig.« Ach, was hätte ich ihm erzählen können! Hilflos und wütend knirschte ich mit meinen Zähnen, verfluchte meine Stummheit.

Ob sich mein Dienstherr überzeugen ließ, erfuhr ich nie. Vielleicht warnte er seinen Freund in Leyden, vielleicht auch nicht. Wenn er es tat, so kam die Warnung zu spät.

Kapitel 7

Es war mehr als ein Jahr später, an einem warmen, freundlichen Sommertag, als ich die Kisten sichtete, die mich vom Handelshaus der Welser in Antwerpen erreichten. Ein Brief an mich von meinem Dienstherrn war wie stets dabei. Ich öffnete ihn, war gespannt auf seine neuen Befehle. In Padua war ich nun seit über einem Jahr, jetzt sollte ich laut Anweisung nach Venedig gehen, um später mit neuen Gütern nach Antwerpen zurückzukehren. Im Grunde meines Herzens freute ich mich, noch länger in dem milden Klima Italiens verweilen zu können, und war keineswegs betroffen, nicht bald nach Antwerpen zu kommen. War ich doch hier nicht und dort nicht Zuhause. Was mich aber so bestürzte, daß mir schwindelte, war ein zweiter Bogen meines Dienstherrn, den ich ungläubig ein weiteres Mal las.

»Mit größter Trauer teile ich Dir mit, daß besagter Freund in Leyden zum Jahreswechsel tot aufgefunden wurde. Um seinen Hals war eine laufende Schleife, eine Seidenschlinge geführt, so daß keiner zu sagen vermag, ob er einem gemeinen Mordanschlag oder einem Unglück erlag. In meiner Trauer, die nicht tiefer und mächtiger sein könnte, entledige ich mich einer recht kuriosen Zeichnung, die meinen Freund erreichen sollte und die ich nun nicht mehr in meinem Haus dulden mag. Verfahre damit nach deinem Gutdünken.«

Eine ›laufende Schleife‹, *el nudo escurridizo* also. Erschüttert lehnte ich mich an das weit geöffnete Fenster, vernahm das Gurren der Tauben. Die Lieblichkeit dieser Laute und der sanfte, milde Sommertag erfüllten mein Herz mit besonderer Trauer. Ob mein Dienstherr darum wußte oder nicht, es war klug von ihm gewesen, in seinem Schreiben nichts davon zu erwähnen, daß die >laufende Schleife< gerne von der Inquisition benutzt wurde. War sie ursprünglich nur verwendet worden, um sie schnell einem Hund über den Kopf zu werfen und ihn zu erwürgen, damit er seinen Herrn nicht warne, wenn die Schergen der Kirche nahten, diente sie später dazu, den Verurteilten zu würgen, wurde sein Geschrei unter der Folter allzu groß. Was mochte in Leyden geschehen sein?

Trübsinnig und niedergeschlagen entfaltete ich das Pergament, das Kuriosum, das mein Dienstherr mir übergeben hatte. Als ich einen Blick darauf geworfen hatte, war ich so erschrocken, daß ich es rasch zusammenfaltete und unter meinem Rock versteckte. Erst als der Abend kam, vergewisserte ich mich, allein und unbeobachtet zu sein. Ich verschloß die Tür sorgfältig, nahm ein Kerzenlicht und studierte das Blatt.

Es war eine rötlich-braune Zeichnung auf gutem, sehr teurem Pergament. Vor Aufregung zitterten meine Hände. Mit feinen, überaus akkuraten Strichen waren Flugapparate dargestellt, Gegenstände, die einer riesigen Fledermaus glichen mit aufgespannten, gezackten Flügeln. Doch es waren keine Tiere, das schien mir eindeutig. Die großen Fluggeräte erinnerten mich an das Goldfigürchen des Pedeco, selbst ein Platz war ausgespart, wo ein Reiter, würde er denn je dieses Gefährt besteigen, sitzen könnte. Auf der Zeichnung waren mehr als sechs unterschiedliche Flugmaschinen dargestellt. Der Künstler hatte sie über- und untereinander gemalt. Manch ein Flügel bedeckte die Maschine des anderen. Es sah so aus, als wolle der Zeichner alles bannen, was er zu sehen bekommen hatte und als hätte ihm in diesem Moment nur ein einziges Blatt Papier zur Verfügung gestanden. Am unteren Bildrand erkannte ich eine Schrift: Aus der Schule des Leo Vinci.

Damit konnte ich nichts anfangen. Obwohl ich beständig und vorsichtig versuchte, das Geheimnis zu lüften, sollten zwei weitere Jahre vergehen, ehe ich 1564 in Frankreich zu einer neuen Erkenntnis gelangte.

Mein Pariser Handelspartner war ein würdiger Herr, der mich wie einen Abgesandten des Königs in seinem Haus empfing. Eine Tischglocke aus Messing diente ihm dazu, die Magd herbeizurufen, die uns Speisen der köstlichsten Art auftischte. Obwohl mir alles überaus schmackhaft und äußerst reinlich zubereitet erschien, zog mein Partner beim Anblick mancher Gerichte die Brauen zu erstaunlicher Höhe empor, schob hin und wieder auf seinem Teller einen Bissen beiseite und trank einen kräftigen Schluck Wein. Da ich alles genußvoll aufaß, was sich auf meinem Teller häufte, ohne zu mäkeln, lächelte er spitz, sagte aber nichts. Nach süßen, in Honigwein und Eischaum getränkten Früchten entließ er seine Gäste mit einer einzigen Geste seiner linken Hand. Staunend sah ich, wie selbstverständlich sie forteilten und uns beide allein zurückließen. Ein Diener brachte kostbaren schweren Wein, den er uns in einer hohen Studierstube mit Schreibpult und Bücherregal kredenzte. Vor einem hell lodernden Kaminfeuer nahmen wir in großen Eichenstühlen Platz, eine dunkle Schweigsamkeit umgab uns. Der Handel war abgemacht, ein Sekretär reichte die Bücher zur Unterschrift. Als nur noch das Glühen der Holzscheite im Raum war, wagte ich einen kühnen Vorstoß: »Ihr seid ein gelehrter Herr«, schrieb ich nieder auf meine Tafel, »erlaubt mir, daß ich Euch etwas zeige, etwas von großer Kuriosität?«

Sogleich erwachte mein Gegenüber, und scheinbar um Jahre jünger als Stunden vorher wandte er sich mir funkelnden Auges zu. Innerlich triumphierte ich. Ich hatte ihn richtig eingeschätzt. Ein überaus wacher Geist, frei von christlichen Vorurteilen, schien in ihm zu wohnen. Ohne Scheu zog ich nun das kostbare Papier mit der Zeichnung der Flugapparate hervor.

Nach bangen Minuten des Wartens neigte sich mein Partner dem Feuer zu, hielt das teure Dokument nahe an die Glut und lächelte: »Ihr wäret besser beraten, es gleich zu verbrennen, ehe Ihr brennen müßt, wenn es in Eurem Besitz gefunden wird. Aber nein«, wiegelte er ab, als er das Erschrecken in meinem Gesicht erkannte, »in Frankreich seid Ihr sicher. Der König selbst verehrte diesen Mann, aus dessen Schule es wohl stammen mag.«

»Ich verstehe nichts«, schrieb ich auf meine Tafel, »erbarmt Euch meiner und stillt meine Neugierde.«

Nachdem mein Gastgeber ein Glöckchen geläutet hatte, brachte der Diener neuen Wein und frische Walnüsse dazu.

»Stammt Ihr nicht aus Oberitalien, Lo Scrittore?«

Da ich verneinend den Kopf schüttelte, fuhr er zwar verwundert, aber ohne weiter nachzufragen fort: »Nun, es gab einen einzigartigen, wunderbaren Mann in Italien, einen Bastard, einen Knaben, der keinen Vater hatte, ja nicht einmal einen Namen. Deshalb nannte ihn die Behörde dort, wo er geboren war, nach dem Ort seiner Herkunft: da Vinci. Allerdings«, fuhr er nach einer Pause fort, »gehörte auch ein gewisses Genie dazu, zu erkennen, welch meisterliche Kunst dieser Mann zu bieten hatte. Franz I. war es, König von Frankreich, der diesen Künstler entdeckte und rechtzeitig nach Frankreich holte.«

»Rechtzeitig?« schrieb ich nieder.

»Nun ja, Ihr wißt schon« murmelte mein Partner, »ein Denker, der versucht, den Dingen auf den Grund zu gehen, der ein wenig hinaussieht über die Kleinheit des Glaubens, gerät recht bald in das Interesse gewisser Kreise.«

Wir schwiegen lange Zeit. Keiner von uns wagte, dieses Thema fortzusetzen.

»Es ist sicher ein großes Verdienst des Königs gewesen, daß er seinen Einfluß geltend machte und die einzigartigen Werke des Künstlers rettete.«

Ich verstand nur vage, doch äußerte ich keine Zwischenfrage.

»Nun ja, es war so«, fuhr mein Partner endlich fort, »da Vinci war ein alter, überaus halsstarriger Mann. Um nichts in der Welt wollte er christlich begraben werden. Dem Einfluß des Königs ist es zu verdanken, daß er schließlich doch einem Begräbnis zustimmte, wie es sich für einen Christenmenschen gehört. So wurde sein Andenken nicht als Teufelszeug gebrandmarkt, und sein Werk blieb erhalten.«

»Sein Werk?« kritzelte ich nieder.

»Es ist sehr sonderbar«, fuhr mein Partner fort, »manches hütete er so eifersüchtig, als hinge sein Leben daran, ließ sich um nichts in der Welt abschmeicheln, was er gemalt hatte. Die Markgräfin von Mantua zum Beispiel bot ihm Gold und noch einiges mehr«, schmunzelte mein Gegenüber, dessen Zunge sich jetzt gelöst hatte, in dem Maße, wie der schwere Wein meine Sinne verwirrte, »um ein Werk von ihm zu erhalten. Doch erst nach seinem Tode vermachte er ihr das Bild, das sie so begehrte.«

»Welches Bild?«

»Natürlich ihr Porträt, das Gemälde der Isabella d'Este.«

Der Name sagte mir nichts, dumpf starrte ich in das Feuer.

»Isabella konnte den verehrten Künstler nie vergessen«, sagte mein Partner leise wie zu sich selbst, »sie gab die glühende Liebe an ihren Sohn weiter, der jedes Wort Leonardos aufsog und weitertrug.«

»Erzählt mir bitte mehr«, flehte ich auf meiner Tafel.

»Ach so«, sagte mein Partner, »ja, ich denke, es war vor Eurer Zeit. Natürlich könnt Ihr nicht wissen, daß da Vinci nicht nur ein begnadeter Künstler ohnegleichen war, sondern auch ein begnadeter Spinner. Behaupten jedenfalls seine Gegner. So beschäftigte er sich in abtrünnlichster Art mit griechischer Kunst, vertrat sogar die Meinung, das griechische Ebenmaß, der Goldene Schnitt, berge das Geheimnis eines Kunstwerkes. Nicht allein das Geschick eines Handwerkers wäre es, was die Vollendung, das Meisterwerk schaffe, sondern die Mathematik! Stellt Euch vor, die Mathematik! Er ließ die Verhältniszahlen abmessen, Vergleiche anstellen zwischen Höhe der Stirn und Abstand der Augen. Zu diesem Zweck erwarb er griechische Statuen, was ein Frevel größten Ausmaßes war. Der Scheiterhaufen drohte ihm mehr als einmal. Ich will gar nicht erzählen von gewissen Rezepten, die eines Tages auftauchten und den Verdacht nährten, da Vinci habe sich mancher Hexerei bedient, um zur Erkenntnis zu gelangen. Ah, die Rezepte, die unter dem Tarnnamen ›Leo Vinci‹ erschienen! Der Wahrtraum, die Divinationen, die Mysterien, das Panazee! Doch was rede ich da, was mag Euch das interessieren. Um es kurz zu machen: Man munkelte, da Vinci habe Zugang gehabt zu fremden Kulturen, zu fremdem Wissen alter Zeit. In seinen Schulen mag so manches seltsame Gerät entstanden sein, gepanzerte Wägen, aus denen Feuer schoß, Fluggeräte, die Libellen gleich senkrecht in den Himmel starteten, Maschinen, die aus weiter Ferne Tod und Vernichtung über den Gegner brachten. Vieles hat da Vinci zu Lebzeiten umgesetzt, hat wohldurchdachte Verteidigungswälle anlegen lassen und Flammenwerfer konstruiert. Manches aber schien so verworren, so fremd und Teufelswerk zu sein, daß allein Isabella d'Este an ihn glaubte und ihr Sohn natürlich.«

Es entstand eine lange nachdenkliche Pause zwischen uns beiden. Mehr aus Höflichkeit meinem Partner gegenüber denn aus echtem Interesse fragte ich nach: »Wer war denn dieser Sohn?«

»Ach, vorab müßt Ihr wissen, daß da Vinci versessen, ja geradezu süchtig war, alles, aber auch alles über fremde Welten und Kulturen zu erfahren. Der Sohn der Este beschaffte ihm über seine vielfältigen freundschaftlichen Beziehungen, die er vor allen Dingen zu gewissen Händlern auch in Andalusien unterhielt, jedes Stück Papier, jede Überlieferung, sei es arabischer oder jüdischer Weiser, der er nur habhaft werden konnte. Ihr dürft nicht vergessen, daß jener Este damals noch ein Knabe war, ein Kind nur. Vielleicht war das der Grund, daß man diesem Knaben soviel geheimes Material überließ im Glauben, es handle sich um kindliche Narreteien, um dumme Prahlsucht. Schließlich, um zum Ende zu gelangen, mein Freund, möchte ich Euch einen Satz des da Vinci zitieren, den er aussprach, als er gesehen hatte, was aus fremden Ländern, aus längst verschollenen Kulturen zu ihm kam: Wer wissenschaftliche Kenntnis besitzt, so soll da Vinci gerufen haben, kann auf dem Wasser gehen, dem Regen gebieten, Luftschiffe bauen und feindliche Städte aus großer Entfernung zerstören.«

In der langen, bedeutungsvollen Pause, die dieser Aussage folgte, starrten wir beide gebannt in das Feuer. Ich, trunken von der Ungeheuerlichkeit des eben Erfahrenen, und mein Gegenüber, trunken vor Wein. Trotz der Schwere, die meinen Kopf ergriffen hatte, formulierte ich noch einmal die Frage: »Wer war Isabellas Sohn?«

»Ja, ja«, kicherte mein Partner, der einfach nicht zum Thema kommen wollte, »es ist schon was Seltsames. Ihr könnt Euch natürlich vorstellen, daß da Vincis Aussage, wer Wissenschaft besitze, könne auf dem Wasser gehen, nicht auf Gegenliebe bei der Kirche stieß. Ist es doch einzig dem Herrn vorbehalten, auf dem Wasser zu wandeln. Manche Streitfrage entzündete sich daran, war Christus nun ein Wissender oder Gottes Sohn?«

Wir waren beide reichlich benebelt. Mein Partner, der Herr mit den vollendeten Manieren, verfehlte um Haaresbreite sein Weinglas, als er danach griff. Ein dunkelroter Tropfen floß aus seinem Mundwinkel. »Und der kleine Ferdinand saugte begierig auf, was an lästerlicher Weisheit aus dem Mund da Vincis quoll.«

Tief hinten in meinem Bewußtsein schrillten Glocken, als wollten sie vor einer Feuersbrunst warnen. »Ferdinand?« kratzte mein Stift auf die Tafel.

»Gewiß«, bestätigte mein Gegenüber, »Ferdinand, oder auf italienisch Ferrante de Gonzaga, Herzog von Mantua, Sohn der Isabella d'Este, Förderin des Leonardo da Vinci, Ferrante, der seinen Hof zum Mittelpunkt der Wissenschaften und geheimen Künste erhob, der Sterndeuter und Weise aus dem Morgenland an seine Tafel holte ...«

Das Röcheln, das meiner Kehle entstieg, ließ ihn in seinem Eifer innehalten. »Ist Euch nicht wohl? Ein solcher Wein wie dieser dürfte Euch nicht angreifen, oder seid Ihr von schwächlicher Natur?«

Mein Quartier, ein dunkles Zimmer in den Tiefen des Marais, erreichte ich schwankend und unsicher. In der Nacht zitterte ich wie im Fieber. Obwohl mein Kopf schwer war, fuhr ich auf aus dem Schlaf, sah den fremden Künstler, vereint mit Manco Huaca, Ferrante als Kind, meinen Vater um Güter aus arabischen Ländern ersuchend, sah mich selbst als dummen, unwissenden Tölpel wie einen Fisch in all diesen Verstrickungen zappeln, ohne zu wissen, was meine Bestimmung war. Am nächsten Morgen kehrte ich einigermaßen gefaßt zurück zu meinem Gesprächspartner der vergangenen Nacht. Er war kühl, nüchtern und überaus distanziert.

»Eine einzige Frage gewährt mir«, schrieb ich zitternd nieder und malte das seltsame Kreuz auf die Tafel, das sowohl meinen Gedenkstein, als auch das Segel des Colón geschmückt hatte. »Welche Bewandtnis hat es mit diesem Kreuz?«

Obwohl wir beide alleine waren in der großen Halle unten im Haus des Handelspartners, blickte er um sich, näherte dann seinen Mund meinem Ohr und flüsterte: »Es ist das Kreuz der Tempelritter.«

Ich muß ihn so verständnislos angestarrt haben, daß er sich bemüßigt sah zu erläutern: »Vergeßt es schnellstens. Seit Seiner Heiligkeit Clemens V. im Jahre des Herrn 1312 ist dieser Orden verboten. Seine Mitglieder wurden der Unzucht und Ketzerei angeklagt.«

Wieviel hätte ich noch erfahren mögen! Sein Sekretär, der eben jetzt herbeieilte, unterband jede weitere Frage. Wir wickelten unsere Geschäfte ab, und es ergab sich keine Möglichkeit, unbeobachtet weiterzuforschen.

»Sucht mich in den frühen Morgenstunden auf«, gab mir mein Geschäftspartner flüsternd und mit einem bedeutsamen Blick zu verstehen.

Voller Ungeduld konnte ich in dieser Nacht keinen Schlaf finden. Da mein Partner so vieles über Ferrante zu wissen schien, war es nicht ausgeschlossen zu erfahren, ob der Herzog noch lebte und wie ich zu ihm gelangen könne. Das Vermächtnis meiner Eltern schien zum Greifen nah.

Zu schicklicher Stunde, doch früh am Morgen, betätigte ich den messingfarbenen Klopfer.

Der Herr sei verreist, gab man mir zu verstehen. Ich wollte nicht weichen. So ging es Stunde um Stunde. Schließlich bezog ich eine kleine Kneipe, aus der ich das Handelshaus im Blick behalten konnte. Das nützte mir nichts. Jedesmal erhielt ich dieselbe Auskunft, der ›Herr‹ sei verreist. Nach mehr als einer Woche gab ich auf und verließ Paris, aufgewühlt, bestürzt und zutiefst verwirrt.

Zurück in Antwerpen erfuhr ich nach und nach, was ich bereits ahnte. Der gute Handelspartner in Paris zog sich sachte, aber bestimmt aus allen Geschäften mit unserem Haus zurück. Ich wagte nicht, nach ihm zu forschen oder ihn gar um eine Erklärung zu drängen. Obwohl jetzt andere Gründe gegen mich sprechen mußten, verhielt er sich doch ähnlich wie Pedeco: Er wollte einen Kontakt mit mir vermeiden. Allein seiner vornehmen Art hatte ich es zu verdanken, daß sein Rückzug nicht mir, sondern alltäglicheren Geschehnissen angelastet wurde. Ich war meinem Dienstherrn ein schlechter Händler geworden. Mir schien es so, als riefen alle meine Fragen Bestürzung und ablehnendes Schweigen hervor.

Um so eifriger versuchte ich meine Dienste auszuführen, schrieb sauber und schnell, schonte weder meinen Geist noch das Licht meiner Augen.

Diesem Umstand gab ich die Schuld, daß ich eines Abends beinahe in einen späten Zecher hineingerannt wäre, der torkelnd und grölend meinen Weg kreuzte. Einmal mehr bedauerte ich, daß ich nicht lauthals fluchen konnte, aber ich packte den Kerl nur grob am Kragen seines alten Mantels. Erschrocken sprang der Zecher zurück, behende, flink und ohne zu stolpern. Kopfabschneider! Fuhr es mir durch mein müdes Hirn, das jetzt rasch und ohne Zaudern funktionierte. Der Kerl war nicht mehr betrunken als ich, er täuschte mir seinen Zustand vor. Und siehe da, als es in der Gasse still wurde, wollte er torkelnd seinen Weg fortsetzen und kam schwankend, sich an der Mauer abstützend, auf mich zu. Meinte der Lump, er könne mich so einfach überlisten? Schon spürte ich ein freudiges Kribbeln in meinen Fäusten.

Es war tatsächlich Magdalena Kopfabschneider, die mich in letzter Sekunde warnte. »Wenn du eine angreifende Riesenechse abwehrst, vergiß nicht, daß von überallher das andere Raubgesindel heranschleicht.« Das waren ihre Worte gewesen, und in meiner Erinnerung sah ich sie, nackt auf einer goldenen Sandbank stehen, das Wasser um sich herum mit flinken Augen im Blick behaltend, während sie den Speer zum Stoß hochriß.

Bei einem raschen Blick über die Schulter erkannte ich mindestens zwei weitere Gestalten, die sich hinter meinem Rücken näherten. So schnell ich konnte, sprang ich in die nächste Seitengasse. Das schmale Gäßchen verlief geradewegs hinunter zum Wasser. Ein kleiner Fußweg führte am Ufer entlang, der wohl jetzt durch den beständigen Regen der letzten Tage aufgeweicht sein mochte. Dies alles überdachte ich schnell, als ich vorwärts floh und das Getrappel meiner Verfolger hinter mir vernahm. Kaum hatte ich das Wasser erreicht, bog ich nach rechts ab, dorthin, wo ein Kanal mündete. Zu meinem großen Glück ertastete ich einen dicken Stein, den ich weit nach links schleuderte. Das laute Platschen bewirkte, daß meine Verfolger stehenblieben. Ich duckte mich tief in die Kanalöffnung, zog leise und vorsichtig einen Schuh vom Fuß und vertraute ihn der Strömung an. Wie ich richtig vermutet hatte, hörte ich kurz darauf einen unterdrückten Ausruf und sah einen hellen Lichtschein, der auf das Wasser gerichtet war. Einsam tanzte mein Schuh auf der Wasseroberfläche. Obwohl ich nichts mehr vernahm, blieb ich still und ruhig in meinem Versteck hocken. Und wahrhaftig! Nach geraumer Zeit hörte ich nicht weit von mir eine Stimme sagen: »Er scheint tatsächlich ertrunken zu sein.«

Ich fröstelte und schauderte in der feuchten Dunkelheit, doch nicht vor Kälte. Die Worte waren französisch gewesen! Als ich sehr viel später auf einem Umweg zu meiner kleinen Wohnung kam, rüstete ich mich sofort für den Aufbruch. Ich verpackte meine Habe im Licht einer abgedunkelten Lampe. Noch vor Tagesanbruch suchte ich die Dienstbotenpforte meines Herrn auf, ruhte nicht eher, als bis er mißmutig knurrend in seinem seidenen Schlafrock nach unten kam.

»Sind Dämonen hinter dir her?« brummte er, halb belustigt, halb verärgert, doch er wies mich nicht ab. Sorgfältig zahlte er meinen Lohn aus und übergab mir ein kurzes Schreiben. »Wann immer du willst, kannst du zurückkehren in den Dienst der Welser. Nimm deine Arbeit in Venedig auf oder in Sevilla oder in einer weiteren unserer Handelsstädte, ganz wie du meinst. Mit meiner Empfehlung werden dir überall die Türen geöffnet werden. Doch bis dahin behüte dich Gott.«

Der Rotbärtige war nun gewiß kein sentimentaler Schwätzer, sondern ein Kaufmann, ein unbeugsamer Händler. Um so mehr berührte mich die Herzlichkeit seiner Worte. Ich bat ihn schriftlich, mir meine Kisten unter der Bezeichnung: »Zerbrechliches und feuergefährlich« nach Venedig zu schikken, einer Bezeichnung, die wir häufig als Tarnung für wertvolles Gut verwendeten. Nach all den Jahren hätte ich ihm gerne Lebewohl gesagt, doch mein Schicksal hatte es mir anders bestimmt. Ich hob die Hand zum Gruß und verschwand lautlos in der noch grauen Nacht.

Kapitel 8

Das ruhelose Wandern begann von neuem. Anders als früher hatte ich keine Eile, sondern ließ mich eher treiben, als selbst zu handeln, und hielt nur meinen Schritt ständig nach Süden. Viele Gedanken wirbelten in meinem Kopf umher, wenn ich, scheinbar in Arbeit vertieft, irgendwo auf einem Gut, bei einem Fürst oder sogar in einem Kloster am Schreibpult stand und abmalte, was man mir vorlegte.

Warum verfolgten mich Franzosen, oder handelte es sich nur um einen Zufall? Waren sie einfaches Diebesgesindel, oder wollten sie einen Auftrag erledigen? Warum warnte mich der Geschäftsmann aus Paris nicht? Hatte gar er sie ausgeschickt? Was schließlich war an meinen Fragen so wichtig und geheimnisvoll, so fürchterlich, daß sich ein Überfall auf mich lohnte? Fragen über Fragen. Im Laufe meiner Wanderung, die mich nach beinahe einem Jahr nach Nürnberg führte, erhielt ich etwas Klarheit. Das seltsame Kreuz im Segel des Colón, auf meinem Gedenkstein und das, welches in die Haut jenes Verwundeten geritzt war, der sich in Rosannas Obhut befand, war tatsächlich das Kreuz der Templer. Hier sprach man sogar mit einer gewissen Offenheit darüber. Auch fiel es mir leichter, Fragen zu stellen, wechselte ich ja häufig meinen Arbeitsplatz und war am nächsten Tag nach einer Erkundigung verschwunden. Was allerdings mein Vater bezwecken wollte, der mir dieses Zeichen des verbotenen Tempelritterordens hinterließ, konnte mir keiner beantworten, nur ich allein. War mein Vater Mitglied eines Geheimbundes gewesen? Das glaubte ich nicht, aber durch all die seltsamen Geschehnisse, die sich in meinem Leben ereignet hatten, war ich stark verunsichert. Was wußte ich wirklich?

Mit der Zeit setzte sich ein Gedanke ab wie der Weinstein am Boden der Flasche. Meine Eltern hatten mir zwei deutliche, unübersehbare Zeichen hinterlassen: Wende dich an die Burg des Ferrante und an die Templer.

Die Burg war zwar zerstört, aber Ferrante lebte noch. Ich schalt mich einen fürchterlichen Narren, daß ich nicht früher darauf gekommen war, Ferrante selbst aufzusuchen, gleichzeitig wußte ich nicht, wie ich ihm gegenübertreten sollte. Hätte mein Vater gemeint, ich solle mich an ihn selbst wenden, so hätte er mir dies deutlich zu verstehen gegeben.

Deswegen ließ ich mich treiben, mal hierhin in diese Bibliothek, mal in ein einsames Studierzimmer eines gelehrten Mannes, für den ich eine Übersetzung anfertigen sollte. Ja, in dieser Zeit wurden zahlreiche Texte aus dem Lateinischen in das Spanische, Italienische, Deutsche und Französische übersetzt, und mehr als einmal sollte ich solche Schriften überarbeiten, da sie fehlerhaft waren. Das Empfehlungsschreiben aus dem Haus der Welser war ein goldener Schlüssel, der mir die höchsten und wehrhaftesten Tore öffnete.

»Nach den Templern zu fahnden, ist fast so gefährlich, wie in die Klauen der Inquisition zu gelangen«, ließ mich einmal ein Brotherr wissen, als ich ihn um Auskunft bat. »Angeblich gibt es diesen Bund nicht mehr, dafür aber geheime Bruderschaften, die das Templerkreuz tragen. Diese mögen es nicht, daß man Nachforschungen anstellt, und manchen Naseweis fand man anderntags mit einer Schlinge um den Hals.«

Ich wurde wieder vorsichtiger und beschränkte mich darauf, mich nach Ferrante de Gonzaga zu erkundigen. »Ein Tunichtgut war sein Vater, üppig und verschwenderisch mit dem Prunk am Hof und der Gunst der Frauen. Seine Gemahlin Isabella hat ihm manch bösen Streich gespielt. Wie soll da der Sohn geraten sein? Das Gold ist es und die Macht, hinter der sie her sind, doch unterscheiden sie sich dadurch keineswegs von anderen hohen Herren oder gar Christi Stellvertreter auf Erden«, ließ mich ein anderer wissen, dessen Namen ich besser verschweige.

Eines Abends zu Nürnberg in einer Schenke faßte ich, umhüllt von dichten Schwaden und schon ein wenig dumpf im Kopf, meine Erfahrungen zusammen: Es gab ihn noch, den Geheimbund mit dem Templerkreuz, nach ihm zu forschen schien gefährlich. Es gab ihn noch, den Ferrante, er schien lebenslustig, doch nicht mordlustig zu sein. Also würde ich bei nächster Gelegenheit immer Richtung Süden ziehen, um eines Tages am Hof in Mantua vorzusprechen. Mit der Zeit würde mir eine Möglichkeit offenbart werden, wie ich dies bewerkstelligen könnte. Ich war rundherum zufrieden, wie ein Mensch zufrieden sein kann, der kein Elternhaus und keine Heimat hat und kein liebendes Wesen an seiner Seite, der verfolgt wird wegen Mordes und Ketzerei, gejagt von geheimnisvollen Fremden aus Frankreich und einem mordgierigen Plünderauge. Fast sehnte ich noch ein Dutzend Kopfabschneider herbei, die etwas mehr Aufregung in meinen Alltag bringen würden, als alle diese langweiligen Gesellen, die mir nun schon seit so vielen Jahren nach dem Leben trachteten.

Eine schwere Hand legte sich auf meine Schulter.

Erstmal abwarten, sagte ich mir und verhielt mich ruhig. Die Schenke war zu voll, um auf und davon zu springen. Deshalb blieb ich gelassen, schielte aber behutsam nach dieser Riesenpranke, die auf meiner rechten Schulter ruhte und beachtliche Wärme und Kraft verströmte.

»Lo Scrittore?« fragte die dazugehörende Stimme, die unter einem schwarzen Schnauzbart hervorkam, der ein einfaches, ehrliches Gesicht zierte. Unaufgefordert setzte er sich neben mich. Der Platz zu meiner Rechten war nun besetzt, und ich prüfte unauffällig ob ich nach links fliehen könnte.

»Verzeiht mir, daß ich Euch in Eurer wohlverdienten Ruhezeit anspreche, doch dringend ist mein Wunsch, Euch anzuheuern als Schreiber und Übersetzer.«

Wie stets in solchen Fällen verlangte ich eine genaue Darstellung, wollte vor allem so viel wie möglich über meinen neuen Auftraggeber erfahren, um nicht blindlings in eine Falle zu stolpern. Der Mann gab bereitwillig Auskunft.

Sobald ich meinen damaligen Auftrag erledigt hatte, begann ich, mich an die neue Arbeit zu machen.

Valentin Kalperger hieß der bärenstarke Mann, der mich in einen Turm hinauf, hoch über die Dächer Nürnbergs, führte. »Ihr müßt verstehen, daß Ihr Stillschweigen bewahren sollt, über das, was ich Euch zeige, denn es ist kein Erbe vorhanden außer mir, so daß die Stadt und vielleicht auch die Kirche begierig danach schielen, was mein Onkel hinterließ.«

Nun, zu schweigen, das war ich gewohnt. Ich übersetzte und schrieb neu, was mir Kalperger in seiner fast schüchternen Art vorlegte. Das Zimmerchen war hell und sogar beheizt, stets herrschte die gleiche angenehme Wärme. Als ich einmal nach der Ursache fragte, lachte mein Brotgeber: »Das ist eine Besonderheit des Ortes, etwas, das mein Onkel erbauen ließ. Ein großer Ofen im Erdgeschoß leitet warme Luft herauf, und da ich Bäcker bin, habe ich allen Grund täglich einzuschüren. Mein Onkel meinte, es sei wichtig, um all seine kostbaren Bücher und Schriften zu schützen vor Nässe und Zerfall.«

Diese Zeit im Turmzimmer war wohl eine meiner unbeschwertesten. Oft bedauerte ich, daß ich nicht Rosannas künstlerisches Geschick hatte, doch versah auch ich alles mit größter Hingabe, ganz wie mein Brotherr es wünschte. Er war ein Brotherr im echten Sinne des Wortes. Wenn ich beim ersten Tageslicht zu schreiben anfing, war die Stube schon geheizt, und köstliches, ofenwarmes Brot duftete mir entgegen. Ich fand jeden Morgen einen Krug frische Milch und knusprig Gebackenes vor, so daß mir das Herz im Leibe lachte. Kalperger ging bald nach Mittag zu Bett, mußte er doch kurz nach Mitternacht wieder hinaus aus seinen Federn. Also hatte ich bis zum letzten Tageslicht Zeit, war ungestört und unbeaufsichtigt. Ein Leben, ganz nach meinem Geschmack. Kalperger selbst war sehr mit mir zufrieden. »Noch keiner schrieb so flink und sauber wie Ihr.« Er freute sich über jede von mir kopierte Seite wie ein Kind über ein Holzpferdchen. »Dumme Narreteien«, schimpfte die Bäckersfrau, doch sie war gutmütig und verwöhnte mich mit den herrlichsten Früchte- und Honigkuchen.

Die Büchersammlung war nicht groß, aber mit Umsicht angelegt, und sie wuchs mir mit jedem Buch, das ich in die Hand bekam, ans Herz. Anläßlich einiger alter, kostbarer Schriften, die ich zwar erneuerte, aber nicht in gleicher Einmaligkeit wiedergeben konnte, überzeugte ich Kalperger, gläserne Vitrinen zur Aufbewahrung anzuschaffen. »Der Onkel hätte das erleben müssen!« rief er aus, als er schließlich von Tisch zu Tisch schritt und stolz auf die Vitrinen hinabsah, in denen die kostbarsten Exemplare ruhten. Ich hatte meine Arbeit fast beendet, einige wenige Blätter galt es noch abzuschreiben, und danach warteten noch vier Seiten auf Übersetzung. In zwei, drei Tagen müßte ich fertig sein. »Wollt Ihr nicht eine Pause einlegen und das Christfest mit uns begehen?« lud mich Kalperger ein. Ich lehnte dankend ab und gab dem sichtlich Enttäuschten zu verstehen, daß ich recht bald über die Alpen nach Italien wolle. »Über die Pässe wollt Ihr? Verwegener, jetzt im Winter?«

Mein Brotherr war ehrlich entsetzt, aber ich lächelte still in mich hinein. Konnten mich die Alpen schrecken, nachdem ich ehedem die Berge der Neuen Welt überschritten hatte?

Drei Tage später hatte ich meine Arbeit getan. Kalperger ließ ein Mahl für mich richten, und da die Bäckersfrau noch früher als er zu Bett ging, blieben wir zwei alleine oben im Turmzimmer. Ein kalter Wind fegte über die Dächer von Nürnberg und trieb Schneeflocken, hart und fest wie Sandkörner, gegen die Fensterscheiben. Die ledergebundenen Bücher verströmten den wohlvertrauten Geruch, und der große Backofen tief unten im Haus lieferte noch immer köstliche Wärme. Schwerer Wein floß meine Kehle hinab. Ach, in diesen Stunden konnte ich mir keinen angenehmeren Platz vorstellen als hier in der warmen Geborgenheit zwischen dicken Folianten und gilbenden Seiten.

Als Kalperger mir den Lohn auszahlte, schob ich einen Teil davon zurück. »Beantwortet mir einige Fragen, denn Ihr müßt wissen, ich bin ein neugieriger Mann.« Erstaunt blickte er von meiner Tafel auf, doch dann zog ein Lächeln durch den Wald seiner Barthaare.

Aus den Büchern seines Onkels hatte ich erfahren, daß dieser sich mit höchst geheimnisvollen Dingen beschäftigt hatte. Das ›Gespräch‹, das wir jetzt führten, war überaus anregend und angenehm, es dauerte bis in den frühen Abend und bereitete uns gleichermaßen Spaß.

Kalperger war trotz seiner Zunft ein gelehrter Mann, wie ja auch das Interesse an den Büchern verriet. »Der Onkel Henrich«, erklärte er, »hat sehr auf meine Ausbildung und Erziehung geachtet, doch das Schicksal wollte es anders.« Mit Schicksal meinte er sein dickes Eheweib, das er häufig so ansprach, zur Belustigung seiner Gesellen. »Das Schicksal hat zugeschlagen«, hatte er eines Tages einen Lehrbuben unterwiesen, dem die Bäckersfrau an den Kopf gelangt hatte, daß ich das Klatschen bis hinauf hörte.

»Ich hadere nicht mit dem Schicksal«, sagte er voller Doppeldeutigkeit. »Kann man denn mit dem Schicksal ins Gericht gehen, es zur Rechenschaft fordern?«

Valentin Kalperger war Bäckermeister geworden, und bei allem Hang zur Gelehrsamkeit schien er seinen Beruf und auch sein ›Schicksal‹ zu lieben. »So bewahre das Wissen wenigstens«, hatte ihn der Onkel aufgefordert, und in treuer Pflichterfüllung war Kalperger diesem nachgekommen, sobald seine Vermögenslage es gestattete.

Ich war nun der letzte in der langen Reihe der Schreiber, der Vollender, wie mich Kalperger nach dem vierten Krug Wein nannte. »Wir sind eine stolze Familie und haben dazu beigetragen, das Weltbild zu verändern«, sagte er ruhig und ohne jede Überheblichkeit in der Stimme. »Onkel Henrich war Gewerkmeister und ging dem Formschneider und Maler zur Hand, nein, besser gesagt, sie arbeiteten gemeinsam, entwarfen, planten und führten beide aus, was ihnen aufgetragen war, der Albrecht Glockendon und der Henrich Kalperger. Dem Herrn Martin Behaim haben sie zugearbeitet, und von dieser Zeit an ist der Onkel nicht mehr losgekommen von all den großen Geheimnissen, dem Jakobsstab und den Epheme-riden-Tafeln. Und als der Martin Behaim etwas mitbrachte von seiner Reise in eine fremde Welt, da hockten die drei näch-telang beieinander mit heißen Köpfen, bis sie aus Leder, Holz und Pappe geschaffen hatten, was man den Erdapfel nennt.«

Davon hatte ich schon gehört und richtete mich voller In-teresse in meinem Stuhl auf. »Woher hatte Behaim das Wis-sen um die Kugelgestalt?« schrieb ich nieder.

»Aus den Ländern im Osten, in denen er gewesen war«, lachte Kalperger, den das Gespräch belebte. »Von dort brach-te er sogar den Himmelsglobus mit, den diese Völker vereh-ren, denn er zeigt ihnen den Lauf der Sterne in der Nacht. Nun dürft Ihr aber nicht glauben, es wäre ein leichtes gewe-sen, einen Erdglobus anzufertigen. Das war der Verdienst die-ser drei Männer, und mein Onkel war einer von ihnen. Ha, und was meint Ihr«, fuhr er jetzt verärgert fort, »wie die *junta de matemáticos* über Behaim spottete, als er ihnen das Ergebnis vorlegte? Fast um den Verstand hat ihn das Geschwätz der gelehrten Herren gebracht, die seinen Erdglobus ablehnten mit Worten wie Kinderei, unwürdig und Teufelszeug. Des-halb soll diese Stube hier auch verborgen bleiben, bis andere Zeiten kommen und die Menschen abgeklärt sein werden, Geheimnisse zu erfahren.« Kalperger schien in düsteres Schweigen zu versinken, was aber seiner heiteren Grundhal-tung gar nicht entsprach. Sehr bald schon fuhr er mit hellerer Stimme fort: »Der Kolumbus hat den Behaim und auch mei-nen Onkel vom Spott befreit, fuhr er doch nach den alten Kar-ten, die auch der Herr Martin hatte, und zeigte all den ge-scheiten und gelehrten Herrschaften, daß die Erde rund ist wie ihre Eierköpfe.«

Das Gespräch nahm ja eine interessante Wendung! Auch jetzt schien es mir wieder so, daß meine Stummheit mein Ge-genüber verführte, immer weiter und weiter zu sprechen und manches Geheimnis preiszugeben, das sonst verschwiegen worden wäre.

»Warum trug Colón«, ich verwendete aus Gewohnheit den spanischen Namen, »das Kreuz der Templer im Segel?« forschte ich nach einem weiteren Krug Wein.

»Ach, das ist noch gar nichts«, lachte Kalperger. »Kolumbus, um den ist es ein einziges Geheimnis, ein Vertuschen und Verwischen. Wer weiß, woher er kam und welcher Nation er war? Als ob sein Leben nicht schon voller Geheimniskrämerei wäre, liebte er selbst es, ständig in Rätseln zu sprechen. So schrieb er zwei Logbücher auf seiner berühmten Fahrt nach Westen, wußtet Ihr das nicht? Ach, das macht mich nun wirklich lachen, daß ein einfacher Bäckermeister den Herrn fremder Sprachen und so vieler Bücher kundig belehren muß«, neckte mich Kalperger mit gutmütigem Tadel. »Nun, ein Logbuch schrieb Kolumbus mit falschen Angaben, damit seine Offiziere lesen konnten, wie weit sie täglich segelten, was ganz und gar gelogen war. Und das andere Buch hat er in Geheimzahlen geschrieben, um die tatsächliche Entfernung so zu verändern, daß nach der Demarkationslinie von Tordesillas die neu entdeckten Länder nicht Portugal zugesprochen wurden. Doch niemand fand je den Geheimschlüssel zu seinen Angaben, wie vieles gäbe es da noch zu entdecken!«

»Wenn ich den Onkel nicht gehabt hätte«, fuhr Kalperger nach einer Weile des Schweigens fort, »dann täte ich mein Handwerk wie jeder brave Meister. So aber fahren mir beim Brotkneten die wildesten Gedanken durch den Kopf, und glaubt mir, mehr als einmal habe ich den Erdglobus mit meinen Händen aus Teig geformt und die Länder gestaltet, die es noch zu erkunden gilt.« Er seufzte sehnsüchtig. »Mein Schicksal will es anders.«

Ich lockte ihn zurück auf das Thema, das mich am meisten interessierte. »War es denn nicht gefährlich, sich mit dem Kreuz des verbotenen Ordens zu schmücken?«

»Für einen Kolumbus nicht«, lachte mein Gegenüber. »Er hatte sich die Tochter des Stadthalters von Madeira zur Frau geholt, die Doña Filipa, und als ihr Vater, der alte Herr, verblich, gab dessen Frau, Kolumbus' Schwiegermutter, alles an

Karten, Zeichnungen und Schriften, die ihr Mann besessen, an den Schwiegersohn weiter. Und glaubt mir, dieser hatte plötzlich Macht und Wissen.« Jetzt senkte er doch die Stimme zu einem Flüstern herab. »Der alte Herr, das war ein Großmeister des Tempelordens, und als solcher saß er auf außerordentlichen Schätzen und Geheimnissen. So war es kein Zufall, daß der Schwiegersohn die Neue Welt entdeckte, ja überhaupt den Mut und die Mannschaft dazu fand. Vielleicht hätte er mehr auf die alten Schriften vertrauen sollen und etwas weniger auf den Propheten Esra.«

Ich sperrte Mund und Ohren auf.

»Das gefällt mir, Euch so unwissend und hilflos zu sehen«, schmunzelte Kalperger, »aber ehrlich wie ich bin, muß ich gestehen, daß ich ohne Onkel Henrich genauso dasitzen würde wie Ihr jetzt und den Mund offen stehen ließe. Also, Kolumbus las den Propheten Esra, denn dieser war bei Cyrus dem Perserkönig gewesen. Wie Ihr leicht selbst in der Heiligen Schrift nachlesen könnt, war dieser Cyrus ein großer Weiser: Die Welt hat zu sechs Teilen Trockenland und zu einem Teil Meer, soll er gesagt haben, und so steht es geschrieben. Doch mein Onkel Henrich, dem gar nichts heilig war, lachte darüber und meinte: Esra, der Tropf, hat das falsch verstanden und falsch aufgeschrieben, und deshalb geriet Kolumbus in die Irre. Gerade umgekehrt verhält es sich doch, die Welt hat zu sechs Teilen Meer und zu einem Teil Trockenland, wie auch die alte Karte beweist, die eben aus diesem fernen Land des Cyrus stammt.«

»Welche Karte?« flehte ich auf meiner Tafel.

»Nun, Lo Scrittore, hat es Euch gepackt wie meinen seligen Onkel? Ja, ich sehe, Ihr seid verloren! Forscht man erst einmal herum in den großen Geheimnissen, kommt man zu Lebzeiten nicht mehr los. Und da wollt Ihr uns verlassen?« neckte und foppte mich der Bäckermeister mit friedlichem Spott. »Gebt mir Euer Täfelchen.«

Ich schob ihm das Gewünschte hinüber. Draußen war es dämmerig geworden, silberne Flocken fielen jetzt leicht wie ein Hauch vom Himmel. Kein Wind fuhr mehr über die alten Ziegel.

Kalperger hatte seine Zeichnung beendet und deutete darauf: »Viel schauriger soll es dort unten sein und kälter als an jedem anderen Ort der Welt.« Er hatte mit erstaunlichem Geschick einen Erdapfel gezeichnet. »Hier liegt das Heilige Römische Reich«, zeigte er auf die Tafel, »und dort unten im Atlantik, wo sich die Weltmeere berühren, gibt es ein Land, bedeckt mit ewigem Eis, just dort im Süden, wo die Erde zu Ende ist, wäre sie nicht rund wie ein Ball. Und das Land, stellt Euch nur vor, ist eingezeichnet auf einer alten Karte, die viel älter ist als alles, was je aus dem Osten zu uns kam, und schon abgegriffen war, als Cyrus zu Esra sprach.«

Betroffen starrte ich ihn an.

»Ja, starrt nur, keines Menschen Fuß ist je dort gewesen, und keines Sterblichen Auge hat das Land erblickt.«

»Wer aber hatte dann Kunde davon?« Ich spürte, wie meine Wangen glühten.

»Die Väter jener Perser haben das Wissen darum mitgebracht oder erhalten von den Vätern der Väter ihrer Feinde oder Verbündeten, wer weiß.«

»Vielleicht nur ein Hirngespinst«, kratzte ich auf meine Tafel.

»Aber versteht doch«, ereiferte sich jetzt Kalperger, »nach dieser Karte wagte Kolumbus seine Fahrt nach Westen, ist doch auch die Küstenlinie des Landes eingezeichnet, das er entdeckte.«

»Er kam über seine Schwiegermutter an diese Karte?« forschte ich weiter.

»Richtig«, bestätigte mir Kalperger, »und sein Schwiegervater hatte sie, wer weiß woher, vielleicht erhandelt oder geschenkt bekommen, vielleicht geraubt aus dem Tempel zu Jerusalem.«

Ich erstarrte auf meinem Stuhl.

»Ja, nun, man erzählt sich so einiges. Was trieben denn die Templer im Heiligen Land? War es denn nicht so, daß sie in kürzester Zeit zu großer Macht und Reichtum kamen? Was brachten sie aus Jerusalem mit, das sie so weise, so wichtig und so gefährlich machte? Das Wissen eines Salomon? Ach, es ist gut, daß der Onkel hier oben saß in seiner Studierstube und nicht weiter forschen konnte, womöglich hätte man sonst seinen Kopf gefordert.«

Ich schob noch einen Teil meines Lohnes über den Tisch. »Die Ephemeriden?« stand auf meiner Tafel.

»Behaltet Euren Lohn«, wies mich Kalperger ab, »schlecht handelt, wer Wissen für Geld verkauft oder gar geheimhält, sagte mein Onkel mehr als einmal und dachte dabei an die Kirche, die ihr Wissen hütet wie ein Mädchen die Jungfernschaft. Natürlich will ich Euch belehren, dabei seid Ihr es doch, der soviel herumgekommen ist bei den gelehrten Herren. Also, die Ephemeriden, das sind Tafeln, in denen die tägliche Stellung von Sonne, Mond und Sternen vorausberechnet ist. Die Tafeln kommen natürlich aus den Ländern, wohin die Kreuzzüge führten, und werden gebrandmarkt als Teufelswerk und böse Zauberei.«

»Habt Ihr die alte Karte, habt Ihr solche Tafeln«, drängte ich meinen Arbeitgeber.

»Wie gerne würde ich mit Euch die alten Dinge studieren«, gab er versonnen zurück, »doch auch ich weiß es nur von Erzählungen, eben meines hochverehrten Onkels, und glaubt mir eins, ich würde mit Freuden aufbrechen zu fremden Ländern oder gar in jenes Land des Eises.«

Zu später Stunde verließen wir das Turmzimmer. Ich schlug den Weg zu meiner bescheidenen Unterkunft ein, als Kalperger mir in den Winterabend nachrief: »Zieht nur über die Berge. Vielleicht erlebt Ihr da ein Abenteuer, wenn Ihr schon nichts wißt um fremde Länder und alte Geheimnisse.« Doch seine Worte waren wohlwollend und spaßig gemeint. Er hob seine gewaltige Bäckerpranke zum Gruß, und ich lachte ihn freundlich an. »Wißt Ihr doch nichts um fremde Länder«, klang es in meinen Ohren. Nun, jedenfalls in diesem Punkt wußte ich es besser.

Kapitel 9

Mit der Kutsche bis Füssen, zu Fuß in das Außerfern und dann mit dem Schlitten über den Paß hinab ins Inntal führte mich meine Reise. Nach einer beschwerlichen Wanderung durch frisch gefallenen Schnee, der sich zu meinen Seiten türmte und als weiße Woge zu Tal stürzte, gelangte ich nach entbehrungsreichen Wochen endlich hinab ins Tal der Etsch. In Trient schlug ich den Weg nach Osten durch das Val Sugana nach Bassano und weiter nach Venedig ein. Als ich die glänzenden Kuppeln der Stadt erkannte, war es Frühling geworden. Im dichten Schilf sangen die ersten Vögel von Sommer und Licht, und mit hellem Schrei umkreisten Möwen das Boot.

In dieser Zeit, in der ich, ohne anhaltende Verpflichtungen einzugehen, mal hier, mal dort arbeitete, den Welsern hin und wieder einen Dienst leistete, vollzog sich ein Richtungswechsel auf dem päpstlichen Thron in Rom. Nun sollte man meinen, dies hätte mein Leben nicht berührt, doch war mein Geschick auf das sonderbarste mit diesen Ereignissen verbunden. Papst Pius IV. hatte die Kirche bis zum Jahresbeginn mit seiner Regentschaft beglückt, seine Vetternwirtschaft mit großer Härte und Gnadenlosigkeit betrieben, seine Gegner vernichtet, das Todesurteil über sie gesprochen und selbst den eigenen Oheim, Kardinal Carlo Carafa, mit tiefer Befriedigung dem Henker ausgeliefert. Doch lastete neben all dieser Maßlosigkeit noch schwerer auf seinem Ansehen das zügellose, unzüchtige Leben, das er liebte, eines Papstes nicht würdig und schon gar nicht eines gottesfürchtigen Menschen.

Dieses, und wohl auch Verwicklungen und Intrigen meiner Zeit, die ich alle nicht begriff und um die ich auch nichts wissen wollte, führten dazu, daß ein ernster, wahrlich asketischer Mann zum neuen Papst gewählt wurde: Pius V. Sein strenger Lebenswandel soll so bedeutend gewesen sein, daß man spöttelte, er wolle ganz Rom in ein Kloster verwandeln. Was mir jedoch Angst und schlaflose Nächte bereitete, war das Wissen, daß eben jener strenge Papst ein Dominikaner, Generalkommissar der römischen Inquisition, der Großinquisitor selbst gewesen war. Ein Mörder somit, ein Totschläger, der unzählige Unschuldige quälen und hinrichten ließ, ein übler Mensch also, mochten sein Tagesablauf auch diszipliniert und sein Mahl ärmlich sein.

Was hatte dies alles mit mir zu tun?

Meine Dienste im Namen der Welser boten mir im Juni des Jahres 1566 einen Handel in Florenz an, dem ich erfreut zustimmte. Noch fühlte ich mich nicht gerüstet, Ferrante de Gonzaga aufzusuchen, ihm gegenüberzutreten und meinen Nachlaß zu fordern. Glaubte ich doch schon lange nicht mehr daran, daß er etwas besäße von meinen Eltern, war vielmehr alles auf jener Burg verbrannt, deren Ruinen ich mit eigenen Augen gesehen hatte. Zudem hätte ich mich Ferrante gegenüber und nicht nur ihm, sondern auch seinen Dienstboten offenbaren müssen. Selbst das Brusttuch meiner Mutter oder Goldschätze meines Vaters hätten mir die Eltern nicht wiedergebracht, das verstand ich jetzt. Im Grunde meines Herzens wollte ich dies alles vergessen, während mich andererseits innere Stimmen plagten, mich drängten, die Toten nicht ruhen zu lassen, sondern weiterzuforschen nach der Wahrheit.

Mehr als dreißig Jahre war es nun her, daß ich das Heimathaus verlassen hatte, dreißig Jahre war ich ohne Vater und Mutter. Jetzt hatte ich keine Eile mehr. Deshalb begab ich mich leichten Herzens nach Florenz.

Ohne allzu große Hast konnte ich meine Aufträge für das Haus der Welser erledigen. Ich wickelte die mir anvertrauten Geschäfte ab und begann mich zu langweilen. An rasches, fehlerloses Schreiben gewöhnt, sehnte ich mich nach neuer Aufgabe, nach einer Herausforderung. Papst Pius V. gab sie mir, just an dem Tag, da ich beschloß, nach Venedig zurückzukehren.

Sinnen und Trachten dieses Papstes waren so streng und gottgefällig, daß er um Laienschreiber ersuchte, um Schreiber wie mich also, die das fromme Werk der Brüder in der Abgeschiedenheit der Klöster unterstützen sollten. Es dauerte eine Weile, bis ich begriff, was sein Anliegen war. Den Klöstern waren – in den wenigsten Fällen freiwillig – im Laufe ihrer Geschichte viele sonderbare, fremde Schriften anvertraut worden, die es abzuschreiben und zu erhalten galt. Manch schlimmes Stück befand sich unter diesen Büchern, so teuflisch ausgefeilt in seinen Betrachtungen, so gotteslästerlich und dem Gemüt eines wahren Christenmenschen gefährlich werdend, daß kein frommer Bruder damit beauftragt werden sollte, diese Werke der Teufel und Dämonen, diese Worte heidnischer Gegner der Christenheit abzuschreiben.

Kaum hatte ich von diesem Auftrag vernommen, meldete ich mich auch schon in der Laurenzianer Klosterbibliothek. Um es kurz zu machen: Wieder war es meine Stummheit, die mich in die Geschehnisse verwickelte, doch diesmal zu meinen Gunsten.

»Eine Gnade des Herrn, daß er dir die Stimme verwehrte«, begeisterte sich Bruder Raffaele, als er meine Geschichte erfuhr. Mögen ihn auch meine akkuraten Arbeiten überzeugt haben, die ich vorwies, so betonte er ein um das andere Mal, wie lieb mich der Heiland haben müsse, da er mir die Sprache nahm, die »allzu schnell die Hand des Schreibers fahrig werden läßt und liederlich im Niederbringen heiliger Worte, sobald der Mund sich öffnet zu unleidlichem Geschwätz«.

Leidenschaftlich, staunend und stumm schrieb ich ab, was man mir gab, und wahrlich, der Text war gut dazu, das Gemüt eines frommen Schreibers zu verwirren und Unruhe zu stiften in seinen gottesfürchtigen Gedanken!

Das Blatt, welches man mit großer Sorgfalt, ja fast Andacht, wie ich meine, auf mein Pult legte, schien von ganz besonderer Art zu sein. Es war viel größer als jede Seite, die ich bis dahin zu sehen bekommen hatte, bräunlich eingefärbt und von kräftiger Struktur. Damit ich es unbeschadet ausbreiten konnte, wurden sogar zwei Pulte aneinandergerückt, was zu einem gewissen Aufsehen unter den Mönchen führte. Doch der Bruder Bibliothekar, der raschelnd durch die Reihen schritt, bannte allein mit seinem scharfen Blick jede Neugierde zurück in demutsvolles Kopfneigen.

Bruder Raffaele hatte mich eingewiesen, nun lag es allein an mir, mein Bestes zu tun.

Am linken oberen Bildrand sah ich eine sonderbare Zeichnung, ein Land, das einer Wolke glich und über dem Erdboden zu schweben schien. Darauf kauerten kleine Gestalten mit Köpfen, die ähnlich jenen Indios waren, die ich in der Neuen Welt gesehen hatte. Unter diesen und den folgenden Bildern, die ich getreulich abmalte, ohne sie zu begreifen, standen Worte in einer mir gänzlich unbekannten Sprache. Auch diese malte ich mit größter Sorgfalt nach, prüfte jeden Punkt und Federstrich, um dann schneller und leichter abzuschreiben, was parallel dazu auf spanisch geschrieben stand. In diesen aufregenden Stunden erfuhr ich, daß es sich um ein Zeugnis handelte, das mexikanische Indios ablegten im Auftrag der Spanier. Geschrieben war es dreifach, in Bilderschrift, in indianischer Sprache in lateinischen Buchstaben und in spanischer Übersetzung.

»Aus den Tiefen des Himmels kamen wir, getreulich geleitet von unserem Führer, dem Gesalbten, seinen Anweisungen folgend, bis wir den Adler sahen, der uns voranflog.« Erst am nächsten Tag konnte ich weiterschreiben, denn wie jedermann verstehen wird, nahm das Zeichnen und Kopieren viel Zeit in Anspruch. »Ein großer Vogel war der, der uns führte, ganz in Feuer und Wolke gehüllt. Stand er still, so standen alle Männer still, und Frauen und Kinder verhielten den Tritt. Flog er aber weiter, erhob sich das Volk wie ein einziger Mann und folgte seinem Pfad am Himmel, bei Tag und auch bei Nacht, denn der helle Feuerschein des Vogels wies uns den Weg. Gerade dort aber, wo das Flugtier mit seinen Greifern die Erde berühren werde, um zu landen, wies uns der Gesalbte an, sollen wir den ersten *teocalli*, den Tempel erbauen. Seine Verheißungen gaben uns wieder Mut, auch wenn wir die Verfolgung der *colhuacas* fürchteten und gänzlich fremd waren in diesem Land inmitten des Sumpfes. Die Stätte sollt ihr Ort des Tenoch nennen, und so taten wir wie befohlen und gründeten Tenochtitlán. Das Volk aber soll das Gesalbte, Mexica, heißen, da ihr dem Gesalbten, dem Mexico, gefolgt seid. Lernen sollt ihr, Sümpfe zu entwässern und Deiche zu bauen. So gründeten und errichteten wir Mexico-Tenochtitlán, wie wir angewiesen waren, häuften fruchtbaren Schlamm auf Schilfflöße und bauten Kähne. Unser erster Tempel war ein gebrechliches Bauwerk aus Schilfrohr, kümmerlich und elend, ohne Steine und Holz.«

Als ich das Werk meiner Hände Bruder Raffaele vorlegte, winkte er mich hinüber in das Zimmer des Bibliothekars. Dieses Stübchen, das eigentlich nur ein Gang mit Pult zwischen hohen Bücherregalen war, enthielt die Verzeichnisse aller Bücher dieses Klosters seit seiner Gründung sowie die Wirtschafts- und Rechnungsbücher. »Strebt er den Dienst an Gott an?« fragte Bruder Gabriele, der Bibliothekar, da er meinen interessierten Blick mißdeutete. »Das will ich doch nicht hoffen«, entgegnete Raffaele ganz unchristlich. »Nie sah ich einen Schreiber von solcher Sorgfalt, solchem Geschick, zugleich flink und gründlich. Wollte er unserem Orden beitreten, wer sollte dann das heidnische Machwerk abschreiben und erhalten?«

Hatte mich die Gründungsgeschichte der Stadt Mexico-Tenochtitlán, die jetzt nur Mexico heißt, schon aufgewühlt, so sollten die nächsten Tage noch größere Unruhe stiften.

Mit dem erstem Tageslicht stand ich am Pult und nahm ein Blatt entgegen, dessen spanische Herkunft ich sogleich erkannte, unterschied es sich doch von dem von mir verwendeten Material in keiner Weise. »Nicht so alt und kostbar ist es, wie das von dir kopierte, doch ungleich wertvoller«, belehrte mich Raffaele, »denn es bezeugt, daß es Christenpflicht ist, das Volk der Azteken niederzuwerfen und zu beherrschen. Schrie nicht ihr Anführer geradezu danach, regiert und aufgenommen zu werden von der Christenheit?«

Gehorsam schrieb ich ab, was vor mir in spanischer Sprache stand: »Böse Omen zeigten uns die Rückkehr der Götter an, die hinabsteigen würden aus den Tiefen des Alls, um zu übernehmen die Herrschaft, die sie für Erdenjahre uns anvertrauten. Das erste böse Omen: Nachts erschien Feuer am Himmel, eine Feuerflamme, eine lodernde Feuergarbe. Mitten hinein in das Herz des Himmels schoß sie, und blutiges Feuer fiel wie aus einer Wunde in Tropfen herab. Die Leute schrien vor Angst, denn ein volles Jahr erschien es Nacht für Nacht, im Jahr Zwölf Haus erschien es.«

Auf diese Art schrieb ich acht böse Vorzeichen ab, deren Sinn mich verwirrte und erstaunte. Meist handelte es sich um Feuer und Flammen am Himmel, welche die Mexikaner zutiefst beunruhigten. Mir schien es seltsam, daß ein Volk, an feuerspeiende Berge und glühende Lava gewöhnt, von Erdbeben und Springfluten heimgesucht, solche Angst verspürt hatte. Es mußten ganz besondere Feuer sein, die am Himmel standen, denn Vulkane waren ihnen vertraut, waren Symbole ihrer Heimat. Weiter unten schrieb ich ab: »Die große Flammensäule brannte ein ganzes Jahr lang, strahlte glänzende Funken und Blitze aus, und bei Morgengrauen schien es, als ob Feuer zur Erde regne. Die Grundfläche dieser Wunderflamme auf dem Boden war von ungeheurer Breite, wie eine Pyramide wuchs der Rumpf zu einer hoch aufragenden Spitze. Doch das geheimnisvollste aller Zeichen war jener Flieger, der einem schwarzen Kranich glich und in den Texcoco-See stürzte. Fischer brachten den seltsamen Fund zum Hof des *Motecuçoma*, und er erblickte sogleich eine durchscheinende Krone, eine Art Spiegel oben an der Spitze. Und als der Herrscher hineinsah, erkannte er das Sternbild des Taurus und jenes der Zwillinge, und er erblickte Wege in den Tiefen des Alls. Doch wechselte das Bild alsbald, und der Herrscher sah Krieger, die in geordneter Schlachtreihe herankamen und von fremden Tieren, groß wie Hirsche, begleitet wurden. Da ließ er die gelehrtesten Männer und Frauen des Landes rufen, ihre Weisheit zu erfragen. Doch der fliegende Spiegel verschwand und entzog sich aller Deutung.«

Es war ein schöner Sommertag, ein Morgen, an dem die Blumen im Garten des Laurenzianerklosters lieblichen Duft verströmten, der durch die geöffneten Fenster bis zu unseren Stehpulten drang, als ich niederschrieb: »Über der Ebene von Tlaxcala schwebte oft in diesem Jahr ein weißer Hauch wie eine Wolke, aber von Festigkeit und Glanz. Als sich diese in der Ebene zu Boden senkte, da stieg eine Staubwolke auf gleich einem Wirbelwind und verdunkelte den Horizont, so gewaltig war die Erscheinung. Da erschraken die Menschen, und wer konnte, floh unter Wehgeschrei, die Götter kommen wieder, sie steigen vom Himmel herab unter Feuer und Rauch, und furchtsam verbargen sich die Menschen in Spalten und Bergschrunden, in Abgründen und Höhlen.«

In der großen Aufregung, in der ich mich befand, als ich diese Zeugnisse aus Mexico abschrieb, verspürte ich weder Hunger noch Durst. Ich arbeitete, sobald das Tageslicht es erlaubte, und so lange, bis ich abends glaubte, die Hände vor den Augen nicht mehr erkennen zu können. Da ich als Laienschreiber nicht der strengen Klosterordnung unterworfen war, unterbrach ich die Arbeit nicht, mußte nicht wie andere Ordensbrüder alle Stunden das Schreibwerkzeug aus der Hand legen, um an Andachten und Lobpreisungen teilzunehmen. Trotzdem ging ich einmal zum Essen. Die Verpflegung in diesem Kloster war gut. Natürlich durfte ich nur unten in der Küche meine Mahlzeit einnehmen, doch der Laienbruder, der dort den Dienst versah, gab mir reichlich. »Wirst ja nicht vom Beten satt«, zwinkerte er mir zu. »Verweile ein wenig länger bei mir. Schon habe ich sagen hören, daß deine Hand mit besessener Schnelligkeit über das Papier fährt und dein Eifer allzu groß ist. Ach, man kann es ihm nicht recht machen, dem Bruder Raffaele, den einen treibt er von Buchstabe zu Buchstabe, da geht es nicht rasch genug, und bei dir bekreuzigt er sich, erkennt er, mit welcher Inbrunst, mit welchem Schaffensdrang du bei der Arbeit bist.«

Natürlich beherzigte ich das Gehörte, wußte ich gut genug, wie schnell mein Interesse an fremden Kulturen Aufsehen und Mißtrauen erregen konnte. Keinesfalls war ich darauf aus, daß man mich vom Teufel besessen befinden würde. Trotzdem arbeitete ich in meinem Regelmaß, schnell und zügig. Die brennende Aufmerksamkeit, die ich den Texten widmete, suchte ich zu verbergen.

Am Ende dieser bedeutsamen Woche hatte ich noch ein weiteres Blatt abgeschrieben, welches dem Bruder Raffaele wichtig war. Als ich die Worte niederbrachte, fühlte auch ich einen fast heiligen Schauer, denn ich gab die Rede des Aztekenherrschers *Motecuçoma* wieder, die er Cortés gegenüber hielt: »Seit langem wissen wir aus unseren Schriften, daß weder ich noch alle anderen, die heute unser Land bewohnen, aus diesem stammen, sondern daß wir Fremde sind und von weit kommen.« Obwohl ich geübt im Schreiben war, konnte ich doch nicht verhindern, daß meine Hand leicht zitterte, als ich viel später mit folgenden Sätzen des *Motecuçoma* endete: »Nein, es ist kein Traum. Ich gehe nicht im Schlaf. Ich sehe dich nicht in meinen Träumen … endlich bist du gekommen, aus den Wolken und Nebeln, um wieder auf deinem Thron zu sitzen. Dies war geweissagt von den Königen, die deine Stadt verwalteten. Und nun ist es eingetreten. Du bist zu uns zurückgekommen, du bist aus dem Himmel herabgekommen. Ruhe dich nun aus. Nimm Besitz von deinen königlichen Schlössern. Willkommen in eurem Land, meine Götter!«

Zu meinem Glück war es Abend geworden, und ich konnte nach diesen bedeutsamen Zeilen das Kloster verlassen. Aufgewühlt irrte ich durch die Gassen, starrte versunken in die dunklen Fluten des Arno. So ist wahr, was mir Manco Huaca in jenen Tagen im fernen Reich der Inka anvertraut hatte? Wahr mußte es sein, daß sogar das Volk der Azteken, so weit nördlich der Inka und so kriegerisch, seine Herrschaft über das Land Mexico ohne Gegenwehr abtrat an den Cortés, der ihnen als der bärtige, weißhäutige Gott erschien, der sie einst verlassen hatte.

Wer aber sollten jene Götter sein, von denen Manco Huaca und nun auch der Herrscher der Azteken in großer Furcht sprachen? Sie kamen aus den Tiefen des Himmels, hatte ich gelesen, und stiegen in Feuer und Getöse in riesigen Vögeln hinab zur Erde. Natürlich mußte ich an das goldene Figürchen des Pedeco denken, an die Zeichnungen seltsamer fliegender Apparate des Leonardo da Vinci. Zugleich erfüllte mich ungeheurer Zorn. Wie konnte Cortés diese Verwechslung, dieses Mißverständnis ausnutzen und sich als Gott verehren lassen?

In der Nacht grübelte ich über die Worte des Sternenpriesters nach, die er mich gelehrt, mir anvertraut hatte. Sogar in meinen Aufzeichnungen blätterte ich, damit ich nichts vergäße und verwechseln würde. Was war seine Botschaft gewesen? In diesen ernsten und bedeutsamen Stunden, in denen ich den Atem der Geschichte spürte, glaubte ich zu begreifen, daß Manco Huaca mich, nur mich hatte, sein Vermächtnis weiterzugeben. »Nur wer weiß, daß die Erde nichts ist als ein Staubkorn im All …«, hatte er gesagt, »kann wahrhaft menschlich sein …« Diese Botschaft sollte ich weitertragen. Was würde sie bezwecken? Würde eines fernen Tages die Menschheit erkennen, wie wenig die Erde ist, wie gering und nichtig, gnadenlos ausgeliefert der Weite des Himmels und fremden Sternenmächten? Würde dann Frieden herrschen und Zusammenhalt auf diesem winzigen, einzigen Erdapfel? Dies waren Gedanken, so verwegen und vermessen, daß mir das Hirn den Dienst zu versagen drohte. Konnte es etwas Wichtigeres als den Heiligen Stuhl in Rom geben, etwas Größeres als die Christenheit? Könnte man im Dienste der Menschheit die Abgründe des Glaubens und Denkens eines Tages überwinden? Hätte ich diese Dinge hinausgeschrien, ich glaube, ich hätte es verstanden, wenn man mich sogleich auf den Scheiterhaufen gezerrt hätte. Waren solch andersgläubige Anschauungen nicht das Schlimmste, was ein Christenmensch denken konnte? Ein Verbrechen größten Ausmaßes?

»Nun, deine Arbeit wird hier bald beendet sein«, unterrichtete mich Raffaele am nächsten Morgen und warf mir einen prüfenden Blick zu. »Wo hast du gelernt, und welchen Meister hattest du wohl, der dich darin unterwies, so flink und«, er suchte nach Worten, »so hingegeben an deiner Aufgabe zu arbeiten? Doch vergiß bei allem Eifer nicht, daß nur die Demut und das Wissen um die Jämmerlichkeit deines Dienstes das Herz des Herrn erfreut, während alles Streben nach eitler Vollendung dich mehr und mehr in die Fänge des Teufels treibt.«

Diese Ermahnung beherzigte ich und wandelte sanft und strebsam, aber ohne unzüchtigen Eifer hinauf zu meinem Pult.

Das Blatt, das er mir an diesem Tag aushändigte, war nicht gefaltet, sondern großzügig gerollt. Als ich es in Händen hielt, erkannte ich, wie dicht und dick es war, es glich jener dünnen Innenschicht der Rinde, welche die Inka als Verband benutzten. Auf dieses Material war weiße Farbe, eine Art Kreide oder Kalk aufgetragen, so daß die Farben, mit denen das Papier auf das seltsamste bemalt war, leuchteten. Gestalten sah ich abgebildet, so fremd und schaurig, hockende menschenähnliche Wesen mit Helmen auf den Köpfen und furchterregenden Waffen in den Händen. Fast meinte ich, im Tempel des Manco Huaca zu sein, denn ich erinnerte mich sogleich des harten, fordernden Gesichtsausdruckes, den auch diese Figuren zeigten. Nichts Liebliches war an ihnen, statt dessen schienen sie Furcht, Schrecken und Grausamkeit zu verbreiten. Höchst absonderlich, mit allerlei Verzierungen wie Schlangen und Feuergarben verschlungen, saßen sie in einem aufgerissenen Rachen oder in dem Ei einer gräßlichen Riesenschlange, wer vermochte das zu sagen? Darunter stand in lateinischen Buchstaben, doch in mir unbekannter

Sprache ein Text und daneben die Übersetzung in das Spanische. Nochmals vier Tage brauchte ich, um diese fremde und bedrohlich anmutende Zeichnung wiederzugeben, ohne etwas zu verfälschen oder auszulassen. Ja, ich übte sogar auf meiner Tafel, um nicht das Papier durch einen verkehrten Federstrich zu verderben. Schließlich glich mein Abbild so genau der Vorlage, daß ich zufrieden war. Ich las noch einmal den bedeutungsvollen Text unter dem Bild: »Dies ist das Sprachrohr der Götter, dies ist die Art, wie die Götter mit euch reden, den Priestern des Jaguars, dies ist niedergeschrieben zum Anbeginn der Zeit, zum Beginn der Schöpfung, dies wird euch mitgeteilt durch das *Chilam Balam:* Sie stiegen von der Straße der Sterne hernieder. Sie sprachen die Worte der Wissenschaft, die Sprache der Sterne des Himmels. Ja, ihre Schriftzeichen, ihre Lehre sind uns Gewißheit, daß sie vom Himmel kamen und schufen den Tag und den Anfang, den Mensch und das Tier. Wenn sie wieder herniedersteigen, die dreizehn Götter und die neun Götter aus den Tiefen des Alls, werden sie neu ordnen, was sie einst erschufen.«

Ich war erschüttert. Obwohl ich mir nicht sicher war, daß dieses Schriftstück aus den Dschungelländern von Mexico kam, war ich doch überzeugt, daß es nicht von den Azteken stammte. Denn soviel hatte ich mir von ihrer Sprache eingeprägt, daß mir die jetzt dargestellten Buchstaben ganz fremd erschienen. Welch ungeheuerliche Botschaft! Das ganze uns bekannte große Volk der Indianer mußte denselben Glauben haben. Welch Frevel wurde hier festgehalten! Nicht die Dreifaltigkeit wurde als Gottvater, Gottsohn und Gott Heiliger Geist gepriesen, sondern dreizehn und neun Götter, und diese hätten den Menschen erschaffen. Ich verstand sehr wohl, daß kein frommer Bruder in Berührung mit dieser Überlieferung kommen durfte. So faßten auch Bruder Bibliothekar und Bruder Raffaele das Geschriebene mit spitzen Fingern an, um die Kopie der Sammlung zuzuführen und das Original sorgsam in Leintücher zu verpacken und in einem Holzkasten zu verschließen. »Nun, stehe nicht unziemlich herum und starre«, tadelte mich der eine, und der andere, Raffaele, trachtete danach, mich schnell loszuwerden. Gab es etwa in diesem Kloster noch größere Geheimnisse, oder wußten die Mönche gar nichts vom Inhalt der Schriftstücke? Obwohl ich denke, daß beide, Bruder Gabriele und Bruder Raffaele, gelehrte Männer waren, mag es sein, daß sie den spanischen Text nicht verstanden, ihn vielleicht nicht einmal gelesen hatten, um ihren Geist nicht in Verwirrung zu stürzen.

Tief beeindruckt von dem Erlebten, nahm ich den mageren Lohn entgegen und fühlte mich zugleich überreich beschenkt. Großartiges geschah in meinem Leben. Ich glaubte, ausersehen zu sein, geheimes Wissen zu erfahren und weiterzugeben. Draußen am Ufer des Arno streckte ich der Sonne meine ausgebreiteten Arme entgegen und versank in Andacht zum Sonnengesang.

Das hätte ich besser unterlassen. Kaum hatte ich das Gebet begonnen, näherten sich drei Gestalten, die mir bekannt vorkamen. Ich sprang in den Schatten einer Säule, warf einen raschen Blick über die Schulter und begann zu rennen. Kein Zweifel, das waren die drei Franzosen, die mir bereits in Antwerpen Böses wollten.

Nach der Ruhe und Konzentration am Stehpult war es mir nun fast eine Freude, die Verfolger durch enge Straßen, über schmale Brücken und hinauf über steile Treppen in die Irre zu führen. In der Tuchmachergasse verschwand ich in einem finsteren Hof, kletterte über die rückwärtige Mauer und erreichte meine Unterkunft.

Meine Habseligkeiten waren schnell zusammengepackt. Ich war ja meist auf Reisen, oft genug auch auf der Flucht, und hatte nur ein schmales Bündel. Was mir das liebste war, meine Notizen und das Bild mit den seltsamen Flugapparaten, hatte ich stets dabei. Als ich das Pergament aus der Schule des Vinci zusammenrollte, kam mir plötzlich eine Idee. Es war so einfach, mich unauffällig dem Ferrante de Gonzaga zu nähern! Warum war ich nicht schon früher darauf gekommen?

Kapitel 10

Um schnell und unauffällig aus der Stadt zu gelangen, mischte ich mich nun unter die vielen Händler, Hausfrauen und Kaufleute, die um diese Zeit in der Strumpfwirkerstraße fast jeden Winkel ausfüllten. Natürlich hielt ich nach meinen Verfolgern Ausschau, aber ich konnte nichts Verdächtiges entdecken. Mit dem Menschenstrom zog ich die Straße hinunter, über den Domplatz und hinüber zur Kornbörse. Hier fahren ständig Kutschen vor, die Korn abladen oder aufnehmen, und für einen rasch Entschlossenen ist es nicht schwer, eine Mitfahrgelegenheit zu erhandeln. Ich hörte mich unter den Händlern um, da ich hoffte, eine Kutsche nach Mantua zu bekommen. Da aber geschah etwas, das ich nur eine wunderbare Fügung des Schicksals nennen kann.

Zwei alte Kornhändler sprachen von einem Ferrante. Zuerst glaubte ich, meine Einbildungskraft spiele mir einen bösen Streich, aber dann trat ich näher an die Männer heran und verstand sie besser. Sie ließen Korn aufladen, das sie einem Ferrante an den Hof nach Ferrara bringen sollten. Ich war ziemlich enttäuscht, denn das konnte nicht der Gesuchte sein, der ja wohl in Mantua leben mußte.

»Er gibt mal wieder ein großes Fest im Palast seines Verwandten«, meinte ich zu hören. Da zögerte ich nicht mehr lange, zog meine Tafel hervor und bat um Auskunft und Mitfahrgelegenheit. Die Händler bestätigten, daß es sich tatsächlich um Ferrante de Gonzaga handelte. »Man muß sich gleich bezahlen lassen«, grinste einer der Händler, »sonst ist der hohe Herr wieder fort, mal hier, mal dort, und du kannst sehen, woher du deinen Lohn bekommst.«

Die Sache war ausgemacht, die Kutsche beladen, und ich

fühlte mich zwischen den alten Kornhändlern gut aufgehoben. So rollten wir wenig später aus Florenz fort.

Die Reise verlief ungestört. Bei günstiger Gelegenheit kaufte ich mir die Kleidung eines der beiden Kornhändler, um mein Äußeres zu verändern. Zwar gefiel es mir gar nicht, meine saubere und bequeme Schreiberkleidung durch die schmutzige und einengende Tracht des Händlers zu ersetzen, als ich aber an mir heruntersah, erkannte ich, wie sehr mich die fremde Kleidung veränderte. Ich trug jetzt schwarze, enganliegende Beinkleider, darüber einen roten, wollenen Rock und einen Überwurf aus dunklem Tuch. Ich stutzte meinen Bart und stülpte mir die Federkappe auf. In einem kleinen Spiegelglas überprüfte ich die Verwandlung und war sehr zufrieden. Niemand konnte jetzt in mir einen Schreiber vermuten. Die beiden Händler achteten nicht weiter auf mein Tun. Ihnen genügte es, daß ich sie gut bezahlt hatte. So lehnte ich mich entspannt in der Kutsche zurück, lauschte auf das gleichmäßige Klappern der Hufe und dämmerte ein wenig vor mich hin. Ich sah mich selbst am Hof von Ferrara, freundlich aufgenommen und bewirtet. Und ich erfuhr alles, was ich vom Erbe meiner Eltern wissen wollte!

Es war Tage später und drückend heiß, als wir uns Ferrara näherten. Ich hatte während der Reise genügend über Ferrante und seinen Aufenthaltsort in Ferrara erfahren, um keine weiteren Erkundigungen einziehen zu müssen. So verließ ich die Kutsche beim letzten Halt vor der Stadt. Natürlich wäre es einfacher gewesen, mit den Kornhändlern bis zur herzoglichen Residenz mitzufahren, aber wie hätte ich dann in einem Notfall entkommen können? Deshalb wollte ich lieber unabhängig sein und erhandelte mir an dieser Raststation das schnellste Pferd. Wenig später ritt ich zur Residenz.

Ich überquerte zahlreiche Kanäle und Wasserläufe und mußte an sumpfigen Wiesen vorbei. Obwohl es Abend wurde, war es heiß und schwül. Mückenschwärme stiegen von dem fauligen Wasser auf, umsurrten mich und den Kopf des

Pferdes. Der dunkle Umhang war mir viel zu warm, und ich schwitzte in meinen Beinkleidern.

Im Land der Indios hätte ich die alten, stinkenden Gewänder ausgezogen und ein Bad genommen. Danach hätte ich Pflanzenpaste, vermischt mit rotem Ocker, aufgetragen, was die Haut kühlt und vor Insekten schützt. Hier aber mußte ich die Kleidung ertragen, weil jedermann bedeckt herumlief, als sei der Winter nahe. Kein Wunder, daß es überall nach Schweiß und Körpersäften roch. Das Wasser gar, den Indios heilig und verehrungswürdig, stank hier zum Himmel. Ich mußte über eine Brücke, sog den fauligen Geruch der Kloake ein und rang nach Luft. Das Leben hier war ganz und gar ungesund, da nützten auch die aromatischen Blumen nichts, die den Hof mit betäubendem Duft erfüllten.

Ich beobachtete das Kommen und Gehen jenseits der Hofmauer, wartete, bis die Sonne unterging, und versteckte mein Pferd im Ufergebüsch. Dann wagte ich mich an das Tor der Residenz.

Ein Diener fragte nach meinem Begehr.

Ich böte einen Tausch, ließ ich ihn wissen, ein Pergament aus der Schule des Vinci.

Man führte mich in einen hohen Raum, einen großen Speisesaal vielleicht, und ließ mich warten. Die großen Fenster standen offen und ließen die laue Nachtluft hinein. Ich beugte mich weit hinaus und überprüfte meine Fluchtmöglichkeit. Mit einem mutigen Sprung würde ich hinunter in den Hof gelangen und dann hinüber über die Mauer zu meinem Pferd. Mein Herzschlag beruhigte sich ein wenig. Ich wartete, lauschte auf Geräusche und behielt die Tür im Blick. Es dauerte nicht lange, da betrat ein vornehm gekleideter Herr den Raum und bat mich unter den Kronleuchter.

Sein Herr könne mich jetzt nicht empfangen, ließ er mich wissen, und ohne Nennung meines Namens käme zudem kein Tausch zustande. Dabei musterte er mich streng und forschend. Ich zog das Pergament hervor. Er nahm es, und ich hielt ihm meine Tafel hin: »Ich suche etwas, einen Brief

413

vielleicht, den ein Händler aus Sevilla vor mehr als dreißig Jahren dem Herzog Ferrante anvertraute.«

Wurde der Mann bleich? Schwankte er ein wenig? Er hieß mich warten und verschwand durch eine große hölzerne Tür.

Mein Herz schlug bis zum Hals. Würde Ferrante verstehen, was ich in Rätseln andeutete? War meine Suche hier zu Ende oder führte sie mich in die Klauen der Inquisition? Ich lauschte an der geschlossenen Tür, öffnete sie einen Spalt und fand den Gang leer. Keine Soldaten des Herzogs stürmten die große Freitreppe hinauf. Fernes Musizieren klang leise herüber. Ich atmete tief durch. Ich mußte mutig sein und Geduld haben. Beides entsprach nicht meiner Natur.

Endlich kam der Herr zurück.

»Wir bieten Euch dies zum Tausch, ein Pergament wie Eures, versehen mit ägyptischer Malerei. Er handelt in Sevilla, wie Ihr es verlangt.« Der Herr zog ein fein poliertes Holzrohr hervor, öffnete es und entrollte mit großer Vorsicht ein Blatt Papier. Ich schluckte vor Aufregung. War dies das Erbe meines Vaters?

Auf blauem Untergrund waren mit feinen Pinselstrichen Hieroglyphen aufgemalt, die mir geheimnisvoll und gänzlich fremd waren. Das Schönste aber war die Zeichnung dreier Sterne, die im Licht des Kronleuchters funkelten, als wären sie aus Gold. Gerne wollte ich glauben, dies sei das Andenken an meinen Vater, mein Erbe, aber ich mußte Gewißheit haben.

Aus meiner Tasche nahm ich ein kleines Stück Papier und schrieb darauf: »Ist dies bestimmt für Gonzalo Porras?« Nun war es heraus.

Der Herr griff nach dem Zettel, sah auf die Zeilen, schaute mir ins Gesicht und erbleichte. Dann schoß ihm das Blut in die Wangen. »Wartet hier!« rief er mit heiserer Stimme und eilte hinaus.

Ich hatte große Angst. Zum erstenmal seit vielen Jahren hatte ich einem Fremden meinen Namen anvertraut. Was würde geschehen? Warum kam der Herzog nicht? Warum schloß er mich nicht in die Arme, mich, den verloren geglaubten Sohn eines Freundes?

Unten im Hof erklangen Schritte. Ich lief zum Fenster und spähte, verborgen hinter schweren Vorhängen, hinaus. O nein! Die drei Gesellen aus Florenz waren es, die elenden Schurken, die über den Hof hinauf zur Treppe rannten.

Ich zögerte nicht, ergriff das Holzrohr mit dem ägyptischen Pergament, sprang aus dem Fenster und landete unsanft im Hof. Jetzt war keine Zeit für Schmerz und Jammer! Mit großen Sprüngen überquerte ich den Hof, erklomm die Mauer und kauerte auf ihr nieder. Das war freilich ein schlechtes Versteck. Im großen Saal gingen Lichter an, man beugte sich aus dem Fenster. »Holt Fackeln, sucht ihn mit Hunden und Licht!« schrie einer. »Wir dürfen seine Spur nicht mehr verlieren.«

Ich sah hinunter. Nach außen hin war die Mauer viermal so hoch wie ich selbst. Weit unten stand mein Pferd. Ich mußte es wagen und sprang hinab! Die weiche und feuchte Erde dämpfte meinen Sturz. Ich rollte den abschüssigen Hang hinunter und landete beinahe vor den Hufen meines Pferdes. Ich sprang in den Sattel, und es galoppierte mit mir davon, über den Bach und das weite Feld, bis wir den Kanal erreichten. Ich riß mir die Kleider vom Leib, warf sie in das Wasser und die Federkappe hinterher. Dann zog ich mir das Hemd des Schreibers über, puderte mich und das Pferd mit fein gemahlenem calejutischem Pfeffer. In diese Fährte würde kein Hund der Welt seine Nase stecken wollen!

Ich hörte die Meute weit in der Ferne heiser kläffen, als ich längst über den Kanal hinaus durch die dunkle Nacht ritt. Ich war entkommen.

In dieser Nacht hielt ich nicht an. Mit umwickelten Hufen trabte mein Pferd immer Richtung Norden. Meinen Weg fand ich mit Hilfe der Sterne.

Auf meiner Reise zurück nach Venedig versuchte ich zu verstehen, was mir widerfahren war. Warum verfolgten mich die Häscher der Inquisition? Sie fürchteten meinen

Anspruch auf das Erbe der Eltern. Also ging es um Geld, um viel Geld.

Als ich später in einem kleinen Dorf frisches, sauberes Wasser aus dem Brunnen trank und Brot und Käse aß, schalt ich mich plötzlich einen törichten, dummen Kerl. Was sollte ich mit Geld anfangen? Was ich zum Leben brauchte, hatte ich. Für wen sollte ich Reichtümer anhäufen? Mochte die Inquisition ihren Raub behalten, meine Freiheit wollte ich dafür nie mehr gefährden. Alles Geld dieser Welt gab mir die Eltern nicht zurück.

Kurz vor Venedig verkaufte ich das Pferd, nahm einen Stecken und verwandelte mich in einen Alten, der humpelnd und hustend durch die Gassen wankt. Ich mietete das kleine Stübchen über der Schenke, verließ es als greiser, kranker Mann, zog mir nur eine Gasse weiter den Schreibermantel über und schritt frisch und gesund durch die Straßen. In diesem Doppelleben fühlte ich mich sicher.

Manchmal holte ich abends das ägyptische Pergament hervor und studierte es. Ich konnte nichts darauf entziffern, aber ich freute mich am Glanz der kleinen, goldenen Sterne. So gewöhnte ich mir an, das Bildchen immer dann zu betrachten, wenn der Himmel bedeckt war und Wolken den Blick auf die Sterne verwehrten.

Drei Jahre verbrachte ich unbelästigt und unerkannt in Venedig, tageweise auch in anderen Städten, ging meiner Tätigkeit als Schreiber nach, ohne große Aufregung oder Gefahr für mein Leben. Meist arbeitete ich wie viele andere Schreiber für das Haus der Welser. Gewöhnlich schrieb ich in der Fondaco dei Tedeschi, dem deutschen Handelshof nahe der Rialtobrücke. Dort wurden vor allem meine Fähigkeiten als Übersetzer gebraucht, denn deutsche Kaufleute, besonders aus den Städten Augsburg und Nürnberg erhandelten hier Pfeffer, Samt und Seide, Zucker, Kümmel und griechischen Wein. Bei diesen Diensten konnte ich meine Kenntnisse der deutschen Sprache vertiefen, eine Gelegenheit, die ich gerne nutzte. Schließlich verstand ich nicht nur das sorgfältig geschriebene oder gesprochene Wort, sondern auch das schnell und flüchtig Dahingesagte.

Eines Tages hörte ich zwei Deutsche miteinander streiten. »Ah, die Pracht Venedigs, der Glanz der Stadt …«, sagte ein Händler. »Ja, der Glanz des Fegefeuers ist es, der uns leuchtet«, entgegnete der andere. »So sagen denn die Türken, wenn sie diese schimmernden Paläste sehen, die Christen, die dererlei bauen, könnten vom Leben im Jenseits nichts halten und hoffen.«

Mir aber gefiel Venedig. Ich verglich es im stillen mit Sevilla, der Stadt des Handels, die ich aus meiner Kindheit kannte, und wurde bedrückt. Der Fluch meines Vaters schien sich zu erfüllen. Wie ich von Reisenden hörte, verlor Sevilla mehr und mehr an Bedeutung und wurde als Hauptsitz der Inquisition von Fremden gemieden. Der große Strom, der Guadalquivir, versandete allmählich. Um so mehr schien das Leben in Venedig zu sprühen und zu gedeihen. Das geordnete Leben unter dem Regiment der Republik, die Kostbarkeiten und Kunstschätze, der Überfluß an Lebensmitteln, der blühende Handel, die luxuriösen Festlichkeiten und die vielen Fremden, Menschen in bunten Gewändern und Trachten, die sich unter die Bevölkerung mischten, all dies ließ keine Schwermut aufkommen. Aber es lockte die Neider, besonders jene in Rom. Zum erstenmal erfuhr ich davon, als ich als Laienschreiber im Serviten-Kloster nahe des Dogenpalastes arbeitete. Ein Novize, ein junges Bürschchen, ging mir zur Hand, bestaunte meine Fähigkeiten und schwätzte auf mich ein, sobald er sich von seinem strengen Novizenmeister unbeobachtet fühlte. Von ihm erfuhr ich mancherlei an Klatsch und Tratsch, war doch der junge Kerl an jeder Politik, besonders der päpstlichen, interessiert. Er war überaus aufgeweckt, zeigte großen Wissenshunger in allen Bereichen der Naturwissenschaften und wehrte jeden Versuch, etwas unchristlich oder gar dem Teufel gehörig zu brandmarken mit den Worten ab: »Die unendliche Vielfalt in Gottes Werken ist es doch nur, was uns hier fremd erscheint.« Gleichzeitig war er seinem Glauben treu ergeben, ohne allzusehr an Rom gebunden zu sein. »Sein weltliches Streben ist groß, sehr groß«, wagte er einmal kritisch zu bemerken, und ich bewunderte ihn für seinen Mut. Er hatte damit den Papst gerügt, das war unmißverständlich.

Die Zeit, die ich mit dem Novizen verbrachte, war unbeschwert und heiter. Wir lernten gemeinsam, ein Buch zu binden. Die Doppelblätter, die wir verwendeten, waren kleinformatig und nicht aus Papier, sondern aus Leder. Wegen des großen Verschnittes fielen sie sehr klein aus. Eines Tages durften wir sogar die zahlreichen Farben anrühren, in denen die Rankenmuster gestaltet werden sollten. Hier in Venedig herrschte auch an diesen Dingen Überfluß. Wir verwendeten rotes Gestein und Ochsengalle sowie den Gallapfel, wir gewannen aus der Berberitze gelbe Säfte und mischten diese mit Kreide. Indigo lieferte uns blaue Farbe, aber auch Lapislazuli, was ungleich kostbarer war. Mit arabischem Gummi wurden die Farben löslich gemacht, so daß sie mit feinen Vogelfedern aufgetragen werden konnten.

»Im Schreiben bin ich besser denn im Zeichnen«, kritzelte ich auf mein mit Wachs überzogenes Holztäfelchen.

»Dann laßt Euch helfen«, schlug der aufgeweckte junge Novize vor. Mit großem Geschick zeichnete er rasch, was ich in viel längerer Zeit nicht bewerkstelligt hätte. Er hatte eine besondere Begabung, die Natur auf das genaueste nachzumalen, ja, Käferbeine, Pflanzen und Wurzeln so akkurat darzustellen, daß jedermann erkannte, welche Blume, welches Insekt gemeint waren. Irgendwann bei einem Marktbesuch ertrotzte er sich ein ganz besonderes Objekt. Ohne daß ich recht verstand, was er wollte, verhandelte er mit einem Glasschleifer, einer Zunft, von der es gerade in Venedig viele Handwerksbetriebe gab. Als ich Wochen später das Serviten-Kloster erneut aufsuchte, zeigte er mir das geschliffene Glas. Zu meinem Erstaunen sah man, wenn man durch dieses Glas blickte, auch das kleinste Merkmal, den feinsten Strich groß und genau, so daß man überrascht zurückfuhr, wenn man plötzlich das Käferbein in der Größe eines Ästchens erblickte.

›Lesesteine‹ nannte der Novize seine Errungenschaft, eine Hilfe beim Entziffern und Kopieren, die ihm sein barscher Novizenmeister nicht entreißen konnte. Manchmal dachte ich, ein Kloster sei nicht der rechte Ort für solch einen verständigen Burschen, sah ich ihn aber in strenger Andacht, tief versunken in seinem Glauben, so besann ich mich anders. Als er einmal in einen heftigen Disput mit seinem Meister geriet über »die wahre Natur des Himmels und der Erde«, wandte er sich scheinbar nachgebend ab, zischte mir aber zu: »Ah, ich habe keine Lüge gesagt, aber die Wahrheit ist nicht für alle da.« Er schien sehr erregt über die Begriffsstutzigkeit seines Meisters zu sein, doch übte er sich in Demut und striktem Gehorsam. Würde er immer den finsteren Mächten der Kirche und seinen Mitbrüdern widerstehen können? Ich bangte um ihn, da ich sein Streben nach Verständnis, seine Natürlichkeit, mit der er Fremdes und Geheimnisvolles als Gotteswerk hinnahm, allzusehr im Widerspruch zum Geist seiner Zeit und seiner Kirche sah.

Nach drei Jahren Aufenthalt in Venedig nahm ich das Angebot, einen Handel in Deutschland zu übernehmen, dankend an. Obwohl ich gerne hier lebte, begrüßte ich einen Ortswechsel als willkommene Anregung, neue Eindrücke und Anreize zu erhalten. Die Fahrt nach Norden erwies sich indes als Abenteuer. Zweimal brach das Rad der Kutsche, ein Pferd stolperte und stürzte schwer, Reisende erkrankten. Nach vielen Verzögerungen begrüßte uns das Land jenseits der Alpen mit kaltem Dauerregen, die Tage trüb und naß und die Nächte dunkel und feucht. Als wir Füssen hinter uns gelassen hatten, kam endlich die Sonne hervor, und es wurde rasch schwül und drückend. Ich erreichte Weil, mein Ziel, und beschloß, bei nächster Gelegenheit wieder heim in den Süden zu reisen. Ein böses, zorniges Gewitter grollte während der Verhandlungen über uns, entlud sich am Nachmittag mit großer Heftigkeit und hinterließ einen vollkommen blanken Himmel. Am Abend dieses Junitages im Jahr 1569 betrat ich einen Gasthof, mürrisch, unlustig und gelangweilt.

»Fürs warme Essen zu spät«, fauchte mich die Schlampe an, die ihr zartes Alter recht gut hinter einem bösen Blick und einem harten Mund verbergen konnte. Sie setzte mir unaufgefordert einen Krug vor, klatschte einen halben Brotlaib dazu und blieb mit offener Hand an der Längsseite des Tisches stehen.

Oh, wie verwünschte ich meine Stummheit! Sekundenlang sann ich nach, bis mir üble Beschimpfungen zu Hauf einfielen, die hier in Weil üblich waren. Was aber nützte mir nun meine Vielsprachigkeit?

So blieb mir nichts anderes, als mit allergrimmigster Miene die Zähne zu blecken, als ob ich nach ihr schnappen wollte.

»Machst mich nicht bang«, äffte sie, »bin schon anderen Kerlen begegnet. Der Wirt selbst ist ein Scheusal und prügelt mich durch und durch, wenn du jetzt nicht zahlst.«

Mich aber packte der Schabernack. Sollte sie doch zetern, die Hexe. Gemächlich brockte ich Brot in den Krug, sabberte und schlürfte nach Herzenslust. Das Frauenzimmer rannte zur Tür, schielte hinaus, dann zu mir herüber und sah mich schließlich flehentlich an: »Ich bitt Euch recht schön, mein Herr, Ihr seid mein letzter Gast. So eilt Euch doch, daß ich den Mond aufgehen sehe, der sich heute rundet.«

Da ich sie ausreden ließ – was blieb mir denn auch anderes –, sie wohl mit Neugierde betrachtete, fuhr sie verschwörerisch fort: »Ich kann nicht anders, Herr, ich muß hinaus und zum Himmel hochstarren in seine Pracht. Wenn ich noch lange trödle, dann ist's zu spät, und wer weiß, wann der Himmel wieder so blank ist wie heute?« Bei ihren Worten wurde sie so unruhig, verzog ihr Gesicht so weinerlich, wie ein Kind, dem man ein Naschwerk reicht und es gerade vor seiner Nase wieder fortnimmt. Ich muß sie angeglotzt haben, als sei ich nicht ganz bei Verstand.

»Versteht mich doch, Herr«, jammerte sie nun gar nicht mehr zänkisch.

Ich nickte, beglich meine Zeche und sprang auf. Draußen, in der Stille des Abends, wartete ich auf sie, wie ein Liebhaber die Seine abpaßt.

In einen ärmlichen, abgewetzten Mantel gehüllt, das Haar unter dem Tuch verborgen, eilte sie, ohne ein einziges Mal umzublicken, durch die dunklen Gassen hinaus bis vor das Stadttor, rannte einen kleinen Hügel hoch, blieb bebend stehen und starrte hinauf in die Nacht.

So sehr war sie gefesselt von der Schönheit des Mondes, dem Sternenglanz, daß sie nicht erschrak, als ich neben sie trat. Ich deutete auf die bekannten Lichter; seit vielen Jahren betrachtete ich zum erstenmal wieder voller Freude und Begeisterung den Himmel. Irgendwann verstand sie, daß ich stumm war.

Das sanfte Mondlicht verlieh ihren Zügen eine Lieblichkeit wie die eines jungen Mädchens. Doch das war sie bei weitem nicht mehr. Sie war bald zweiundzwanzig Jahre alt, unverheiratet und hieß Katharina.

Am nächsten Tag beeilte ich mich, das Geschäftliche rasch abzuwickeln. Mag sein, daß ich dadurch dem Hause der Welser einen ungünstigen Handel einbrachte. Mich kümmerte es nicht. Neues Leben floß durch meine Adern, pochte in meinen Schläfen.

»Wo ist Katharina«, forschte ich ungeduldig im Gasthof ›Zum Engel‹, indem ich mit meiner Tafel vor den Augen des Wirtes herumfuchtelte, der wie viele Wirte lesen konnte. Kurz darauf erschien Katharina, hager und dünn, in dem abgeschabten Kleid, bleich und mit dunklen Ringen unter den Augen, den Mund verkniffen. Sie starrte mich und die Tafel an. »Ihr habt nach mir gefragt?« zeigte sie auf meine Buchstaben. Nun war es an mir zu staunen. »Du kannst lesen?« kritzelte ich. Sie nickte freudig, zuckte dann erschrocken zurück. »Verratet mich nicht, Herr.«

Hingerissen zwischen Angst und Neugierde, wollte sie vor

mir fliehen und gleichzeitig bleiben. Ich vermied jeden weiteren Aufruhr und traf sie abends vor der Stadt.

Wie soll ich Katharina beschreiben? Geboren war sie im November 1547 als Tochter eines Gastwirtes und Bürgermeisters. Der frühe Tod ihrer Mutter hatte ihr ein hartes Los beschert. Sie mußte aus dem Elternhaus in Eltingen fort zu einer Base. Diese Person mußte ein sonderbares Weib sein, häßlich und stimmgewandt, dabei von scharfem Verstand. »Ob sie gut zu mir war?« wiederholte Katharina eines Tages meine unausgesprochene Frage. »Was ist gut? Liebe und Zuneigung wie eine Mutter gab sie mir nicht, aber die Kunst des Lesens und Schreibens ließ sie mich lernen.«

Jener Base, die ich nie zu sehen bekam, verdanke ich die letzten glücklichen Stunden und Tage meines Daseins. Bei sternklarer Nacht verbrachten Katharina und ich jede Stunde, die wir erübrigen konnten, unter freiem Himmel. War es aber wolkenverhangen und regnerisch, löschte die Base früh ihre Lampe, zog sich zurück in ihre Kammer und ließ Katharina und mich in ihr Haus.

Unser Treiben, war es unschicklich? Großes Unrecht würde ich an Katharina verüben, wollte ich sie der Zuchtlosigkeit beschuldigen. Im Schein einer Kerze saßen wir an dem kleinen Tisch im Haus der Base, und ich schrieb Seite um Seite nieder, was mich Manco Huaca über die Sterne gelehrt hatte. Mit heißen Wangen kauerte Katharina neben mir und preßte nicht selten, wenn sie vor Aufregung zu bersten drohte, meine Hand. Welche Wunder taten sich auf für uns beide! Mit meinen 48 Jahren war ich ein alter Mann, bereit, aus dem Leben zu gehen. Doch die Freude auf ein Treffen mit Katharina bewirkte, daß mein Fuß behende wurde, mein gebeugter Rücken sich straffte und mein Blick sich schärfte.

Ja, ich liebte es, wenn ihre harten Züge im Mondlicht sanft wurden, wenn ihre hagere Gestalt nahe an mich rückte, meine Hand umklammerte, ohne ein einziges Mal den Blick vom Sternenhimmel zu wenden. War sie mein Schicksal?

Natürlich konnte dieses Glück nicht von Dauer sein. Wohl

hatte ich meine Abreise von Weil verschieben können, doch war es Katharina, die mich ermahnte: »Ich bin dem Wirtssohn vom ›Engel‹ versprochen.«

Ob sie dies mißbilligte oder nicht, erfuhr ich kurz darauf. Sie äußerte über ihren Zukünftigen das Vernichtendste, dessen sie fähig war: »Der Heinrich«, sagte sie und verzog spöttisch den Mund, »weiß nichts vom Sternenglanz.«

In den Wochen und Monaten, die mir mit Katharina vergönnt waren, in den vielen Stunden, die ich verbrachte, um zu ihr zu reisen, spürte ich, wie die schrecklichen Schatten meiner Vergangenheit von mir abfielen und ich zurück zum Leben fand, so wie ein Schwerkranker allmählich genas. Alles, was ich vom Sternenpriester wußte, schrieb ich ihr auf, und sie verbarg es sorgfältig in verschiedenen Verstecken. Wenn sie die Zeilen meiner Botschaften entlangfuhr, starrte sie mich mit aufgerissenen Augen an und bezweifelte nicht eines meiner Worte.

In den Märztagen des Jahres 1571 war es mir gelungen, wieder nach Weil zu kommen, um mit Katharina unter einem Himmel zu stehen, der besonders hell, besonders klar war. Wen wundert es, wenn unsere Gemüter wie eines waren?

Allzubald mußte ich fort. Ein dringender Handel, der keinen Aufschub duldete, rief mich zurück nach Venedig. Das jähe Ende unseres Beisammenseins erschreckte mich, denn ich hatte Angst, sie nicht wiederzusehen. Deshalb schenkte ich ihr zum Abschied das ägyptische Pergament, mit dem schönen, fremdartigen Bild der drei Sterne. Wie ein Kleinod hielt sie es fest, erfreute sich an den goldglänzenden Sternchen, strahlte und stammelte ihren Dank. Zitternd umfaßte ich Katharina. Selbst wenn ich hätte sprechen können, ich hätte nichts zu sagen gewußt. Vor dem Haus wartete die Kutsche. Uns blieb keine Zeit mehr. Noch einmal fuhr ich mit großer Zärtlichkeit über ihr zerzaustes Haar.

»Hast du mir wirklich alles, alles gesagt, was du über die Sterne weißt?« waren ihre letzten Worte.

In der Kutsche, die mich von ihr entfernte, mußte ich trotz aller Wehmut lächeln. Welcher Mann ist jemals so verabschiedet worden?

Obwohl wir uns beide bemühten, uns Nachrichten zukommen zu lassen, waren unsere Briefe spärlich und doch das Kostbarste, was ich in Händen hielt. Ich klammerte mich an die dünnen Seiten, sog den Duft der Tinte ein und trug sie immer bei mir, bis diese Kostbarkeiten zu zerfallen drohten.

Es war ein typischer Frühlingstag in Venedig, ein Tag, an dem die Vögel jauchzend aus den Sümpfen aufsteigen in eine milde Luft, die ob ihrer Leichtigkeit das Herz eines alten Mannes schwer werden läßt wie das Blei in den Kammern der Dogen. Bebend hielt ich den Brief in der Hand, der mir von der Verheiratung meiner Katharina und ihres Heinrichs berichtete, von der Not, daß sie mir nun kaum noch schreiben könne, es sei denn über die allzeit verläßliche und hilfsbereite Base.

»Liebste Base«, schrieb ich also fortan an diese Frau, der ich all mein Sehnen anvertrauen mußte. Es blieb nicht aus, daß meine Briefe kürzer und nüchterner wurden.

Bange Wochen hörte ich nichts von Katharina. Ein kurzangebundener Brief erreichte mich im Frühling des Jahres 1572. »Am Tag des heiligen Johannes im Jahr des Herrn 1571 habe ich mit dem Beistand der Heiligen Gottesmutter einen Knaben geboren, den wir deshalb Johannes nennen, zum Gedenken des Heiligen«, schrieb Katharina in ihrer unverzeihlich knappen Art, ohne Schöntuerei, fern aller Lieblichkeit. Es fehlte mir eigentlich der Nachsatz: Hast du Neues von den Sternen zu berichten?

Schmunzelnd und erregt lief ich die Orologio entlang, warf spielenden Kindern Naschwerk zu, hätte gerne gesummt und gelacht, wäre mir nur eine Stimme geblieben. An einem Eck, wo Kanal und Calle kreuzen, blieb ich in unsäglichem Erschrecken stehen. Was geschah mir? Wirre Gedanken schossen mir durch den Kopf, aufgewühlt zählte ich an meinen Fingern und taumelte, hin- und hergerissen vor Freude,

Kummer und Sehnsucht. War mein Hirn alt, verdreht? Träumte ich dies alles? Waren meine Stunden mit Katharina Wirklichkeit gewesen oder nur das Wunschdenken eines Greises?

In den kommenden Tagen ordnete ich meine Habseligkeiten, verfügte über Dritte und Vierte dasjenige an Vermögen, das ich zu entbehren glaubte, und ließ es dem zukommen, der niemals von mir erfahren durfte. Als ich all diese aufregenden Dinge hinter mich gebracht hatte, glaubte ich, es wäre an der Zeit, aus dem Leben treten zu dürfen. Schon wollte ich mich ganz hingeben einem bösen Husten, der mich schüttelte, als eine weitere Nachricht mein Leben erschütterte.

Der junge Novize war es, der jetzt Fra Paolo hieß und mich im Serviten-Kloster mit seinem Tratsch aufschreckte und einen Haß weckte, daß ich nachts kaum Schlaf fand.

»Dies ist Vetternwirtschaft, welche schon sein Vorgänger betrieb«, entrüstete er sich, »nur, daß er sie jetzt sogar noch ins Jenseits überträgt.«

»Was ist denn geschehen?« Wir waren ganz allein an unseren Stehpulten, denn Fra Paolo war von der Prim befreit, damit er das frühe Licht des Tages nutzen konnte, ein altes Meßbuch neu zu schreiben.

»Der Heilige Vater ist Dominikaner gewesen und möchte jetzt einen Dominikaner seligsprechen, der als Märtyrer in der Neuen Welt starb«, entgegnete er verdrießlich.

»Was mag daran Schlechtes sein«, forschte ich hinterhältig, wobei schon das Blut in meinen Schläfen zu pochen begann.

»Dieser Dominikaner, ein gewisser Diego de Mendoza, tat sich besonders hervor, das Gold der Indios zu rauben. Natürlich gefällt dies dem Heiligen Vater. Aber ich halte nichts davon, weltliche Schätze anzuhäufen, prunkvollen Tand in unsere Gotteshäuser zu schleppen. Werden die Gläubigen bessere Christen dadurch? Darf man Gott mit Raubgut ehren?«

Oh, wie taten mir seine verständigen Worte wohl, während gleichzeitig das alte Elend, meine ungezähmte Wut auf Plünderauge, hervorbrach und mir die Luft zum Atmen abzuwürgen drohte. »Berichtet doch mehr von seinem Märtyrertum«, bat ich auf meinem Täfelchen.

»Märtyrer«, Fra Paolo zuckte verächtlich die Schulter, »was heißt das schon? Vielleicht hatten es die Indios einfach satt, von ihm ausgeraubt zu werden. Sechs Jahre ist es jetzt her, daß man seinen Leichnam fand.«

»Wo denn?« Kaum konnte ich die Hand beim Schreiben ruhighalten, so erregt war ich, alles zu erfahren.

»Wartet noch ein Weilchen«, lachte Fra Paolo auf seine aufrichtige Art, »dann könnt Ihr seine Lebensgeschichte bald in einer Heiligenlegende nachlesen. Die Beatifikation ist durch einen Prozeß bei der Ritenkongregation schon vorbereitet, damit ist die erste Stufe zur Heiligkeit erklommen. Aber um auf Eure Frage eine vernünftige Antwort zu geben: Man fand den Dominikaner anhand der Spuren, die er hinterließ.«

Ich starrte Fra Paolo an.

»Nun ja, vor mehr als zehn Jahren kehrte Diego in die Neue Welt zurück, in der er schon einmal gewesen sein soll. Es schien, als suche er etwas. Er bekehrte Indios, zog aber beharrlich an einem wilden und furchterregenden Fluß stromaufwärts, mit welchem Ziel, weiß ich nicht zu benennen. Als er als verschollen galt, folgten Soldaten seiner Wanderung und fanden zerstörte Tempel und Bauten. Frater Diego hatte alles niedergebrannt, was diesem Indianervolk heilig war. Mut hatte er, oder war es vielmehr Besessenheit? Er war ganz allein unterwegs, und wen wundert es. Niemand wollte sich ihm anschließen.«

»Kanntet Ihr ihn?«

»Wer ihn einmal sah, vergißt ihn nie, seine stechenden Augen, die auch nicht milder wurden, wenn er von Gott sprach. Aber nun sollte ich den Verstorbenen ruhen lassen, obwohl ich glaube, daß sein Ende nicht ruhmreich war.«

»Erklärt Euch doch bitte«, flehte ich.

»Die Soldaten, die nur den rauchenden Trümmern der Tempel und Hütten folgen mußten, fanden ihn am Grund eines Flusses, nach einer Biegung, wo der Wasserlauf sich weitet und sanft und ruhig wird. Er starb für seinen Glauben, hat der Heilige Vater verkündet, fürwahr! Er starb tatsächlich für seinen Glauben, denn man erzählt sich, die Indios hätten eine große, schwere Goldvase an seinen Hals gebunden. Er starb für Gold!«

Wie wurde mir der Tag lang! Nicht stillhalten wollten meine Hände beim Kopieren der Texte, so sehr mußte ich immer wieder die Fäuste ballen.

»Und was erregt Euch nun so?« forschte schließlich Fra Paolo, der meine Ruhelosigkeit sehr wohl bemerkte.

»Ich kannte ihn«, schrieb ich nieder, denn meine Wut war größer als meine Vorsicht. »Glaubt mir, ich möchte nicht mit ihm in einem Himmel sitzen.«

Ganz unziemlich für einen Mönch lachte Fra Paolo von Herzen laut heraus. »Das habt Ihr aber schön gesagt, verzeiht, geschrieben. Aber seid beruhigt, ein Sünder wie Ihr darf nicht einmal zu Füßen des Seligen knien. Ihr seid doch ein Sünder, ein großer Sünder vor dem Herrn?«

Ich wußte nichts zu erwidern, zumal mir der heitere Spott in den Augen des Mönches nicht entgangen war. »Gott wird wissen, wohin die Goldgierigen, Merkantilen und Mächtigen und wohin die Gläubigen, Sünder und Läßlichen kommen. Grämt Euch nicht. Seht, wie sorgfältig und sauber Ihr schreiben könnt. Heißt es nicht, jeder in Demut gemalte Buchstabe wird gegen eine Sünde aufgerechnet?«

Nun war es an mir, zu lächeln und niederzuschreiben: »Ich habe unzählige Buchstaben gemalt ...«

»... und ebenso viele Sünden begangen?« zwinkerte Fra Paolo, der sich nach diesem Geplänkel wieder in seine Arbeit vertiefte.

Kapitel 11

Obwohl ich nun wußte, daß Plünderauge seinen gerechten Lohn erhalten hatte, nämlich durch Gewalt aus dem Leben gegangen war, wie er es verdiente, ja hundertfach verdiente, kreisten meine Gedanken beständig um ihn und sein niederträchtiges Tun. Sah ich fromme Christen zur Messe eilen, Kinder, die Händchen brav gefaltet, zu Gott, der Jungfrau Maria und allen Heiligen beten, stieg mir der Zorn bitter wie Galle in den Mund. Würden Pilger an Plünderauges Grab kommen, bittend niederknien, ihn um Beistand anrufen? Ich empörte mich so sehr bei diesem Gedanken, daß ich mit den Zähnen knirschte. Was ich tun konnte, das mußte geschehen. Ich dachte hin und her, bis ich nach vielen Nächten den Entschluß faßte, alles, was mir widerfahren war, aufzuschreiben und der Nachwelt zu hinterlassen. Zu Lebzeiten konnte ich nicht hoffen, daß mein Bericht für wahr befunden würde, vielmehr mußte ich ihn sorgfältig verstecken, aufbewahren, damit er eines Tages gefunden würde, wenn die Menschheit reif genug war, vom schändlichen Tun des Heiligen Stuhles zu hören. Wo sollte ich das Geschriebene verbergen? Als Buch unter Büchern? Als lose Seiten hineingesteckt in einen Bucheinband mit harmlosem Titel? Ich wußte, ein Buch zu fälschen war ein so schweres Verbrechen, daß nur ein Abt einen davon lossprechen konnte. Ich legte mir folglich einen Plan zurecht, einen hinterhältigen, heimtückischen Plan, ganz wie es meiner Art entsprach. Es war angemessen, auf eines der vielen Verbrechen der heiligen katholischen Kirche wider den Anstand und die Menschlichkeit hinzuweisen, in der Hoffnung, daß sich die Christenheit eines Tages eines Besseren besinnen würde.

Natürlich mußte alles wohlüberlegt sein. Fände man meine Aufzeichnungen zu meinen Lebzeiten, wäre es um mich geschehen. Würden sie eines Tages ungelesen untergehen, wäre meine Absicht nicht erfüllt. Ich entschloß mich also, meinen Lebensbericht dort zu hinterlassen, wo der Staub der Jahrzehnte sich mit dem Staub der Jahrhunderte vereint.

Nun gab es viel zu tun. Ich schrieb jetzt nicht nur tagsüber, sondern auch bei der Nacht. Jeder wird verstehen, daß ich von Katharina nur wenig berichte, wenn sie auch der Stern meines Lebens war. Mit welcher Gelassenheit sie das Leben meisterte, das sie immer wieder auf harte Proben stellte, kann ich nur bestätigen, wenn ich auch nicht ausführen darf, worin diese bestanden. Ein kleiner Trost war mir, daß sie mein Geld annahm und auch so verwendete, wie ich es gerne sah. Als sie mich jedoch um Medizin bat, um Johannes von einer schlimmen Krankheit, *der* schlimmen Krankheit zu heilen, mußte ich ablehnen. Dieses Leiden war den Indios nicht bekannt, folglich hatten mich weder Collya noch Magdalena Kopfabschneider ein Gegenmittel lehren können. Seit unserem Abschied vor so vielen Jahren hatte ich Katharina nicht mehr von Angesicht zu Angesicht gesehen. Unsere dünnen Briefe waren uns Trost, litt sie auch sehr unter den schwierigen Verhältnissen, in denen sie leben mußte. Als ich ihr anbot, zu mir zu kommen, wies sie mich ab. »Wie kann ich das eine unglückliche Sein gegen ein unbekannteres Leben in der Fremde eintauschen?«

Anfangs war ich tief getroffen, mit der Zeit aber verstand ich sie. Schließlich war ich ein alter Mann. Mir konnte täglich der Tod begegnen, sei es in Form einer Krankheit oder durch die Hand der Inquisition.

Ich war um vieles gelassener geworden. Ginge ich geschickt und vorsichtig zu Werke, so würde mein Bericht dort liegen, wo er hingehörte, und Katharina bewahrte die weisen Worte des Manco Huaca. Bewußt hatte ich das eine vom anderen getrennt. Ich wußte, ich mußte die Botschaft des Sternenpriesters von der Neuen Welt in die Alte tragen, in diese

Welt hier, voller Mord und Aberglaube und religiösem Wahn. Wer als Katharina war besser geeignet, die Botschaft aufzunehmen, zu verstehen und weiterzugeben? Doch ich erkannte auch, daß es meine Pflicht war, das schändliche Tun Plünderauges darzulegen und bloßzustellen. Wer würde dies eines Tages aufgreifen und den armen, geschundenen Indios Recht sprechen?

Ob Plünderauge nun tatsächlich seliggesprochen wurde oder nicht, konnte ich nicht in Erfahrung bringen. Papst Pius V. war noch im Mai des Jahres 1572 gestorben. Sein Nachfolger, ein ehemaliger Jurist aus Bologna, nannte sich Gregor XIII. Man rühmte seinen Arbeitseifer und betonte, wie sehr er sich doch vom weltlichen Leben abgewandt habe. Ob sein Sohn dies auch so begrüßte, erörterte man nicht. Natürlich erzählte man sich einiges, doch schien er nicht ganz so verderbt wie seine Vorgänger und stand wohl auch unter der strengen Aufsicht der Jesuiten und Theatiner. Sie hielten ihm täglich vor, munkelte man, daß sein Vorgänger allein durch seinen gottesfürchtigen Lebenswandel hohes Ansehen genossen hatte. Das Morden unschuldiger Menschen schien dieser Vertreter Christi auf Erden ebenso gutzuheißen wie jener vor ihm. Reisende Künstler und Kaufherren hatten in Venedig berichtet, wie prunkvoll der Papst die Sala Regia im Vatikan mit einem Gemälde schmücken ließ, welches das grausame Abschlachten der Calvinisten in der Bluthochzeitsnacht von Paris darstellt. Den Gesprächen, die ich darüber hörte, entnahm ich, daß jenes Gemälde keineswegs der Abschreckung diene, sondern der Erheiterung katholischer Gemüter. Die Mordnacht ließ der Papst kirchlich feiern und verherrlichen als Sieg über die rebellischen Calvinisten. Wie hatte doch Shaska gemahnt, als sie das Kruzifix sah: »Der Anblick des Geschundenen macht dich hart gegen das Leid eines jeden Geschöpfes.«

Um die Weihnachtszeit des Jahres 1575 war ich in meine Arbeit vertieft, so daß ich das Geschehen in Venedig um mich herum kaum wahrnahm. Schließlich stolperte auch ich über die Tatsache, daß diese Stadt übervoll war an Menschen. »Es ist ein Elend mit ihnen«, klagte ein anderer Schreiber in der Fondaco. »Zu Weihnachten des Vorjahres hat der Papst die heilige Pforte in Sankt Peter geöffnet und damit das Jubeljahr eingeleitet. Nun strömen Tausende von Pilgern nach Rom, um den großen Jubiläumsablaß zu erhalten.«

Nachdenklich humpelte ich an diesem Abend in der Verkleidung eines alten Bettlers durch die Gassen. Keine Schenke, keine Gaststube, die nicht überquoll vor Menschen. Ob sie Rom noch fristgemäß erreichen würden? Manch einen ereilte die ewige Gerechtigkeit noch vor erwirktem Ablaß: Irgendwo auf den kalten Steinplatten einer Gasse hatte er sein Leben ausgehaucht. Weinen und Lachen stiegen abwechselnd in mir hoch, dachte ich über diesen sonderbaren Handel nach, auf den Gott sich einließ, laut päpstlicher Unfehlbarkeit. War Gott am Ende bestechlich? Konnte man ihn übervorteilen, mit ihm schachern, einen günstigen Handel abschließen, seine Sünden mit Geld überbieten? So betrachtet konnte ich einen Plünderauge nur allzu gut verstehen. Er konnte sich mit Gold aufwiegen, geraubtem Gold. Wie der Heilige Vater verlauten ließ, öffneten sich damit die Pforten des Paradieses.

Ich starrte über die Menschenmassen hinweg. Der Tag, an dem mein Leben beendet sein würde, schien nicht mehr fern. Kein Gold würde bei mir sein, auch konnte ich keine Ablaßpilgerfahrt vorweisen. Mir würde das Paradies verschlossen bleiben. Wenn ich mich recht besann, wollte ich auch nicht dorthin gelangen. Mein Leben hatte ich unter Händlern verbracht, es war genug des Feilschens.

Vielleicht lag es an dieser geschäftigen Nacht, an dem Treiben, Hasten und Rennen um mich herum, daß ich ins Grübeln kam. So viele Menschen trachteten danach, im fernen Rom den Ablaß zu erhandeln. Ich sah in ihre angespannten Gesichter. Dumm sahen sie nicht aus, auch nicht fanatisch. Dachte ich an die vielen Kardinäle, Bischöfe, Priester, Nonnen und Mönche gar, die so vieles glaubten, was mir lächerlich, wenn nicht sogar gotteslästerlich vorkam, so wurde mir bang. Waren sie denn alle verdummt und ich der einzige unter ihnen, der nicht an die Käuflichkeit des Paradieses glaubte? Irrten sie alle und nur ich nicht? Betrachtete ich auf der einen Seite die Masse der Katholiken und sah mich gleichzeitig ganz allein auf der anderen Seite, wurde mir angst. Es schien doch viel eher so zu sein, daß ich derjenige war, der in die Irre lief. In Gedanken versuchte ich meine Sünden zu ermessen, die vielen Sonntage, an denen ich die heilige Messe gemieden hatte, die Gebete, die ich nie gesprochen, und den Weihrauch, den ich scheute. Es genügte für zwei unchristliche Leben.

Mein Kopf mußte mir auf die Brust gesunken sein, denn es war spät, sehr spät, als eine Hand mich schüttelte. Plötzlich wieder hellwach, fuhr ich hoch, vergaß einen Augenblick lang meine Tarnung als alter tatteriger Greis. Ein Fremder stand vor mir, groß und hager. Sein Gesicht trug er zum Schutz gegen die feuchten Schwaden verhüllt, seine Augen schienen tief zu liegen in dunklen Höhlen. Ein weiter, brauner Umhang verhüllte ihn vom Scheitel bis zur Sohle. Da er sich leicht aufrichtete, sah ich ein Stück rotes Gewand aufblitzen, das unter dem dunklen Tuch verborgen war.

»Hast du das Leben dazu genutzt, Gutes zu vollbringen?« hörte ich ihn fragen. Staunend vernahm ich diese Worte, die ich von Manco Huaca kannte, während der Groteskkopf am Fuß des Campanile mit dem Mann verschmolz, als gehöre der eine zum anderen. War er ein Trugbild? Lärmend kamen Pilger und Zecher durch die Gassen, nahmen die ganze Breite der Calle ein. Vor mir jedoch teilte sich der Haufen. Die eine Gruppe ging links und die andere rechts an einer Gestalt vorbei, die gar nicht mehr zu sehen war. Der Platz, an dem der Mann gestanden hatte, war leer, trotzdem setzte nicht ein Pilger den Fuß auf diesen Teil des Bodens. Schauerlich war die Erscheinung gewesen und auch vertraut, zweideutig wie vieles in meinem Leben. Ich gedachte Manco Huacas und seiner Worte.

Hatte ich das Leben zum Guten genutzt? Von Zweifeln geplagt, hätte nicht viel gefehlt, und ich wäre zum nächsten Priester gerannt. »Wie hoch ist meine Schuld, zahlbar in goldener Währung?« hätte ich wohl niedergeschrieben. Nun, so leicht sollte ich nicht davonkommen. In Nächten und auch bei Tage gepeinigt von meinen Ängsten, haderte ich mit mir. Schließlich zog ich wie ein guter Kaufmann einen Schlußstrich unter meine Rechnung. Ein kleines Guthaben würde mir bleiben, ein wenig mehr als Null. Das Paradies der Christen würde ich nicht erlangen und das Paradies der Inka mit meinem geringen Vorrat an guten Taten auch nicht. Gab es darüber hinaus etwas, wohin ich gehen konnte?

Teils belastet von solchen Gedanken, teils aber auch frei von großen Sorgen, betrieb ich täglich meine Arbeit. Es lag mir viel daran, Katharina noch eine Zeitlang zu unterstützen. Ich war sehr fleißig in diesen Monaten und Jahren, dachte morgens beim Aufstehen an das zu Vollbringende und abends beim Heimgang an den nächsten Tag. Statt Gold zur Seite zu legen, um mir einen Ablaß zu kaufen, verschickte ich es nach Norden, an Katharina. In meiner Hast hin zur Arbeit und zurück gewahrte ich plötzlich, daß der Groteskkopf sein Aussehen änderte. Was mir anfangs wie eine grimmige Fratze erschienen war, lächelte mir jetzt aufmunternd zu. Ganz wollte ich nicht daran glauben, sicher spielte mir mein altes Hirn einen bösen Streich. Mit den Tagen und Wochen aber begrüßte ich das steinerne Ungeheuer mit freundlichem Kopfnicken. Hatten wir beide nicht Unerklärliches gesehen in jener Nacht vor Weihnachten? Teilten wir nicht ein Geheimnis?

Eines Morgens betrat ich die Fondaco und ging durch die Reihen zu meinem bevorzugten Stehpult nahe am großen Fenster, als ich Unruhe im Handelshaus bemerkte. »Der alte Pasquale ist tot«, vernahm ich hier und dort. Wie so oft besprach man den Tod eines bekannten Kaufmannes auf Händlerart: Welchen Verlust, welchen Gewinn würde das

Ableben bringen? Konnte man, war man rasch genug, den Nachfolger übervorteilen, oder mußte man um einen neuen Geschäftsabschluß bangen?

Der alte Pasquale Marcello war mir ein wohlbekannter Mann. Beharrlich war ich in all den Jahren seinem Haus und ihm selbst ferngeblieben. Ja, ich gebe zu, in den Stunden, da ich mich ganz einsam wähnte, war ich vor der Fassade seines prächtigen Wohnsitzes stehengeblieben, hatte hinübergestarrt und mich gesehnt nach ein wenig Geborgenheit unter dem Dach eines Freundes. Allein mein Verstand hielt mich davon ab, den Fuß über jene von vielen Generationen ausgetretenen Stufen zu setzen. Wenn denn die Häscher der Inquisition mir immer noch auflauerten, so würden sie es hier tun, im Haus des Pasquale, der niemand anderes war als der leibliche Bruder jenes Frater Daniele, den ich in Cartagena kennengelernt hatte. Den Brief, den mir Daniele damals in der Neuen Welt als Empfehlungsschreiben mitgegeben hatte, hatte ich noch in Spanien vernichtet. Der Brief, in Güte und Harmlosigkeit verfaßt, hätte mich entlarvt und auf den Scheiterhaufen geführt.

Aber an jenem Tag, nach so vielen Jahren, die verstrichen waren, führte mich mein Fuß, noch ehe die Sonne sank, zum Haus des Pasquale. Natürlich betrat ich das Gebäude nicht, doch stand ich davor und verabschiedete mich in Gedanken von einem Mann, der vielleicht mein Freund hätte sein können.

»Endlich«, hörte ich so nahe an meinem Ohr, daß es wie böses Zischen giftiger Schlangen klang. Rechts und links ergriffen mich die Fäuste, eine dritte Gestalt schob mich von hinten vorwärts. »Erregt kein Aufsehen«, drohte mir der Hintermann, der seine Worte mit einem Messer bekräftigte, das er langsam durch meinen Mantel in den Rücken bohrte. Nun, schreien würde ich gewiß nicht, überfiel es mich mit dem Spott der letzten Stunde. Sicherlich hielt man uns nur für eine Gruppe eifrig ins Gespräch vertiefter Kumpane. Niemand nahm Notiz von meinem Elend, von meiner Entführung. Eine Gasse hinunter ging es und dann hinein in einen muffigen Keller mit schwerer Tür, die sich hinter uns ächzend schloß. Man entzündete ein Licht, band mir Hände und Füße. Meine Gegner waren vermummt.

»Nun, Gonzalo Porras«, sprach mich einer an mit französischem Akzent. Man schob mir einen Schemel in die Kniekehlen, zog ein Tischchen heran. Alles schien sorgfältig geplant zu sein. Von draußen hörte ich das Wasser des Kanals gegen die Mauern schwappen.

Ach so mutig, wie ich gedacht, war ich nun doch nicht, als man eine Hand am Tisch festband, so, daß ich sie zum Schreiben noch benutzen konnte. Sie zitterte, als gehöre sie einem Fremden.

Die anfänglichen Fragen konnte ich mit Kopfnicken bejahen. Man nannte mir Namen und Daten aus meiner Kindheit, die ich nicht verleugnete. Wie gut wußten sie Bescheid! Schließlich forderten sie von mir, jenen Stein zu zeichnen, den mein Vater mir errichten ließ, den Ort und auch die Inschrift anzugeben. Kratzend fuhr mein Stift über die Tafel, ich war ein jämmerlicher Feigling. Payos ernstes Gesicht erschien mir aus dem Dunkel des Kellers, und ich flehte ihn um Beistand an. Dabei mögen Tränen auf meine Tafel getropft sein, die meine Zeichnung verwischten. »Mon Dieu«, entfuhr es einem der Vermummten, »auch wir sind ergriffen, Euch endlich gefaßt zu haben.« Eine kleine Pause entstand.

»Gonzalo Porras«, begann der Sprecher wiederum: »Mit großer Erleichterung und Befriedigung übergeben wir Euch im Auftrag des Ferrante de Gonzaga, Herzog von Mantua, das Erbe Eurer Eltern!«

Einer band meine Fesseln los, ein anderer überreichte mir ein in Leintücher geschlagenes Buch. Mir schwindelte. Ich konnte mich nicht rühren, ein Brausen, bedrohlich wie ein wilder Wind, fuhr durch meinen Kopf.

Nach langer Zeit erst schrieb ich nieder: »Wer seid Ihr? Warum verbergt Ihr Eure Gesichter?«

»Wir wollen Euren vielen Fragen zuvorkommen«, der

Sprecher entzündete ein zweites Licht und setzte sich mir gegenüber. »Versteht, daß wir unkenntlich bleiben müssen, gehören wir doch zu einer Gemeinschaft, die seit Generationen gejagt wird.«

Ich malte ein großes Fragezeichen.

Die fremde Hand nahm meinen Stift und machte das Kreuz der Templer.

»Mein Vater …«, schrieb ich, »war auch er einer aus dem Geheimbund?«

»Nein«, sagte der Sprecher. »Ein anderes Band verknüpfte ihn und den Herzog. In seiner großen Not wandte er sich an ihn, damals kurz vor seiner Ermordung. Von allem, was er dem Herzog anvertraute, ist nichts geblieben als jenes Buch. Wie Ihr wißt, ist alles mit der Burg verbrannt. Durch ein Versehen, das ich jetzt einen glücklichen Zufall nennen möchte, wurde dieses Buch rechtzeitig fortgeschafft und blieb so erhalten. Seit diesen Tagen forscht der Herzog nach Euch. Glaubt mir, Ihr habt es uns nicht leicht gemacht. In Paris brachtet Ihr uns auf Eure Spur, die wir in Antwerpen verloren hatten, wo wir Euch schon ertrunken wähnten. Sicher waren wir uns aber nicht. Wie lange mußten wir dann nach Euch suchen, bis wir Euch in Florenz wieder ausfindig machten!«

»Wie verriet ich mich?« mußte ich nun doch fragen.

»Eure Art zu schreiben, die große Präzision und Schnelligkeit, dabei die Stummheit und das Aufsehen, das Ihr erregt.«

Fragend zog ich die Augenbrauen hoch.

»Ja wißt Ihr nicht, wie auffällig Ihr Euch benehmt? Kein Leidender, an dem Ihr vorbeigeht, ihm nicht wenigstens die Hand haltet, eine Schale frischen Wassers reicht. Kein Kind, dem Ihr nicht zuwinkt oder eine Posse vorführt, daß es lacht und sich freut. Wie vielen Bettlern habt Ihr schon Brot gekauft, wie viele Wunden gewaschen? Habt Ihr nicht Sterbenden auf den Straßen den Todesschweiß vom Antlitz gewischt und die Augen geschlossen? Habt Ihr nicht streunende Hunde gefüttert und räudigen Katzen über das Fell gestrichen? Was für ein Narr seid Ihr eigentlich, der meint, dies bliebe unbemerkt?«

»Warum empfing mich der Herzog nicht, damals in Ferrara?«

»Aber er wollte Euch doch empfangen! Begreift doch, daß er erst prüfen ließ, ob Ihr wirklich der Gesuchte seid. Als er überzeugt war, den Gonzalo Porras vor sich zu haben, wart Ihr verschwunden. Einzig der Nachtwind war im Zimmer. Wie konntet Ihr nur die Hunde in die Irre führen? Aber das ist jetzt unwichtig.«

Endlich, endlich war ich so weit gefestigt, daß ich behutsam das Leintuch entfernte und ein Büchlein in den Händen hielt. ›Vom Leben und Sterben des heiligen Rodrigo‹, las ich. Zum zweitenmal an diesem Tag drohten mir die Sinne zu schwinden. Rosanna, schrie alles in mir, Rosanna hatte dieses Buch geschrieben. Als ich die erste Seite aufschlug, erkannte ich ihre feine Zeichnung, ihre vollendete Kunst, Rankenwerk um die Initialen zu winden. Ja, ich sah sie förmlich neben mir stehen, ganz vertieft in ihre Arbeit. Und ich erinnerte mich auch an jenes Buch, das damals aus dem Regal hervorlugte, das ich heimlich herauszog und das arabische Schriftzeichen enthielt. Diese Heiligenlegende, die ich jetzt in Händen hielt, war indes auf spanisch verfaßt. Rasch blätterte ich durch die Seiten, kein Brief fiel heraus, kein Zeichen meiner Eltern. Näher zog ich das Licht heran, vertiefte mich ganz in Rosannas Rankenwerk und erkannte winzige Buchstaben, klein und zierlich gemalt inmitten von Blättern und Blüten. Ja, da stand eine Botschaft für mich verborgen, geschrieben im Auftrag von Vater und Mutter: ›Geliebter Sohn‹, entzifferte ich und wieder zitterte und bebte ich am ganzen Leib.

»Wir müssen fort«, mahnte der fremde Sprecher.

»Ich kannte Rosanna, ich meine, ich habe dieses Buch schon einmal in Händen gehalten.« Schnell und knapp schrieb ich von der Zeit bei Rosanna und dem Verwundeten, mit dem Zeichen der Templer unter dem Arm.

»Nun ist es an uns zu staunen, maßlos zu staunen!« rief der Fremde aus. »Was Ihr schreibt, ist wahr. Nur wer es erlebte, weiß darüber zu berichten. Ich selbst war dabei, als man nachts Bücher zu Rosanna brachte und verbarg. Ein Pferdebursche war ich damals, mehr nicht.«

»Was geschah mit Rosanna?« sorgenvoll blickte ich von meiner Tafel hoch in das vermummte Gesicht.

»Sie starb vor kurzem. Ihr Leben war erfüllt von ihrer Leidenschaft, altes Wissen zu bewahren, Bücher verbotener Weisheiten zu retten. Niemand durchschaute je ihr Tun.«

Ich seufzte dankbar. So konnte das Schicksal auch gnädig sein.

Große Erleichterung durchflutete mich wie schwerer Wein und machte mich ähnlich jenem trunken. In diesem Zustand formulierte ich die Bitte: »Wenn Ihr einem Geheimbund angehört, so laßt mich mit Euch gehen. Keine Heimstatt habe ich. Wie gerne möchte ich mit Euch wirken und meine Arbeit ganz in Euren Dienst stellen.«

Sie stießen ein bitteres, heftiges Lachen aus. »Wir selbst sind nur Gehilfen. Doch habt Ihr Ländereien, Burgen, Titel und vor allem Gold, könnt Ihr Euch gerne bewerben, sofern Euer ganzes Vermögen der Gemeinschaft gehören soll.«

»Man muß es sich erkaufen wie einen Ablaß?«

»Nicht ganz so. Außer Geld muß man auch noch Herz und Verstand und ein wenig Menschlichkeit, gemischt mit milder Härte, einbringen. Diese Eigenschaften fordert der Mönch nicht, der Euren Ablaß einstreicht.«

»Warum nur«, kratzte ich kleinlaut und traurig auf meine Tafel.

»Das Geld, sagen wir lieber das Gold, hat schon immer Pforten geöffnet. Damit läßt sich jeder König kaufen und erst recht jeder Papst. Gold schützt Leben, sooft auch um seinetwegen gemordet wird. Seit Beginn der Zeiten war es so. Lest nur die heiligen Bücher.«

Es gab nichts mehr zu sagen, die Fremden drängten fort. Im letzten Kerzenschein fiel mir noch eine wichtige Frage ein, die mich immer wieder beschäftigt hatte. »Leonardo da Vinci«, schrieb ich nieder, »war auch er ein …«

Sie lachten wieder. Diesmal zustimmend. »Wie in vielen Dingen war er auch hier die Ausnahme. Als einziger brachte er in den Geheimbund nicht Gold, sondern sein Wissen, sein Können ein.«

Wir verließen einzeln den Keller. Draußen war es dunkel geworden. Bereits nach wenigen Schritten tauchten die Unbekannten im Schatten einer Gasse unter. Ich war einsamer als zuvor.

An den folgenden langen Abenden reihte ich alle versteckten Buchstaben vom Leben und Sterben des heiligen Rodrigo sinnvoll aneinander, bis ich einen ausführlichen Brief, teils von meinem Vater, teils von meiner Mutter verfaßt, vor mir hatte. Der Inhalt ist nicht für fremde Ohren bestimmt, nein, ich schäme mich nicht zu gestehen, daß die liebevollen Worte, die Tröstungen und Ermunterungen mich weinen machten wie ein Kind. Schließlich, als ich fast alles gelesen hatte, stieß ich auf die Worte meiner Mutter: »Du wirst verstehen, liebster Sohn, daß wir unermeßlichen Herzenskummer ausstanden, denn wir wußten nicht, ob Dich wirklich der Tod ereilte, dort in der Neuen Welt. Der Zufall wollte es, daß unser arabischer Freund M. in unserem Namen die Weissagungen eines Sterndeuters drüben in Afrika einholte, eine Erkundigung, wie sie hier üblich ist und vom Hof bis hinab in die kleinste Bauernstube gepflegt wird. Viel Unfug wird damit getrieben, viel Scharlatanerie. Der arabische Freund aber erschreckte mich, ja überzeugte mich mit jenem Sterndeuter. Nicht alles scheint Zauberei zu sein, viel Wissen glaube ich, ist verborgen in seltsamen Sprüchen. Daß du noch lebst, noch lange lebst, will ich gerne daraus hören. Ich muß mich jetzt kurz fassen, denn das gottgefällige Leben des heiligen Rodrigo ist von jämmerlicher Bedeutungslosigkeit gewesen, so daß Taten fehlen, um darin diese Botschaft zu verbergen. Laß Dir als letzten Gruß von den Worten des fremden

Sternenkundigen berichten, von Worten, die mein Verstand wohl nicht erfaßt, aber mein Herz versteht. Du lebst noch, sagen sie mir und deinem Vater, und dein Leben wird bedeutend sein für eine Menschlichkeit, die sich irgendwann auch unter uns Christen ausbreiten mag. Dies tröstet uns bis zum Tage unseres Todes und darüber hinaus. So höre also und bewahre in deinem Herzen:

Von heute an gerechnet in dreimal zehn und neun Jahren, zieht ein Licht vorbei am Herbsthimmel zur Abendzeit. Zur Abendzeit leuchtet es über Fomalhaut hinauf zu Schehat und Markab tief im Süden. Wer es sieht, wird erschrecken und wehklagen. Dein Sohn aber wird es begreifen als Zeichen seines Lebensweges, als Erfüllung seines Daseins. Das Verstehen darum wird einst der Menschheit ein Licht sein in der Finsternis ihres Wahns.

Natürlich drehte und wendete ich das Buch, suchte nach weiteren Hinweisen und Erklärungen. Dann begann ich zu rechnen. Schweißperlen traten auf meine Stirn. Es war nicht mehr weit bis zu jener Prophezeiung. Rasch begriff ich, daß es sich dabei nur um eine Erscheinung am Abendhimmel handeln konnte. Die präzise Ortsangabe hingegen konnte ich nicht enträtseln.

Wollte es nicht das Schicksal, daß ich mich ausgerechnet in Venedig befand, der Stadt, die Fremde aus aller Welt beherbergte? Schon begann ich, nach arabischen Kaufleuten Ausschau zu halten. Als ich sie gefunden und trefflich durch einen guten Handel geführt hatte, wagte ich nach Fomalhaut, Markab und Schehat zu fragen. »Sterne«, erklärten sie, »aber welche?«

Sie versprachen sich zu erkundigen, und sie hielten Wort. Wochenlang hatte ich nach ihrem Schiff Ausschau gehalten, wie nach einer Geliebten. Eines Tages, der Sommer ging bereits zur Neige, übergab mir ein Araber ein wunderbares Pergament. Sorgsam und kunstvoll gezeichnet, sah ich auf dunklem Grund den Sternenhimmel. Sehr rasch erkannte

ich vertraute Bilder und fuhr mit den Fingern die Konstella-
tionen nach. Die drei von mir gesuchten Sterne waren be-
schriftet in arabischen und lateinischen Lettern.

Mit klopfendem Herzen trug ich dieses Dokument heim
in mein Zimmer, wie ein Tier, das seine Beute in den Bau
schleppt. Aber mit den Schatten, die der schnell hereinbrechende Abend in die Kammer warf, kam Furcht auf. Mitten
in meiner unruhigen Wanderung von einer Zimmerecke zur
nächsten blieb ich stehen. Das Ungeheuerliche der Botschaft
traf mich wie ein Keulenschlag. Ein fremder Mann, ein Ster-
nenkundiger, hatte mir eine Himmelserscheinung prophe-
zeit, etwas, das niemand sonst zu wissen schien, ein Ereignis,
das keiner ahnte. Den Lauf der Sterne zu berechnen, hielt ich
schon für ein gewaltiges Kunststück, auch wenn Manco Huaca es mir am Abendstern deutlich gemacht hatte. Wie aber
konnte man etwas in Ziffern bannen, was gar nicht am Himmel zu sehen war? Würde wirklich ein Licht erscheinen, wie
beschrieben, und wo war es davor gewesen, und wohin würde
es gehen? Wie konnte ein sterbliches Wesen darum wissen,
seine Bahn kennen?

Natürlich war ich geneigt, nur allzu gerne den fantastisch-
sten Geschichten Glauben zu schenken, hatte ich doch selbst
Wundersames erlebt. Aber diesem Zauber mochte ich denn
doch nicht trauen. Ich rollte die Sternenkarte zusammen und
kroch in mein Bett. Lange Zeit konnte ich nicht einschlafen.
Just da ich beschloß, eine Kneipe aufzusuchen und mit reichlich Wein mein Hirn zu betäuben, muß mich der Schlaf über-
mannt haben.

Am nächsten Morgen fühlte ich mich krank, wie nach
durchzechter Nacht. Mühsam, aber freudlos tat ich meine
Pflicht. Wäre mir eine Stimme geblieben, ich hätte geflucht
wie ein Fuhrknecht. Statt dessen trat ich wütend um mich,
schleuderte einen Kiesel in den Kanal und scheuerte meine
Zehen wund am Rinnstein. Ich rannte durch Venedig, raufte
mir die Haare, bis ich schließlich erschöpft am Kanal nieder-
sank. Tote Katzen, Vögel und Ratten schwappte die übelrie-

chende Brühe an mir vorbei. Ich ekelte mich vor dem Tod, dem Leben und am meisten vor mir selbst.

Das war es, was mich so niederdrückte: Ich war ein kümmerlicher Feigling, ein Versager, ein weinerlicher Wirrkopf. Mein ganzes Leben lang hatte ich an das große Wissen vergangener Kulturen und Völker glauben wollen. Ja, die letzten Jahre meines Lebens galten der Sorge, diese Weisheiten aufzuzeichnen und sorgfältig zu bewahren. Da ich aber jetzt selbst auf die Probe gestellt wurde, versagte mir der Mut. Ich haßte mich, ich schimpfte mit mir, bis ich erkannte, daß ich im dunstigen Himmel über Venedig nichts sehen würde, wie auch immer ich es anstellen mochte. Doch kaum hatte mein Hirn nach diesem Rettungsanker gegriffen, kam mir ein Einfall, wie ich dies umgehen könnte. Ich könnte in die Berge fahren, mich der Prophezeiung stellen bei klarer Nacht. Entweder würde bestätigt werden, was mir der Sinn meines Daseins schien, oder ich würde dort unter den Sternen zugrunde gehen. Wie bei einem tödlichen Zweikampf schien es nur Sieg oder vollkommene Niederlage zu geben.

Ohne noch lange zu zögern, verließ ich bald Venedig, als ob ich auf der Flucht sei. In die Berge zog ich mich zurück, hoch hinauf, wo die Luft klar und rein ist. Mag sein, daß mich die Bewohner des Dorfes weit unten im Tal, zu dem ich alle vier, fünf Tage hinabstieg, für einen Sonderling hielten.

Ich schickte Katharina eine verläßliche Botschaft. Danach begann eine lange Zeit des Ausharrens. Tagsüber war ich sehr beschäftigt, mein Einsiedlerleben in den Bergen zu gestalten. Mein Denken kreiste um all diese Verrichtungen – vom Feuerholz, das es zu beschaffen galt, bis zu den Vorräten und zurück. Es gelang mir recht gut, meine Gedanken einzusperren. Aber sobald die ersten Sterne den Himmel schmückten, rumorte es in meinem Hirn, mir wurde angst. Wie konnte geschehen, was mir geweissagt worden war? Als verwirrten Greis würde man mich eines Tages hier oben finden. Erschien das Himmelslicht nicht, so war mein Leben umsonst gelebt. Die Folterqualen, die ich litt, hätte auch der begabteste Großinquisitor nicht besser ersinnen können. Mehr als einmal erwog ich davonzulaufen, hinunter in den Dunst einer Stadt und hinein in dumpfe Weinfreuden.

In den Nächten starrte ich zitternd zum Sternbild des Pegasus hinauf, dessen hellste Lichter die Araber Markab und Schehat nennen. Zwischen ihnen und dem Wassermann, von den Arabern Fomalhaut, das Maul des Fisches, genannt, war nichts als Nacht, die sich mir als hoffnungslose Dunkelheit darstellte. Die Prophezeiung sollte ein Licht in diese Finsternis bringen. Ich erkannte, daß die Schwärze des Himmels dem Abgrund meiner Seele glich. Würden beide schließlich doch noch erhellt werden?

Mitte November des Jahres 1577 zog schlechtes Wetter herauf, und die Sterne glitzerten rot und grün, dehnten sich aus und zuckten zusammen. Vergeblich versuchte ich mir einzureden, dies sei das Zeichen. Tief in meinem Innern wußte ich, daß es nur die feuchte Luft war, die diese Veränderung hervorbrachte. Das hatte mich Manco Huaca gelehrt. Ich schämte mich meiner elenden Ausflüchte.

Am nächsten Tag regnete es, und auch die folgende Nacht war voller dunkler Wolken. Wie erlöst schlief ich erstmals tief und fest und freute mich am Geräusch des Regens. Ein frischer, kühler Geruch, eine leise Ahnung von Schnee lag anderntags in der Luft. Aber die Wolken zogen nordwärts und ließen einen freien, blanken Himmel zurück. An diesem klaren Abend verhängte ich zunächst das kleine Fenster, blieb an meinem Feuer hocken und wollte nicht hinaussehen. Doch während ich trübsinnig in die Glut starrte, schien mir plötzlich nichts verlockender zu sein, als einen Blick hinaus in die Nacht zu wagen. Da war er wieder, mein Wankelmut, der einzige Mut, den ich besaß. Vielleicht würde ich ja doch noch etwas sehen?

Hin- und hergerissen von meiner schwankenden Stimmung, benahm ich mich am Ende so albern wie nie zuvor. Ich ging hinaus, aber mit blinden Augen! Ich Narr hatte meinen Hut so tief in die Stirne gezogen und blickte so starr auf den Boden, daß ich keinen Stern sehen konnte. Ich tappte den kleinen steinigen Abhang hinauf zu der Stelle, die mir einen trefflichen Ausblick auf den Pegasus gestattete. Mit gesenktem Kopf blieb ich dort. Still horchte ich auf das Rascheln und Raunen um mich herum, auf den Flug eines Nachtvogels. Nicht nur mein Hören wurde schärfer, auch meine Augen sahen besser. Es wurde heller um mich. Ich begann flach zu atmen, mein Puls beschleunigte sich. Konnte es sein …? Ich traute mich nicht einmal, den Gedanken weiter zu verfolgen, und hob auch nicht den Kopf. Katharina fiel mir jetzt ein, die, wenn sie meinen Anweisungen folgte, mit dem kleinen Johannes jenseits der Alpen frierend im Freien und in der schwarzen Nacht stand. Das gab mir endlich den Mut, zum Himmel zu blicken.

Ich sank auf die Knie, weinte und zitterte, ich wischte mir die Augen trocken, rieb meine Wangen, ich schloß die Lider und öffnete sie wieder. Wie eine leuchtende Flamme, wie eine Kerze stand ein Feuer am Himmel, mein Lebenslicht!

Von Fomalhaut kam dieses Licht gezogen, ein glühender Ball mit Feuerschweif glitt an Markab und Schehat im Sternbild des Pegasus vorbei, um dann hinter dem Horizont zu versinken.

Acht lange Wochen dauerte die Erscheinung an, deren Gewalt und Wirkung auch ein bedeckter Himmel nicht gänzlich verschlucken konnte. Während ich meinen Schöpfer pries, voll Liebe und Dankbarkeit meiner Eltern gedachte, Manco Huacas weise Worte im Herzen sprechen ließ, jammerten und wehklagten die Menschen unten im Tal. Krieg und Pest würde das Licht bringen, stöhnten die einen, Schwefel würde es regnen und die Erde verbrennen, fürchteten andere. Ich aber taumelte umher, trunken vor Glück. Mein ganzes Dasein schien einen Sinn zu haben, und nichts war umsonst gelitten.

Als ich schließlich Abschied nahm von meiner Himmelserscheinung, tat ich's mit Wehmut. Ein Freund war mir das Licht geworden, mein Licht. Ich stolperte mit wirren Gedanken im Kopf zurück in mein alltägliches Leben. Johannes würde die weisen Worte des Manco Huaca aufnehmen und verstehen, träumte ich am hellen Tag. Er würde das Wissen um die Sterne weitertragen und den Menschen zum Geschenk machen. Denn wenn dieses Himmelslicht in meinem Leben erschienen war, was mochte dann noch alles möglich sein? Mein Jubel endete erst, als ich von der frischen, reinen Luft der Berge zurück nach Venedig kam.

Ein böser Husten hallte durch die Gassen. Mitte Januar war das nicht außergewöhnlich in dieser Stadt. Mir aber erschien er besonders fürchterlich. Er raffte die Menschen fort und griff mit gierigen Fingern nach mir.

Mein Lebenswerk war noch nicht ganz beendet. Ein dumpfes Ahnen, daß mir das Schicksal gerade so lange Aufschub gewähre, bis ich die letzten Ereignisse niedergeschrieben hätte, drängte mich zu handeln. Der Husten, so quälend er war, trieb mich voran. Doch bei aller Sorge um den letzten Abschnitt, den ich nun zu gehen hatte, bei meiner Angst vor dem Schritt vom Heute in das Unbekannte, Fremde, zurück zum Ursprung, fühlte ich mich wieder jung an Mut und Zuversicht. Die Prophezeiung hatte sich erfüllt, mit ihr mein Leben.

EPILOG

Seit Lo Scrittore im Knabenalter begonnen hatte, die Ereignisse seines Lebens aufzuzeichnen, begleiteten ihn seine Notizen, waren sie Gegenstand seiner täglichen Sorge, seiner Bedenken und Befürchtungen. Er verbarg sie an den verschiedensten und seltsamsten Orten, nähte sie in das Wams des Valdoro, vertraute sie Kalebassen an, wickelte sie in Pflanzenmatten und schob sie hinter die Holzverkleidung der Wände. Mit größter Sorgfalt hatte er demnach auch Versteck und Aufbewahrungsort seines Berichtes geplant.

Die Bibliothek des Kaufmannes Bruscatta schien ihm der geeignete Ort zu sein und die *Historia del Perú* das beste Versteck für sein Lebenswerk. Seite für Seite der *Historia* ersetzte er durch sein Geschriebenes. Dabei ging er vorsichtig zu Werke und war stets auf der Lauer, nicht erwischt zu werden. Gelang es ihm, ganze Seitenbündel aus dem alten Buch zu entfernen, ohne Aufsehen zu erregen, brachte er anderntags ein ebensolches Bündel seiner Aufzeichnungen mit und steckte es verstohlen an den selbigen Platz. Die losen Seiten seines Berichtes bezeichnete er als einen Stapel Papier, als *La Risma*.

Zu seinem großen Ärger entwickelte dieser Stapel Eigenleben. Mal rutschten Seiten aus der *Historia del Perú* heraus, mal lugten Blätter hervor. Oft genug bedachte Lo Scrittore den goldbeschrifteten Rücken der *Historia del Perú* mit bösem Blick. Ihm schien es, als wollte sich das Buch dagegen wehren, Stück für Stück seines wahren Inhaltes beraubt und durch seine Notizen ersetzt zu werden. Schließlich siegte Lo Scrittore in diesem Zweikampf mit Papier, Klebstoff und Faden. Ihm war es, als habe er einen persönlichen Gegner bezwungen.

So blieb *La Risma*, der Stapel Papier, scheinbar gebändigt an ihrem Platz in der Bibliothek des Bruscatta stehen und erregte jahrelang weder Aufsehen noch Ärgernis.

Im Winter 1643 aber, mehr als fünfzig Jahre später, erschütterte ein mäßiges Beben die Stadt, stürzte den heiligen Giovanni von seinem Podest in San Samuele und erschlug dabei beinahe den alten Mesner. Die aufgebrachte Erde beruhigte sich bald und verschonte große Teile Venedigs. Die Bibliothek des Kaufherrn Bruscatta aber zeigte Mauerrisse, die renoviert werden mußten. Als diese Arbeit getan war, blieb vorerst kein Geld übrig, um sich auch noch der alten Bücher anzunehmen. Nur gelegentlich abgestaubt und gelüftet, wurden die Bücher fleckig und unansehnlich. *La Risma*, flüchtig von Lo Scrittore in die *Historia del Perú* eingefügt, litt besonders. Sie glich immer mehr einer vernachlässigten alten Katze, mit staubigem, struppigem Äußeren.

Dem ›armen Celeste‹ war es Jahre später beschieden, sein Schicksal aufs engste mit *La Risma* zu verknüpfen, so sehr, daß seine Träume von ihr beherrscht wurden und sein Tag allein der Sorge um sie galt.

Ach, er wähnte sich glücklich, als er nach langem Suchen endlich Anstellung im Hause der Familie Bruscatta fand. Von Beruf Schreiber, hüpfte sein Herz vor Freude, als man ihn dem alten Bibliothekar zur Seite stellte. Der ›arme Celeste‹, war damals noch ein junger, froher Mensch, der den Prüfungen des Lebens mutig entgegentrat. In jenen Tagen wußte er noch nichts von *La Risma*.

Der erste Tag in seiner neuen Stellung neigte sich schon dem Ende, als ihm ein Mißgeschick widerfuhr, das sein Leben prägte. Um alles recht und schön, schnell und gefällig zu erledigen, stieg er in Eile hoch hinauf zum siebenten Fach, dorthin, wo *La Risma*, verborgen in der *Historia del Perú*, auf ihn lauerte. Natürlich sah er das vernachlässigte Buch, empfand Mitleid mit den trüben Goldlettern auf fleckigem Einband und griff danach.

Lag es daran, daß *La Risma* schon so lange auf diesem

Platz stand, daß es schien, als wäre sie dort angewachsen? Lag es am Ungeschick des jungen Mannes? Er hörte nur ein häßliches Reißen und sah einen Stoß Blätter wie im Herbstwind um sich herumsegeln und -gleiten, bis sie zu Boden fielen. Dabei brachen Ecken oder knickten, Löcher wurden in altes Papier gerissen. Der arme Celeste kämpfte wie um sein Leben. Rasch und leise, dabei behutsam, als wollte er den zarten Flügel eines seltenen Schmetterlings greifen, erhaschte er die Blätter, kroch hinter Regal und Steighilfe, um auch das entschwundenste heimzuholen. Der alte Bibliothekar wartete schon unten am Ausgang, genau an jener Stelle, an der Lo Scrittore damals lauschend stehengeblieben war, um zu horchen, ob sein verbrecherisches Tun entdeckt würde.

Sein Arbeitsplatz war gefährdet, ja sein Leben konnte zerstört sein, das wußte der arme Celeste, sobald man seine Untat, ein altes Buch zu beschädigen, bemerken würde. Blieb er nicht Schreiber hier bei Bruscatta, was hätte er anderes tun können?

Die schnell zurückgestopften losen Seiten ließen ihn in dieser Nacht nicht schlafen. Am anderen Tag hetzte er sich, das Aufgetragene zu erledigen, um Zeit zu gewinnen und sich diesem Stapel loser Blätter zuzuwenden. Sobald sich eine Gelegenheit ergab, flickte, polierte und besserte er den geschundenen Einband aus, sortierte die Seiten und verband sie. Auch opferte er seinen kargen Lohn, um neues Papier zu kaufen und Seite für Seite abzuschreiben und zu ersetzen, was beim Sturz beschädigt worden war. Seine Augen wurden müde, sein Blick gehetzt. Man nannte ihn den ›armen Celeste‹. Zu keinem Zeitpunkt während seiner jahrelangen Sorge um *La Risma* kam es ihm in den Sinn, daß dieses Buch nie etwas anderes als eine lose Ansammlung von Blättern, ein Stoß nicht verbundener Papiere gewesen war. Obwohl er daraus vieles abschrieb, nahm er den Inhalt nicht auf, so sehr eilte sein geplagter Geist über die Zeilen. Ordentlich und pflichtbewußt wie er war, fügte er am Schluß des Buches hinzu, daß er es ausgebessert und so gut es ging neu gebunden habe. Rechten Seelenfrieden vermochte er jedoch nicht zu finden.

Bis zu seinem Tod im Mai des Jahres 1696 galt sein erster Blick bei Arbeitsbeginn *La Risma*, ob sie brav an ihrem Platz stand und sein schreckliches Mißgeschick nicht entblätterte. Täglich griff er nach ihr, polierte Rücken und Einschlag, drängte Blätter zurück, die hinauszurutschen drohten. Schließlich hing er an ihr wie an einer liebgewordenen Feindin. Was sonst sollte ihn täglich hinaus zur Arbeit treiben? Was geschähe, wenn der Zwist zwischen ihnen belegt wäre, wenn er nichts mehr fürchten und hoffen könnte? Er brauchte *La Risma*, und sie lohnte es ihm mit immer neuen Kapriolen.

Die Aufmerksamkeit gefiel *La Risma*. Ihre Goldbuchstaben waren poliert, das abgegriffene Leder gefettet. Vergilbte Seiten waren ausgetauscht und Stellen, die zu verblassen drohten, in schönster Schrift neu niedergeschrieben. *La Risma* ging es prächtig.

Auch nach dem Tod des armen Celeste zehrte sie noch lange von den guten, umsorgten Jahren. Erst 1728 war es wieder soweit, daß *La Risma* einen neuen Betreuer fand, einen Menschen, den sie an sich zu fesseln vermochte.

Das Haus Bruscatta, das ihr so lange Heimstatt gewesen war, verarmte. Nicht allein unglückliche Handelsabschlüsse, sondern unvorhergesehene Ereignisse, Verluste der Ladung auf hoher See und das Ungeheuer des Krieges brachten den Niedergang. Schließlich sah sich Carolina, die Witwe Bruscatta, gezwungen, all das zu veräußern, was verkäuflich schien. Nichts anderes blieb ihr, als sie alle Schulden und Verpflichtungen beglichen hatte, nichts außer *La Risma*. Dieses Buch, flatterhaft wie stets und alt geworden, wollte niemand erwerben.

Carolinas Stolz war ebenso groß wie ihr Kampfgeist. Völlig unschicklich für ihre Zeit begann sie, aus dem Nichts ein winziges Lädchen zu führen, es nach und nach zu vergrößern, bis es ein respektables Geschäft wurde. Die Witwe Bruscatta handelte mit Kräutern. Betrat sie in aller Frühe den kleinen Raum, schlug ihr der Duft der Pflanzen entgegen und hing noch in ihren Haaren, wenn sie abends heimkehrte. Sie hütete sich wohl, gefährliche und in den Verruf gekommene Pflanzen zu verwenden, brannten ja immer noch die Scheiterhaufen, wie zu den Zeiten des Lo Scrittore. Natürlich bediente sie die unterschiedlichste Kundschaft, Arme und Gebrechliche, Satte und Wohlhabende, Menschen aus reichen und angesehenen Häusern. Es war weniger eine Frage ihrer kühlen Schönheit als ihrer händlerischen Fähigkeiten, die den Kaufmann Carlo Pollino ansprachen.

»Einmal Witwe ist genug«, ließ sie ihn ein um das andere Mal wissen. Sie hatte Gefallen an ihrem bescheidenen, aber unabhängigen Leben gefunden. Pollino, der meisterlich wußte, das Interesse eines Kunden zu wecken, lenkte ihre Aufmerksamkeit auf etwas anderes. Er entdeckte *La Risma*, bemerkte die losen Blätter und bot sich an, das alte Buch »einem neuen, verheißungsvollen Frühling entgegenzuführen«, wie er ihr mit ernster Miene zu verstehen gab. In Wahrheit war Carolina nicht abgeneigt, selbst einen solchen verjüngenden Frühling zu erleben. Als sie das neue, glänzende, mit großer Liebe und Sorgfalt bedachte Buch sah, hoffte sie, das gleiche Schicksal wie *La Risma* in den sorgenden Händen des Händlers Pollino zu erfahren.

Sie wurde nicht enttäuscht.

In einem Glaskasten lag nun *La Risma* aufgeschlagen dort oben im großen Familiensaal der Eheleute Pollino, den Blicken zahlreicher Enkel und Urenkel Carolinas preisgegeben. ›Das Liebespfand der Ahnin Carolina‹ nannte es die Familie, ohne je auch nur eine Zeile darin zu lesen.

Ein großes Haus wie jenes der Pollino beherbergte Gäste unterschiedlichster Art und Herkunft. Bei Taufe und anderen freudigen Familienfeiern trat man oft an den Glaskasten mit dem ›Unterpfand der Liebe‹, zeigte den Feiernden das Buch und gedachte dabei der Ahnin Carolina. In einer bedeutsamen Stunde beugte sich auch ein Priester tiefer über Glasplatte und Buch und entzifferte gerade jene Stelle aus Lo Scrittores Werk, die den Tanz der jungen Mädchen im Urwald beschrieb. War es Zufall, daß diese Seiten aufgeschlagen waren? Als der Priester längst mit vor Empörung hochrotem Kopf das Haus protestierend verlassen hatte, stimmten die Familienmitglieder in ein zunächst gedämpftes, dann herzhaftes Lachen ein. Entgegen dem Vorschlag, die Seiten zu wenden, bis Unverfängliches zu lesen wäre, beschloß das Familienoberhaupt, alles zu lassen, wie die Ahnen Carlo und Carolina es bestimmt hatten. Ja, man widmete jetzt *La Risma* noch mehr Aufmerksamkeit und manchen lieben Gast führte man nach reichlichem Weingenuß zu ihr. Trotzdem kam niemand auf die Idee, *La Risma* zu lesen.

1805 waren Wohlstand und Ansehen der Familie Pollino groß und über die Grenzen Venedigs hinaus bekannt, allerdings was kümmerte dies das Schicksal? Es war ausgerechnet ihr Haus mit den prächtigen alten Fassaden, mit den Erkern und Balkonen, das erst durch die Flut und dann durch ein Erdbeben schwer beschädigt wurde. Dort, wo das Salzwasser nicht hingelangte, fraß sich der Pilz durch Wände und Mörtel; Hagel zerbrach die kostbaren alten Scheiben, Sturm peitschte vernichtendes Wasser in die Gemächer. Das ganze Gebäude mußte renoviert, mancher Teil sogar abgerissen und erneuert werden. Selbst der Glaskasten von *La Risma* bedurfte der Instandsetzung.

Marco Pollino, einem fernen Verwandten, der zufällig in Venedig zu Besuch weilte, ist es zu verdanken, daß Lo Scrittores Werk noch einmal dem Verderben entrissen wurde. Der beschädigte Glaskasten ließ salzhaltige, feuchte Luft passieren. Die Seiten drohten zusammenzukleben und sich aufzulösen. Mit größter Genauigkeit und unter erheblichen Kosten ließ Marco Pollino das Werk restaurieren. Als ihm der Buchbinder empfahl, eine Transkription vorzunehmen, willigte er ein. Neu geschrieben, neu gebunden, konnte man nicht mehr von *La Risma* sprechen, doch sie behielt ihren alten störrischen Charakter. Nach nur wenigen Seiten des Lesens erschreckte sie Marco Pollino, der in seinem Haus nahe Rom ihren Inhalt studierte. Das Erschrecken ließ ihn bis zur letzten Zeile nicht los. Er las von Lo Scrittore, litt und lachte mit ihm und erweckte ihn durch seine Anteilnahme zu neuem Leben.

Zum erstenmal verstand ein Leser, daß hier Zeugnis abgelegt wurde von einem Leben lange vor seiner Zeit. Als Marco aufgeregt Maria-Theres, seinem Eheweib, davon berichtete, erlebte er eine herbe Enttäuschung. Was kümmerten sie die Indios einer fernen Welt? Waren nicht ihre eigenen Söhne kaum satt zu bekommen, und lechzte nicht der allgegenwärtige Krieg nach ihnen, während die Mädchen dem schlimmen Husten erlagen oder sie allzu früh das Los der Mutter ereilte? Da Marco immerzu von Lo Scrittore sprach, lernte Maria-Theres, das Buch zu hassen wie eine Nebenbuhlerin in den ehelichen Gemächern. Bis Marco Pollino dies begriff, war es beinahe zu spät. Er entriß das Buch der eifernden Gattin und verwahrte es sorgsam.

Als seine fernen Verwandten in Venedig ihm anboten, das von ihm ausgebesserte Werk doch zu behalten, denn ›man habe sich völlig neu, der jungen Mode gemäß eingerichtet‹, empörte sich zwar sein Verstand gegen soviel Dummheit, aber sein Herz willigte ein. *La Risma* lag bei ihm, bewacht wie ein Raubtier, das jederzeit die Krallen ausstrecken mochte.

Selbstverständlich nannte er es, wenn er den heranwachsenden Kindern und Enkeln von dem Buch erzählte, nicht mehr *La Risma*, sondern die ›Aufzeichnungen des Scrittore‹. Das war nicht allzu verwunderlich, hatte auch Lo Scrittore selbst in seinem Leben auf viele Namen gehört. Marco Pollino ahnte verborgenes und geheimnisvolles Wissen zwischen den alten Zeilen. Dies stärkte den Ruf des Buches, verboten und gefährlich zu sein. Um es zu erhalten, bis eine verständigere Zeit angebrochen war, nahm Marco Pollino am Ende seines Lebens eine weitere Transkription und Erneuerung vor. In seinem Testament verfügte er, daß nur jeweils der studierteste unter seinen Nachkommen diese Aufzeichnungen erben dürfe, ›auf daß es ihn anrege, unterhalte und Segen bringe‹.

So wurde das Buch von Generation zu Generation weitergereicht.

Es war eine Zeit der Kriege, der politischen Unruhen und Hungersnöte, in der das alte Buch die Menschen überdauerte, die es achtlos dem Glasschrank anvertrauten oder aber begierig darin lasen. Allen Lesern, so unterschiedlich sie auch sein mochten, war jedoch gemeinsam, daß sie in der Not, die ihr Leben prägte, wenig Interesse am Kummer anderer hatten. Es mußte erst eine satte Zeit anbrechen, eine Phase des friedlicheren Miteinanders, der Zufriedenheit und des sorglosen Daseins.

Als Adriano Pollino die Aufzeichnungen des Scrittore seinem einzigen Sohn Giorgio übergab, war diese Zeit gekommen. »Für mich ist das nichts«, lachte Adriano, eilte in die Küche zurück, um einen Fisch zu tranchieren. Er hatte ein kleines Lokal jenseits der Alpen eröffnet, wo er den Gästen mit Hingabe und Einfallsreichtum zu Diensten war. »Aber du sollst es behalten und darin studieren, wie es der alte Marco verfügt hat.«

Giorgio wußte, worauf sein Vater anspielte. Litt dieser doch schwer darunter, der einzige seiner Familie und damit ›der studierteste‹ zugleich zu sein aus Mangel an Geschwistern. Alle seine Hoffnungen, die Sippe Pollino zu erhalten, lasteten auf Giorgio. »Du mußt Kinder haben, die das alte Haus in der Heimat füllen«, mahnte er. Dabei träumte er von einer Schwiegertochter mit rundem Bauch, die barfuß am Herd stand und kochte.

Giorgios Pläne sahen ganz anders aus, und auch das Buch legte er achtlos zurück in die Vitrine. Die kluge Valentina war es, seine langjährige Freundin aus der Studentenzeit, die endlich nach dem Buch griff und Seite um Seite und zahlreiche Amaretti verschlang. »Du sollst nicht soviel lesen«, raunzte Giorgio, »und essen«, fügte er hinzu. Wenn sie weiter alles in sich hineinstopfte und bedingungslos in seinem Bett herumlag, würde sich der Traum seines Vaters bald erfüllen. Die Vorstellung, ausgerechnet Valentina zu ehelichen und das herrliche alte Haus mit seinen abgetretenen Stufen und den windschiefen Fensterläden mit dem Geschrei von Kindern zu erfüllen, ließ ihn frösteln.

»Was daran kann dich mehr fesseln als meine Gegenwart?« stichelte Giorgio, doch Valentina wischte seine liebkosenden Finger beiseite wie einen Moskito. Bevor es zu einer ähnlichen Eifersuchtsszene kam wie damals zwischen Marco und Maria-Theres, schob Valentina die Lesebrille in ihr zerzaustes Haar und sagte: »Mach es zu Geld, Giorgio.«

Valentina war nicht schön, aber ihre Ideen hatten stets Gewinn gebracht. Sie aß sich durch jedes Menü, das Papa Pollino kochte, schlug neue und aufregende Variationen vor, befaßte sich mit der leidigen Steuer und entwarf die Werbeaktion *Marchesa Italiana*. Warum sollte sie diesmal irren?

Und sie irrte nicht. Anfangs sah es so aus, als ob alle Versuche, die Aufzeichnungen des Scrittore anzubieten, zum Scheitern verurteilt wären. Auf der Piazza Quattrocento hatte sie nach der zweiten Zuppa Romana die Backen voller Sahne und jener köstlichen Mischung aus Biskuit und Likör, als sie hervorbrachte: »Wir lassen Papier und Tinte analysieren. Ist das Buch so alt, wie wir glauben, wenden wir uns an die Wissenschaft.«

»Iß nicht so viel«, schnaubte Giorgio. Er hielt sich fit mit morgendlichem Laufen und Schwimmen. Valentina träumte währenddessen und nahm langsam im Bett mehr Platz ein, als es selbst einer Schwangeren zustand. »Ich weiß nur nicht, welche«, sann sie.

»Wissenschaft?« fragte Giorgio, aber sie zeigte auf die vielen Eissorten der Cafeteria. Erst Pistazie mit Erdbeere und einem hauchdünnen Überzug geschmolzener Schokolade regte ihren Geist an. »Es gibt da was, ein neues Heft, übergreifende Wissenschaft oder so, laß mich mal machen.« Sie gab drei Löffel Zucker in den Espresso und dachte nach.

Später erwies sich das ›oder so‹ als *Pansophia*, eine Zeitschrift, die mit mäßigem Erfolg versuchte, wissenschaftliche Beiträge der unterschiedlichsten Fachrichtungen zu vereinen und zur Diskussion zu stellen.

Keiner aus der Redaktion in der Via Trevigiana wollte von den Aufzeichnungen des Scrittore etwas wissen. Vielleicht lag es an Valentinas gewichtigem Auftreten, an ihrer Körperfülle, daß man sie dennoch duldete. In dem Korbsessel, den sie allen Protesten zum Trotz gegenüber dem Schreibtisch eingenommen hatte, sprach sie langsam und eindringlich, meist mit vollem Mund, häufte Zucker in die Kaffeetasse und *dolci* auf den Teller. Als der Redakteur mit Bangen sah, wie teuer ein Gespräch mit Valentina werden konnte, stimmte er endlich zu. Im Grunde wollte er nur den klugen, hungrigen Augen entfliehen, die ihn fixierten.

Natürlich wurde es ein Mißerfolg. Die ersten Seiten des Buches wurden gedruckt und fanden keinerlei Beachtung. Nach weiteren Besprechungen, *dolci* und *espressi* ging man auf *grissini con prosciutto* über, da die Signora etwas Herzhaftes verlangte, und einigte sich auf eine zusätzliche Beilage. Mehr von den Erlebnissen des Scrittore sollte darin dem Leser angeboten werden, wenn auch auf minderem Papier, dafür den Stoff geballt und in großzügigen Abschnitten.

Es regnete Protestbriefe. Diesmal kostete es ein ganzes Abendessen, bis Valentina gesättigt und doch wieder als Siegerin hervorging. Sie formulierte einen ersten Leserbrief und regte zur Überprüfung an: »Die Aufzeichnungen des Scrittore, eine geschickte Fälschung oder jahrhundertealter, authentischer Bericht?«

Als Valentina mit einer Tüte frischer, duftender *carta da musici* eine Woche später die Redaktion betrat, erlebte sie eine Überraschung. Manche Leser ignorierten den neuen Beitrag, kündigten gar der Zeitung. Andere aber griffen das Thema auf und vertieften es aus der Sicht ihrer Fachbereiche.

»Wenn wir die geschilderten Ereignisse überprüfen, kommen wir zu dem Schluß, daß es sich um einen wahrheitsgetreuen Bericht handeln muß. Wer könnte so treffend genau die geheime Stadt der Inka beschreiben, der nicht selbst dort war? Wir dürfen nicht vergessen, daß Bingham erst 1911 Machu Picchu entdeckte. Es erscheint uns als bewiesen, daß es sich nur um diese Stadt der Inka handeln kann, wenn Lo Scrittore von trapezförmigen Fenstern, Treppenanlagen und dem Intihuatana, dem Gnomon, spricht. Die Papieranalyse bestätigt einwandfrei eine Erstellung des Buches um 1840, so daß selbst ein Erzähler aus dieser Zeit nichts um die alte Inkastadt wissen konnte, da sie ja ihrer Entdeckung noch harrte.« Das war weit mehr, als Valentina erwartet hatte. Staunend griff sie nach weiteren Leserbriefen.

»Bereits 1948 wies ich auf die strenge astronomische Ausrichtung der Tempelanlage von Machu Picchu hin«, schrieb ein alter Herr aus Deutschland. »Jetzt finde ich dieses im Lebensbericht des Scrittore bestätigt. Die Quaderbauten in Machu Picchu schränken die Aussicht nach bestimmten Richtungen ein, und zwar absichtlich. Die Winkel der verschieden geneigten Oberflächen sind so angelegt, daß man bei der Sommersonnenwende den Sonnenuntergang und bei der Wintersonnenwende den Sonnenaufgang sowie die Tagundnachtgleichen bestimmen konnte. Daraus ergibt sich ein Alter der Steinblöcke von über viertausend Jahren. Als ich dies damals veröffentlichte, kostete es mich fast meinen Lehrstuhl.« Obwohl er den Brief nur mit R.M. signiert hatte, ahnte man, wer sich dahinter verbarg.

»Das Buch ist nicht echt, denn es gab keinen Massenmörder, der sich Papst Pius V. nannte«, schrieb der *Osservatore*. »Wohl hat es in dieser Zeit hin und wieder Inquisitionsverfahren gegeben, doch wurde Pius V. heiliggesprochen.«

»Ein heiliger Mörder«, erwiderte ein Leserbrief aus Frankreich sarkastisch, »sind denn die tausend Menschen in seiner Zeit freiwillig auf den Scheiterhaufen gewandert? Und waren vielleicht Verbrecher unter ihnen, denen man diese Strafe zugesteht? Es waren die Mutigen, die Kritischen, die geistige Elite Europas, die im Namen der Kirche und seiner Heiligkeit verbrannt wurden.«

Ein Brief kam aus Peru: »Ich möchte Ihnen mitteilen, daß an der Chirurgischen Fakultät der Universität von Lima schon vor Jahren auf Wunsch eines Patienten eine Schädeltrepanation mit dem von Lo Scrittore erwähnten *tumi*-Beil durchgeführt wurde. Zu diesem Zweck verwendete man ein Werkzeug, das gewöhnlich im Museum von Cuzco ausgestellt ist. Der Patient, der an einem gutartigen Tumor litt, überstand den Eingriff und ist genesen. Es handelte sich bei dem Mann um einen sogenannten *huaca*, einen Seher der Indios. Weiterhin möchte ich Ihnen die Wirkung des Kokains bestätigen. Kokablätter werden von den Indios heute noch zusammen mit Asche gekaut. Nur durch diesen Zusatz ist es möglich, eine buccale Resorption zu erzielen. Die Wirkungen entsprechen den beschriebenen, sind aber nicht mit der Droge Cocain zu vergleichen, die schwere Nebenwirkungen auslöst. 1884 wurde peruanisches Cocain zum erstenmal als Lokalanästhetikum bei einer Operation mit großem Erfolg eingesetzt. Aus dem Ausgangsprodukt Cocain entstand das synthetische Procain, das gängigste Lokalanästhetikum der modernen Chirurgie.«

»Die Aufzeichnungen des Scrittore erinnern an die *Memorias Antiguas Historiales del Perú*, die Fernando Montesinos 1648 als Manuskript in der Bibliothek des Klosters von San José de Sevilla hinterlegte. Zweihundert Jahre blieb das Manuskript verborgen und unveröffentlicht. Der vollständige spanische Text erschien erst 1882«, schrieb ein Leser aus Madrid. »Der Montesinos erzählt uns im wesentlichen von zwei Wissenschaften der Inka: der Astronomie und der Schreibkunst. Letztere wurde vom 78. Monarchen der Inka verboten: ›Daß niemand Buchstaben benutzt oder sie wieder aufleben läßt, denn durch ihren Gebrauch wird Leid kommen.‹«

»Besuchen Sie Lima«, lautete eine Überschrift eines Leserbriefes, der wie ein Werbeplakat für Peru aufgemacht war.

»Im Museum von Lima können Sie den Stein von Calango besichtigen, dessen Inschrift eine Kombination von piktografischer und phonetischer, vielleicht sogar alphabetischer Schrift ist.«

Die meisten Zuschriften aber beschäftigten sich mit den geschilderten Grabanlagen irgendwo am Oberlauf des Magdalenenstromes.

»Wir haben versucht, die Reise des Scrittore nachzuvollziehen und kommen zu der Überlegung, daß es sich bei den geschilderten monströsen Grabanlagen um die Ruinen von San Augustin handeln könnte«, las Valentina in der Juniausgabe. Ein Blatt aus der Regenbogenpresse griff diesen Hinweis auf und schrieb: »Goldgräber in Kolumbien entdeckt«, was einen Sturm auf diese Gräberfelder auslöste, bis die kolumbianische Regierung mit Waffengewalt Einhalt gebot. Außer einigen hervorragenden Fälschungen, die geschickte Indiohände aus Ton geformt hatten, als die ersten Abenteurer aus den Bussen stiegen, wurde nichts gefunden.

Die größte Sensation schien aber aus den Reihen einer Leserschaft zu kommen, die sich mit dem Themenkreis ›Frauen, die Geschichte machten‹ befaßten: »Wir dürfen zu recht annehmen, daß es sich bei der beschriebenen Stadt Weil um den Ort Weil der Stadt handelt, der Geburtsstätte Johannes Keplers. Die vorsichtigen Angaben des Scrittore deuten darauf hin, daß er selbst ein Verhältnis mit Katharina Guldenmann, der Mutter Johannes Keplers hatte. Ist Kepler der Abkömmling eines Latino-Lovers, die europäische Version des Sternenpriesters? Und erfüllt sich so die Prophezeiung seines Lebens?«

Die Protestschreiben erreichten einen vorläufigen Höhepunkt. Hatten sich manche Geister schon daran erregt, daß Lo Scrittore Leonardo da Vinci Zugehörigkeit zu einem Geheimbund unterschob, empörte man sich jetzt über die Vermutung, Johannes Kepler sei kein deutscher Sproß.

»Was hätte Katharina anderes tun können, als schnellstens zu heiraten und das Knäblein als Sieben-Monate-Kind dem ungeliebten Ehemann unterzuschieben? Jeder kann diese Geschichte im Leben des Johannes Kepler nachlesen. Und können wir nicht auch daraus schließen, daß er Zugang zu astronomischem Wissen alter Völker wie jenes der Inka hatte? Wurde nicht auch seine Mutter als Hexe angeklagt, da sie über geheimes Wissen verfügte?«

»Unsinn«, deklarierte eine Zuschrift, »wie viele Katharinen mag es zu dieser Zeit gegeben haben, die ihren Sohn Johannes nannten? Wieviel Gasthöfe ›Zum Engel‹? Die Vermutung scheint uns aus astronomischen Weiten geholt und unhaltbar.«

Eine wirklich ernst zu nehmende Meinung kam von der Kopernikus-Forschungsstelle. »Wir sollten tatsächlich darüber nachdenken, ob Kepler und andere seiner Zeit auf alte Quellen zurückgreifen konnten. Als Kepler die Gesetze der Planetenbewegung entdeckte, rief er aus: ›Triumph! Ich habe den Ägyptern das größte Geheimnis entrissen!‹ Wir dürfen nicht wissenschaftliche Forschung betreiben und Keplers Gesetze akzeptieren, da wir sie nachvollziehen können, und gleichzeitig seine Äußerung negieren, da wir unfähig sind, sie zu überprüfen. Verhalten wir uns so, passen wir in die Schablonen von einst und haben seit der Verurteilung des Galilei nichts hinzugelernt.«

»Astronomen sind«, las man von einem Lehrstuhlinhaber dieser Fachrichtung, »in den Jahrzehnten archäologischer Forschung viel zu wenig zu Rate gezogen worden. Wir sprechen gerne von Mond- und Sonnentempel, doch entzünden gleichzeitig den Scheiterhaufen der Lächerlichkeit, sobald wahre astronomische Zweckbestimmung dargestellt wird. Astronomisch-geodätische Vermessungen und Schlußfolgerungen aus diesen Zahlen dürfen nicht länger in den Überlegungen der Anthropologen und Archäologen fehlen. Der Blick zum Himmel darf nicht verlorengehen. Vielleicht erreichen wir somit die erstrebenswerte Weisheit indianischer Sternenpriester.«

Die heftige Diskussion, die diese Zuschrift auslöste, wurde unterbrochen von einem völlig neuen Aspekt, der aus den Reihen der Ethnobotaniker kam. »Für uns scheint es von größtem Interesse, daß Lo Scrittore vom Heiligen Kraut, offensichtlich von Kokablättern spricht. Das Wissen, die halluzinogene Substanz durch Aschebeimischungen aufzubrechen, spricht für die Integrität des Berichtes. Lo Scrittore erwähnt und beschreibt weiterhin das Gift ›Wen es trifft, der fällt‹, welches erst heute unter demselben indianischen Namen als Curare mit großem Erfolg in unseren modernen Operationssälen eingesetzt wird.«

»Sicher denken Sie, lieber Leser, fieberhaft darüber nach, wer wohl die weißhäutigen, bärtigen Männer gewesen sind, die jenes wunderbare Wissen von den Sternen mitbrachten«, formulierte ein Leser spät im November. »Durch intensive vergleichende Feldstudien ist es mir und einer ansehnlichen Zahl bekannter Wissenschaftler gelungen, dieses Geheimnis zu lösen. Beigelegte Fotografie dient zur Veranschaulichung unserer These.« Das Foto zeigte einen Weihnachtsmann, den Santa Claus im roten Mantel und mit weißem Bart.

Bei all diesen Zuschriften, ob spöttisch oder ernsthaft, freute sich Valentina. Die Auflage der Zeitschrift hatte sich vervielfacht, und die Familie Pollino war direkt am Gewinn beteiligt. Vater Adriano hatte sein Lokal einem Partner anvertraut, um an Valentinas Seite zu eilen und sie ›in der Zeit besonderer Ansprüche mit ausgewählten Speisen zu unterstützen‹. Sein Traum schien in Erfüllung zu gehen. Von Valentinas Leibesfülle beeindruckt, rechnete er sich die Geburt von mindestens drei Stammhaltern aus. In aller Herrgottsfrühe schon eilte er auf den Markt und wählte nur das Allerbeste aus. Giorgio beschäftigte sich währenddessen mit dem Leben des Johannes Kepler, las wieder und wieder jene Passagen, die beschreiben, wie sich der Vater, Heinrich Kepler, in den Dienst fremder Mächte stellte, fern von Haushalt und Wöchnerinnen. Trotzdem fanden Giorgio und Valentina die Zeit, an einem nebligen, kalten Morgen im Dezember zu heiraten, und Valentina entschuldigte das heißhungrige Verschlingen der halben Hochzeitstorte mit dem kleinen Pollino, ›gefräßig wie ein Hai‹.

Giorgio, der sich immer stärker mit Kepler und den Themen seiner Zeit befaßte, entdeckte eher zufällig einen Brief des Tycho Brahe, der den Lauf eines Kometen von Anfang November 1577 bis zum 26. Januar 1578 dokumentierte. Anfangs war er durch Wolken zu sehen, ›so hell wie der Mond‹, las Giorgio. Am 13. November verglich Brahe das Himmelslicht mit der Venus und beschrieb, daß es zugleich mit der Sonne am Taghimmel sichtbar gewesen sei. Daraufhin vertiefte sich Giorgio in die ›De cometa anni 1577‹ des Tycho Brahe und verglich die Angaben darin mit den Beschreibungen des Scrittore. Er war sehr beeindruckt. Offensichtlich schien das Buch so alt, wie es vorgab, und wahr zu sein. Er küßte der klugen Valentina die Fingerspitzen.

Mit dem ersten Schrei seines Söhnchens Giovanni, den sie zwinkernd so nannten, obwohl er nicht am Tag des heiligen Johannes zur Welt kam, änderte Giorgio seine Pläne. Er würde in der Tat das alte Haus mit Kindern füllen und die Zeit dazwischen nutzen, selbst als Entdecker und Forscher tätig zu sein. Er träumte von Machu Picchu und anderen geheimnisumwitterten Ruinenstätten und sah Valentina gut aufgehoben daheim vom Kinderbettchen zum Eisschrank eilen.

In einem Ordner sammelte er gewissenhaft alle Leserbriefe zu den Aufzeichnungen des Scrittore. Sie vermittelten ihm auf schnelle Weise gezielte Informationen, die er sich andernfalls nur mühsam erarbeitet hätte.

So las er in einer Zuschrift aus den Niederlanden: »Ob es sich bei der erwähnten Leydener Nephritplatte tatsächlich um die berühmte Abbildung handelt, welche sich hier im Museum befindet, scheint unklar zu sein. Sofern das Buch keine Fälschung ist, liefert es uns einen wichtigen Hinweis auf die *rumi*, die sprechenden Steine der Inka. Zumindest vorübergehend muß es Kulturen in Südamerika gegeben haben, die schreiben konnten. Uns kommt es wie Anmaßung vor, den indianischen Chronisten, die ebendieses behaupten, nicht zu glauben. Das ist europäische Arroganz, die Schwester der Dummheit.«

»Sollte je ein Leser nach Berlin kommen«, wurde in der Januarausgabe gedruckt, »so kann er sich im Museum für Völkerkunde davon überzeugen, daß es tatsächlich bärtige Menschen in Südamerika gab. Die Keramik der Muisca stellt solche Männer dar, und das zu einer Zeit, lange bevor der erste Spanier seinen Fuß auf amerikanisches Festland setzte.«

»Das Buch lügt«, hielt ein anderer Leser dagegen. »Die geschilderten Textpassagen, die Lo Scrittore angeblich in der Laurenzianer Klosterbibliothek abschrieb, stimmen nicht mit dem Codex Florentinus, um den es sich ja wohl gehandelt hat, überein.«

»Sehr geehrter Herr«, antwortete ein Leser aus England, »ich darf Sie darauf aufmerksam machen, daß der Codex Florentinus verlorenging und erst Jahre später rekapituliert wurde. Dabei mögen Passagen verändert oder vergessen worden sein. So wie wir ihn heute kennen, ist er nur ein Stückwerk.«

Ein Leserbrief der besonderen Art kam aus Hamburg: »Habe von den Aufzeichnungen des Scrittore zufällig beim Zahnarzt gelesen. Als Reformhausbetreiberin kann ich bestätigen, was er über Quinoa schreibt. Spanische Mönche ließen das ›Heidenkorn‹ verbieten. Das steht hinten auf jeder Packung. Übrigens, Quinoa schmeckt scheußlich.«

»Johannes Kepler hatte Pocken«, schrieb eine Ärztin aus der Schweiz. »Der Hinweis des Scrittore, er könne dem Sohn der Katharina kein Mittel geben, da diese Krankheit den Indianern unbekannt war, spricht für die Exaktheit des Berichtes. Wie wir in der Geschichte bestätigt finden, fielen Tausende von Indianern den Pocken zum Opfer, einer Krankheit, die auf dem amerikanischen Kontinent gänzlich fremd war. Bei einer indianischen Medizin gegen Fieber, die er als *quina-quina* Rinde beschreibt, handelt es sich um jene Substanz, aus der wir Chinin gewinnen, lange Zeit das beste fiebersenkende Mittel.«

»Als Ingenieur der NASA möchte ich Ihnen folgendes mitteilen: Leonardo da Vincis Flugapparate, besonders der berühmte sogenannte Hubschrauber, erwiesen sich im Modelltest als fluguntauglich. Was uns so erstaunt, sind die akkuraten Zeichnungen, die aber bei aller Bewunderung für den Künstler wenig Sinn ergeben. Wir wissen, daß Leonardo ein exzellenter Techniker war. Es erscheint verwunderlich, daß er seine Flugapparate so unzweckmäßig konstruierte. Die Angabe des Scrittore, es käme ihm vor, als habe man schnell etwas abgezeichnet, was man selbst nicht verstehe, spricht meiner Meinung nach für die Echtheit des Buches.«

Später, als der kleine Giovanni schon durchschlief und Valentina meinte, das Paradies auf Erden sei angebrochen, erregte ein Leserbrief die besondere Aufmerksamkeit der Familie Pollino. Man hatte sich längst angewöhnt, die Themen des Scrittore im Familienkreis zu diskutieren. Papa Pollino senior schien überrascht, daß sich viele der von ihm benutzten Nahrungsmittel als indianisch erwiesen, wie ein Leser etwas weitschweifig erläuterte und damit die Echtheit des Buches erhärten wollte. Papa Pollino war gekränkt, als ihm Valentina die ›indianische Woche‹ mit Tomaten, Maisbrei, also Polenta, Tortillas, Bohnen, Meerschweinchen, auch *cui* genannt, und Kartoffeln vorschlug, *chicha*-Maisbier und zum Nachtisch Erdbeere mit Vanille oder heißer Schokolade und einer Tabaksrolle, die einer Zigarette entsprach. Wenn er jetzt von den ursprünglichen Gerichten der italienischen Küche schwärmte, warf er erst einen forschenden Blick auf Valentina. Er hatte nicht gewußt, daß die Tomate indianischen Ursprungs war, und wurde deshalb von ihr ›Tomatl‹ genannt, das, wie Valentina feststellte, schon bei den Azteken als beliebtes Schimpfwort für einen Dummkopf galt. Als er heimlich ein Lexikon zur Hand nahm und sich anderntags mit ›Kürbis‹ für Valentina rächte, belegten sie ihren kulinarischen Streit mit einer großen *cassata* nach Art des Hauses Pollino.

Giorgio, der inzwischen glaubte, zum Forscher geboren zu sein, wurde von einer Zuschrift in der *Pansophia* besonders angeregt. »Warum eigentlich fragt sich keiner, was wohl der schwarze Kasten enthalten mag, den Lo Scrittore erwähnt? Wäre es nicht wünschenswert, eine Ausgrabung in Machu Picchu durchzuführen? Wir haben genaue Vorstellung, wo der schwarze Kasten vergraben sein könnte. Peruanische Forscher wiesen schon vor Jahren darauf hin, daß es das sogenannte Verlies gäbe. Ein Gebäude, das aufgrund seiner kleinen, schießschartenähnlichen Fensteröffnungen so bezeichnet wird. Vor drei Jahren wurden erste Stimmen laut, dieses Haus könne nicht als Gefängnis gedient haben, sondern sei vielmehr zu astronomischen Zwecken benutzt worden, eine Vermutung, die in den Aufzeichnungen des Scrittore bestätigt wird. Es ist an der Zeit, unsere europäische Vorstellung, unser Schema, in das wir alles zu pressen versuchen, abzuschütteln und echte Forschung, nicht Bestätigung unserer Vorurteile, zu betreiben.«

»Das sogenannte Inka-Gefängnis«, antwortete eine Archäologische Gesellschaft aus Lima, die sich *Historia Andina* nannte, »wurde 1995 ausgegraben. Sehr schnell waren sich die Forscher einig, daß es sich um eine Sternwarte handeln könne und die Inka schon im 15. Jahrhundert Astronomie betrieben. Die ausgegrabene Ruine ist ein unterirdischer Raum, zu dem man über eine sechsstufige Treppe gelangt. In einer Art Vorhalle wurde ein großer Felsen gefunden, in den ein Kondor eingraviert ist. Zur Sonnenwende fallen durch eine Raumöffnung die Sonnenstrahlen senkrecht auf die Figur und werden von dieser umgeleitet zur Treppe. Es kommt zu einem dramatischen Schauspiel zwischen Felsen und Sonne. Obwohl die Ausgrabungen bis in eine Tiefe von sechzig Zentimetern durchgeführt wurden, stießen die Forscher weder auf einen ›schwarzen Kasten‹ noch auf die beschriebenen Sehhilfen. Überdies halten wir die Angaben, die Inka hätten dreihundert oder sogar mehr Jahre Astronomie betrieben, für unwahr. Entgegen der Meinung einiger Hobbyarchäologen sind wir der festen Überzeugung, das Inkareich sei eine junge Dynastie und nicht, wie mancherorts behauptet, jahrtausendealt.«

Ehe die Zeitschrift *Pansophia* die Meinungen der Leser in einer Zusammenfassung darstellen konnte, kam es im angesehenen Institut IDEN mit Sitz in Paris, Avenue Stéphane Mallarmé, zu einem Gespräch hinter schalldichten Türen. Madame Blanchard, eine der beiden Sekretärinnen, schloß behutsam die Tür hinter dem Vizepräsidenten der Gesellschaft. Sie arbeitete schon seit Jahren für das IDEN, eine Vereinigung, hinter deren Namen sich der Begriff ›International Date Exchange Net‹ verbarg. Übrigens eine Bezeichnung aus dem Englischen, wie sie als Französin verärgert feststellte. Trotzdem führte Madame ihre Aufträge nicht ohne gewisse Befriedigung aus. Ähnlich wie die Zeitschrift *Pansophia* versuchte die Gesellschaft, von großzügigen Spendengeldern unterstützt, Wissenschaftler der unterschiedlichsten Fachrichtungen zu vereinen. Ihr Hauptziel war es, sogenannte Sensationen rasch und unbürokratisch einer Klärung durch namhafte Forscher zuzuführen, was besonders in den Entwicklungsländern weit verzweigter diplomatischer Beziehungen und eines nicht unerheblichen Fingerspitzengefühls bedurfte.

IDEN war es auch zu verdanken, daß Kunstschätze wie im Dschungel von Guatemala entdeckte Tempelanlagen trotz Guerillakämpfen in dieser Zone geschützt wurden und auch ›Paten‹ fanden, welche die Erforschung und Erhaltung der Anlagen finanzierten. IDEN knüpfte weltweit die nötigen Verbindungen und schaffte erste Kontakte zwischen politisch verfeindeten Ländern und unterschiedlichsten Organisationen. Dadurch konnten bei dem jeweiligen Projekt schnelle Aufklärung betrieben und weitere Puzzleteile in das Bild der Weltgeschichte eingefügt werden. Abenteuerlichen Vermutungen wurde rasch »das Gras unter den Füßen abgeschnitten«, wie sich Joseph Bissinger, Vizepräsident der IDEN, in tadellosem Französisch ausdrückte. Für einen Deutschen waren seine Sprachkenntnisse erstaunlich gut, ebenso wie seine Manieren, was seine häufigen Besuche in Paris rechtfertigte, zumindest in den Augen von Madame

Blanchard. Das Gespräch, welches er jetzt über einen Zerhacker führte, war allerdings ganz anderer Art und hätte Madame aufs äußerste konsterniert.

»Hier Bissinger«, meldete er sich auf englisch, sobald die Verbindung hergestellt war.

»Ja«, antwortete Jizchak Schleifenbaum am anderen Ende der Leitung.

»Ich halte erste Schritte für nötig, um das Aufsehen einzudämmen, welches die Aufzeichnungen des Scrittore zu unserem Leidwesen verursacht haben.«

Die Stimme am anderen Ende kicherte. Bissinger schluckte. Noch ehe der andere sprach, wußte er, was jetzt kommen würde. Als sein Gesprächspartner ansetzte, hielt er sich den Hörer vom Ohr.

»Mein lieber Freund«, kam es über die Leitung, »wir teilen Ihre Ansicht in gewissen Punkten nicht. Vielmehr scheint es uns recht angebracht zu sein, daß der Scrittore auf Neigungen der katholischen Kirche, kurz gesagt, die gnadenlose Judenvernichtung, anspielt ...«

»Wir wollen uns nicht schon wieder im Detail verlieren«, unterbrach ihn Bissinger. »Grundsätzlich stimmen wir doch darin überein, daß Spekulationen wie jene in diesem Buch nicht geduldet werden können ...«

»Bei der geschilderten Judenvernichtung handelt es sich nicht um Spekulationen oder Mutmaßungen, wie ich Ihnen ausdrücklich versichern darf.« Jizchak Schleifenbaum schlug nach einigem Hin und Her vor, das Gespräch zu beenden, da man sich nicht einigen werde. Bissinger war auf diesen Punkt vorbereitet. »Sollte der sogenannte schwarze Kasten tatsächlich gefunden werden, was zu befürchten ist, und sollte er sich als das darstellen, was unsere Experten vermuten, scheint mir ein Teil auch Ihres kulturellen Erbes gefährdet.« Obwohl der Zerhacker eingeschaltet war, scheuten sich beide, in mehr als nur vagen Andeutungen zu sprechen.

»Was schlagen Sie also vor?« fragte die Stimme aus Jerusalem.

»Ich habe der *Pansophia* ein finanzielles Angebot gemacht«, erläuterte Bissinger und die von ihm geäußerte Vorgehensweise ging fast im Verkehrslärm unter, der um diese Zeit in Jerusalem den Höhepunkt erreichte. »Es ist ein harmloser Schritt, der ausreichend sein dürfte.«

Das wissenschaftliche Establishment würde die Aufzeichnungen des Scrittore abschießen, ohne daß man finanzielle Schritte unternehmen müsse, meinte Schleifenbaum.

Bissinger kannte diese Ausflüchte zwar, aber er ließ sich nicht umstimmen und verabschiedete sich von Jizchak Schleifenbaum mit der gewohnten glatten Höflichkeit.

Wenig später stellte die *Pansophia* zur Überraschung der Familie Pollino die Diskussion um die Aufzeichnungen des Scrittore ein. Ein namhafter Ethnologe, Professor Jonathan Daniels vom Völkerkundlichen Institut der Universität München, faßte abschließend die Ergebnisse der Leserbriefe zusammen: »Wir verdanken diesem Lebensbericht nicht nur genaue Hinweise auf den Genuß der Kokablätter und die Hochzeitsriten südamerikanischer Tieflandbewohner, sondern auch exakte Angaben auf das schier unglaubliche astronomische Wissen der Sternenpriester, das sie gerne und bereitwillig weitergaben. In den Aufzeichnungen erfahren wir, daß die Schrift entgegen aller bisherigen Forschung in Südamerika sehr wohl bekannt war, aber fremde Zeichen wie jene auf dem schwarzen Kasten auch für dieses Volk höchster Gelehrsamkeit unentzifferbar blieben. Natürlich können wir über den wahren Sachverhalt des schwarzen Kastens nur spekulieren, doch scheint es offensichtlich, daß es sich um nichts anderes als um eine Black Box handelt, einen Flugschreiber, der auch heutigen Zivilisationen hin und wieder abhanden kommt. Es scheint an der Zeit, unsere Weltgeschichte neu zu schreiben und den Beginn unserer Zivilisation in den Sternen zu suchen.«

Begeisterte und empörte Zuschriften waren das Ergebnis dieses Leserbriefes. »Wir behalten uns vor«, schrieb die *Pansophia*, »die Diskussion um das alte Buch mit dem Leserbrief

Professor Daniels zu beenden. Wir weisen darauf hin, daß er den Brief mit dem ersten April datierte.«

Dies war vor allem ein deutscher Witz, den bei weitem nicht jeder Leser außerhalb Deutschlands verstand. Valentina rätselte, was es mit dem ersten April auf sich habe. Papa Pollino senior war glücklich, diesmal der einzige zu sein, der wußte, worum es ging. »*Cara mia*, sie schicken sich in den April«, lachte er, »wie wir es auch tun. Nun schau nicht so verdutzt, das ist wie unser *pesce d'aprile*. An diesem Tag darf man einfach nichts und niemandem trauen, auf nichts hereinfallen. Sogar Zeitungsmeldungen sind erfunden, und man lacht, wenn jemand so dumm ist, sie zu glauben.« Valentina, die dem verblüfften Giorgio einen brüllenden Giovanni in den Arm drückte, erlebte kurz darauf eine große Überraschung. Man wies ihr in der Redaktion der *Pansophia* höflich, aber bestimmt die Tür. Das Interesse an den Aufzeichnungen des Scrittore sei erloschen, ließ man sie wissen. An diesem Tag hatte sie zum erstenmal keinen Appetit.

Auf seinem Privatsitz in der Nähe Roms legte Bissinger die *Pansophia* aus der Hand und lächelte. Der Lebensbericht des Scrittore hatte vierhundert Jahre überdauert, aber jetzt war er erledigt. Die Wissenschaft der Inka, ihre Kunde von den Sternen und den bärtigen, weißen Männern war nichts als eine Legende. Dazu bedurfte es keiner Scheiterhaufen. Er zog sein Scheckbuch heraus und stellte den versprochenen Betrag aus.

GLOSSAR

allyu (quechua)	Schollengemeinschaft
Alpaka	Lama-Art, Wollieferant
ama sua, ama llulla,	stiehl nicht, lüg nicht, sei nicht träge
ama cheklla (quechua)	
Ama-Zuruna	›erste Frau‹ unter den Kopfabschnei-dern (Kopfjäger)
amautas (quechua)	Lehrer
Ananá (karib.)	Ananas
apu (quechua)	Beamter, Titel wie Herr
Atahualpa	Herrscher, der als letzter rechtmäßig den Titel ›Inka‹ trug, von Pizarro 1533 hingerichtet
Auma Raymi (quechua)	Wasserfest, Fest im Oktober
Ayamark'a (quechua)	Zug der Toten, Fest im November
azorella	Llareta de Coquimba, Doldenblüter, gedeiht auf trockenen Böden der Hochwüsten von Peru und Chile; die Wurzel verbrennt mit großer Hitze
Barbasco	enthält Toxine, die Fische lähmen
cabuya	agavenartige Pflanze, aus deren Fa-sern man die Brückentaue herstellte
caja negra (span.)	schwarzer Kasten
Callawaya	Stamm, berühmt für seine umherzie-henden Heiler
Campa	Stamm nordöstlich von Cuzco, be-rühmte Bogenschützen
canoa (karib.)	Einbaum
castellanos (span.)	spanische Soldaten aus Kastilien
Caxamarca	Stamm aus dem Hochland von Peru

chaca (quechua)	Brücke
Chachapoya	Indianerstamm aus dem nordöstl. Peru mit heller Hautfarbe
chamico	Datura-Spezies, Stechapfel. Die Tropanalkaloide wirken u. a. entkrampfend, beruhigend und sexuell erregend.
charqui (quechua)	getrocknetes Lamafleisch
chasqui (quechua)	Stafettenbote. Die chasqui bewältigten die Entfernung Cuzco-Quito (2000 km) in fünf Tagen, jeder Bote lief nur von Station zu Station, etwa 2,5 km.
Chibchachun	mythologische Gestalt der Muisca
chicha (quechua)	dickflüssiges, schwach berauschendes Maisgetränk
Chilam Balam	›liegender Jaguar‹ (Priester der Maya); unter diesem Begriff werden auch die Heiligen Bücher der Maya eingeordnet
chumpi (quechua)	farbiger Wollgürtel
chuno (quechua)	Kartoffelmehl
churu (quechua)	Schneckenklapper
Cieza de León, Pedro de	geb. um 1520 in Estremadura, gestorben um 1554 in Sevilla. Er lebte 17 Jahre als Chronist in Westindien und schrieb 8 Bücher, die zu den exaktesten Berichten über die Neue Welt zählen.
Cocamanca	Kokatopf, Sterne im Sternbild ›südliches Kreuz‹
Colhuacas	mexikan. Indianerstamm
Colón (span.)	Kolumbus
cona (quechua)	Tempeldienerin
Conka Kamayoq (quechua)	Verwalter

coraza (span.)	hohe, spitze Mütze, die der Verurteilte auf seinem Weg zum Scheiterhaufen trug
Cortés (span.)	Cortez, Hernando, span. Conquistador, eroberte 1519–21 das Aztekenreich
Coya (quechua)	Gemahlin des Inka, Königin
Coya Raymi (quechua)	Fest der Königin, findet im September statt
Cubagua (karib.)	Cuba
cui (quechua)	Meerschweinchen, wurden als Haustiere gehalten und gegessen
Familiaren	Familiaren des heiligen Officiums, bestanden aus bewaffneten ›Freiwilligen‹, die sich als Soldaten Christi der Inquisition verdingten, um der Anklage der Ketzerei zu entkommen
guaraná	Paullinia cupana, coffeinhaltige Liane, dreimal stärker als Kaffee
hamaca (karib.)	Hängematte
hu (quechua)	recht so
huaca (quechua)	heilig, verehrungswürdig
Huanca	Stamm im zentralperuanischen Hochland
huarango (karib.)	Bohnenart
Huayna (quechua)	Name des Berggipfels bei Machu Picchu.
hurin (quechua)	unten
Iguana (karib.)	Leguan
ima sumac (quechua)	wie schön
Inka	Sohn der Sonne, Bezeichnung, die ursprünglich nur der Herrscher tragen durfte, die aber später auch auf den Adel und die staatstragende Bevölkerung überging
Intihuatana (quechua)	Schattenwerfer, Gnomon, um die

	Zeiten der Sonnenwenden zu bestimmen
jarro (span.)	Weinkrug
junta de matemáticos	naturwissenschaftliches Gremium im 16. Jh.
kailala	Heilerin
kazike (karib.)	Häuptling
Kili	Indianerstamm vom Amazonas
kuraca (quechua)	Gericht
legua (span.)	eine Legua entspricht 4–5 km
locro (quechua)	Brei aus getrocknetem Lamafleisch und Kartoffelmehl
Lupaca	Aymara Hochlandstamm
macana	harpunenartiger Speer der Tairona
Magalhães (portug.)	Magellan, portug. Seefahrer
mamacona (quechua)	Tempeldienerin
Manco Capac	der erste Träger des Titels Inka, gründete um 1020 n. Chr. Cuzco und erließ Gesetze. Er und seine Nachkommen wurden Inka genannt.
marrano (span.)	Schwein: während der Inquisition Bezeichnung für Juden und Mauren, die sich zum Christentum bekehrten
Mauké	Regenwaldindianer
mitimaes (quechua)	Umsiedler aus dem Quechua-Stamm, die den neueroberten Gebieten den Lebensstil der Inka und die Sprache Quechua bringen mußten.
Montesinos, Fernando	spanischer Chronist, der 1628 nach Peru reiste und sich den Rest seines Lebens der peruanischen Geschichte widmete. 1648 hinterlegte er seine Chronik in einer Klosterbibliothek in Sevilla. Dieser Text wurde erst 1882 entdeckt.
mote (quechua)	Maisbrei, mit Paprikaschoten und

	Kräutern gewürzt
Motecuçoma (aztek.)	Motecuhzoma, Aztekenherrscher (1502–1519), spanische Verballhornung: Montezuma
muisca	>Menschen<, Indianer Kolumbiens
o'kla-cuna (quechua)	Kurierstation, etwa alle 2,5 km; Läufer erwarteten in dieser Hütte (o'kla) die Ankunft des Kollegen, um die Botschaft weiterzutragen.
ojotes (quechua)	Sandalen
Orcorara	Sternbild Orion
pirarucu	Amazonasfisch
potóto (quechua)	großes Muschelhorn
Pucara (quechua)	Bergfestung
Puka-kunka (quechua)	Rotnacken, Spitzname für Spanier
puric (quechua)	tauglicher Arbeiter
Quechua	Bewohner des warmen Tals, ursprünglich der Name eines Stammes westl. von Cuzco. Der Inka Pachacuti erhob Quechua zur Staatssprache; heute sprechen noch mehrere Millionen Indianer Quechua
quena (quechua)	Rohrflöte
Quina-quina (quechua)	Cinchona officinalis L.: Baum, dessen Rinde die Chinolinalkaloide enthält, aus denen u. a. Chinin, das Malariamittel gewonnen wird
Quinoa	Chenopodium quinoa, Gänsefußgewächs, Blätter als Salat oder Gemüse, gelbl. Samenkörner gekocht gegessen oder zu Mehl verarbeitet
quipu (quechua)	Knoten; mnemotechnische Gedächtnisstütze, die auf dem Dezimalsystem beruht; von einem Hauptstrang hingen kleinere, farbige, in gewissen Abständen geknotete Schnüre herab.

Rilastaub	stark schäumende, antiseptische Pflanzendroge
risma (ital.)	Stoß Papier
Rucana	Hochlandstamm, berühmt als Sänftenträger
rumi (quechua)	Steine mit Schriftzeichen
Sapay Inka (quechua)	mein einziger Inka, Anrede des Inka
sarabatillo (span.)	Holz mit Widerhaken, Bezeichnung für Querulant
Saramanca	Maistopf, Sterne im Sternbild ›südliches Kreuz‹
Sardunnia (span.)	›Bruderschaft des Raubes‹, diese Gemeinschaft erledigte ›schmutzige‹ Aufträge für die Inquisition
shabono	Dorf der indianischen Regenwaldbewohner
Tairona	Stamm am Maracaibo-See
tajllo (quechua)	1,20 Meter langer, spatenähnlicher, mit Trittsprosse versehener Grabstock
tambos (quechua)	Straßenraststationen, wörtl.: Gebäude und Speicher
teocalli (aztek.)	Haus Gottes, Tempel
topo (quechua)	Meilenstein der Inkastraßen, etwa alle 7 km
Tucui Rucuc (quechua)	Aufseher, Verwalter
tumi (quechua)	chirurgisches Instrument zur Schädelöffnung
tupu (quechua)	Schal, Schultertuch der Frauen
Vikunja	wilde Lama-Art, seine Wolle wurde zu prächtigen, dem Inkaadel vorbehaltenen Gewändern verarbeitet
Waika	Indianerstamm vom Amazonas
way-yaya (quechua)	menuettähnlicher Tanz
yachahuani (quechua)	Hochschule
yacolla (quechua)	aus Alpakawolle gewebter Poncho

ZEITTAFEL

Ereignisse in Amerika	Vita des Gonzalo Porras	Ereignisse in Europa
12. 10. 1492 Kolumbus landet in Guanahani	4. 12. 1492 * Francisco Porras 3. 6. 1497 * Johanna Porras	20. 5. 1506 Tod des Kolumbus 1507 Tod Martin Behaims, der den ›Erdapfel‹ schuf
1519–25 Cortez erobert Mexico	Mai 1517 Heirat der Eltern Porras	1517 Franz I. holt da Vinci an den Hof 2. 5. 1519 Tod des Leonardo da Vinci
1527–33 Pizarro erobert Peru 1530–31 Nikolaus Federmanns 1. Reise 1537–39 Nikolaus Federmanns 2. Reise	12. 2. 1521 * Gonzalo Porras in Estremadura	1526 Frieden von Madrid
29. 8. 1533 Ermordung Atahualpas 1533 Gründung von Cartagena 1535 Gründung von Lima	3. 1. 1536 G. Ankunft in Peru 31. 8. 1536 G. erreicht Machu Kancha	1515–1526 Karl V. vernichtet Reste maurischer Kultur in Spanien
1537 Manco Inka II. gründet die Stadt Vilcabamba 1537–53 Bürgerkrieg der Conquistadoren	1538 die Eltern Porras werden auf dem Scheiterhaufen verbrannt Gonzalo lebt bei den Indios	1535 Gonzalo Fernández de Oviedo veröffentlicht sein enzyklopädisches Geschichtswerk über Amerika
1544 Ermordung des Manco Inka II. durch Spanier	21. 2. 1539 Gonzalo erreicht Cartagena	1544 Franz I. verliert Italien
1557 Sayri Tupaq, der sich als Nachfolger des Inka sieht, ergibt sich den Spaniern	April 1540 G. kehrt nach Spanien zurück, Sommer 1541 G. kommt nach Antwerpen, lebt dort über 20 Jahre	8. 11. 1547 * Katharina Guldenmann
1556–1560 Marquis von Cañete ist Vizekönig Perus	1561 Gonzalo bringt die Nephrittafel nach Leyden	1556–98 Philipp II. König v. Spanien

1561 Graf von Nieva wird Vizekönig Perus	1562 Ermordung des Freundes in Leyden	1565 Maurenaufstand
1560–1571 Titu Kusi Yupanki, ein Nachkomme des Manco Inka II., regiert in Vilcabamba	1564 Aufenthalt in Paris Jahresende 1564 Flucht aus Antwerpen	15. 1. 1564 * Galilei in Pisa
1566 Frieden von Acombamba zw. Spaniern und Titu	Winter 1565 Gonzalo in Nürnberg	1507–1575? Ferrante von Gonzaga, Herzog v. Mantua
1569 die Bevölkerung Vilcabambas verweigert die Taufe	Frühling 1566 G. zieht nach Venedig	7. 1. 1566–1. 5. 72 Papst Pius V.
1571 Tupaq Amaru I. tritt die Nachfolge seines Bruders Titu Kusi Yupanki in Vilcabamba an	Juni 1566 Flucht aus Florenz, im selben Jahr stirbt Plünderauge, Juli 1566 Gonzalo in Ferrara, lebt jetzt wieder vorwiegend in Venedig	1571 Philipp II. siegt im Bund mit Venedig und dem Papst bei Lepanto über die Osmanen
1571 Toledo, der Vizekönig Perus, beschließt, Vilcabamba mit militär. Gewalt zu unterwerfen.	Sommer 1569 G. trifft Katharina in Weil	15. 5. 1571 Heirat der Katharina Guldenmann 27. 12. 1571 Geburt ihres Sohnes Johannes
1572 Spanier erobern Vilcabamba	März 1572 Gonzalo erfährt von der Seligsprechung Plünderauges	23.–24. 4. 1572 Bartholomäusnacht 25. 5. 1572–85 Papst Gregor XIII.
1572 Tupaq Amaru I. wird in Cuzco hingerichtet		1575 Johannes erkrankt an den Pocken
um 1580 Felipe Condorcanqui, ein Nachkomme des Tupaq Amaru I., bewahrt das Wissen um die Knotenschrift.	Jahresanfang 1578, Venedig Gonzalo Porras schreibt seine Lebensgeschichte auf	15. 11. 1577 bis 15. 1. 1578 ist ein Komet am südwestlichen Abendhimmel sichtbar, zieht vom Steinbock zum Pegasus, Tycho Brahe dokumentiert dies 4. 10.–15. 10. 1582 Kalenderreform unter Gregor XIII.

HEYNE BÜCHER

Tariq Ali

»Tariq Ali ist ein Meister
der leisen Töne, ganz
und gar unaufdringlich,
und obendrein ein
spannender Erzähler.«
SÜDDEUTSCHE ZEITUNG

**Im Schatten des
Granatapfelbaums**
01/9405

Das Buch Saladin
01/13036

01/13036

HEYNE-TASCHENBÜCHER